깊은밤
깊은곳에

The Other Side of Midnight

깊은밤
깊은곳에

시드니 셸던 지음 | 정성호 옮김

오늘

여러 가지로 내게 기쁨을 안겨주는 아내에게 이 책을 바친다.

| 이 소설을 쓰는 데 도움을 주신 분들

이 소설을 모자이크하는 데 그 지식이나 전문적 의견, 기억을 여러 타일의 색깔로 채색해주신 여러분께 감사의 뜻을 전한다.

몇 군데 작품의 효과를 높이려고 채색을 더하기도 했다. 그러나 그 채색에 잘못이 있다면 그것은 전적으로 내 책임이다.

런던

미국이 제2차 세계대전에 참전하기 전에 영국 공군에 협력한 미국의 조종사 그룹 '이글스리드론'(독수리 편대)에 대해서 귀중한 자료를 제공해주신 영국 국방성 항공전사부의 슈랩슬 부인, '이글 스리드론'에 대한 자료를 추가해주신 얼 보버트

파리

독일군 점령하의 파리에 대한 회상과 가르침을 주신 전 파리 부시장 앙드레 웨일 쿠릴, 프랑스 극장의 역사에 관한 자신의 문헌을 보여주신 '코미디 프랑세스'의 주임기록보관인 마담 슈포레, 프랑스 점령에 대한 새로운 자료의 발견에 협력해주신 『르피가로』지 기자 클로드 베니엘

아테네

마술을 하듯 모든 곳의 문을 열고 항상 협력을 아끼지 않았던 아스 파 랑브

로 부인, 기술적인 충고와 조언을 해주신 아리스토틀 오나시스의 자가용 비행사 장피엘 드 비트리다보크르, 그리스의 형사소송법에 관해 가르침을 베풀어주신 저명한 법률가 코스타스 에프스타디아데스

로스앤젤리스

프랑스의 역사와 관습에 대하여 지식을 나눠주신 파리국립은행의 경제고문 라올 아그리옹

시드니 셸던

등장인물

노엘 페이지 :: 국제적으로 유명한 프랑스 여배우

래리 더글러스 :: 미국인 파일럿

캐서린 알렉산더 :: 프레이저의 비서, 래리의 아내

윌리엄 프레이저 :: 미 대통령 특별보좌관

오귀스트 랑숑 :: 마르세유의 의상실 주인

한스 샤이더 :: 독일군 장교

쿠르트 뮐러 :: 게슈타포

콘스탄틴 데미리스 :: 세계적인 대부호

폴 메탁서스 :: 데미리스의 전용기 조종사

크리스티안 바벳 :: 사립탐정

게오르기오스 스코리 :: 아테네의 경찰서장

나폴레옹 초타스 :: 노엘의 변호인

프레스릭 스타브로스 :: 래리의 변호인

페타 데모니데스 :: 특별 검찰관

아르망 고티에 :: 프랑스인 영화감독

이스라엘 카츠 :: 신경외과 의사

필립 소렐 :: 프랑스인 영화배우

벌을 정당하다고 생각하는 것은
실제로 죄의 증거가 알려지고
자백하지 않고는 못 배기게 되었을 때뿐이다.

_A. 슈바이처 「물과 원시림 사이에서」

글쎄 이 괴물이 어느 틈에 일어섰지 모르니 말이다.
더구나 이 증오심이란 괴물은 그녀가 앓고 난 뒤로
감정을 끊어 뜯고 척추를 해치는 힘까지 생겨 있었다.
이 괴물은 그녀의 육체까지 괴롭혔다.
신비감을, 우정을, 건강을 또는 사랑을 받는
온갖 기쁨을 뒤흔들어서 떨게 하고 결국 꺾어버렸다.

_V. 울프 「댈러웨이 부인」

차례

아테네 : 1947년

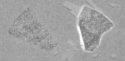

The Other Side of Midnight

경찰서장인 게오르기오스 스코리는 먼지가 자욱하게 낀 차창을 통해 아테네의 번화가를 바라보고 있었다. 그의 눈에는 번화가의 호텔과 빌딩들이 볼링장의 핀처럼 차례로 무너져 내리는 것처럼 보였다.

"교통 통제를 해서 쉽게 빠져 나가지 못할 것 같습니다."

운전대를 잡은 제복 차림의 경관이 얼굴을 찡그리며 말했다.

스코리는 건성으로 고개를 끄덕이며 빌딩가를 응시했다. 그 거리들은 그를 늘 매료시켰다. 이글거리는 8월의 태양에서 나오는 열기가 건물을 굽이치는 파도로 감싸서 강철과 유리로 이루어진 우아한 폭포처럼 거리로 쏟아져 내리고 있었다.

찌는 듯한 무더위 때문인지 거리는 한산했다. 이따금씩 눈에 띄는 사람들조차 더위에 지친 채 아테네의 중심부에서 20마일 떨어진 엘레니콘 공항으로 달리는 3대의 경찰차에 힐끗 호기심 어린 시선을 던질 뿐이었다.

스코리 서장은 선두 차에 타고 있었다. 여느 때 같으면 그는 쾌적한 집무실에 앉아 있고, 그의 부하가 불타는 오후의 무더위 속으로 나갔겠지만 오늘은 사정이 달랐다. 스코리 자신이 직접 나가지 않으면 안 될 두 가지 이유가 있었다.

첫째는 오늘 도착하는 비행기에는 세계 각지의 주요 인물이 타고 있어서 그들을 그 명성에 걸맞게 환영하고, 될 수 있는 대로 빨리 세관을 통과시켜야 했다. 둘째는 첫번째보다 중요한 것으로, 공항이 외국인 기자나 카메라맨으로 혼잡을 이루는 것에 대비를 해야 했다.

스코리 서장은 바보가 아니었다. 그는 그날 아침 수염을 깎으면서 유명한 내방자들을 안내하는 장면이 뉴스나 신문에 보여지면 자신의 경력에 마이너스는 되지 않을 것이라고 생각했다. 그와 같은 대단한 사건이 그의 관할구역에서 일어나는 것은 천재일우라고 할 수도 있어서 그것을 이용하지 않는 것이야말로 어리석은 일이 아닐 수 없었다. 그는 이 세상에서 가장 가까운 두 사람과 그 문제를 의논했다. 즉 그의 아내와 애인이었다.

농민 출신의 못생기고 잔소리가 심한 아내인 안나는 뭔가 일이 잘못되어서 그 책임을 뒤집어쓰기라도 하면 안 되므로 공항에 접근하지 말고 눈에 띄지 않게 하라고 명령했다. 반면에 다정스러운 젊은 애인인 메리나에게는 유명 인사들과 인사를 나누라고 격려했다. 그녀는 이번 기회로 단숨에 유명하게 될지도 모른다는 그의 생각에 동의했다. 만일 그 자신이 오늘 약삭빠르게 행동하기만 하면 최소한 봉급이 올라갈 것이고, 운이 좋으면 현재의 경찰국장이 퇴임할 때 그 후임으로 발탁될 가능성도 있었다.

그는 지금까지 메리나가 아내이고, 안나가 애인이었을 경우를 100번쯤은 생각했는데, 이번에도 그런 생각이 들면서 어디서부터 무엇이 잘못되었는지를 생각했다.

스코리는 당면한 현실로 생각의 방향을 돌렸다. 그는 공항에서 모든 것이 실수 없이 진행되도록 하지 않으면 안 되었다. 그 때문에 그는 가장 우수한 10여 명의 부하를 데리고 나왔다.

무엇보다도 가장 큰 문제는 기자들을 재치 있게 처리하는 일이었다. 그는 세계 각지로부터 아테네로 몰려온 수많은 기자들에 놀라지 않을 수 없었다. 스코리 자신도 6차례나 인터뷰를 받았는데, 그때마다 그는 다른 언어로 질문을 받았었다. 그의 대답은 독일어, 영어, 일본어, 프랑스어, 이태리어, 러시아어로 통역되었다.

그가 자신의 명성에 심취하고 있을 때, 경찰국장에게서 전화가 왔다. 아직 시작도 하지 않은 재판에 대해 경찰서장이 공개적으로 발언하는 것은 바람직하지 못하다는 것이다.

스코리는 경찰국장이 주의를 주는 진정한 이유는 질투라고 믿었다. 그러나 그것을 문제 삼는 것은 조심스럽게 피하고, 그 후로는 모든 인터뷰를 사절했다. 하지만 아무리 경찰국장이라도 뉴스 카메라가 저명인사의 도착을 촬영하고 있을 때 우연히 그가 함께 촬영되는 것까지 시비를 걸 수는 없었다.

자동차가 시그루 가를 질주하여 해안을 끼고 팔레론을 향해 좌회전했을 때, 스코리는 온몸이 오그라드는 것을 느꼈다. 공항까지는 앞으로 5분밖에 남지 않았다. 그는 마음속으로 오늘 아테네에 도착하는 저명인사들의 명단을 점검했다.

아르망 고티에는 비행기 멀미 때문에 괴로워하고 있었다. 그것은 그 자신의 목숨에 대한 과도한 집착에서 생긴 뿌리 깊은 비행 공포증 때문이었다. 여름에 그리스 해안에서 흔히 발생하는 난기류도 그로 하여금 심한 구토증을 느끼게 했다.

고티에는 키가 훤칠하고 금욕적이며 학자적인 느낌을 주는 여윈 사나이로, 넓은 이마와 냉소적인 입을 지니고 있었다. 그는 22세에 사양화되어가던 프랑스 영화계에 새로운 바람을 불어넣었으며, 그 후 무대에서 더욱 큰 성공을 거두었다. 지금은 세계에서 가장 위대한 감독 중 한 사람으로 인정받고 있는 그는 날이 갈수록 자신의 영역을 넓혀나가고 있었다.

20분 전까지만 해도 비행은 매우 쾌적했다. 고티에를 알아본 스튜어디스들은 친절하게 그의 시중을 들어주었으며 다른 요구도 충분히 들어주려는 태도를 보였다. 몇 사람의 승객들이 좌석으로 찾아와서 그의 영화와 연극에 감동을 받았다는 말을 했다. 그러나 고티에가 가장 관심을 나타낸 것은 옥스퍼드 대학생인 아름다운 영국 처녀였다. 그녀는 졸업 논문을 쓰고 있었는데, 그 주제로 아르망 고티에를 선택했다고 했다. 그들의 대화는 그녀가 노엘 페이지의 이름을 꺼내기까지는 순조롭게 계속되었다.

"그녀를 발탁한 분이 선생님이시죠? 그녀의 재판을 방청할 수 없을까요? 볼 만한 구경거리라고 생각하는데요."

고티에는 좌석의 팔걸이를 움켜쥐고 있는 자신을 깨닫고, 그 강한 반응에 스스로도 놀랐다. 오랜 시간이 흐른 지금까지도 노엘에 대한 기억은 그의 내부에 격렬한 고통을 불러 일으켰다. 노엘처럼 그를 어루만져준 사람은 없었으며, 앞으로도 없을 것이라고 생각했다.

3개월 전에 노엘이 체포되었다는 기사를 읽은 이래, 고티에는 다른 일은 생각할 수가 없었다. 그는 노엘에게 편지를 보내어 할 수 있다면 어떻게든 돕겠다고 제의했지만 그녀에게선 아무런 대답도 오지 않았다. 그는 그녀의 재판에 관여할 생각은 없었다. 그러나 그는 자기가 그곳에 가지 않고는 못 배기리라는 것을 알고 있었다.

그는 두 사람이 함께 생활하던 그때에 비해 그녀가 달라졌는지 어떤지를 보고 싶은 것뿐이라고 자신에게 변명했다. 그러면서도 그는 또 한 가지 이유가 있다는 것을 스스로 인정하지 않을 수 없었다. 그 드라마틱한 장면을 주시하기 위해서, 즉 재판장이 판결을 내릴 때의 노엘의 얼굴을 지켜보려는 것이다. 이것은 다분히 그의 연극적인 기질에서 비롯되었다.

3분 후에 아테네에 착륙한다는 조종사의 금속성 목소리가 들리자, 다시금 노엘을 만날 수 있다는 기대가 그로 하여금 비행기 멀미도 말끔히 사라지게 했다.

이스라엘 카츠 박사는 케이프타운에서 아테네를 향해 비행하고 있었다. 그는 케이프타운에 생긴 지 얼마 안 되는 종합병원인 그루트 슈르의 신경외과 과장이었다. 이스라엘 카츠는 세계적으로 유명한 신경외과 의사로서 인정받고 있었다. 그의 환자 중에는 수상이나 대통령이나 왕들도 있었다.

BOAC기의 좌석에 깊숙이 몸을 묻은 그는 중키에 이목구비가 뚜렷한 지적인 얼굴을 하고 있었고, 갈색의 깊은 눈동자와 길고 유연하면서 쉴 새 없이 움직이는 손을 가지고 있었다. 그는 다소 지쳐 있었다. 그래서 이미 없어진 오른쪽 다리—6년 전에 거한에게 도끼로 절단 당했다—의 윗부분에 종종 경험하는 통증을 느끼기 시작했다.

그날은 긴 하루였다. 그는 새벽에 수술을 하고, 6명의 환자를 회진하고는 병원의 간부회의 도중에 빠져나와 재판에 출석하기 위해 아테네 행 비행기를 탔다. 아내인 에스더는 그를 가지 못하도록 만류했다.

"당신이 가봤자 그녀를 위해 아무것도 해줄 수가 없어요, 이스라엘."

어쩌면 그녀의 말이 옳을지도 몰랐다. 그러나 노엘 페이지는 한때 목숨을 내걸고 그의 생명을 구해준 적이 있었고, 따라서 노엘에게 뭔가 빛을 지고 있다는 생각을 떨쳐버리지 못하고 있었다. 그는 그녀에 대해 생각하면서 그녀를 만났던 무렵과 비슷한, 형용할 수 없는 감정에 사로잡혔다.

그녀에 대한 기억이 마치 그들을 갈라놓았던 세월을 몽땅 지워버린 것 같았다. 그것은 물론 로맨틱한 환상에 지나지 않았다. 그 무엇도 그 세월을 되돌려줄 수는 없었다. 이스라엘 카츠 박사는 비행기가 몸을 떨면서 바퀴를 내리고 하강하기 시작하자 창밖을 내다보았다. 눈 아래에 카이로가 있었다. 그는 카이로에서 TAE기로 갈아타고 노엘이 있는 아테네를 향해 갈 예정이었다.

노엘은 정말로 살인을 저지른 것일까? 활주로로 접근하는 비행기 안에서 그는 노엘이 파리에서 저지른 또 하나의 끔찍한 사건을 생각했다.

필립 소렐은 요트의 난간 옆에 서서 점점 가까이 다가오고 있는 피레우스 항을 지켜보았다. 그는 팬으로부터 도망칠 수 있는, 좀처럼 드문 기회를 제공해준 이번 항해를 즐기고 있었다. 소렐은 항상 대히트가 보장된 세계적인 일류 배우였지만 그가 스타덤에 오를 수 있으리라고는 아무도 상상하지 못했다. 그는 우선 잘생기지 못했으며, 오히려 그 반대였다.

10여 차례의 시합에서 내리 져서 5, 6차례나 코가 찌부러진 권투선수 같은 얼굴에, 머리숱이 적었으며 걸을 때는 약간 다리를 끌었다. 그러나 그런 것은 문제가 되지 않았다. 필립 소렐에게는 성적 매력이 풍부했기 때문이었다.

그는 교양이 있는 부드러운 말투의 사나이로 천부적으로 착한 인상에 트럭 운전사와 같은 용모와 체격이 잘 어우러져 여자들을 열광시켰다. 또한 남자들은 그를 영웅으로 숭배했다. 지금 항구에 접근해가는 그의 요트 위에서 소렐은 어째서 자신이 이런 곳에 온 것일까 하고 다시 한 번 생각했다. 그는 노엘의 재판을 방청하기 위해서 촬영이 계획되어 있던 영화를 연기하기까지 했다. 매니저나 측근의 보호를 받지 않고 매일 법정에 나가게 된다면 기자들에게 표적이 되리라는 것은 그도 충분히 알고 있었다.

기자들은 그의 출석을 오해해서 옛 애인의 살인 사건 재판을 자기선전에 이용할 속셈이라고 생각할 것이 틀림없었다. 어쨌든 그것은 괴로운 경험이 될 것이다. 그러나 그는 다시 한 번 노엘을 만나서 어떻게 해서든 그녀를 살리고 싶었다.

요트는 항구의 방파제 안으로 미끄러져 들어가기 시작했다. 그는 자기가 알고 있는 노엘, 함께 생활하고 사랑했던 노엘에 대해서 생각하다가 하나의 결론에 도달했다. 노엘은 충분히 살인을 할 수 있는 여자였다.

필립의 요트가 그리스의 해안에 접근하고 있을 때 미국 대통령의 특별보좌관은 팬 아메리칸 항공사 소속의 여객기를 타고 엘레니콘 공항의 북

서쪽 100마일의 상공을 날고 있었다. 윌리엄 프레이저는 딱딱한 표정에, 태도가 묵직한 50대의 핸섬한 은발의 사나이였다. 그는 손에 들고 있는 서류를 보고 있었지만 한 시간 이상이 지나도록 단 한 페이지도 넘기지 않고 몸도 움직이지 않고 있었다. 프레이저는 이 여행을 위해 의회가 위기에 처해 있는 가장 형편이 나쁜 시기에 휴가를 얻었다. 그는 앞으로의 몇 주일이 그에게 얼마나 고통을 안겨줄 것인가 하는 것을 알고 있었지만, 그것을 피할 길은 없다고 생각했다.

이것은 복수의 여행이었다. 그 생각이 프레이저에게 차가운 만족을 주었다. 그는 내일부터 시작되는 재판을 애써 마음에서 떨쳐버리고 창밖을 바라보았다. 까마득히 아래쪽으로 유람선이 그리스를 향해 달리는 것이 보였다. 멀리 해안선이 희미하게 나타났다.

오귀스트 랑송은 사흘 동안이나 배 멀미에 시달리고 게다가 잔뜩 겁을 집어먹고 있었다. 배 멀미는 그가 마르세유에서 승선한 유람선이 미스트랄(지중해 부근에서 부는 북서풍)에 시달려야 했기 때문이었고, 겁을 먹은 것은 아내가 그가 하고 있는 일을 눈치 채지나 않을까 해서였다.

그는 60대의 뚱뚱하고 머리가 벗겨진 사나이로, 짧은 다리와 얽은 얼굴과 심술 사나운 눈을 가지고 있었으며, 엷은 입술에는 끊임없이 시거가 물려 있었다.

랑송은 마르세유에서 의상실을 하고 있었지만, 부자들처럼 휴가를 즐길 여유는 없었다. 어쨌든 그는 사랑스러운 노엘을 꼭 한 번 더 만나야만 했다. 그녀가 떠난 후 그는 신문이나 잡지를 통해 열심히 그녀의 행적을 찾았다.

그녀가 그의 곁을 떠나간 이래 그는 가십난이나 신문이나 잡지에 나오는 그녀의 기사를 열심히 읽었다. 노엘이 최초의 무대에서 주연했을 때 그는 그녀를 만나기 위해서 기차를 타고 멀리 파리까지 쫓아갔지만 멍청이 같은 노엘의 비서가 두 사람을 만나게 해주지 않았다. 나중에 그는 노엘의 영화를 몇 번이나 되풀이해 보며 예전에 그녀가 그에게 보여준 아름다운 모습을 그려보곤 했다.

오귀스트 랑송은 이번 여행에는 돈이 많이 들지만 그만한 가치가 있다고 생각했다. 그의 귀여운 노엘은 그들이 함께 보낸 행복한 나날을 회상하고, 그에게 보호를 청할 것이다. 그는 판사나 누군가를 매수해서—그다지 비싸게 먹히지만 않는다면—노엘이 무죄 판결을 받게 만들 것이다. 그렇게 되면 만나고 싶을 때 언제든지 만날 수 있도록 마르세유의 조그만 아파트를 하나 얻으면 될 것이다. 아내에게 들키지 않을 경우의 얘기지만…….

아테네 시의 빈민구역인 모나스티라키 구에 있는 낡아빠진 건물의 이층에 조그만 법률사무소가 있었다. 그곳에서 프레드릭 스타브로스가 일에 열중하고 있었는데, 그는 자신이 선택한 직업으로 성공을 거두려고 노력하는 야심만만한 청년이었다. 조수를 고용할 형편이 못되기 때문에 그는 따분한 보조적 자료조사도 전부 스스로 해야만 했다.

보통 때는 그런 일을 몹시 싫어했지만 그는 이번만큼은 그것이 조금도 싫지 않았다. 왜냐하면 만일 그가 이번 사건에서 이기기만 한다면 의뢰인이 부쩍 늘어서 두 번 다시는 생활고를 염려하지 않아도 되기 때문이었다. 그는 에레나와 결혼해서 행복한 가정을 꾸릴 수 있을 것이다. 또한 방두 개짜리의 호화로운 사무실로 옮겨가서 사무원을 고용하고, 부유한 의뢰인과 친해질 수 있는 일류 클럽에도 가입할 수 있을 것이다.

변화는 이미 일어나기 시작했다. 아테네의 거리에 나갈 때마다 신문에서 그의 사진을 본 사람들은 프레드릭 스타브로스를 보고 아는 체를 하며 말을 걸었다. 불과 몇 주일 전까지만 해도 무명의 변호사였던 그가 이제는 래리 더글러스의 변호인으로서 각광을 받고 있었다.

스타브로스는 실은 의뢰인이 마음에 들지 않았다. 그는 래리 더글러스와 같은, 이름도 없는 말뼉다귀가 아니라 매력적인 노엘 페이지의 변호를 맡고 싶었다. 그러나 그 자신이 바로 이름 없는 말뼉다귀인 것이다. 사실 그 자신이 금세기에 가장 화제를 모은 살인사건 공판의 주요한 참가자라는 것만으로도 충분했다. 만일 피고들이 무죄가 된다면 그 영광을 한 몸에 받게 될 것이다.

단 한 가지 스타브로스에게는 마음에 걸리는 것이 있어서 쉴 새 없이 그 문제를 생각하고 있었다. 두 사람의 피고가 같은 죄로 기소되어 있는데 노엘 페이지의 변호사는 다른 사람이라는 점이었다. 만일 노엘 페이지에게 무죄가 선고되고 래리 더글러스가 유죄가 된다면……. 스타브로스는 몸을 부르르 떨며 그 생각을 떨쳐버리려고 했다. 기자들은 쉴 새 없이 피고들이 죄를 범했다고 생각하는지 어떤지를 그에게 질문했다. 그는 그들의 단순함에 남몰래 미소 지었다. 그들이 유죄든 무죄든 그것이 문제가 되지 않기 때문이다. 그들은 돈으로 살 수 있는 최대한의 법적 보호를 받을 수 있었다.

스타브로스는 자신의 경우에는 그것이 좀 부풀려져 있다는 것을 인정했다. 그러나 노엘 페이지의 변호사의 경우에…… 그것은 전혀 달랐다. 나폴레옹 초타스가 그녀의 변호를 맡았는데, 전 세계를 뒤져보아도 그 사람만큼 뛰어난 형사사건 담당변호사는 없었다. 초타스는 중요 사건에서 한 번도 패배한 적이 없었다.

그 생각을 하면서 프레드릭 스타브로스는 미소 지었다. 아무에게도 말하지 않았지만 그는 나폴레옹 초타스의 재능에 편승해서 승리를 획득하려고 마음먹고 있었다.

프레드릭 스타브로스가 지저분하고 초라한 사무실에서 일을 하고 있을 때 나폴레옹 초타스는 상류계급이 사는 아테네의 코로나키 지구의 호화로운 저택에서 열린 파티에 참석하고 있었다. 초타스는 주름이 많은 얼굴에 사냥개와 같은 크고 슬픔에 잠긴 듯한 눈을 가지고 있었다. 초췌한 느낌의 깡마른 사나이로, 온화하고 부드러운 몸가짐 이면에 우수하고 날카로운 두뇌를 숨기고 있었다.

지금 초타스는 디저트를 먹으면서 내일 시작될 재판에 마음을 빼앗기고 있었다. 그날 밤의 화제의 대부분은 이번 재판에 대해서였다. 손님들은 그에게 직접적인 질문을 할 정도로 무례하지는 않았기 때문에 이야기는 일반적인 수준에 머물러 있었다. 그러나 밤이 깊어가고 분위기가 고조되어 갈 무렵, 여주인이 물었다.

"어떻게 생각하고 계시죠? 그 사람들이 살인을 저질렀을까요?"

초타스는 시원스럽게 대답했다.

"그럴 리가 있습니까. 한 사람은 내 의뢰인인 걸요."

호의적인 웃음이 터져 나왔다.

"노엘 페이지는 어떤 사람인가요?"

초타스는 약간 망설이는 듯하더니 신중하게 말했다.

"대단히 훌륭한 여성입니다. 미인에다 재능도 있고……."

자신으로서도 의외였지만 그는 갑자기 그녀에 대해 얘기를 하는 것이 싫어졌다. 게다가 노엘이라는 존재를 말로 표현하는 것은 어려운 일이었다. 2, 3개월 전까지만 해도 그는 노엘에 대해서 가십난을 어지럽히거나 영화 잡지의 표지를 장식하거나 하는 육체파 배우라는 것 정도를 어렴풋이 알고 있을 뿐이었다. 초타스는 그때까지 그녀를 본 적이 없었으며, 만약 그녀에 대해 생각한 일이 있었다면 그가 모든 여배우에 대해서 했던 것처럼 냉담한 경멸을 보였을 것이다.

그러나 아, 그는 얼마나 잘못 생각하고 있었던가! 노엘을 만난 이래 그는 완전히 그녀에게 마음을 빼앗겨버렸다. 노엘 페이지로 인해서 그는 자신의 기본적인 규칙, 의뢰인과 절대로 감정적인 연관을 가져서는 안 된다는 규칙을 깨뜨렸다.

초타스는 그녀의 변호를 의뢰받은 그날 오후의 일을 생생하게 기억하고 있었다. 그는 피치 못할 일로 뉴욕으로 갈 준비를 하고 있던 중이었다. 그는 무슨 일이 있어도 그 여행을 포기할 생각이 없었다. 그런데 단 두 마디가 그 여행을 중지시켜버렸다. 그날 오후 그의 집사가 침실로 들어와서 전화기를 건네주면서 "콘스탄틴 데미리스 씨입니다." 하고 말했다.

그 섬은 헬리콥터나 요트 외엔 접근이 불가능했다. 비행기도, 전용 항구도 하루 24시간 독일산 셰퍼드를 끌고 다니는 무장 경비원이 경비하고 있었던 것이다. 섬은 콘스탄틴 데미리스의 개인 소유이며 지금까지 단 한 번도 초대를 받지 않고 방문한 사람은 없었다. 지금까지의 방문객 가운데는 왕, 여왕, 대통령, 전 대통령, 영화배우, 오페라가수, 저명한 작가나 화가 등이 포함되어 있었다.

그들은 그에게 모두 압도당했다. 콘스탄틴 데미리스는 세계에서 세 번째로 꼽히는 부호로 가장 큰 권력을 지닌 인물 중의 하나이며 훌륭한 취미와 품격을 갖추고 있었다. 그는 아름다움을 만들어 내기 위해 돈을 어떻게 써야 하는지 잘 알고 있었다.

데미리스는 지금 호화스러운 서재에서 팔걸이의자에 깊숙이 몸을 파묻고고는 특별히 그를 위해 만들어진 납작한 모양의 이집트 담배를 피우면서 그날 아침에 시작될 재판에 대해서 생각하고 있었다. 기자들은 몇 개월 전부터 그에게 회견을 요청했지만 데미리스는 응하지 않았다. 그의 애인이 재판에 회부되었다는 것만으로, 그의 이름이 간접적이긴 하지만 사건에 휘말려 들어갔다는 것만으로도 충분했다.

그는 인터뷰를 허락함으로써 소동을 확대시키고 싶지 않았다. 지금 이 순간 니코데모스 교도소의 감방에서 노엘이 과연 무엇을 생각하고 있을까 하고 그는 생각했다. 잠을 자고 있을까? 아니면 자신을 기다리고 있는 시련에 겁을 집어먹고 있을까?

그는 나폴레옹 초타스와의 마지막 대화에 대해서 생각했다. 그는 초타스를 신뢰하고 있었으며 그 변호사가 자신을 실망시키지 않으리라고 생각하고 있었다. 데미리스는 노엘이 무죄든, 유죄든 자신과는 별 문제가 되지 않는다는 듯한 인상을 초타스에게 내비쳤었다. 초타스는 콘스탄틴 데미리스가 지불하는 막대한 변호료에 합당한 노력을 할 것이므로 데미리스는 걱정할 필요가 없었다.

어떤 일도 잊는 법이 없는 콘스탄틴 데미리스는 캐서린 더글러스가 좋아하는 꽃은 아름다운 그리스의 장미인 트리안타피리아스라는 것을 생각해냈다. 그는 손을 뻗어서 책상 위의 메모지에 몇 자 적었다.

'트리안타피리아스, 캐서린 더글러스.'

이것이 그가 그녀를 위해 해줄 수 있는 유일한 일이었다.

제1부

The Other Side of Midnight

캐서린

시카고 : 1919년~1939년

1

모든 대도시는 그 도시만의 독특한 이미지와 개성을 갖고 있다.

1920년대의 시카고는 거친 데다 하루가 다르게 팽창해가는, 질서라곤 존재하지 않는 무법천지였다. 그런 가운데서도 윌리엄 오그텐(철도회사 사장, 시카고 시장)이나 존 웬트워스(대토지 소유자, 시카고 시장), 사이러스 맥코믹(수확기 발명가), 존 풀맨(풀맨 식 차량의 고안자) 등의 거물을 낳기도 했다.

그것은 또한 필립 아머(시카고의 실업가)나 규스타바스 스위프(시카고의 정육업자)나 마샬 필드(시카고의 출판업자)가 속한 왕국이었다. 그리고 아직도 하이미 웨이스나 스카페이스 알 카포네와 같은 직업적인 갱의 세력지대이기도 했다.

캐서린 알렉산더의 가장 오래된 기억 가운데 하나는 아버지가 바닥에 톱밥을 깔아놓은 술집으로 그녀를 데리고 가서 눈이 어지러울 정도로 높은 의자에 앉혀준 일이었다. 아버지는 커다란 컵에 담긴 맥주와 함께 그

28

녀를 위해서 주스를 주문했다. 캐서린은 5세였다. 그녀는 낯선 사람들이 자기 주위로 몰려와서 칭찬을 할 때, 아버지가 흐뭇해하던 것을 기억하고 있었다.

그들은 술을 주문했고 아버지가 대신 그 돈을 지불했다. 그녀는 아버지가 아직 그곳에 있는지를 확인하기 위해서 몇 번씩이나 아버지의 팔에 몸을 기대곤 했다.

아버지는 바로 전날 밤에 집에 돌아왔지만 캐서린은 아버지가 곧 다른 곳으로 간다는 것을 알고 있었다. 그는 각지를 순회하는 세일즈맨으로 먼 고장에서 일을 해서 캐서린에게 멋진 선물을 사 가지고 돌아오기 위해 그녀와 어머니로부터 몇 달씩이나 떨어져 있지 않으면 안 된다고 설명했다.

캐서린은 필사적으로 아버지를 붙잡아두려 했다. 아버지가 집에만 있어준다면 선물은 단념하겠다고 말했다. 아버지는 제법 어른스럽다고 웃으면서 그녀를 달래고는 훌쩍 집을 떠나갔다.

그녀가 다시 아버지를 만난 것은 6개월 후였다. 어릴 때 매일 얼굴을 마주 대했던 어머니에 대한 기억은 희미한 반면, 가끔씩밖에 만나지 못했던 아버지의 모습은 생생하고 선명했다.

캐서린은 아버지를 핸섬하고 잘 웃고 농담을 잘하는 따뜻하고 마음씨 좋은 사람이라고 기억하고 있었다. 아버지가 집에 돌아왔을 때는 축제일 같아서 맛있는 음식이나 선물이 가득 차 있었다.

캐서린이 7세 때 그녀의 아버지는 해고를 당해 그들의 생활 패턴이 변했다. 그들은 시카고를 떠나 인디애나 주의 겔리로 이사를 갔고, 아버지는 그곳 보석가게에서 세일즈맨으로 일했다. 캐서린은 처음으로 학교에 입학했다. 그녀는 다른 아이들과 조심스럽게 거리를 유지하고 교사들을 멀리했는데 교사들은 그 쌀쌀맞은 태도를 자만심이라고 오해했다. 아버지는 매일 저녁식사 때 돌아왔기 때문에 캐서린은 태어나서 처음으로 그들이 남들처럼 진짜 가족이 되었다고 생각했다. 일요일에는 세 사람이 함께 바닷가로 놀러가서 말을 타고 신나게 모래언덕을 달렸다. 캐서린은 켈리에서의 생활이 즐거웠다.

그러나 그곳에 간 6개월 후, 아버지는 다시 일자리를 잃게 되어 그들은 다시 시카고 교외의 하베이로 이사를 하게 되었다. 이미 새 학기가 시작되었기 때문에 새로운 학교로 전학한 그녀는 그룹화 되어 있는 친구들 틈에 낄 수가 없었다. 그녀는 외톨박이였다.

그로부터 몇 년 간 캐서린은 무관심이라는 갑옷으로 무장함으로써 아이들의 공격으로부터 자신을 지켰다. 갑옷을 관통할 정도의 참기 어려운 공격에 대해서는 날카로운 기지를 가지고 상대해주었다.

그녀의 의도는 자기를 못살게 구는 아이들을 멀리해서 자신에게 관심을 갖지 않게 하는 것이었는데, 그것은 뜻밖에도 다른 효과를 나타냈다. 그녀는 반 친구들이 공연한 뮤지컬에 대해 비평을 써서 학교 신문에 투고를 하자, 그녀가 쓴 문구가 여기저기에서 인용될 정도로 인기를 끌었다.

영어 시간에 〈허풍쟁이 호라티오 선장〉을 읽어오라는 숙제를 받았을 때도 마찬가지였다. 캐서린은 그 책을 읽기 싫어서 한 줄짜리 독후감을 써 냈는데 뜻밖에도 선생은 A를 주었다. 그때부터 캐서린은 교내에서 재치꾼으로 알려지게 되었다.

캐서린이 14세가 되자 그녀의 몸은 성숙미를 더해갔다. 그녀는 몇 시간씩이나 거울을 들여다보면서 그곳에 비친 자신의 모습을 어떻게 바꾸면 좋을까 하고 생각했다. 마음속으로는 자신이 그리 못생겼다고는 생각하지 않았지만, 거울은 자신의 얼굴을 혐오스럽게 비쳐주었다. 손을 댈 수 없을 정도로 뒤엉킨 검은 머리칼, 한 시간마다 넓어져가는 듯한 입, 그리고 약간 위를 향한 코를 고스란히 보여주었다.

'내가 정말로 흉하게 생긴 건 아니겠지?' 그녀는 온갖 표정을 지어 보면서 모델을 하면 어떨까 하고 생각했다. 그러나 그녀 스스로 생각해봐도 모델다운 구석은 없어보였다. 그녀는 또 다른 포즈를 취해보았다. 역시 신통치 않았다. 몸매는 그다지 나쁘지 않았지만 스포츠형도 아니었고, 특별한 것은 아무것도 없었다. 그녀는 스스로 낙담했지만, 어떤 형태로든 특별한 사람이 되어야 했다. 누군가의 기억에 남을 만한 사람이 되고 싶었다.

15세가 되던 여름, 캐서린은 〈과학과 건강〉이라는 책을 구입했다. 그 책에서 안내하는 내용대로 그녀는 그로부터 2주일 동안 매일 한 시간씩 거울 앞에서 '아름답게 만들어주소서.' 하고 기도했다. 하지만 2주일이 지나서 그녀가 발견한 유일한 변화는 뺨과 이마에 여드름이 돋아난 것이었다. 곧바로 그녀는 기도를 중단했다.

캐서린과 가족은 시카고의 집세가 싼 로저스 파크의 작고 초라한 아파트에 정착했다. 미국은 점점 경제 불황에 빠져들고 있었다.

캐서린의 아버지는 이전보다 일을 하는 시간이 적어지고 술을 마시는 일이 많아졌다. 그리고 아내와 함께 서로를 비난하며 끊임없이 다투었는데, 그것으로 캐서린을 밖으로 나돌게 만들었다. 그녀는 몇 블록 떨어진 곳에 있는 호반으로 나가서 강한 바람에 여윈 몸을 내맡기고 모래밭을 걸었다. 그녀는 몇 시간이나 물결이 이는 회색의 호수를 바라보면서 정체를 알 수 없는 어떤 절실한 갈망이 가슴에 차오르는 것을 느꼈다. 그 갈망은 참기 어려운 고통의 파도가 되어 그녀를 삼켜버렸다.

혼자 있는 시간이 많아지고 견디기 어려운 외로움이 찾아오면, 그녀는 토머스 울프의 소설을 읽었다. 책 속에서 그녀는 자신의 아름다운 미래를 상상했다. 그녀는 언젠가 어딘가에서 멋진 인생을 보낸 적이 있으며, 그것을 다시 한 번 살고 싶어하고 있는 것 같았다. 그 무렵 그녀에게 생리가 시작되었다. 육체적으로 여자가 되어가고 있었지만, 그녀는 자신의 갈망이나 고통을 수반하는 욕망이 육체적인 것이 아니며 그것과는 관계가 없다는 것을 알고 있었다. 그것은 세상에서 인정받고 싶다, 지상에 넘쳐흐르는 수십억의 사람들 위에 서고 싶다는 강렬한 욕구였다. 그렇게 된다면 모든 사람들이 그녀가 누구인가를 알기에 그녀가 지나가면 이렇게 수군 거릴 것이다.

"저것 봐, 캐서린 알렉산더야. 그 유명한……."

위대한 무엇일까? 그것이 문제였다. 그녀는 자신이 구하고 있는 것이 어떤 것인지 모르는 채 무언가를 강렬하게 원하고 있었다.

토요일 오후, 돈이 생기면 그녀는 가까운 시카고 시내로 가서 영화를 보기도 했다.

그리고 센 고등학교의 상급반으로 진학하고부터 그녀의 대적이던 거울과도 마침내 친구가 되었다. 거울 속의 소녀는 발랄하고 매력적인 얼굴을 하고 있었다. 그녀의 머리칼은 칠흑같이 검었으며 피부는 부드럽고 크림색이었다. 얼굴 생김새는 단정하며 풍부해 보였고 섬세한 입술과 이지적인 회색 눈을 빛내고 있었다. 몸은 야무지고 잘 발달된 유방과 풍만한 엉덩이와 예쁜 다리를 가지고 있었다. 그녀에게는 어딘지 도도하다는 느낌이 들었는데, 자기 자신은 깨닫지 못하는 거만스러움 같은 것이었다. 그것은 실제로는 그녀 자신에게 없는 것이지만, 그 그림자에만 나타나 있는 것 같았다. 그녀는 그것이 초등학교 때부터 걸쳐온 갑옷 때문일 것이라고 생각했다.

대공황은 점점 더 미국을 강하게 죄고 있었고, 캐서린의 아버지는 절대로 실현되지 못할 것처럼 보이는 큰 사업에 계속해서 손을 댔다. 그는 언제나 꿈을 좇으며 새로운 발명품 연구에 몰두했다. 그는 자동차 바퀴 위에 설치해 운전석의 단추를 누르기만 하면 내려가는 잭스를 고안했으나 흥미를 보이는 자동차 회사는 없었다. 상점 내부용 회전 전기 광고도 고안해서 한동안 유망한 상담이 계속되었지만, 이제는 그 아이디어도 시들해져버렸다.

그는 마을을 순회하는 구두 수선차를 마련하기 위해 오마하에 있는 동생 랄프에게서 돈을 빌렸다. 그 계획에 대해서 그는 아내와 캐서린과 함께 몇 시간씩이나 토론을 했다.

"이것은 틀림없는 장사야. 구두 수선차가 각 가정을 도는 거지! 지금까지 이런 일을 한 사람은 없었어. 지금은 수선차가 한 대지만 하루에 20달러를 벌면 일주일이면 120달러가 되지. 수선 차가 2대가 되면 일주일에 240달러를 벌게 되니 1년 이내에 트럭 20대를 굴릴 수 있게 될 거야. 그럼 일주일에 2천4백 달러를 벌게 되고, 1년이면 12만5천 달러를 벌지. 그것도 시작에 불과해……."

하지만 2개월 후, 구두 수선공과 자동차는 사라져버렸다. 그리고 그 꿈도 끝장이 났다.

졸업이 가까워진 캐서린은 노스웨스튼 대학에 들어갈 수 있으면 좋겠다고 생각했다. 그녀는 반에서 수석이었다. 그러나 장학금을 받는다고 해도 대학에 가는 것은 곤란했다. 캐서린은 학업을 중단하고 취직하지 않으면 안 될 날이 가까워오고 있다는 것을 알고 있었다. 그녀는 비서 자리를 얻게 될 것이다. 그래도 캐서린은 그녀의 인생에 풍요하고 멋진 의미를 부여해줄 꿈을 결코 버리지 않겠다고 결심했다. 그러나 그녀가 자신의 꿈이 구체적으로 무엇인지를 알지 못한다는 사실이 그녀를 점점 더 슬프고 공허하게 만들었다. 자신은 아마도 사춘기를 통과하는 중일 거라고 스스로를 위로했지만, 그래도 그것은 커다란 고통이었다.

'이 나이에 사춘기를 거치기에는 너무 어려.' 하고 그녀는 우울한 기분에 휩싸여 생각했다.

캐서린을 좋아하는 소년이 두 사람 있었다. 한 명은 나중에 아버지의 법률사무소에서 일하게 된 토니 코먼으로, 캐서린보다도 1피트나 키가 작았다. 그는 피부가 창백하고 근시였다. 또 한 명은 치과의사를 지망하는 뚱뚱하고 수줍음 많은 맥더모트였다.

그리고 그 외에도 같은 반에는 전혀 다른 캐릭터인 다른 론 피터슨도 있었다. 론은 센 고교의 미식축구 스타로, 틀림없이 체육장학금으로 대학에 진학하게 될 거라고 모두들 말하고 있었다. 그는 키가 크고 어깨가 넓고 핸섬한 용모를 지니고 있어서 학교에서 인기가 높았다.

캐서린이 일찌감치 그와 사이가 좋아지지 못했던 유일한 이유는 론이 그녀의 존재를 깨닫지 못하고 있었기 때문이었다. 학교의 복도에서 그와 스쳐지나갈 때마다 그녀의 심장은 격렬하게 뛰었다. 그녀는 교묘한 도발적인 말을 해서 그에게 데이트를 신청하게 만들 방법을 궁리했다. 그러나 론에게 가까이 가기만 하면 그녀의 혀는 굳어졌고, 그들은 아무 말 없이 스쳐 지나갈 뿐이었다.

생활고는 점점 더 심각해서 집세는 3개월이나 밀려 있었다. 그래도 그들이 쫓겨나지 않았던 것은 집주인이 캐서린의 아버지와 그의 장대한 계획과 발명에 매료되어 있었기 때문이었다.

아버지의 얘기를 듣고 있으면 캐서린은 슬퍼졌다. 아버지는 아직도 쾌활하고 낙천적이었지만 그녀는 그 이면을 볼 수 있었다. 아버지가 하는 모든 일에 화사함을 더해주던 그 멋진, 자연스러운 매력은 점점 사라져가고 있었다.

캐서린은 과거의 비참한 실패를 감추기 위해서 찬란한 미래의 얘기를 꾸며내는 중년남자에게서 유치함을 느꼈다. 그녀는 아버지가 몇 번이나 헨리치에서 10여 명의 손님을 초대하여 디너파티를 열고, 그러고는 쾌활한 태도로 손님 한 사람을 구석으로 끌고 가서 계산과 더불어 과분한 팁을 지불하기 위해 돈을 꾸는 것을 보았다.

그는 자신의 평판을 유지하기 위해서 항상 많은 돈을 뿌렸다. 그러나 그럼에도 불구하고 캐서린은 아버지를 좋아했다. 그녀는 얼굴을 찡그리고 뿌루퉁한 표정을 짓고 있는 사람들 중에서 유쾌하게 싱글싱글 웃고 있는 아버지가 좋았다. 그것은 하나의 재능이었는데, 그는 언제나 그것을 유감없이 발휘했다.

마침내 캐서린은 절대로 실현될 수 없는 꿈을 꾸고 있는 아버지 쪽이 꿈을 꾸는 것을 두려워하는 어머니와 있는 것보다 행복하다고 생각하게 되었다.

그해 4월, 캐서린의 어머니는 심장 발작으로 세상을 떠났다. 그것은 캐서린에게 있어서 죽음과의 첫 대면이었다. 친지나 이웃들이 좁은 아파트에 가득 몰려와서 조문을 하고 형식적인 기도를 중얼거렸다.

죽음은 그녀의 어머니를 체액도 활력도 없는, 작고 시든 몸으로 바꿔버렸다. 혹은 생활이 그렇게 만든 것인지도 모른다고 캐서린은 생각했다. 캐서린은 어머니와 함께 지낸 나날, 함께 나눈 웃음, 두 사람의 마음이 통했던 순간을 생각해내려고 노력했다. 그러나 그녀의 마음에 떠오르는 것은 싱글싱글 웃는 명랑한 아버지의 모습뿐이었다.

어머니의 인생은 마치 햇빛 때문에 흐려진 그림자 같은 것이었다. 캐서린은 흰 깃이 달린 검소한 검은 드레스를 입고 관 속에 누운 창백한 어머니를 바라보며 어쩌면 그토록 보잘 것 없는 생애였을까 하고 생각했다. 무엇을 위한 인생이었을까? 캐서린이 몇 년 전에 가졌던 생각, '위대한 인간이 되자, 세계에 발자국을 남기자'라는 결심이 되살아났다. 그녀는 캐서린 알렉산더가 이 세상에 살았고, 그리고 죽어서 흙으로 돌아간 것을 세계에 알리지 못한 채 이름 없는 무덤에 묻혀버리고 싶지 않았다.

숙부인 랄프와 그의 아내 포린은 장례식을 위해서 오마하로부터 비행기를 타고 왔다. 랄프는 캐서린의 아버지보다 10세나 젊었고 형과는 판이하게 달랐다. 그는 비타민제 통신 판매로 크게 성공하고 있었는데 덩치가 큰 사나이로 사각형의 어깨, 사각형의 얼굴, 사각형의 턱을 가지고 있어서 그는 틀림없이 마음도 사각형일 것이라고 캐서린은 생각했다. 그의 아내는 참새처럼 생긴 데다 재잘재잘 떠들어댔다.

그들은 부유한 편이었고 캐서린은 숙부가 아버지에게 큰돈을 빌려주고 있다는 것을 알고 있었다. 그러나 캐서린은 숙부 부부에게는 자신과 공통되는 것이 전혀 없다고 생각했다. 캐서린의 어머니와 마찬가지로 그들도 꿈을 갖지 못한 사람들이었다.

장례식이 끝난 후, 랄프 숙부는 캐서린과 그녀의 아버지에게 할 얘기가 있다고 말했다. 그들은 아파트의 작은 거실에 앉아 있었고 숙모가 바쁘게 커피와 쿠키를 가지고 들락거렸다.

"형이 경제적으로 고통을 당하고 있다는 것을 알고 있어요. 형은 지나치게 꿈을 좇고 있어요. 언제나 그랬죠. 하지만 어쨌든 형은 내 형이니 이처럼 추락해가는 것을 보고만 있을 순 없어요. 그래서 아내와 의논을 했는데, 형님이 우리 회사에 와서 일해 주면 어떨까 합니다."

랄프는 캐서린의 아버지에게 말했다.

"오마하에서 말이냐?"

"여생을 편히 지낼 수 있어요. 캐서린과 둘이서 우리 집에서 함께 살면 됩니다. 우리 집은 엄청나게 넓으니까요."

캐서린은 하늘이 무너지는 것 같았다. 오마하라니! 그것은 그녀의 모든 꿈의 종말을 의미했다.

"생각할 시간을 다오."

그녀의 아버지가 말했다.

"우린 6시에 기차를 탑니다. 그 전에 알려주세요."

랄프 숙부의 말에 캐서린의 아버지는 신음하듯이 말했다.

"오마하라고! 그런 시골에는 쓸 만한 이발관도 없을 거야."

그러나 캐서린은 그가 허세를 부리고 있는 데 지나지 않는다는 것을 알고 있었다. 솜씨 있는 이발관이 있거나 없거나 그에게는 달리 방법이 없었다. 그는 이제 인생의 막다른 골목에 쫓겨 들어가 있었다. 정해진 시간에, 규칙적인 일을 하게 된다면 아버지는 어떻게 될까 하고 캐서린은 생각했다. 그는 새장에 갇힌 새처럼 몹시 답답해 하며 괴로워하다 죽을 것이다. 그리고 그녀 자신은 노스웨스튼 대학에 가는 것을 단념해야 할 것이다. 그녀는 장학금 신청을 해놓고 있었는데 아직 아무런 통지도 오지 않고 있었다.

그날 오후 아버지는 동생에게 전화를 걸어서 그 제의를 받아들이겠다고 말했다.

이튿날 아침, 캐서린은 오마하의 학교로 전학하게 된 것을 알리기 위해 교장을 만났다. 교장은 책상 건너쪽에 서 있었다. 그리고 그녀가 입을 열기도 전에 말했다.

"축하한다, 캐서린. 너는 노스웨스튼 대학의 전액급여 장학금을 받게 되었단다."

캐서린과 아버지는 그날 밤 많은 얘기를 나누었다. 그리고 결국 그는 오마하로 이사를 가고, 캐서린은 노스웨스튼 대학에 입학해서 캠퍼스 안의 기숙사에서 지내기로 합의를 보았다. 10일 후 캐서린은 라살 가 역까지 아버지를 배웅했다. 그녀는 아버지의 출발에 더할 수 없는 외로움을 느꼈다. 자신이 가장 사랑하는 사람과 작별해야 하는 슬픔이 몰려와 견딜 수가 없었으나 또 한편으로는 기차가 빨리 떠났으면 좋겠다고 생각했다. 처음으로 혼자서 자유롭게 생활할 수 있다고 생각하니 그녀의 마음은 뭔가 흥분되고 술렁거렸다.

캐서린은 플랫폼에 서서 다시 한 번 그녀를 보려고 열차의 창에 얼굴을 밀어붙이고 있는 아버지를 지켜보았다. 아직도 언젠가 화려하게 재기할 수 있다고 진정으로 믿고 있는, 핸섬한 사나이의 모습이었다.

역에서 돌아오는 길에 캐서린은 갑자기 어떤 일을 생각해내고는 소리를 내어 웃었다. 형편이 어려워서 동생의 신세를 지러가는 상황에 그녀의 아버지는 열차의 특실을 예약해두었던 것이다.

노스웨스튼 대학의 입학식은 당장 폭발할 것 같은 흥분으로 가득 차 있었다. 캐서린에게 있어서 그것은 말로 다 표현할 수 없는 의미를 지니고 있었다. 그것은 그녀의 모든 꿈과 내부에서 오랫동안 강렬하게 불타고 있던 정체를 알 수 없는 야심의 문을 여는 열쇠였다.

그녀는 수속을 하기 위해서 수백 명의 학생들이 늘어서 있는 큰 홀을 바라보면서 생각했다.

'이제 너희들은 모두 나를 자랑스럽게 생각하게 될 거야. "나는 캐서린 알렉산더와 같은 학교를 다녔어." 하고 말하게 될 날이 올 거야.'

캐서린은 가능한 한 많은 강의를 신청했고, 기숙사의 입실 수속을 밟았다. 그날로 그녀는 오후에는 캠퍼스 건너편에 있는 경식당 '루스트'에서 카운터를 보기로 했다. 급료는 주 45달러였다. 넉넉하지는 않지만 책과 필수품은 살 수 있는 액수였다.

2학년 중간쯤 되자 캐서린은 어쩌면 전체 캠퍼스 안에서 숫처녀라곤 자기밖에 없을 거라는 생각을 했다. 그녀는 가끔 상급생들이 섹스에 관해 얘기하는 것을 단편적으로 들은 적이 있었다. 그것은 멋진 일처럼 들렸다. 그때마다 그녀는 자신이 그 멋진 섹스를 경험해보지도 못하고 젊음을 보내버리게 되지는 않을까 하는 조바심이 일었다.

학생들은 기숙사에서든, 강의실에서든, 휴게실에서든 공공연히 섹스에 대해서 노골적으로 이야기를 했다. 캐서린은 그들의 적나라한 표현에 커다란 충격을 받았다.

"제리는 굉장해. 마치 킹콩 같다니까."

"그의 그것에 관한 얘기니, 아니면 두뇌에 관한 얘기니?"

"그에게는 머리를 쓰는 기교 따위는 필요 없어. 나는 어제 여섯 번이나 갔다, 얘."

"어니 로빈스하고 해본 적 있니? 그는 작기는 하지만 힘이 좋더라고."

"나는 오늘밤 알렉스에게 데이트 신청을 받았어. 그는 어떨까?"

"알렉스는 틀렸어. 그만두는 게 좋을 거야. 지난주에 그 애하고 호반에 갔었지. 그는 내 팬티를 내리고 손으로 더듬기 시작했어. 나도 더듬었지만 끝내 찾을 수가 없더라니까."

캐서린은 그와 같은 대화를 외설스럽고 혐오스럽다고 생각하면서도 한마디도 놓치지 않으려고 애썼다. 그것은 일종의 마조히즘이었다. 다른 여학생들의 성적 모험담을 들으면서 캐서린은 남자와 잠자리를 함께하고 그에게 미친 듯이 격렬한 사랑을 받고 있는 자기 자신을 상상했다. 그녀는 사타구니에 아픔을 느끼고, 그것을 잊기 위해서 넓적다리를 꼬집으며 고통을 주려고 했다. 그녀는 생각했다.

'나는 처녀인 채로 죽는 거야. 노스웨스튼에서 유일한 19세 처녀야. 노스웨스튼 뿐만이 아니라 전국에서 단 한 사람일지도 몰라. 숫처녀 캐서린, 교회는 나를 성녀로 만들어서 1년에 한 번 등불을 올릴 거야. 나의 어디가 잘못된 것일까?'

그녀는 자기 자신에게 대답했다.

'아무도 너를 유혹하지 않지만 둘이서가 아니면 안 되는 거야. 제대로 하려면 상대가 필요하다니까.'

여학생들의 섹스에 관한 대화에서 가장 많이 등장하는 것은 론 피터슨의 이름이었다. 그는 체육 장학금으로 노스웨스튼 대학에 들어와 센 고교 시절과 마찬가지로 스타가 되어 있었다.

론은 1학년 클래스의 위원장으로 선출되었다. 캐서린은 학기가 시작된 날 라틴어 시간에 그를 보았다. 론은 고교 때보다 더 핸섬해지고, 체격도 더욱 건강해져 있었으며 얼굴은 힘차고 사나이다워져 있었다.

강의가 끝난 뒤에 그가 그녀 쪽으로 다가오자 캐서린의 심장은 두근거리기 시작했다. 그녀는 마음속으로 그와의 다음 장면을 그려보았다.

그때 론이 다가와서 말을 걸었다.

"이봐…… 저……."

그는 그녀의 이름을 기억해내려고 애썼다.

그녀는 꿀꺽 침을 삼키고 서운해 하면서 재빨리 말했다.

"캐서린이야, 캐서린 알렉산더!"

"아, 그래. 어때, 이 대학은? 굉장하지?"

그녀는 그를 즐겁게 하려고, 그의 주의를 끌기 위해 목소리에 열의를 담으려고 노력했다.

"그래, 굉장해! 정말로……."

그는 강의실 입구에서 기다리고 있는 날씬한 금발의 여학생을 보더니 이렇게 말했다.

"그럼, 또 만나자."

그러고는 곧바로 그 여학생 쪽으로 걸어갔다.

'이것으로 신데렐라와 왕자님의 이야기는 끝났군.'

캐서린은 생각했다.

'그들은 행복하게 살았습니다. 그는 하렘 안에서, 그녀는 티베트의 바람이 강한 동굴 속에서…….'

캐서린은 때때로 학교 안에서 론과 마주쳤다. 그때마다 그는 항상 다른 여학생과 같이 있었고, 때로는 두세 사람과 함께 있을 때도 있었다.

'저러고도 싫증이 나지 않는걸까?'

그녀는 생각했다.

캐서린은 아직도 언젠가는 론이 라틴어 때문에 도움을 청하러 올 것이라는 환상을 품고 있었다. 그러나 끝내 그는 그녀에게 말을 걸지 않았다.

캐서린은 밤마다 홀로 침대에 누워 남자친구와 사랑을 나누고 있을 다른 여학생들에 대해서 생각했다. 그리고 그때마다 그녀의 마음에 떠오르는 것은 언제나 변함없이 론 피터슨이었다. 그녀의 상상 속에서 론은 그녀를 발가벗기고, 그녀도 천천히 그를 벗겼다.

로맨스 소설이 항상 그런 것처럼 그녀는 우선 그의 셔츠를 벗기고, 살며시 손가락을 그의 가슴 위로 달리게 한 다음, 바지를 벗기고 팬티를 끌어 내린다. 그리고 그녀를 안아 올려 침대로 옮겨간다. 그때마다 캐서린의 코믹한 감각이 고개를 들었다. 론이 등을 삐어 마루에 쓰러져 고통스러운 신음소리를 내는 것이다.

그녀는 자신에게 말했다.

'공상 속에서조차 제대로 하지 못하는군.'

그녀는 수녀원에 들어가는 것이 옳을지도 몰랐다. 캐서린은 수녀도 성적 공상을 하는 것일까? 그녀들이 자위행위를 하는 것은 죄일까? 성직자들은 성교를 한 적이 있을까 하는 생각들을 했다.

그녀는 로마 교외에 있는 아름다운 낡은 수도원 정원의 서늘한 나무 그늘에 앉아서 햇볕으로 따뜻해진 연못물에 손가락을 적시며 놀았다.

문이 열리고 키가 큰 사제가 정원으로 들어왔다. 그는 챙이 넓은 모자를 쓰고 기다란 법의를 걸치고 있었다. 그는 론 피터슨과 꼭 닮아보였다.

"당신이 여기 계신 줄 몰랐습니다."

캐서린은 황급히 일어섰다.

"저의 잘못입니다."

그녀는 사과했다.

"이곳이 너무 아름다워서 이곳에 앉아 넋을 잃고 있었습니다."

"네, 전혀 상관없습니다."

그는 그녀에게로 다가온다. 그의 검은 눈이 불처럼 타오르고 있었다.

"귀여운 분, ……나는 당신에게 거짓말을 했습니다."

"내게 거짓말을?"

그의 눈은 뚫어질 듯이 그녀의 눈을 응시했다.

"그렇습니다. 당신이 이곳에 있다는 것을 나는 알고 있었습니다. 당신의 뒤를 밟아온 것입니다."

그녀는 목구멍이 꽉 막히는 것 같은 흥분을 느꼈다.

"하지만…… 하지만 당신은 사제님이시잖아요."

"아름다운 아가씨, 나는 사제이기에 앞서 남자입니다."

그는 그녀를 포옹하려고 다가오다가 법의 자락을 밟고 연못에 빠졌다.

'말도 안 돼! 꿈에서조차 이렇다니까!'

론 피터슨은 매일 수업이 끝나면 캐서린이 일하는 '루스트'로 찾아와서 맨 안쪽 박스에 앉았다. 그 자리는 금세 그의 친구들로 가득차고 떠들썩한 대화의 중심이 되었다.

캐서린은 계산기 옆의 카운터 뒤에 서 있었다.

론은 식당으로 들어올 때마다 그녀에게 상냥하게 고개를 끄덕여 보이기만 하고는 안으로 들어갔다. 그는 한 번도 그녀의 이름을 부른 적이 없었다.

'내 이름을 잊어버린 게 확실해.'

그녀는 생각했다.

그러나 그가 들어올 때마다 그녀는 밝은 미소를 보이면서 그가 말을 건네기를 기다렸다. 데이트를 청하거나 한 컵의 물이나 그녀의 처녀성이나 아니면 다른 무엇이라도 요구하기를 바랐다. 그러나 그에게 있어 그녀는 식당의 비품처럼 관심 밖의 존재였다.

캐서린은 식당 안에 있는 여학생들을 객관적으로 잘 관찰하며 론과 자주 함께 다니는 남부 출신의 금발 미인인 진 앤을 빼면 자신은 어떤 여학생보다도 아름답다는 결론을 내렸다. 더구나 캐서린은 그 여학생들 전부를 합친 것보다도 영리했다. 도대체 자신의 어디가 잘못된 것일까? 어느 누구도 그녀에게 데이트를 청하지 않는 이유는 뭘까?

그녀는 이튿날 그 해답을 알게 되었다.

캐서린은 '루스트'를 향해 캠퍼스 안을 서둘러 가로지르고 있었다. 그

때 진 앤과 낯선 검은 머리칼의 여학생이 잔디밭을 가로질러 그녀 쪽으로 다가왔다.

"어머나, 미스 천재구나."

진 앤이 말했다.

'너는 최고의 얼간이지.'

캐서린은 부러워하면서도 그렇게 생각했다. 그리고 큰 소리로 말했다.

"문학 시험이 굉장히 어려웠어."

"겸손의 말씀이시겠지. 너는 문학 강의를 할 수 있을 정도로 많이 알고 있잖아. 다른 것도 우리한테 가르쳐줄 수 있겠지?"

진 앤이 쌀쌀하게 말했다.

무언가를 내포하고 있는 듯한 말투에 캐서린의 얼굴은 달아오르기 시작했다.

"무슨…… 그게 무슨 말이니?"

"내버려둬라, 얘."

검은 머리칼이 말했다.

"왜 내버려둬?"

진 앤이 반문하면서 캐서린을 쳐다보았다.

"잘난 체하지 말라고. 모두가 너를 뭐라고 하는지 아니?"

"뭐라고 하는데?"

"너는 레즈비언이야."

캐서린은 자신의 귀를 의심했다.

"내가 뭐라고?"

"동성연애자 말이야. 그렇게 시치미를 떼봤자 아무도 속지 않아."

"그, 그런 말도 안 되는……."

캐서린은 더듬거리며 말했다.

"정말로 사람들을 속일 수 있다고 생각해? 모두 알고 있단 말이야."

진 앤이 쏘아붙였다.

"아니야, 나는 절대로······."

"넌 네게 접근하려는 남학생들을 늘 거절하잖아."

"그건······."

"헛수고하지 마. 너는 우리와는 다른 인간이야."

진 앤이 말했다.

그녀들은 망연히 서 있는 캐서린을 남겨두고 멀어져 갔다.

그날 밤, 캐서린은 침대에 들어갔으나 잠을 이룰 수가 없었다.

'너는 몇 살이지, 알렉산더?'

'열아홉 살.'

'남자와 같이 잔 적이 있어?'

'한 번도 없어.'

'남자가 좋아?'

'누구나 마찬가지 아닌가?'

'여자를 사랑해보겠다고 생각한 적은 있니?'

캐서린은 오랫동안 그 문제에 대해서 생각해보았다. 그녀는 다른 여학생이나 여선생을 좋아한 적은 있었다. 그러나 그것은 성장의 한 과정일 뿐이었다.

지금 그녀는 여자를 사랑하는 것······ 육체가 뒤엉키고, 그녀의 입술이 다른 여자의 입술에 겹쳐지고, 그녀의 몸이 부드러운 여성의 손으로 애무되는 것을 생각했다. 그녀는 몸을 부르르 떨었다.

"싫어! 나는 정상이야."

그녀는 자기도 모르게 그렇게 외쳤다.

그러나 만일 정상이라면 왜 이렇게 혼자 누워 있는 걸까? 어째서 다른 아이들과 마찬가지로 어딘가에서 남자와 자고 있지 않는 걸까? 어쩌면 그녀는 불감증인지도 모른다. 어떤 종류의 수술이 필요할지도 모른다.

경우에 따라서는 뇌엽 절제를 해야 될지도 모른다.

기숙사의 창밖이 밝을 때까지도 캐서린은 잠을 이루지 못했다.

그러나 그녀는 한 가지 결심을 했다. 자신은 처녀성을 잃어야 한다는 것, 그리고 그 운 좋은 사나이는 모든 여학생의 동경의 대상인 론 피터슨이 아니면 안 된다고 생각했다.

노엘

마르세유—파리 : 1919년~1939년

2

그녀는 공주대접을 받으며 태어났다.

그녀의 가장 오래된 기억은 레이스 덮개가 붙어 있고 핑크빛 리본으로 장식되어 있는 요람이었다. 그곳에는 부드러운 봉제 동물인형과 딸랑딸랑 소리가 나는 장난감들이 가득 들어 있었다.

그녀는 울고 있으면 누군가가 달려와서 달래준다는 것을 금방 알게 되었다. 생후 6개월이 지나자, 그녀의 아버지는 그녀를 유모차에 태워서 정원으로 데리고 나가 꽃을 만지게 하면서 이렇게 말하곤 했다.

"아름다운 꽃이구나. 하지만 우리 공주님보다 더 예쁜 꽃은 없지."

그녀는 그 누구보다도 아버지의 강한 팔에 안기는 것이 좋았다. 그는 높은 건물이 보이는 창가로 그녀를 데리고 가서 말했다.

"저것이 너의 왕국이란다, 공주야."

또 그는 부두에 정박되어 있는 배의 높은 돛대를 손가락으로 가리키면서 말했다.

"저기 큰 배가 보이지? 언젠가 저곳에 있는 배 전부를 네가 지휘하게 될 거다."

방문객들이 그녀를 보러왔지만 그녀를 안을 수 있도록 허락받은 사람은 극히 소수의 사람들뿐이었다. 그 외의 사람들은 요람에 누워 있는 그녀를 찬찬히 들여다보면서 자기 눈을 의심할 정도로 뛰어난 얼굴과 아름다운 금발, 어디에도 비할 수 없을 만큼 부드러운 금빛 피부에 감탄의 소리를 질렀다. 그러면 그녀의 아버지는 자랑스러운 듯이 말했다.

"모르는 사람도 우리 아기를 보면 정말 공주라고 해요."

그러고 나서 그는 요람에 몸을 구부리고는 속삭였다.

"이제 곧 아름다운 왕자가 너를 만나러 올 거야."

그는 따뜻한 핑크빛 모포로 그녀를 감싸 안고 잠들게 했다.

그녀가 살고 있던 곳은 배와 돛대와 장밋빛 꿈의 세계였다. 그녀는 5세가 될 때까지 자신이 마르세유 생선가게의 딸이라는 것을 몰랐다. 작은 다락방의 창문에서 보았던 몇 개인가의 성은 아버지가 일하고 있는 지저분한 냄새가 나는 생선시장 주변의 창고에 불과했다. 아버지가 늘 말했던 미래에 그녀의 명령에 따를 것이라는 커다란 배들도 매일 새벽에 마르세유를 출항해서 오후 일찍 돌아와 부두에 냄새나는 짐짝들을 내려놓는 낡은 어선이었다.

이것이 바로 노엘 페이지의 왕국이었다.

아버지의 친구들은 자주 그에게 경고했다.

"노엘에게 공상적인 것만 가르쳐주면 안 돼, 자크. 그럼 자기가 다른 사람보다 훌륭하다고 믿어버리게 될 것 아닌가."

그들의 예언은 사실이 되었다.

마르세유는 겉보기에는 난폭한 마을이었다. 돈을 쥔 굶주린 선원들과 그 돈을 우려내려는 빈틈없는 약탈자들이 떼지어 살고 있었고, 항구도시에 으레 있기 마련인 원시적인 폭력이 만연한 곳이었다. 그러나 프랑스의 다른 마을과는 달리 마르세유의 사람들에게는 공통적으로 생활의 전쟁에서 싹튼 연대감이 있었다. 그것은 바다가 마을의 생명이고 마르세유의 어부들은 전 세계의 어부 가족의 일원이기 때문이었다. 그들은 폭풍우가 부는 날에도, 바람이 잔잔한 날에도, 생각지도 못했던 재난과 풍어를 맞이할 때도 모든 것을 함께 했다.

그런 이유로 자크 페이지의 이웃들은 그가 예쁜 딸을 낳은 행운을 함께 기뻐했다. 그들도 역시 쓰레기더미 같은 마을의 한구석에서 진짜 공주가 태어났다는 기적을 믿고 싶어했다.

노엘의 양친은 딸의 아름다움을 계속해서 경탄해마지 않았다. 노엘의 엄마는 젖가슴이 축 늘어지고 굵은 허벅지에 큰 엉덩이를 가진 체격이 튼튼하고 별다른 재주가 없는 시골 여자에 불과했다. 그리고 노엘의 아버지는 어깨가 넓고 땅딸막한 남자로 브루타뉴인의 특징인 작고 의심 많은 눈을 갖고 있었다. 그의 머리카락은 노르망디 해안의 습기 찬 모래같이 약간 짙은 갈색이었다. 처음에 그는 신이 실수를 하지 않고서야 어떻게 이처럼 아름다운 금발의 요정이 자기에게로 왔는지 믿을 수가 없었다. 그래서 딸이 성장하면 자기 친구들의 딸들처럼 그저 평범하게 될 것이라고 생각했다. 그러나 기적은 점점 불어나서 노엘은 날이 갈수록 더욱더 아름다워져 갔다.

노엘의 어머니는 그들 부부 사이에서 아름다운 금발의 미녀가 태어난 것에 대해 남편만큼 놀라지는 않았다. 노엘이 태어나기 9개월 전 그녀는 화물선에서 막 내린 씩씩한 노르웨이 선원을 만났던 것이다. 그 남자는 금발에 매력적인 웃음을 머금은 체격이 큰 바이킹의 후예였다. 자크가 일하러 나간 사이에 그 선원은 그녀의 침대에서 열광적인 15분을 보냈다.

노엘의 엄마는 금발에다 믿을 수 없을 만큼 아름다운 아기가 태어난 순간 당황했다. 그녀는 불안에 사로잡혀 허둥거렸다. 그러고는 남편이 거칠게 삿대질을 하면서 노엘의 진짜 아비의 이름을 대라고 다그치는 장면을 초조하게 기다렸다. 그러나 이상하게도 남편은 그 아기가 자신의 아이가 아니라고는 꿈에도 생각지 않고 있었다.

"우리 가문에 흐르는 스칸디나비아인의 피가 아기에게 나타난 것 같아. 그리고 내 딸의 얼굴 생김새는 나를 닮았어."

그는 친구들에게 자랑스럽게 이야기했다.

그의 아내는 잠자코 그 말을 들으면서 머리를 끄덕이며 속으로 남자들은 정말 멍청하다고 생각했다.

노엘은 아버지와 함께 시간을 보내는 것을 좋아했다. 그녀는 아버지의 평범한 장난과 아버지에게 배어 있는 기묘하고 특이한 냄새를 좋아했지만, 한편으로는 아버지의 난폭함에 두려움을 느꼈다. 그가 화가 나서 핏대를 세우고 엄마의 얼굴을 사정없이 휘갈기는 것을 노엘은 바들바들 떨면서 지켜보았다. 엄마는 아파서 비명을 질렀지만, 그 외침 속에는 고통을 초월한 어떤 동물적이며 성적인 쾌감 같은 것이 내포되어 있었다. 노엘은 그럴 때면 오히려 질투심이 느껴져 자기가 엄마를 대신해서 아빠에게 맞고 싶다고 생각하기도 했다.

그러나 아버지는 노엘한테는 늘 상냥했다. 그는 곧잘 노엘을 부두로 데리고 나가 함께 일하는 거친 막노동꾼 동료들에게 보였다. 노엘은 부두 일대에서는 공주로 통했다. 노엘은 그것을 자기 자신만이 아니라 아버지를 위해서 자랑스럽게 여겼다.

노엘은 아버지를 기쁘게 해드리고 싶었다. 그래서 아버지가 좋아하는 요리를 만들다 보니 그녀는 점차 주방의 일을 도맡게 되었다.

17세가 된 노엘은 상상했던 것 이상으로 아름다워졌으며 눈부신 미인으로 성장했다. 흠잡을 데 없는 우아한 얼굴에 밝은 보랏빛의 매혹적인 눈과 파도치는 듯한 금발, 윤기가 나는 우윳빛 피부, 눈에 띌 정도로 탄력적이고 풍만한 가슴과 잘록한 허리, 둥근 엉덩이, 길고 곧게 뻗은 다리, 가느다란 발목을 갖고 있었다.

그녀의 목소리는 명료하고 부드럽고 감미로웠다. 그리고 그녀에게는 상당히 관능적인 면이 있었다. 그러나 그녀의 매력만은 그것뿐만이 아니었다. 그녀의 마술적 매력은 그 관능아래 아직 이무도 밟지 않은 순결의 섬이 있는 바로 그것이었다. 그 두 가지가 대비를 이루어 저항하기 어렵도록 매력적인 분위기를 자아냈다.

노엘은 길을 걷고 있으면 꼭 누군가에게서 유혹을 받았다. 그 유혹은 마르세유의 매춘부가 항상 받곤 하는 일시적인 유혹이 아니었다. 왜냐하면 어떤 둔감한 남자라도 노엘에게는 특별한 무언가, 지금까지 그들이 본 적이 없는 그리고 아마 앞으로도 볼 수 없을 듯한 무언가가 갖추어져 있는 것 같았다.

그들은 설령 아무리 짧은 시간이라도 그 아름다움을 소유할 수만 있다면 어떤 대가라도 기꺼이 지불하고 싶을 정도였다.

노엘의 아버지도 딸의 아름다움을 충분히 의식하고 있었다. 솔직히 말하면 그는 거의 그 문제만 생각하고 있는 듯했다. 그는 노엘에게 향한 남자들의 관심을 잘 알고 있었다. 그와 아내는 섹스에 관해서 노엘에게 이야기를 한 적은 없었지만 아버지는 그녀가 여자의 작은 자산인 순결을 아직 지키고 있으리라 확신하고 있었다. 그는 신이 그에게 내려준 생각지도 못한 하사품을 어떻게 하면 최고로 잘 이용할 수 있는가에 대해 오랫동안 진지하게 생각했다. 그의 목적은 딸의 미모가 노엘에게나 자기 자신에게나 높게 팔릴 수 있도록 하는 것이었다. 누가 뭐라 해도 그는 그녀를 낳았고 밥을 먹여주고 옷을 입혀주고 공부를 시켰다. 그녀는 자신에게 많은 빚을 지고 있는 셈이고, 이제 그는 그 빚을 되돌려 받을 때가 된 것이다.

만일 그가 노엘을 부자의 정부로 보낼 수만 있다면 그녀를 위해서도 좋고, 그는 당연히 그에 합당한 안락한 생활을 누릴 수 있으리라. 날이 갈수록 정직한 사람이 살기 어려워지는 세상이 되어가고 있었다. 전쟁의 그림자가 서서히 유럽 전역에 드러워지고 있기 때문이었다.

나치는 전격적으로 오스트리아에 진주해 유럽을 경악케 했다. 수개월 후, 나치는 수데텐 지방을 점령하고 슬로바키아로 진격했다. 이제 더 이상 정복은 하지 않겠다고 한 히틀러의 보증에도 불구하고 대 전쟁에 대한 우려는 더욱 확대되기만 했다.

이러한 일련의 사태는 프랑스에 심각한 영향을 미쳤다. 상점과 시장에 품귀 현상이 나타나고 정부는 방위군을 증강시키기 시작했다.

자크는 머지않아 고기잡이를 할 수 없을지도 모르므로 앞으로 어떻게 살아가야 할지 걱정이 되었다. 그 문제에 대한 대답은 딸에게 적합한 애인을 찾아주는 것이었다. 하지만 난처하게도 그가 아는 사람들 중에는 부자가 없었다. 친구들이래야 하나같이 자기처럼 가난뱅이들뿐이었다. 그는 돈 없는 녀석에게 딸을 줄 생각은 털끝만큼도 없었다.

자크 페이지의 고민이 해결된 것은 뜻밖에도 노엘 자신에 의해서였다. 그 즈음 노엘은 갈수록 침착하게 있지를 못했다. 학급 성적은 양호한 편이었지만 그녀는 학교 다니는 것에 곧잘 싫증을 냈다. 노엘은 아버지에게 학교를 그만두고 일을 하고 싶다고 말했다. 그는 잠자코 딸을 보면서 여러 가지 가능성을 생각했다.

"어떤 일을 하고 싶니?"

자크는 물었다.

"잘 모르겠지만 모델이 되면 어떨까요."

그것으로 이야기는 간단히 결정되었다.

다음 주가 되자 자크 페이지는 매일 오후 집에 돌아와 생선 비린내를 없애기 위해 깨끗이 씻고 나서 단벌 나들이옷을 꺼내 입고 항구에서 부유층이 사는 번화가인 카누비에르로 나갔다. 그는 길거리를 이리저리 오르내리며 모든 의상실을 기웃거렸다. 실크와 레이스의 세계에 시골뜨기가 뛰어든 것이 몹시 어색해보였다. 하지만 그는 자기가 어울리지 않는 장소를 두리번거린다는 것을 의식하지 않았다. 그에게는 단 한 가지 목표가 있을 뿐이었다. 그리고 봉 마르쉐에 도착했을 때 그 목표물을 발견했다.

봉 마르쉐는 마르세유 제일의 훌륭한 의상실이었는데 그가 그 가게를 선택한 것은 그 때문이 아니었다. 소유자가 오귀스트 랑송이기 때문이었다. 랑송은 50대로 머리가 벗겨지고 못생긴 남자였다. 그는 작고 땅딸막한 다리와 탐욕스럽게 실룩대는 입을 갖고 있었다. 그의 아내는 뺨이 홀쭉한 자그마한 여자인데 가봉실에서 일하면서 재봉사들에게 심하게 잔소리를 해대며 지도하고 있었다.

자크 페이지는 랑송과 그의 아내를 본 순간, 문제에 대한 해답이 풀린 것 같았다.

랑송은 초라한 행색을 한 남자가 가게 안으로 들어오는 것을 떨떠름한 표정으로 지켜보고 있었다. 랑송은 무뚝뚝하게 말했다.

"필요한 게 뭡니까?"

자크 페이지는 윙크를 하고 랑송의 가슴을 향해 굵은 손가락을 쑥 내밀며 히쭉 웃었다.

"필요한 쪽은 내가 아니라 당신 쪽이오, 선생. 내 딸을 여기서 일하게 해주겠소?"

오귀스트 랑송은 눈앞에 딱 버티고 서 있는 시골뜨기를 보고 놀라서 할 말을 잃었다.

"일하게 해주겠냐니……."

"내 딸이 내일 9시에 여기에 올 것이오."

"아니, 대체 지금……."

자크 페이지는 이미 의상실을 나가고 없었고, 몇 분이 지나지 않아 오귀스트 랑송은 방금 전에 있었던 일을 완전히 잊어버렸다.

다음날 아침 9시에 랑송이 얼굴을 들자 자크 페이지가 의상실로 들어오고 있었다. 그가 지배인에게 그 남자를 내쫓아버리라고 말하려고 하는데 그 순간 자크의 등 뒤에 서 있는 노엘을 발견했다. 아버지와 믿을 수 없을 만큼 아름다운 딸이 랑송에게로 다가오고 있었다. 아버지는 싱글거리며 말했다.

"얘가 내 딸이오. 일하러 왔소."

오귀스트 랑숑은 딸을 응시하면서 입술을 핥았다.

"안녕하세요."

노엘은 미소를 띠고 말했다.

오귀스트 랑숑은 말이 잘 나오지 않아 그냥 고개를 끄덕거렸다.

"그래…… 뭐, 뭔가 할 일이 있을 거야."

그는 더듬거리며 겨우 말했다. 그는 그녀의 미모와 자태를 뚫어지게 쳐다보면서도 자기 눈을 의심하지 않을 수 없었다. 그는 벌써 자기 밑에 누워 있는 그녀의 알몸을 상상했다.

"그럼 나는 이만 물러가겠소."

자크 페이지는 그렇게 말하고는 랑숑의 어깨를 두드리고 의미심장한 윙크를 던졌다. 랑숑은 그의 의도를 한 치의 의심도 없이 이해했다.

처음 몇 주 동안 노엘은 별세계에 들어온 것 같았다. 의상실에 찾아오는 여자들은 아름다운 드레스를 입고 있었고, 언행이나 태도에 품위가 넘쳤으며 같이 온 남자들도 그녀가 늘 봐왔던 어부들과는 전혀 달랐다.

노엘은 태어나서 처음으로 생선 냄새로부터 빠져나온 것 같았다. 지금까지는 그 냄새가 그녀의 일부가 되어 있었기 때문에 그것을 의식한 적도 없었다. 그러나 이제는 모든 것이 갑자기 바뀌었다. 그것은 모두 아버지 덕분이었다. 그녀는 아버지와 무슈 랑숑과의 교제를 자랑스럽게 생각했다. 그녀의 아버지는 일주일에 두세 번 의상실로 찾아와서 무슈 랑숑과 함께 코냑이나 맥주를 마시러 나갔다. 그리고 두 사람은 친구처럼 기분 좋게 돌아왔다.

노엘은 처음에는 랑숑을 싫어했지만 그녀를 대하는 그의 태도는 항상 신중했다. 노엘은 의상실에서 일하는 한 아가씨로부터 랑숑의 아내가 랑숑이 창고에서 모델과 함께 있는 현장을 덮쳤었다는 이야기를 들었다. 그

때 아내가 가위를 집어 들고 남편의 남근을 절단하려고 했다는 것이다.

노엘은 어디를 가든 랑송의 눈길이 자신을 따라붙고 있다는 것을 의식했다. 그러나 랑송은 그녀에게 언제나 예의바르고 정중한 태도를 잃지 않았다.

'아마도 그가 우리 아버지를 무서워하고 있나 봐.'

그녀는 만족스럽게 생각했다.

집안 분위기는 갑자기 밝아졌다. 노엘의 아버지는 더 이상 아내를 때리지 않았고, 끊임없던 말다툼도 사라졌다. 식탁에는 스테이크와 훈제 고기가 등장했고, 저녁식사 후에 노엘의 아버지는 새로 산 파이프에 가죽 담배 케이스에서 꺼낸 고급스럽고 냄새가 좋은 담배를 끼워 물었다. 그는 새 외출복도 마련했다.

국제 정세는 날이 갈수록 악화되어 갔고 노엘은 종종 아버지가 친구들과 나누는 이야기에 귀를 기울였다. 그들 모두가 생활에 닥쳐온 위협에 몹시 두려워하고 있었는데 자크 페이지만은 이상하게도 태연했다.

1939년 9월 1일, 히틀러의 군대가 폴란드를 침입하고 이틀 후에 영국과 프랑스는 독일에 선전포고를 했다. 군대 동원이 시작되고 거리는 하룻밤 사이에 군인들로 북적거렸다. 이러한 진행 과정은 대체로 일종의 체념 속에서 받아들여졌고, 전에 본 옛날 영화를 다시 보는 것 같은 느낌을 주었다. 그러나 공포는 없었다. 다른 나라는 독일군을 앞에 놓고 부들부들 떨었지만 프랑스는 달랐다. 프랑스에는 천 년 동안이나 나라를 지킬 수 있는 난공불락의 마지노선이 있었다.

야간외출 금지령이 발표되고 배급제가 시작되었다. 그러나 자크 페이지는 그런 것에는 전혀 신경 쓰지 않았다. 그는 마치 사람이 변한 것처럼 조용하고 여유 있는 생활을 즐겼다. 그가 화내는 것을 본 것은 어느 날 밤 그녀가 가끔 데이트를 하는 젊은이와 캄캄한 부엌에서 키스하는 것을 들켰을 때뿐이었다. 갑자기 불이 켜지고 자크 페이지가 문 앞에 버티고 서서 분노로 몸을 떨고 있었다.

"어서 꺼져! 내 딸한테 다시는 손대지 마, 이 돼지 같은 놈아!"

그는 부들부들 떨고 있는 젊은이에게 성난 목소리로 욕설을 퍼부어 댔다. 젊은이는 허겁지겁 도망쳤다. 노엘은 아버지에게 나쁜 짓은 하지 않았다고 변명하려고 했지만 그는 들어주지 않았다.

"자신을 값싸게 굴면 못쓴다. 그놈은 시시한 놈이야. 공주에게는 어울리지 않아!"

그는 호통쳤다.

노엘은 그날 밤 침대에 누워 아버지의 깊은 애정에 놀라 앞으로는 아버지를 괴롭히는 행동은 하지 않겠다고 다짐했다.

어느 날 저녁 무렵, 의상실 문이 닫히기 직전에 랑송이 와서 노엘에게 모델로서 몇 벌의 드레스를 입어 봐달라고 부탁했다. 그 일이 끝났을 때에는 다른 사람은 모두 집에 가고 의상실에는 랑송과 사무실에서 장부를 정리하고 있는 그의 아내뿐이었다.

노엘은 옷을 갈아입기 위해 탈의실로 들어갔다. 그녀가 브래지어와 팬티만 입고 있을 때 랑송이 얼굴을 들이밀었다. 그는 노엘을 보며 입술을 실룩실룩 움직이기 시작했다. 노엘은 팔을 뻗어 옷을 쥐었는데 그녀가 옷을 입기 전에 랑송이 재빠르게 다가와 노엘의 양다리 사이에 손을 쑤셔넣었다. 노엘은 오싹 소름이 끼쳐 더러운 벌레가 기어가는 듯한 불쾌감과 혐오감을 느꼈다. 그녀는 몸을 빼려고 했지만 랑송이 꽉 잡고 있었다.

"너는 너무 아름다워! 나는 너를 즐겁게 해줄 수 있어."

그는 속삭였다. 그 순간, 랑송의 아내가 그를 불렀다. 그는 마지못해 노엘에게서 떨어져 서둘러 탈의실에서 나갔다.

집으로 돌아가면서 노엘은 이 일을 아버지에게 얘기하는 것이 좋은지 어떤지 생각해보았다. 아버지는 아마도 랑송을 죽이려 들 것이다. 그녀는 랑송을 혐오하며 그 근처에 있기조차 싫었지만 그래도 직장을 잃고 싶지는 않았다. 아버지도 그녀가 의상실을 그만두면 실망할 것이다. 노엘은 당분간은 아무 말도 하지 않고 스스로 문제를 해결하기로 했다.

다음 금요일, 랑송의 아내는 비키에 살고 있는 그녀의 어머니가 병이 났다는 연락을 받았다. 랑송은 자동차로 아내를 역까지 데려다주고 곧장 의상실로 돌아왔다. 그는 노엘을 사무실로 불러서 함께 주말여행이나 떠나자고 제의했다. 노엘은 설마 농담이겠지 생각하며 그의 얼굴을 쳐다보았다.

그는 지껄이기 시작했다.

"비엔나로 가는 거야. 거기에는 세계적으로 유명한 루 피라미드라는 레스토랑이 있어. 꽤 비싼 곳이지만 그런 것은 상관없어. 나는 내게 상냥하게 대해주는 사람에게는 선심을 쓰고 싶거든. 금방 준비할 수 있겠지?"

그녀는 랑송을 찬찬히 살펴보았다.

"안 돼요."

그녀는 겨우 그 말만 하고는 그에게 등을 돌려 사무실을 뛰쳐나갔다. 랑송은 잠시 노엘의 뒷모습을 바라보았다. 그의 얼굴은 분노로 달아올랐고, 책상 위의 전화기를 거칠게 움켜쥐었다. 한 시간 후에 노엘의 아버지가 의상실에 나타났다. 그러고는 곧바로 노엘에게 갔다. 그는 무슨 일이 생겼다는 것을 알고 그녀를 도와주러 온 것이다. 랑송은 사무실 입구에 서 있었다.

아버지를 보자 그녀는 안심이 되어 밝은 표정이 되었다. 하지만 노엘의 아버지는 노엘의 팔을 잡고 랑송의 사무실로 끌고 들어갔다.

"아빠, 와주셔서 다행이에요. 저는……."

노엘이 말했다.

"무슈 랑송이 멋진 제안을 했는데도 너는 거절을 했다면서?"

노엘은 당황해하며 아버지의 얼굴을 쳐다보았다.

"멋진 제안이라고요? 저와 같이 주말여행을 가자고 했는데요?"

"그걸 거절했단 말이냐?"

노엘이 미처 대답하기도 전에 아버지는 손을 올리는가 했는데 그녀의 뺨을 찰싹 갈겼다. 그녀는 멍청하게 그냥 서 있었다. 귀가 쿵쿵 울리고 아버지의 말이 들렸다.

"이 바보 같은 것아! 바보 멍청아! 그 나이가 되면 다른 사람도 생각해야지. 저만 아는 못된 계집애 같으니라고!"

그는 또 때렸다.

30분 후, 길가에 선 아버지의 배웅을 받으며 노엘과 무슈 랑송은 비엔나로 출발했다.

호텔 방에는 커다란 더블베드와 값싼 가구와 구석에 세면대가 있을 뿐이었다. 랑송은 낭비를 하는 사람이 아니었다. 그는 보이에게 팁을 조금 주고 보이가 방을 나가자마자 노엘에게 다가와 그녀의 옷을 벗기기 시작했다. 그는 그녀의 젖가슴을 땀에 젖은 뜨거운 손으로 움켜쥐었다.

"너는 정말로 아름다워!"

그는 숨을 몰아쉬며 말했다. 그는 그녀의 스커트와 팬티를 벗겨내고 침대에 넘어뜨렸다. 노엘은 충격을 받아 얼이 빠진 사람처럼 그대로 잠자코 누워 있었다. 그녀는 그곳으로 오는 동안에, 그리고 지금 이 순간까지 한마디도 입 밖에 내지 않았다. 랑송은 그녀가 병이라도 나면 곤란하다고 생각했다. 그래서 서둘러 옷을 벗어 바닥에 내던지고 침대 위로 올라갔다. 그녀의 몸매는 예상했던 것보다도 훌륭했다.

"너의 아버지 말에 의하면 너는 아직 남자 경험이 없다고 하던데. 사내가 어떤 것인지 내가 가르쳐주지."

랑송은 빙글거리며 말했다. 그는 툭 불거져 나온 배를 내밀며 그녀를 덥석 안았다. 그는 차츰 강하게 그녀의 몸을 자극했다. 하지만 노엘은 아무것도 느끼지 못했다. 마음속으로 그녀는 아버지의 성난 목소리를 듣고 있었다.

"무슈 랑송같이 친절한 남자가 돌봐주는 것을 고맙게 여겨야지. 너는 단지 그 남자에게 상냥하게 대해주기만 하면 되는 거야. 그것이 이 아비와 너 자신을 위하는 일이라고."

그것은 악몽과도 같았다. 아버지는 분명 뭔가 잘못 생각하고 있다고 노엘은 생각했다. 그러나 그녀가 설명하려고 하면 그는 또다시 뺨을 때리며 화를 냈다.

"시키는 대로 해. 다른 여자라면 이런 기회를 틀림없이 감사하게 생각할 거다."

'이런 기회……'

그녀는 랑송의 작달막하고 못생긴 몸과 탐욕스러운 눈에 거친 숨을 내뿜는 동물적인 얼굴을 보았다. 이 사람이 그녀의 아버지가 공주를 팔아넘긴 상대인 것이다. 이것이 그녀를 애지중지하며 시시한 남자에게 자신을 값싸게 구는 것을 금했던 사랑하는 아버지가 한 짓이었다. 노엘은 어느 날 갑자기 식탁에 등장한 스테이크와 아버지의 새 파이프와 그의 새 외출복을 떠올리고는 구역질을 느꼈다.

노엘은 그로부터 2, 3시간 사이에 과거의 자신은 일단 죽고 새롭게 태어난 것 같았다. 공주는 죽고 매춘부로 다시 태어난 것이다. 그녀는 얼마가 지나자 자신의 처지와 자기에게 일어나고 있는 일에 대해 정신이 번쩍 들었다.

그녀는 전에 느끼지 못했던 격렬한 증오심을 느꼈다. 그리고 아버지의 배신을 절대로 그냥 넘기지 않겠다고 다짐했다. 이상하게도 랑송에 대해서는 증오심이 일지 않았다. 그를 이해할 수 있을 것 같았다. 랑송은 모든 남자가 지닌 공통적인 약점을 가진 인간일 따름이었다.

'이제부터……'

노엘은 지금 이 순간부터 그 약점이 그녀의 강점이 된다고 생각했다. 그것을 이용하는 법을 배우는 것이다. 아버지가 말한 대로 그녀는 공주였고, 세계는 그녀의 것이었다.

지금 그녀는 다시 그것을 자기 것으로 만드는 방법을 깨달았다. 그것은 간단했다. 남자들은 힘과 돈과 권력으로 세계를 지배하고 있었다. 따라서 남자들을, 적어도 한 남자를 지배할 필요가 있었다. 그러나 그러기 위해서는 준비를 해야만 했다. 그녀에게는 배워야 할 것이 많았다. 그리고 이것은 겨우 시작에 불과했다.

그녀는 무슈 랑송에게 주의를 기울였다. 그녀는 그 남자 밑에 누워서 남성의 기관이 어떻게 밀착되고 그것이 여자에게 어떤 효과를 주는가를 경험하고 있었다. 랑송은 땅딸막한 몸 밑에 아름다운 육체가 깔려 있는 것을 무척 기뻐했다.

그는 노엘이 잠자코 나무토막처럼 누워 있는 것조차 의식하지 못했다. 설령 알아차렸다 해도 그에게 그것은 아무래도 상관이 없었을 것이다. 눈으로 그녀의 아름다움을 즐기는 것만으로도 그는 몇 년 동안 느낀 적이 없는 홍분과 열정의 도가니에 휩싸이기에 충분했다. 아내의 쭈글쭈글한 탄력 없는 육체와 마르세유 매춘부의 피곤에 찌든 육체에 익숙해져 있는 랑송에게 있어서 그의 밑에 깔려 있는 이 싱싱한 젊은 여자는 기적과도 같았다. 그리고 그 기적은 막 시작되었을 뿐이었다.

랑송이 두 차례의 포옹으로 지쳐버리자 노엘이 상냥하게 말했다.

"가만히 있어요."

그녀는 자신의 혀와 입과 손으로 새로운 방법을 시도하기 시작했고, 그의 부드럽고 민감한 곳을 찾아내어 랑송이 쾌락의 소리를 지를 때까지 애무를 그치지 않았다. 그것은 일련의 단추를 누르는 것과 같은 것이었다.

노엘이 한 개를 누르면 그는 신음소리를 내고, 또 한 개의 단추를 누르면 그는 환희로 몸을 비틀어댔다.

그것은 실로 간단했다. 이것이 그녀의 학교이자 그녀의 교육이었다. 또한 권력의 시작이었다. 그들은 그 호텔에 사흘 동안 머물렀지만 한 번도 루 피라미드라는 레스토랑에는 가지 않았다. 그리고 사흘 낮과 밤 동안 랑숑은 그녀에게 그가 알고 있는 보잘 것 없는 지식을 가르치고, 노엘은 매우 많은 것을 스스로 발견해냈다.

마르세유로 돌아오는 자동차 안에서 랑숑은 프랑스에서 가장 행복한 남자였다. 지금까지 그는 침대가 딸린 내실이 있는 레스토랑에서 웨이트리스들과 분주한 정사를 나누었었다. 그는 매춘부와 화대로 승강이를 벌이고 정부에게 선물해주는 것을 아까워했으며 아내와 아이들에게도 인색하기로 유명했다. 그런 그가 지금 이렇게 말했다.

"노엘, 너에게 아파트를 얻어주고 싶은데, 요리할 줄 아니?"

"물론이죠."

노엘은 대답했다.

"좋아. 내가 매일 점심식사 하러 가서 너를 안아주기로 하지. 일주일에 두세 번은 저녁식사도 하러 갈 거야."

그는 그녀의 무릎에 손을 올려놓고 가볍게 두들겼다.

"어떻게 생각하지?"

"좋아요."

노엘은 말했다.

"용돈도 줄게. 많이 줄 수는 없지만."

그는 서둘러서 덧붙여 말했다.

"하지만 네가 가끔 외출해서 예쁜 옷을 살 수 있을 만큼의 돈은 될 거야. 내가 너에게 바라는 것은 나 이외의 남자와는 사귀지 말라는 것뿐이야. 너는 내 것이니까."

"알겠어요. 오귀스트."

그녀는 말했다. 랑숑은 만족해하며 안도의 숨을 쉬었다. 다시 입을 열었을 때 그의 목소리는 부드러웠다.

"나는 지금까지 누구에게도 이런 기분을 가져본 적이 없었어. 그 이유가 뭔지 알아?"

"아뇨, 오귀스트."

"네가 나에게 젊음을 느끼게 해주었기 때문이야. 너와 나는 함께 즐겁게 지낼 수 있을 거야."

그들은 말없이 달리면서 서로 다른 꿈을 그렸다. 그리고 그날 밤 마르세유에 도착했다.

"가게에는 내일 아침 9시에 나와 줘."

랑숑은 그렇게 말했다. 그리고 나서 그는 다시 생각하고 말했다.

"피곤하면 조금 늦잠자고 9시 30분쯤에 나와도 돼."

"고마워요, 오귀스트."

그는 안주머니에서 지폐 뭉치를 꺼내 내밀었다.

"이걸 받아. 내일 아파트를 알아봐. 이것으로 계약금을 걸어."

그녀는 랑숑의 손에 쥐어져 있는 돈뭉치를 물끄러미 바라보았다.

"신통치 않아?"

랑숑이 물었다.

"나는 깨끗한 곳이 좋아요. 우리가 함께 즐길 수 있는 멋진 아파트를 얻고 싶어요."

노엘은 말했다.

"나는 부자가 아니야."

그는 대꾸했다.

노엘은 의미 있는 미소를 띠고 그의 허벅지에 손을 올려놓았다. 랑숑은 잠시 그녀를 쳐다보더니 곧 고개를 끄덕였다.

"하긴 그렇군."

그는 말했다. 그리고 지갑을 꺼내어 그녀의 눈을 지켜보면서 지폐를 넘기기 시작했다.

그녀가 만족스런 표정을 지었을 때, 그는 자기의 선심에 득의양양해하며 지폐 넘기기를 멈췄다. 그러나 그것은 별로 대단한 것이 아니었다. 랑송은 빈틈없는 장사꾼이었다. 그는 이것이 노엘을 자기 곁에 붙잡아두기 위한 보증이 된다고 생각했다.

노엘은 랑송이 들뜬 기분으로 떠나는 것을 전송했다. 그리고 나서 2층으로 올라가 자기 물건을 정리하고 그동안 모아둔 돈을 꺼냈다. 그날 밤 10시에 그녀는 파리 행 열차에 몸을 실었다.

다음 날 아침 일찍 열차가 파리에 도착했을 때 리용 역은 막 도착한 여행자들과 파리에서 나가는 인파로 북적거렸다. 역 안에는 사람들이 서로 즐겁게 인사를 나누는 소리와 눈물을 흘리며 작별 인사를 하는 소리 때문에 아무것도 들리지 않는 데다 난폭하게 밀리고 들이받히기도 했지만 노엘은 아무것도 생각하지 않았다.

열차에서 내린 순간, 파리라는 도시가 그녀에게는 처음이었지만 그녀는 여기가 자신이 살 도시라는 것을 직감했다. 마르세유는 낯선 마을이고 파리가 그녀의 고향인 것처럼 느껴졌다. 미묘하게 무언가에 취해버린 듯한 기분이었다. 노엘은 그런 기분에 젖어 소음과 혼잡과 흥분을 꿀꺽 삼켰다. 그것은 모두 그녀의 것이었다. 지금 그녀가 해야 하는 것은 그 권리를 주장하는 일뿐이었다. 노엘은 옷가방을 집어 들고 출구로 나갔다.

밖의 밝은 햇빛 속으로 나와서 미친 듯이 질주하는 차의 행렬에 휩싸이게 되자 노엘은 망설였다. 갑자기 갈 곳이 없다는 것을 깨달은 것이다. 역 앞에 5, 6대의 택시가 줄지어 서 있었다. 그녀는 맨 앞차에 올라탔다.

"어디로 갈까요?"

그녀는 주저주저하면서 말했다.

"좀 깨끗하면서도 값이 비싸지 않은 호텔 아세요?"

운전사는 고개를 돌려 그녀를 아래위로 훑어보았다:

"파리는 처음이신가요?"

"네."

그녀는 끄덕였다.

"일자리를 찾으세요?"

"네, 그래요."

"아가씨는 운이 상당히 좋은 줄 알아요. 모델을 해본 적 있어요?"

"네, 있어요."

그녀가 대답했다.

"내 누이동생이 큰 의상실에서 일하고 있는데 동생 얘기가 오늘 아침에 모델 한 명이 그만둘 거라더군요. 아직 그 자리가 비어 있는지 한번 물어볼까요?"

"그렇게 해주신다면 정말 고맙겠어요."

노엘은 대답했다.

"소개해주는 것은 어렵지 않은데 100프랑이 드는데요."

그녀는 눈살을 찌푸렸다.

"그만한 돈은 있어요."

그는 약속했다.

"좋아요."

그녀는 좌석에 등을 기대고 앉았다. 운전사는 기어를 넣고 미친 듯이 질주하는 차들의 행렬 속으로 비집고 들어가 도시 중심으로 향했다.

노엘은 도시의 광경을 넋을 잃고 바라보았다. 야간에는 등화관제가 실시되는 때라 파리는 그리 번화하지는 않다고 노엘은 생각했지만 그래도 그녀에게는 그곳이 마법의 도시처럼 보였다. 파리는 우아하고 산뜻하며 독특한 분위기를 지니고 있었다. 그들은 노트르담을 지나 유서 깊은 다리인 퐁 네프를 통해서 오른쪽 강을 건너 다리 쪽으로 돌았다. 노엘은 우뚝 솟은 에펠탑을 볼 수 있었다. 운전사는 백미러로 비치는 그녀의 표정을 보았다.

"멋지죠?"

"아름다워요."

노엘은 조용히 대답했다. 그녀는 아직 자신이 파리에 있는 것이 믿어지지 않았다. 파리는 공주인 그녀에게 딱 어울리는 왕국이었다.

택시는 프로방스 가의 우중충한 회색 석조건물 앞에서 멈췄다.

"손님, 여깁니다. 요금은 20프랑이고 사례비조로 100프랑 주시면 되겠어요."

운전사는 말했다.

"아직 모델 자리가 있는지 없는지 확실히 모르잖아요."

노엘이 말했다. 운전사는 어깨를 움츠렸다.

"아까 말했듯이 모델은 오늘 아침에 그만둔다고 했어요. 안에 들어가기 싫으면 역으로 다시 돌아가도 좋아요."

"알았어요."

노엘은 황급히 대답했다. 그녀는 핸드백을 열어 120프랑을 꺼내 운전사에게 건네주었다. 그는 돈을 보고나서 그녀의 얼굴을 건너다보았다. 당황한 노엘은 핸드백을 다시 열어 그에게 2프랑을 더 얹어주었다. 그는 그제야 만족해하며 웃지도 않고 그녀가 옷가방을 갖고 차에서 내리는 것을 지켜보고 있었다.

노엘은 그가 막 떠나려고 할 때 누이동생의 이름이 뭐냐고 물었다.

"쟈네트."

그는 짤막하게 대답했다.

노엘은 보도의 가장자리에서 택시를 보내고 뒤돌아서서 건물을 바라보았다. 겉에는 아무런 간판도 걸려 있지 않았지만 그녀는 모든 사람이 알고 있을 테니 일류 의상실에는 간판도 필요 없을 것이라고 생각했다. 그녀는 옷가방을 들고 문으로 다가가서 초인종을 눌렀다. 잠시 후 검은 에이프런을 두른 하녀가 문을 열었다. 그녀는 멍한 표정을 지으며 노엘을 바라보았다.

"무슨 일이시죠?"

"실례합니다만 모델 자리가 있다는 얘기를 듣고 왔는데요."

노엘이 말했다. 하녀는 노엘을 쳐다보며 눈을 깜박거렸다.

"누구한테 들었어요?"

"쟈네트의 오빠가 소개했어요."

"안으로 들어오세요."

그녀는 문을 조금 더 열었다. 노엘은 19세기 풍의 현관으로 들어섰다. 천장에는 큰 샹들리에가 늘어져 있었고 홀의 여기저기에 샹들리에가 빛나고 있었다.

노엘은 열려 있는 출입구에서 고풍스런 가구들이 가득 있는 거실과 이층으로 올라가는 계단을 볼 수 있었다. 아름다운 상감세공의 테이블 위에는 '휘가로'와 '레코드 파리' 포스터가 놓여 있었다.

"여기서 기다려 주세요. 마담 델리스가 당신을 만날 시간이 있는지 여쭤보고 오겠습니다."

"고마워요."

노엘은 말했다. 그녀는 옷가방을 내려놓고 벽에 걸려 있는 큰 거울로 걸어갔다. 그녀의 옷은 열차여행 때문에 구겨져 있었다. 그녀는 몸치장도 하지 않고 곧장 온 것을 후회했다. 좋은 인상을 주는 것이 중요했다. 그래도 그녀는 자신을 음미하면서 아름답게 보일 것이라고 생각했다.

거울 속으로 한 여인이 계단을 내려오고 있는 모습이 보이자 그녀는 뒤를 돌아다보았다. 날씬한 몸매에 세련된 여인이 서 있었다. 그녀는 긴 갈색 스커트에 하이네크 블라우스를 입고 있었다. 이 여자를 봐도 여기 모델들은 수준이 높을 것이 분명해보였다. 그녀는 노엘에게 미소를 지어 보이고는 거실로 들어갔다.

그리고 잠시 후 마담 델리스가 방으로 들어왔다. 40대의 키가 작고 약간 살이 찐 여자로 차갑고 타산적인 눈을 갖고 있었다. 그녀는 노엘이 대충 값을 짐작해보건대 적어도 2천 프랑은 나갈 가운을 입고 있었다.

"레지나한테 들었는데, 일을 하고 싶다고요?"

그녀는 물었다.

"네, 그렇습니다."

"어디 태생이죠?"

"마르세유입니다."

마담 델리스는 코웃음을 쳤다.

"주정뱅이 선원들이 노는 곳에서 왔군."

노엘의 얼굴이 어두워졌다. 마담 델리스는 그녀의 어깨를 두드렸다.

"그런 건 아무래도 괜찮아요. 몇 살이죠?"

"열여덟 살이에요."

마담 델리스는 고개를 끄덕였다.

"그래, 좋아요. 손님들 마음에 들 거라고 생각해요. 파리에 친척이라도 있어요?"

"없어요."

"좋아요. 지금 당장 일할 수 있겠어요?"

"네."

노엘은 열성적으로 대답했다.

이층에서 웃음소리가 들리고 얼마 후에 붉은 머리 여자가 뚱뚱한 중년 남자의 팔에 매달려 계단을 내려오고 있었다. 그 여자는 속이 훤히 들여다보이는 얇은 원피스 잠옷을 걸치고 있을 뿐이었다.

"벌써 끝났어요?"

마담 델리스가 물었다.

"안젤라는 녹초가 되었는걸?"

남자는 징그럽게 웃었다. 그는 노엘을 발견했다.

"누구지? 이 미인은?"

"얘는 이베트, 새로 온 아가씨에요."

마담 델리스는 그렇게 말하고 나서 조금도 주저하지 않고 덧붙였다.

"이 아가씨는 앙티브 태생으로 공주지요."

"나는 아직 공주와 자본 적이 없는데, 얼마지?"

남자는 외치듯 말했다.

"100프랑."

"농담하지 말라고. 70프랑이면 어때?"

"60프랑, 그 정도면 된다고요."

"좋아."

그들은 노엘을 바라보았다. 그러나 그녀의 모습은 이미 사라져버리고 없었다.

노엘은 몇 시간이나 파리의 거리를 걸어 다녔다. 그녀는 샹제리제의 한쪽 편을, 다음에는 다른 쪽 편을 흔들거리며 걸었다. 리도 아케이드의 상점 한 집 한 집마다 멈춰 서서 믿을 수 없을 만큼 가득 진열되어 있는 보석과 옷과 가죽제품, 그리고 향수를 눈을 크게 뜨고 들여다보며 물자부족이 아니었을 때의 파리는 어땠을까를 상상해보았다.

쇼윈도에 진열된 상품은 화려하기 그지없었다. 그녀는 한편으론 시골뜨기인 자신이 부끄러웠지만 또 한편으론 언젠가는 저것 모두가 자기 것이 될 것이라고 믿었다.

노엘은 브로뉴 숲을 산책하고 생토노레 거리와 빅토르 위고 대로를 걷고 있는 사이에 몹시 지치고 배가 고팠다. 그녀는 핸드백, 옷가방도 마담 델리스 집에 놔둔 채 뛰쳐나온 것이다. 그러나 그곳으로 다시 돌아갈 생각은 조금도 없었다. 나중에 다른 사람한테 부탁해서 갖고 오라고 해야겠다고 생각했다.

노엘은 아까 그 일로 충격을 받고 당황한 것이 아니었다. 그녀는 단지 싸구려 매춘부와 고급 매춘부의 차이점을 알게 되었을 뿐이었다. 싸구려 매춘부는 역사의 경로를 바꾼 적이 없었지만 고급 매춘부는 그렇게 할 수가 있었다. 어쨌든 지금의 노엘은 무일푼 신세였다. 그녀는 우선 일자리를 얻을 때까지 끼니를 때울 방법을 찾아내야만 했다. 땅거미가 지기 시작하자 상인들과 호텔의 도어맨들은 공습을 경계하여 창문에 차광막을 치기에 바빴다.

노엘은 당장 코앞에 닥친 문제를 해결하기 위해서 따뜻한 저녁식사를 사줄 사람을 찾아야만 했다. 그녀는 경찰에게 길을 물어서 리용 호텔로 갔다. 호텔 바깥쪽은 엄숙하고 무게 있는 철제 셔터가 창문을 가리고 있었지만 내부의 로비는 별천지 같은 아름다움으로 그녀를 압도했다.

노엘은 투숙객이라도 되는 듯이 자신만만한 태도로 안으로 들어가서 승강기가 보이는 의자에 앉았다. 그녀는 이런 일을 한 적이 없었기 때문에 약간은 불안했다. 하지만 그녀는 오귀스트 랑송을 다루기가 얼마나 쉬웠는지를 떠올리고는 남자란 의외로 단순한 작자들이라고 생각했다.

여자가 기억해두어야 할 교훈이 딱 한 가지 있었다. 그것은 남자는 욕망이 불타오를 때는 상냥하고, 그 욕망이 꺼져버리면 인색해진다는 사실이었다. 그러므로 갖고 싶은 것을 손에 넣을 때까지는 그들의 욕망을 불태워 두어야만 한다.

노엘은 로비를 둘러보면서 혼자서 저녁식사를 하러 가는 남자의 눈길을 끌기는 쉬울 거라고 생각했다.

"실례합니다, 아가씨."

노엘은 고개를 돌려 검은 복장을 한 체구가 큰 남자를 올려다보았다. 그녀는 지금까지 한 번도 형사를 본 적은 없었지만, 이 남자는 형사가 틀림없다고 생각했다.

"누구를 기다리고 계십니까?"

"네. 친구를 기다리고 있어요."

노엘은 가능한 한 침착하게 대답했다. 그녀는 갑자기 옷에 구김살이 진 것과 핸드백을 가지고 있지 않다는 것을 의식했다.

"친구 분은 이 호텔의 손님이십니까?"

노엘은 마음속에서 공포가 솟아오르는 것을 느꼈다.

"그는…… 저…… 손님은 아니에요."

그는 노엘을 훑어보고 나서 엄격한 목소리로 말했다.

"신분증을 좀 보여주시겠습니까?"

"지금, 지금 안 갖고 있는데요. 잃어버렸어요."

그녀는 말이 막혀 간신히 대답했다.

"그럼 함께 가주셔야겠습니다."

형사는 차갑게 말했다. 그는 노엘의 팔을 붙잡았고, 그녀는 일어섰다. 바로 그때 갑자기 누군가가 그녀의 팔을 잡고 말을 걸었다.

"미안해, 늦어서. 그런 칵테일파티는 정말 지긋지긋하다니까. 간신히 도망쳐 나왔어. 많이 기다렸지?"

노엘은 깜짝 놀라 상대를 돌아보았다. 키가 크고 야윈 형에 야무진 얼굴로 기묘하고 생소한 느낌을 주는 군복을 입은 남자였다. 머리는 푸른빛을 띤 검은색이고 이마의 머리털이 난 언저리는 V자형으로 되어 있었다. 눈은 검고 폭풍우가 부는 바다 같은 빛을 띠고 있었으며 눈썹은 길고 검었다. 그의 용모는 옛날 피렌체의 동전처럼 가지런하지 않았는데 양 옆 얼굴은 조물주의 실수인지 균형이 맞지 않았다. 표정은 상당히 생기 있고 변덕스러워서 미소를 짓는 것인지 눈살을 찌푸리고 있는 것인지 모를 지경이었다.

그 얼굴을 여성적 아름다움으로부터 구제하고 있는 것은 골이 깊고 억센 남성적인 턱이었다.

그는 형사 쪽을 몸짓으로 가리켰다.

"이 남자가 어떻게 했어?"

그의 목소리는 깊이가 있고, 약간의 사투리가 섞여 있었다.

"아뇨."

노엘은 당황해하면서 대답했다. 그러자 호텔의 청원경찰은 남자를 향해 말했다.

"실례했습니다. 오해했습니다. 최근에 이곳에서 사건이 생겨서 말입니다."

그는 노엘 쪽을 보고 정중히 사과했다.

"아무쪼록 용서해주세요, 아가씨."

낯선 남자는 노엘을 돌아보며 말했다.

"자, 이젠 어떻게 할까? 당신은 어떻게 생각하지?"

노엘은 침을 삼키고 살짝 끄덕였다. 남자는 형사에게 말했다.

"아가씨가 관대하게 용서해준다니까 다음부터는 조심하시오."

그런 다음 그는 노엘의 팔을 잡고 출입구로 나갔다. 거리로 나오자 노엘은 말을 건넸다.

"저…… 어떻게 감사를 드려야 할지 모르겠어요."

"나는 경찰이라면 딱 질색이거든. 택시를 잡아줄까요?"

낯선 남자는 빙긋 웃었다. 노엘은 그를 바라보았다. 좀 전에 있었던 일을 떠올리자 다시 공포가 솟아올랐다.

"괜찮아요."

"그래요, 그럼."

그는 택시 주차장으로 걸어가서 차에 타려고 하다가 뒤를 돌아보았다. 그녀가 꼼짝 않고 서서 자기를 보고 있었다. 호텔 입구에는 아까의 그 형사가 그들을 지켜보고 있었다. 낯선 남자는 잠시 주저하다가 그녀 옆으로 다시 다가와 말했다.

"여기서 떠나는 것이 좋겠어요. 저 형사가 아직 당신에게 관심을 갖고 있는 것 같으니까."

"저는 갈 데가 없는걸요."

그녀는 말했다. 그는 고개를 끄덕이더니 주머니를 뒤졌다.

"돈은 필요 없어요."

노엘은 황급히 말했다. 그는 놀란 표정으로 그녀를 바라보았다.

"그럼 필요한 게 뭐죠?"

"당신과 저녁식사를 하고 싶어요."

그는 미소를 지으며 말했다.

"안됐지만 난 약속이 있는데 벌써 시간이 지났어요."

"그럼 가세요. 전 상관 마시고요."

그는 지폐를 다시 그녀의 주머니에 밀어 넣었다.

"그럼, 안녕……!"

그는 말하고 다시 택시 쪽으로 걸어갔다.

노엘은 그를 보내면서 자신이 어딘가 정상이 아닌 것 같다고 생각했다. 그녀는 자기가 한 짓이 어리석었다는 것은 알고 있었지만 그렇게밖에 할 수가 없었다. 그를 본 순간부터 그녀는 예전에 느끼지 못한 반응, 강하고 확실한 감정의 파도가 휘몰아치고 있음을 느꼈다. 그녀는 그의 이름조차 몰랐고 아마도 두 번 다시 만나기는 힘들 것이다.

노엘이 호텔 쪽을 옆 눈으로 보니 형사가 자기에게로 다가오고 있었다. 그녀는 절망에 휩싸였다. 이번에는 도저히 발뺌을 할 수 없을 것이다.

그때 누군가가 어깨를 쳤다. 그녀가 그쪽을 보자 아까의 그 낯선 남자가 팔을 잡고 그녀를 택시 쪽으로 끌고 가서 차 문을 열고는 그녀를 택시에 밀어 넣었다. 그는 운전사에게 행선지를 알렸다. 택시는 보도의 가장자리에 서 있는 형사를 남겨두고 출발했다.

"약속이 있다고 하셨잖아요?"

그녀가 묻자 그는 어깨를 으쓱했다.

"파티예요. 한 명 정도 더 가도 상관없어요. 나는 래리 더글러스, 당신의 이름은?"

"노엘 페이지."

"고향이 어딥니까? 노엘."

그녀는 그의 반짝이는 까만 눈을 들여다보며 말했다.

"앙티브예요. 저는 공주예요."

낯선 남자는 흰 이를 드러내며 웃었다.

"영광입니다, 공주님."

"당신은 영국인인가요?"

"아니, 미국인이오."

그녀는 그의 군복을 보았다.

"미국은 전쟁에 참전하지 않는 줄 알고 있는데요."

"나는 영국 공군에 속해 있어요. 영국 공군 중에 미국 비행사 부대가 와 있는 거죠. 독수리 편대라고 부릅니다."

그는 설명했다.

"왜 영국인을 위해 싸우죠?"

"영국이 미국을 위해 싸우고 있으니까요. 많은 사람들이 아직 그걸 깨닫지 못하고 있을 뿐이죠."

그는 말했다. 노엘은 고개를 저었다.

"믿을 수가 없어요. 히틀러는 독일의 어릿광대예요."

"그럴지도 모르죠. 하지만 그는 독일인이 원하고 있는 세계지배를 실행하는 광대지요."

노엘은 래리가 히틀러의 전략과 국제연맹에서 갑자기 탈퇴한 것, 일본, 독일, 이탈리아 삼국동맹 등에 대해서 설명하는 것을 넋을 잃고 듣고 있었다. 그녀는 이야기의 내용을 듣고 있는 것이 아니라 이야기를 하고 있는 래리의 얼굴에 홀려 있었다.

그의 검은 눈은 이야기하는 사이에 반짝반짝 빛나고 힘찬 생기가 타오르고 있었다. 노엘은 그런 남자를 만나본 적이 없었다. 래리는 아주 드문 인물로, 자기 자신을 아낌없이 내던지는 남자였다. 개방적이고 따뜻하고 명랑하고 자기 자신을 나눠주고 생활을 즐기고 주위 사람들도 즐기게 하는 인물이었다. 그는 가까이 사귀는 모든 사람들을 자기 궤도로 끌어들이는 자석과도 같은 힘을 지닌 존재였다.

그들은 파티가 열리고 있는 슈만 벨 거리의 작은 아파트에 도착했다. 아파트는 사람들로 꽉 차서 웃기도 하고 고함을 지르기도 하며 북적거렸다. 대부분 젊은 사람들이었다. 래리는 노엘을 도발적이고 섹시한 느낌을 주는 빨간 머리 여주인에게 소개시키고 사람들이 붐비는 안으로 사라졌다. 노엘은 래리의 관심을 끌려는 젊고 열정적인 아가씨들에게 둘러싸여 있는 래리의 모습을 몇 번 볼 수 있었다. 그러나 그는 자신의 매력 따위에는 전혀 관심이 없어 보였다.

누군가가 노엘에게 음료수를 가져다주고, 또 다른 사람이 요리 접시를 가져와 권하기도 했지만 그녀는 조금도 식욕이 일지 않았다. 그녀는 래리와 함께 있고 싶었다. 그를 둘러싸고 있는 여자들로부터 래리를 떼어놓고 싶었다. 남자들은 노엘에게 접근해 이야기를 나누고 싶어했지만 노엘은 건성으로 대할 뿐이었다.

파티에 도착한 순간부터 래리는 완전히 그녀를 무시한 채 마치 그녀가 존재하지 않는 것처럼 행동했다. 왜 그럴까 하고 노엘은 생각했다. 파티에 오면 다른 여자들이 많이 있는데 어째서 그녀를 형사로부터 보호해주었을까. 두 남자가 그녀를 대화에 끌어들이려 했지만 노엘은 거기에 집중할 수 없었다. 방 안이 갑자기 견디기 어려울 만큼 답답하게 느껴졌다. 그녀는 주위를 둘러보며 빠져나갈 방법을 찾았다.

그때 그녀의 귀에 낯익은 목소리가 들려왔다.

"자, 그만 갑시다."

그리고 몇 초 후 그녀와 래리는 싸늘한 밤공기에 싸여 있는 바깥으로 나왔다. 도시 전체가 어둡게 가라앉은 느낌이 들었다. 자동차는 검은 바다 속의 조용한 물고기처럼 도로를 미끄러지듯 달리고 있었다.

택시를 잡을 수 없었기 때문에 그들은 걸어서 빅토르 광장을 향해 있는 작은 술집에서 식사를 했다. 그제야 노엘은 다시 극심한 시장기를 느꼈다. 그녀는 마주 앉아있는 미국인을 바라보며 자기에게 무슨 일이 일어났는지를 생각해보았다. 지금까지 존재하는지조차 몰랐던 그녀의 마음의 샘에 그가 손을 댄 것 같았다. 노엘은 이런 행복감을 느껴본 적이 없었다.

그들은 여러 가지 이야기를 나누었다. 그녀는 자기 신상에 대해서 털어놓았고, 그도 보스턴 남부 태생이며 아일랜드계의 보스턴 인이라고 말했다. 그의 모친은 아일랜드 케리 주 출신이었다.

"어디서 그런 능숙한 프랑스어를 배우셨어요?"

노엘이 물었다.

"어릴 때 우리는 항상 앙티브에서 여름휴가를 즐겼어요. 우리 아버지는 주식시장의 큰손이었지요. 곰에게 당하기 전까지는."

"곰이라뇨?"

래리는 미국 주식시장의 시세상승(소)과 시세하락(곰)이라는 용어에 대해서 설명했다. 노엘은 화제가 무엇이든 그가 계속해서 이야기 하는 것을 즐겼다.

"당신은 어디서 살고 있소?"

"집이 없어요."

노엘은 택시 운전사와 마담 델리스, 공주라면 60프랑을 내겠다던 뚱뚱한 남자 이야기를 해주었다. 래리는 큰소리로 웃었다.

"그 집이 어딘지 기억하고 있소?"

"네."

"그럼 가자고, 공주님."

74

그들이 프로방스 거리에 있는 그 집에 도착하자 낮의 그 하녀가 문을 열었다. 그녀의 눈은 핸섬한 젊은 미국인을 보고 빛났지만 그 뒤에 있는 노엘을 발견하자 금세 어두워졌다.

"마담 델리스를 만나고 싶은데."

래리는 말했다. 그와 노엘은 홀 안으로 들어갔다. 안의 거실에는 몇 명의 여자들이 있었다. 하녀가 나가고 나서 몇 분 지나자, 마담 델리스가 나타났다.

"어서 오세요."

그녀는 래리를 향해 말하고 노엘 쪽을 보았다.

"그래, 생각을 바꾸었나 보지, 아가씨?"

"그게 아니라 여기에 공주의 물건이 있을 텐데요."

래리는 말했다. 마담 델리스는 의아해하며 그의 얼굴을 보았다.

"그녀의 옷가방과 핸드백 말이오."

마담 델리스가 잠시 주저하다가 방을 나간 뒤 몇 분쯤 지나서 하녀가 노엘의 옷가방과 핸드백을 갖고 왔다.

"고맙소."

래리는 말했다. 그는 노엘 쪽을 바라보았다.

"자, 가시죠, 공주님."

그날 밤 노엘은 래리와 함께 라파에트 거리의 아담하고 깔끔한 호텔에 들었다. 그것은 옥신각신할 것도 없이 두 사람에게 있어서 지극히 자연스러운 행동이었다.

그날 밤 래리와 잠자리를 같이 하면서 노엘은 지금까지 경험한 적이 없는 자극과 격정에 휩싸여 그와 어우러졌다. 그녀는 밤새도록 래리의 품속에서 한 번도 꿈꿔보지 못한 행복을 맛보았다.

다음 날 아침, 눈을 뜨자마자 그들은 또다시 사랑을 나누고, 시내로 나가 이곳저곳을 둘러보았다. 래리는 훌륭한 안내자였다. 파리는 노엘을 즐겁게 해주기 위한 아름다운 장난감처럼 생각되었다.

그는 노점이 있는 노엘레 광장과 화려한 색을 지닌 새와 시끄럽게 울어대는 동물 바구니를 진열해놓은 거리로도 그녀를 안내했다. 또 시장을 구경하고, 신선한 토마토와 해초가 달라붙은 굴과 라벨이 확실하게 붙어 있는 치즈라며 고함지르며 팔고 있는 노점 상인들을 보았다.

래리는 많은 사람들과 친구처럼 지냈다. 노엘은 그것은 그가 웃음을 항상 잃지 않기 때문이라는 것을 알았다. 그것은 신의 은총처럼 생각되었다. 그녀는 래리에게 감사하면서 차츰 그에게 빠져 들어갔다. 그들이 호텔에 돌아온 것은 새벽 무렵이었다. 노엘은 지쳐 있었지만 래리는 조금도 피곤해보이지 않았다. 그는 지칠 줄 모르는 정력가였다. 노엘은 침대에 누운 채 창가에 서서 파리의 지붕 위로 떠오르는 아침 해를 감상하는 래리를 바라보았다.

"나는 파리를 사랑해. 파리는 인간이 이룩한 최고의 것을 칭송하는 천국과 같은 곳이야. 아름다움과 음식과 사랑의 도시지. 순서는 다를지 몰라도……."

그는 노엘을 돌아보면서 미소 지었다.

그는 노엘 앞에서 옷을 벗고 그녀의 침대로 들어갔다. 노엘은 래리를 끌어안고 그의 감촉과 향기를 음미했다. 그녀는 아버지를 떠올리고 자기를 배신한 것을 생각했다. 그리고 아버지와 오귀스트 랑숑을 기준으로 남자를 판단해온 것은 잘못이라고 생각했다. 그녀는 이제 래리 더글러스 같은 남자가 있다는 것을 알았다. 그리고 자기가 사랑하는 사람은 그 이외에는 있을 수 없다고 생각했다.

"세계에서 가장 위대한 두 명의 남자가 누구인지 아십니까, 공주님?"

래리가 물었다.

"당신."

노엘이 말했다.

"윌버와 오빌 라이트 형제야. 그들은 인간에게 참 자유를 주었지. 비행기를 타본 적이 있나?"

그녀는 고개를 저었다.

"여름 별장이 롱아일랜드의 맨 끝에 위치한 몬탁에 있는데, 나는 어릴 때 갈매기가 바람에 따라 해안의 상공을 움직이는 것을 보면서 그들과 함께 날고 싶다고 생각했지. 걷기 전부터 비행사가 되고 싶었어. 내가 9세 때 아버지의 친구가 쌍엽기(비행기의 주 날개가 겹으로 된 비행기)를 태워주어서 타 보았고, 14세 때는 비행 훈련을 받았어. 나는 하늘을 날고 있을 때에야말로 진정 살아 있다는 실감을 할 수 있어."

그러고는 잠시 후 덧붙여 말했다.

"이제 곧 세계전쟁이 시작될 거야. 독일은 모든 것을 자기네 것으로 하고 싶어하거든."

"프랑스는 걱정 없어요. 누구도 마지노선을 넘을 수 없을 테니까요."

래리는 웃었다.

"나는 백 번이나 넘었는걸."

노엘은 의심스럽다는 듯이 그를 쳐다보았다.

"비행기로 말이야, 공주. 이번에는 공중전이 될 거야. 바로 나의 전쟁이라고 할 수 있지."

잠시 뜸을 들이다가 그는 별 생각 없이 말했다.

"우리 결혼할까?"

그것은 노엘의 생애에서 가장 행복한 순간이었다.

일요일은 아무것도 할 일이 없는 느긋한 하루였다. 그들은 몽마르트의 옥외 카페에서 아침 식사를 끝내고 호텔로 돌아와 거의 하루 종일 침대 속에서 지냈다. 노엘은 세상에서 자기만큼 행복한 사람은 없을 거라고 생각했다. 그들이 서로 사랑을 나눌 때는 마치 마법과 같았다. 그러나 그녀는 그냥 누워서 래리의 이야기에 귀를 기울이고 그가 방 안을 걸어 다니는 것을 보는 것만으로도 행복했다. 그의 곁에 있을 수 있는 것만으로 충분했다.

세상이란 묘한 것이라고 그녀는 생각했다. 그녀는 아버지에게 공주라고 불리면서 성장했는데 농담이긴 하지만 지금은 래리가 그녀를 공주라고 부르고 있었다. 래리와 함께 있으면 그녀는 자신감이 생겼다.

그는 노엘에게 남자에 대한 신뢰를 회복시켜주었다. 그는 노엘의 세계였으며 그녀에게 그 외에는 다른 아무것도 필요하지 않았다. 더할 수 없이 행복한 것은 래리도 그녀를 사랑하고 있다는 사실이었다.

"난 전쟁이 끝날 때까지 결혼을 하지 않을 생각이었는데 아무래도 그런 결심을 깨뜨려야겠어. 계획은 변경하기 위해 있는 거야. 그렇지, 공주?"

노엘은 내부에서 뭔가 폭발할 것 같은 행복을 느끼면서 끄덕였다.

"시골 어디 촌장에게 찾아가 그 앞에서 식을 올릴까? 당신이 성대한 결혼식을 원한다면 그렇게 할 수도 있고."

래리는 말했다. 노엘은 고개를 저었다.

"시골에서 하는 것이 좋을 것 같아요."

그는 끄덕였다.

"그럼 결정했어. 나는 오늘밤 부대로 돌아가야만 해. 다음 주 금요일에 돌아올 거야. 그래도 괜찮겠지?"

"그렇게 오랫동안 당신과 떨어져 있는 것을 참을 수 있을지 모르겠지만……."

노엘의 목소리는 어쩐지 불안했다. 래리는 두 팔로 그녀를 힘껏 끌어안았다.

"나를 사랑해?"

"응, 내 생명보다 더."

노엘은 대답했다. 2시간 후, 래리는 영국으로 출발했다. 그는 그녀가 공항에 함께 가는 것을 극구 만류했다.

"나는 작별인사 같은 건 딱 질색이야."

그는 말했다. 그리고 그녀의 손에 쥐고도 남을 만큼의 많은 지폐를 주었다.

"웨딩드레스를 장만해둬. 다음 주에 그것을 입은 당신을 보러 올게."

그렇게 말하고 그는 떠났다.

노엘은 다음 며칠간을 래리와 함께 갔던 장소에 다시 가보기도 하고 둘의 결혼생활을 꿈꾸어보기도 하면서 몽롱한 상태로 지냈다. 하루하루가 매우 느리게 지나가는 것 같았다. 시계 바늘은 아주 천천히 움직였고 노엘은 미쳐버릴 것만 같았다.

그녀는 웨딩드레스를 사기 위해 수십 군데의 의상실을 돌아다닌 끝에 마드레느 비오네에서 마음에 드는 옷을 발견했다. 그것은 목이 높은 보디스에 6개의 진주 단추가 달린 긴 소매의 아름다운 드레스였다. 그것은 노엘이 예상했던 것보다도 훨씬 비쌌지만 그녀는 망설이지 않고 래리가 준 돈과 자신의 비상금까지 털어서 드레스를 샀다.

노엘의 모든 것은 래리에게 집중되어 있었다. 그녀는 그를 기쁘게 하는 방법을 생각하고 그를 즐겁게 해줄 추억거리와 이야깃거리를 찾았다. 그녀는 여학교 시절로 되돌아간 듯한 감상에 젖었다.

노엘은 드디어 금요일이 되자 새벽에 일어나 2시간에 걸쳐 목욕을 하고 옷을 입었는데 그 옷이 래리의 마음에 들지 알 수가 없어서 몇 번이나 다른 곳으로 바꿔 입었다. 그녀는 웨딩드레스도 입어 보았지만 웨딩드레스를 미리 입으면 악운이 따른다는 말이 떠올라 금방 벗어버렸다.

그녀는 완전히 흥분에 싸여 있었다. 10시에 노엘은 침실의 큰 거울 앞에 섰다. 그리고 지금까지 자신이 이렇게 아름답게 보인 적은 없었다고 생각했다. 그 평가는 자부심이 아니었다. 그녀는 단지 래리를 위해 이 아름다움을 그에게 선물할 수 있는 것을 기쁘게 생각했다. 12시가 되었지만 래리는 나타나지 않았다. 노엘은 그가 도착하는 시간을 알려주었더라면 좋았을 거라고 생각했다.

그녀는 10분 간격으로 프런트에 전화를 해서 전갈이 있었는지 물어보고 전화가 고장이라도 나지 않았는지 몇 번이나 수화기를 들어 확인해보았다.

저녁 6시가 되었지만 래리에게서는 아무런 연락이 없었다. 밤 12시가 되어도 전화는 걸려오지 않았다. 노엘은 몸을 웅크리고 의자에 앉아서 전화기만 쳐다보며 벨이 울리기를 기다렸다. 그리고 그녀는 그대로 잠들어버렸다. 깨어나 보니 토요일 새벽이었다. 그녀는 딱딱하게 굳어진 몸으로 의자에 앉아 있는 채였다. 그처럼 신경을 써서 골라 입은 옷에는 주름이 생기고 스타킹은 올이 풀려 있었다.

노엘은 옷을 갈아입고 하루 종일 방 안에 틀어박혀 열려진 창문 곁을 떠나지 않았다. 그곳을 떠나면 그에게 뭔가 나쁜 일이 일어날 것만 같아서였다.

토요일 아침이 지나고 오후가 되자 그녀는 사고가 생긴 것이 틀림없다고 생각했다. 래리의 비행기가 추락해서 그는 들판이나 병원에 누워 있고 죽었든지 중상을 입었을 것 같았다. 노엘의 마음속에 여러 가지 불길한 광경이 떠올랐다. 그녀는 걱정이 되어 견딜 수가 없는 상태로 토요일 밤을 뜬 눈으로 지새웠다.

그녀는 래리에게 연락을 취할 수 있는 방법이 없었다. 일요일 오후가 되어도 아무런 연락이 없자 노엘은 더 이상 참을 수가 없었다. 어떻게 해서든 그에게 전화를 걸어야만 했다. 그러나 어떻게 해야 할까? 전쟁 중이라 외국으로 전화하는 것은 곤란했고, 더구나 그녀는 래리가 어디에 있는지도 몰랐다. 알고 있는 것은 그가 영국 군대에 속한 미국인 비행 편대에 있다는 것뿐이었다.

노엘은 수화기를 들고 교환원에게 이야기를 해보았다.

"그건 불가능합니다."

교환원이 쌀쌀하게 대답하자, 노엘은 사정을 설명했다. 그녀의 말 때문인지 아니면 필사적인 목소리 때문이었는지는 모르지만 2시간 후에 노엘은 런던의 국방성과 통화할 수 있었다. 그러나 국방성에서는 아무것도 알아낼 수가 없었다. 아무런 정보도 얻지 못한 채 전화는 끊어졌다. 그리고 나서 국방성으로 전화가 연결되어 다시 작전사령부로 돌려졌지만 역시 아무런 정보도 얻지 못하고 끊겼다. 다시 전화가 연결된 것은 그로부터 4시간이나 지나서였다.

노엘은 거의 히스테리에 가까운 상태에 이르렀다. 작전사령부에서는 아무것도 모르니 국방성에 다시 연락해 보라고만 했다.

"거긴에는 벌써 물어봤다고요!"

노엘은 수화기에 대고 소리를 질렀다. 그녀는 흐느껴 울기 시작했다. 상대편 영국인은 난처해하면서 말했다.

"그렇게까지 걱정하실 것 없습니다. 잠시만 기다려주세요."

노엘은 수화기를 손에 든 채 래리가 죽은 것이 틀림없고, 어디에서 어떻게 죽었는지도 알 수 없을 것이라고 생각했다. 그녀가 수화기를 내려놓으려고 할 때 아까 그 남자의 목소리가 들리고 밝은 목소리로 말했다.

"당신이 찾고 있는 것은 독수리 편대입니다. 요크셔에 주둔하고 있는 미국인 부대인데, 보통은 금지되어 있지만 이 전화를 그쪽 기지로 돌리겠습니다. 거기에 물어보면 알 수 있을 겁니다."

그러나 전화는 거기서 끊겼다. 노엘이 그 기지로 전화를 연결해 받은 것은 밤 11시였다. 희미한 목소리가 들렸다.

"처치 펜톤 공군 기지입니다."

접속이 나빠서 노엘은 그의 말이 거의 들리지 않았다. 상대편은 바다 밑에서 말하고 있는 것 같았다. 그도 노엘의 목소리가 잘 들리지 않는 모양이었다.

"큰 소리로 말해주세요."

그는 말했다. 노엘의 신경은 거의 목소리를 조절할 수 없을 만큼 애가 타고 있었다.

"통화하고 싶은 사람은 래리 더글러스입니다. 그는 제 약혼자입니다."

"안 들립니다. 좀 더 크게 이야기해주세요."

기절 직전의 그녀는 같은 말을 외쳤다. 그녀는 상대편에서 래리의 죽음을 숨기려고 하는 것이라고 믿었다. 기적적으로 일순간 목소리가 명료하게 들렸다. 옆방에서 이야기하고 있는 것같이 또렷하게 들려왔다.

"래리 더글러스 중위입니까?"

"네."

그녀는 감정을 극도로 억제하면서 말했다.

"잠시만 기다려주세요."

노엘에게는 그 시간이 영원히 계속되는 것 같았다. 얼마 지나서 상대편 목소리가 전화기로 돌아왔다.

"더글러스 중위는 주말 휴가로 안 계십니다. 급한 일이라면 런던의 사보이 호텔 무도회에 연락해보세요. 데이비스 장군의 파티입니다."

전화는 끊겼다.

다음 날 아침 방을 청소하러 들어온 청소부는 바닥에 쓰러져 의식을 잃고 있는 노엘을 발견했다. 청소부는 그냥 둘까 생각했다. 어째서 그녀 담당의 방에는 늘 이런 일이 생기는 걸까?

청소부는 다가가서 노엘의 이마에 손을 대보았다. 이마는 불덩이였다. 그녀는 투덜거리며 홀을 걸어가서 포터에게 지배인을 불러달라고 부탁했다. 한 시간 후 호텔 밖에 구급차가 달려오고 2명의 젊은 인턴이 들것을 가지고 노엘의 방으로 뛰어 들어왔다. 노엘은 의식이 없었다. 책임자인 젊은 인턴이 그녀의 눈을 열어보고 가슴에 청진기를 갖다 대고 호흡을 체크했다.

"폐렴이야. 병원으로 옮겨야겠어."

그는 함께 온 또 한 명의 인턴에게 말했다.

그들은 노엘을 들것에 실었다. 5분 후 구급차는 급히 병원으로 달렸다. 산소마스크를 하고 중환자실에 눕혀진 그녀가 의식을 회복한 것은 나흘이 지나서였다. 그녀는 짙은 녹색의 망각의 늪에서 바동대며 의식 밑바닥에서 두려운 일이 생겼다는 것을 알아차리면서 그것이 무엇이었는지를 생각해내지 않으려고 싸우고 있었다. 그 두려운 일이 차츰차츰 의식의 표면으로 떠오르고, 그녀는 그것을 누르려고 노력했지만 모든 것이 갑자기 그녀의 마음에 뚜렷하게 떠올랐다.

래리 더글러스! 그녀는 눈물을 흘리며 몸부림쳤지만, 마침내 다시 의식을 잃었다. 노엘은 부드러운 손이 그녀의 손을 잡는 것을 느끼자, 래리가 돌아와 모든 것이 해결된 줄 알았다. 그녀가 눈을 뜨니 흰 가운을 입은 낯선 남자가 손목을 쥐고 있었다.

"이제 정신이 드셨군요."

그가 밝게 말했다.

"여기가 어디예요?"

그녀는 물었다.

"시립병원입니다."

"내가 왜 여기에?"

"많이 나아졌어요. 급성 폐렴이었지요. 저는 이스라엘 카츠입니다."

그는 야무지고 지적인 생김새의 젊은 남자로 깊숙이 들어간 다갈색 눈을 갖고 있었다.

"선생님이 제 담당의사이신가요?"

"인턴입니다. 내가 당신을 병원으로 옮겼습니다."

그는 노엘에게 미소를 띠며 말했다.

"회복되어 다행이에요. 위독했었습니다."

"제가 언제부터 여기에?"

"나흘 전입니다."

"저, 부탁이 있는데 들어주시겠습니까?"

그녀는 힘없는 목소리로 말했다.

"제가 할 수 있는 일이라면……."

"라파에트 호텔에 전화해서…… 제 앞으로 무슨 연락이 없었는지 물어봐주세요."

그녀는 주저하면서 말했다.

"그래요? 지금 제가 바빠서……."

노엘은 그의 손을 꽉 잡았다.

"부탁해요. 중요한 일이에요. 내 약혼자가 내게 연락을 해올 거예요."

그는 미소를 지었다.

"그렇습니까? 알았습니다. 알아보죠."

그는 약속했다.

"자, 그럼 좀 쉬세요."

"그의 연락을 받기 전에는 잠들 수가 없어요."

인턴은 호텔에 연락을 하러 나가고 노엘은 말없이 기다리고 있었다. 물론 래리는 그녀와 연락하려고 하고 있을 것이 틀림없었다. 하지만 뭔가 큰 착오가 생겼을 것이다. 그는 그 사정을 확실히 설명해줄 것이고 다시 행복이 찾아올 것이다.

이스라엘 카츠가 병실에 모습을 나타낸 것은 2시간이나 지나서였다. 그는 노엘의 침대로 다가와 옷가방을 내려놓았다.

"당신의 옷을 가져왔습니다. 제가 호텔에 직접 다녀왔습니다."

그녀는 그를 올려다보았다. 그는 그녀의 얼굴이 순간 굳어지는 것을 보았다.

"미안합니다만 전갈은 없었습니다."

그는 당혹해하며 말했다. 노엘은 오랫동안 그의 얼굴을 바라보고 있었다. 그리고 나서 벽 쪽으로 얼굴을 돌렸다. 그녀의 눈은 말라 있었다.

노엘은 이틀 후에 퇴원했다. 이스라엘 카츠가 작별인사를 하러 왔다.

"갈 곳은 있어요? 아니면 직장이라도."

그는 물었다. 그녀는 고개를 가로저었다.

"당신 직업은?"

"모델이에요."

"당신을 도와줄 수 있을지도 모르겠군요."

노엘은 택시 운전사와 마담 델리스를 떠올리고는 말했다.

"도와주시지 않아도 돼요."

그녀는 말했다. 이스라엘 카츠는 메모지에 이름을 적었다.

"만약 마음이 달라지면 여기로 가세요. 작은 의상실입니다. 우리 숙모가 하고 있어요. 당신 얘기를 해두겠습니다. 돈은 있어요?"

그녀는 대답하지 않았다.

"그럼 이거라도."

그는 주머니에서 몇 장의 지폐를 꺼내어 노엘에게 건네주었다.

"유감스럽게도 이것밖에 없어요. 인턴은 급료가 적어서요."

"고마워요."

노엘은 말했다.

그녀는 길가의 조그만 카페에 앉아 커피를 마시면서 어떻게 살아가야 할까 심각하게 생각해보았다. 그녀는 어떻게든 살아야 한다고 생각했다. 살아야 할 이유가 있기 때문이었다.

노엘은 깊은 곳으로부터 불타오르는 증오심으로 가득차서 복수 이외의 것은 생각할 수가 없었다. 그녀는 자신을 이런 꼴로 만든 래리를 파멸시키기 전까지는 증오의 불길이 꺼지지 않을 것 같았다. 그녀는 언제, 어떤 방식으로 복수를 감행할지는 아직 알 수 없었지만 언젠가는 반드시 결행하리라 굳게 마음먹었다.

당장 그녀에게는 일할 곳과 잠잘 곳이 필요했다. 노엘은 핸드백을 열고 젊은 인턴이 건네준 메모지를 꺼냈다. 그녀는 잠시 그것을 바라보다가 드디어 결심했다.

그날 오후, 그녀는 이스라엘 카츠의 숙모를 만나 브루소 거리에 있는 2류급의 작은 의상실에서 모델 일을 하기로 했다.

이스라엘 카츠의 숙모는 심술궂은 외모와 천사의 영혼을 지닌 백발이 드문드문 보이는 중년의 여자였다. 그녀는 종업원 아가씨들을 아껴주었으며 아가씨들은 그녀를 잘 따랐다. 그녀의 이름은 마담 로즈였다.

마담 로즈는 노엘에게 급료를 미리 건네주고 의상실 근처에 작은 아파트를 주선해주었다. 그녀가 아파트에서 옷가방을 열어 맨 먼저 한 일은 웨딩드레스를 거는 것이었다. 그녀는 그것을 걸어놓고 아침에 눈을 떴을 때 제일 먼저 그것이 눈에 들어오도록, 그리고 밤에 자기 전에 맨 마지막으로 그것이 보이도록 해놓았다.

그리고 한순간 노엘은 자신이 임신을 했다는 것을 알았다. 아직 눈에 보이는 징조는 아니었고, 아무런 검사도 받지 않았지만 그녀는 자신의 몸에 생긴 새로운 생명을 느낄 수 있었다. 그녀는 밤에 침대에 누워 천장을 바라보면서 아기에 대해 생각했다. 그녀의 눈은 야수적인 기쁨으로 빛났다.

첫 번째 쉬는 날에 노엘은 이스라엘 카츠에게 전화해서 같이 점심식사를 하자고 말했다.

"나 임신했어요."

노엘은 그에게 말했다.

"어떻게 알죠? 검사를 받아봤나요?"

"검사 따위는 필요 없어요."

그는 고개를 가로저었다.

"노엘, 임신하지 않았는데도 아기가 생겼다고 생각하는 여자가 많이 있어요. 생리는 언제 멈췄나요?"

그녀는 질문을 무시해버리고 안타까운 듯이 말했다.

"저를 도와주시겠어요?"

그는 놀라며 말했다.

"아이를 떼려고요? 아이 아빠와 의논했나요?"

"그이는 여기에 없어요."

"낙태는 위법이에요. 일이 골치 아프게 될지도 몰라요."

노엘은 잠시 그를 쳐다보았다.

"얼마면 될까요?"

그의 얼굴은 분노로 굳어졌다.

"무엇이든 돈으로 해결할 수 있다고 행각합니까, 노엘?"

"물론이죠. 무엇이든 팔 수도 있고 살 수도 있어요."

그녀는 말했다.

"그것은 당신 자신도 포함한 이야기인가요?"

"네, 하지만 난 매우 비싸요. 나를 도와주시겠어요?"

그는 오랫동안 망설였다.

"좋아요. 우선 검사를 하기로 하죠."

"네, 그래요."

그 다음 주, 이스라엘 카츠는 노엘이 병원에서 진찰을 받을 수 있도록 주선해주었다. 이틀 후에 검사 결과가 나오자 그는 의상실에 있는 그녀에게 전화를 걸었다.

"노엘, 당신 말이 맞았소. 임신이에요."

그는 말했다.

"알고 있어요."

"병원에서 소파수술을 할 수 있도록 조치를 해두었어요. 당신 남편이 사고로 사망해서 당신은 아이를 낳을 수 없게 되었다고 얘기해두었어요. 수술은 다음 주 토요일입니다."

"안 돼요."

그녀는 말했다.

"토요일에 무슨 일이라도 있나 보죠?"

"그게 아니라 낙태시킬 결심이 아직 서지 않았어요. 나는 단지 당신을 믿고 가능한지를 알고 싶었을 뿐이에요."

마담 로즈는 노엘의 변화를 알아차렸다. 단순한 외견상의 변화가 아닌, 더 깊은 곳으로부터 그녀에게 넘치는 광채가 발산되고 있었다. 노엘은 뭔가 멋진 비밀을 간직하고 있는 것처럼 끊임없이 미소를 지었다.

"애인을 찾았어, 노엘? 네 눈을 보면 알아."

"네, 마담."

마담 로즈의 말에 노엘은 끄덕였다.

"좋은 사람인 모양이군. 그를 꽉 잡으라고."

"그렇게 할게요. 가능한 한."

노엘은 약속했다. 3주일 후, 이스라엘 카츠에게서 전화가 왔다.

"아무 연락이 없어서 당신이 그 일을 잊어버리지 않았나 해서요."

"아녜요. 줄곧 생각하고 있었어요."

노엘은 말했다.

"기분은?"

"매우 좋아요."

"나는 달력을 보고 있어요. 빨리 수술하는 것이 좋을 것 같군요."

"아직 결심이 서지 않았어요."

노엘은 말했다. 또다시 3주가 지나가고 나서 이스라엘 카츠는 다시 그녀에게 전화했다.

"함께 저녁식사를 했으면 해요."

그는 물었다.

"좋아요."

그들은 거리의 값싼 카페에서 만나기로 했다. 노엘이 더 비싼 레스토랑의 이름을 대려고 하다가 이스라엘이 인턴이 돈에 부자유스럽다고 한 말이 생각났다. 그가 기다리고 있는 곳으로 그녀가 나타났다. 그들은 식사하는 동안 두서없이 이것저것 이야기를 나누었다. 이스라엘이 생각하고 있던 얘기를 입 밖에 낸 것은 커피가 나온 후였다.

"아직도 낙태를 하고 싶습니까?"

그는 물었다. 노엘은 놀란 얼굴로 그를 쳐다보았다.

"물론이죠."

"그럼 빨리 수술을 해야 돼요. 벌써 임신한 지 2개월이 넘었잖아요."

그녀는 고개를 저었다.

"아직은……."

"이것이 첫 임신인가요?"

"네."

"그럼 말해줘야겠군요. 3개월까지는 낙태가 대체로 간단합니다. 태아의 형태가 아직 만들어지지 않았기 때문에 수술은 간단히 끝나죠. 하지만 3개월이 지나면……."

그는 주저했다.

"다른 종류의 수술이 필요하고 거기에 위험이 따릅니다. 시간이 지나면 지날수록 위험해질 뿐이에요. 그러니 빨리 수술을 하세요."

노엘은 몸을 앞으로 내밀었다.

"태아는 지금 어떤 상태일까요?"

"지금 말입니까? 그냥 세포의 집합일 뿐입니다. 물론 완전한 인간이 되는 세포핵은 모두 갖추고 있습니다만."

그는 어깨를 움츠렸다.

"3개월 후가 되면?"

"태아가 인간의 형태를 갖추기 시작하지요."

"그 무렵에도 뭔가를 느끼나요?"

"타격이나 큰 소리에는 반응을 하지요."

그녀는 그의 눈을 응시했다.

"고통을 느끼나요?"

"아마 느낄 겁니다. 그러나 양막으로 보호되어 있어요. 보통 정도로는 고통을 받지 않을 겁니다."

그는 갑자기 불안을 느꼈다.

노엘은 눈을 내리뜨고 테이블을 응시하며 잠자코 생각에 잠겼다. 이스라엘 카츠는 잠시 그녀를 바라보고 있다가 겸연쩍어하며 말했다.

"노엘, 만약 당신이 그 아이를 낳고 싶다면 그리고 애 아빠가 없는 것이 걱정된다면……. 내가 당신과 결혼해서 그 아이를 내 자식으로 해도 좋아요."

그녀는 깜짝 놀라서 고개를 번쩍 들었다.

"전에도 말했죠? 나는 아이는 원하지 않는다고요."

"그렇다면 빨리 수술해요!"

이스라엘은 크게 외치듯 말했다. 그러고는 다른 손님들이 그들을 쳐다보는 것을 의식하고는 목소리를 낮추었다.

"마냥 미루다가는 프랑스를 다 뒤져도 수술을 해줄 의사를 찾지 못할 거예요. 괜찮겠어요? 그렇게 미루다가는 당신 생명이 위독하게 된단 말입니다!"

"알겠어요."

노엘은 조용히 말했다.

"만약 애를 낳을 거라면, 어떤 식사를 하는 게 좋은가요?"

그는 난처해하며 손으로 머리카락을 쓸어 올렸다.

"우유와 과일과 연한 생선을 많이 먹으면 좋아요."

그날 밤, 노엘은 집으로 가는 길에 아파트 근처에 있는 슈퍼마켓에 들러서 우유 2리터와 신선한 과일을 큰 상자로 가득 샀다.

10일 후, 노엘은 마담 로즈의 사무실로 찾아가 임신 중인 것을 알리고 휴가를 내고 싶다고 말했다.

"언제까지?"

마담 로즈는 그녀의 얼굴을 보면서 물었다.

"6, 7주면 되겠어요."

마담 로즈는 한숨을 쉬었다.

"그것이 가장 최선이라고 믿는 거야?"

"네."

노엘은 대답했다.

"뭔가 내가 도와줄 수 있는 일은 없을까?"

"네, 없어요."

"그럼 좋아. 가능한 한 빨리 가게에 나와 줘. 경리에게 급료를 미리 주라고 얘기해놓을게."

"고맙습니다, 마담."

그러고 나서 4주 동안 노엘은 식료품을 사러 가는 것 외에는 밖에 나가지 않았다. 그녀는 식욕을 느끼지 않았고 자기 자신을 위해서는 거의 먹지 않았지만 태아를 위해서 우유를 많이 마시고 배불리 과일을 먹었다. 그녀는 아파트에 있어도 혼자가 아니었다. 아이와 함께였다. 노엘은 쉬지 않고 아기와 이야기를 나누었다. 그녀는 임신과 동시에 본능적으로 뱃속의 아이가 남자라는 것을 알았다. 그녀는 그에게 래리라고 이름을 지었다.

"건강하고 튼튼하게 자라거라. 죽을 때까지 넌 건강해야 해."

노엘은 우유를 마시며 말했다. 그녀는 매일 침대에 누워서 래리와 그의 자식에 대한 복수를 계획했다. 노엘의 몸 안에 있는 것은 그녀의 일부가 아니었다. 그것은 래리의 것이었다. 노엘은 아이를 살해하려고 마음먹고 있었다. 아이는 래리가 그녀를 버렸을 때 남기고 간 유일한 흔적이었다. 래리가 그녀를 죽이려고 했듯이 노엘은 그것을 죽일 것이다.

이스라엘 카츠는 그녀를 너무도 모르고 있었다. 그녀는 아직 인간의 형태도 갖추지 않았고 아무것도 느끼지 못하는 태아에게는 흥미가 없었다. 그녀가 괴로워할 때 같이 고통을 느끼는 래리의 자식을 원했던 것이다. 웨딩드레스는 언제라도 보이도록 지금은 침대 옆에 걸려 있었다. 그것은 그의 배신을 상기시키는 악의 부적이었다.

'먼저 래리의 자식을, 그러고 나서 래리를……'

전화가 자주 울렸지만 노엘은 침대에 누운 채 몽상에 빠져서 울리는 소리가 멈출 때까지 움직이지 않았다. 노엘은 그것이 그녀와 연락을 취하려는 이스라엘 카츠의 전화라는 것을 알고 있었다.

어느 날 밤 문을 두드리는 소리가 났다. 침대에 누워 있던 노엘은 노크 소리를 무시했지만 좀처럼 그 소리가 멈추지 않아서 할 수 없이 문을 열었다.

이스라엘 카츠가 수심에 가득 찬 얼굴로 서 있었다.

"노엘, 여러 번 전화했었어요."

그는 그녀의 부풀어 오른 배를 보았다.

"나는 당신이 어딘가 다른 데서 수술했을지도 모른다고 생각해서 걱정이 되어……"

노엘은 고개를 저었다.

"아뇨. 당신한테 부탁할 거예요."

"내가 한 얘기를 잊었어요? 이제는 너무 늦었어요! 수술을 맡을 사람은 없어요."

그는 테이블 위의 빈 우유병과 신선한 과일을 보고 다시 그녀에게로 시선을 돌렸다.

"당신은 아기를 낳고 싶은 거죠? 왜 그것을 인정하지 않는 거죠?"

"이스라엘, 그는 지금 어때요?"

"누구 말입니까?"

"아기 말예요. 눈과 귀가 있을까요? 손가락과 발가락이 생겼을까요? 고통을 느낄까요?"

"노엘, 그런 얘기는 제발 그만해요. 당신이 말하는 건 마치……."

"마치 뭐란 말이죠?"

"아무것도 아니에요. 나는 당신을 이해하지 못하겠어요."

그는 절망적으로 고개를 저었다. 노엘은 미소를 지었다.

"그래요. 결코 이해할 수 없을 거예요."

그는 멈춰 서 있다가 마침내 결심한 듯이 말했다.

"쓸데없는 참견인지는 모르지만 정말 낙태시킬 생각이라면 빨리 처리하는 것이 좋아요. 내 부탁을 들어줄 친구가 있어요. 그 친구라면……."

"아니에요."

그는 그녀를 바라보았다.

"래리는 아직 준비가 안 돼 있는걸요."

그녀는 말했다.

3주 후 새벽 4시에 이스라엘 카츠는 관리인이 세차게 문을 두드리는 소리에 잠에서 깼다.

"전화예요!"

그는 외쳤다.

"그 사람한테 얘기해주세요. 이런 야밤에 정상적인 사람은 모두 자고 있다고!"

이스라엘은 눈을 비비며 침대를 나와 도대체 무슨 일이기에 그러는가 하고 전화기로 다가가 수화기를 들었다.

"이스라엘?"

그는 상대편의 목소리가 누구인지 알 수 없었다.

"네, 그런데요."

"빨리……."

그것은 기묘하고도 속삭이는 듯한 목소리였다.

"누구십니까?"

"빨리, 빨리 와 줘요, 이스라엘."

왠지 기분이 나쁘고 소름끼치는 목소리였다. 그는 등줄기가 오싹해지는 것을 느꼈다.

"노엘?"

"빨리……."

"당치도 않아! 난 못해. 너무 늦었어. 당신은 죽을 거야. 난 책임을 질 수가 없다고! 당신이 직접 병원으로 가요!"

그는 자기도 모르게 큰 소리로 말했다.

그의 귀에 뚝 하는 소리가 들렸다. 이스라엘은 수화기를 든 채 멍하니 서 있었다. 그는 수화기를 내려놓고 방으로 돌아왔지만 마음은 격렬하게 요동치고 있었다. 그는 자기 손으로 책임질 수 없다는 것을 알고 있었다. 누구의 손이라도 힘든 일이었다. 그녀는 이미 임신 5개월 하고도 보름이 지나 있었다. 몇 번이나 경고했음에도 그녀는 말을 듣지 않았던 것이다. 그녀 자신의 책임이다. 이제 그는 더 이상 상관하고 싶지 않았다. 그러나 이스라엘은 서둘러 옷을 입었다. 그의 마음은 공포로 인해 오그라들고 있었다.

이스라엘 카츠가 그녀의 아파트에 들어섰을 때, 노엘은 출혈로 피바다

가 된 바닥에 쓰러져 있었다. 그녀의 얼굴은 죽은 사람처럼 창백했다. 그
러나 육체를 난도질했을 것이 틀림없는데 그다지 고통스러워 보이는 표
정은 아니었다.

그녀는 웨딩드레스 같은 옷을 입고 있었다. 이스라엘은 그녀의 옆에 쭈
그리고 앉았다.

"어떻게 된 거죠? 어째서!"

그는 말이 막혔다. 그의 눈은 그녀의 발치에 피투성이가 된 채 비틀어
진 옷걸이에 쏠렸다.

"무슨 짓이오!"

그는 몹시 화가 났으나 그와 동시에 어떻게 해볼 도리가 없는 무력감을
느꼈다. 피는 더 많이 흘러나오고 있었다. 한순간도 지체할 수 없었다.

"구급차를 불러오겠소."

그는 일어서려고 했다.

그러자 노엘은 손을 뻗어 무서울 만큼 강한 힘으로 그의 팔을 잡고 끌
어당겼다.

"래리의 아들은 죽었어요."

노엘은 말했다. 그녀의 얼굴에는 승리에 빛나는 미소가 떠올랐다.

6명의 의사가 노엘의 생명을 구하기 위해 5시간 동안이나 계속 수술을
해야 했다. 진단은 부패성 중독, 자궁 천공, 패혈증, 거기다가 쇼크, 의사
들 모두가 그녀가 살아날 가능성이 없다는 진단을 내렸다.

그날 밤 6시에 노엘은 고비를 넘기고 이틀 후에는 침대에서 몸을 일으
켜 이야기를 할 수 있을 정도가 되었다. 이스라엘은 그녀를 병문안하러
갔다.

"선생님들 모두 당신이 목숨을 건진 것은 기적이라고 말하고 있어요,
노엘."

그녀는 고개를 저었다. 아직 그녀는 죽을 때가 아니었다. 그녀는 래리

에게 첫 번째 복수를 한 것이다.

그것은 겨우 시작에 불과했다. 아직 할 일이 있었다. 더더욱 뼈저리게 느껴지는 것이……. 그러나 그녀는 우선 그를 찾아내야만 했다. 그러기 위해서는 시간이 걸릴 것이다. 그래도 그녀는 반드시 목적을 이루고 말리라 생각했다.

캐서린

시카고 : 1939년~1940년

3

유럽에 불어 닥친 전쟁의 모진 바람도 미국 해안에 도달했을 때는 희미한 경고의 미풍으로 약화되어 있었다.

노스웨스튼 대학에서는 다시 몇 명의 학생이 예비사관 훈련부대에 참가했고 루스벨트 대통령에게 대독 선전포고를 요구하는 학생 집회가 열렸으며 소수의 상급생들은 군대에 입대했다. 그러나 전체적인 분위기는 아직도 평온했으며 전쟁의 아픔을 느끼지 못하고 있었다.

10월의 오후, 캐서린 알렉산더는 아르바이트를 하고 있는 루스트로 가는 도중, 만약 전쟁이 닥쳐오면 그녀의 인생이 과연 바뀔 것인지 궁금했다. 캐서린은 자신을 변화시켜야 한다고 느꼈으며 가능한 한 빨리 그것을 실행하기로 결심했다.

그녀는 남자의 품에 안겨 애무를 받는 것이 어떤 것인지 꼭 알고 싶었다. 그것은 부분적으로는 육체적인 욕구 때문이기도 했지만 또 한편으로는 자신이 중요하고도 멋진 경험을 놓치고 있다고 느꼈기 때문이었다. 만약 그녀가 교통사고로 죽게 되어 검시를 받은 결과 처녀라는 것이 발견된다면 어떻게 될까! 아니, 그녀는 어떻게 하지 않으면 안 되었다. 그것도 당장!

캐서린은 루스트 안을 둘러보았다. 그러나 그녀가 찾고 있는 얼굴은 없었다. 한 시간이 지나 론 피터슨이 진 앤과 함께 들어왔을 때 그녀는 몸이 달아올랐고 심장이 두근거리기 시작했다. 그들이 곁을 지나갈 때 그녀는 얼굴을 돌려 곁눈질로 두 사람이 론의 자리로 가서 앉는 것을 보았다. 커다란 포스터가 상점 여기저기에 붙어 있었다.

'스페셜 더블 햄버거를 드세요!'

'우리 가게의 〈연인의 기쁨〉을 시식해보세요!'

'특제 밀크셰이크를 맛보세요!'

캐서린은 깊이 심호흡을 하고 박스로 다가갔다. 론 피터슨은 메뉴를 보고 있었다.

"뭘 먹을까."

그는 말했다.

"배고파?"

진 앤이 물었다.

"배가 고픈걸."

"그럼 이것이 좋을 거예요."

두 사람은 놀라 얼굴을 들었다. 캐서린이 칸막이 너머로 내려다보고 서 있었다. 그녀는 론 피터슨에게 접혀진 종이쪽지를 건네주고는 몸을 빙그르르 돌려 돌아가 버렸다.

론은 종이쪽지를 펼쳐보고는 웃음을 터뜨렸다. 진 앤은 싸늘한 눈으로 그를 지켜보았다.

"사적인 거야? 아니면 누구나 봐도 되는 거야?"

"사적인 거야."

론은 웃으면서 말했다. 그는 쪽지를 주머니에 집어넣었다. 그런 다음 얼마 후 론과 진 앤은 나가버렸다. 론은 돈을 지불할 때 아무 말도 하지 않았지만 캐서린을 의미심장하게 바라보며 미소를 머금더니 진 앤과 팔짱을 끼고 나가버렸다. 캐서린은 두 사람을 눈으로 전송하면서 자신이 바보 같다고 생각했다. 그녀는 곁눈질로 사내를 유혹하는 방법조차 모르고 있었다.

캐서린은 교대 시간이 되자 코트를 입고 교대한 아가씨와 인사를 나누고는 밖으로 나갔다. 따뜻한 가을밤 시원한 바람이 바다 쪽에서 불어왔다. 하늘은 보랏빛 벨벳 같았고 하늘 가득 별들이 빛나고 있었다. 보드라운 빛을 내쏘는 별들이 손을 뻗으면 닿을 것만 같았다. 무엇을 치르기에 적절한 밤이었다. 캐서린은 마음속으로 계획을 세워보았다.

'집에 돌아가 머리를 감을까?'

'도서관에 가서 내일 시험이 있는 라틴어 공부를 할까?'

'영화를 보러 갈까?'

'덤불 속에 숨어서 첫 번째로 지나가는 사람을 강간해 버릴까?'

'무엇보다 나 자신이 결심한 것을 실행에 옮기자.'

그녀가 캠퍼스를 가로질러 도서관 쪽으로 걸어가기 시작했을 때, 가로등 그늘에서 사람의 그림자가 나타났다.

"이봐, 캐서린. 어딜 가는 거니?"

론 피터슨이 그녀를 내려다보며 미소 짓고 있었다. 캐서린의 심장은 심하게 두근거리며 폭발할 것만 같았다. 그녀는 그것이 조금 진정되기를 기다렸다. 그녀는 론이 쳐다보고 있는 것을 의식하고 있었다. 무리도 아니었다. 그가 나타날 줄 알았다면 그녀는 머리를 빗고 화장을 고치고 스타킹을 갈아 신었을 것이다. 그녀는 두근거리는 것을 겉으로 드러내지 않으려고 애썼다. '첫 번째 룰— 평온을 유지할 것.'

그녀는 입속으로 중얼거렸다.

"어딜 가는 거지?"

그녀의 계획표를 그에게 알려야 할 것인가? 천만의 말씀, 그가 들으면 아마 미쳤다고 생각할 것이다. 그녀에게 있어서는 절호의 기회였다. 그것을 무산시킬 어리석은 짓을 해서는 안 된다. 그녀는 론을 올려다보았다. 그녀의 눈은 따사롭고 유혹적이었다.

"뭐, 목적지가 있는 건 아니고."

그녀는 약간 콧소리를 담아 말했다.

론은 아직 그녀를 어떻게 다루어야 할지 알 수 없어서 힐끔힐끔 눈치를 보고 있었다. 어떤 원시적인 본능이 그를 주의 깊게 만들었다.

"뭔가 특별한 일이라도 하고 싶지 않아?"

그는 물었다.

이것이다. 유혹인 것이다. 돌이킬 수 없는 지점이다.

"너에게 맡기겠어. 네가 하자는 대로 할게."

그녀는 그렇게 말했지만 마음속으로는 두렵고 망설여졌다. 그것은 정말 속되게 들렸다. 패니 허스트의 통속소설에서 말고는, '당신에게 맡기겠어요. 난 당신의 것이에요.' 따위의 대사를 입에 담는 사람은 없었다. 그는 혐오스러워하면서 자신에게 등을 돌리고 떠나버릴지도 모른다고 생각했다. 그러나 그는 그렇게 하지 않았다. 뜻밖에도 그는 웃음을 지어 보이며 캐서린의 팔을 붙잡고 말했다.

"가지."

캐서린은 약간 당황하며 함께 걸었다. 이렇게도 간단했던 것이다. 그녀는 그에게 안기게 된다. 캐서린의 마음은 떨리기 시작했다. 만약 자신이 처녀라는 것을 알게 되면 어떤 반응을 보일까? 그와 함께 침대에 들었을 때 그녀는 어떤 말을 하면 되는 걸까? 사람들은 실제 행위를 하고 있을 때 얘기를 나누는 걸까, 아니면 끝나기만을 기다리는 걸까? 그녀는 촌스러운 짓을 하고 싶지 않았지만 어떻게 해야 하는지 알 수가 없었다.

"저녁 먹었어?"

론이 물었다.

"저녁?"

캐서린은 그의 얼굴을 바라보면서 뭐라고 대답해야 좋을지 궁리를 했다. 저녁을 먹었다고 해야 하나? 만약 먹었다고 대답하면 그는 곧장 캐서린을 침대로 데려갈 것이고, 그녀는 그것을 경험하게 될 것이다.

"아니, 아직."

그녀는 말했다.

'어째서 이렇게 대답해버렸지? 이것으로 완전히 물거품이 됐군.'

그러나 론은 별로 낙심한 눈치가 아니었다.

"그래? 중국요리 좋아해?"

"아주 좋아해."

그녀는 중국요리는 아주 싫어했다. 그러나 신들도 그녀의 생애 최고의 밤에 한 이 사소한 거짓말을 너그러이 봐줄 것이다.

"예스테스 거리에 멋진 중국집이 있어. 람 폰이라는, 알고 있니?"

캐서린은 모르는 곳이다. 그러나 그녀는 평생 그곳을 기억할 것이다.

'너는 처녀성을 잃던 날 밤 무얼 했지?'

'람 폰에 가서 론 피터슨과 중국요리를 먹었어.'

'맛있었어?'

'응. 하지만 중국요리란 다 그렇고 그렇지. 1시간이 지나자 난 섹시하게 되었어.'

두 사람은 론의 자동차가 있는 곳으로 갔다. 론은 그녀를 위해 문을 열어주었다. 캐서린은 그녀가 부러워하던 아가씨들이 앉았던 좌석에 앉았다. 론은 매력적이고 핸섬하고 인기가 좋은 운동선수였다. 그리고 돈환이었다. 이것은 그럴듯한 영화제목이 될 것이다. '돈환과 처녀' 어쩌면 그녀는 환상 속에 있는 헤리티 같은 고급 음식점에 가자고 했어야 했는지도 모른다. 그렇게 하면 론은 '이 아가씨야말로 집에 데려다 어머니에게 소개해도 될 정도의 아가씨다.'라고 생각했을 것이다.

"뭘 그렇게 멍청히 생각하고 있어?"

그는 말했다.

'흠, 대화에 능숙한 편이 아니로군.'

하지만 그녀는 그와 토론을 하려는 것은 아니었다. 캐서린은 상냥하게 그를 올려다보았다.

"너에 대해서 생각하고 있었어."

그녀는 론에게 몸을 기댔다. 그는 웃음을 머금었다.

"너에게 완전히 속아 넘어갔어, 캐서린."

"나한테?"

"넌 언제나 냉담하다고 생각하고 있었어. 남자에겐 관심이 없는 줄 알았지."

'네 말은 내가 동성연애자인 줄 알았다는 거지?'

캐서린은 생각했다. 그러나 그녀는 이렇게 말했다.

"난 때와 장소를 가리는 편이야."

"날 선택해줘서 기뻐."

"나도."

이 말은 진심이었다. 그녀는 론이 능숙한 상대라고 믿고 있었다. 반경 50마일 이내의 모든 섹시한 여학생들이 그를 테스트했고, 우수한 점수를 주었다. 그녀와 마찬가지로 그가 최초의 성적 경험을 가졌다고 하면 굴욕적이었을 것이 틀림없었다. 론이라면 달인이다. 오늘밤만 지나면 그녀는 이미 성녀 캐서린은 아니게 된다. 대신 '위대한 캐서린'이라고 불릴지도 모른다. 그리고 그녀는 그 '위대한'이 무엇을 의미하는지를 알게 될 것이다. 그녀는 침대에서는 멋진 여자가 될 것이다.

그녀가 사춘기 시절 몰래 읽었던 소설 속에서처럼 멋진 일이 일어나고 있었다. 그녀의 몸은 이제 절묘한 음악을 연주하는 악기가 되려 하고 있었다.

캐서린은 처음에는 고통스럽다는 것을 알고 있었다. 그럴 것이다. 그러나 그녀는 그것을 론에게 들켜서는 안 된다. 그녀는 격렬하게 엉덩이를 흔들 것이다. 남자는 여자가 움직이지 않고 가만히 있는 것을 싫어한다니까. 론이 그녀 속에 들어갔을 때 그녀는 고통을 숨기기 위해 입술을 깨물고 섹시한 절규로 그것을 얼버무리고 말 것이다.

"왜 그래?"

그녀는 깜짝 놀라 론을 올려다보았다. 그리고 자기가 소리를 질렀다는 것을 알게 되었다.

"응? 아, 아무것도 아니야."

"뭔가 이상한 소리를 질렀잖아."

"그랬어?"

그녀는 약간 웃어보였다.

"넌 몇백 마일이나 떨어져 있는 사람 같아."

캐서린은 그의 말을 곰곰이 생각해보고 자신이 서툴렀다고 판단했다. 그녀는 진 앤처럼 행동해야 했다. 캐서린은 그의 팔에 매달려 더욱 몸을 밀착시켰다.

"난 여기 있잖아."

그녀는 속삭이듯이 말했다. 그녀는 '카라미티 제인'의 진 아서처럼 허스키한 목소리를 내려고 애썼다. 론은 갈피를 잡지 못하며 그녀를 내려다보았지만 그가 그녀의 얼굴에서 읽어낼 수 있는 것은 열성뿐이었다.

람 폰은 고가철도 아래에 있는 지저분한 싸구려 중국 음식점이었다. 저녁식사 내내 머리 위를 달리는 기차의 소음이 들렸고 접시가 달그락대며 울렸다. 람 폰은 미국 안에 있는 다른 대부분의 중국 요리점과 다를 바 없었지만 캐서린은 그들이 앉아 있는 좌석을 세세히 관찰했고 얼룩진 싸구려 벽지나 테두리의 이가 빠진 도자기 찻잔과 테이블의 간장 자국을 기억 속에 간직해두었다.

작은 몸집의 중국인 웨이터가 테이블에 다가와 마실 것을 무엇으로 하겠느냐고 물었다. 캐서린은 이제까지 두세 번 위스키를 마신 적이 있었지만 오늘은 어쩐지 내키지 않았다. 그러나 오늘밤은 신년의 밤이고 독립기념일이기도 하며 그녀의 처녀성의 마지막 날이기도 했다. 축하해야 할 밤이었다.

"난 체리를 넣은 올드패션을 주세요."

"스카치 앤드 소다."

론이 말했다. 웨이터는 고개를 꾸벅하고 테이블을 떠났다.

"우리는 어째서 지금까지 친구가 되지 못했을까. 넌 학교에서 머리가 제일 좋다고 소문이 났더군."

론이 말했다.

"사람들은 과장해서 말하길 좋아하지."

"그리고 넌 굉장히 미인이야."

"고마워."

그녀는 '앨리스 애덤스' 역할을 하는 캐서린 헵번 같은 목소리를 내려고 애썼다. 그리고 의미심장하게 그의 눈을 들여다보았다. 그녀는 이미 캐서린 알렉산더가 아니었다. 섹스의 화신이었다. 그녀는 메이 웨스트나 마를렌 디트리히나 클레오파트라와 같은 대열에 들어서려 하고 있었다. 그녀들과 함께 침대의 자매가 되는 것이다.

웨이터가 술을 가져왔다. 그녀는 단숨에 들이마셨다. 론이 놀라며 그녀를 쳐다보았다.

"천천히 마셔. 상당히 독하다고."

그는 경고했다.

"괜찮아."

캐서린은 자신이 있는 듯이 대답했다.

"한 잔 더."

그는 다시 한 잔을 주문했다. 론은 테이블 너머로 손을 내밀어 그녀의 손을 쓰다듬었다.

"묘하군. 모두들 너를 오해하고 있어."

"오해? 학교에선 아무도 날 차지하려고 하지 않았어."

론은 그녀의 얼굴을 바라보았다.

'조심해. 지나치게 감정에 치우쳐서는 안 돼.'

남자들은 머리는 좋지 않고 큰 유방과 질의 근육이 잘 발달된 여자를 좋아한다.

"난 오래전부터 너를 염두에 두고 있었어."

그녀는 서둘러 말했다.

"그걸 숨기고 있었군."

론은 그녀가 건네준 쪽지를 꺼내어 구겨진 곳을 폈다.

"나를 시험해보시길?"

그는 소리 내어 읽고는 큰소리로 웃었다.

"그 가게의 특별 디저트보다 마음에 들었어."

그는 캐서린의 팔을 이곳저곳 어루만졌다. 그의 손길이 닿자 소설에 적혀 있는 것처럼 잔잔한 흥분의 물결이 등줄기를 치달았다. 아마 오늘밤이 지나면 그녀는 인생이 무엇인지 모르는 가련하고 어리석은 처녀들을 위해 〈섹스의 입문〉을 쓰게 될지도 모른다. 술을 두 잔째 들이켜고 나자 그녀들이 불쌍하게 여겨졌다.

"가엾은 일이야."

"뭐가?"

마음속으로 생각한 것이 자기도 모르게 입 밖으로 나와 버렸다. 캐서린은 대담해졌다.

"난 이 세상의 모든 처녀들이 가엾다고 생각해."

그녀는 말했다.

"그 말에 건배하도록 하지!"

그는 잔을 들어올렸다. 캐서린은 테이블 너머로 분명히 자신과 함께 있는 것을 즐기고 있는 론을 보았다. 그녀는 아무런 걱정도 할 것이 없었다. 모든 일이 잘 되어가고 있었다. 그는 한 잔 더 하겠느냐고 물었지만 그녀는 거절했다. 그녀는 자신의 처녀성을 바치는 역사적인 순간에 술에 취한 상태로 있고 싶지 않았다.

'처녀성을 바친다? 지금도 처녀성을 바친다는 표현을 하는 사람이 있을까?'

어쨌든 그녀는 모든 순간의 모든 느낌을 기억 속에 간직해두고 싶었다.

'어머나, 나는 아무것도 준비하지 않았어. 그는 어떨까? 론 피터슨 정도의 경험을 쌓은 남자라면 임신을 막기 위해 뭔가 준비를 했겠지. 그렇지만 그도 내게 똑같은 것을 기대하고 있다면 어떻게 하지? 속 시원하게 그에게 물어볼까? 그런 것을 물어보느니 차라리 이 테이블에서 꽉 죽어버리는 편이 낫지. 그들은 내 시체를 운반해다가 중국식 장례식을 치러줄 거야.'

론은 55달러짜리 6품 요리의 만찬을 주문했다. 캐서린은 그걸 먹는 시늉만 했다. 너무 긴장을 하고 있어서 전혀 맛을 느낄 수 없었다. 갑자기 입 안이 바싹 말라버린 것 같았다. 만약 그녀가 심장 발작이라도 일으킨다면 어찌될까? 섹스 행위를 할 때 발작을 일으킨다면 아마도 그녀는 죽게 될 것이다. 그녀는 론에게 미리 주의를 주어야 할지도 모른다. 그의 침대에서 여자의 시체가 발견된다면 그의 명성이 상처받게 될 것이다. 아니면 명성이 더 높아지게 될까?

"무슨 일이지? 안색이 창백해."

론이 물었다.

"아니야, 난 기분이 좋은걸. 너와 함께 있어서 흥분해 있을 뿐이야."

캐서린은 개의치 않고 말했다.

론은 만족스러운 듯이 그녀를 바라보았다. 그의 다갈색 눈은 그녀의 얼굴의 모든 부분을 빨아들였고 가슴 쪽으로 훑어 내려가다 그곳에서 맴돌고 있었다.

"나도 마찬가지야."

그는 대답했다.

웨이터가 접시를 가져갔고 론은 돈을 지불하고 나서 그녀를 쳐다보았다. 그러나 캐서린은 꼼짝도 할 수 없었다.

"또 뭐 필요한 게 있어?"

론이 물었다.

'필요하냐고? 그래! 난 느긋한 중국행 배를 타고 싶어. 식인종의 냄비 속에서 삶아지고 싶다고. 사람 살려요! 엄마!'

론은 대답을 기다리면서 그녀를 지켜보았다. 캐서린은 깊이 숨을 들이마셨다.

"아니…… 별로 필요한 건 없어."

"좋아, 가지."

그는 길게 꼬리를 끌며 말했다. 그는 일어섰고 캐서린은 그 뒤를 따랐다. 취기는 완전히 사라져버렸지만 왠지 다리가 떨리기 시작했다.

그들은 조금 따뜻한 밤기운 속으로 나왔다. 그때 갑자기 캐서린에게 어떤 생각이 떠올랐고 그녀는 안도의 숨을 내쉬었다.

'그는 오늘밤 나를 침대에 데려갈 생각이었어. 하지만 첫 데이트에서 아가씨에게 그런 것을 요구하지는 않은 거야. 그는 나를 만찬에 초대할 것이고, 그때 우린 호텔로 가는 거야. 그리고 서로를 잘 알게 되겠지. 충분히 말이야. 아마 우린 사랑에 빠지게 될 거야—불덩이 같은 열애에—그는 나를 부모님께 소개하겠지. 그렇게 되면 모든 것이 순조로워지고……

그런 바보 같은 두려움도 느끼지 않을 테고……'

"어디 잘 아는 모텔이라도 있니?"

론이 물었다.

캐서린은 말문이 막혀 멍청히 그의 얼굴을 쳐다보았다. 그의 부모와 함께 음악을 들으며 온화한 만찬을 즐기는 꿈은 깨졌다. 이 사나이는 그녀를 모텔로 데려갈 생각만 하고 있었던 것이다! 하지만 그것이 그녀가 바라고 있던 일이 아니던가. 그것이 바로 저 엉뚱한 편지를 쓴 이유가 아니었던가. 론의 손이 캐서린의 어깨에 걸렸고, 허리 쪽으로 내려갔다. 그녀의 온몸이 흥분으로 동요하고 있었다. 그녀는 침을 삼키며 말했다.

"모텔은 어디나 다 비슷하잖아?"

론은 의아한 듯한 표정으로 그녀를 쳐다보더니 이윽고 말했다.

"좋아, 가지."

그들은 론의 차를 타고 서쪽으로 달리기 시작했다. 캐서린의 몸은 얼음덩어리처럼 차갑게 식어 있었지만 그녀의 마음은 마치 불덩어리 같았다. 캐서린이 모텔에 묵어본 것은 그녀가 8세 때 부모와 함께 시골여행을 했을 때뿐이었다. 지금 그녀는 잘 알지도 못하는 사나이와 잠자리를 같이하기 위해 모텔로 가는 것이다. 론에 관해 그녀는 무엇을 알고 있단 말인가. 그가 핸섬하고 인기가 있으며 여자에 대해 손이 빠르다는 것뿐이었다.

론은 그녀의 손을 잡고는 말했다.

"손이 차갑구나."

"손은 차갑지만 다리는 뜨거워."

'어머! 또 이런 말을 해버렸군!'

그녀는 생각했다. 어떻게 된 걸까. '아, 달콤한 생의 신비여'라는 서정시의 한 구절이 캐서린의 머리에 떠올랐다. 그녀는 그 비밀을 알아보려고, 수수께끼를 찾아내기 위해 가고 있는 것이다. 책이나 섹시한 광고물이나 신비스러운 사랑의 시들,— '사랑의 요람에서 날 흔들어줘요' '다시

한 번만' '작은 새들도 그걸 한다.'

'좋아. 이제 나도 지금 그걸 하러 가는 거야.'

론의 자동차는 남쪽으로 돌아 클라크 가로 들어섰다.

거리의 양쪽에는 커다란 네온사인이 명멸하고 성급한 젊은 연인들을 위해 일시적인 싸구려 안식처를 선전하고 있었다. 모텔들은 혼외정사를 즐기는 젊은 커플들을 침대로 불러들이거나 보내주는 데 분주해서 좀 더 그럴듯한 이름 따위를 생각해낼 짬이 없었다.

"여기가 제일 좋아."

론은 머리 위의 간판을 가리키면서 말했다.

'파라다이스—빈 방 있음'

그것은 상징적이었다. 파라다이스에 빈 곳이 있으며 그녀 캐서린 알렉산더가 그것을 채우는 것이다.

론은 '벨을 울리고 들어와 주세요.'라고 적힌 안내판이 있는 작은 흰색 사무실 앞마당에 차를 세웠다.

"어때?"

론은 물었다.

단테의 신곡에 나오는 지옥 같기도 하고, 그리스도 교도들을 사자밥이 되게 던져 넣었던 로마의 원형 경기장같이도 느껴졌다.

캐서린은 다시 아랫도리에 흥분을 느꼈다.

"멋진데. 아주 멋져."

그녀는 말했다. 론은 역시 그렇다는 듯한 얼굴로 미소 지었다.

"곧 돌아오겠어."

그는 캐서린의 무릎 사이로 손을 넣고 위쪽으로 쓰다듬더니 그녀에게 살짝 키스를 한 다음 차에서 내려 사무실로 들어갔다. 캐서린은 좌석에 앉은 채 그를 바라보았고 불안을 떨쳐버리려고 애썼다.

캐서린은 멀리서 들려오는 사이렌 소리를 듣자, 갑자기 불안해졌다.

'큰일 났군! 단속이야! 경찰은 늘 이런 장소를 단속하니까!'

사무실 문이 열리고 론이 나왔다. 그의 손에는 열쇠가 들려 있었다. 점점 다가오고 있는 사이렌 소리를 알아차리지 못하고 있는 모양이었다. 그는 캐서린 쪽으로 다가와 문을 열었다.

"다 됐어."

그는 말했다. 요란한 사이렌 소리가 그들을 향해 다가왔다. 경찰은 그들이 앞마당에 있는 것만으로도 체포할 수 있을까?

"들어가자."

론이 말했다.

"저 소리가 안 들려?"

"무슨 소리?"

사이렌은 지나갔고 요란을 떨며 멀어져갔다. 바보같이!

"아냐, 내 착각이었어."

그녀는 작은 소리로 얼버무렸다. 론은 초조한 얼굴을 하고 있었다.

"무슨 문제라도!"

"아니, 곧 내릴게."

캐서린은 서둘러 가로막았다. 그녀는 차에서 내렸고, 두 사람은 방갈로를 향해 갔다.

"내 행운의 번호라면 좋을 텐데."

그녀는 쾌활하게 말했다.

"뭐라고?"

캐서린은 그를 올려다보았지만 갑자기 입이 붙어버리기라도 한 듯이 말이 나오지 않았다. 그녀의 입은 바싹 말라 있었다.

"아무것도 아니야."

그녀는 가라앉은 목소리로 간신히 말했다.

그들이 묵을 방은 13호실이었다. 그녀에게 있어서는 당연한 보복이었다. 그것은 그녀가 임신한다는 것, 신이 성녀 캐서린을 벌주려고 한다는 것을 보여주는 전조인 것이다.

론은 열쇠로 문을 열고 그녀를 위해 손잡이를 붙잡고 있었다. 그는 전등 스위치를 눌렀고 캐서린은 안으로 들어갔다. 그녀는 자기 눈을 의심했다. 방은 거대한 침대로 점령되어 있는 것 같았다. 그 밖에는 구석에 놓인 의자 하나와 동전을 집어넣어야 음악이 나오게 되어 있는 낡은 라디오뿐이었다. 한번 발을 들여놓은 사람이라면 이곳이 무얼 하는 곳인지 한눈에 알아볼 수 있으리라. 사나이가 여자를 데려와서 성행위를 하는 곳이었다. 캐서린이 고개를 돌려보니 론은 문을 잠그고 있었다.

'조심성이 많군. 경찰 단속반에 습격당해도 그들이 문을 부숴버리지 않고서는 들어올 수 없겠어.'

캐서린은 자신이 알몸으로 두 경찰관에게 끌려가 카메라맨한테 사진을 찍히고 그것이 '시카고 데일리뉴스'의 1면에 실리는 것을 상상해보았다. 론이 다가와 두 팔로 그녀를 끌어안고는 물었다.

"불안해?"

그녀는 론을 올려다보며 섹시한 표정을 지어보였다.

"불안하냐고? 뭐가?"

그는 다시 납득이 가지 않는 듯이 그녀를 자세히 들여다보았다.

"물론 경험은 있겠지, 캐시?"

"난 일일이 기록해 두진 않아."

"난 오늘밤 내내 너에게 이상한 느낌을 느끼고 있어."

'드디어 왔군. 그는 내 처녀성을 간파하고 나보고 꺼지라고 할 거야. 하지만 그런 일이 일어나는 것을 허락하지는 않겠어. 오늘밤만은.'

"어떤 느낌?"

"잘 모르겠어. 넌 섹시하고 성적 매력을 풍기는가 하면 다음 순간엔 마음이 어딘가로 가버린 것처럼 얼음장같이 차갑게 느껴져. 네 안엔 두 사람이 있는 것 같아. 어느 쪽이 진짜 캐서린 알렉산더지?"

'얼음장같이 차갑다고?'

그녀는 마음속으로 되뇌었다. 그리고 소리 내어 말했다.

"보여줄게."

그녀는 양팔로 그의 목을 감으며 그의 입술에 키스를 했다. 그녀에게서
는 설익은 달걀 같은 냄새가 났는지도 모른다.

론은 좀 더 세게 키스하며 그녀의 몸을 당겼다. 그는 한 손으로 그녀의
유방을 어루만지며 혀를 그녀의 입 속에 밀어 넣었다. 캐서린은 뜨겁고
축축한 느낌과 함께 팬티가 젖어드는 것을 느꼈다.

'바로 이거야. 정말 일어나려고 한다! 정말 일어나려고!'

그녀는 생각했다. 그녀는 차츰 고조되어 갔다. 거의 견딜 수 없는 흥분
을 느끼면서 그의 품에 깊숙이 몸을 맡겼다.

"옷을 벗어."

론은 쉰 목소리로 말했다. 그는 그녀에게서 약간 떨어져서 옷을 벗기
시작했다.

"안 돼. 내가 벗겨줄게."

그녀는 말했다. 캐서린의 목소리에는 새로운 자신감이 깃들어 있었다.
그녀는 훌륭히 해치워야만 한다. 읽고 들은 것을 모조리 생각해내는 것이
다. 론이 학교에 가서 그와 함께 잔 바보 같은 처녀에 대해서 웃음거리로
삼는 일이 있어선 안 된다. 자신이 진 앤만큼 큰 유방을 갖고 있지 않은지
는 모르지만 10배나 좋은 머리를 갖고 있다. 그 두뇌를 회전시켜 론을 침
대 안에서 어찌할 바를 모를 만큼 기쁘게 해주는 것이다. 그녀는 론의 윗
옷을 벗겨 침대 위에 놓고 넥타이를 벗기려고 손을 뻗었다.

"잠깐! 네가 벗는 것을 보고 싶어."

론이 말하자 캐서린은 그를 쳐다보며 길게 숨을 들이킨 다음, 천천히
지퍼를 내리고 원피스를 벗었다. 그녀는 브래지어와 슬립과 팬티, 구두와

스타킹 차림으로 서 있었다.

"좀 더."

그녀는 약간 망설였지만 곧 몸을 구부려 슬립을 벗어버렸다.

"멋져! 전부 벗어!"

캐서린은 천천히 침대에 앉아 가능한 한 섹시하게 보이도록 주의 깊게 신발과 스타킹을 벗었다. 갑자기 론이 등 뒤로 다가와 브래지어를 벗겨주었다. 그는 캐서린을 일으켜 세우더니 그녀의 팬티를 내리고 벗기기 시작했다. 그녀는 깊이 숨을 들이마시고 눈을 감아버렸다. 순간 캐서린은 이것이 다른 장소이고 다른 남자와 함께였다면, 그녀를 사랑하고 그녀도 사랑하는 남자였다면 좋았을 거라고 생각했다. 멋진 아이를 태어나게 해서 자기 이름을 붙이고 그녀를 위해 싸우고 여차하면 그녀를 위해 죽음도 불사하는 그런 남자였다면, 하고 생각했다.

'침대에서는 창녀로, 부엌에선 능숙한 요리사로, 객실에서는 매력적인 호스티스로……'

이런 지저분한 싸구려 모텔에 끌고 오는 론 피터슨과 같은 비천한 사나이를 죽여주는 사나이였다면 좋을 것이다. 그녀의 팬티는 바닥에 떨어졌다. 캐서린은 눈을 떴다.

론이 만면에 경탄의 빛을 가득 담은 채 그녀의 몸을 구석구석 감상하고 있었다.

"캐시, 넌 너무 아름다워."

그는 말했다. 그는 몸을 굽혀 그녀의 유방에 키스했다. 그녀는 힐끗 화장대의 거울을 보았다. 그곳에 비쳐진 것은 지저분하고 혐오스러운 몰골이었다. 허벅지 사이에 느껴지는 뜨거운 아픔 외에는 그녀의 내부의 모든 것이 이것은 쓸쓸하고 추하며 잘못되어 있다고 말해주고 있었지만, 그것을 막을 방법은 없었다.

론은 상기된 얼굴로 넥타이를 푼 다음, 셔츠의 단추를 끄르고 있었다.

그리고 곧바로 벨트를 풀고 팬티차림으로 침대에 발을 얹고는 구두와 양말을 벗기 시작했다.

"정말이야, 캐서린. 너같이 아름다운 여자는 본 적이 없어."

그의 목소리는 여전히 상기되어 있었다.

그의 말은 캐서린을 더욱 당황하게 만들 뿐이었다. 론은 기대에 찬 웃음을 띠며 일어섰고 팬티가 바닥에 떨어졌다. 그의 페니스가 툭 불거져 나와 있었다. 커다랗게 부르튼 소시지 주위에 털이 돋아 있는 것 같았다.

"어때?"

그는 그것을 자랑하듯 내려다보면서 말했다. 캐서린은 별다른 생각 없이 아무렇게나 말했다.

"얇게 저며서 피망과 겨자를 곁들이면 좋을 것 같아."

그녀는 선 채 그것이 힘없이 시들어가는 것을 바라보고 있었다.

캐서린이 2학년이 되자 사회 분위기는 변하기 시작했다. 유럽의 정세에 관해 관심이 높아갔으며 미국이 전쟁에 개입할 것이라는 소문도 퍼지고 있었다. 제3제국의 천 년 통치에 대한 히틀러의 꿈은 현실이 되어 가고 있었다. 나치는 덴마크를 점령했고 노르웨이를 진격하고 있었다.

6개월 이상이나 전부터 미국 각지의 대학의 화제는 섹스나 의상, 댄스에서 예비사관 훈련부대나 소집, 무기 대여법으로 바뀌어가고 있었다. 차츰 많은 대학생들이 육군이나 해군의 제복을 입게 되었다.

어느 날 고등학교 때부터 같은 반이었던 수지 로버트가 복도에서 캐서린을 불러 세웠다.

"작별인사를 해야겠군, 캐시. 난 학교를 그만둘 거야."

"그만두고 뭘 할 건데?"

"크론다이크에 갈 거야."

"크론다이크? 거기가 어디야?"

"워싱턴이야. 여자는 모두 거기에서 금을 캐고 있다더군. 여자 한 사람에 남자 100명이라던가? 그쪽이 유리할 것 같아."

그녀는 캐서린의 얼굴을 쳐다보았다.

"이런 곳에서 얼쩡거리고 있을 필요가 없다고. 학교 따위는 지루해. 그곳에 가면 넓은 세계가 기다리고 있어."

"난 지금 갈 수 없어."

캐서린이 말했다. 이유는 자기 자신도 잘 알 수 없었다. 그녀는 규칙적으로 아버지에게 편지를 썼고 한 달에 한두 번 통화를 했다. 아버지의 음성은 마치 감옥에라도 갇혀 있는 듯 힘이 없었다.

캐서린은 워싱턴의 일을 생각해볼수록 멋지게 생각되었다.

그날 밤, 그녀는 아버지에게 전화를 걸었다. 대학을 그만두고 워싱턴으로 가고 싶다고 말했다. 그는 오마하에 올 생각은 없느냐고 물었지만 캐서린은 그 목소리에는 진심이 담겨 있지 않음을 알 수 있었다. 아버지는 딸마저 감옥에 갇히기를 원하지 않았다.

다음 날 아침 캐서린은 여학생부장과 만나 퇴학을 하겠다고 말했다. 그녀는 수지 로버트에게 이 소식을 알렸고, 다음 날 워싱턴행 기차에 몸을 실었다.

노엘

파리 : 1940년

4

1940년 6월 14일 토요일, 독일의 제5군은 아연실색한 파리로 입성했다. 역사상 최대의 패전임이 분명해졌다. 프랑스는 세계 최강의 군사력 앞에 완전히 무력했다.

파리는 그날 아침 회색 장막 같은 정체모를 불쾌한 구름에 감싸여 있었다. 48시간이나 전부터 포성이 파리의 겁먹은 듯하고 조용한 정적을 깼다. 포격은 시의 외곽으로부터 울려왔지만 그 소리는 파리의 중심부를 뒤흔들었다.

소문의 홍수가 라디오와 신문, 그리고 입에서 입으로 해일처럼 밀어닥쳤다. '독일군이 프랑스 해안에 상륙했다' …… '런던은 괴멸했다' …… '히틀러는 영국 정부와 협약을 체결했다' …… '독일군은 가공할 신형폭탄으로 파리를 폐허로 만들려 하고 있다.'

처음에는 그 한 가지 한 가지 소문들이 진실처럼 받아들여졌고 시민들은 불안과 공포에 떨었다. 그러나 계속되는 흥보는 그들의 신경을 둔화시키고 결국은 마비시켜버렸다. 마치 몸과 마음이 그 이상의 공포에는 견뎌낼 수 없어서 무감동한 껍질 속으로 숨어버린 것 같았다.

바야흐로 소문의 유포는 완전히 멈추었고 신문의 인쇄기는 정지했으며 라디오 방송국은 방송을 중지했다. 인간의 본능이 그것과 자리를 바꾸었고 파리 시민들은 결국 올 것이 오고야 말았다는 사실을 직감했다. 회색구름은 하나의 전조였다. 그리고 독일군들이 메뚜기떼처럼 침입해오기 시작했다.

파리는 갑자기 귀에 익숙지 않는 후두음을 내며 얘기하는 외국 군인과 외국인으로 가득 차게 되었다. 나치의 깃발을 매단 메르세데스의 커다란 자동차들이 가로수의 대로를 치달리고 어깻바람을 일으키며 보도를 휘젓고 다녔다. 그들은 그야말로 선택받은 민족이며 세계를 정복하고 지배하는 것은 자신들의 운명인 것처럼 보일 지경이었다.

2주일 만에 놀랄 만한 변화가 일어났다. 곳곳에 독일어 간판이 등장했고 프랑스 영웅의 동상은 파괴되었으며 철십자 마크가 모든 공공건물 위에 휘날렸다. 프랑스적인 모든 것을 일소하려는 독일군의 노력은 우스꽝스러운 지경까지 이르렀다. 수도꼭지의 더운물과 찬물의 표시는 쇼와 프루아에서 하이스, 칼트로 바뀌었다.

독일 점령군 병사들은 파리를 즐기고 있었다. 프랑스 요리는 맛이 너무 짙었고 소스도 지나치게 많았지만, 군대의 배급식에 비하면 훨씬 맛이 있었다. 병사들은 파리가 보들레르나 뒤마나 몰리에르의 거리라는 것을 알지도 못했고 관심도 없었다. 그들에게 있어 파리는 요란스럽게 짙은 화장을 하고 엉덩이가 드러날 정도로 스커트를 걷어 올린 매춘부와 같았으며 그들은 그들의 방식대로 그것을 범했다.

돌격대의 병사들은 젊은 프랑스 아가씨들을 우격다짐으로 때로는 총검을 들이대고 침대로 끌어들였고, 게링이나 히믈러 같은 그들의 지도자들은 루브르 박물관을 약탈하고 대저택의 재산을 탐욕스럽게 갈취했다.

이러한 위기 속에서 프랑스인의 부패와 영합이 표면에 떠올랐는가 하면 영웅주의도 또한 발휘되었다. 지하 운동의 비밀 병기 중 하나는 육군의 관할 하에 있는 소방대였다. 독일군은 다수의 빌딩을 접수했으며 육군이나 게슈타포, 그리고 기타의 기관이 그것을 사용했다. 그들 빌딩의 위치는 물론 비밀은 아니었다.

상 레미의 지하 저항운동본부에서 레지스탕스의 지도자들은 각 빌딩의 위치를 상세히 기입한 커다란 지도를 꼼꼼하게 살폈다. 숙련된 사나이들이 각 목표에 할당되었다. 다음 날 질주해온 자동차, 혹은 평범하게 자전거를 타고 가는 사나이가 창문으로 수제 폭탄을 던져 넣는 것이다. 이것만이라면 손해는 경미했다. 교묘한 계획이 나타나게 된 것은 다음 단계였다.

독일군은 불을 끄기 위해 소방대에 도움을 요청했다. 어느 나라에서나 화재 시에는 소방관에게 모든 것을 맡기는 것이 상식이었다. 파리에서도 마찬가지였다. 소방관들은 빌딩으로 뛰어들었고 독일 병사들이 지켜보는 가운데 고압호스와 도끼를 휘둘러서 눈에 보이는 대로 쳐부수고 기회가 닿기만 하면 그들이 소지하고 있는 소이탄을 터뜨리는 것이었다.

이와 같이 레지스탕스들은 독일군이나 게슈타포가 철저히 보관하고 있는 귀중한 기록들을 파괴할 수가 있었다. 무슨 일이 벌어지고 있는지를 독일군 사령부가 간파해내기까지 6개월이 걸렸지만 그때는 이미 돌이킬 수 없는 막대한 손해를 입고 있었다. 게슈타포는 아무런 증거도 포착할 수 없었음에도 불구하고 소방대원 전원을 검거하여 러시아 전선으로 몰아내 버렸다.

식량에서 비누까지 모든 물자가 부족했다. 휘발유도 고기도 유제품도 동이 났다. 모든 것을 닥치는 대로 몰수한 것이다. 사치품을 파는 가게는 열려 있었지만 손님은 점령군의 군표로 지불하는 군인뿐이었다. 이렇게 어려운 여건 아래서도 돈이 많은 사람들은 평상시와 다름없이 풍요로운 생활을 즐겼다.

노엘 페이지의 생활은 독일 점령에도 불구하고 거의 영향을 받지 않았다. 그녀는 샤넬에서 모델로 일하고 있었다. 그 가게는 150년이나 된 회색 건물로, 밖에서 보면 그다지 색다른 것이 없었지만 내부는 대단히 화려하게 장식되어 있었다. 전쟁은—모든 전쟁이 그러하지만—하룻밤 사이에 거부를 만들어내어 손님의 발길이 그치질 않게 하는 경우가 있었다. 그녀의 일은 전보다도 많아졌다. 다만 다른 것은 손님의 대부분이 독일인이라는 점이었다.

일이 없을 때 그녀는 샹젤리제 가까이에 있는 작은 노변 카페에서 몇 시간씩이나 앉아 있었다. 독일 군복을 입은 많은 사나이들이 있었지만 그 대부분은 젊은 프랑스 아가씨를 동반하고 있었다. 프랑스인 민간인은 늙은이거나 불구자들뿐이었다. 젊은 사나이들은 수용소로 보내지거나 군에 소집되었을 것이라고 노엘은 생각했다. 그녀는 독일인은 군복을 입지 않았어도 한눈에 알아볼 수 있었다.

그들의 얼굴에는 교만함이 깃들여 있었다. 그것은 알렉산더 대왕이나 아드리안 황제 이래 전형적인 정복자들의 얼굴이었다. 노엘은 독일인을 증오하지는 않았지만 좋아하지도 않았다. 그들은 그녀의 마음을 움직일 만한 점을 전혀 가지고 있지 않았다.

노엘의 내적 생활은 매우 분망했다. 그녀는 이것저것 신중하게 계획을 세우고 있었다. 그녀는 분명한 목표를 가지고 있었고 이 세상 그 무엇도 자신의 목표를 저지시킬 수 없다는 것을 알고 있었다. 여유가 생기자 노엘은 동료 모델의 이혼 문제를 해결한 적이 있는 사립탐정을 찾아갔다. 탐정의 이름은 크리스티안 바벳으로 생 라자르 거리에 작고 보잘 것 없는 사무실을 가지고 있었다.

바벳은 몸집이 작고 머리가 벗겨진 사나이로 군데군데 빠진 누런 이와 사팔뜨기 눈, 니코틴으로 얼룩진 손가락을 가지고 있었다.

"어떤 용건으로 오셨습니까?"

그는 노엘에게 물었다.

"영국에 있는 어떤 사람에 대한 정보가 필요해요."

그의 눈은 깜박이며 다시 물었다.

"어떤 종류의 정보가 필요하시죠?"

"무엇이라도 좋아요. 그가 결혼했는지의 여부라든가, 누구와 만나고 있는지 등 그에 관한 모든 정보가 필요해요."

바벳은 슬그머니 허벅지 언저리를 긁으면서 그녀를 물끄러미 바라보았다.

"영국인입니까?"

"미국인이에요. 영국 공군의 독수리 편대 소속의 조종사예요."

바벳은 불안스럽게 머리 정수리를 문질렀다.

"그래요? 지금은 전쟁 중입니다. 만약 영국 비행사에 관한 정보를 입수하려 한다는 것을 들키게 되면……"

그는 불만스럽게 말했다. 그러고는 말을 흐렸고 대신 어깨를 으쓱해보였다.

"독일군 녀석들이란 우선 총알부터 쏘아대고 심문하는 방식을 쓰는 녀석들이라서 말입니다."

"군사 정보가 필요한 게 아니에요."

노엘은 그를 안심시키고 나서, 핸드백을 열고 지폐 뭉치를 꺼내 보였다. 바벳은 굶주린 눈길로 그것을 쳐다보았다.

"영국에 연줄이 있긴 합니다만, 좀 비싸게 먹혀서 말이죠."

그는 조심스럽게 말했다.

그렇게 해서 노엘은 그 일에 착수했다. 작은 몸집의 탐정이 노엘에게 전화를 걸어온 것은 그로부터 3개월이 지나서였다. 그녀가 그의 사무실로 가서 처음 한 말은, "그는 살아있나요?"였다. 바벳이 끄덕이자 그녀는 안심했다는 듯이 긴장을 풀었다. 바벳은 생각했다.

'이런 여자에게 사랑을 받으면 정말 행복하겠군.'

"당신의 친구는 전임되었습니다."

바벳은 그녀에게 말했다.

"어디로요?"

그는 책상 위의 보고서를 보면서 말했다.

"그는 영국 공군의 609중대에 소속되어 있었지만, 현재는 마틀셈의 121중대로 전속되어 있습니다. 조종하는 기종도 아메리칸 버팔로에서 허리케인으로……."

"그런 것을 알고 싶은 것이 아니에요."

"어차피 돈을 지불하는 거라면, 알고 있는 게 좋지 않나요?"

그는 그렇게 말하고 다시 메모를 들여다보았다. 그리고는 서류의 페이지를 뒤적이며 덧붙였다.

"다음은 좀 깊이 파고든 개인적 일입니다만……."

"얘기하세요."

노엘이 말했다. 바벳은 어깨를 으쓱해보였다.

"그가 잠자리를 같이 한 여자의 명단입니다. 당신이 알고 싶어할지 몰라서……."

"전에 말했잖아요. 어떤 정보든 필요하다고요."

그녀의 목소리엔 야릇한 기색이 엿보였고 그것이 그를 망설이게 만들었다. 뭔가 정상이 아닌, 온전하지 못한 구석이 엿보였다. 크리스티안 바벳은 3류 의뢰인을 상대하는 3류 사립탐정이었다. 그러나 오히려 그 때문에 진실에 대한 본능, 사실을 분간하는 후각이 발달되어 있었다.

그 앞에 서 있는 아름다운 아가씨는 그의 마음을 불안하게 만들었다. 처음에 바벳은 그녀가 자기를 모종의 스파이 활동에 끼어들게 하려는 것이 아닌가 하고 생각했다. 아니면 버려진 아내가 남편의 부정의 증거를 잡으려는 것이 틀림없다고 생각했다. 하지만 지금은 그것도 아니라는 것을 인정해야 했다. 의뢰인이 무엇을 원하는지 그 연유가 무엇인지 도통 짐작이 가지 않았다. 그는 래리 더글러스의 걸프렌드의 명단을 건네받아 그것을 읽고 있는 그녀의 얼굴을 지켜보았다. 그녀는 세탁물의 목록이라도 읽고 있는 듯한 표정이었다.

그녀는 다 읽고 나서 얼굴을 들었다. 크리스티안 바벳에게 있어서 그녀의 다음 말은 매우 뜻밖이었다.

"대단히 좋아요."

그는 노엘을 바라보며 알 수 없다는 듯 눈을 깜박거렸다.

"또 보고할 일이 생기면 전화해줘요."

노엘 페이지가 물러간 뒤에 바벳은 오랫동안 사무실에 앉아서 창밖을 바라보며 의뢰인의 진정한 목적은 무엇일까. 그 수수께끼를 풀어보고자 애썼다.

파리의 극장은 새로운 붐이 일기 시작했다. 독일인들은 그들의 승리를 축하하기 위해, 그리고 아름다운 프랑스 여인들을 전리품처럼 자랑스럽게 과시하기 위해 극장을 찾았다. 반면에 프랑스인들은 비참한 패전 국민이란 것을 몇 시간 동안이라도 잊고 싶어서 극장으로 가곤 했다.

노엘은 마르세유에서 두세 번 극장에 가본 적이 있었지만 그녀가 본 것은 4류 배우들이 무관심한 관객 앞에서 연출하는, 아마추어 냄새가 나는 연극이었다. 파리의 연극은 완전히 다른 것이었다. 그것은 생생하며 몰리에르나 라신이나 콜레트의 기지에 충만한 것이다.

불세출의 명우 사샤 기트리가 극장을 열었으므로 노엘은 그의 무대를 보러 갔다. 뷔히너의 '당통의 죽음'의 재연이라든가 프랑소와 모리악이란 유망한 신진 작가의 연극 '아스모데'도 보았다. 코미디 프랑세즈에서 피란델로의 '그렇게 생각하면 그렇게 해'라든가 로스탕의 '시라노 드베르주라크'도 보았다.

노엘은 사람들로부터 찬탄의 시선을 받고 있는 것도 의식하지 못하며 무대에서 펼쳐지는 드라마에 대해서만 생각하면서 혼자 집으로 돌아가곤 했다. 그녀는 무대 위의 배우들과 마찬가지로 가면 뒤에 숨어서 실제의 자기와는 다른 역을 연출하고 있었다.

특히 장 폴 사르트르의 '출구가 없는'이 가장 강하게 그녀를 사로잡았다. 그 연극은 유럽에서 떠받들려지고 있는 우상 중의 한 사람인 필립 소렐이 주연을 맡고 있었다. 소렐은 몸집이 작고 뚱뚱한 추남으로 코가 찌부러진 권투선수 같은 얼굴을 하고 있었다. 그러나 그가 무대에 서기만하면 마술이 걸렸다. 그는 감수성이 강한 매력적인 사나이로 변신했다.

노엘은 그의 연기를 관람하면서 그가 '왕자와 개구리'라는 동화에 나오는 왕자 같다고 생각했다. 다만 그는 왕자님이기도 하고 개구리이기도 했다. 그녀는 몇 번씩이나 그의 연극을 보러 갔는데, 맨 앞줄에 자리를 잡고 앉아서 그의 연기를 지켜보며 그의 매력의 비밀을 캐보려고 했다. 어느 날 밤 막간의 휴식시간에 안내원이 노엘에게 쪽지를 건네주었다. 거기에는 이렇게 적혀 있었다.

'나는 매일 밤 관람석에 나타나는 당신의 모습을 봅니다. 오늘밤 분장실로 와주세요. 만나 뵙고 싶습니다.'

노엘은 그것을 음미하듯 몇 번이나 되풀이해서 읽었다. 필립 소렐이 좋아서라기보다는 이것이 그녀가 바라고 있던 기회의 첫 시작으로 생각되었기 때문이었다.

그녀는 연극이 끝난 다음 분장실로 갔다. 분장실 입구에 있던 노인이 그녀를 소렐의 방으로 안내했다. 소렐은 짧은 바지 차림으로 거울 앞에 앉아 화장을 지우고 있었다. 그는 거울에 비친 노엘을 물끄러미 쳐다보았다.

"믿어지지 않는군요. 가까이서 보니 훨씬 더 아름다워요."

그는 간신히 말했다.

"고맙습니다, 무슈 소렐."

"아가씨는 고향이 어디예요?"

"마르세유입니다."

소렐은 그녀를 좀 더 잘 보기 위해 빙그르르 돌아앉았다. 그의 눈은 노엘의 발에서 머리끝까지 천천히 이동했고 무엇 하나 놓치지 않았다. 노엘은 그의 면밀한 눈길을 받으면서 꼼짝도 하지 않은 채 서 있었다.

"일을 찾고 있소?"

그는 물었다.

"아뇨."

"나는 여자에게는 돈을 쓰지 않소. 내게서 얻을 수 있는 것은 내 연극 입장권뿐이오. 돈이 필요하면 은행가를 붙들어야 하지 않겠소?"

소렐은 말했다.

노엘은 말없이 그를 지켜보았다.

잠시 잠자코 있는 듯하더니 소렐이 입을 열었다.

"도대체 아가씨가 원하는 건 뭐지?"

"나는 당신을 원해요."

그들은 저녁식사를 함께 했고 그런 다음 모리스 바레 거리에 위치한 브로뉴의 숲을 바라볼 수 있는 소렐의 아름다운 아파트로 갔다. 필립 소렐은 능숙한 사람으로 이기적이지 않고 다정했다. 소렐은 노엘에게서 아름다움 외에는 아무것도 기대하지 않았지만 침대 안에서의 그녀의 기교에 깜짝 놀랐다.

"놀랍군! 정말 대단해. 어디서 이런 것을 배웠지?"

노엘은 잠시 생각했다. 그것은 배우는 것이 아니었다. 느끼는 것이었다. 그녀에게 있어 남자의 육체는 악기와도 같은 것이었다. 그녀는 남자의 육체를 즐거움의 도구라고 생각했으며 그 도구의 성능을 사용자가 적절히 살리기만 하면 멋진 작품을 만들어낼 수 있다고 생각했다.

"나는 태어날 때부터 익히고 있었어요."

그녀는 그렇게 말하며 손가락으로 나비를 희롱하듯 그의 입술에 가볍게 댔다. 그러다가 천천히 가슴을 거쳐 하복부로 내려갔다.

"아, 멋져!"

그는 탄성을 질렀다.

그들은 밤이 새도록 지칠 줄 모르고 서로를 탐닉하며 사랑을 나누었다. 그리고 날이 밝아오자 소렐은 노엘에게 자신에게 이사해 오라고 권했다.

노엘은 필립 소렐과 6개월 간을 함께 지냈다. 그녀는 행복하지도 불행하지도 않았다. 그녀와의 생활이 소렐을 더없이 행복하게 한 것을 알고 있었지만 노엘에게 있어서는 그것은 아무래도 좋은 일이었다. 그녀는 자신을 단순한 학생으로 생각했고 매일 뭔가 새로운 것을 배우려고 노력하고 있었다. 소렐은 그녀가 다닌 학교이며 커다란 계획의 작은 부분이었다. 그들의 관계는 노엘에게 있어서는 완전히 빈껍데기에 지나지 않았다. 그녀는 자기 자신의 아무것도 소렐에게 주지 않았다. 그녀는 지금까지 실수를 두 번이나 범했으므로, 이젠 절대로 그것을 되풀이하고 싶지 않았다.

노엘의 마음속에는 오로지 한 사나이만 자리하고 있었다. 그것은 래리 더글러스였다. 그녀는 래리와 함께 다니던 빅토르 광장이라든가 공원, 레스토랑 옆을 지나갈 때마다 심한 증오가 솟아올랐다. 그 증오는 목이 메어 호흡을 할 수 없을 정도로 깊은 것이었다. 그리고 그 속에는 그녀 자신도 뭐라고 표현할 수 없는 그 무엇인가가 깃들어 있었다.

소렐과 지내게 된 지 2개월 후 노엘은 크리스티안 바벳으로부터 전화를 받았다.

"새로운 보고가 있습니다."

작은 체구의 탐정은 말했다.

"그는 잘 있죠?"

노엘은 곧바로 물었다.

바벳은 다시 불안한 기분이 되었다.

"네."

노엘의 목소리는 안도한 것 같은 기색이었다.

"곧 가겠어요."

보고는 두 부분으로 이루어져 있었다. 첫 부분은 래리 더글러스의 군에서의 행적에 관한 것이었다. 그는 독일군 비행기 5대를 격추시키고 이 전쟁에서 미국인으로서 최초로 하늘의 에이스가 되었다. 그리고 대위로 승진해 있었다.

두 번째 부분은 더욱 그녀의 흥미를 끌었다. 래리는 전시 하의 런던 사교계에서 인기인이 되었고, 영국 제독의 딸과 약혼을 했다고 적혀 있었다. 그 다음으로 래리가 함께 잔 여자들의 명단이 적혀 있었다. 거기에는 쇼걸에서부터 어느 부처의 차관 부인까지 포함되어 있었다.

"계속 조사하기를 바라십니까?"

바벳은 물었다.

"물론이에요."

그녀는 핸드백에서 봉투를 꺼내어 바벳에게 건네주었다.

"새로운 정보가 파악되는 대로 알려주세요."

그녀는 그곳을 떠났다. 바벳은 한숨을 쉬며 천장을 올려다보았다.

"도무지 알 수가 없군. 미친 여자야."

그는 생각에 잠긴 채 중얼거렸다.

만약 필립 소렐이 조금이라도 노엘의 생각을 알았더라면 그는 혼비백산했을 것이다. 노엘은 완전히 그에게 헌신하는 것처럼 보였다. 그녀는 소렐을 위해 모든 것을 했다. 맛있는 요리도 만들었고, 쇼핑도 했으며, 아파트의 청소 감독도 했고, 그가 요구하면 언제라도 그의 포옹에 응했다. 그리고 아무것도 요구하지 않았다. 소렐은 이상적인 연인을 발견했기 때문에 뛸 듯이 기뻤다. 그는 어디에나 노엘을 데려갔으며 모든 친구들에게 그녀를 소개시켰다. 그의 친구들은 그녀에게 매료당했고 소렐은 참으로 운이 좋은 사나이라고 부러워했다.

어느 날 밤, 공연이 끝나고 저녁을 먹으면서 노엘은 그에게 말했다.

"나 배우가 되고 싶어요, 필립."

소렐은 고개를 저었다.

"당신이 미인이라는 것은 아무도 의심치 않아, 노엘. 나는 지금까지 여러 명의 여배우와 사귀어 왔지만, 당신은 그런 여자들과는 달라. 나는 당신이 그냥 지금 이대로 있어 주었으면 좋겠어. 다른 사람과 당신을 나누어 갖고 싶지 않아. 당신이 원하는 것은 무엇이든 내가 다 해줄게."

그는 노엘의 손을 가볍게 두드렸다.

"알았어요, 필립."

그날 밤, 아파트로 돌아가자 소렐은 섹스를 요구했고 노엘은 순순히 응했다. 그러나 소렐은 평소와 같은 최상의 쾌감을 맛보지는 못했다. 그것은 노엘이 그를 적극적으로 리드하지 않았기 때문이었다.

다음 날인 일요일은 노엘의 생일이었다. 소렐은 맥심에서 그녀를 위해 만찬 파티를 열었다. 그는 2층의 커다란 특별 식당을 대여해서 화려하게 장식했다. 노엘은 초대객의 명단을 만드는 것을 도왔는데 그때 그녀가 소렐에게 말하지 않고 써 넣은 하나의 이름이 있었다. 파티에는 40명이 참석했다. 그들은 노엘의 생일을 축하하는 건배를 했고 훌륭한 선물을 준비했다. 만찬이 끝난 뒤 소렐은 일어났다. 그는 브랜디와 샴페인을 많이 마셔서 발이 약간 휘청거렸고 혀도 조금 꼬부라져 있었다.

"여러분! 우리는 모두 세계 제일의 미인을 위해 축배를 들고 훌륭한 생일 선물을 했습니다만, 나는 더욱 크고 놀라운 선물을 주고 싶습니다."

소렐은 노엘을 보며 미소를 지었다. 그런 다음 손님들을 향해 말했다.

"노엘과 나는 결혼할 것입니다."

축복의 갈채가 일어났고 손님들은 달려와 소렐의 등을 두드렸으며 미래의 신부에게 축하의 말을 건넸다. 노엘은 그대로 앉은 채 손님들을 올려다보고 미소 지으며 작은 소리로 고맙다고 인사를 했다. 그러나 단 한 사람, 일어서지 않는 손님이 있었다.

그는 방 한구석의 테이블에 앉아 긴 파이프로 담배를 피우면서 비웃는 듯한 눈으로 그 광경을 바라보고 있었다. 노엘은 그 사나이가 만찬이 계속되는 동안 줄곧 자기를 지켜보고 있다는 것을 알고 있었다. 키가 크고 몹시 여윈 사나이로 대단히 만만찮아 보이는 그런 얼굴이었다. 그는 자기의 주위에서 일어나고 있는 모든 것을 재미있어 하는 것처럼 보였고 초대 손님이라기보다는 관찰자에 가까워 보였다. 노엘은 그와 시선을 맞추고는 은근히 미소를 지었다.

아르망 고티에는 프랑스의 일류감독 가운데 한 사람이었다. 프랑스 레퍼토리 극단의 주재자로 그의 연출 작품은 온 세계에서 호평을 받았고 자주 공연되었다. 또한 영화를 감독하면 거의 성공한다는 데 의심할 여지가 없었다. 고티에는 특히 여배우를 다루는 데 능하다는 평판을 듣고 있었고 지금까지 6~7명의 대스타를 배출해냈다. 소렐은 노엘의 곁으로 다가와서 그녀에게 물었다.

"놀랐어, 노엘?"

"네, 필립."

그녀는 말했다.

"난 당장 결혼하고 싶어. 내 별장에서 식을 올리자고."

노엘은 그의 어깨너머로 아르망 고티에가 수수께끼와 같은 미소를 보내고 있는 것을 볼 수 있었다. 몇몇 친구가 다가와 필립을 데려갔다. 노엘이 돌아다보니 고티에가 곁에 서 있었다.

"축하하오. 거물을 낚았군."

그는 말했다. 조롱하는 듯한 말투였다.

"그럴까요?"

"필립 소렐은 거물이지."

"저 사람들에게는 거물일지도 모르죠."

노엘이 냉담하게 말하자, 고티에는 깜짝 놀라 그녀의 얼굴을 다시 쳐다보았다.

"당신에겐 흥미가 없다는 건가?"

"그렇게 말하지는 않았어요."

"행운을 빕니다."

그는 물러가려고 했다.

"무슈 고티에……."

그는 발을 멈췄다.

"오늘밤 만날 수 있을까요?"

노엘은 조용히 물었다.

"당신과 단둘이서만 얘기하고 싶은 것이 있어요."

아르망 고티에는 잠시 그녀의 얼굴을 뚫어지게 바라보더니 이윽고 어깨를 으쓱해보였다.

"난 상관없소."

"제가 당신 댁으로 가겠어요. 그래도 괜찮겠어요?"

"좋소. 내 주소는……."

"알고 있어요. 12시에 어떠세요?"

"그럼 12시에……."

아르망 고티에는 르 마르베프 거리에 있는 고급스럽고도 오래된 아파트에 살고 있었다. 도어 보이가 노엘을 로비로 안내했다. 엘리베이터 보이가 4층으로 안내하여 고티에의 방을 가르쳐주었다. 노엘이 벨을 누르자 고티에가 문을 열었다. 고티에는 꽃무늬의 실내복을 입고 있었다.

"어서 와요."

그는 말했다.

노엘은 방으로 들어갔다. 그녀의 눈은 그다지 높은 편은 아니었지만 방이 개성 있게 장식되어 있었고 미술품은 귀중한 것뿐이라는 것을 느낄 수 있었다.

"이런 모습이어서 실례해요. 전화를 걸고 있던 중이라서 말이오."

고티에는 사과의 말을 했다. 노엘의 눈은 그의 시선과 마주쳤다.

"옷을 갈아입으실 필요는 없어요."

그녀는 침대의자에 다가가 앉았다. 고티에는 미소 지었다.

"나도 그런 생각을 했지. 하지만 이해하지 못하겠군. 어째서 나를 겨냥했지? 당신은 유명하고 돈이 많은 남자와 약혼을 했소. 만약 바람을 피우고 싶다면 나보다 더 매력적이고 돈도 있으며 젊음도 가지고 있는 사나이가 얼마든지 있을 텐데. 나한테서 뭘 원하는 거지?"

"연기를 배우고 싶어요."

노엘은 말했다.

아르망 고티에는 잠시 그녀의 얼굴을 바라보았다. 그러고는 한숨을 쉬었다.

"이거 실망이군. 나는 좀 더 특별한 무언가를 상상했는데……."

"당신은 배우를 다루는 일을 하잖아요."

"나와 함께 일하는 사람은 배우지, 아마추어가 아니오. 당신은 연극을 한 경험이 있소?"

"아뇨. 하지만 당신한테 배우면 되잖아요."

그녀는 모자와 장갑을 벗었다.

"침실은 어디죠?"

그녀는 물었다.

고티에는 망설였다. 그는 여배우를 지망하거나 보다 중요한 역이나 새로운 연극의 주역, 그리고 보다 큰 극단 같은 것을 희망하는 여자들로부터 유혹을 받은 일이 한두 번이 아니었다. 그렇지만 모두 귀찮은 여자들뿐이었다. 그렇고 그런 또 다른 여인과 서로 관련되는 것은 어리석은 일이라고 그는 생각했다. 그러나 지금은 귀찮을 것은 없었다. 아름다운 여자가 자기 자신에게 몸을 던져온 것이다. 그녀를 침대로 데려가 즐기고 나서 쫓아내는 것은 어려운 일이 아니었다.

"저기."

그는 방문을 가리키며 말했다. 그리고 침실 쪽으로 걸어가는 노엘을 지켜보았다. 신부가 될 여인이 여기서 하룻밤을 지내는 것을 필립 소렐이 안다면 그가 과연 어떻게 할까 하고 생각해보았다.

'여자란 모두가 매춘부다.'

고티에는 브랜디를 마시며 몇 군데로 전화를 걸었다. 그가 침실에 들어갔을 때 노엘은 알몸으로 침대에서 그를 기다리고 있었다.

고티에는 그녀가 자연의 절묘한 작품이라는 것을 인정하지 않을 수 없었다. 그녀의 얼굴은 숨을 멎을 만큼 아름다웠고, 몸매는 나무랄 데가 없었다. 고티에는 경험을 통해서 미인이란 거의 예외 없이 자기도취에 빠져 있고 너무 자기중심적이어서 침대의 상대로서는 그리 바람직하지 않다는 것을 알고 있었다. 그런 여인들은 사랑의 행위가 남자의 침대에 가만히 누워 있는 일이라고 생각하는 듯했다. 남자는 반응을 보이지 않는 점토 덩어리를 끌어안고 게다가 감사까지 해야 하는 것이다. 하지만 어쩌면 그는 이 여자에게 뭔가 가르칠 수 있을지도 모른다고 생각했다.

노엘의 눈앞에서 고티에는 옷을 벗어 그것을 아무렇게나 바닥에 던져버린 다음 침대로 다가갔다.

"난 당신이 아름답다는 말은 하지 않겠소. 그런 대사는 이미 싫증이 나도록 들었을 테니까……."

그는 말했다.

"아름다움은 헛된 것이에요. 쾌락을 맛보기 위해서 사용되어야 해요."

노엘은 어깨를 움츠렸다.

고티에는 깜짝 놀라 그녀의 얼굴을 쳐다보았고 그리고 웃음 지었다.

"맞았어! 당신의 아름다움을 쾌락을 위해 사용하자고!"

그는 그녀 옆에 앉았다.

대부분의 프랑스인이 그러하듯이 아르망 고티에는 자신의 사랑의 기교를 자랑스럽게 생각하고 있었다. 그는 독일인이나 미국인에게 있어 사랑의 행위란 여자 위에 올라타 곧 오르가슴에 도달하고는 모자를 쓰고 재빨리 나가버리는 것이라는 얘기를 듣고 재미있어 했다.

아르망 고티에는 여자를 좋아하게 되자 사랑의 즐거움을 높이기 위해 갖가지 연구를 했다. 언제나 훌륭한 만찬과 고급 와인을 준비했다. 흐뭇한 느낌을 주기 위해서 예술적으로 온갖 준비를 했고 방 안에는 고급 향수를 뿌렸으며 조용한 음악이 흘러나오게 했다. 그리고 여자에게 상냥한 사랑의 감정을 일으키게 한 다음 밀어를 속삭여 분위기를 고조시켰다.

하지만 노엘의 경우에는 이 모든 것을 생략했다. 하룻밤만의 희롱에 향수나 음악이나 공허한 사랑의 말은 필요치 않았다. 그녀는 다만 섹스를 위해 온 것이다. 그녀가 세계의 모든 여자가 가지고 있는 것과 아르망 고티에의 머릿속에 있는 위대하고 유일한 재능을 교환할 수 있다고 생각하고 있다면 어리석기 짝이 없는 일일 것이다.

그가 그녀의 위에 오르려고 하자 노엘은 "잠깐만요." 하고 속삭였다.

그가 의아한 얼굴로 쳐다보자 노엘은 침대 옆 테이블 위에 놓여 있는 작은 2개의 튜브를 열었다. 그리고 그 중 하나의 내용물을 손바닥에 짜내어 그의 페니스에 바르기 시작했다.

"무슨 짓이야?"

그는 물었다. 그녀는 미소를 지었다.

"이제 곧 알게 돼요."

그녀는 고티에에게 키스를 하고는 작은 새가 쪼아대듯 그의 입속에 혀를 집어넣었다. 그것을 마치고는 그녀의 혀는 그의 하복부 쪽으로 이동했고, 그녀의 머리카락은 가벼운 비단처럼 그의 몸 위를 오르내렸다.

그들은 하룻밤 내내 몇 번인지 모를 정도로 섹스를 계속했고 노엘은 그때마다 다른 수법을 사용했다. 그에게 있어서는 지금까지 맛보지 못한 가장 감미로운 경험이었다.

아침이 되자 아르망 고티에는 말했다.

"만약 내가 일어날 기운이 있으면 옷을 입고 당신과 함께 아침식사를 하러 나갈 텐데……."

"가만히 누워서 쉬고 계세요. 곧 돌아오겠어요."

노엘은 말하고 옷장을 열어 실내복을 찾아내어 입었다.

잠시 후 노엘은 아침식사를 가지고 돌아왔다. 신선한 오렌지주스, 간고기와 양파가 들어간 오플렛, 따뜻한 버터를 칠한 크루아상, 잼, 그리고 블랙커피 등 한 가득 차려진 매우 푸짐한 아침식사였다.

"당신은 아무것도 안 먹을 건가?"

고티에가 묻자 노엘은 끄덕였다.

그녀는 안락의자에 앉아서 그가 식사하는 것을 바라보았다. 가슴 옷깃이 크게 벌어진 고티에의 실내복을 입은 채 아름다운 가슴 곡선을 드러낸 노엘은 어느 때보다 아름다워 보였다.

아르망 고티에는 노엘에 대한 견해를 완전히 다르게 갖게 되었다. 그녀는 아무하고나 잠자리를 같이하는 그런 여자는 아니었다. 그녀는 그 이상의 보배였다. 고티에는 어젯밤까지만 해도 이제까지의 연극생활 중에서 많은 보배를 만났지만, 아무리 여자가 아름답고 침대에서 즐겁게 했어도 연출가로서의 자기 시간을 무대를 동경하고 있는 아마추어 때문에 허비

할 생각은 조금도 없었다. 고티에는 자기의 예술을 소중히 여겼다. 그는 이제까지 어떤 타협도 배척해왔으며 그것은 앞으로도 변함이 없었다.

그는 어젯밤에는 노엘과 하룻밤을 지내고 나면 바로 그녀를 쫓아낼 작정이었다. 지금 그는 아침식사를 하면서 노엘을 바라보며 그녀로 하여금 배우가 될 생각이 일어나지 않도록 하면서 권태기가 올 때까지 애인으로 그녀를 매어둘 방법은 없을까 하고 생각했다. 그는 뭔가 미끼를 내놓지 않으면 안 된다고 생각했다. 그래서 그녀에게 주의 깊게 물었다.

"필립 소렐과 결혼할 생각인가?"

"그럴 생각은 없어요. 내가 바라는 것은 결혼이 아니에요."

노엘은 대답했다. 문제에 접근해온 것이다.

"그럼 당신이 바라는 건 뭐지?"

"얘기했잖아요. 배우가 되고 싶어요."

노엘은 조용히 말했다.

고티에는 시간을 벌기 위해 크루아상을 한입 베어 물었다.

"역시 그렇군."

그는 말했다. 그런 다음 덧붙였다.

"우수한 연극 연출가를 내가 많이 알고 있으니 소개해주도록 하지. 틀림없이……."

"싫어요."

그녀는 말했다. 그리고 따사롭고 상냥한 얼굴로 그를 지켜보았다. 마치 그가 말하는 것이라면 무엇이든 동의할 것 같은 표정이었다. 그런 가운데서 고티에는 그녀의 내부에 강철 같은 심지가 있는 것을 느낄 수 있었다. 그녀의 '싫어요'에는 갖가지 감정이 담겨 있었다. 노여움, 비난, 실망, 언짢음. 그러나 겉으로는 상냥함을 다해 싫다고 말했다. 그것은 또한 단호한 의지를 보여주고 있었다.

고티에가 예상하고 있었던 것처럼 귀찮은 일이 될 것만 같았다. 한순간 고티에는 매주 많은 아가씨들에게 말하곤 했듯이 '돌아가 줘. 너와 노닥거릴 시간이 없어.'라고 노엘에게 말하고 싶은 유혹에 사로잡혔다. 그러나 그는 어젯밤에 경험한 형용하기 어려운 쾌감을 생각하자 이대로 그녀를 놓쳐버리기는 죽어도 싫었다. 그녀는 조금, 아주 조금은 타협할 만한 가치가 있었다.

"좋아, 당신이 공부할 희곡을 건네주겠어. 그걸 외운 다음에는 내 앞에서 읽어봐. 그것으로 얼마만큼의 재능이 있는지 알 수 있을 테니. 그런 다음 당신을 어떻게 할지 결정하도록 하지."

"고마워요, 아르망."

그녀는 말했다. 그녀의 말투에는 이겼다며 뽐내는 모습도 없었고 기쁨마저도 엿보이지 않았다. 다만 당연하다는 듯이 예의를 갖추어 말한 것에 불과했다. 고티에는 비로소 약간의 의구심을 품게 되었다. 그러나 그것은 물론 바보스러운 일이었다. 그는 여자를 다루는 데는 명수인 것이다.

노엘이 옷을 챙겨 입는 동안 아르망 고티에는 책이 죽 늘어서 있는 서재로 들어가 책장의 낡은 책들을 둘러보았다. 마침내 야릇한 웃음을 띠면서 그는 에우리피데스의 〈안드로마케〉를 골랐다. 그것은 가장 어려운 고전극 중 하나였다. 그는 침실로 돌아와 그것을 노엘에게 건네주면서 말했다.

"이거야. 당신이 주인공의 대사를 외우면 함께 해보도록 하지."

"고마워요, 아르망. 당신은 후회하지 않을 거예요."

생각하면 할수록 고티에는 이 아이디어가 마음에 들었다. 노엘은 주인공의 대사를 암기하는 데 1주일이나 2주일은 걸릴 것이다. 아니, 그것보다도 그녀는 자신을 찾아와 너무 어려워서 외울 수가 없다고 고백할 것이 틀림없었다. 그러면 그는 노엘을 위로해주며 연기가 얼마나 어려운 것인지를 설명하고, 그리고 그녀의 꿈을 짓밟지 않으면서 그녀와의 관계를 유지할 수 있는 것이다. 고티에는 그날 밤 노엘과 만찬을 약속했고 그녀는 돌아갔다.

노엘이 필립의 아파트에 돌아가 보니 그는 그녀를 기다리고 있었다. 그는 몹시 취한 채 소리쳤다.

"하룻밤 내내 어디에 가 있었지?"

그녀가 뭐라고 대답하건 상관이 없었다. 소렐은 그녀의 변명을 듣고 한대 때려준 다음 그녀를 침대로 데려가서 용서해줄 작정이었다.

그러나 노엘은 변명 따위는 하지 않고 이렇게 말했다.

"다른 남자의 아파트에 있었어요, 필립. 난 짐을 가지러 왔어요."

어안이 벙벙한 채 지켜보고 있던 소렐을 한번 힐끗 쳐다보고 노엘은 침실로 들어가 짐을 챙기기 시작했다. 그는 애원했다.

"노엘, 제발 부탁이야! 그런 짓은 하지 마! 우리는 서로 사랑하고 있고 결혼할 사이잖아."

그는 30분간이나 애원도 하고 협박도 하면서 계속해서 설득해보려고 애썼다. 노엘이 자기 물건을 모두 거두어 넣은 뒤 아파트를 나갈 때까지 소렐은 어쩌다 그녀를 잃게 되었는지 도저히 짐작도 할 수 없었다. 노엘이 그의 소유물이 아니었다는 사실을 그는 전혀 알지 못했다.

아르망 고티에는 2주일 후에 공연할 새로운 연극의 연출에 바빠서 리허설 때문에 아침부터 밤까지 극장에서 지냈다. 고티에는 연출할 때는 다른 일은 아무것도 생각하지 않았다. 그의 뛰어난 재능 가운데 하나는 일에 모든 것을 집중할 수 있는 것이었다. 그에게는 극장의 사방의 벽과 배우 외에는 아무것도 존재하지 않았다.

그러나 오늘은 달랐다. 고티에는 부단히 자기 마음이 노엘과 지낸 멋진 밤의 일로 방황하고 있는 것을 알게 되었다. 배우들은 하나의 장면을 연출하면 거기서 중단하고 그의 의견을 기다렸다. 그때가 되어 갑자기 멍청해져 있다는 것을 깨닫곤 했다. 그는 자신에게 화를 내며 연출에 주의를 집중하려고 애썼지만 노엘의 알몸과 그녀의 사랑의 테크닉이 가져다준

홍분이 마음을 어지럽혔다. 심지어 어떤 장면을 연출하다가는 도중에 발기를 느껴 퇴장해야만 했다.

고티에는 분석적인 두뇌의 소유자였으므로 노엘의 무엇이 그에게 이런 영향을 주었는지를 분석해보았다. 노엘은 분명히 아름다웠다. 그러나 자신은 세상에서 가장 아름다운 여자 몇 사람과 잠자리를 같이한 적이 있었다. 그녀는 뛰어나게 사랑의 기교에 능했다. 하지만 다른 여자 중에도 그에 못지않은 기교를 가진 여인이 있었다. 그녀는 머리가 좋은 것처럼 보였다. 하지만 아주 뛰어나다고 할 정도는 아니었다. 그녀의 성격은 쾌활했다. 하지만 복잡하지는 않았다. 아무튼 그녀는 달리 뭔가 명확히 끄집어낼 수는 없지만 뭔가가 있었다.

그는 그녀의 상냥한 '싫어요'를 생각해내고 그것이 단서가 될 수 있다고 생각했다. 그녀에게는 저항하기 어려운, 원하는 것은 무엇이나 손에 넣지 않고는 못 배기는 능력이 있었다. 그녀에게는 또한 그가 알 수 없는 그 무언가가 있었다. 아르망 고티에는 자기 자신이 인정하는 이상으로 깊이 노엘의 매력에 사로잡혀 있는 것을 알았다.

고티에는 그날 하루를 혼란된 상태로 지냈다. 그는 커다란 기대를 품고 밤을 기다리고 있었다. 그것은 반드시 노엘과의 사랑의 행위를 원했기 때문만은 아니었으며 자기가 무에서 유를 쌓아올리고 있음을 자기 자신에게 증명하고 싶다고 생각했기 때문이었다. 그는 노엘이 뜻밖에 하찮은 여자라는 것을 발견하고 잊어버릴 수 있게 되기를 바랐다.

그날 밤 포옹하면서 고티에는 의식적으로 노엘이 사용하는 방식이나 도구나 기교에 주의를 기울여 모두가 감정이 수반되지 않은 기계적인 행위라는 점을 간파하려고 애썼다. 그러나 그의 그런 생각은 잘못된 것이었다. 그녀는 자기 자신을 완전히 그에게 바쳐 그가 예전에 알지 못했던 쾌락을 주는 것에만 전념해 그가 환희하는 것을 보고 기뻐했다.

아침이 되었을 때 고티에는 전보다도 더욱 강하게 그녀의 매력에 포로가 되어 있었다.

노엘은 다시 아침식사를 준비했다. 이번엔 베이컨과 잼을 곁들인 팬케이크와 뜨거운 커피였는데 이것도 대단히 맛이 훌륭했다. 고티에는 자기 자신에게 말했다.

'좋아! 나는 미인에다 사랑의 기교에 능하며 요리 솜씨가 능숙한 아가씨를 발견했어. 브라보! 하지만 지적인 인간이 그것으로만 만족할 수 있을까? 사랑의 행위와 식사가 끝나면 다음은 대화야. 그녀와 뭘 얘기할 수 있지?'

그 대답은 실제로는 중요하지 않았다.

노엘은 연극 얘기는 전혀 입에 담지 않았으므로 고티에는 그녀가 그 문제를 잊어버렸거나 대사를 외울 수 없는 것이라고 희망적으로 해석했다. 그녀는 아침에 헤어질 때 그날 밤 그와의 만찬을 약속했다.

"필립으로부터 놓여날 수가 있나?"

그는 물었다.

"이미 헤어졌어요."

노엘은 아무렇지 않게 말했다. 그리고 고티에에게 새 주소를 가르쳐주었다. 그는 한참동안 그녀의 얼굴을 바라보았다.

"알았어."

그러나 그는 알지 못했다. 조금도 알지 못하고 있었다.

그들은 다시 밤을 같이했다. 포옹하고 있지 않을 때는 이야기를 나누었는데, 주로 고티에가 대화를 이끌어 나갔다.

노엘은 대단히 흥미를 가지고 그의 얘기를 들어주었으므로 그는 몇 년 동안이나 얘기하지 않았던 일이나 지금까지 아무에게도 말하지 않았던 개인적인 것까지 털어놓았다. 그녀에게 준 희곡에 관해서는 한마디도 언급하지 않고 그는 문제를 이렇게 솜씨 있게 해결할 수 있었던 자기 자신에게 만족해하고 있었다.

그날 밤 저녁식사를 마치고 잠을 자려고 고티에가 침실 쪽으로 가려고 할 때였다.

"잠깐만 기다려주세요."

노엘이 말했다. 고티에는 놀란 채 돌아보았다.

"내 희곡 낭독을 들어보겠다고 했죠?"

"물론이지. 준비가 되었으면 언제라도……."

고티에는 말을 더듬었다.

"준비는 되었어요."

그는 머리를 가로저으면서 말했다.

"낭독만으론 안 돼. 배우로서 자격이 있는지 판단할 수 있도록 암기한 대사를 듣고 싶어."

"암기했어요."

노엘이 말하자 고티에는 믿어지지 않는다는 얼굴로 그녀를 바라보았다. 겨우 사흘 안에 전부 다 외운다는 것은 불가능한 일이기 때문이었다.

"들어주겠어요?"

그녀는 물었고, 고티에는 거절할 수가 없었다.

"물론. 그곳이 무대야. 관객은 이곳에 있어."

그는 몸짓으로 방 한가운데를 가리키며 말했다. 그는 커다란 긴 의자에 앉았다.

노엘은 연기를 시작했다. 그녀의 연기를 보며 고티에는 소름이 끼치는 것을 느꼈다. 그것은 정말 재능이 있는 사람과 부딪쳤을 때 일어나는 현상이었다. 노엘이 훌륭한 배우라는 것은 아니었다. 오히려 그것과는 동떨어진 상태였다. 그녀의 모든 동작이나 제스처에 아마추어다운 냄새가 배어 있었다. 그러나 그녀는 단순한 연기를 넘어선 그 어떤 것을 지니고 있었다. 드물게 보이는 정직성과 모든 대사에 신선한 의미와 색채를 부여하는 천부적인 재능을 가지고 있었다.

노엘이 독백을 끝냈을 때 고티에는 흥분한 채 말했다.

"노엘, 당신은 곧 대배우가 될 것 같아. 거짓말이 아니야. 조르주 파벨에게 소개해주지. 프랑스 제1의 연극 코치인데, 그의 지도를 받으면 당신은……."

"안 돼요."

그는 놀라 노엘의 얼굴을 쳐다보았다. 또 그 상냥한 '안 돼요'였다. 명확하고도 결정적인 한마디였다.

"뭐가 안 된다는 거지? 파벨은 대스타가 아니면 만나주지 않아. 그가 당신을 만나준다면 그건 내 추천이 있기 때문인 거야."

고티에는 약간 당혹해하면서 말했다.

"난 당신의 지도를 받겠어요."

노엘은 말했다. 고티에는 노여움이 치밀어 오르는 것을 느끼며 내뱉듯이 말했다.

"나는 어느 누구도 지도하지 않아. 난 교사가 아니야. 프로의 배우를 연출하는 거지. 당신이 프로급 배우가 되면 그때는 내가 연출을 맡아줄게."

그는 목소리에 노기가 나타나는 것을 억누르려고 애썼다.

"알겠어?"

노엘은 끄덕였다.

"네, 알겠어요, 아르망."

"그럼 그것으로 됐어."

마음을 가다듬은 그는 양팔로 노엘을 끌어안고 그녀의 달콤한 키스를 받았다. 그는 지금 공연한 걱정을 하고 있다는 것을 알았다. 그녀도 역시 다른 여자들과 같았다, 강한 힘으로 억누를 필요가 있었다. 그는 이젠 그녀 때문에 애를 먹는 일은 없을 거라고 생각했다. 그날 밤의 섹스는 이제까지보다도 더욱 격렬했다. 고티에는 아마도 하찮은 말다툼이 그들의 흥분을 높였을 것이라고 생각했다.

침대 안에서 그는 그녀에게 말했다.

"당신은 틀림없이 훌륭한 배우가 될 수 있을 거야, 노엘. 나는 당신을 빛나게 해줄 수 있어."

"고마워요 아르망."

그녀는 속삭였다.

노엘은 아침이 되자 아침식사를 준비했고 고티에는 극장으로 나갔다. 낮에 그는 노엘에게 전화를 걸었지만 그녀는 대답이 없었다. 밤에 그가 귀가해보니 그녀는 없었다. 고티에는 노엘이 돌아오기만을 기다렸지만 그녀는 끝내 나타나지 않았다.

그는 노엘이 사고라도 당했는지 걱정되어 잠을 이루지 못했다. 노엘의 아파트로 전화를 했지만 응답이 없어서 그는 돌아오면서 그녀의 아파트에 들러 벨을 눌렀다. 역시 아무런 기척도 없었다.

그 다음 1주일 내내 고티에는 거의 미칠 지경이었다. 리허설은 엉망진창이었다. 그는 계속해서 출연자들만 질책했고 배우들은 두려워 떨고 있어서 매니저가 중지를 신청해야 했다. 배우들이 돌아간 다음 그는 혼자 무대에 남아 도대체 자신이 왜 이럴까 하고 생각해보았다.

그러고는 노엘도 한낱 흔해빠진 여인에 불과하다, 스타를 꿈꾸는 가게의 여점원과 같은 수준의 싸구려 야심을 가진 금발 아가씨에 불과하다고 자신을 타이르며 그녀에게 생각나는 모든 악다구니를 퍼부었다. 그러나 그것이 공연한 일이라는 걸 곧바로 깨달았다. 그에게는 노엘이 필요했다.

그날 밤, 고티에는 파리의 거리를 헤매었고 낯선 몇 군데의 바에서 고주망태가 되도록 술을 마셨다. 그는 노엘을 찾아낼 방법을 생각해보려고 했지만 묘안이 없었다. 그녀의 문제를 상의할 상대도 없었다. 필립 소렐이 있었지만 그는 물론 예외였다.

노엘이 모습을 감춘 지 1주일이 지났을 때 아르망 고티에는 새벽 4시에

술에 취해 귀가했다. 문을 열고 거실로 들어가니 전등이 모두 켜져 있었다. 노엘이 그의 실내복을 입고 안락의자에 몸을 웅크린 채 책을 읽고 있었다. 그녀는 방에 들어온 그를 올려다보고는 빙긋이 웃어보였다.

"어머나, 아르망!"

고티에는 그녀를 바라보았다. 그의 마음은 부풀었고 형용할 수 없는 안도와 행복감으로 가득 찼다. 그는 말했다.

"내일부터 연기공부를 시작하자."

캐서린

워싱턴 : 1940년

5

워싱턴이란 도시는 캐서린 알렉산더가 지금까지 본 적이 없는 멋진 도시였다. 그녀는 언제나 시카고를 중심지로 생각하고 있었으므로, 워싱턴은 상상도 못했던 발견이었다. 이곳은 미국의 핵심지이고, 약동하는 권력의 중심이었다. 먼저 캐서린은 거리에 넘쳐나는 육해공군의 제복을 입은 군인들의 모습에서 위압감을 느꼈다. 그리고 처음으로 긴박한 전쟁의 가능성을 느꼈다.

워싱턴에는 곳곳에 전쟁의 흔적이 있었다. 그리고 만약 전쟁이 일어난다면 그 전쟁이 어디서 발발하든 선전 포고는 워싱턴에서 하게 되고 군인을 동원하며 작전 지휘도 할 것이다.

워싱턴은 세계의 운명을 쥐고 있는 도시였다. 그리고 캐서린 알렉산더는 그 일부가 되려 하고 있었다.

캐서린은 수지 로버트의 집에서 머물게 되었다. 수지가 살고 있는 곳은 엘리베이터가 없는 아파트 4층으로, 꽤 넓은 거실과 2개의 작은 침실과 좁은 욕실, 그리고 아주 작은 부엌이 있었다. 수지는 캐서린이 온 것을 진심으로 기뻐하는 것 같았다.

"어서 옷장에서 제일 좋은 옷을 꺼내서 다림질해. 오늘밤 디너파티에 데려갈게."

수지는 캐서린을 보자마자 그렇게 말했다. 캐서린은 무엇보다 그녀의 생활 상태가 궁금했다.

"그래, 너는 그동안 어떻게 지냈니? 남편감을 아직 찾지 못했니?"

"캐시, 워싱턴에서는 블랙 노트(상대한 이성의 이름, 주소, 전화번호 등을 기입하는 수첩)를 갖고 있는 쪽이 여자야. 고독을 노래하는 남자들이 우글우글해. 불쌍할 정도라고."

그 첫날 밤, 그녀들은 윌러드 호텔에서 저녁을 먹었다. 수지의 상대는 인디애나 출신의 하원의원이고, 캐서린의 상대는 오리건에서 온 로비스트였다. 두 사람 모두 부인을 동반하지 않고 워싱턴에 머물고 있었다. 저녁을 먹고 그들은 워싱턴 컨트리클럽으로 춤을 추러 갔다. 캐서린은 오리건의 남자로부터 직업을 얻을 수 없을까 생각했다. 그런데 그 남자는 일자리 대신 자동차를 한 대 선물해주고 아파트를 빌려주겠다고 말했다. 캐서린은 정중하게 사양했다.

수지는 하원의원을 동반하고 아파트로 돌아왔고, 캐서린은 침대에 누웠다. 잠시 후, 그들이 수지의 침실로 들어가는 기미가 보이더니 침대 스프링의 삐걱거리는 소리가 나기 시작했다. 이어 수지의 방에서 쾌락의 비명이 들려오기 시작했다. 캐서린은 베개를 머리에 덮어쓰고 그 소리를 듣지 않으려고 애썼지만 소용없었다. 그녀는 수지가 남자와 침대에서 뜨겁게 사랑하고 있는 장면을 연상했다.

아침이 되어 캐서린이 아침식사 때 일어나 보니, 수지는 어느새 일어나 기분이 좋은 듯 활기차게 출근 준비를 하고 있었다. 밤새도록 그렇게 열광적인 섹스를 하고도 피곤한 흔적은 그녀에게서 찾아볼 수 없었다. 그렇기는커녕 오히려 기분이 좋아 보였다.

그녀는 생각했다.

'어쩜! 수지는 여자 도리언 그레이야. 이제 곧 그녀는 멋진 여성이 되고, 난 100살 난 할머니처럼 되어버릴 거야.'

며칠 후, 아침식사 시간에 수지가 말했다.

"너에게 알맞은 일자리가 있어. 어젯밤 파티에 온 여자가 일을 그만두고 텍사스로 돌아간대. 겨우 텍사스에서 도망쳐 왔는데 다시 돌아간다니 그 기분을 정말 이해할 수 없어. 2, 3년 전이지만, 내가 애머릴로에 있을 때……."

"그녀는 어디서 일했는데?"

캐서린이 말을 가로막았다.

"그녀라니?"

"그 여자 말이야."

캐서린은 참을성 있게 말했다.

"아, 빌 프레이저 밑에서 일했어. 프레이저는 국무성의 홍보 담당관이야. 지난 달 '뉴스위크'에 그가 커버스토리로 다루어져 있어. 일 자체는 재미있나 봐. 어젯밤에 처음 들었으니까 지금 당장 가면 다른 사람에게 빼앗기지 않을 거야."

"고마워. 윌리엄 프레이저를 만나볼게."

캐서린은 고마워하며 말했다.

20분 후에 캐서린은 국무성으로 갔다. 그곳에 도착하자 수위가 프레이저의 집무실을 가르쳐주었다. 그녀는 엘리베이터로 2층으로 올라갔다. 홍보과─그것은 마치 그녀가 찾고 있던 직종처럼 느껴졌다.

캐서린은 집무실 밖의 복도에 멈춰 서서 손거울을 꺼내들고 화장을 확인했다. 고칠 곳은 없었다. 아직 9시 30분이 되지 않았으므로, 그녀의 독무대일 것이 틀림없었다. 그녀는 문을 열고 안으로 들어갔다.

집무실 다음 칸은 서 있거나 앉아 있거나 벽에 기대어 서 있는 아가씨들로 가득하고, 그들 모두가 한꺼번에 이야기하고 있는 것처럼 시끌벅적했다. 아가씨들에 둘러싸여 책상에 앉아 있는 수납계 직원이 필사적으로 그녀들을 진정시키려 하고 있었다.

"프레이저 씨는 지금 바빠서 언제 뵐 수 있을지 알 수 없어요."

그녀는 몇 번이나 반복해서 말했다.

"비서 면접을 하는 거예요, 하지 않는 거예요?"

아가씨 한 명이 물었다.

"그건 해요. 하지만……."

그녀는 절망적으로 사람들을 둘러보았다.

"그래도 이건 정말 너무하군!"

복도의 문이 열리면서 3명의 여자가 캐서린을 밀치며 들어왔다.

"아직 결정되지 않았대?"

그 중의 한 사람이 물었다.

"프레이저 씨가 아방궁을 만들 작정인가 봐. 그렇다면 우리 모두 채용될 수 있을 거야."

다른 여자가 말했다.

안쪽의 문이 열리면서 한 남자가 나왔다. 6피트가 조금 안 되어 보이는 키에 일주일에 3번 정도는 스포츠클럽에서 운동을 하는 듯한 늘씬한 몸매였다. 머리카락은 갈색 곱슬머리이고 관자놀이 부분이 하얗게 세어가고 있었으며, 눈은 푸르고 빈틈이 없어 보였다. 그리고 쉽게 접근하기 힘든 인상을 던져주는 턱을 가지고 있었다.

"도대체 이게 무슨 일이지, 새리?"

권위 있는 굵은 목소리였다.

"비서 자리가 있다는 소리를 듣고 찾아온 아가씨들입니다."

"정말 놀랍군! 나도 한 시간 전까지는 몰랐는데. 마치 정글의 드럼소리 같군."

그는 실내를 둘러보았다.

그의 시선이 캐서린 쪽으로 옮겨왔을 때, 그녀는 자세를 똑바로 하고 '저는 훌륭한 비서가 되겠습니다' 하는 마음이 담긴 미소를 떠올렸다. 그러나 그의 눈길은 그녀를 스쳐지나 수납계로 돌아갔다.

"라이프 지 한 권이 필요해. 3, 4주 전의 것으로 스탈린이 커버로 나온 거야."

"주문하겠습니다. 프레이저 씨."

수납계원은 말했다.

"지금 당장 필요해."

그는 집무실로 돌아갔다.

"신문사에 전화해서 남은 것이 있는지 물어보겠습니다."

수납원은 말했다. 프레이저는 문가에 멈춰 섰다.

"새리, 보라 상원의원에게서 전화가 와 있어. 그 잡지의 일부를 읽어줘야 돼. 2분 내로 라이프 지를 찾아와."

그는 집무실로 들어가 문을 닫았다.

아가씨들은 서로 마주보며 어깨를 으쓱했다. 캐서린은 곰곰이 생각해보았다. 그러고는 많은 사람들을 헤치고 밖으로 나갔다.

"고맙군. 한 사람 줄었어."

아가씨 한 명이 말했다.

수납원은 수화기를 들고 전화를 걸었다.

"타임라이프 사의 번호를 가르쳐주세요."

그녀는 말했다. 실내는 조용해지고 아가씨들은 수납원을 지켜보고 있었다.

"고마워요."

그녀는 수화기를 놓자마자, 다시금 그것을 집어 들고 전화를 걸었다.

"여보세요. 여기는 국무성의 윌리엄 프레이저의 집무실입니다. 라이프 지의 지난호가 갑자기 필요해서요. 스탈린이 커버로 되어 있는 호인데, 거기에 한 부쯤 없는지요? 누구한테 물어보면 좋을까요…… 그래요, 감사합니다."

그녀는 수화기를 놓았다.

"큰일 났군."

아가씨 하나가 말했다. 다른 아가씨가 덧붙였다.

"무리한 얘기지, 뭐. 만약 그가 오늘밤 나에게 오면 읽어줄 텐데."

온 실내에 웃음소리가 울려 퍼졌다. 인터폰이 울리고 수납원이 스위치를 눌렀다.

"벌써 2분이 지났는데, 잡지는 어떻게 됐지?"

프레이저의 목소리가 들렸다.

수납원은 깊은 숨을 들이마셨다.

"지금 타임라이프 사에 전화해봤습니다만, 그곳에도 남은 게 없다고 하는데요……."

문이 열리면서 캐서린이 급히 들어왔다. 손에는 스탈린의 사진이 실린 라이프 지가 쥐어져 있었다. 그녀는 아가씨들을 헤치고 책상 쪽으로 가서 수납원에게 잡지를 건네줬다. 수납원은 믿을 수 없다는 얼굴로 그것을 보았다.

"여기 한 부 있어요, 프레이저 씨. 지금 곧 가지고 가겠습니다."

그녀는 일어나 캐서린에게 감사의 미소를 지어보이며 총총히 집무실로 들어갔다. 그러자 다른 아가씨들이 적의에 찬 눈으로 캐서린을 노려보았다.

5분 후, 프레이저 집무실의 문이 열리면서 프레이저와 수납원이 나타났다. 수납원은 캐서린을 손으로 가리켰다.

"저 아가씨예요."

윌리엄 프레이저는 생각하는 듯한 시선으로 캐서린을 바라보았다.

"이쪽으로 오시오."

"네."

캐서린은 찌르는 듯한 아가씨들의 시선을 등 뒤로 느끼며 프레이저를 따라 방으로 들어갔다. 프레이저는 문을 닫았다.

그의 집무실은 전형적인 워싱턴 관료의 방이었지만, 취미에 맞게 꾸며져 비품과 미술품에 그의 개인적인 취향이 드러나 있었다.

"앉으시오, 미스……."

"알렉산더. 캐서린 알렉산더입니다."

"아가씨가 라이프 지를 찾아왔다고 하던데……."

"네, 그렇습니다."

"3주 전의 잡지를 핸드백 속에 넣고 다닐 리는 없고."

"네."

"어떻게 그렇게 빨리 찾아낼 수 있었소?"

"미용실에 가서 구해왔습니다. 미용실이나 은행에는 늘 오래된 잡지가 있거든요."

"그럴듯하군."

프레이저는 미소를 지었다. 그의 딱딱한 얼굴이 다소 누그러졌다.

"나라면 거기까지는 생각하지 못했을 거야. 아가씨는 무슨 일에든지 그런 식으로 머리가 돌아가나?"

캐서린은 론 피터슨을 떠올리며 말했다.

"아뇨."

그녀는 대답했다.

"비서 일을 하고 싶소?"

"꼭 그렇지는 않습니다."

캐서린은 그의 놀란 표정을 보았다.

"하지만 한번 해볼 생각입니다. 정말 되고 싶은 것은 당신의 보좌관 역할이에요."

그녀는 급히 덧붙여 말했다.

"오늘은 비서로서 출발해보면 어떻겠소? 내일부터 보좌관이 되어도 좋소."

프레이저는 덤덤하게 말했다.

그녀는 기쁜 표정으로 프레이저를 바라보았다.

"저를 채용하시는 건가요?"

"시험적으로."

그는 인터폰의 스위치를 내리고 그쪽으로 몸을 굽혔다.

"새리, 채용자는 결정되었으니 아가씨들에게 모두 돌아가라고 해요."

"알겠습니다."

"내일 아침 9시까지 나오도록. 새리에게 이력서 용지를 받아서 쓰도록 하시오."

프레이저의 집무실을 나오자 캐서린은 워싱턴포스트 사로 갔다. 로비 데스크에 있던 경비원이 그녀를 불러 세웠다.

"저는 국무성의 윌리엄 프레이저 씨의 개인 비서예요. 자료실의 정보가 필요해서 왔어요."

그녀는 당당하게 말했다.

"어떤 종류의 정보 말입니까?"

"윌리엄 프레이저에 관한 정보입니다."

그는 캐서린을 뚫어지게 쳐다보고 나서 말했다.

"그것 참 매우 이상한 요구로군요. 당신의 보스가 당신을 괴롭히는 일이라도 했습니까?"

"아녜요. 그에 대한 폭로 기사를 쓰고 싶어서요."

그녀는 시치미를 떼고 말했다.

5분 후, 사무원이 그녀를 자료실로 안내해 윌리엄 프레이저에 관한 자료를 꺼냈다. 캐서린은 읽기 시작했다.

그로부터 한 시간 후 캐서린은 윌리엄 프레이저에 관한 한 어느 누구보다도 자세한 지식을 갖게 되었다. 프레이저는 45세, 프린스턴 대학을 우수한 성적으로 졸업하고 광고대행사를 시작했다. 그 회사는 곧 일류 광고대행사가 되었지만, 그는 1년 전 대통령의 요청으로 회사를 그만두고 국무성에 들어갔다. 부자이며 사교계에 널리 알려진 리디아 캠피온과 결혼했으나, 4년 전에 이혼하고 자식은 없었다. 프레이저는 백만장자로 조지타운에 저택을 갖고 있고 메인주의 바하버에 여름 별장이 있었다. 취미는 테니스와 요트와 폴로 경기이고, 몇 개의 기사에는 그는 '미국에서 가장 이상적인 독신자 중 한 사람'이라고 쓰여 있었다. 캐서린이 아파트로 돌아와 수지에게 이 기쁜 소식을 전하자, 수지는 아무래도 밖에서 축하를 해야겠다고 말했다. 그녀들은 2명의 부유한 해군 사관후보생과 데이트를 하기로 했다.

캐서린의 상대는 인상이 괜찮은 청년이었다. 그러나 그녀는 끊임없이 마음속으로 그를 윌리엄 프레이저와 비교했다. 프레이저에 비하면 그 사관후보생은 풋내기 냄새가 나고 지루하기만 했다. 캐서린은 자신이 새로운 보스에게 사랑을 느끼기 시작한 게 아닐까 생각해보았다. 그 앞에 있을 때 그녀는 소녀와 같이 들뜬 감정이 아니라 보다 더 다른 감정, 인격에 대한 흠모와 존경을 느꼈다. 그녀는 그런 가슴 설레는 들뜬 감정은 프랑스의 섹스 소설에나 존재하는 것이라고 생각했다.

사관후보생들은 두 사람을 워싱턴 교외의 작은 이탈리아 풍 레스토랑으로 데리고 갔다. 그들은 그곳에서 멋진 저녁을 먹고 영화 '독약과 늙은 아가씨'를 보러 갔다. 캐서린에게는 영화가 대단히 재미있었다. 그 뒤 후보생들은 그녀들을 아파트까지 데려다주었다. 수지는 한 잔 하고 가라며 붙잡았다. 그들이 주저앉아 자고 가려는 태세를 취하자, 캐서린은 이제 그만 쉬고 싶다고 말했다.

그녀의 상대인 후보생이 항의했다.

"지금부터가 진짜 데이트라고. 저 커플처럼 말이야."

수지와 그녀의 파트너는 소파 위에서 정열적으로 포옹을 하고 있었다.

캐서린의 상대는 그녀의 팔을 잡았다.

"곧 전쟁이 터질지도 몰라."

그는 진지한 얼굴로 말했다. 캐서린이 말릴 틈도 없이 그는 그녀의 손을 잡아 그것을 사타구니의 딱딱한 곳에 갖다 댔다.

"남자를 이런 상태로 전쟁에 내보낼 수는 없잖아."

캐서린은 분노를 억누르며 손을 뒤로 뺐다.

"그런 것은 나도 생각해봤어요. 생각한 끝에 부상병하고만 동침하기로 다짐했죠."

그녀는 단조로운 목소리로 말했다. 캐서린은 침실로 들어가 문을 잠가버렸다. 그녀는 좀처럼 잠을 이루지 못하고 침대에 누운 채 윌리엄 프레이저와 새로운 직장과 사관후보생의 딱딱한 성기 등을 생각했다. 잠자리에 든 지 한 시간 정도 지났을 때, 수지의 침대 스프링이 격렬하게 소리를 내기 시작했다. 그 후로 잠을 이루는 것은 불가능했다.

다음 날 아침 8시 30분에 캐서린은 출근했다. 문은 열려 있고 접수실에는 불이 켜져 있었다. 안쪽 방에서 남자의 목소리가 흘러나왔다. 그녀는 안으로 들어갔다.

책상 앞에 앉아 녹음기에 구술하고 있던 윌리엄 프레이저는 캐서린이 들어가자 녹음기 스위치를 껐다.

"일찍 나왔군."

그는 말했다.

"일을 시작하기 전에 상황을 파악해두고 싶어서요."

"앉지."

그의 태도는 무엇인지 알 수 없지만 그녀를 당황케 하는 것이 있었다. 그는 화난 듯이 보였다. 캐서린은 의자에 앉았다.

"나는 스파이는 질색이오, 미스 알렉산더."

캐서린의 얼굴이 붉어졌다.

"무슨…… 무슨 말씀이신지요?"

"워싱턴은 좁은 곳이오. 생각보다 소문이 빠르지. 여기서 일어난 일은 아무리 작은 일이라도 5분만 지나면 모두 알려지고 말아."

"저는 아직도……."

"워싱턴포스트의 책임자가 당신이 그곳에 간 지 2분 후에 전화를 걸어 왔더군. 내 비서가 무엇 때문에 내 신상에 대해 조사를 하러 왔느냐고 물었어."

캐서린은 아연해서 어떻게 말을 해야 할지 알 수가 없었다.

"그래, 만족할 만큼의 폭로 건수를 찾아냈소?"

캐서린은 당혹감이 급속도로 분노로 바뀌는 것을 느꼈다.

"저는 스파이 짓 따위는 하지 않았어요. 당신에 대한 정보를 얻고 싶었던 것은 제 보스가 어떤 인물인지 알고 싶었기 때문입니다."

캐서린은 그렇게 말하고는 일어섰다. 그녀의 목소리는 분노로 인해 떨리기까지 했다.

"좋은 비서는 고용주에게 적응해야 한다고 생각합니다. 저는 적응해야 할 상대에 대해서 정확히 알고 싶었을 뿐입니다."

프레이저는 잠자코 듣고 있었지만, 그 표정은 여전히 굳은 상태였다. 캐서린은 금방이라도 눈물을 흘릴 것 같은 얼굴로 그를 쏘아보았다.

"이젠 걱정하실 것 없어요, 프레이저 씨. 전 그만둘 테니까요."

그녀는 방향을 돌려 문 쪽으로 걸어 나갔다.

"앉으시오."

프레이저는 말했다. 그의 목소리는 채찍처럼 날카로웠다. 캐서린은 움찔하고는 뒤를 돌아보았다.

"나는 신경질적인 여자는 딱 질색이오!"

캐서린은 그를 응시했다.

"저는……."

"좋소! 내가 잘못했소. 자…… 앉으시오."

그는 책상 위의 파이프를 집어 들어 불을 붙였다.

캐서린은 어찌할 바를 몰라 그대로 서 있었다.

"잘 해나갈 수 없을 것 같아요. 저는……."

그녀는 말했다.

프레이저는 파이프를 빨며 성냥불을 껐다.

"잘해나갈 수 있을 것이오, 캐서린. 이제 와서 그만두게 할 수는 없지. 새로운 비서를 길들이느라고 이렇게 고생했는데……."

그는 부드럽게 말했다.

캐서린은 프레이저의 밝은 푸른빛 눈에 장난기가 서리는 것을 보았다. 그는 미소 지었다. 그녀의 입술이 조금씩 움직이더니 미소로 변했다. 그녀는 의자에 앉았다.

"됐소. 사람들로부터 지나치게 민감하다는 얘기를 들은 적 없소?"

"있었던 것 같습니다. 죄송합니다."

프레이저는 의자에 깊이 몸을 파묻었다.

"내가 과민했는지도 모르지. '미국에서 가장 이상적인 독신자'라고 불리니 마음이 불안해서 말이오."

캐서린은 그런 말은 하지 말았으면 좋았을 텐데 하고 생각했다.

'그런데 내가 신경 쓰고 있는 건 무엇일까?'

그녀는 생각했다.

프레이저의 말이 옳을지도 모른다. 캐서린의 그에 대한 관심도 지극히 사적인 것이었는지도 모른다. 아마 무의식중에……

"……얼마나 여자가 적극적인 존재인지 내가 아무리 얘기해도 당신은 믿지 못할 거요."

프레이저는 말했다.

'그래요? 경험이 꽤 많은 모양이군.'

캐서린은 그렇게 생각하고는 얼굴을 붉혔다.

"자, 어차피 이번 주는 서로에게 탐색기간인 것 같으니 캐서린, 자신에 관해서 얘기해주지 않겠소? 남자 친구는?"

"없어요."

그녀는 대답했다. 그러고는 "특별한 남자 친구는."이라고 재빨리 덧붙여 말했다.

그는 의아스럽다는 눈길로 그녀를 쳐다보았다.

"어디에 살고 있소?"

"대학 클래스메이트였던 여자 친구의 아파트에 있어요."

"노스웨스튼 대학이지."

그녀는 놀라 프레이저를 바라보았지만 곧 자기의 이력서를 읽었겠지 하고 생각했다.

"네."

"신문사의 자료실에서도 알 수 없는 것을 가르쳐주지. 나는 일에 대해 아주 철저한 사람이오. 공평하지만 완벽주의자여서 앞으로 꽤나 힘들 것이오. 잘 해나갈 수 있겠소?"

"한번 해보겠습니다."

캐서린은 말했다.

"좋아. 일에 대해서는 새리가 잘 가르쳐줄 것이오. 가장 중요한 것은, 내가 끊임없이 커피를 마신다는 사실을 기억해두는 것이오. 나는 뜨거운 블랙커피를 좋아하지."

"기억해두겠습니다."

캐서린은 자리에서 일어나 문 쪽으로 걸어갔다.

"그리고 말이오, 캐서린."

"네, 프레이저 씨."

"오늘밤 집에 돌아가면 거울 앞에서 상스러운 말을 쓰는 연습을 하시오. 내가 상스러운 말을 할 때마다 쩔쩔매면 내가 말하기 어려워지니까."

그는 또 자기 결점을 일부러 드러내는 말을 함으로써 그녀로 하여금 어린애처럼 느끼게 했다.

"알겠습니다, 프레이저 씨."

그녀는 차갑게 말하고 재빨리 방에서 나가 소리 나게 문을 닫았다.

오늘 아침의 대면은 캐서린의 기대와는 정반대였다. 그녀는 아무래도 윌리엄 프레이저가 좋아지지 않았다. 그가 별스럽게 잘난 체하고, 고압적이고 오만한 남자라고 생각했다. 아내에게 이혼 당했다는 것이 전혀 이상할 것이 없었다. 어쨌든 이렇게 왔으니 일단 그의 비서로 일을 하겠지만 나중에는 다른 일, 폭군이 아닌 인간다운 고용주 밑에서 일할 수 있는 직장을 찾아야겠다고 생각했다.

캐서린이 나가자, 프레이저는 의자에 몸을 파묻었다. 미소가 그의 입가에 떠올랐다. 여자들은 왜 저리도 애처로울 정도로 순진하고 어수룩한 걸까? 화가 나서 눈을 번뜩이며 입술을 파르르 떨던 캐서린은 자신이 품안에 안고 보호해주고 싶은 심정이 들 정도로 무방비해보였다. 그러나 자신도 늑대이지 않는가 하고 씁쓸한 기분으로 생각했다.

그녀에게는 다른 여자들에게서 찾을 수 없는 고지식하면서도 순진한 면모가 있었다. 그녀는 아름답고 머리가 좋고 개성이 뚜렷했다. 지금까지의 그 어떤 비서보다도 멋진 비서가 되겠지. 그리고 마음 깊숙한 곳으로부터 프레이저는 그녀가 그 이상의 존재가 되리라는 것을 느꼈다. 그 이상이 어느 정도인가 그로서도 아직은 알 수 없었다.

그는 몇 번이나 여자에게 혼이 난 경험이 있었기 때문에 여성이 마음을 흔들어놓을 때 그 순간 자동경보장치가 울리게 되어 있었다. 그러나 그러한 순간은 좀처럼 오지 않았다. 그의 파이프에는 이미 불이 꺼져 있었다. 그는 다시금 불을 붙였다. 그의 입술에는 아직도 미소가 남아 있었다.

잠시 후, 프레이저가 지시할 사항이 있어서 그녀를 불렀을 때, 캐서린의 태도는 정중하면서도 서먹서먹해보였다. 그녀는 프레이저가 개인적인 문제에 대해 다시금 말하면 자신의 냉정함을 보여줘야겠다고 작정하고 있었지만 그는 지극히 사무적인 태도로 무관심했다. '그는 아침에 일어난 일에 대해 완전히 잊어버린 것이 아닐까, 남자들은 정말 무딘 동물이야.' 하고 캐서린은 생각했다.

그러나 캐서린은 새로운 일에 흥미를 느꼈다. 전화가 계속 울리고, 그 상대방의 이름이 그녀를 흥분시켰다. 처음 일주일 동안 미국 부통령으로부터 2번, 상원의원 6명과 국무장관, 최신작 선전을 위해 워싱턴에 오는 유명한 여배우로부터 전화가 왔다. 그 주간의 클라이맥스는 루스벨트 대통령으로부터 전화가 왔을 때였다. 캐서린은 당황해서 수화기를 떨어뜨리는 바람에 대통령 비서와의 연락이 끊어지게 하기도 했다.

몇 주가 지나자 프레이저는 캐서린에게 회합의 약속과 예약을 하도록 했다. 그녀는 프레이저가 어떤 사람을 만나고 싶어하며 어떤 사람을 피하고 싶어하는지를 파악하게 되었다.

일은 매우 재미있었기 때문에 그 달 말경에는 다른 취직자리를 찾으려고 했던 것을 까맣게 잊고 있었다.

캐서린과 프레이저의 관계는 아직까지 철저하게 공적인 관계였지만, 그녀는 그의 냉정한 태도가 불친절과는 다르다는 것을 알게 되었다. 그것은 위엄이었으며 세간에 대한 방호벽 역할을 하는 자제의 벽이었다. 캐서린은 프레이저가 사실은 매우 외로운 남자라고 생각했다. 그의 직무는 사교적인 성격을 요구했지만, 그는 본래 고독한 남자라고 느꼈다. 그녀는 또한 프레이저는 자기와는 인연이 먼 남자라고 느꼈다.

'그렇게 따지면 미국 남성 대부분이 인연이 없는걸.'

그녀는 생각했다.

캐서린은 데이트를 즐기기 위해 수지와 함께 외출을 하곤 했지만 대부분의 상대는 강한 성적 욕구를 가진 기혼 남성이었다. 캐서린은 혼자 영화 보러 가는 것을 더 좋아하게 되었다. 그녀는 가트루드 로렌스와 새로운 코미디언인 다니 케이의 '검은 드레스의 여인', '아버지와의 생활' '무장한 엘리스'를 보았다. 커크 더글러스라는 젊은 배우도 눈에 띄었다. 진저 로저스의 '연애수첩'이 특히 그녀의 마음을 끌었다. 그녀 자신을 생각나게 하는 대목이 있었기 때문이었다.

어느 날 밤 연극 '햄릿'을 보러 갔을 때, 캐서린은 프레이저가 〈보그〉에 실려 있는 값비싼 하얀 이브닝드레스를 입고 있는 아름다운 여자와 함께 앉아 있는 것을 보았다. 캐서린은 그 여자가 누구인지 알 수 없었다. 프레이저는 개인적인 약속은 스스로 정했기 때문에 그녀는 그가 어디서 누구를 만나는지 전혀 몰랐다. 프레이저도 극장을 둘러보다가 캐서린을 발견했다. 다음 날 아침, 그는 지시사항을 전달한 다음 지난 밤 얘기를 꺼냈다.

"햄릿은 어땠지?"

그가 물었다.

"연극은 재미있었습니다만, 연기자가 별로 마음에 안 들었어요."

"나는 연기자가 괜찮다고 생각했는데. 오필리아 역을 한 여배우는 특히 잘하더군."

그는 말했다. 캐서린은 머리를 끄덕이며 그대로 일어서려고 했다.

"오필리아를 좋아하지 않나 보지?"

프레이저는 놓아주지 않으려는 듯 계속해서 물었다.

"제 솔직한 의견을 알고 싶으시다면, 그녀에겐 너무 벅찬 역이었다고 생각합니다."

캐서린은 주의 깊게 말했다. 그리고 그대로 방을 나왔다.

그날 저녁, 캐서린이 아파트에 돌아와 보니 수지가 기다리고 있었다.

"손님이 왔었어."

수지가 말했다.

"누구?"

"FBI 사람이야. FBI가 너에 관해서 조사하고 있어."

그녀는 생각했다.

'큰일 났군. 그들은 내가 처녀라는 사실을 안 거야. 워싱턴에서는 그것이 법률에 저촉될지도 몰라.'

그녀는 소리 내어 말했다.

"왜 FBI가 나를 조사하고 있는 걸까?"

"정부 기관에서 일하고 있으니까."

"아, 그렇구나."

"너희 상관은 어떠니?"

"응, 좋은 사람이야."

"그가 너를 좋아할 것 같니?"

캐서린은 키가 크고 늘씬한 갈색 눈의 룸메이트를 바라보았다.

"하룻밤 상대로는."

시일이 지남에 따라 캐서린은 가까운 사무실에서 일하고 있는 비서들과 알게 되었다. 그중 몇 명은 보스와 관계를 갖고 있었지만, 그녀들은 상대에게 처가 있든 독신이든 문제 삼지 않는 것 같았다. 그녀들은 윌리엄 프레이저의 비서인 캐서린을 부러워했다.

"골든 보이는 정말 어떤 사람이니? 아직 네게 추파를 던지지 않니?"

어느 날, 비서들 중 한 명이 점심식사 때 캐서린에게 물었다.

"그는 그런 수고는 하지 않아. 나는 매일 아침 9시에 그의 방으로 가지.

그리고 우리는 1시까지 소파 위에서 뒹굴다가 점심식사를 하러 간다고."

캐서린은 정색을 하며 말했다.

"농담이 아니야. 진지하게 묻는 거라고. 넌 그를 어떻게 생각하는데?"

"별로 좋아하지 않아."

캐서린은 거짓말을 했다. 윌리엄 프레이저에 대한 그녀의 감정은 처음의 말다툼 이후 달라져 있었다. 윌리엄 프레이저가 자신에 대해 완벽주의자라고 말한 것은 사실이었다. 캐서린이 실수를 하면 그는 질책했지만 그녀는 그가 공정하고 사물에 대한 분별력이 뛰어나다는 것을 인정하고 있었다.

프레이저가 자신의 일을 뒤로 제쳐놓고 남의 일들—그에게는 조금도 도움이 되지 않는 사람들—을 도와주고 자신의 이름을 드러내지 않도록 하는 것을 캐서린은 알고 있었다. 사실은 캐서린은 프레이저를 무척 좋아하고 있었다. 그러나 그것은 그녀 자신만이 아는 문제이지, 다른 사람들은 전혀 눈치 채지 못했다.

어느 날, 일이 많이 밀려서 정신이 없을 정도로 바쁠 때, 프레이저는 캐서린에게 밤늦게까지 일해야 하니 자기 집에 가서 저녁식사를 같이 하자고 청했다. 프레이저의 운전기사가 국무성 건물 정면에 리무진을 세워놓고 대기하고 있었다. 빌딩에서 나온 여러 명의 비서들이 의미심장한 눈빛으로, 프레이저가 캐서린을 먼저 뒷좌석에 태우고 그 옆에 앉는 것을 지켜보았다. 리무진은 퇴근 시간의 혼잡한 자동차의 홍수 속으로 섞여 들어갔다.

"제가 당신의 명예를 훼손하는 것은 아닌지 모르겠군요."

캐서린이 말했다. 프레이저는 웃었다.

"한 가지 충고하지. 공적인 사람과 관계를 맺고 싶거든 과감하게 행동해야 돼. 내 말은 정부—아직도 이 말이 쓰이고 있는지는 모르지만—는 눈에 띄는 장소, 바로 유명한 레스토랑이나 극장 같은 곳에 데리고 다닌다는 소리야."

"연극 공연 같은 곳 말인가요?"

캐서린은 무심코 말했다. 프레이저는 그 말을 무시했다.

"세간에서는 숨겨진 동기를 찾고 싶어하는 법이지. 그들은 이렇게 생각해. '그는 저 여자를 데리고 다닌다, 뒤에서는 누구와 만나고 있는 걸까?'라고 말이야. 공공연히 하고 다니는 일은 믿지 않는다고."

"재미있는 관점이군요."

"코난 도일이 그런 식으로 사람을 속이는 얘기를 쓴 적이 있지. 제목은 잊었지만 말이야."

프레이저는 말했다.

"그건 에드거 앨런 포의 '도둑맞은 편지'예요."

캐서린은 그렇게 말한 순간 쓸데없는 이야기를 지껄였다고 생각했다. 남자들은 똑똑한 여자를 싫어한다. 그러나 그게 무슨 상관이란 말인가? 그녀는 그의 애인이 아니라 비서인 것이다.

그들은 그 후 계속 아무 말 없이 앉아 있었다.

조지타운에 있는 프레이저의 집은 그림에서나 볼 수 있는 저택이었다. 4층으로 된 조지 왕조풍의 건물로 3백 년 이상은 되어 보였다.

하얀 상의를 걸친 하인이 문을 열어주었다. 프레이저가 말했다.

"프랭크, 이 사람은 미스 알렉산더."

"안녕하세요, 프랭크. 전화로 한 번 이야기를 나눈 적이 있었지요."

캐서린이 말했다.

"네, 참 잘 오셨습니다. 미스 알렉산더."

캐서린은 홀을 둘러보았다. 2층으로 통하는 아름다운 참나무 계단이 있었고 그 바닥은 반짝반짝 윤이 나게 닦여 있었다. 바닥은 대리석이고 머리 위에는 눈부신 샹들리에가 걸려 있었다.

프레이저는 그녀의 얼굴을 바라보았다.

"마음에 드나?"

그는 물었다.

"네? 아, 물론이죠!"

프레이저는 미소를 띠었다. 캐서린은 자신의 목소리가 지나치게 열에 들떠 있는 것이 아닌가 생각했다. 부에 현혹되어 그를 졸졸 쫓아다니는 적극적인 여자들처럼.

"분위기가 참 좋군요."

그녀는 아무렇지도 않은 척하려다가 오히려 어색하게 덧붙여 말했다.

프레이저는 즐기는 듯한 눈으로 그녀를 보고 있었다. 캐서린은 혹시 그가 자신의 생각을 읽고 있는 것은 아닐까 해서 두려웠다.

"서재로 가지."

캐서린은 그를 따라 사방으로 책이 꽂혀 있는 큰 방으로 갔다. 그곳은 별세계 같은, 훨씬 마음이 편하고 친근해지기 쉬운 분위기였다. 프레이저는 그녀를 가만히 응시했다.

"어때?"

그는 무게 있는 어조로 물었다.

캐서린은 이번에는 신중하게 방어적으로 대답했다.

"의회의 도서관보다는 작군요."

그는 큰소리로 웃었다.

"그건 그래."

프랭크가 은제 얼음 통을 가지고 와서 구석의 바 위에 올려놓았다.

"식사는 몇 시에 하시겠습니까?"

"7시 반에."

"요리사에게 그렇게 지시해놓겠습니다."

"음료는 무엇으로 할까?"

"전 괜찮아요. 아무래도 상관없어요."

그는 캐서린을 바라보았다.

"술을 마시지 않아, 캐서린?"

"일을 하는 중에는 마시지 않습니다. P와 O를 혼동하게 되니까요."
그녀는 말했다.

"P와 Q겠지."

"P와 O예요. 자판엔 P와 O가 나란히 붙어 있어요."

"몰랐는걸."

"그건 당연하죠. 그 때문에 제게 임금을 지불하고 계신 것 아닌가요?"

"그렇군. 정말 술은 마시지 않겠어?"

"사양하겠어요."

캐서린은 말했다. 프레이저는 자신을 위해 마티니를 만들고 캐서린은
책을 구경했다. 모든 고전이 갖추어져 있었고 이탈리아어, 아랍어 등의
책도 가득 차 있었다.

프레이저는 그녀의 곁으로 다가왔다.

"사실은 이탈리아어나 아랍어로 말하지는 못하시겠죠?"

캐서린이 물었다.

"말할 수 있어. 몇 년간 중동에 있을 때 아랍어를 배웠거든."

"이탈리아어도?"

"잠시 이탈리아 여인과 사귄 적이 있으니까."

캐서린은 얼굴을 붉혔다.

"죄송해요. 쓸데없는 걸 물어서……."

프레이저는 웃음 띤 눈으로 그녀를 바라보았다. 캐서린은 아직도 순진
한 학생 같은 느낌이 들었다. 그녀는 윌리엄 프레이저를 미워하고 있는
지, 사랑하고 있는지 스스로도 잘 알 수가 없었다. 한 가지 분명한 사실은
그만큼 훌륭한 사람을 만난 적이 없다는 것이었다.

멋진 만찬이었다. 요리는 온통 맛있는 소스를 끼얹은 프랑스 요리뿐이

었다. 디저트는 50년 묵은 체리와인이었다. 프레이저가 일주일에 3번은 자택에서 일하는 것도 무리가 아니라고 생각되었다.

"요리는 마음에 드나?"

프레이저가 물었다.

"구내식당의 요리와는 다르군요."

그녀는 말하고 미소 지었다. 프레이저도 웃었다.

"나도 한번 구내식당에서 식사를 해야겠군."

"그만두시는 것이 나을걸요."

그는 캐서린을 바라보았다.

"그렇게도 형편없나?"

"음식 때문이 아니고 식당에 온 아가씨들에게 습격당하실 것 같아서 하는 소리예요."

"왜 그렇게 생각하지?"

"그녀들은 항상 당신 얘기를 하니까요."

"당신도 나에 관해서 이야기를 해주곤 하나?"

"네."

그녀는 웃음 띤 얼굴을 보였다.

"그녀들은 시간이 지나면 정보부족으로 안타까워하겠군."

캐서린은 고개를 저었다.

"틀렸어요. 제가 여러 얘기를 지어내거든요."

프레이저는 의자에 몸을 기댄 채 천천히 브랜디를 마셨다.

"어떤 얘기를?"

"정말 듣고 싶으세요?"

"그렇고말고."

"당신은 도깨비 같은 사람이고 하루 종일 내게 호통만 쳐댄다고 말하지요."

"하루 종일은 아닐 텐데."

"당신은 사냥 광이라 사무를 볼 때도 탄환을 잰 소총을 만지작거려서 나는 잘못 발사되어 죽지나 않을까 후들후들 떨며 근무한다고 했어요."

"그건 꽤 흥미를 끌겠군."

"그녀들은 정말 당신이 어떤 사람인가 알려고 머리를 싸매고 있어요."

"캐서린, 당신은 정말 내가 어떤 사람인지 알 것 같아?"

프레이저의 말에는 진지함이 깃들기 시작했다. 그녀는 그의 밝은 푸른 눈을 잠시 들여다보다가 시선을 돌렸다.

"안다고 생각해요."

그녀는 말했다.

"어떤 남자라고 생각하나?"

캐서린은 갑자기 긴장되는 것을 느꼈다. 이제 농담은 끝나고 대화에 새로운 분위기가 전개되었다. 두근거리게 하는 분위기, 불안을 느끼게 하는 분위기였다. 그녀는 대답하지 않았다.

프레이저는 한동안 그녀의 얼굴을 보고 있었지만 이윽고 미소 지었다.

"나는 따분한 사람이야. 디저트 좀 들지."

"아뇨, 사양하겠어요. 앞으로 일주일 동안은 아무것도 먹지 못할 정도로 배가 부를 것 같아요."

"그럼, 이제 일을 시작할까?"

그들은 한밤중까지 일했다. 프레이저는 문 앞까지 따라왔다. 운전사가 밖에서 기다리고 있다가 차로 그녀를 아파트까지 데려다주었다.

캐서린은 자동차 안에서 계속 프레이저를 생각했다. 그의 능력, 그의 유머, 그의 친절한 배려, 남자는 진정으로 강하지 못하면 부드러워질 수 없다고 말한 사람이 있다. 윌리엄 프레이저는 매우 강한 남자였다. 오늘 밤은 캐서린에게 있어서 가장 멋진 밤 중의 하나였지만 그녀는 걱정이 되었다. 하루 종일 사무실에 앉아서 보스에게 전화를 거는 모든 여성에게 증오를 느끼는 질투심 많은 비서 중의 하나가 될 것 같아서였다. 그녀는 그런 비서는 되고 싶지 않았다. 워싱턴의 모든 여성들이 프레이저를 사귀고 싶어 혈안이 되어 있었지만 그녀는 그런 무리에 끼고 싶지 않았다.

캐서린이 아파트에 돌아오자 수지가 자지 않고 그녀를 기다리고 있었다. 그녀는 캐서린을 보자마자 말했다.

"캐서린, 솔직히 고백해! 무슨 일이 있었지?"

"아무 일도 없었어."

캐서린은 대답했다.

"만찬을 대접받은 것뿐이라고."

수지는 믿을 수 없다는 눈으로 그녀를 바라보았다.

"그가 유혹하지 않았어?"

"그럼, 물론이지."

수지는 한숨을 쉬었다.

"알았어. 그는 두려워하고 있는 거야."

"그게 무슨 뜻이니?"

"네가 동정녀 마리아같이 행동했기 때문이지. 그는 네게 손가락 하나라도 건드리는 날엔, 네가 강간당한 것처럼 난리를 치고 까무러칠지도 모른다고 생각해서 두려워하고 있는 거야."

캐서린은 얼굴이 붉어졌다.

"나는 그런 점에서는 그에게 관심 갖고 있지 않아. 게다가 난 동정녀 마리아처럼 굴지도 않았어."

그녀는 짐짓 딱딱한 어투로 말했다.

'나는 동정녀 캐서린처럼 굴었어. 역시 성녀 캐서린이야.'

그녀는 자신의 성당을 워싱턴으로 옮긴 것에 불과했다. 그 외엔 하나도 달라진 것이 없었다. 그녀는 같은 성당에서 생활하고 있는 것이다.

그로부터 6개월 동안 프레이저는 거의 출장을 다녔다. 그는 샌프란시스코, 시카고, 유럽을 다녀왔다. 캐서린은 항상 일이 많아서 바빴지만 그래도 프레이저가 없는 사무실은 왠지 쓸쓸하고 공허하게 느껴졌다.

방문객은 끊임없이 찾아왔다. 대부분 남자들이었는데, 그들에게 캐서린은 가끔씩 초대를 받았다. 그녀는 점심식사든 만찬이든 유럽 여행이든, 침대든 선택할 수 있었다. 그러나 그녀는 한 번도 초대에 응하지 않았다. 그 이유는 그녀가 남자들에게 흥미를 갖고 있지 않기 때문이기도 하지만, 더 큰 이유는 프레이저가 비즈니스와 쾌락을 함께 하는 것을 좋아하지 않을 거라고 생각했기 때문이었다.

프레이저는 그녀가 여러 초대를 거절하고 있는 것을 알았지만 그것에 대해서 아무 말도 하지 않았다. 그녀가 그의 집에서 만찬을 함께한 그 다음 날, 프레이저는 그녀의 주급을 10퍼센트 인상해주었을 뿐이었다.

캐서린에게는 워싱턴의 분위기에 변화가 일어난 것을 느꼈다. 사람들의 거동이 한층 더 바빠졌고, 얼굴은 긴장되어 있었다. 신문의 표제는 계속해서 침략과 유럽의 위기에 대해서 쓰고 있었다. 프랑스의 패배는 유럽의 다른 어떤 사건보다도 미국인들을 크게 동요시켰다. 그들은 자유의 요람이라고 할 수 있는 프랑스가 자유를 상실했다는 것에 침략의 위험을 더 크게 느끼고 있었다.

노르웨이가 독일의 손에 넘어가고, 영국은 필사적으로 싸움을 계속하고 있었다. 독일, 이탈리아, 일본 간에 동맹이 결성되고, 미국의 참전이 불가피하다는 분위기가 고조되고 있었다. 캐서린은 어느 날 이 문제에 대해서 프레이저에게 물었다.

"우리가 전쟁에 휘말려 들어가는 것은 시간문제라고 봐. 영국이 히틀러를 저지하지 못하면 우리도 참전을 해야지. 이 상황을 똑바로 직시하지 않으면 안 돼."

프레이저는 격분한 채 말했다.

"만약 전쟁이 나면 당신은 어떤 일을 맡게 되나요?"

"영웅이 되지."

그는 말했다.

캐서린은 멋진 장교가 되어 출정하는 프레이저를 마음속에 그려보았다. 하지만 그렇게 생각하는 그가 싫기도 했다. 그녀는 이 발달된 문명시대에 많은 사람들이 살상을 통해서 문제를 해결할 수 있다고 생각하는 것이 그녀에겐 바보스럽게만 여겨졌다.

"걱정하지 마, 캐서린. 당분간 아무 일도 일어나지 않을 거야. 일이 터질 때를 대비해서 만반의 준비를 하고 있으니까."

프레이저는 말했다.

"영국은 어떻게 될까요? 히틀러가 상륙했을 때, 영국은 대항할 수 있을까요? 히틀러는 탱크와 비행기를 많이 가지고 있지만 영국에는 아무것도 없잖아요."

그녀는 물었다.

"영국도 갖게 될 거야. 이제 곧."

프레이저는 그녀에게 확신에 찬 목소리로 말했다. 프레이저는 화제를 바꾸었고 그들은 일에 착수했다.

1주일 후 신문에서는 루스벨트 대통령의 무기 대여에 관한 새로운 방안을 대대적으로 보도했다. 프레이저는 그 일을 알고 있으면서도 전혀 정보를 흘리지 않고 그녀를 안심시키고자 한 것이다.

몇 주일이 눈 깜짝할 사이에 지나갔다. 캐서린은 가끔 데이트 신청에 응했지만 그때마다 상대방을 윌리엄 프레이저와 비교하지 않을 수 없었다. 그러고는 데이트를 한 것을 후회했다. 그녀는 그녀 자신이 프레이저에게 갇혀 있다는 것을 깨닫곤 했지만, 아무리해도 거기서 벗어날 수 없었다. 프레이저에게 일시적으로 열중해 있는 것뿐, 얼마가 지나면 곧 열이 식을 것이라고 스스로에게 타일러 보기도 했다.

그러나 그녀의 감정은 다른 남자들과 데이트를 즐기지 못하도록 끊임없이 방해했다. 어떤 남자도 그와 비교해보면 훨씬 열등하게 느껴졌다. 어느 날 저녁 늦게까지 캐서린이 일하고 있는데 뜻밖에도 연극을 보러 갔던 프레이저가 갑자기 돌아왔다. 그녀는 깜짝 놀라 사무실에 들어온 그를 올려다보았다.

"도대체 뭘 하고 있는 거지? 여기가 노예선이라도 되는 줄 아는 건가?"

그는 화난 듯한 목소리로 말했다.

"이 보고서를 완성해놓고 싶어서요. 내일 샌프란시스코에 가지고 가실 수 있도록 말예요."

그녀는 말했다.

"그건 우편으로 내게 보내주면 될 텐데. 따분한 보고서를 작성하는 것 외에 할 일이 그렇게도 없나?"

그는 캐서린과 마주보고 의자에 걸터앉아 그녀를 응시하면서 물었다.

"오늘밤은 시간이 좀 있어서요."

프레이저는 의자에 몸을 기대고 앉아 손가락을 끼고 그것을 턱에 갖다 댄 채 그녀를 바라보았다.

"여기에 처음 온 날 한 말이 기억나나?"

"바보 같은 얘기만 늘어놓았죠."

"당신은 비서보다도 보좌관이 되고 싶다고 했지."

그녀는 미소 지었다.

"그땐 아무것도 몰랐어요."

"지금은 그렇지 않아?"

그녀는 얼굴을 들고 그를 바라보았다.

"무슨 말씀이신지 잘 모르겠군요."

"간단한 얘기야, 캐서린. 3개월 전부터 당신은 실제적으로 내 보좌관 역할을 해왔어. 이제 당장 정식 보좌관으로 임명하고 싶어."

그는 조용히 말했다. 그녀는 자신의 귀를 의심하며 그를 바라보았다.

"정말 저를……."

"보다 더 빨리 진급시키거나 직함을 주지 않은 것은 당신에게 위압감을 갖게 하고 싶지 않았기 때문이었어. 하지만 지금은 당신도 자신감이 생겼을 테지?"

"글쎄요…… 뭐라고 말씀드려야 좋을지…… 결코 실망시켜 드리지 않도록 노력할게요, 프레이저 씨."

캐서린은 말이 막혔다.

"벌써 실망했는걸. 내 보좌관들은 언제나 나를 빌이라고 불러왔지."

"네, 빌."

그날 밤, 캐서린은 침대에 누워 그가 자신을 바라보던 눈과 그때의 자신의 감정을 돌이켜 생각해보느라 좀처럼 잠을 이루지 못했다.

캐서린은 몇 번이나 아버지에게 편지를 써서 워싱턴에 오시라고 권했다. 그녀는 아버지에게 워싱턴 구경을 시켜드리고 친구들과 빌 프레이저를 만나게 해주고 싶었다. 마지막 두 번의 편지에는 답장이 없었다. 캐서린은 걱정 끝에 오하마 숙부의 집으로 전화를 걸었다. 숙부가 전화를 받았다.

"캐서린, 사실은…… 내가 마침 전화하려던 참이었다."

캐서린은 순간 등줄기에 한기가 흐르는 것을 느끼며 물었다.

"아버지 건강은 어떠세요?"

잠시 아무 말이 없었다.

"갑자기 쓰러지셨다. 바로 전화하려고 했는데, 네 아버지가 조금 괜찮아질 때까지 연락하지 말라고 하셔서……."

캐서린은 수화기를 쥔 손에 힘을 주었다.

"회복되시겠죠?"

"글쎄다…… 장담할 수가 없구나. 자유롭게 몸을 가누질 못해."

숙부는 말했다.

"제가 당장 가겠어요."

캐서린은 말했다. 그녀는 빌 프레이저의 방에 가서 사정 얘기를 했다.

"그것 참 큰일이군. 뭔가 내가 도와줄 수 있는 일은 없을까, 캐서린?"

프레이저는 말했다.

"아니에요. 지금 곧 아버지가 계신 곳으로 가고 싶어요, 빌."

"그야 물론 가봐야지."

그는 수화기를 집어 들고 여기저기 전화를 걸기 시작했다. 운전사가 캐서린을 아파트로 태워다주고 캐서린이 옷가방에 옷을 집어넣자 곧 공항으로 향했다. 공항에는 프레이저의 배려로 이미 비행기가 예약이 되어 있었다.

비행기가 오마하 공항에 닿자 캐서린의 숙모와 숙부가 그녀를 맞아주었다. 그들의 표정을 보고 그녀는 너무 늦었다는 것을 깨달았다. 그들은 아무 말도 없이 자동차를 타고 장례식장으로 향했다. 캐서린은 그곳에 도착하자 말로 형용할 수 없는 슬픔이 밀려왔다. 그녀의 일부가 죽어버린 것이다. 그것은 다시는 살려낼 수가 없었다.

캐서린은 작은 예배당으로 안내되었다. 아버지의 시신은 볼품없는 관 속에 그의 가장 좋은 옷이 입혀진 채 누워 있었다. 시간이 그의 몸을 점점 줄어들게 했다. 끊임없는 생활고가 그의 몸을 닳게 하고 작게 만든 것 같았다.

숙모는 캐서린에게 아버지가 일생동안 소중하게 여기던 물건들을 건네주었다. 그것은 약간의 현금과 몇 장의 오래된 스냅 사진, 그리고 두세 장의 영수증과 손목시계, 녹슨 펜, 나이프, 깨끗하게 끈으로 묶어놓은, 여러 번 읽어 종이가 닳아버린 편지 뭉치였다. 초라한 유산이었다. 아버지를 생각하니 가슴이 메어 터질 것만 같았다. 그의 꿈은 너무나 컸던 것에 반해 그의 성공은 너무나 보잘 것 없었다.

캐서린은 그녀가 어렸을 때 아버지가 건강하시고 정력적이었던 것, 주머니에 가득 돈을 넣고 양손에 선물을 한아름 안고 여행에서 돌아오셨을 때 기뻐 흥분에 떨던 일을 생각했다. 그가 일생 동안 포기하지 않은 기발한 발명도 떠올랐다. 그것은 대수롭지 않은 추억이었지만 그것이 아버지가 남기고 간 전부였다. 그녀는 아버지에게 하고 싶은 말, 해드리고 싶었던 것이 참으로 많다는 것을 깨달았다. 그러나 이젠 너무 늦어버렸다.

아버지는 교회 옆 작은 묘지에 매장되었다. 캐서린은 그날 밤은 숙부의 집에 묵고 다음 날 기차로 돌아갈 생각이었으나, 한시라도 그곳에 있는 것이 견디기 힘들었다.

그녀는 공항에 전화를 걸어 워싱턴행의 다음 편 비행기를 예약했다. 빌 프레이저가 공항에 마중 나와 있었다. 그가 거기서 캐서린을 기다리고, 그녀가 그를 필요로 할 때 그녀를 돌봐주는 것이 지극히 자연스럽게 보였다. 프레이저는 캐서린을 버지니아의 오래된 시골 식당으로 데리고 가서 저녁식사를 하며 그녀가 아버지 이야기를 하는 것을 조용히 들어주었다.

아버지에 대해 이야기를 하던 캐서린은 울음을 터뜨리고 말았다. 그러나 이상하게도 빌 프레이저 앞에서는 눈물을 흘리는 것이 조금도 부끄럽게 생각되지 않았다.

프레이저는 캐서린에게 한동안 휴가를 내고 쉬라고 했지만, 그녀는 바쁘게 일에 몰두해서 오히려 아버지의 죽음을 떠올리지 않게 되기를 원했다. 캐서린은 일주일에 한두 번 프레이저와 저녁식사를 하는 것이 습관이 되었고, 그에 대해서 전보다 훨씬 친근감을 갖게 되었다.

사건은 전혀 예상치 못하게 일어났다. 그들은 집무실에서 늦게까지 일하고 있었다. 캐서린이 서류를 조사하고 있을 때 문득 뒤에 빌 프레이저가 있는 것을 의식했다. 그의 손길이 목에 와 닿았고 부드럽게 쓰다듬었다.

"캐서린……."

그녀는 뒤돌아보며 그를 올려다보았다. 다음 순간, 그녀는 그의 품에 안겨 있었다. 그들은 이전에도 수천 번이나 키스를 나눈 것처럼, 전부터 으레 그래 왔던 것처럼 자연스러운 포옹이었다.

'이렇게 간단한 것이었어. 이렇게 간단한 것인 줄 모르고 있었어.'

캐서린은 생각했다.

"캐서린, 우리 집으로 가지."

빌 프레이저는 말했다.

조지타운으로 가는 자동차 속에서 그들은 가깝게 붙어 앉아 있었고, 프레이저의 팔이 부드럽게 캐서린을 안고 있었다. 그녀는 이런 행복감은 처음이었다. 그녀는 프레이저를 사랑하고 있었다. 그가 그녀를 사랑하고 있지 않다 해도 그것은 중요하지 않았다. 그가 그녀에게 호의를 갖고 있기만 하다면 캐서린은 그것으로 만족하고 몸을 맡길 생각이었다. 그녀는 오래전 론과 함께 갔던 더럽고 금이 간 거울이 있는 모텔을 생각하고는 진저리를 쳤다.

"몸이 안 좋아?"

프레이저가 물었다. 그녀는 한손으로는 운전을 하고 다른 손으로는 캐서린 자신의 몸을 어루만지는 남자의 믿음직스럽고 지적인 얼굴을 바라보았다.

"아뇨, 괜찮아요."

그녀는 감사의 말을 했다. 그리고 침을 삼켰다.

"당신에게 할 말이 있어요. 저는 아직 처녀예요."

프레이저는 웃으며 놀랍다는 듯한 표정으로 머리를 가로저었다.

"믿을 수 없는 일이군. 나는 어쩌다 워싱턴에서 단 한 명뿐인 처녀와 이렇게 되었지?"

"저는 꽤 노력했었어요. 그런데 처녀에서 탈피하는 것이 잘 되지 않더군요."

그녀는 진지하게 말했다.

"잘 되지 않아서 다행이군."

프레이저는 말했다.

"당신은 개의치 않으세요?"

그는 캐서린을 보며 미소 지었다. 놀리는 듯한 웃음이 그의 얼굴을 환하게 했다.

"캐서린, 당신은 자신의 문제가 무엇인지 알고 있어?"

"알고 있어요!"

"그 문제를 너무 지나치게 걱정하고 있어. 마음을 편하게 가져. 그럼 모두 잘 될 거야."

캐서린은 조용히 머리를 가로저었다.

"아네요. 그래도 걱정이 되는걸요."

반시간 후 차는 집 앞에 멈췄다. 프레이저는 캐서린을 데리고 서재로 들어갔다.

"한 잔 하겠어?"

캐서린은 그를 바라보았다.

"2층으로 가요."

두 사람은 양팔로 서로를 안은 채 정열적으로 키스를 했다. 그녀는 그를 더욱 세게 끌어안고 몸을 밀착시켰다.

'만약 오늘밤 잘 되지 않으면 자살해버리고 말겠어. 정말이라고.'

그녀는 생각했다.

"갈까?"

그는 이렇게 말하면서 캐서린의 손을 잡았다.

빌 프레이저의 침실은 한쪽 구석에 스페인풍의 카펫이 깔린 커다랗고 아늑한 방이었다. 가장 안쪽에 난로가 있고 그 앞에는 아침식사용 식탁이 놓여 있었다. 한쪽 벽면으로는 커다란 더블 침대가, 왼쪽은 화장실, 그 앞쪽이 욕실이었다.

"정말 마시고 싶지 않아?"

프레이저가 물었다.

"마시지 않아도 괜찮아요."

그는 다시금 그녀를 안고 부드럽게 키스했다. 그녀는 그의 페니스가 딱딱한 것을 느꼈고, 감미롭고 따뜻한 것이 그녀의 몸속에 흐르는 것도 느낄 수 있었다.

"곧 돌아올게."

그는 말했다. 캐서린은 그가 욕실로 몸을 감추는 것을 지켜보았다. 그는 그녀가 지금까지 만난 그 누구보다도 훌륭하고 멋진 남자였다. 캐서린은 그를 생각하며 서 있었지만, 갑자기 그가 왜 방을 나갔는지를 깨달았다. 그는 그녀가 쑥스럽지 않도록 해주기 위해서 혼자 옷을 벗을 수 있는 기회를 준 것이었다.

캐서린은 서둘러 옷을 벗기 시작했다. 잠시 뒤, 발가벗은 몸으로 선 그녀는 자신의 몸을 바라보면서 생각했다.

'성녀 캐서린, 안녕!'

그녀는 침대로 다가가 이불을 걷고 그 안으로 들어갔다. 프레이저가 실크 가운을 입고 방으로 돌아왔다. 그는 침대 곁으로 와서 그녀를 내려다보았다. 그녀의 검은 머리카락이 하얀 베개에 펼쳐져서 아름다운 얼굴의 윤곽을 더욱 두드러지게 해주고 있었다. 작위적이지 않은 그 모습은 더한층 프레이저를 흥분시켰다.

그는 가운을 벗고 그녀 곁으로 들어갔다. 그 순간, 캐서린은 갑자기 생각했다.

"전 아무것도 준비하지 않았어요. 임신이라도 되면 어쩌죠?"

그녀는 말했다.

"그럼 더욱 좋지."

그녀는 망설이며 그를 바라보았다. 그리고 그의 말뜻을 알아차리려고 입을 열었지만 그의 입술이 그것을 덮고 그의 손이 밑으로 옮겨지며 부드럽게 더듬기 시작했다. 캐서린은 지금 일어나고 있는 일 이외의 모든 것을 잊어버리고 그의 손끝이 닿는 곳으로만 집중되었다.

그녀는 긴장한 탓에 몸이 굳어지는 걸 느꼈다. 그리고 육중한 체중이 그녀를 눌러와 숨을 제대로 쉴 수가 없었다. 순간 딱딱한 물체가 그녀의 몸속으로 들어오더니 세찬 파도처럼 규칙적으로 움직였다. 그러고는 갑자기 그가 소리를 질렀다.

"아, 캐서린! 준비됐어?"

그녀는 무슨 뜻인지 모르면서 나직이 대답했다.

"네!"

그러자 그는 무척 빠르게 상하운동을 하더니 격한 외마디 소리를 지르고는 그녀의 몸 위에 조용히 늘어졌다.

그것으로 끝이었다. 그는 말했다.

"좋았어?"

"네, 좋았어요."

그녀는 대답했다.

"점점 좋아지게 될 거야."

캐서린은 그를 이렇게 행복하게 해줄 수 있다는 사실이 배우 기뻤다. 그런 만큼 자신의 실망에 대해서는 신경 쓰지 않으려고 애썼다. 캐서린은 그의 팔에 안겨 생각했다.

'이것은 중요한 거야. 이렇게 이 사람과 하나가 되어 서로 사랑하며 함께 나누는 것이……'

그녀는 자신이 선정적인 소설을 너무 많이 읽고, 사랑을 연상케 하는 연가를 너무 많이 들은 것은 아닌가 생각했다. 그녀는 자신의 기대가 너무 컸던 것은 아닌지 생각했다. 아니, 어쩌면 만일 연애소설에 쓰인 것이 사실이라면, 그녀는 불감증일지도 모른다. 그녀의 마음을 읽은 듯이 프레이저는 캐서린의 가슴을 만지면서 말했다.

"실망했다고 해도 걱정할 것 없어. 처음엔 다 그런 거야."

캐서린이 아무 말 없이 가만히 있자 프레이저가 팔꿈치를 짚고 상체를 일으켜 걱정스러운 듯 그녀의 얼굴을 들여다봤다.

"기분은 어때?"

"좋아요. 당신은 정말 멋진 애인이에요."

그녀는 그렇게 대답하며 미소 지었다.

그를 끌어안고 키스하며 긴장으로 굳었던 몸이 풀리자 그녀는 나른한 만족감을 느꼈다.

"브랜디 한 잔 할까?"

"아뇨, 생각 없어요."

"나는 한 잔 마셔야겠어. 처녀와 동침하는 일은 좀처럼 드문 일이니까……."

"싫었어요?"

그는 묘한 표정으로 그녀를 바라보며 뭔가 말하려다가 생각을 바꿨다.

"아니."

그의 목소리엔 그녀가 이해할 수 없는 어떤 울림이 있었다.

"저는……."

그녀는 침을 삼켰다.

"저, 괜찮았나요?"

"당신은 최고였어."

"정말?"

"정말이지."

"제가 왜 당신과 함께 자려고 하지 않았는지 아세요? 당신이 저를 싫어하게 될까 봐 두려웠기 때문이에요."

그는 큰소리로 웃었다.

"그것은 딸의 순결을 지키고 싶어하는 엄격한 엄마들이 만들어낸 얘기야. 섹스는 사람을 떼어놓는 것이 아니야, 캐서린. 사람을 가까이 끌어당기는 것이지."

그것은 사실이었다. 그녀는 지금까지 사람을 이 정도로 가깝게 느낀 적이 없었다. 겉으로 보기에는 전과 달라진 것이 없을지 몰라도 캐서린은 자신이 변한 것을 알았다.

그날 밤, 집으로 돌아왔을 때는, 소녀는 영원히 사라지고 대신 한 여인이 남아 있었다. 이제 그녀는 윌리엄 프레이저의 여자였다. 캐서린은 애써 찾고 있던 신비의 성배를 드디어 발견한 것이다. 이제 모든 탐색은 끝이 났다.

노엘

파리 : 1941년

6

1941년의 파리는 몇몇 사람들에게는 부와 기회의 보고였다. 그러나 또 다른 사람들에게 있어서는 생지옥이었다. 게슈타포는 공포의 대상이 되었고, 그들의 활동이 주된 화젯거리가 되었다. 상점의 창문을 몇 개 깨뜨리는 장난스러운 형태에서 시작된 유태인에 대한 범죄는 유능한 게슈타포에 의해 몰수, 격리, 말살이라는 시스템으로 발전했다.

5월 29일 새로운 포고가 발표되었다.

〈손바닥 크기의 육각형 별모양을 만들어 가장자리를 검게 칠할 것. 노란색 천을 사용해 까만 글자로 '유태인'이라고 쓸 것. 6세 이상된 유태인 모두가 그것을 왼쪽 가슴에 단단히 부착할 것.〉

모든 프랑스인이 독일인의 군화에 짓밟힌 채 숨을 죽이고 있는 것은 아니었다. 프랑스 지하 저항운동 조직인 마키는 교묘하고 과감하게 독일군에 대항해 싸웠다. 그리고 체포된 자는 참혹한 방법으로 처형되었다.

시골에 대저택을 가지고 있는 어떤 백작 부인은 그 지방의 독일군 사령부의 장교들을 아래층에 6개월간 숙박시켜야 했지만, 그동안 그녀는 추적을 당하고 있는 마키 대원 5명을 이층에 숨겨두고 있었다.

장교들과 마키 대원들과는 한 번도 얼굴을 마주치지 않고 넘어갈 수 있었다. 그러나 3개월 동안 백작 부인의 머리카락은 하얗게 세고 말았다.

독일인들은 정복자가 누릴 수 있는 안락한 생활을 즐겼지만 일반 프랑스인들은 추위와 물자부족으로 곤란을 겪었다. 취사용 가스는 배급제였고 난방은 제대로 되지 않아 혹독한 겨울을 보내야 했다.

담배와 커피에서 가죽에 이르기까지 모든 것이 대용품이었다. 프랑스인에게는 먹을 수 있는 것이라면 무엇이든 상관없었다. 맛은 모두 똑같다며 농담을 했다. 세계에서 가장 멋진 옷차림을 즐기는 여자들이라는 프랑스 여자들은 울 대신 초라한 양모피 코트를 입고 높은 나막신을 신고 있었다. 그래서 그녀들이 파리 거리를 걸어갈 때면 따각따각 하고 말이 지나가는 소리가 났다.

오래 계속되는 위기의 시대에는 언제나 그렇듯이 극장이 번창했다. 사람들은 일상생활의 어두운 현실로부터 도피하기 위한 수단으로 영화관이나 연극무대를 찾았다.

노엘 페이지는 하룻밤에 스타가 되었다. 질투심이 많은 무대의 공연자들은 아르망 고티에의 권력과 재능 덕분이라고 말했다. 고티에가 그녀를 여배우로 만들어낸 것은 사실이었지만, 어찌 되었든 대중은 노엘에게 빠져 있었다.

아르망 고티에는 노엘을 여배우로 만들기 위해 한 몫을 담당한 것을 후회하고 있었다. 그녀가 이미 그를 필요로 하지 않기 때문이었다. 고티에는 그녀가 자신의 곁을 떠날까 봐 두려웠다.

그는 지금까지 생애의 대부분을 극장 안에서 지냈지만 노엘과 같은 여자를 만난 것은 처음이었다. 그녀는 만족할 줄 모르는 스펀지처럼 그가 가르치는 것을 모두 흡수했고 또한 그 이상을 요구했다. 외면적인 역할의 이해에서부터 깊은 내면의 성격 파악에 이르기까지, 그녀의 변신하는 모습은 괄목할 만했다.

고티에는 애초부터 노엘이 스타가 되리라는 것을 꿰뚫어보고 있었다. 그 문제에 관해서는 추호도 의심할 여지가 없었다. 그러나 그가 놀란 것은 그녀를 보다 잘 알 수 있게 됨에 따라 알게 된 일이지만 노엘의 목표는 스타가 아니라는 점이었다. 노엘은 사실 연기 그 자체에는 흥미조차 갖고 있지 않았다.

고티에는 처음에는 그것이 믿기지 않았다. 스타의 자리는 사다리의 맨 꼭대기였으며 절대적인 지위였다. 그러나 노엘에게 있어 스타는 다만 발판에 불과했다. 그녀의 진정한 목적이 무엇인지 고티에는 전혀 짐작도 할 수 없었다. 그녀는 신비스럽고 수수께끼 투성이였으며 고티에가 깊이 탐색하면 할수록 그 수수께끼는 점점 더 깊어지기만 했다. 고티에는 사람을, 특히 여자라면 이해할 자신이 있다고 생각했었다. 그럼에도 불구하고 함께 살고, 사랑하고 있는 여자를 전혀 이해할 수 없다는 사실이 그를 괴롭게 했다. 그가 노엘에게 결혼하자고 말했을 때 그녀는 대답했다.

"좋아요, 아르망."

그는 노엘의 그 말에 아무런 의미도 없다는 것을 알았다. 그것은 필립 소렐과 했던 약혼 이상의 뜻이 되지 못했다. 어쩌면 그녀는 이제까지 수많은 남자들에게 같은 말을 했을지도 몰랐다. 그는 결혼은 실현되지 않으리라는 것을 깨달았다. 노엘은 때가 오면 그의 곁을 떠나버릴 것이다.

고티에는 그녀와 만난 모든 남자가 그녀를 유혹했을 것이 틀림없다고 생각했다. 그러나 그들 중 어느 누구도 그 목적을 달성한 사람이 없다는 것을 알게 되었다.

"자넨 운이 좋아. 씨받이 황소처럼 큼지막한 것을 가지고 있는 모양이지? 난 그녀에게 요트와 별장을 사서 많은 하인을 거느리게 해주겠다고 말했지만 그녀는 코웃음을 칠 뿐 상대해주지 않더군."

그의 친구 한 사람이 말했다. 은행가인 또 다른 친구도 이렇게 말했다.

"난 돈으로도 살 수 없는 것이 있다는 걸 처음 알게 됐어."

"노엘 말인가?"

은행가는 끄덕였다.

"그래, 나는 그녀에게 얼마면 되겠느냐고 물었지. 하지만 그녀는 관심도 보이지 않더군. 자넨 무엇으로 그녀를 손에 넣었나?"

아르망 고티에는 자신도 그걸 알면 걱정할 일이 없겠다고 생각했다.

고티에는 그녀를 위한 최초의 희곡을 찾아냈을 때의 일이 생각났다. 그는 10페이지도 채 읽지 않아서 바로 이것이라고 생각했다. 그것은 남편을 전쟁터로 떠나보낸 여자를 묘사한 걸작이었다. 어느 날 한 병사가 그녀에게 찾아와 자기는 러시아 전선에서 그녀의 남편과 함께 싸운 동료라고 말한다. 극이 진행되는 동안 여자는 그가 정신병자에다 살인자라는 것을 모르고, 자기 생명이 위험에 노출된 줄도 모른 채 병사를 사랑하게 된다. 그 역할은 대단한 연기력이 요구되는 배역이었다.

고티에는 곧 그 연출을 맡기로 하고 노엘 페이지를 주연으로 한다는 것을 조건으로 내놓았다. 극장 측의 후원자들은 무명의 여배우에게 주연을 맡긴다는 것을 달갑지 않게 생각했지만 그녀의 오디션에는 찬성했다.

고티에는 노엘에게 그 소식을 알려주기 위해 서둘러 귀가했다. 그녀는 스타가 되고 싶었기 때문에 그에게 왔던 것이다. 지금 그는 그런 그녀의 소망을 풀어주려 하고 있었다. 그는 이것으로 두 사람의 마음이 더욱 가까워져서 그녀는 정말 그를 사랑하게 될 것이라고 생각했다. 그들은 결혼하고, 그는 그녀를 언제까지나 소유하게 될 것이다. 그러나 고티에가 소식을 전했을 때 노엘은 고개를 약간 쳐들고, "기뻐요 아르망, 고마워요."라고 말했을 뿐이었다. 시간을 가르쳐주거나 담배에 불을 붙여주었을 때 고맙다고 하는 것과 조금도 다르지 않은 말투였다.

고티에는 오랫동안 그녀를 바라보았다. 그리고 노엘은 이상한 병에 걸려 있음을, 그녀 내부에는 어떤 감정이 죽어버렸든지 혹은 처음부터 결여되어 있음을 알았다. 그래서 아무도 그녀를 소유할 수는 없다는 것을 알았다. 고티에는 그렇다는 것을 알면서도 한편으로는 믿어지지 않았다. 왜냐하면 그의 앞에 있는 것은 아름답고 상냥한 여자, 그의 변덕에도 기꺼이 참아주며, 그러면서도 결코 그 대가를 요구하지 않는 여자가 있었기 때문이었다. 고티에는 그녀를 사랑했기 때문에 의혹을 떨쳐버리고 함께 연극 연습을 시작했다.

노엘은 오디션에서 훌륭한 연기를 보여주었고, 고티에가 예상한 대로 문제없이 주역을 맡게 되었다. 2개월 후 파리에서 그 연극이 공연되자 노엘은 곧 프랑스 최대의 스타가 되었다. 비평가들은 그 연극과 노엘을 공격하려고 만반의 준비를 하고 기다리고 있었다. 그들은 고티에가 자기의 애인을, 그것도 경험이라곤 전혀 없는 햇병아리 여배우를 주연으로 삼은 것을 알고 있었기 때문이었다. 그것은 그들에게는 결코 놓칠 수 없는 좋은 기회였다. 그러나 그녀는 비평가들을 완전히 매료시켰다. 그들은 노엘의 연기와 아름다움을 표현하기 위해 새로운 최상급의 찬사를 찾아내려고 애썼다. 연극은 크게 히트했다.

연극이 끝나면 노엘의 분장실은 매일 밤 팬으로 가득 찼다. 그녀는 구둣가게 점원, 병사, 백만장자, 여점원 등 많은 사람을 만났고 그들 모두를 참을성 있게 대해주었다. 고티에는 그 광경을 놀라운 눈빛으로 바라보았다.

1년 여 동안에 노엘은 마르세유로부터 3통의 편지를 받았다. 그러나 노엘은 그것을 뜯어보지도 않고 찢어버렸다. 편지는 더 이상 오지 않았다.

봄이 되어 노엘은 아르망 고티에가 감독한 영화에 주연을 맡았고 영화가 개봉되자 그녀의 평판은 더욱 확산되었다. 고티에는 인터뷰나 사진 촬영에 응하는 그녀의 강한 인내심에 놀라지 않을 수 없었다. 대부분의 스타들은 그것을 몹시 싫어했다. 응한다고 해도 그것은 자신의 인기를 높이거나 어떤 이용 가치가 있을 때에 한했다.

노엘의 경우에는 그 어느 쪽 동기와도 무관했다. 고티에가 왜 남프랑스에서 휴양할 기회를 놓치면서까지 을씨년스러운 비오는 파리에 머물면서 여러 잡지 등에 공공연히 사진 포즈를 취하느냐고 물었다. 그때마다 그녀는 화제를 돌리기가 일쑤였다. 그건 어쩌면 당연한 일이었다. 만약 고티에가 그 진짜 이유를 알았더라면 놀라 기절해버렸을 것이기 때문이다. 노엘의 동기는 극히 단순한 것이었다.

그녀의 행동은 모두 래리 더글러스를 의식한 것이었다.

카메라 앞에서 포즈를 취할 때, 노엘은 옛 애인이 잡지를 집어 들고 그녀를 알아보는 장면을 상상하곤 했다. 영화에서 어떤 장면의 연기를 할 때 그녀는 어딘가 먼 나라의 극장 객석에 앉아 그녀를 쳐다보고 있는 래리 더글러스의 모습을 마음속에 그리고 있었다.

그녀의 작품은 그의 기억을 환기시키기 위한 것이며 과거로부터의 메시지였고 그를 어느 날엔가 다시 불러오기 위한 신호였다. 그것이 노엘이 품은 소원의 전부였다. 그를 자기 곁으로 돌아오게 하고 그리고 그를 파멸시키는 것······.

크리스티안 바벳 덕분에 래리 더글러스에 관한 스크랩북은 날이 갈수록 두꺼워졌다. 키가 조그마한 사나이인 탐정은 허술한 사무실에서 넓고 호사스러운 사무실로 이사했다. 노엘이 처음 새로운 사무실로 그를 방문했을 때 바벳은 놀란 얼굴의 그녀에게 싱글거리며 말했다.

"저렴하게 입주할 수 있었죠. 이 사무실은 유태인의 소유였거든요."

"뭔가 뉴스가 있을 것 같군요."

그녀는 초연하게 말했다.

바벳의 웃음기는 사라졌다.

"네."

그는 분명히 새로운 정보를 가지고 있었다. 독일군을 목전에 두고 있는 영국으로부터 정보를 얻는 것은 곤란했지만 바벳은 여러 가지로 손을 썼다. 그는 중립국 선원의 배를 매수해서 런던의 정보국의 정보를 몰래 가져오게 했다. 그러나 그것은 그의 정보원 가운데 하나에 불과했다. 그는 프랑스 지하운동조직의 애국심과 국제적십자의 인도주의와 해외와 연계를 가진 암상인의 탐욕을 이용했다. 그리고 그들에 대해 각기 다른 얘기를 했다. 그 덕분에 정보는 부단히 그에게로 흘러들어왔다. 바벳은 책상 위의 보고서를 들어올렸다.

"당신 친구의 비행기는 영국 해협에서 격추되었습니다."

그는 단도직입적으로 말했다. 그는 눈을 치켜들어 노엘의 얼굴을 지켜보면서 자기가 준 고통의 효과를 즐기며 침착함을 가장하고 있는 그녀의 외모가 흐트러지기를 기대하고 있었다. 그러나 노엘의 표정은 조금도 변함이 없었다. 그녀는 침착한 목소리로 말했다.

"그는 구조되었겠죠?"

바벳은 그녀의 얼굴을 쳐다보며 꿀꺽 침을 삼킨 다음 씁쓸히 대답했다.

"네, 그렇습니다. 영국의 구조선에 의해 구조되었습니다."

그리고 그녀가 어떻게 그것을 알고 있을까 하고 생각했다.

그에게는 이 여자의 모든 것이 수수께끼였다. 그는 의뢰인인 그녀가 미웠으며 거절해버리고 싶은 유혹에 사로잡히곤 했지만, 물론 그러한 무분별한 짓은 할 수 없었다.

그는 한번은 노엘을 유혹해보았다. 개인적인 관계를 가져주면 보수도 저렴하게 해줄 수 있다는 것을 넌지시 비쳐보았지만 노엘은 그에게 촌스러운 짓 하지 말라는 듯, 깔보는 듯한 어조로 거절했다. 그는 그것을 용서할 수가 없었다. 바벳은 언젠가는 이 교만하기 짝이 없는 여자에게 따끔한 맛을 보여줘야겠다고 생각했다.

지금 노엘은 그 아름다운 얼굴에 혐오스럽다는 표정을 지으며 그의 사무실에 서 있었다. 바벳은 재빨리 그녀로부터 벗어나기 위해 서둘러 보고를 해나갔다.

"그의 부대는 린컨샤의 카튼으로 이동했습니다. 그들은 허리케인을 타고……."

노엘은 다른 것에 관심을 보였다.

"제독의 딸과의 약혼은, 그건 취소되었겠죠?"

그녀는 말했다.

바벳은 깜짝 놀라 얼굴을 들었다. 그러고는 중얼대듯이 말했다.

"네. 제독의 딸은 그가 여자관계가 복잡하다는 것을 알았습니다."

노엘은 이미 그 보고를 읽고 난 것처럼 보였다. 물론 그녀는 그것을 읽은 것은 아니었지만 노엘은 래리 더글러스와 결부되는 증오의 유대가 매우 강했기 때문에 그의 신상의 중요한 사건은 반드시 그녀에게 감지되었다. 노엘은 보고서를 받아들고 사무실을 나왔다. 집으로 돌아가자 그녀는 그것을 천천히 되풀이해서 읽었다. 그런 다음 다른 보고서와 함께 남의 눈에 띄지 않는 곳에 간수해두었다.

어느 금요일 밤, 공연이 끝난 뒤 그녀가 분장실에서 화장을 지우고 있을 때 노크하는 소리가 들리고 불구자인 분장계의 마리우스 노인이 들어왔다.

"페이지 양, 어떤 신사 분께서 이걸 당신에게 전해달라고 하더군요."

노엘이 눈을 들자 거울 속에 그는 아름다운 꽃병에 꽂혀 있는 커다란 붉은 장미 꽃다발을 안고 있었다.

"거기 놔요, 마리우스."

노엘은 그렇게 말하고 그가 꽃병을 살며시 테이블 위에 놓는 것을 지켜보았다.

11월도 끝날 무렵이어서 파리 사람들은 3개월 이상이나 장미를 보지 못했다. 50송이 가까이 되는 긴 줄기 끝에 핀 루비와 같은 붉은 장미는 이슬에 듬뿍 젖어 있었다. 호기심에 못이긴 노엘은 다가가 카드를 집어 들었다.

그곳엔 이렇게 적혀 있었다.

'우아한 페이지 양에게. 저녁이라도 함께 하실 수 있는 영광을 베풀어 주시겠습니까? ―한스 샤이더 장군.'

꽃을 담은 꽃병은 섬세한 무늬가 새겨진 매우 값비싼 꽃병이었다. 샤이더 장군은 나름대로 큰마음을 먹고 선물을 보낸 것이다.

"회답을 기다리고 계시는데요."

마리우스가 말했다.

"그럴 시간이 없다고 전해주시고, 이건 부인에게나 드리라고 하세요."

마리우스는 깜짝 놀라 그녀를 쳐다보았다.

"하지만 장군님께서……."

"괜찮아요."

마리우스는 끄덕이고는 꽃병을 안고 나가버렸다. 노엘은 그녀가 독일 장군을 무시해버린 얘기를 마리우스가 퍼뜨리고 다니리라는 것을 알고 있었다. 그녀는 전에도 다른 독일 장군들을 똑같이 취급한 적이 있었고, 프랑스인은 그녀를 일종의 영웅으로 간주하고 있었다.

그것은 우스꽝스러운 일이었다. 사실 노엘은 나치에 대해 조금도 적의를 품고 있지 않았다. 다만 그들에게 흥미가 없을 뿐이었다. 그들은 그녀의 인생이나 계획의 일부에는 들어있지 않았다. 노엘은 다만 그들의 존재를 참고 있었으며 그들이 독일로 돌아갈 날을 기다리고 있을 뿐이었다. 그녀는 독일인과 관계를 가지면 마이너스가 된다는 것을 알고 있었다. 물론 지금 당장은 마이너스가 되는 일은 없을 것이다. 그러나 그녀가 관심을 가지고 있는 것은 현재가 아니었다. 미래인 것이다.

노엘은 제3제국이 1천 년 간 지배한다는 생각은 난센스라고 생각했다.

역사를 배운 사람이라면 누구나 모든 정복자는 정복당하고 만다는 것을 알고 있듯이 말이다. 결국 독일군이 쫓겨나는 날까지 그녀는 동포인 프랑스인에게 손가락질 받을 만한 일은 하고 싶지 않았다. 그녀는 나치의 점령에는 전혀 관심을 보이지 않았으며 그 화제가 나오면—그에 관해서는 끊임없이 논의가 분분했다—피하곤 했다.

노엘의 태도에 흥미를 느낀 아르망 고티에는 그녀를 그 문제에 끌어들이려고 했다.

"당신은 나치가 프랑스를 점령하고 있는 것 따위엔 관심이 없나 보군."

"신경 써 봤자 별 도리가 없잖아요?"

"그건 올바른 대답이 되지 않아. 만약 모든 사람이 당신 같은 마음가짐을 갖고 있다면 너무 비참하지 않겠어?"

"어차피 지금의 우리가 비참한 건 사실이잖아요."

"아니야, 우리가 자유의지를 믿는 한은 비참하지 않아. 당신은 인생이 태어날 때부터 결정되어 있다고 생각하고 있는 모양이군."

"어느 정도는 그렇다고 생각해요. 우리는 육신과 출생지, 사회적인 지위 등은 타고 나는 거죠. 하지만 그것을 바꿀 수 없는 건 아니에요. 우리가 이루고 싶다고 생각하면 무엇이든 이룰 수 있다고 생각해요."

노엘은 아르망의 얼굴을 쳐다보며 물었다.

"하느님은 우리 편일까요?"

"그래."

그는 대답했다.

"만약 하느님이 있어서 하느님이 독일인들을 창조했다면, 그분은 독일인 편도 될 수 있을 거예요."

노엘은 냉정하게 말했다.

10월에 노엘의 초연 1주년 기념일이 돌아오자 후원자들은 토르 다르잔에서 출연자를 위한 파티를 열었다. 참석자는 배우와 은행가, 그리고 유력한 실업가들이었다. 내빈의 대다수는 프랑스인이었지만 수십 명의 독일인—2, 3명은 군복을 입고 있었다—도 파티에 모습을 나타냈다. 그들은 한 사람을 제외하고 한결같이 프랑스 아가씨들을 동반하고 있었다. 그 예외의 독일인은 날씬한 40대의 장교로 길고 여윈 지적인 얼굴에 짙은 회색빛 눈을 가지고 있었다. 광대뼈와 턱에 걸쳐 가느다란 흉터가 나 있었다. 그는 노엘의 곁으로 다가오지는 않았지만, 노엘은 그가 쭉 자기를 지켜보고 있음을 의식할 수 있었다.

"저 사람은 누구죠?"

그녀는 동료 한 사람에게 지나가는 말투로 물어보았다. 그는 혼자서 테이블에 앉아 샴페인을 찔끔찔끔 마시고 있는 군인을 힐끗 쳐다보고, 그런 다음 놀란 듯이 노엘을 바라보았다.

"당신이 저 사람에 대해 묻다니, 정말 이상하군. 난 그가 당신의 친구라고 알고 있었는데. 참모본부의 한스 샤이더 장군이잖아."

노엘은 장미와 카드를 기억했다.

"어째서 저 사람이 내 친구라고 생각하고 있었죠?"

그녀는 물었다. 상대는 당황한 것 같았다.

"아니, 그냥 그렇게 생각되어서……. 프랑스에서 공개되는 연극이나 영화는 모두 독일군의 허가를 얻어야만 하게 돼 있어. 검열관이 당신이 출연하는 새로운 영화 제작을 그만두게 하려고 했을 때 장군이 직접 지시해서 허가를 내준 것으로 알려져 있거든."

그때 아르망 고티에가 노엘에게 소개하기 위해 내빈을 데려왔으므로 얘기는 중단되었다.

노엘은 더 이상 샤이더 장군에게 주의를 기울이지 않았다.

다음 날 밤, 그녀가 분장실에 들어가자 작은 꽃병에 꽂혀 있는 한 송이 장미꽃이 있었고 작은 카드가 달려 있었다.

'어쩌면 우리는 작은 것에서부터 시작해야 하겠지요. 만날 수 없을까

요? ―한스 샤이더.'

노엘은 카드를 찢어버리고 꽃은 휴지통에 던져버렸다.

그 후 노엘은 그녀와 아르망 고티에가 참석하는 거의 모든 파티에 샤이더가 모습을 나타내는 것을 알았다. 그는 언제나 구석진 곳에 앉아서 그녀를 지켜보았다. 우연이라고 생각되지는 않았다. 그녀의 행동을 추적하고 있으며 그녀가 가는 파티의 초대권을 손에 넣기 위해 장군은 상당히 애를 쓰고 있는 것이 틀림없다고 노엘은 생각했다.

노엘은 그가 무슨 이유로 그렇게까지 관심을 가지는지 이상하게 생각되었다. 그러나 그런 것을 추측하고 있을 겨를이 없었고 그다지 염려되지도 않았다. 때때로 그녀는 파티에 초대를 받으면 일부러 참석하지 않고 다음날 파티의 주최자에게 샤이더 장군이 모습을 나타냈는지 물어보았다. 대답은 언제나 예스였다.

반항하는 자에 대해 나치가 신속하고 가혹한 처벌을 가하는데도 불구하고 파리의 사보타주는 수그러들지 않았다. 마키 외에도 자유를 사랑하는 프랑스인의 작은 그룹이 10개 이상이나 있어서 손에 넣을 수 있는 갖가지 무기를 사용해서 적과 용감히 맞섰다.

그들은 방심하고 있는 독일병을 습격해서 살해하고, 보급 트럭을 폭파하기도 했으며 다리나 철도에 지뢰를 설치하기도 했다. 그들의 행동은 독일의 통제를 받고 있는 언론으로부터 수치스러운 행위라고 비난받기도 했지만 참된 프랑스인들에게는 오히려 빛나는 공적이었다.

한 사나이의 이름이 끊이지 않고 신문지상에 오르내렸다. 그는 '바퀴벌레'라는 별명으로 불리는 사나이였다. 도처에서 민첩하게 출몰하며 게슈타포들이 손을 쓰지 못하고 있기 때문에 붙여진 별명이었다. 아무도 그의 정체를 파악하고 있지 못했다. 어떤 사람들은 그가 파리에 살고 있는 영국인이라고 생각했다. 또 다른 사람들은 자유프랑스군의 지도자 드골의 공작원이라고 생각하기도 했다. 개중에는 군에 불만을 품고 있는 독일인이라고 말하는 사람까지 있었다. 그 정체는 알 수 없었지만 바퀴벌레를 그린 낙서가 온 파리의 건물이나 복도에 등장했고 심지어는 독일군 사령부 안에서까지 나타나기 시작했다.

게슈타포는 그의 체포에 전력을 기울였다. 한 가지 확실한 사실은 '바퀴벌레'가 순식간에 민중의 영웅이 되었다는 것이었다.

12월의 어느 비 내리는 오후, 노엘은 그녀와 아르망의 지인인 젊은 화가의 전람회 개장식에 참석했다. 전람회는 포브르 산토노레 거리의 화랑에서 열렸다. 홀은 사람들로 가득 찼다. 유명인들이 여럿 보였고 카메라맨들도 많이 와서 북적대고 있었다.

노엘이 그림을 둘러보며 천천히 걷고 있는데 누군가가 그녀의 팔을 가볍게 건드렸다. 그녀가 돌아보니 마담 로즈였다. 노엘이 그녀를 기억해내기까지는 약간 시간이 걸렸다. 친근감이 어린 추한 얼굴은 예전이나 마찬가지였지만 20년이나 나이를 먹은 것처럼 늙어보였다. 마술로 그녀가 갑자기 그녀의 어머니가 되어버린 것처럼 생각될 정도였다.

그녀는 검은색의 커다란 망토를 걸치고 있었다. 노엘은 의식의 밑바닥으로부터 마담 로즈가 유태인을 상징하는 황색 별을 달고 있지 않다는 것을 알았다.

노엘이 말을 하려고 하자 마담 로즈는 그녀의 팔을 꽉 잡고 말렸다.

"나중에 만날 수 없을까? 레 듀 마고에서……."

그녀는 거의 들릴 듯 말 듯한 목소리로 말했다.

노엘이 대답도 하기 전에 그녀는 붐비는 사람들 속으로 사라졌고, 노엘은 순식간에 카메라맨들에게 둘러싸였다. 그들을 위해 포즈를 취하고 미소 지으면서 노엘은 마담 로즈와 그녀의 조카 이스라엘 카츠를 회상해보았다. 두 사람 모두 그녀가 절박했을 때 친절히 대해주었다. 이스라엘은 그녀의 목숨을 두 번씩이나 구해주었다. 노엘은 마담 로즈가 무엇을 바라는지 생각해보았다. 아마도 돈일 것이라고 생각됐다.

20분 후, 노엘은 그곳에서 빠져나가 택시를 타고 생 제르망 데 프레 광장으로 향했다. 하루 종일 비가 오락가락했지만 이제 그 비가 진눈깨비로 바뀌고 있었다.

택시가 레 듀 마고 앞에 멈췄고 노엘은 살을 에는 듯한 추위 속으로 나섰다. 어디선가 레인코트를 입고 차양이 넓은 모자를 쓴 사나이가 불쑥 나타나 그녀 곁에 섰다. 노엘은 순간 그가 누군지 깨달았다. 그의 숙모와 마찬가지로 그도 갑자기 늙어버린 것처럼 보였다. 그러나 변화는 그보다 심각했다. 전에 없던 권위와 굳센 의지력이 갖추어져 있었다. 이스라엘 카츠는 그녀가 지난번 마지막으로 만났을 때보다도 여위어 눈이 쑥 들어가고 며칠씩이나 잠을 자지 못한 것처럼 보였다. 노엘은 그도 노란 유태인 별을 달고 있지 않은 것을 알았다.

"자, 젖기 전에 비를 피합시다."

이스라엘이 말했다.

그는 노엘의 팔을 잡고 안으로 안내했다. 식당 안에는 5, 6명의 손님이 있었고, 모두 프랑스인이었다. 이스라엘은 노엘을 안쪽 구석진 곳의 테이블로 데려갔다.

"뭘 마시겠소?"

그가 물었다.

"아니, 괜찮아요."

그는 비에 젖은 모자를 벗었다. 노엘은 그의 얼굴을 똑똑히 들여다보았다. 그녀는 이스라엘이 자기를 부른 것은 돈 때문이 아니라는 것을 곧 깨달았다.

"노엘, 당신은 여전히 아름답군. 당신의 영화와 연극을 모두 봤어. 당신은 굉장한 배우야."

그는 조용히 말했다.

"왜 한 번도 분장실로 찾아오지 않았죠?"

이스라엘은 잠시 머뭇거리더니 수줍은 미소를 머금었다.

"당신을 난처하게 만들고 싶지 않았소."

노엘은 그의 말에 무슨 의미가 담겨 있는지 알아차렸다.

노엘에게 있어서 '유태인'은 가끔 신문에 등장하는 말에 불과했으며 그 외 아무런 의미도 없었다. 하지만 유태인으로서 살아나간다는 것은 얼마나 비참한 일일까.

"나는 내가 만나고 싶은 사람이면 누구든 만나요. 내가 누굴 만나건 그건 자유예요."

노엘이 말하자. 이스라엘은 쓴웃음을 지었다.

"용기를 헛되게 써버리지 말아요. 도움이 될 때 쓰는 것이 좋아요."

그는 충고했다.

"당신 얘기를 해줘요."

그는 눈썹을 찌푸렸다.

"지독한 생활이지. 난 외과의사가 되었소. 안디부스트 박사 밑에서 수련을 했지. 박사의 이름을 들은 적이 있소?"

"아뇨."

"심장외과의 대가지. 그는 나를 돌봐줬어. 그런데 나치가 내 의사면허를 압수해버렸소. 그래서 난 목수가 되었지."

그는 아름다운 조각과 같은 두 손을 앞으로 내밀고 그것이 남의 것이기라도 되듯이 물끄러미 바라보았다. 그녀는 잠시 그를 바라보았다.

"그것뿐이에요?"

그녀는 물었다. 이스라엘은 놀라 그녀를 쳐다보았다.

"물론이지. 왜?"

노엘은 마음속에 떠오른 상념을 떨쳐버렸다.

"아무것도 아니에요. 그런데 왜 날 만나자고 했죠?"

그는 상체를 그녀 쪽으로 가까이 가져가며 소리를 낮추었다.

"부탁이 있어. 친구가……."

그때 문이 열리고 하사에게 인솔된 4명의 독일병이 가게 안으로 들어왔다. 하사가 큰 소리로 말했다.

"모두 들어! 이제부터 신분증을 보여라!"

이스라엘 카츠의 얼굴이 창백해졌다. 그리고 마치 가면이라도 쓴 것처럼 굳어졌다. 노엘은 그의 오른손이 외투 속으로 미끄러져 들어가는 것을 보았다. 그의 시선은 안쪽 출구로 통하는 좁은 통로 쪽으로 치달았다. 그러나 병사 한 사람이 출구를 봉쇄하기 위해 이미 그곳으로 향하고 있는 것이 보였다.

이스라엘은 낮고 긴장된 목소리로 말했다.

"내게서 떨어져서 앞쪽으로 나가요. 빨리."

"왜요?"

노엘은 물었다.

독일 병사들은 입구에 가까운 테이블에 있는 손님들의 신분증을 조사하고 있었다.

"물어보지 말고. 어서!"

그는 명령했다. 노엘은 약간 머뭇거렸지만 일어나서 문 쪽으로 향했다. 병사들은 이웃 테이블로 다가왔다. 이스라엘은 자유롭게 행동할 수 있도록 의자를 약간 뒤로 밀어놓았다. 그 움직임이 두 병사의 주의를 끌었다. 그들은 이스라엘에게 다가왔다.

"신분증을!"

노엘은 순간적으로 병사들이 찾고 있는 것이 이스라엘이라는 것을 알아차리고 그가 도망치려고 하다가 살해될 것이라고 생각했다. 그에게는 시간이 없었다. 그녀는 돌아다보며 그에게 말했다.

"프랑수와! 극장에 늦겠어요. 계산하고 빨리 가요."

병사들은 깜짝 놀라 그녀를 쳐다보았다. 노엘이 테이블 쪽으로 되돌아가자 하사가 그녀의 가는 길을 가로막았다. 금발로 사과처럼 붉은 뺨을 한 20대 초반의 청년이었다.

"당신은 이 사나이와 동행입니까?"

"그래요! 당신들은 정직한 프랑스 시민을 방해하는 것밖에 할 일이 그렇게도 없나요?"

노엘은 신경질적으로 말했다.

"미안합니다. 하지만……."

"난 노엘 페이지예요. 바리에테 극장의 배우죠. 그리고 이 사람은 함께 공연하는 사람이에요. 오늘밤 내 친구인 한스 샤이더 장군과 저녁식사를 같이할 때 당신들 얘기를 해주면 참 좋겠군요."

노엘은 차갑게 말했다. 노엘은 그의 눈빛이 변하는 것을 보았지만 그녀의 이름 때문인지 샤이더 장군의 이름을 들었기 때문인지는 알 수 없었다.

"죄, 죄송합니다. 물론 당신은 잘 알고 있습니다."

그는 말을 더듬으면서 말했다. 그는 손을 외투 호주머니에 넣고 가만히 앉아 있는 이스라엘 카츠 쪽을 쳐다보았다.

"하지만 이분은 모르겠는데요."

"당신들 같은 야만인들도 극장에 간 적이 있다면 알고도 남을 텐데요. 우리를 체포하겠다는 건가요, 아니면 돌아가도 되나요?"

노엘은 심하게 모욕적인 어조로 말했다. 젊은 하사는 사람들의 눈을 의식하고 있었다. 그는 당장 결단을 해야 했다.

"물론 아가씨와 친구 분은 체포되지 않습니다. 폐가 되었다면 사과하겠습니다. 저는……."

이스라엘 카츠가 하사를 올려다보며 싸늘하게 말했다.

"하사, 지금 밖에 비가 내리는데 부하에게 명령해서 택시를 불러주지 않겠소?"

"좋습니다. 곧 불러드리죠."

이스라엘은 노엘과 함께 택시를 탔다. 독일군 하사는 빗속을 달려 사라지는 차를 눈으로 전송했다. 택시가 교통신호 때문에 3블록 앞에 멈추었을 때 이스라엘은 문을 열고 노엘의 손을 다시 한 번 힘주어 잡은 다음, 아무 말도 없이 어둠 속으로 사라졌다.

그날 밤 7시에 노엘이 극장의 분장실로 들어서자 두 사나이가 그녀를 기다리고 있었다. 한 사람은 카페에 왔던 젊은 하사였고, 또 한 사람은 양복을 입고 있었는데 전혀 모르는 사람이었다. 그 사나이는 백인으로 전혀 털이 없고 핑크빛 눈을 가지고 있었다. 노엘은 그 남자를 보자 어쩐지 모습이 완전히 갖추어지지 않은 태아가 생각났다. 나이는 30대로 보였고 둥근 얼굴이었다. 목소리는 카랑카랑했으며 우스꽝스러울 만큼 여성적이었다. 왠지 모르게 기분 나쁜 느낌을 주는 사나이였다.

"노엘 페이지 양이시죠?"

"네."

"나는 쿠르트 밀러 중령. 게슈타포입니다. 슐츠 하사와는 이미 만났으리라고 생각하는데요."

노엘은 하사 쪽을 쳐다보고 쌀쌀하게 말했다.

"아뇨, 만난 적 없어요."

"오늘 저녁 카페에서."

하사는 기억을 상기시키려는 듯 말했다. 노엘은 밀러 쪽을 보았다.

"나는 굉장히 많은 사람들과 만나요. 친구가 많으면 그들 전부를 기억하기는 곤란하겠죠?"

중령은 끄덕였다. 노엘도 고개를 끄덕였다.

"잘 아시는군요."

"예를 들어 저녁에 당신과 함께 있던 친구는……"

그는 말을 줄이고 노엘의 눈을 쳐다보았다.

"당신은 슐츠 하사한테 그를 배우라고 말한 것 같은데요?"

노엘은 놀란 듯이 게슈타포 중령을 올려다보았다.

"하사님은 아마도 내 말을 오해한 것 같군요."

"아닙니다, 아가씨. 당신은……."

하사가 불끈해서 말했다. 중령이 돌아다보고 얼음장 같은 시선을 던지자 하사는 갑자기 입을 다물었다.

"이런 오해는 외국어로 의사를 전하려고 할 때 종종 있는 일이죠."

뮐러 중령은 붙임성 있게 말했다.

"맞았어요."

노엘은 곧 대꾸했다. 노엘은 곁눈으로 하사의 얼굴이 붉어지는 것을 보았다. 그러나 하사는 잠자코 있었다.

"하찮은 일로 시간을 빼앗아 죄송합니다."

뮐러 중령은 말했다.

노엘은 갑자기 어깨가 가벼워지는 것을 느꼈다. 비로소 이제까지 몹시 긴장해 있었다는 것을 알 수 있었다.

"아니에요. 괜찮으시다면 입장권 두 장을 드리고 싶어요."

그녀는 말했다.

"벌써 봤습니다. 슐츠 하사도 티켓을 샀어요. 여하튼 고맙소."

게슈타포의 장교는 그렇게 말하고 문 쪽으로 걸어가다가 갑자기 멈춰섰다.

"슐츠 하사는 당신한테 야만인이라는 말을 듣고 오늘밤 공연의 표를 사서 당신의 연기를 보기로 했습니다. 그리고 로비에서 배우들의 사진을 보았더니 카페에서 만난 당신 친구 사진이 없더라는 것입니다. 그래서 내게 전화를 걸어왔던 것이오."

노엘의 심장은 급하게 뛰기 시작했다.

"마드무아젤, 참고로 묻겠습니다만 배우가 아니라면 그는 누구죠?"

"네…… 그냥 친구예요."

"이름은?"

카랑카랑한 목소리는 아직은 온화했지만 험악한 빛을 띠고 있었다.

"이름 따위는 아무래도 괜찮지 않겠어요?"

노엘은 되물었다.

"당신의 친구는 우리가 찾고 있는 범인의 인상과 닮았어요. 오늘 오후 생 제르망 데 프레 광장 부근에서 그를 봤다는 보고가 있어서 말입니다."

노엘의 두뇌는 급속히 회전했다.

"친구의 이름은?"

밀러 중령의 목소리는 집요했다.

"난…… 몰라요."

"허어, 그럼 처음 만난 사람이란 말이오?"

"그래요."

그의 차가운 핑크빛 눈이 그녀의 눈에 파고들었다.

"당신은 그와 자리를 함께 하고 있었소. 그리고 당신은 군인들이 신분증을 조사하는 것을 방해했소. 이유가 뭐죠?"

"그가 불쌍했기 때문이에요. 그가 도움을 청해 와서……."

노엘은 말했다.

"어디서?"

노엘은 두뇌를 재빨리 회전시켰다. 그녀와 이스라엘 카츠가 카페에 들어가는 것을 누군가가 보고 있었을지도 모른다.

"카페 밖에서요. 그는 처와 아이들을 위해 식료품을 훔쳐서 군인에게 쫓기는 신세라고 하더군요. 대단한 죄가 아닌 것 같아서…… 그래서 도와줬어요."

그녀는 호소하듯이 밀러를 올려다보았다.

밀러는 그녀를 힐끗 쳐다보고는 감탄한 듯 고개를 끄덕였다.

"당신이 대스타가 된 연유를 이해할 만하군요."

그의 얼굴에서 미소가 사라졌다. 그러나 그가 다시 입을 열었을 때 그 목소리는 한층 더 부드러웠다.

"한 가지 충고해두겠소, 마드무아젤 페이지. 우리는 당신네 프랑스인들과 사이좋게 지내고 싶소. 당신들과 동맹자인 동시에 친구가 되고 싶소만, 우리의 적을 돕는 사람은 우리의 적이 되는 것이오. 우리는 당신의 친구를 붙잡을 것이오. 그리고 체포하면 심문할 것이오. 그럼 그는 반드시 모든 것을 실토하고 말 거요."

"난 아무것도 두려울 것이 없어요."

노엘은 말했다.

"그렇지 않을걸요. 나를 기억해두시오."

그는 거의 들리지 않을 만큼 작은 목소리로 말했다. 밀러 중령은 하사에게 신호해서 다시 문 쪽으로 걸어가기 시작했다. 그리고 다시 한 번 노엘 쪽을 돌아다보았다.

"친구한테서 연락이 오면 곧바로 내게 보고해주시오. 만약 그렇지 않으면……."

그는 그녀를 바라보며 기분 나쁘게 웃었다. 그리고 두 사나이는 나가버렸다.

노엘은 맥이 탁 풀려 의자에 몸을 파묻었다. 그녀는 설명이 너무 능숙하지 못했다고 생각했다. 그러나 그녀는 완전히 불의의 습격을 받은 것이다. 그 후 그녀는 그 사건은 완전히 끝났다고 믿었다.

지금 게슈타포에 관한 몇몇 얘기를 생각해낸 그녀는 등골에 싸늘한 냉기가 흐르는 것을 느꼈다. 만약 이스라엘 카츠가 체포되어 실토를 한다면 어떻게 될까. 이스라엘은 그와 그녀가 옛 친구라는 사실, 노엘이 그를 모른다고 거짓말을 한 사실을 털어놓을지도 모른다. 그러나 그것은 그리 중대한 문제가 아닐지도 모른다. 다만 만약…… 카페에서 문득 떠오른 생각이 다시 그녀의 마음속에 떠올랐다.

'바퀴벌레.'

30분 후, 무대에 섰을 때 노엘은 그녀가 연출하는 인물 이외의 모든 것을 잊어버릴 수 있었다. 커튼콜에 응해 그녀는 우레와 같은 박수를 받았다. 그칠 줄 모르는 박수를 받으며 그녀는 분장실로 돌아와 문을 열었다. 그곳에 한스 샤이더 장군이 앉아 있었다. 노엘이 방 안으로 들어서자 그는 일어나 정중히 말했다.

"오늘밤 당신과 내가 저녁을 같이 하기로 되어 있다고 해서……."

그들은 장군의 부하가 운전하는 빛나는 검은 리무진을 타고 파리에서 20마일 떨어진 센 강변의 르 프류이 페르듀로 가서 저녁을 먹었다. 비가 그치고 싸늘하긴 했지만 쾌적한 밤이었다. 장군은 식사가 끝날 때까지 낮에 일어난 사건에 대해서는 일체 언급하지 않았다. 노엘은 처음에는 그와의 외출을 거절하고 싶었지만, 독일군이 어디까지 알고 있는지, 자기가 어느 정도까지 이 문제에 말려들 가능성이 있는지를 알아볼 필요가 있다고 생각했다.

"오늘 저녁 게슈타포 본부로부터 내게 전화가 왔었소. 당신이 슐츠 하사에게 오늘밤 나와 저녁을 하기로 했다고 했다던데……."

샤이더 장군은 말했다. 노엘은 그를 바라보며 아무 말도 하지 않았다. 그는 계속했다.

"나는 만약 내가 '그렇지 않다'고 하면 당신에게 대단히 불리하게 될 것이고, '그렇다'고 하면 나에게 대단히 즐거운 일이 되리라고 생각했소. 그래서 우리는 오늘밤 이곳에 있게 된 것이오."

그는 미소 지었다.

"정말 어처구니없는 일이에요. 불쌍한 사나이가 얼마 안 되는 식료품을 훔쳐서 좀 도왔을 뿐인데……."

노엘은 항의했다.

"그만! 독일인을 바보로 보지 마시오. 게슈타포를 얕잡아보는 것도 좋지 않소."

장군은 날카로웠다. 노엘은 그 말에 깜짝 놀라 말했다.

"난 아무런 관련이 없어요."

샤이더 장군은 와인글라스를 만지작거렸다.

"뮐러 중령은 꼭 체포해야 할 사나이를 당신이 돕고 있는 것이 아닌가 하고 의심하고 있소. 만약 그것이 사실이라면 굉장히 귀찮은 일이 될 것이오. 뮐러 중령은 용서하지 않을 것이오."

그는 노엘의 얼굴을 쳐다보았다. 그리고 주의 깊게 말했다.

"그렇지만 당신이 두 번 다시 그를 만나지 않으면 일은 그대로 수습될 것이오. 코냑 들겠어요?"

그는 나폴레옹 코냑을 두 잔 주문했다.

"언제부터 아르망 고티에와 함께 지냈소?"

"그 대답은 잘 아실 텐데요?"

노엘은 대답했다. 샤이더 장군은 미소 지었다.

"실은 알고 있소. 내가 정말 알고 싶었던 것은 당신이 왜 이제까지 나와 만나는 것을 거절했는가 하는 것이오. 아르망 고티에를 위해선가요?"

노엘은 고개를 가로저었다.

"아뇨."

"그래요."

그는 딱딱한 어조로 말했다. 그 목소리에는 그녀를 놀라게 할 징조가 엿보였다.

"파리에는 여자가 많이 있어요. 마음에 드는 여자를 얼마든지 선택할 수 있을 거예요."

노엘은 말했다.

"당신은 나를 이해하지 못하는군요. 그렇지 않다면 그런 말은 하지 않을 거요."

그는 어색하게 말했다.

"베를린에는 내 아내와 아들이 있소. 나는 그들을 진정으로 사랑하지만, 만난 지가 벌써 1년이 넘어요. 언제쯤 만나게 될지도 알 수가 없소."

"그것 참 안타까운 일이군요. 가족들과 떨어져 있어야 하다니……."

노엘은 말했다.

"나는 동정을 구하고 있지는 않소. 다만 나 자신에 관해서 조금 설명하고 싶었을 뿐이오. 나는 아무 여자나 좋아하는 그런 사나이가 아니오. 난 당신을 잘 알고 있소. 서로에게 좋은 친구가 되었으면 하오."

그의 말투에서는 조용한 위엄마저 풍겨 나오고 있었다.

"아무런 약속도 할 수 없어요."

노엘은 말했다. 그는 끄덕였다.

"알고 있소."

그러나 그는 알 수가 없었다. 샤이더 장군은 교묘하게 화제를 바꾸었고 그들은 연기나 연극에 관해 얘기했다. 노엘은 그가 놀랄 만큼 박식하다는 것을 알 수 있었다. 그는 풍요로운 마음과 깊은 지성을 지니고 있었다.

슬며시 그는 화제를 바꾸면서 서로 흥미를 가지고 있는 문제를 끄집어냈다. 그 능숙한 솜씨를 노엘은 재미있게 생각했다. 그는 그녀의 배경을 알기 위해 애를 썼던 것이다. 엷은 녹색의 제복을 입은 그는 전형적인 독일 장군답게 강하고 엄격해보였지만 그런 외모와는 달리 오히려 군인이라기보다는 학자에 어울리는 지적인 요소를 가지고 있었다. 그럼에도 불구하고 그의 얼굴에는 흉터가 있었다.

"그 상처는 어떻게 된 것이죠?"

노엘은 물었다. 그는 깊은 상처 자국에 손가락을 댔다.

"몇 년 전에 결투를 했지요. 독일에서는 이것을 자랑스러운 피부라고 부릅니다. '영예스러운 피부'라는 의미죠."

그는 어깨를 으쓱해보였다. 그들은 나치철학에 관해 논했다.

"우리는 괴물이 아닙니다. 세계를 지배하려는 욕망도 없습니다. 하지만 20년 전에 패배한 전쟁으로 인해서 가만히 앉아 벌을 받을 생각도 없어요. 독일민족은 베르사유조약의 속박을 간신히 타파했습니다."

그들은 또한 파리 점령에 관해 이야기를 나누었다.

"프랑스가 그렇게도 허약했던 것은 프랑스 군대의 잘못만은 아니에요. 책임의 태반은 나폴레옹 3세에게 있어요."

샤이더 장군은 말했다.

"어머나! 그런 농담을!"

"진지한 얘깁니다. 나폴레옹 시절에 폭도들은 언제나 꼬불꼬불하게 미궁처럼 된 파리의 거리를 이용해 바리케이드를 치고 황제의 군대와 싸웠어요. 그것을 막기 위해 나폴레옹은 조르주 외젠 오스만 남작에게 의뢰해서 거리를 똑바르게 뚫고 온 파리에 훌륭한 넓은 가로수 길을 만들었어요. 그 넓은 가로수 길을 우리의 군대는 전진했죠. 역사는 설계자인 오스만을 어떻게 평가할지 모르겠군요."

그는 미소 지었다.

파리로 돌아오는 차 안에서 장군은 물었다.

"아르망 고티에를 사랑하고 있소, 노엘?"

그것은 넌지시 묻는 말투였지만, 노엘은 자신의 대답이 분명 그에게 있어서 중요한 의미를 지니리라고 생각했다.

"아, 아뇨."

그녀는 천천히 말했다. 그는 만족스럽게 끄덕였다.

"나도 그럴 것이라고 생각했소. 나는 당신을 더없이 행복하게 해줄 수 있소."

"당신의 아내처럼 행복하게 해줄 수 있어요?"

샤이더 장군은 뺨을 얻어맞기라도 한 것처럼 순간 얼굴을 긴장시켰지만, 이윽고 그녀 쪽을 바라보았다.

"우리는 좋은 친구가 될 수 있을 것이오. 나와 당신이 적이 되지 않기를 바라겠소."

그는 조용히 말했다.

노엘이 아파트로 돌아온 것은 새벽 5시가 가까워서였다. 아르망 고티에는 흥분한 채 그녀를 기다리고 있었다.

"어디에 갔었지?"

노엘이 문을 들어서자마자 그는 따지듯이 물었다.

"약속이 있었어요."

노엘은 시선을 돌려 실내를 둘러보았다. 마치 집안이 폭풍이 휩쓸고 지나간 자리 같았다. 책상서랍은 열려 있고 그 속의 물건들이 방 안 가득 흩어져 있었다. 책장의 책들도 마구 어질러져 있고, 스탠드도 뒤집혀져 있었으며 작은 테이블은 옆으로 쓰러진 채 다리가 부러져 있었다.

"무슨 일이에요?"

노엘이 물었다.

"게슈타포가 왔었어! 노엘, 도대체 무슨 짓을 한 거지?"

"아무 짓도 하지 않았어요."

"그럼 왜 게슈타포가 찾아온 거야?"

노엘은 가구들을 정리하면서 잠시 생각에 빠졌다. 그러자 고티에가 그녀의 어깨를 붙잡고 자기 쪽을 향하게 했다.

"난 무슨 일이 있었는지 알고 싶어."

그녀는 깊이 숨을 들이마셨다.

"좋아요."

그녀는 이스라엘 카츠와 만난 것과 밀러 중령이 다녀간 일에 대해서 말해주었다. 하지만 그들의 이름은 말하지 않았다.

"나는 그 친구가 '바퀴벌레'라는 것을 몰랐거든요. 하지만 있을 수 있는 얘기예요."

고티에는 망연자실해서 의자에 털썩 앉아 소리쳤다.

"이게 도대체 무슨 일이야! 그 사나이가 누구든 상관없어! 나는 더 이상 그와 관계를 갖지 않기를 바랄 뿐이야. 그렇지 않으면 우리 두 사람 모두 파멸하게 될지도 몰라. 나도 당신과 마찬가지로 독일인을 증오하고 있어……."

그는 거기서 말을 끊었다. 노엘이 독일인을 증오하고 있는지 어떤지 확신이 서지 않았던 것이다. 그는 다시 입을 열었다.

"독일인이 지배하는 한 우리는 그들 밑에서 살아가지 않으면 안 돼. 노엘이나 내가 게슈타포와 문제를 야기하거나 하면 안 되지. 그 유태인 이름이 뭐라고 했지?"

"말하고 싶지 않아요."

그는 잠시 그녀의 얼굴을 물끄러미 쳐다보았다.

"당신 애인이었나?"

"아뇨."

고티에는 안도한 것 같았다.

"그렇다면 우리는 걱정할 것 없을 것 같군. 당신이 그와 우연히 마주친 거라면 그들도 당신을 탓할 수는 없어. 당신이 두 번 다시 그와 만나지 않으면 그들은 모든 것을 잊을 거야."

"물론 그래요."

노엘은 말했다. 다음 날 밤 극장을 향하던 노엘은 2명의 게슈타포 병사들에게 미행당했다.

그날부터 어디를 가도 노엘에겐 미행이 따라붙었다. 처음에는 어쩐지 누가 그녀를 지켜보고 있는 것처럼 느껴졌다. 노엘이 뒤돌아보자 군중 속에 양복을 입은 게르만인 같은 생김새의 젊은 사나이가 눈에 띄었지만 그녀에겐 아무런 관심도 가지지 않는 것처럼 보였다.

그 후에도 계속 감시하고 있는 것 같은 느낌이 들었다. 이번에는 다른 게르만인 같은 젊은 사나이였다. 미행자는 그때마다 달랐다. 그들 미행자들은 양복을 입고 있었지만 확연히 구별되는 특징을 가지고 있었다. 그들에게는 모욕, 우월감, 잔인성 등이 방사물처럼 발산되고 있어서 혼동할리가 없었다.

노엘은 그 일에 관해서는 고티에게 아무 말도 하지 않았다. 그를 걱정하게 만들 뿐이라고 생각했기 때문이었다. 게슈타포의 아파트 침입은 고티에를 극도로 신경질적으로 만들었다. 그는 독일인이 그럴 마음만 있으면 그와 노엘이 어떤 처지에 놓이게 될지 모른다는 얘기만 했다.

샤이더 장군에게서 몇 번 전화가 걸려왔지만 노엘은 그것을 무시했다. 그녀는 나치를 적으로 돌리는 것을 원치 않았지만 친구로 삼고 싶지도 않았다.

노엘은 이스라엘 카츠가 그녀에게 무엇을 원했는지 약간의 호기심은 일었지만, 그 일에 말려드는 것은 사양하고 싶었다.

노엘이 이스라엘 카츠와 만난 지 2주일 후 신문은 게슈타포가 '바퀴벌레'를 리더로 하는 파괴활동 그룹을 체포했다는 사실을 크게 보도했다. 노엘은 모든 기사를 주의 깊게 읽었지만 '바퀴벌레' 자신이 붙잡혔는지 어떤지에 대해서는 전혀 언급되어 있지 않아서 알 수 없었다. 그녀는 독일병들이 그에게 접근하려고 했을 때의 이스라엘 카츠의 얼굴을 떠올리며 그는 결코 살아서 체포되는 일은 없으리라고 생각했다.

'하지만 내 공상에 불과한지도 모르지. 이스라엘은 그 자신이 말했듯이 그저 한낱 목수에 지나지 않을지도 몰라.' 하고 생각했다.

그러나 그가 그저 일개 목수에 불과하다면 어째서 게슈타포가 그렇게 집요하게 그를 뒤쫓는 걸까? 그는 체포될까, 아니면 도피할 수 있을까?

노엘은 마르티니 거리에 면한 아파트 창으로 다가갔다. 검은 레인코트를 입은 두 사나이가 가로등 아래에 서서 무언가를 기다리고 있었다.

무엇을 기다리고 있는 걸까? 노엘은 고티에와 같은 불안을 느꼈다. 그러나 그와 동시에 노여움이 치솟아 올랐다. 노엘은 밀러 중령의 말을 생각해냈다.

'내가 있다는 것을 잊지 말도록.'

그것은 도전이었다. 노엘은 이스라엘 카츠로부터 다시 연락이 올 것 같은 예감이 들었다.

그 연락이 온 것은 다음 날 아침, 가장 의외의 인물인 아파트 관리인으로부터였다.

그는 70대의 몸집이 작고 흐리멍덩한 눈을 가진 사나이로 얼굴은 주름투성이였으며 아랫니가 없고 그 때문에 무엇을 말하고 있는지 잘 알아들을 수가 없었다. 노엘이 버튼을 눌러 엘리베이터가 열리자 그가 안에서 기다리고 있음을 알 수 있었다. 그들은 함께 아래로 내려갔는데 로비 가까이에 이르렀을 때 그는 우물우물 말했다.

"주문하신 생일 케이크는 파시 거리의 제과점에 준비되어 있습니다."

노엘은 잘못들은 것이 아닌가 해서 잠시 그를 바라보았다. 그러고는 말했다.

"케이크는 주문한 적 없는데요."

"파시 거리입니다."

그는 몇 번씩이나 되풀이했다.

노엘은 드디어 깨달았다. 그래도 만약 두 사람의 게슈타포 사나이가 길 건너에서 감시하고 있는 것을 보지 못했다면 그녀는 관리인의 말을 이해하지 못했을 것이다. 그들은 노엘이 범죄자나 되는 것처럼 뒤를 따라다니고 있었다. 두 사나이는 뭔가 얘기하고 있었다. 그들은 아직 그녀의 모습을 발견하지 못했다. 화가 난 노엘은 관리인 쪽을 향해 물었다.

"뒷문은 어디죠?"

"이쪽입니다, 마드모아젤."

노엘은 그를 따라 뒤쪽 복도를 지나 지하실로 내려간 다음 골목으로 나섰다. 3분 후 그녀는 이스라엘을 만나기 위해 택시를 타고 있었다.

제과점은 어느 가게와 다름없이 지극히 평범했다. '브랑제리'라는 간판이 적혀 있었지만 그 글자는 군데군데 벗겨져 있었다.

노엘은 문을 열고 안으로 들어갔다. 흰 에이프런을 한 약간 뚱뚱한 여자가 그녀를 맞아주었다.

"어서 오세요, 마드모아젤."

노엘은 망설였다. 아직 돌아서 나갈 시간은 있었다. 돌아서서 자신과는 관련이 없는 위험한 일에 말려들지 않을 여유는 충분히 있었다.

여자는 기다리고 있었다.

"저, 주문한 생일 케이크를 찾으러 왔는데……."

노엘은 게임을 하고 있는 것같이 어처구니가 없다고 느끼면서 말했다. 방법상의 유치함 때문에 하고 있는 일의 중대성이 경감되는 것 같았다.

여자는 끄덕였다.

"되어 있습니다, 페이지 양."

그녀는 '폐점'이라는 간판을 내걸고 자물쇠를 잠근 다음 말했다.

"자, 이쪽으로."

이스라엘 카츠는 제과점 안쪽에 있는 작은 방의 허술한 침대에 누워 있었다. 얼굴은 고통에 일그러져 있었고 몹시 땀을 흘리고 있었다. 덮고 있는 이불은 피로 빨갛게 물들어 있었고 왼쪽 무릎에는 커다란 지혈대가 감겨 있었다.

"이스라엘."

그는 문 쪽으로 얼굴을 돌렸다. 그때 이불이 젖혀지면서 무릎의 상처가 보였다.

"어떻게 된 거예요?"

노엘이 물었다.

그는 미소를 지으려고 애썼지만 웃음이 되질 않았다. 고통을 참으며 쥐어짜듯이 그가 말했다.

"그들은 우리의 아지트를 발견하고 습격했지만 전멸시키지는 못했어. 하지만 난 그렇게 쉽게 죽지 않아."

역시 노엘의 예감이 옳았다.

"신문에서 읽었어요. 괜찮겠어요?"

노엘은 말했다.

이스라엘은 괴로운 듯이 깊이 숨을 들이쉰 다음 끄덕였다. 그리고 헐떡이며 간신히 말했다.

"게슈타포는 온 파리를 휘저으며 나를 찾고 있어. 내 유일한 희망은 파리 밖으로 나가는 거야. 르 아브르로 갈 수만 있다면, 그곳에 있는 동료가 나를 배에 태워 국외로 탈출시켜줄 거야."

"친구한테 자동차로 파리 밖으로 보내달라고 하면 안 될까요? 트럭 뒤에 숨겨주기만 하면……."

노엘이 말하자 이스라엘은 가냘프게 고개를 가로저었다.

"도로는 폐쇄되었어. 파리에서 쥐새끼 한 마리 빠져나갈 수 없지."

'바퀴벌레'마저 빠져나갈 수 없단 말인가, 하고 노엘은 생각했다.

"그 다리로 움직일 수 있겠어요?"

그녀는 결단을 내리기 위해 시간을 벌려고 물었다. 그러자 그는 미소를 지으려고 경련을 일으키며 말했다.

"나는 지금 여행을 즐기려는 것이 아니야."

노엘은 그의 말이 무엇을 뜻하는지 알 수 없어서 그의 얼굴만 빤히 쳐다보았다. 그때 문이 열리고 몸집이 크고 딱 벌어진 어깨를 한 수염투성이의 사나이가 들어왔다. 사나이는 손에 도끼를 들고 있었다. 그는 침대로 다가가더니 이스라엘이 덮고 있는 이불을 걷어 올렸다. 노엘은 자신의 얼굴에서 핏기가 가시는 것을 느꼈다.

그녀는 샤이더 장군과 게슈타포의 밀러 중령을 떠올리며 만약 그가 붙잡히면 자신이 어떤 처지를 당하게 될지를 생각했다.

"내가 도와줄게요, 이스라엘."

노엘이 무의식적으로 나직이 말했다.

캐서린
워싱턴—할리우드 : 1941년

7

캐서린 알렉산더에게는 그녀의 인생이 새로운 국면을 맞이한 것처럼 느껴졌다. 마치 보다 높은 감정의 차원, 신나게 마음을 북돋워주는 산꼭 대기에라도 오른 것 같았다. 빌 프레이저가 워싱턴에 있을 때는 그들은 매일 밤 함께 저녁을 함께 하고 콘서트나 연극, 그리고 오페라 공연을 즐 겼다. 그는 캐서린을 위해 알링턴 가까이에 아담하고 화려한 아파트를 찾아냈다. 그가 그 집세를 지불할 작정이었지만 캐서린은 자기가 지불하겠다며 고집을 부렸다. 그는 그녀에게 의류나 보석을 사주었다.

캐서린은 몸에 밴 금욕적인 도덕관에 입각해 곤혹스러운 나머지 처음에는 그것을 거절했지만 프레이저가 선물하는 것에 커다란 기쁨을 느끼며 승강이를 그만두기로 했다.

'좋든 싫든 난 정부야.'

그녀는 생각했다. 그것은 항상 그녀에게 있어서는 껄끄러운 느낌으로 뒷골목의 아파트에 살며 공허한 삶을 사는 싸구려의 그늘진 여자를 상상케 했다. 그러나 그것이 바로 그녀의 신상문제가 된 지금 캐서린은 꼭 그렇지만도 않다는 것을 알게 되었다. 그것은 다만 사랑하는 사나이와 함께 하는 것을 의미했다. 그것은 불결하거나 야비한 것도 아니며 지극히 자연스러운 것으로 느껴졌다.

'이상한 일이야. 타인을 볼 때는 그렇게 추해보였는데, 나의 경우가 되니 옳은 것처럼 생각되는군.'

프레이저는 사려 깊고 이해심이 많은 반려자로 그들은 항상 함께 있는 것 같았다. 캐서린은 어떤 상황 아래서도 그의 반응을 예측해서 어떤 기분인지를 알 수 있었다. 프레이저의 장담과는 달리 그와의 섹스는 그렇게 멋지지는 않았지만 캐서린은 섹스는 그들 관계의 작은 부분에 불과하다고 생각했다. 그녀는 늘 비위만 맞춰줬으면 하고 바라는 철부지 여학생은 더 이상 아니었다. 이제 어엿하게 성숙한 여자인 것이다.

프레이저의 광고회사는 그가 부재중일 때는 경리담당 중역인 월레스 터너에게 맡겨졌다. 프레이저는 국무성의 업무에 전력을 다하기 위해 회사의 문제는 가능한 한 관여하지 않으려고 애썼지만 중대한 문제가 일어나 회사가 그의 의견을 구하면 그는 캐서린과 문제를 상의해서 해결하는 것이 보통이었다.

프레이저는 캐서린이 비즈니스에 대해서 천부적으로 날카로운 육감을 갖고 있다는 것을 발견했다. 그녀는 종종 매우 유효한 캠페인의 아이디어를 생각해냈다.

"캐서린, 내가 이기적인 사람이 아니라면 당신을 광고회사 쪽에서 수완을 발휘하게 했을 거야."

프레이저는 어느 날 저녁식사를 하면서 그렇게 말했다. 그는 그녀의 손 위에 자신의 손을 올리고는 말했다.

"당신이 없는 것은 쓸쓸해. 언제까지나 내 옆에 있어줘."

그는 덧붙여 말했다.

"난 여기 있고 싶어요, 빌. 난 지금 이대로가 정말 행복해요."

그것은 사실이었다. 그녀는 이런 상황에 놓이게 되면 한시라도 빨리 결혼이 하고 싶어질 거라고 생각해왔다. 그러나 지금은 그러한 초조한 생각은 조금도 없었다. 그들은 이미 결혼을 한 것이나 마찬가지였다.

어느 날 오후, 캐서린이 일을 끝내려고 하는데 프레이저가 들어왔다.

"오늘밤 시골로 드라이브하러 가지 않겠어?"

그는 말했다.

"좋아요. 어디로요?"

"버지니아로. 부모님과 저녁식사를 하기로 했어."

캐서린은 깜짝 놀라 그를 올려다보았다.

"그분들이 우리 일을 알고 계신가요?"

그녀가 묻자 그는 싱긋 웃었다.

"멋지고 젊은 조수가 있는데, 내가 그 사람을 만찬에 데려가겠다고 말했을 뿐이야."

캐서린은 약간 실망했지만 그것을 얼굴에 드러내지는 않았다.

"그래요? 아파트에 들러 옷을 갈아입어야겠네요."

그녀는 말했다.

"7시에 데리러 가겠어."

"좋아요."

버지니아의 아름다운 구릉지에 있는 프레이저의 집은 식민지 시대풍의 커다란 농가로 60에이커에 이르는 목초지와 농지가 집을 둘러싸고 있었다.

"이런 곳은 처음이에요."

캐서린은 감탄했다.

"미국에서 제일 좋은 말 사육장 중의 하나지."

프레이저는 그렇게 말했다.

자동차는 아름다운 말들이 가득 있는 목축 울타리와 잘 손질된 마장과 관리인의 집 옆을 지나갔다.

"별세계에 온 것 같아요. 이런 곳에서 자란 당신이 부러워요."

캐서린은 활기찬 목소리로 말했다.

"농장에서 살고 싶어?"

"이건 농장이라고 할 수도 없을 것 같아요. 마치 한 나라를 가지고 있는 것 같아요."

그녀는 말했다.

집 앞에 도달하자 프레이저가 말했다.

"어머니와 아버지는 약간 보수적인 면이 있어. 하지만 걱정할 건 없어. 그냥 자연스럽게 행동하면 돼. 걱정이 되나?"

"네, 두려워요."

그녀는 말했다. 그렇게 말하면서 그녀는 자기가 거짓말을 한 것에 스스로도 놀랐다. 사랑하는 남자의 양친과 첫 상면을 하는 아가씨는 떨려서 말도 제대로 할 수 없는 것이 보통일 것이다. 그러나 그녀는 호기심 이외에는 아무것도 느끼지 못했다. 그리고 지금은 그것에 대해서 이상하게 생각할 틈이 없었다.

이윽고 그들은 차에서 내렸다. 집사 복장을 한 남자가 문을 열었고 상냥한 웃음을 머금고 두 사람을 맞았다.

프레이저 대령과 그 부인은 남북전쟁을 끝내고 곧바로 온 사람들 같았다. 캐서린의 첫인상은 그들이 몹시 나이를 먹었고 매우 연약해 보인다는 것이었다. 프레이저 대령은 예전에는 핸섬하고 원기 왕성했던 사나이였지만 이제는 그 창백한 그림자를 보는 것 같았다.

캐서린은 그가 누군가와 몹시 닮았다고 생각했다. 그리고 그것이 누구라는 것을 깨닫고는 깜짝 놀랐다. 그의 아들이 나이를 먹고 허약해진 모습이었다. 백발이 드문드문 보이는 대령은 애처롭게도 허리를 굽히고 걸었다. 눈은 엷은 푸른빛이었고, 예전에 억셌던 손은 관절염 때문에 구부러져 있었다. 그의 아내는 귀족적인 얼굴로 아직 옛날의 아름다움의 잔영이 남아 있었다. 그는 캐서린에게 상냥하고 친절했다.

프레이저의 얘기와는 달리 캐서린은 양친의 면접을 받기 위해 온 것 같은 느낌이 들었다. 대령과 부인은 그녀에게 여러 가지 질문을 퍼부었다. 캐서린은 자신의 부모에 관해서 그리고 어렸을 때의 이야기들을 했다. 학교를 전학했을 때는 그것이 고통스러웠다기보다는 모험적인 즐거움이었던 것처럼 들렸다. 빌 프레이저는 그녀의 얘기를 들으면서 자랑스럽게 미소 지었다.

만찬은 어마어마했다. 그들은 촛불을 켰다. 대리석 벽난로가 있는 넓고 고풍스러운 식당에서 제복을 차려 입은 하인들의 시중을 받으며 그들은 식사를 했다.

캐서린은 빌 프레이저를 바라보았다. 따뜻한 감사의 마음이 그녀의 가슴을 채웠다. 그녀는 만약 자신이 원한다면 이러한 생활이 그녀 자신의 것이 될 수도 있었다. 프레이저는 그녀를 사랑했고 그녀 또한 그를 사랑하고 있었다. 그럼에도 불구하고 뭔가 부족한 것이 있는 것 같았다. 그것은 억누를 수 없는 흥분이었다. 그녀는 생각했다.

'기대가 너무 컸나 봐. 나는 게리 쿠퍼나 험프리 보가트나 스펜서 트레이시의 영향을 너무 많이 받았어. 사랑은 투구를 입은 기사가 아니야. 회색 양복을 차려입은 농장 소유자인 거야. 그런 영화나 소설 따위는 거짓말투성이야!'

그녀는 대령을 바라보면서 20년이 지나면 프레이저가 그의 아버지와 꼭 닮게 될 것이라고 생각했다. 캐서린이 자신의 얘기를 끝내자 조용한 가운데 시간이 흘러갔다.

돌아가는 길에 프레이저가 물었다.

"재미있었어?"

"그럼요. 당신 부모님은 무척 좋으신 분들이에요."

"부모님도 당신을 마음에 들어하셨어."

"너무 기뻐요."

다음 날 밤 쟈키 클럽에서 저녁식사를 하고 있을 때 프레이저는 캐서린에게 1주일 동안 런던에 가야 한다고 말했다.

"내가 없는 동안 당신에게 재미있는 일이 있어. 할리우드의 MGM 촬영소에서 찍는 육군항공대의 모병 영화 제작 지휘를 우리에게 부탁해왔어. 내가 없는 동안 당신이 영화 쪽을 맡아주었으면 좋겠어."

캐서린은 깜짝 놀라 말했다.

"내가요? 모르는 것 투성이인데 과연 그게 가능할까요?"

프레이저는 웃었다.

"누구나 다 그래. 모르는 것투성이야. 하지만 걱정할 것 없어. 프로듀서와 기타 모든 것이 갖추어져 있어. 육군은 그 영화에 배우를 쓸 작정인가 봐."

"왜요?"

"진짜 군인은 군인 역으로 적당치 않다는 거야."

"내가 맡을 일은 뭐죠?"

"모든 것이 무리 없이 진행되도록 하면 돼. 당신이 최종 오케이를 내면 되지. 내일 오전 9시 로스앤젤레스 행 비행기를 예약해뒀어."

"알겠어요."

캐서린은 끄덕였다.

"캐서린, 내가 보고 싶어지겠지?"

"물론이죠."

그녀는 대답했다.

"선물 사올 테니 기대해도 좋아."

"선물 같은 건 필요 없어요. 조심히 잘 다녀오세요."

그는 잠시 망설이다가 물었다.

"정세가 점점 더 나빠지고 있죠, 빌?"

그는 끄덕였다.

"응. 머지않아 참전하게 될 것 같아."

"두려워요."

"참전하지 않으면 더 안 좋은 일이 벌어질 텐데? 영국군이 덩케르크에서 탈출한 것은 기적이야. 히틀러가 지금 영국 해협을 건널 결단을 내리면 영국은 저지할 수 없을 거야."

그는 조용히 말했다. 그들은 말없이 커피를 마셨다.

"우리 집에 가는 건 어때?"

프레이저가 말했다.

"오늘밤은 사양하겠어요. 내일을 위해 오늘은 일찍 주무세요."

"그래."

캐서린은 할리우드에 가본 적은 없지만 할리우드에서 자란 것이나 마찬가지였다. 그녀는 어두운 극장에서 많은 시간을 보냈고, 세계적인 영화들 속에서 나름대로 이런저런 상상의 날개를 펼치며 살았다. 그 행복한 시간이 부여해준 기쁨에 그녀는 감사했다.

비행기가 버뱅크 공항에 착륙했을 때 캐서린은 흥분해 있었다. 그녀를 호텔로 데려가줄 리무진이 기다리고 있었다. 밝은 햇살을 받은 넓은 가로를 달리는 자동차 안에서 캐서린이 처음 본 것은 야자수였다. 그녀는 책에서 읽거나 사진에서 보긴 했지만, 실제의 모습을 보자 압도당했다.

야자수는 곳곳에 하늘을 향해 솟구쳐 있었다. 우아한 줄기 아랫부분이 그대로 드러나 있었고, 윗부분은 아름다운 푸른 잎으로 덮여 있었다. 나무 한가운데에 잎들이 동그란 형태를 이루고 있었는데, 그 모습이 녹색 발레용 스커트 아래에서 들쭉날쭉 더럽혀진 페티코트 같다고 캐서린은 생각했다.

자동차는 공장 같은 커다란 건물 옆을 지나쳐 갔다. 입구에 '워너 브라더스'라고 쓰인 커다란 간판이 붙어 있었고, 그 아래에 '좋은 영화, 좋은 시민'이라고 적혀 있었다. 자동차가 문 앞을 지나가자 캐서린은 제임스 캐그니의 〈딸기 블론드〉나 베티 데이비스의 〈사랑의 승리〉가 생각나서 미소를 지었다.

자동차는 다시 거대한 할리우드 원형극장을 지나 선셋 가로 구부러져 베벌리힐스 호텔 앞에 멈춰 섰다.

"잘 오셨어요, 호텔이 마음에 드실 겁니다."

확실히 캐서린이 본 가장 아름다운 호텔 중 하나였다. 그것은 반원형을 이룬 야자수 나무 숲속에 있었고, 커다란 정원에 둘러싸여 있었다. 깨끗한 드라이브웨이가 커브를 이루고, 부드러운 핑크빛으로 도색된 호텔 현관으로 통했다.

성실해 보이는 젊은 지배인 대리가 캐서린을 그녀의 방으로 안내했다. 그것은 호텔 본관의 뒤쪽 정원에 있는 호화스러운 방갈로였다.

테이블에는 호텔의 인사를 곁들인 꽃다발이 놓여 있었고 그 외에도 매우 크고 아름다운 꽃다발이 있었는데 그 카드에는 이렇게 적혀 있었다.

'내가 그곳에 있든지 당신이 이곳에 있든지 하면 얼마나 좋겠소. ―당신의 사랑 빌.'

캐서린이 빌의 카드를 읽고 있을 때 전화가 울렸다. 그녀는 달려가 수화기를 들고 기쁨에 들떠서 말했다.

"빌이에요?"

그러나 상대는 앨런 벤자민이었다.

"캘리포니아에 오신 것을 환영합니다, 미스 알렉산더. 이번 영화의 프로듀서인 앨런 벤자민 하사입니다."

그의 높은 목소리가 수화기를 통해 울려왔다.

'하사로군.'

육군은 대위나 대령에게 책임자 자리를 맡길 거라고 그녀는 생각했다.

"내일부터 촬영에 들어갈 겁니다. 군인대신 배우를 기용한다는 얘기는 들으셨습니까?"

"들었어요."

캐서린은 대답했다.

"촬영은 아침 9시부터입니다. 8시쯤 오셔서 둘러봐주시면 좋겠습니다. 육군 항공대가 원하는 것이 무엇인지 알게 되실 거예요."

"좋아요."

캐서린은 명쾌한 어조로 말했다.

"오전 7시 30분에 차를 보내드리겠습니다. 메트로까지 30분밖에 걸리지 않습니다. 장소는 컬버 시티입니다. 그럼 제13호 스튜디오에서 뵙겠습니다."

상대는 말했다.

캐서린이 겨우 잠든 것은 새벽 4시경이었다. 하지만 눈을 붙인 듯했는데 인터폰으로 리무진이 마중하러 왔다고 알려왔다.

그로부터 30분 후 캐서린은 메트로 골드윈 메이어로 향하고 있었다.

그곳은 세계 최대의 영화 촬영소였다. 32개의 동시녹음 스튜디오로 이루어진 제1촬영소와 루이스 B. 메이어와 25명의 간부와 유명한 감독, 프로듀서, 각본가 등이 있는 거대한 댈버그 사무실 빌딩이 있었다. 제2촬영소에는 영구적인 야외세트가 설치되어 있었고 영화의 내용에 따라 부단히 세트가 교체되고 있었다. 3분 내의 거리에서 스위스 알프스나 서부 거리, 맨해튼 거리, 하와이 해변을 볼 수가 있었다.

워싱턴 가 앞쪽에 있는 제3촬영소에는 수백만 달러에 달하는 소도구가 갖춰져 있었고, 이곳 광장은 야외 촬영에 사용되었다.

그녀를 제13호 스튜디오로 안내하도록 지시를 받은 젊은 아가씨가 이러한 사실들을 상세히 설명해주었다.

"그 자체가 하나의 도시입니다. 우리는 필요한 전기를 자체 내에서 발전시키고 식당에서 하루 6천 명분의 식량을 공급하지요. 우리는 완전히 자급자족하며 일을 합니다. 관광객을 제외하곤 모든 것이 갖추어진 셈이지요."

그녀는 자랑스럽게 말했다.

몇 명의 엑스트라가 나타나 카우보이와 인디언들이 사이좋게 이야기를 나누면서 스튜디오 쪽으로 걸어갔다. 거리모퉁이에서 불쑥 한 사나이가 나타났다. 캐서린은 뒷걸음질 쳐서 그를 피했는데 자세히 보니 갑옷을 입은 기사였다. 그 뒤에서 수영복 차림의 일단의 아가씨들이 걸어왔다.

"여기입니다."

안내하는 아가씨가 말했다. 두 사람은 커다란 회색 빌딩 앞에 섰다. 옆 간판에 '스튜디오 13'이라고 적혀 있었다.

"저는 여기서 실례하겠습니다. 괜찮겠습니까?"

"좋아요. 고마워요."

캐서린은 말했다.

아가씨는 인사를 하고 물러갔다. 캐서린은 스튜디오 쪽을 향해 다시 섰다. 문 앞에 '빨간불이 켜져 있을 때는 들어오지 마시오.'라고 적혀 있었다. 불은 켜 있지 않았으므로 캐서린은 손잡이를 잡아당겨 문을 열었다. 아니, 열려고 했다. 문은 예상 외로 무거웠고 그것을 열기 위해 그녀는 전력을 다해야만 했다.

안으로 들어가자 두 번째 문이 있었는데 그것도 먼젓번 것과 마찬가지로 무거웠고 튼튼했다. 마치 감압실에라도 들어가는 것 같았다.

동굴과 비슷한 무대 안에서는 수십 명의 사람들이 분주하게 돌아다니고 있었다. 한무리의 사람들은 공군 유니폼을 입고 있었다. 캐서린은 그들이 영화에 출연하는 배우들임을 알 수 있었다. 스튜디오의 제일 안쪽

사무실에 세트가 만들어져 있어서 책상과 몇 개의 의자가 있었고, 벽에는 커다란 군용 지도가 붙어 있었다. 기술자들이 그 세트에 조명을 비추고 있었다.

"실례합니다. 앨런 벤자민 씨는 나와 있나요?"

그녀는 옆을 지나가고 있던 사나이에게 물었다.

"꼬마 하사 말입니까? 저기 저 사람입니다."

그는 손가락으로 가리켰다.

캐서린은 하사 계급장을 단, 몸집이 작고 가냘파 보이는 남자를 발견했다. 그는 장군의 별을 단 사나이를 꾸짖고 있었다.

"제기랄! 모두 추장만 되려고 하고 인디언이 되겠다는 놈은 없으니, 나 원 참."

"실례합니다. 저는 캐서린 알렉산더입니다."

캐서린은 말했다.

"아, 이런."

작은 사나이는 말했다. 그는 다른 사람들 쪽을 향해 섰다. 그녀가 말하기 전에, 조그만 체구의 하사가 다시 말했다.

"내가 무엇 하러 이곳에 왔는지 모르겠소. 나는 디어본에서 연봉 3천5백 달러를 받고 가구업계 잡지의 편집을 하고 있었소. 그런데 통신대에 소집당해 훈련 영화의 각본을 쓰라는 명령을 받았어요. 제작이라든가 감독이란 건 전혀 해본 적이 없단 말이오. 이런 뒤죽박죽인 일 따위는 해본 적도 없다고요."

그는 트림을 하고는 복부를 쓰다듬었다.

"위궤양이 될 것 같군. 영화 따위는 딱 질색이야. 실례!"

그는 신음하듯 말하더니 빙그르르 방향을 바꿔 캐서린을 놓아둔 채 서둘러 출구로 향했다. 캐서린은 무엇을 하면 좋을까 하고 주위를 둘러보았다. 스웨터를 입은 야윈 은발의 사나이가 싱글벙글 웃으며 그녀에게 다가

왔다.

"도움이 필요하십니까?"

그는 조용히 물었다.

"기적이 필요해요. 난 이 영화의 제작 지휘를 맡게 되었는데, 어떻게 해야 할지 도무지 모르겠어요."

캐서린이 솔직하게 말하자, 그는 싱긋 웃었다.

"할리우드에 잘 오셨소. 난 톰 오브라이언입니다."

캐서린은 고개를 갸우뚱하며 그를 쳐다보았다.

"조감독입니다. 하사가 이 영화를 감독하기로 되어 있는데, 그는 다시는 돌아올 것 같지 않습니다."

그에게서는 차분한 자신감 같은 것이 풍겼다. 캐서린은 그것이 마음에 들었다.

"댁은 메트로 골드윈 메이어에 얼마나 있었죠?"

그녀는 물었다.

"25년입니다."

"그럼 이 영화를 감독할 수 있으시겠네요?"

그녀는 그의 입술이 위쪽으로 말려 올라가는 것을 보았다.

"해보도록 하죠. 난 윌리엄 와일러 밑에서 영화를 여섯 편 감독한 적이 있습니다."

그는 진지한 눈빛으로 말했다.

"사태는 그다지 나쁘지 않습니다. 조금 정리하면 될 것입니다. 각본은 마련되어 있고 세트도 준비되어 있습니다."

"그것 참 훌륭하군요."

캐서린은 말했다. 그녀는 군복 차림의 사람들을 둘러보았다. 대부분은 옷이 꼭 맞질 않았고, 군복을 입고 있는 남자들도 어딘지 모르게 어색해 보였다.

"마치 해군의 모병 광고 같아요."

캐서린은 그렇게 평했다. 오브라이언도 그렇다는 듯이 웃어보였다.

"저 군복은 어디서 빌려왔죠?"

"웨스턴 커스튬 사입니다. 우리 의상부에는 이젠 한 벌도 없습니다. 전쟁 영화를 3편이나 촬영하고 있으니까요."

캐서린은 사나이들을 주의 깊게 바라보고 나서 말했다.

"안 좋아 보이는 것들도 있군요."

"네, 좋지 않은 것은 돌려보내야겠어요."

오브라이언은 동의하며 끄덕였다.

캐서린과 오브라이언은 엑스트라 그룹 쪽으로 다가갔다. 와글와글 떠드는 소리 때문에 거대한 스튜디오 안은 아무것도 들리지 않을 정도였다.

"모두들 조용히 해주세요. 이쪽은 미스 알렉산더, 제작 지휘를 맡아 하실 분입니다!"

오브라이언이 소리쳤다. 몇몇 사람이 환영의 휘파람을 불었고, 탄성도 질러댔다.

"고마워요."

캐서린은 미소를 지었다.

"대부분 지금 입은 옷이 괜찮아 보이지만, 몇 사람은 웨스턴 커스튬 사로 돌아가 군복을 바꿔와야겠어요. 내가 잘 살펴볼 수 있도록 늘어서 주세요."

"당신이나 잘 살피세요. 오늘 저녁엔 뭘 할 거죠?"

한 사나이가 소리쳤다.

"남편과 함께 저녁식사를 합니다. 그와 권투시합이 끝난 다음에."

캐서린은 말했다.

오브라이언은 사나이들을 일렬로 늘어서게 했다. 캐서린은 가까이서 웃음소리와 얘기소리를 듣고 무뚝뚝하게 돌아보았다. 엑스트라 한 사람이 무대 배경 옆에 서서 아가씨들과 잡담을 늘어놓고 있었다. 아가씨들은 그가 뭐라고 할 때마다 일부러 크게 웃었다. 캐서린은 잠시 그 모습을 지켜보고 있다가 이윽고 사나이에게 다가가 말했다.

"실례지만 함께 줄을 서 주지 않겠어요?"

사나이는 천천히 돌아보았다.

"내게 말하는 거요?"

"그래요. 우리는 일을 시작해야 합니다."

캐서린은 그렇게 말하고 발길을 돌렸다.

사나이는 아가씨들에게 뭔가 속삭이면서 여자들을 깔깔대게 만들어놓고 캐서린의 뒤를 쫓아왔다. 그는 키가 컸으며 여윈 형으로 얼굴 윤곽은 억세 보였지만 매우 핸섬했고 푸른 기운이 감도는 검은 머리에 검은 눈을 가지고 있었다. 목소리는 낮았고, 어딘가 장난기어린 모습도 엿보였다.

"무슨 일을 해야 합니까?"

그는 캐서린에게 물었다.

"일할 생각이 있어요?"

캐서린은 말했다.

"물론, 물론이죠."

그가 대답했다.

캐서린은 엑스트라에 관한 기사를 읽은 일이 있었다. 그들은 스튜디오의 이름도 없는 출연자로서 스타가 등장하는 군중 신의 배경 분위기를 구성하는 것이다. 그들은 얼굴이 없고, 소리도 없는 사람들로 제대로 된 역을 얻으려는 야심을 전혀 가지고 있지 않았다.

그녀 앞에 있는 사나이는 그런 인간의 전형이었다. 대단한 미남이어서 아마 어느 거리의 누군가로부터 스타가 될 수 있을 거라는 말을 듣고 할리우드에 왔을지 모른다. 스타에게는 그럴듯한 외모뿐만 아니라 재능이 있어야 한다는 것을 알게 되고, 결국 엑스트라로 전락한 것이리라.

"군복 몇 벌을 바꿔야 돼요."

캐서린은 인내심을 발휘하며 말했다.

"내 군복이 어디가 잘못되었소?"

그는 물었다.

캐서린은 그의 군복을 자세히 살펴보았다. 그녀는 잘 맞는다는 것을 인정하지 않을 수 없었다. 넓은 어깨가 강조되어 있기는 했지만 과장되지 않게 그의 잘록한 허리를 향해 좁혀지고 있었다. 그녀가 그의 상의를 보니 어깨에 대위 계급장이 붙어 있고, 가슴에는 화려한 색깔의 훈장이 늘어서 있었다.

"훌륭해 보이지 않소, 보스?"

그가 물었다.

"누가 당신에게 대위 계급장을 달라고 했죠?"

그는 진지한 얼굴로 그녀를 쳐다보았다.

"내 아이디어입니다. 훌륭한 대위님으로 보이지 않소?"

캐서린은 고개를 가로저었다.

"아뇨, 전혀 그렇게 보이지 않아요."

그는 잠시 생각하다가 물었다.

"중위로는?"

"그것도 안 돼요."

"소위라면 어떨까요?"

"당신은 장교의 재목이 아니에요."

그의 까만 눈은 이상하다는 듯이 그녀를 쳐다보았다.

"그래요? 그밖에 고칠 곳이 또 있습니까?"

"있어요. 훈장이에요. 당신은 훈장을 너무 많이 달고 있군요."

그녀가 말하자, 그는 웃었다.

"이 영화를 조금 화려하게 장식하고 싶어서 말입니다."

"당신은 잊고 있는 점이 있군요. 미국은 아직 전쟁에 참여하고 있지 않아요. 그런 훈장은 카니발에서나 받을 수 있겠죠."

캐서린은 또렷하게 말했다. 사나이는 빙긋이 웃었다.

"정말 그렇군요."

그는 순순히 인정했다.

"그 생각은 미처 하지 못했소. 몇 개를 뗄까요?"

"모두 떼어버리세요."

캐서린이 말하자, 그는 천천히 오만한 미소를 머금었다.

"알겠소이다, 보스."

그녀는 보스라고 부르는 건 그만두라고 쏘아주려다 '이런 남자가 뭐라고 부르든 무슨 상관이람.' 하고 생각을 고쳐먹고 오브라이언과 얘기하기 위해 사나이에게서 등을 돌렸다.

캐서린은 8명의 엑스트라에게 군복을 바꿔 입으라고 보낸 다음, 한 시간쯤 오브라이언과 몇 가지 장면에 관해 의논을 했다. 작은 몸집의 하사는 잠깐 돌아왔지만 곧 모습을 감췄다. 캐서린은 아무려면 어떠냐는 생각에 다른 일로 관심을 돌렸다.

오브라이언은 점심 전에 첫 장면의 촬영을 끝냈다. 캐서린은 매우 잘되었다고 생각했다. 다만 하나의 사건만이 그녀의 마음을 상하게 했다.

캐서린은 예의 마음에 거슬리는 엑스트라에게 창피를 주기 위해 일부러 몇 줄의 대사를 제시했다. 그녀는 그에게 그것을 시키고 서툴다는 평계를 대며 해고해버리려고 했다. 하지만 그는 나무랄 데 없는 대사 처리로 어렵지 않게 그 장면을 소화해냈다. 그것이 끝났을 때 그는 캐서린을 향해 말했다.

"마음에 드시오, 보스?"

점심시간이 되자 캐서린은 스튜디오의 식당으로 가서 구석에 있는 작은 테이블에 앉았다. 옆의 커다란 테이블에는 군복을 입은 병사들이 둘러

앉아 있었다. 캐서린은 문 쪽을 향해 앉았다. 예의 그 엑스트라가 세 아가씨를 이끌고 들어왔다.

아가씨들은 그에게 가능한 한 몸을 착 달라 붙이려고 애쓰고 있었다. 캐서린은 얼굴에 피가 거꾸로 솟아오르는 것 같았다. 그녀는 그것을 자연스러운 반응이라고 생각했다. 하루아침에 좋아지는 사람들이 있는 것처럼 첫눈에 싫어지는 사람들도 있다. 그의 건방진 태도가 그녀의 화를 치밀게 했다. 전형적인 바람둥이 타입인 것이다.

그는 아가씨들을 자리에 앉히고는 고개를 들어 캐서린을 쳐다보았다. 그런 다음 몸을 수그리고 뭐라고 속삭였다. 그녀들은 일제히 캐서린 쪽을 쳐다보고 와락 웃어댔다.

'제기랄!'

그녀는 그가 다가오는 것을 지켜보았다. 그는 예의 엷은 미소를 띠고 그녀를 내려다보았다.

"잠깐 실례해도 될까요?"

그는 물었다.

"아니……."

거절하기도 전에 그는 이미 앉았고 살피는 듯 조롱하는 눈빛으로 그녀를 바라보았다.

"무슨 일이죠?"

캐서린은 아무렇지도 않다는 듯이 물었다. 그는 싱긋 웃어보였다.

"정말로 알고 싶소?"

그녀의 입술은 노여움으로 긴장했다.

"도대체……."

"내가 묻고 싶은 것은 오늘 아침 내 연기가 어땠는가 하는 것이오."

그는 빠른 말투로 말하고는 몸을 앞으로 내밀었다.

"괜찮았습니까?"

"저 아가씨들에겐 잘 보였을지 모르지만, 내 의견을 말해보라면 당신은 사기꾼 같아요."

캐서린은 아가씨들 쪽을 눈짓으로 가리키면서 말했다.

"내가 당신 마음에 거슬리는 일이라도 했소?"

"당신이 하는 행동은 하나에서 열까지 거슬려요. 나는 당신 같은 타입의 인간을 좋아하지 않아요."

그녀는 조용히 말했다.

"나 같은 타입이라니?"

"당신은 가짜예요. 군복이나 걸치고 의기양양해서 아가씨들 앞에서 뽐내고 있지만, 정말로 입대를 생각해본 적이나 있어요?"

그는 깜짝 놀란 표정으로 캐서린의 얼굴을 쳐다보았다.

"이런, 한 방 먹었군. 그런 건 사절인데."

그는 몸을 앞으로 내밀고 웃었다. 캐서린의 입술은 노여움으로 떨리고 있었다.

"당신은 소집 부적격자인가요?"

"아니, 그렇지는 않아요. 그런데 내 친구가 워싱턴의 높은 사람을 알고 있어서 말이에요…… 그래서 내게는 소집영장이 나오지 않을 거요."

그는 목소리를 낮추어 말했다.

"정말 경멸스럽군요."

캐서린은 감정을 폭발시켰다.

"왜죠!"

"자신이 어째서 그런지 모른다면 설명해줘도 알 리가 없겠죠."

"시험 삼아 설명해주면 어떻겠소? 오늘밤 저녁식사라도 하면서. 당신 집에서 말이오. 요리는 할 줄 아는지?"

캐서린은 벌떡 일어섰다. 그녀의 뺨은 노여움으로 빨갛게 불타올랐다.

"다시는 촬영장에 나오지 말아요. 오브라이언 씨한테 말해서 오늘 아침 일한 보수는 계산해주라고 하겠어요."

그녀는 그렇게 말하고 돌아서서 나가다 문득 생각나서 물었다.

"당신의 이름은?"

"더글러스, 래리 더글러스."

그날 밤 프레이저가 일의 상황을 묻기 위해 런던에서 캐서린에게 전화를 걸었다. 그녀는 그날의 일들을 보고했지만 래리 더글러스와의 사건은 얘기하지 않았다. 프레이저가 워싱턴에 돌아오면 그때 웃음거리로 삼을 작정이었다.

다음 날 아침 캐서린이 스튜디오로 갈 준비를 하고 있을 때 벨이 울렸다. 그녀가 문을 열자 장미꽃 다발을 안은 소년이 서 있었다.

"캐서린 알렉산더 양이십니까?"

"네."

"사인을 부탁합니다."

그녀는 소년이 건네준 용지에 사인을 했다.

"예쁘군."

그녀는 꽃을 받아들면서 말했다.

"30달러를 주셔야겠습니다."

"뭐라고?"

"30달러입니다. 수취인 지불로 되어 있습니다."

"무슨 소리야?"

그녀의 입술은 경련을 일으켰다. 캐서린은 꽃에 곁들인 카드를 꺼냈다. 카드에는 '내가 지불하고 싶었지만 나는 실업자가 되었소. —내 사랑을 다해, 래리.'라고 적혀 있었다.

캐서린은 아연실색한 채 멀건이 꽃을 바라보았다.

"꽃은 어떻게 하실 겁니까?"

배달부가 말했다.

"필요 없어."

캐서린은 튕겨내듯이 말하고 꽃을 소년의 팔에 밀어붙였다. 소년은 망설이면서 그녀를 쳐다보았다.

"그는 당신이 틀림없이 웃을 것이라고 했어요."

"난 조금도 우습지 않아."

캐서린은 말하며 세차게 문을 닫아버렸다.

그 사건은 하루 종일 그녀의 마음에서 떠나질 않았다. 그녀는 독선적인 사나이들을 많이 알고 있었지만 래리 더글러스처럼 자만심이 강한 사람은 본 적이 없었다. 그는 기꺼이 그의 침대에 몸을 내던지는 머리가 텅 빈 금발이나 커다란 가슴을 가진 여자들을 계속 정복하며 으스대고 있는 것이 틀림없다고 그녀는 생각했다. 그에게 그런 아가씨와 같은 부류로 보인 것이 그녀로서는 분해서 견딜 수가 없었다.

그에 대한 일이 머리에 떠올라, 그녀는 그를 마음속에서 쫓아내려고 애썼다.

그날 밤 7시에 그녀가 막 스튜디오를 나서려고 할 때 조수가 봉투를 손에 들고 찾아왔다.

"이걸 주문했습니까, 미스 알렉산더?"

그는 물었다.

그것은 배역부의 청구 용지로 다음과 같이 적혀 있었다.

〈군복 1벌, 리본 6개, 훈장 6개, 배우 이름 래리 더글러스 ―캐서린 알렉산더에게 개인적으로 청구 MGM〉

캐서린의 얼굴은 빨갛게 상기되었다.

"주문 같은 것은 하지 않았어요!"

그녀는 말했다.

"그럼 그들한테 뭐라고 할까요?"

"전사한 뒤에 받은 훈장이었다면 내가 지불하겠다고 말해줘요."

촬영은 3일 후에 끝났다. 상을 받을 만한 영화는 아니었지만 간략하면서도 효과적이었다. 톰 오브라이언은 꽤 실력이 있는 편이었다.

토요일 아침 캐서린은 워싱턴행 비행기에 몸을 실었다. 그녀는 할리우드를 떠나는 것이 기뻤다.

월요일 아침, 그녀는 사무실에 출근해서 부재중에 밀린 일들을 정리하기 시작했다.

점심시간이 되기 직전에 그녀의 비서인 애니가 인터폰을 울렸다.

"할리우드의 래리 더글러스 씨로부터 전화입니다. 통화료는 이쪽 지불입니다. 받으시겠어요?"

"안 받겠어요. 그에게 전해요…… 아니, 내가 말하지."

캐서린은 기분이 상한 채 말했다. 그녀는 깊이 숨을 들이마신 뒤 전화기 버튼을 눌렀다.

"더글러스 씨?"

"안녕! 당신을 찾는 데 고생을 좀 했지. 장미는 마음에 들었소?"

그의 목소리는 싸구려 사탕처럼 달콤한 것이었다.

"더글러스 씨, 장미는 좋아해요. 하지만 당신은 싫어요. 당신에 관한 것이라면 전부 싫단 말이에요. 아시겠어요?"

그녀의 목소리는 노여움 때문에 약간 떨렸다.

"당신은 나에 관해 아무것도 모르고 있소."

"더 이상 알고 싶지 않아요. 당신은 비겁자이고 비열한이에요. 다시는 전화하지 마세요."

치를 떨면서 그녀는 수화기를 내려놓았다. 노여움 때문에 눈물이 글썽거렸다. 무슨 남자가 저럴까? 캐서린은 빌이 빨리 돌아왔으면 좋겠다고 생각했다.

사흘 후 캐서린한테 우편으로 가로 10인치, 세로 12인치의 로렌스 더글러스의 사진이 배달되었다. 거기에는 '보스에게, 사랑을 다해, 래리'라고 적혀 있었다.

"어머나! 실제 인물인가요?"

애니가 감탄하며 말했다.

"가짜예요. 진짜는 현상한 인화지뿐이에요."

캐서린은 말하며 사진을 갈기갈기 찢어버렸다.

"아까워요. 난 그런 사람을 실제로 본 적이 없어요."

애니는 깜짝 놀라며 캐서린에게 말했다.

그 후 2주일 사이에 래리 더글러스는 적어도 열두 번이나 전화를 걸어왔다. 캐서린은 애니에게 그에게 더 이상 전화를 걸지 말아달라고 전하라고 했고, 그에게 전화가 와도 전하지 말라고 일렀다.

어느 날 아침 구술을 받아쓰던 애니가 얼굴을 들어 변명하듯이 말했다.

"더글러스 씨의 전화에 대해서는 전하지 말라고 했지만, 또 전화가 왔었어요. 굉장히 진지한 것 같았는데……. 왠지 어찌할 바를 모르는 것 같았어요."

"내버려둬요. 공연히 안타까워하지 말아요."

"하지만 매력 있는 분이에요."

"달콤한 말을 지껄여댄 모양이군."

"당신에 관해 여러 가지를 묻더군요."

그녀는 캐서린의 표정을 읽고는 서둘러 덧붙였다.

"하지만 물론, 전 아무 말도 하지 않았어요."

"잘했어요."

캐서린은 다시 구술을 시작했지만 마음을 집중할 수가 없었다. 세상에는 래리 더글러스와 같은 사나이가 득실거릴 거라고 그녀는 상상했다. 그러자 윌리엄 프레이저가 점점 더 훌륭하게 생각되었다.

빌 프레이저는 일요일 아침에 돌아왔다. 캐서린은 공항으로 그를 마중 나갔다. 그녀는 그가 통관 절차를 마치고 자신이 서 있는 출구 쪽으로 다가오는 것을 지켜보았다. 그녀를 보자 그의 얼굴이 환하게 빛났다.

"캐시! 깜짝 놀랐어. 당신이 마중 나와 줄 거라고 전혀 생각하지 못했는데……"

"더 이상 기다릴 수가 없었어요."

그녀는 미소를 지으며 그를 상냥하게 끌어안았다. 프레이저는 의아스럽다는 듯이 그녀의 얼굴을 쳐다보았다.

"쓸쓸했어?"

"당신이 상상하는 이상으로……"

"할리우드는 어땠어? 잘 됐어?"

그는 망설였다.

"그들은 작품에 굉장히 만족하고 있어요."

"그건 나도 들었어."

"빌, 다음엔 당신이 출장 갈 때 나도 데려가줘요."

그는 그 말에 기뻐했고 감동해서 그녀를 쳐다보았다.

"좋아! 나도 쓸쓸했어. 줄곧 당신 생각만 하면서 지냈어."

프레이저는 말했다.

"정말이에요?"

"날 사랑하고 있어?"

"그럼요. 너무……"

"나도 당신을 사랑하오. 이번엔 어딘가에 가서 축하를 하자고."

그녀는 미소를 지었다.

"좋아요."

"제퍼슨 클럽에서 저녁을 먹도록 하지."

그녀는 프레이저를 그의 집까지 데려다주었다. 그리고 아파트로 돌아와 세탁을 하고 다림질을 했다. 전화 곁을 지나갈 때마다 그녀는 전화벨이 울리기를 내심 기대했지만 전화는 걸려오지 않았다.

그녀는 애니에게 넌지시 넘겨짚어 정보를 캐내보려고 하는 래리 더글러스를 생각하고는 어느덧 이를 악물고 있는 자신을 발견했다. 프레이저에게 얘기해서 래리 더글러스의 이름을 징병위원회에 보내주도록 할까 하는 생각도 했다.

캐서린은 머리를 감고 느긋하게 목욕을 했다. 물기를 닦고 있을 때 전화가 울렸다. 그녀는 갑자기 긴장했고 전화기에 다가가 수화기를 들어올렸다.

"여보세요."

그녀는 차가운 목소리로 말했다. 상대는 프레이저였다.

"나야. 무슨 전화를 그렇게 받지?"

"아무것도 아니에요, 빌. 지금 막 목욕을 끝낸 참이었어요."

"애석하군. 내가 거기 있지 않은 것이 몹시도 애석하다고."

"나도요."

그녀는 대답했다.

"이따가 늦지 않도록 해."

캐서린은 미소 지었다.

"걱정 마세요."

캐서린은 빌에 대해 생각하면서 천천히 수화기를 놓았다. 비로소 그녀는 그가 오늘밤 정식으로 구혼하려고 하는 것이 아닐까 하는 생각이 들었다. 그는 그녀에게 윌리엄 프레이저 부인이 되어줄 것을 요구하려 하고 있었다. 그녀는 소리 내어 그 이름을 입에 담아보며 어떤 느낌이 드는지 생각해보았다.

〈윌리엄 프레이저 부인〉

'내가 정말 달라졌어. 6개월 전이었다면 기뻐서 펄쩍 뛰었을 텐데. 지

금은 이름에 권위가 있어 보이는지 어떤지를 걱정하고 있으니 말이야.'

그렇게 생각하는 것은 즐거운 일은 아니었다. 그녀는 시계를 보고 서둘러 옷을 갈아입었다.

제퍼슨 클럽은 'F'가에 있는, 거리에서 조금 들어간 약간 고풍스러운 벽돌 건물로, 철책이 둘러쳐져 있는 곳에 위치하고 있었다. 이 클럽은 상류층 인사들로 가득한 워싱턴에서도 가장 최고의 클럽이었다. 이 클럽에 입회하기 가장 쉬운 방법은 아버지가 회원인 경우였다. 아버지에게 그런 선견지명이 없었을 때는 회원 세 사람의 추천을 받아야 했다. 입회 신청의 심사는 1년에 한번 행해지는데 한 사람이라도 반대하는 사람이 있을 때는 그 입회 희망자는 일생 동안 제퍼슨 클럽에 가입할 수 없게 되어 있었다. 같은 사람이 두 번 신청하는 것을 허락하지 않는다는 엄격한 규정이 있기 때문이었다.

윌리엄 프레이저의 부친은 제퍼슨 클럽의 창설 멤버였다. 프레이저와 캐서린은 적어도 일주일에 한 번은 그곳에서 식사를 했다. 주방장은 프랑스의 로스차일드가에서 20년 동안 일했던 베테랑으로 요리가 매우 고급스러웠고, 미국에서 세 번째로 손 꼽히는 와인 저장실도 그곳에 있었다.

클럽은 세계 일류의 실내 장식가들의 손으로 장식되어 색채나 조명에 각별한 주의가 깃들어 있었고, 여인들은 촛불의 빛을 받아 한층 더 아름답게 보였다. 만찬에 나가면 부통령이나 각료, 최고 재판소의 판사, 상원의원, 그리고 세계적인 대기업을 지배하는 실업가들과도 언제든 만날 수 있었다.

캐서린이 도착했을 때 프레이저는 로비에서 기다리고 있었다.

"제가 늦었나요?"

"그런 건 아무래도 괜찮아."

프레이저는 눈이 부신 듯 그녀를 바라보면서 말했다.

"당신은 알고 있어? 당신이 아름답게 빛난다는 것을?"

"물론이죠. 난 최고의 미녀 캐서린 알렉산더니까요."

그녀는 웃으며 대답했다.

"정말 그래, 캐서린."

빌의 모습이 너무도 진지해서 그녀는 당혹스러웠다.

"고마워요, 빌. 하지만 그런 눈으로 바라보지는 마세요."

그녀는 어색하게 말했다.

"어떻게 안 그럴 수 있어."

그는 말했다. 그리고 그녀의 팔을 잡았다. 급사장인 루이가 그들을 구석진 좌석으로 안내했다.

"여깁니다, 미스 알렉산더, 미스터 프레이저. 아무쪼록 즐거운 시간이 되시기를!"

캐서린은 제퍼슨 클럽의 급사장에게 이름을 불리는 것이 기분 좋았다. 그것은 그녀가 상류 계급의 일원이라는 느낌을 갖게 해주었다.

그녀는 천천히 의자에 등을 기대고, 느긋하고 행복한 마음으로 주위를 둘러보았다.

"뭘 마시고 싶어?"

프레이저가 물었다.

"아뇨, 괜찮아요."

캐서린이 말하자, 그는 고개를 저었다.

"당신은 나쁜 짓을 좀 배울 필요가 있어."

"벌써 배운걸요."

캐서린은 작은 소리로 말했다.

그는 유쾌하게 미소를 지으며 스카치 한 잔을 주문했다.

캐서린은 그를 바라보면서 정말 그가 너무 다정한 사람이라고 생각했다. 그녀는 그를 행복하게 해줄 수 있을 거라고 믿었다. 그녀는 자기 자신에게 야유하듯이 생각했다.

'행복하게 모두에게 발표하는 거야. 〈타임〉지에도 발표해야 돼.'

그녀는 자신의 그런 심정을 혐오했다. 도대체 어찌된 영문일까?

"빌."

그녀는 말하려다 그만 얼어붙고 말았다.

래리 더글러스가 그녀를 향해 걸어오는 것이 아닌가. 그는 캐서린을 발견하고 입가에 미소를 띠고 있었다. 옷은 영화를 찍을 때처럼 군복차림이었다. 그가 싱글벙글 웃으면서 그들이 있는 테이블로 다가오고 있었다.

그는 인사말을 건넸다. 그러나 그것은 캐서린에게 한 말이 아니었다. 그가 빌에게 인사하자, 빌은 일어나 그와 악수를 나누었다.

"만나서 기쁘네, 래리."

"반가워, 빌."

그들 두 사람을 바라보는 캐서린의 심장은 완전히 얼어붙었다.

프레이저는 말했다.

"캐시, 이쪽은 로렌스 더글러스 대위야. 래리, 이쪽은 미스 알렉산더… 캐서린일세."

래리 더글러스는 그녀를 내려다보았다. 그의 검은 눈이 그녀를 조롱하고 있었다.

"만나게 되어 영광입니다, 미스 알렉산더."

그는 짐짓 진지하게 말했다.

캐서린은 입을 열려고 했지만 이런 경우 아무 말도 하지 않는 것이 현명하다는 사실을 재빨리 알아차렸다. 프레이저는 캐서린을 바라보며 그녀가 입을 열기를 기다리고 있었다. 그녀가 할 수 있는 것은 고작 끄덕이고 인사를 하는 것뿐이었다. 그녀는 자신의 목소리가 떨려서 제대로 나올지 확신할 수가 없었다.

"래리, 여기 좀 앉게."

프레이저의 물음에 래리가 미안한 듯이 캐서린을 바라보며 말했다.

"실례가 되지 않는다면……."

"괜찮아요. 앉으세요."

래리는 캐서린 곁에 앉았다.

"마실 것은 뭐가 좋겠나?"

프레이저가 물었다.

"스카치로 하지."

래리가 대답했다.

"나도 같은 것으로 부탁해요. 더블로요."

캐서린은 불쑥 그렇게 말했다. 프레이저는 깜짝 놀라서 캐서린의 얼굴을 쳐다보았다.

"이거 놀랐는걸."

"제게 나쁜 짓을 가르쳐주신다고 하셨죠? 지금부터 배워보려고요."

캐서린은 말했다.

프레이저는 술을 주문하고 나서 래리를 향해 말했다.

"테리 장군으로부터 자네의 눈부신 활약에 대해 들었네…… 공중과 지상에서의 활약을 말이네."

캐서린은 분주하게 머리를 회전시키며 눈앞의 현실에 적응하려고 애썼다.

"그 훈장은……."

그녀가 말했다. 그러자 래리는 아무렇지도 않은 얼굴로 그녀를 쳐다보았다.

"네?"

그녀는 침을 삼켰다.

"저, 그 훈장은 어디서?"

"카니발에서 받았지요."

그는 정색한 얼굴로 말했다.

"대단한 카니발이지. 래리는 영국 공군에 있었어. 거기서 미국 비행대의 대장을 맡고 있었지. 하지만 미국 파일럿의 실전 훈련 때문에 워싱턴의 전투기지로 소환됐어."

프레이저는 웃었다.

캐서린은 래리 쪽을 보았다. 그는 상냥하게 미소를 짓고 있었고, 눈은 빛나고 있었다. 오래된 영화를 다시 보듯 캐서린은 그들이 처음 만났을 때의 한마디 한마디를 떠올렸다. 그녀는 래리에게 계급장과 훈장을 떼라고 명령했고 그는 곧 그 말에 따랐다. 그녀는 건방지고 고압적인 태도로 명령했다. 그리고 그를 비겁자라고까지 불렀다. 캐서린은 지금 쥐구멍에라도 들어가고 싶은 기분이었다.

"온다는 것을 알려줬으면 좋았을 텐데. 그랬더라면 대대적인 환영식을 열었을 텐데 말이야. 자네의 귀환을 축하하는 성대한 파티를 열어야겠군."

프레이저는 말했다.

"아니, 지금 이대로가 만족스러워."

래리는 말했다. 그는 어깨너머로 캐서린을 바라보았다. 그녀는 그와 눈을 마주칠 수 없어서 외면하고 있었다.

래리는 태연하게 지껄였다.

"실은 할리우드에 있을 때 자네를 찾아갔었어, 빌. 자네가 신병 모집용 영화를 만든다는 얘기를 들었거든."

래리는 거기서 말을 멈추고 담배에 불을 붙이고 나서 조심스럽게 성냥불을 불어서 껐다.

"세트장에 가봤지만 자네는 없더군."

"나는 런던에 가 있었어. 캐서린이 촬영 현장에 가 있었지. 거기서 두 사람이 만나지 못했다니 이상한 일이군."

프레이저가 말하자 캐서린은 래리를 올려다보았다. 그는 장난기 어린 눈으로 그녀를 지켜보고 있었다. 지금이 사실을 말해야 할 시점이었다. 그녀가 프레이저에게 그때의 사건을 얘기해서 모두가 재미있는 에피소드로 웃어넘기면 된다. 그러나 왠지 그녀는 목에 무엇이 걸린 것처럼 말이 나오지 않았다. 래리는 그녀에게 잠시 시간을 주려는 듯 말했다.

"세트는 몹시 혼잡했어. 그래서 서로 모르고 지나쳤겠지."

캐서린은 자기와 공모자가 되어 프레이저를 속이는 그가 미웠다.

술이 나오자 캐서린은 단숨에 들이켜고 또다시 주문을 했다. 그녀에게 있어서 가장 지독한 밤이 될 것 같았다. 그녀는 가능한 한 빨리 그 자리에서 래리 더글러스로부터 도망쳐버리고 싶었다.

프레이저는 그에게 전쟁의 경험담을 물었다. 래리의 얘기를 들으면 전쟁은 여유 있고 재미있어 보였다. 그는 무슨 일이든 진지하게 생각하지 않는 사람 같았다. 그는 하찮은 사나이인 것이다. 그러나 공정하게 따져보면 하찮은 사나이가 영국 공군에 자진해서 참가하거나 독일 공군기와의 공중전의 영웅이 될 리가 없다는 것을 캐서린은 내키지 않지만 인정하지 않을 수 없었다.

이치에 맞지 않는 일이지만, 영웅이었기에 그녀는 한층 더 그를 증오했다. 그녀의 태도는 캐서린 자신에게도 이치에 맞지 않아 보였다.

캐서린은 석 잔째 더블 스카치를 마시면서 그 문제를 생각했다. 그가 영웅이든 쓰레기든 나와 무슨 상관이란 말인가. 몽롱한 상태에서 그녀는 의자에 기대어 두 사람의 말을 듣고 있었다. 얘기를 하고 있을 때의 래리에게는 열정과 그녀도 분명히 감지할 수 있는 활력이 넘치고 있었다.

그녀에게는 그가 누구보다도 가장 활기에 넘친 인간처럼 보였다. 그는 매사에 뒷걸음질 치지 않고 모든 일에 전력을 다해 부딪히고 그런 것을 두려워하는 사람들을 비웃고 있다는 것을 캐서린은 느꼈다. 그녀처럼 두려워하는 사람을……

캐서린은 음식에 거의 손을 대지 않았다. 도대체 아무것도 먹고 싶지가 않았다. 그녀의 눈과 래리의 눈이 마주쳤다. 마치 그들이 이미 연인이며 침대에서 서로의 것이 된 것 같은 그런 눈 맞춤이었다.

그는 대자연이 일으키는 선풍 같은 존재이며 그 소용돌이 속에 말려든 여자는 모두 짓밟히고 마는 것이다.

래리는 그녀를 보며 미소 지었다.

"우리는 미스 알렉산더를 대화에서 떼어놓고 있는 것 같군. 그녀에게는 우리 두 사람을 합친 것보다도 재미있는 이야기가 많을 거야."

그는 정중하게 말했다.

"그렇지도 않아요. 제 생활은 몹시 지루해요. 빌의 사무실에서 일하고 있지만……."

캐서린은 가라앉은 목소리로 말했다. 그 말을 했을 때 그것이 어떻게 들렸을까 하는 것을 생각하고는 그녀는 얼굴이 달아올랐다.

"내가 말한 것은, 나는……."

그녀는 덧붙이려고 했다.

"아, 무슨 말을 하려는지 알겠어요."

래리는 그녀를 도와주듯이 말했다. 그녀는 그가 죽도록 미웠다. 래리는 빌 쪽을 향했다.

"어디서 이 아가씨를 찾아냈나?"

"나는 행운아야. 대단한 행운을 잡았다고 할 수 있지. 자네 아직 결혼하지 않았나?"

프레이저는 순진하게 말했다. 래리는 어깨를 움찔했다.

"상대가 있어야지."

'꼴도 보기 싫어!'

캐서린은 생각했다. 그녀는 실내를 둘러보았다. 5, 6명의 여자가 어떤 사람은 남몰래, 어떤 사람은 당당하게 래리를 쳐다보고 있었다. 그는 성적 매력을 풍겨 여자들의 시선을 끄는 자석과도 같은 존재였다.

"영국 여자는 어떻던가요?"

캐서린은 깊이 생각하지 않고 물었다.

"좋았어요. 물론 사귈 수 있는 시간은 많지 않았습니다. 비행에 바빠서……."

그는 정중하게 말했다.

캐서린은 생각했다.

'흥, 알게 뭐야. 당신으로부터 100마일 이내에는 처녀가 한 사람도 없었겠지.'

"영국 아가씨들이 불쌍하군요. 모처럼의 기회를 놓치다니……."

그 목소리는 그녀가 의도한 것보다 훨씬 신랄하게 들렸다. 프레이저는 그녀의 무례한 태도에 놀라서 캐서린의 얼굴을 쳐다보았다.

"캐서린!"

그는 말했다.

"한 잔 더할까?"

래리가 재빨리 옆에서 끼어들었다.

"캐서린은 이미 충분하다고 생각해."

프레이저가 대답했다.

"그렇지 않아요."

캐서린은 말했지만 자신의 목소리가 혀 꼬부라진 소리라는 것을 알고 깜짝 놀랐다.

"이젠 돌아가고 싶어요."

"그러는 게 좋겠어. 캐서린은 평소에는 술을 잘 안 하는 편인데……."

프레이저는 래리 쪽을 바라보며 변명하듯이 말했다.

"오랜만에 자네를 만나 흥분한 모양이군."

래리는 그렇게 말했다.

캐서린은 잔을 들어 올려 그에게 물을 끼얹고 싶은 욕망을 느꼈다. 하찮은 인간이라고 생각하고 있을 때는 그를 그렇게 증오하지는 않았다. 그러나 지금은 마음 깊숙한 곳으로부터 증오심이 솟아올랐다. 캐서린은 그렇게도 그 남자를 미워하는 자신의 마음을 도저히 이해할 수가 없었다.

다음날 아침 눈을 떴을 때, 캐서린은 숙취로 인해 죽을병에 걸리기라도 한 것같이 몸이 괴로웠다. 어깨 위에 적어도 머리가 3개씩이나 얹혀 있는 것 같았고 그것이 모두 쿡쿡 쑤셨다. 침대에 가만히 누워 있는 것도 괴로웠지만 움직이려고 하면 더욱 힘들었다.

메스꺼움을 참으면서 누워 있는 동안 어젯밤의 갖가지 일들이 되살아나 한층 더 고통이 심해졌다.

그녀는 이 모든 것이 래리 더글러스 탓이라고 생각되었다. 그를 만나지 않았더라면 그녀는 술 따위는 입에 대지도 않았을 것이다. 고통을 참으면서 얼굴을 반대쪽으로 돌려 침대의 탁상시계를 보았다. 이미 출근시간이 훨씬 지나 있었다. 그녀는 그냥 누워 있을까, 병원에 전화를 할까 생각하다가 가까스로 침대에서 일어나 욕실로 갔다. 그리고 비틀거리면서 샤워 밑에 서서 물을 틀어 쏟아져 나오는 물보라를 온몸에 맞았다.

물이 몸에 부딪치자 그녀는 너무 차가워서 비명을 지를 지경이었지만 욕실에서 나왔을 때는 기분이 약간은 좋아져 있었다. 그녀는 신중히 생각했다.

'좋아진 것이 아니야. 어느 정도 괜찮아지긴 했지만.'

45분 후 그녀는 책상을 향해 앉아 있었다. 그녀의 비서 애니가 흥분된 표정으로 다가와 말했다.

"멋진 일이 있어요."

"오늘 아침에는 얌전하게 조용히 말해줘요."

캐서린은 작은 소리로 말했다. 애니는 조간을 그녀 앞에 내밀었다.

"자! 그 사람이에요!"

1면에 자만심이 가득한 채 웃음을 띤 래리 더글러스의 사진이 실려 있었다. 그 설명에는 '영국공군의 미국인 영웅 워싱턴에 귀환, 새 전투부대를 지휘'라고 적혀 있었다. 그리고 그 밑에 2단 기사가 실려 있었다.

"굉장하죠?"

애니가 큰 소리로 외쳐댔다.

"굉장하군요. 그런데 지금 우린 일을 해야 하지 않겠어요?"

캐서린은 그렇게 말하고 신문을 쓰레기통에 던져버렸다. 그러자 애니는 놀라서 그녀를 멍하니 쳐다보았다.

"미안합니다. 전 그만…… 당신의 친구라 관심이 있을 줄 알았어요."

"친구가 아니에요. 친구는커녕 원수예요."

캐서린은 애니의 말을 정정하고 나서 그녀의 표정을 살폈다.

"더글러스 씨의 일은 잊어버려요."

"네. 나는 당신이 매우 좋아할 거라고 그에게 말했어요."

애니는 당혹스러운 듯이 말했다.

캐서린은 그녀를 쳐다보았다.

"언제?"

"오늘 아침에 그에게서 전화가 걸려왔을 때요. 그는 세 번이나 전화를 했어요."

캐서린은 자신의 목소리가 아무렇지 않게 들리도록 신중을 기하며 말했다.

"왜 내게 알려주지 않았죠?"

"그에게서 전화가 와도 연결해주지 말라고 하셨기 때문에……."

캐서린을 지켜보는 그녀의 표정은 혼란에 빠져 있었다.

"전화번호를 알려주던가요?"

"아뇨."

"그럼 됐어요."

캐서린은 그의 얼굴과 비웃는 것 같은 커다란 눈을 떠올렸다.

"됐어요."

그녀는 다시 한 번 보다 강하게 말했다. 몇 통의 편지 구술을 끝내고 애니가 방을 나간 다음, 그녀는 쓰레기통에 가서 신문을 집어 들었다. 그리고 래리에 관한 기사를 또박또박 읽어 내려갔다.

그는 독일기 8대를 격추시킨 에이스였다.

그녀는 인터폰을 눌렀다.

"애니, 또 더글러스 씨로부터 전화 오면 받을 테니 내게 연결해줘요."

애니는 약간 뜸을 들여 대답했다.

"네, 미스 알렉산더."

그에게 시비를 걸 생각은 없었다. 캐서린은 스튜디오에서의 자기 태도를 사과하고 더 이상 전화를 삼가달라고 부탁할 작정이었다. 그녀는 윌리엄 프레이저와 결혼할 몸인 것이다.

캐서린은 오후 내내 그로부터의 전화를 기다렸다. 6시가 되어도 전화는 걸려오지 않았다. 캐서린은 생각했다.

'전화할 리가 없지. 다른 여자들을 상대하느라 바쁠 테니까 말이야. 나는 행복해. 그와 관계를 맺는다는 것은 정육점에 가는 것이나 마찬가지일 거야. 줄을 서서 순서가 오기를 기다리지 않으면 안 될걸.'

퇴근길에 그녀는 애니에게 말했다.

"만약 내일 더글러스 씨한테서 전화 오면 내가 부재중이라고 해요."

애니는 혼란된 시선으로 캐서린을 쳐다보았다.

"네, 미스 알렉산더. 안녕히 가세요."

"안녕!"

캐서린은 엘리베이터로 아래로 내려가면서 생각에 잠겼다. 빌 프레이저가 결혼을 원하고 있는 것은 확실하다고 그녀는 믿었다. 가장 좋은 방법은 그녀가 곧 결혼하고 싶다고 그에게 알리는 것이었다.

'오늘밤 그에게 얘기하도록 하자. 그리고 곧 신혼여행을 떠나는 거야.

그들이 돌아올 즈음에는 래리 더글러스는 워싱턴을 떠나 있을 것이다.'

 로비 앞에서 엘리베이터가 열렸다. 그녀는 로비까지 걸어갔다. 그때 검은 그림자가 그녀를 스치듯 지나가는 것을 느꼈다. 그녀가 고개를 돌리자 바로 그곳에 래리 더글러스가 벽에 기대어 서 있는 것이 아닌가. 그는 훈장과 휘장을 떼어버리고 소위 계급장을 달고 있었다. 그는 함박웃음을 머금은 채 그녀에게로 다가왔다.

 "이거라면 만족스럽소?"

 그는 쾌활하게 물었다.

 캐서린은 그를 바라보자 심장이 두근거렸다.

 "그건…… 규칙에 어긋나게 달고 있으면 위반 아닌가요?"

 "그런가? 난 모르겠소. 모두가 당신 책임인 것 같은데……."

 그는 진지한 표정으로 말했다. 그는 위에서 그녀의 얼굴을 내려다보고 있었다. 그녀가 작은 목소리로 말했다.

 "이젠 그만하시고 나한테 관심 갖지 마세요. 난 빌의 사람이에요."

 "결혼반지는 안 보이는데?"

 캐서린은 그의 옆으로 빠져나가 출구의 문 쪽으로 향했다. 그녀가 문 앞에 도달했을 때 그가 한 발 앞서 문을 열어주었다.

 밖으로 나가자 래리는 그녀의 팔을 잡았다. 그녀는 온몸에 전기가 흐르는 듯한 충격을 느꼈다. 그로부터 전기가 전해져서 그것이 그녀를 불타오르게 했다.

 "캐서린!"

 래리가 불렀다. 그러자 그녀는 필사적인 심정이 되어 말했다.

 "도대체 내게서 뭘 원하는 거죠?"

 "당신의 전부! 당신이 필요하오."

 그는 나지막이 말했다.

"그건 절대로 불가능해요. 다른 데 가서 다른 여자를 괴롭히는 것이 좋을 거예요!"

그녀는 외치듯이 말했다. 그녀는 그 자리에서 도망쳐버리고 싶었다. 그러나 래리는 그녀를 돌려세웠다.

"그건 무슨 얘기죠?"

"글쎄요. 무슨 말을 했는지 나도 모르겠어요. 난…… 숙취에 하루 종일 시달렸어요. 죽을 것만 같아요."

그녀의 눈에 눈물이 맺혔다. 그는 동정하듯 따사롭게 웃어보였다.

"숙취에 아주 잘 듣는 약이 있지."

그는 빌딩의 주차장으로 그녀를 데리고 갔다.

"어딜 가는 거죠?"

그녀는 깜짝 놀라 물었다.

"내 차에 타는 거요."

캐서린은 그를 올려다보며 그 얼굴에서 승리의 흔적을 찾아보았다. 그러나 그녀가 발견한 것은 상냥함과 동정에 찬 그의 억세고 핸섬한 얼굴뿐이었다.

경비원이 지붕을 내린 빨간 스포츠카를 몰고 왔다. 래리는 캐서린을 차에 태우고 자신도 미끄러지듯 차에 몸을 실었다. 그녀는 똑바로 앞을 바라보면서 자신이 인생의 모든 것을 던져버렸다는 것, 그리고 도저히 자기 자신을 멈추게 할 수 없다는 것을 느꼈다. 또한 이 모두가 다른 사람에게 일어난 일인 것만 같았다.

"당신 집으로? 아니면 내 숙소로?"

그는 상냥하게 물었다. 그녀는 고개를 저으며 절망적으로 말했다.

"아무래도 좋아요."

"그럼 내 숙소로 갑시다."

그녀는 저녁의 혼잡한 거리를 곡예하듯이 빠져나가는 래리를 지켜보

았다. 역시 그는 아무것도 두려워하지 않는 것 같았다. 원망스럽게도 그것이 그의 매력 가운데 하나였다

캐서린은 그를 거부하는 것도, 떠나버리는 것도 자유라고 생각하려고 했다. 윌리엄 프레이저를 사랑하면서 어떻게 이 남자에 대해 이런 감정을 느낄 수 있는 것일까?

래리는 조용히 말했다.

"사실 말이지. 나 역시 당신처럼 마음이 두근거려."

캐서린은 어깨 너머로 그를 바라보며 말했다.

"고마워요."

물론 거짓말이었다. 그는 아마도 모든 희생자에 대해 그녀들을 침대로 데리고 가면서 같은 말을 했을 것이다. 그러나 적어도 그는 히죽히죽 웃거나 하지는 않았다.

그녀를 가장 괴롭히는 것은 빌 프레이저를 배신하려 하고 있다는 생각이었다. 빌에게 상처를 입히는 것은 견딜 수 없었다. 이런 행동은 그에게 커다란 상처를 줄 것이다. 캐서린은 그것을 알았고 그녀가 하려고 하는 행위가 잘못되고 무분별한 짓임을 잘 알고 있었다. 그러나 이제는 어떤 자신의 의지가 빠져나가버린 것 같았다.

자동차는 커다란 나무들이 늘어서서 쾌적한 주택가로 들어섰다. 래리는 아파트 앞에 차를 세웠다.

"여기요."

그는 조용히 말했다. 캐서린은 지금이 거절할 마지막 기회, 손을 대지 말라고 경고할 최후의 기회란 것을 알고 있었다. 그녀는 래리가 차를 돌아 문을 열어주는 것을 조용히 지켜보았다.

래리의 아파트는 남성 취향으로 꾸며져 있었다. 색채가 짙으면서 무늬가 없는 산뜻한 가구들이 남자의 방임을 보여주었다.

방으로 들어가자 래리가 캐서린의 코트를 벗겨주었다. 그녀는 몸을 떨

었다.

"추워요?"

그는 물었다.

"아뇨."

"뭘 마시겠소?"

"아뇨."

그는 상냥하게 캐서린을 끌어안았고 그들은 키스를 했다. 두 사람의 몸은 불이 붙은 것 같았다. 한 마디 말도 없이 래리는 그녀를 침실로 인도했다. 뭔가에 쫓기는 사람들처럼 두 사람은 말없이 옷을 벗었다. 그녀가 알몸으로 침대에 눕자 그가 몸을 가까이 밀착시켰다.

"래리……."

그러나 그의 입술이 그녀의 입술을 덮었고, 그의 손은 조심스럽게 아래위로 그녀를 더듬어 나갔다. 그녀는 자기가 경험하고 있는 쾌락 이외에는 아무것도 생각할 수 없었다. 그녀의 양손도 어느 틈엔가 그의 몸을 더듬고 있었고, 그녀는 꿈에도 생각지 못했던 강렬한 쾌감에 휩싸였다.

그들은 일체가 되고 그들의 운동은 절묘한 리듬을 곁들여 차츰 빨라졌으며 그들의 공간을, 그리고 세계를 진동시켰다. 드디어 폭발점에 달해 자신을 잊는 황홀경에 빠져 들어갔지만, 도달했는가 하면 출발했고 끝났는가 하면 다시 시작되었다.

캐서린은 완전히 지쳐 마비를 일으킬 정도로 그를 단단히 부여안고 있었다. 그녀는 언제까지나 그를 놓치고 싶지 않았다. 언제까지나 이 쾌락을 끝내고 싶지 않았다. 이런 경험은 그녀가 지금까지 읽은 것에서도, 들은 얘기에서도 없었던 차원이 다른 세계였다. 타인의 육체가 이렇게 기쁨을 줄 수 있다고는 생각해본 적이 없었다. 그녀는 두 번 다시 그와 만나는 일이 없다 해도 일생 동안 그에게 감사할 것이라는 생각을 했다.

"캐서린!"

그녀는 노곤한 몸으로 그가 있는 쪽을 향해 천천히 돌아누웠다.

"네."

그렇게 말하는 자신의 목소리마저도 이전보다도 깊고 성숙해져 있는 것처럼 들렸다.

"등에서 손톱을 떼어주지 않겠어?"

그녀는 그 순간 그녀의 손톱이 그의 등에 박혀 있는 것을 알았다.

"어머나, 미안해요!"

그녀는 소리쳤다. 그녀는 그의 등을 보려고 했다. 그러나 그는 그녀의 양손을 붙잡고 잡아당겼다.

"상관없어. 행복해?"

"행복?"

그녀의 입술이 가늘게 떨렸다. 캐서린은 자신의 감정에 혐오감을 느끼며 흐느껴 울기 시작했다. 온몸이 뒤틀리는 격렬한 오열이었다. 그는 그녀를 껴안고 쓰다듬으면서 폭풍우가 가라앉기를 기다렸다.

"미안해요. 나도 왜 이러는지 모르겠어요."

그녀는 말했다.

"실망했어?"

캐서린은 곧 그 말을 부정하려고 했지만 그가 놀려대고 있다는 것을 알았다. 그는 그녀를 끌어안고 다시 어루만지기 시작했다. 그것은 전보다 더욱 믿어지지 않는 느낌이었다.

그런 다음 그가 얘기를 했지만 그녀는 듣고 있지 않았다. 그녀가 듣고 싶었던 것은 그의 목소리뿐이었고, 그 내용은 아무래도 상관이 없었다. 그녀는 그 이외의 남자를 사랑하는 일은 결코 없으리라는 생각을 했다. 그러나 그는 결코 한 여자의 것이 될 남자는 아니었으며 그녀는 아마 두 번 다시 그를 만날 수 없으리라는 것, 그녀는 그에게 있어서는 일개 피정복자에 불과하다는 것을 알고 있었다.

이윽고 캐서린은 말을 마친 그가 자기를 바라보고 있는 것을 깨달았다.

"내 얘기를 전혀 듣지 않고 있군."

"미안해요. 공상을 하고 있었어요."

그녀는 말했다.

"너무한데? 당신은 내 육체밖에 흥미가 없는 것 같아."

그가 책망하듯이 말했다

캐서린은 양손으로 그의 늠름한 가슴과 복부를 천천히 쓰다듬었다.

"난 능숙하진 못하지만, 하지만……."

그녀는 수줍어서 더 이상 말을 잇지 못했다. 그녀는 그가 그녀와 즐거웠는지 어땠는지 물어보고 싶었지만 그렇게 하는 것이 두려웠다.

"당신은 굉장했어, 캐시."

그녀는 그 말을 듣고 오싹할 정도로 기뻤다. 그러나 동시에 그 말에 혐오감을 느꼈다. 그가 그녀에게 말한 것은 모두 다른 여자에게 천 번도 더 속삭인 말인 것이다. 그는 안녕이란 말을 어떤 식으로 할까 하고 그녀는 생각했다.

'가끔 전화해주겠어?'일까, 아니면 '가끔 전화해도 괜찮겠어?'일까. 아마 다른 여자에게 옮겨가기 전에 한두 번은 자신과 만나고 싶어할 것이다. 그녀는 자기 이외의 그 누구도 책망할 수가 없었다.

'나는 다리를 크게 벌리고 눈을 똑바로 뜨고 그를 받아들였다. 무슨 일이 일어나도 나는 그를 책망해서는 안 된다.'

래리는 두 발을 휘감아 그녀를 단단히 끌어안았다.

"당신은 정말 특별한 여자란 것을 알고 있어, 캐서린? 처음 당신을 만났을 때부터 난 그것을 느끼고 있었어. 지금까지 어느 누구에서도 이런 감정을 느껴본 적이 없어."

캐서린은 어느 여자에게도 그러리라고 생각하며 그의 가슴에 얼굴을 묻고 조용히 그에게 안녕을 고했다.

"배가 고프군. 내 기분을 알고 싶지 않아?"

래리는 말했다. 캐서린은 미소 지었다.

"응, 알고 싶어요."

래리는 그녀를 내려다보고 싱긋 웃으며 말했다.

"캐서린, 당신은 섹스광이야."

"고마워요."

그녀는 그를 올려다보며 그렇게 말했다.

그는 캐서린을 샤워실로 데려갔다. 그리고 벽에 걸려 있는 샤워 캡을 캐서린의 머리에 씌우고는 쏟아지는 물속에 그녀를 집어넣었다. 그는 비누로 그녀의 몸을 씻어주었다. 먼저 목에서부터 시작해서 다리로 옮겨갔고 천천히 젖가슴 주위를 돈 다음 복부로, 그리고 허벅지로 내려가며 씻겼다. 그녀는 허벅다리 사이에 흥분을 느꼈고 그에게서 비누를 받아 그의 가슴과 배에 거품을 내며 허벅지 사이로 내려갔다. 래리는 또다시 흥분하기 시작했다. 캐서린도 쏟아지는 물에 젖으면서 견딜 수 없는 환희에 젖어 비명을 질러댔다.

다음날 새벽 5시, 캐서린은 래리의 품에 안긴 채 윌리엄 프레이저에게 전화를 걸었다. 신호음이 몇 번이나 울려서야 겨우 잠에 취한 빌의 목소리가 들렸다.

"여보세요."

"아, 빌. 캐서린이에요."

"캐서린! 밤새도록 당신 집에 전화를 걸었어. 지금 어디에 있지? 별일 없어?"

"잘 있어요. 메릴랜드에 래리 더글러스와 함께 있어요. 우리 방금 결혼했어요."

노엘

파리 : 1941년

8

크리스티안 바벳은 우울한 얼굴을 하고 있었다. 머리가 벗겨진 이 자그마한 체구의 사립 탐정은 책상 앞에 앉아 지저분하게 빠진 이 사이로 담배를 물고 눈앞의 서류를 보며 생각에 잠겼다. 그 서류에 들어있는 정보는 그의 의뢰인의 발길을 끊어놓을 것 같았다.

그는 노엘 페이지에게서 막대한 보수를 받아왔지만, 그가 이렇게 우울해하는 것은 단지 수입을 잃게 된다는 사실 때문만은 아니었다. 그는 의뢰인을 만나지 못하게 된다는 사실 자체가 견딜 수 없었다. 바벳은 노엘 페이지를 미워하고 있었지만 그녀의 매력은 인정하지 않을 수 없었다.

그녀는 그가 지금까지 만나본 적이 없는 멋진 여자였다. 그는 노엘에 대해 갖가지 공상을 했다. 공상 속에서 그녀는 언제나 마지막엔 그의 연인이 되었다. 그런데 지금 그의 임무가 끝나가고 있었다. 그렇게 되면 두 번 다시 그녀를 만날 수 없게 되겠지, 그는 노엘을 대기실에서 기다리게 하고 자기 일을 길게 끌어 그녀로부터 돈을 우려낼 방법을 궁리했다. 그러나 그는 뾰족한 수가 없다는 것을 어쩔 수 없이 인정하지 않을 수 없었다. 바벳은 한숨을 쉬며 담배를 끄고 출구로 다가가 문을 열었다.

노엘은 인조가죽 소파에 앉아 있었다. 그녀의 얼굴을 보자 바벳은 자신도 모르게 가슴이 두근거렸다. 이렇게도 아름다운 여자가 있다니 좀처럼 믿을 수가 없었다.

"안녕하세요, 마드모아젤."

그는 말했다.

노엘은 우아한 몸짓으로 그의 사무실로 들어갔다. 바벳에게 있어서 노엘 페이지와 같은 의뢰인이 있다는 것은 매우 유리하게 작용했다. 그는 가끔씩 그녀의 이름을 아무렇지도 않은 듯이 자연스럽게 대화에 끼워 넣었다. 그것은 다른 의뢰인을 잡는 데 큰 역할을 했다. 크리스티안 바벳은 윤리 따위에 신경 쓰는 남자가 아니었다.

"앉으시죠. 브랜디를 한 잔 드릴까요?"

그는 의자를 가리키며 말했다. 그의 공상의 일부는 노엘을 유혹에 응할 정도로 취하게 하는 것이었다.

"괜찮아요. 저는 보고를 받기 위해서 왔어요."

그녀는 대답했다.

마지막으로 한 잔 정도는 마셔도 괜찮지 않은가!

"알고 있어요. 몇 가지 새로운 정보가 있습니다."

바벳은 말했다. 그는 책상 위에 걸터앉아서 이미 외워버린 서류를 읽는 척했다.

"우선, 당신의 친구는 대위로 승진해서 제133비행 중대에 전속되고 그 중대의 지휘관이 되었습니다. 비행장은 케임브리지셔의 덕스포드에 있는 콜티솔이라고 하는 곳입니다. 그들이 탄 것은……."

그는 노엘이 기술적인 부분에 흥미가 없다는 것을 알면서도 일부러 천천히 말했다.

"허리케인과 스핏파이어 두 가지 형으로 그 후 마크5로 바뀌었습니다. 다음에 탄 것은……."

"그런 것은 아무래도 좋아요. 그는 지금 어디에 있죠?"

노엘은 초조한 듯이 말했다. 바벳은 그 질문을 기다리고 있었다.

"미합중국입니다. 수도 워싱턴에 있습니다."

그는 그녀가 컨트롤하기 전에 노엘의 반응을 포착하고 심술궂은 만족감을 느꼈다.

"휴가인가요?"

바벳은 고개를 저었다.

"아닙니다. 그는 영국 공군을 제대했습니다. 지금은 미 육군 항공대의 대위입니다."

그는 노엘이 그 정보를 어떻게 소화해내는지 관찰하고 있었지만, 그녀의 표정은 무엇을 느끼고 있는지 전혀 알 수 없었다. 그는 더러운 소시지 같은 손가락으로 신문조각을 집어 그녀에게 건네주었다.

"이것에는 흥미가 있으시겠죠."

그러자 노엘의 표정이 굳어졌다. 그녀는 읽어보기도 전에 이미 그것이 무엇인지 알고 있는 것 같았다. 그것은 〈뉴욕 데일리 뉴스〉에서 오려낸 기사였다. 거기에는 '하늘의 영웅, 결혼'이라는 설명이 붙어 있었고 그 위에는 래리 더글러스와 신부의 사진이 실려 있었다. 노엘은 잠깐 동안 그것을 들여다보았다. 그리고 손을 내밀어 나머지 서류를 요구했다. 바벳은 어깨를 움츠리며 모든 서류를 마닐라 봉투에 넣어서 건네주었다.

"만약 워싱턴 소식을 전해줄 사람이 있으면 한 명 구해줘요. 매주 워싱턴의 보고를 듣고 싶으니까요."

그녀는 멍하니 서 있는 크리스티안 바벳을 남겨두고 떠나버렸다.

노엘은 아파트로 돌아와 침실로 들어가 문을 잠그고 봉투에서 신문조각을 꺼냈다. 그리고 그것을 침대 위에 펼쳐놓고 바라보았다. 래리의 사진은 그녀의 기억 속에 있는 그와 똑같았다. 다른 곳이 있다면, 그녀의 마음속에 있는 이미지가 신문의 사진보다 좀 더 선명하다는 것뿐이었다. 래리는 현실 이상으로 그녀의 마음속 깊이 아로새겨져 있었다.

노엘은 단 하루도 그와 함께 했던 지난날을 생각하지 않는 날이 없었다. 마치 그들이 오래전에 연극에 출연한 것 같았다. 따라서 그녀는 멋대로 그 장면을 재현할 수 있었다.

노엘은 래리의 신부에게로 눈길을 돌렸다. 미소를 띠고 있는 젊고 아름답고 지적인 얼굴의 여인이었다. 그것은 바로 원수의 얼굴이었으며 래리와 마찬가지로 파멸시키지 않으면 안 될 얼굴이었다.

노엘은 오후 내내 사진과 함께 침실에 틀어 박혀 있었다.

몇 시간이 지나고 나서 아르망 고티에가 문을 두드리자 노엘은 혼자 있게 해달라고 말했다. 그는 그녀의 기분에 신경을 쓰며 문밖에서 기다리고 있었지만, 이윽고 나타난 노엘은 뭔가 좋은 일이라도 있었던 것처럼 여느 때보다도 밝고 쾌활해보였다. 그녀는 고티에게에게 아무런 얘기도 해주지 않았다. 그녀를 잘 알고 있는 그도 아예 물어볼 생각조차 하지 않았다.

연극이 끝난 뒤에 그녀는 그들이 처음 만났을 무렵의 섹스를 생각나게 할 만큼 격렬하게 그와 사랑을 나누었다. 고티에는 침대에 누운 채 곁에 누워 있는 아름다운 여인에 대해서 이해해보려고 노력했지만, 아무런 실마리도 얻을 수가 없었다.

그날 밤, 노엘 페이지는 밀러 중령의 꿈을 꾸었다. 털이 하나도 없는 하얀 피부의 게슈타포 장교는 벌겋게 달군 인두로 그녀의 몸에 십자형 문신을 찍으며 고문을 했다. 그는 끊임없이 질문했지만 그 목소리가 낮아서 노엘은 알아들을 수가 없었다. 그는 뜨거운 금속을 그녀의 몸속에 쑤셔넣었다. 순간 갑자기 그것은 수술대 위에서 비명을 지르고 있는 래리로 변했다.

눈을 뜬 노엘은 식은땀을 흘렸다. 두근거리는 심장으로 그녀는 침대 가까이에 있는 등을 켜고 떨리는 손으로 담뱃불을 붙여 마음을 진정시켰다. 그녀는 이스라엘 카츠에 대해서 생각했다. 그의 다리는 도끼로 절단되었다. 그녀는 그날 오후 빵집을 찾아간 이후, 그를 만나지 않았다. 그러나 관리인을 통해 그가 목숨이 붙어 있기는 하지만 쇠약해져 있다는 소식을 들었다.

그를 숨기는 일은 점점 더 곤란하게 되었지만, 이스라엘은 혼자 몸으로는 도망칠 수가 없었다. 그를 잡으려는 포위망은 점점 좁혀질 따름이었다. 만약 그를 파리로부터 탈출시키려 한다면 서두르지 않으면 안 된다. 노엘은 게슈타포에게 잡혀갈 일 같은 것은 아무것도 하고 싶지 않았다. 그 꿈은 이스라엘 카츠를 도와주어서는 안 된다는 예감, 아니 경고였을까? 그녀는 누운 채 여러 가지 생각에 잠겼다.

그는 그녀가 낙태를 했을 때 도와주었으며 그녀가 래리의 자식을 죽이는 것을 도와주었다. 그리고 그녀에게 돈을 주고 일자리를 구해주었다. 그보다도 더 중요한 일을 해준 남자도 여러 명 있었지만 그녀는 그 남자들에게는 빚이 있다고 느낀 적이 없었다. 아버지를 포함해 그들은 모두 그녀로부터 무언가 얻기를 바랐고, 그녀는 그들로부터 받은 것에 상당하는 충분한 대가를 지불한 셈이었다. 그에 반해 이스라엘 카츠는 그녀에게 아무것도 요구하지 않았다. 따라서 그녀는 그를 도와주지 않으면 안 되었다.

노엘은 문제를 과소평가하지는 않았다. 뮐러 중령은 이미 그녀를 의심하고 있었다. 그녀는 꿈을 생각해내고는 몸서리쳤다. 뮐러에게 결코 꼬리를 잡히지 않아야 하고, 이스라엘 카츠를 파리로부터 탈출시켜야 한다. 하지만 어떤 방법이 있단 말인가?

노엘은 모든 탈출구가 철저하게 봉쇄되어 있을 것이 틀림없다고 생각했다. 그들은 모든 도로와 다리를 지키고 있을 것이다. 나치는 짐승 같은 것들일지 모르지만, 유능한 짐승인 것이다.

그것은 도전, 치명적인 도전이 될지도 모르는 것이었지만 그녀는 해보기로 했다. 문제는 그녀가 도움을 청할 수 있는 사람이 없다는 점이었다. 나치는 아르망 고티에를 완전히 부들부들 떨게 만들었다. 따라서 그녀는 혼자 실행할 수밖에 다른 도리가 없었다.

그녀는 뮐러 중령과 샤이더 장군을 생각하며 만약 두 사람이 충돌하면 어느 쪽이 이길까 하고 생각했다.

노엘이 꿈을 꾼 다음 날 저녁, 그녀는 아르망 고티에와 함께 만찬에 참석했다. 주최자는 화가들의 후원자인 레슬리 로커스였다. 은행가, 예술가, 정치가 등 각계의 인사들이 모여 있었고, 아름다운 미녀들도 많이 참석해 있었다. 고티에는 노엘이 무언가 생각에 잠겨 있음을 눈치 채고 무엇을 생각하느냐고 물었지만 그녀는 아무것도 아니라며 얼버무렸다.

만찬이 시작되기 15분 전에 새로운 손님이 들어왔다. 그를 보는 순간 노엘은 여주인 곁으로 가까이 다가가 말했다.

"저, 저를 알베르 에레 곁에 앉혀주시겠어요?"

알베르 에레는 프랑스의 유명한 극작가였다. 그는 60대의 곰같이 커다란 사나이로, 텁수룩한 백발과 넓은 어깨를 가지고 있었다. 프랑스인으로서는 월등하게 키가 컸지만 그렇지 않아도 사람들 속에서 눈에 띄기 쉬운 타입이었다. 몹시도 못생긴 얼굴과 그 무엇도 놓치지 않을 듯한, 찌를 듯이 날카로운 초록색 눈을 가지고 있었기 때문이었다.

에레는 독창적이고도 선명한 상상력의 소유자로 20편 이상의 히트 친 희곡과 영화 각본을 썼다. 그는 자신의 새로운 연극에 노엘을 주연으로 쓰고 싶어서 그녀에게 이미 대본을 보내놓고 있었다. 만찬석에서 그의 옆 자리에 앉은 노엘이 말했다.

"선생님의 새로운 희곡은 잘 읽어봤어요. 정말 훌륭한 작품이더군요."

그의 얼굴이 빛났다.

"맡아주겠소?"

노엘은 그의 손 위에 자기 손을 얹었다.

"정말 하고 싶어요. 하지만 아르망이 제가 다른 연극에 나가도록 일정을 잡아놓은 바람에……."

그는 씁쓸한 표정을 지었지만, 이윽고 포기하고는 한숨을 쉬며 말했다.

"할 수 없지! 조만간 내 작품을 맡아주기 바래요."

"기대하고 있겠어요. 저는 선생님의 작품을 좋아해요. 작가들이 플롯을 구성하는 방법에 늘 감탄해요. 어떻게 그런 생각을 해낼 수 있는지 정말 모르겠어요."

노엘이 말했다. 그는 어깨를 움츠려보였다.

"당신이 연기하는 것도 마찬가지요. 그것이 직업이란 것이겠죠."

"그렇지 않아요. 그런 식으로 상상력을 발휘하는 재능은 제겐 기적으로밖에 생각되지 않아요. 사실은 저도 작품을 쓰고 있거든요."

그녀는 겸연쩍은 듯이 미소를 지었다.

"아, 그렇습니까?"

그는 정중한 어조로 응했다.

"그런데 잘 풀려나가지가 않아요."

노엘은 깊은 한숨을 토해내며 주위를 둘러보았다. 다른 손님들도 자신들의 이야기에 열중해 있었다. 노엘은 에레 쪽으로 상체를 기울이고 목소리를 낮추었다.

"제 작품의 주인공이 애인을 파리로부터 탈출시키려고 하는 상황이에요. 나치는 그녀의 애인을 찾으려고 혈안이 되어 있지요."

"그럴싸하군요."

거구의 남자는 샐러드 포크를 만지작거리다 그것으로 접시를 두드렸다. 그러고는 이렇게 말했다.

"그것은 간단해요. 그에게 독일군 군복을 입히고 독일군 속을 지나게 하면 되지요."

노엘은 한숨을 쉬며 말했다.

"그것이 좀 곤란해요. 그는 부상을 당해 걸을 수가 없어요. 한쪽 다리를 잃어버렸거든요."

접시를 두드리던 소리가 갑자기 그쳤다. 한동안 침묵을 지키던 에레가 말했다.

"센 강의 나룻배는?"

"감시를 받고 있어요."

"파리 밖으로 나갈 수 있는 모든 교통기관은 수색당하고 있겠죠?"

"네."

"그럼 나치에게 하게 하는 수밖에 없군."

"어떤 방법으로?"

"당신의 주인공은 미인입니까?"

그는 노엘을 보지 않고 말했다.

"네."

"당신의 주인공이 독일군 장교와 아는 사이라고 칩시다. 고급장교 말이죠. 그런 일은 가능합니까?"

노엘은 그의 얼굴을 보았지만, 그는 그녀의 시선을 피했다.

"네."

"좋아요. 그녀를 그 장교와 랑데부시킬 것. 그들은 랑데부해 파리 밖 어디에선가 주말을 보낸다. 그녀의 애인의 친구들이 그 차 트렁크에 그를 숨긴다. 그 장교는 차가 수색을 당하지 않아도 될 정도로 거물급이 아니면 안 되지요."

"만약 트렁크가 잠겨 있다면, 그는 질식해서 죽지 않겠어요?"

노엘이 묻자 알베르 에레는 잠시 생각에 잠긴 채 와인을 음미했다. 이윽고 그는 말했다.

"그렇다고만은 할 수 없지요."

그는 목소리를 낮추어 노엘에게 5분 정도 무언가를 속삭였다. 그러고 나서 그는 말했다.

"행운을 빕니다."

그는 역시 그녀의 얼굴을 보지 않았다.

다음 날 이른 아침, 노엘은 샤이더 장군에게 전화를 걸었다. 먼저 교환수가 나오고 곧 부관에게 넘겨졌다가 장교의 비서와 전화가 연결되었다.

"누구십니까?"

"노엘 페이지라고 해요."

그녀는 말했다. 이것이 세 번째였다.

"죄송하지만, 장군께선 회의 중이라 전화를 받으실 수 없습니다."

그녀는 망설였다.

"나중에 전화해도 괜찮을까요?"

"회의는 하루 종일 계속될 겁니다. 용건이 있으면 장군님께 편지를 보내주십시오."

노엘은 잠시 생각했다. 비웃음의 미소가 그녀의 입술에 떠올랐다.

"그렇다면 됐어요. 내가 전화했다는 것만 전해줘요."

그녀는 말했다.

한 시간 후에 전화벨이 울렸다. 한스 샤이더 장군이었다.

"미안하오, 노엘. 바보 같은 녀석이 당신이 전화한 사실을 이제야 전하지 뭡니까. 곧장 내게 연결하라고 일러두었으면 좋았을 텐데. 당신이 직접 전화를 걸어오리라고는 전혀 생각지 못해서……."

그는 사과했다.

"저야말로 사과드리지 않으면 안 되겠군요. 그렇게 바쁘신데 전화를 해서 말이에요.”

노엘은 말했다.

“아니, 천만의 말씀. 그런데 무슨 일로?”

노엘은 망설였다. 뭐라고 해야 좋을지 몰라서 신중하게 말을 골랐다.

“만찬 때 저와 나눈 이야기를 기억하고 계신가요?”

잠시 간격을 두고 그가 말했다.

“아, 물론.”

“그 후로 늘 당신 생각을 하고 있었어요. 만나고 싶어요.”

“오늘밤 함께 식사를 하지 않겠소?”

그의 목소리는 갑자기 열기를 띠기 시작했다.

“저는 파리 시내가 아닌 곳에서 당신과 지내고 싶어요. 함께 있을 수 있다면, 여기에서 되도록 멀리 떨어진 아늑한 곳이 좋겠어요.”

노엘이 말했다.

“어디 말이오?”

샤이더 장군은 물었다.

“특별한 장소예요. 에트라타를 아시나요?”

“모릅니다.”

“파리에서 150킬로미터쯤 떨어진 르 아브르에 가까운 작은 마을이에요. 그곳에 조용하고 오래된 여관이 있어요.”

“그것 참 좋은 생각이군요. 그런데 나는 지금 나갈 수가 없어서. 지금 마침……..”

그는 변명했다.

“알겠어요. 그럼 다음에……!”

노엘은 차갑게 말을 가로막았다.

“잠깐!”

약간의 시간이 흘렀다.

"당신은 언제 시간이 납니까, 노엘?"

"토요일 연극이 끝난 뒤에."

"수배해놓겠소. 비행기로 가면……."

그는 말했다.

"드라이브는 어떨까요? 저는 드라이브를 더 좋아해요."

노엘이 말했다.

"그럼 그렇게 하지. 극장으로 데리러 가겠소."

노엘의 머리는 바쁘게 돌아갔다.

"저는 집으로 돌아가 옷을 갈아입지 않으면 안 돼요. 아파트로 데리러 오시면 좋겠는데……."

"알겠소, 사랑스런 노엘. 그럼 토요일 저녁에."

15분 후 노엘은 아파트 관리인과 이야기하고 있었다. 그는 그녀의 이야기를 들으며 고개를 강하게 저었다.

"안 됩니다! 안 돼요. 말도 안 되는 소리예요. 그에게 이야기는 해보겠지만 그는 그런 위험한 짓은 하려들지 않을 거예요. 그는 그런 바보는 아니오. 그건 게슈타포 본부로 어슬렁어슬렁 걸어 들어가는 것과 마찬가지예요."

"틀림없이 성공할 거예요. 프랑스에서 가장 뛰어난 두뇌가 생각해낸 일인걸요."

노엘은 성공을 보장했다.

그날 오후, 아파트 현관을 나올 때 그녀는 한 사나이가 벽에 기대어 신문을 읽고 있는 척하고 있는 것을 볼 수 있었다. 노엘이 차가운 겨울 공기 속으로 나가자, 그 사나이는 몸을 일으켜 조심스럽게 일정한 거리를 유지하면서 그녀를 미행했다. 노엘은 이곳저곳 가게 앞에 멈춰 서서 쇼윈도 안을 들여다보며 여기저기 발길이 닿는 대로 돌아다녔다.

노엘이 아파트를 나가고 나서 5분이 지난 뒤 관리인이 나타나 주위를 둘러보고 아무도 감시하고 있지 않다는 것을 확인하고는 택시를 불러 몽마르트르에 있는 스포츠용품 가게 주소를 댔다.

2시간 뒤 관리인은 노엘에게 보고했다.

"토요일 저녁, 그는 당신에게 넘겨질 겁니다."

토요일 저녁, 노엘이 연극을 마치고 내려오자 밀러 중령이 무대 뒤에서 그녀를 기다리고 있었다. 노엘은 갑자기 온몸에 전율을 느꼈다. 탈출 계획은 1분 1초까지 정확하게 계획되어 조금의 지체함도 용납되지 않았다.

"정면에서 당신의 연기를 보고 있었소, 페이지 양. 갈수록 점점 연기에 빛이 더해지는 것 같군요."

밀러 중령은 말했다. 부드러우면서도 고조된 억양이 그녀의 꿈을 생생하게 되살아나게 했다.

"고맙습니다, 중령님. 실례하겠어요. 옷을 갈아입어야 하거든요."

노엘이 분장실로 가려고 하자 그는 바짝 따라왔다.

"같이 갑시다."

그녀가 분장실로 들어가자 털이 없는 흰둥이도 곧 뒤따라 들어갔다. 그는 팔걸이의자에 느긋하게 앉았다. 노엘은 잠시 망설인 후, 태연히 그녀를 바라보고 있는 중령 앞에서 옷을 벗었다. 그녀는 그가 동성연애자라는 것을 알고 있었다. 그것은 그녀의 중요한 무기—섹스의 힘을 무력하게 만들었다.

"바퀴벌레가 오늘밤 탈출할 것이라는 정보가 입수되었어요."

밀러 중령은 말했다.

노엘의 심장은 순간 멈추는 것 같았지만, 얼굴에는 아무런 동요도 나타나지 않았다. 그녀는 화장을 지우며 시간을 벌기 위해서 물었다.

"오늘밤에 누가 탈출을 한다고요?"

"당신 친구 이스라엘 카츠 말이오."

노엘은 뒤돌아보았다. 그 바람에 브래지어를 하지 않고 있다는 사실을 깨닫게 되었다.

"전 몰라요, 그런……."

그녀는 그의 눈에서 승리에 도취된 광채를 포착하고는 아슬아슬한 순간에 생각을 바꿨다.

"잠깐, 젊은 인턴 얘기를 하고 있는 건가요?"

그녀는 말했다.

"그럼 그를 기억하고 있단 말이군."

"어렴풋이. 그가 내 폐렴을 치료해준 적이 있어요."

"그리고 낙태도."

뮐러 중령은 역시 조용하고도 고조된 목소리로 말했다. 공포가 홍수처럼 그녀를 엄습했다. 게슈타포는 그녀가 관계되어 있다는 것을 확신하지 않으면 거기까지는 조사하지 않았을 것이다. 이럴 때 휩쓸리는 것은 어리석음의 극치였다. 그렇게 생각하면서도 노엘은 빠져나가기엔 이미 한 발 늦었다고 생각했다. 자동차 바퀴는 이미 움직이기 시작했다. 2, 3시간 후면 이스라엘 카츠는 자유롭게 되든지…… 아니면 죽어 있겠지. 그리고 나는?

뮐러 중령은 말했다.

"당신이 마지막으로 카츠를 본 것은 2, 3주 전 카페에서 만났을 때라고 했던가?"

노엘은 고개를 저었다.

"저는 그런 얘기한 적 없어요, 중령님."

뮐러 중령은 가만히 그녀의 눈을 들여다보았다. 그리고 뻔뻔스럽게 유방으로, 그리고 팬티뿐인 복부로 시선을 떨어뜨렸다. 이윽고 그는 다시 눈을 들어 그녀의 눈을 들여다보고 한숨 지으며 조용히 말했다.

"나는 아름다운 것을 좋아하오. 당신처럼 아름다운 사람이 파괴되는 것은 아까워. 더군다나 당신과 별로 상관도 없는 남자 때문에……. 당신은 무엇 때문에 목숨을 걸고 그를 탈출시키려고 하지?"

그의 나지막하고 위협적인 목소리는 그녀를 소름끼치게 했다. 노엘은 연극 속의 등장인물인 천진하고 연약한 아네트가 되었다.

"무슨 말씀을 하시는 건지 전 정말 모르겠군요, 중령님. 당신을 도와드리고 싶지만 어떻게 해야 좋을지 모르겠어요."

밀러 중령은 한동안 노엘을 바라보다가 벌떡 일어섰다.

"어떻게 하면 좋은지 나중에 가르쳐주겠소. 기대하고 있겠소."

그는 조용히 말했다. 그는 문 입구에서 뒤돌아보며 헤어지기 전에 다시금 일격을 가했다.

"말이 나온 김에 얘기해두겠는데, 나는 샤이더 장군한테 당신과 주말여행을 떠나지 말라고 충고해두었소."

노엘은 심장이 멈춰버릴 것 같았다. 이스라엘 카츠에게 연락하기에는 이미 너무 늦었다.

"중령은 항상 장교들의 사생활에 간섭하시나요?"

"이번만큼은 특별한 경우요. 샤이더 장군은 약속을 지킬 작정인 모양이더군."

그는 유감스럽다는 듯이 말하고는 등을 돌려 나가버렸다.

그가 나간 뒤에도 그녀의 가슴은 두근두근 뛰었다. 그녀는 화장대 위의 탁상시계를 보고 서둘러 치장을 하기 시작했다.

11시 45분에 관리인이 노엘에게 전화로 샤이더 장군이 그녀의 방으로 올라갔다고 전해주었다. 그의 목소리는 떨리고 있었다.

"운전사는 그의 차에 있나요?"

노엘이 물었다.

"아닙니다, 마드모아젤. 운전사도 장군과 함께 올라갔습니다."

관리인은 아주 조심스럽게 대답했다.

"고마워요."

노엘은 수화기를 놓고 서둘러 침실로 가서 다시 한 번 여행 가방을 살폈다. 한 치의 실수도 허용되지 않았다.

이윽고 초인종이 울렸다. 노엘은 거실 쪽으로 가서 문을 열었다. 샤이더 장군은 복도에 서 있고, 차를 운전해온 젊은 대위가 그 뒤에 있었다. 장군은 군복을 벗고 몸에 딱 맞는 짙은 회색 양복에 연한 푸른색 셔츠, 검은 넥타이를 맨 멋진 모습으로 서 있었다.

"잘 있었소?"

그는 친근하고 반갑게 인사를 했다. 그리고 안으로 들어와 대위를 향해 고개를 끄덕였다.

"짐은 침실에 있어요."

노엘은 말하고 문을 가리켰다.

"네, 알겠습니다."

대위는 침실로 들어갔다. 샤이더 장군은 노엘에게 가까이 다가가 손을 잡았다.

"내가 하루 종일 무슨 생각을 했는지 당신 알아? 나는 당신이 여기에 없으면 어떻게 하나, 당신의 마음이 변했으면 어떻게 하나 하고 조마조마했어. 그래서 전화벨이 울릴 때마다 깜짝 놀라곤 했지."

"저는 약속은 지켜요."

노엘이 말했다. 그녀는 대위가 화장 케이스와 여행 가방을 들고 나오는 것을 지켜보고 있었다.

"다른 것이 또 있습니까?"

그는 물었다.

"아뇨. 그것뿐이에요."

그러자 대위는 짐을 가지고 내려갔다.

"내려갈까?"

장군이 물었다.

"우리 한 잔 하고 떠나요."

노엘은 재빨리 그렇게 말했다. 그녀는 아이스 바스켓 속에 들어 있는 샴페인 쪽으로 걸어갔다.

"무엇을 위해 건배할까?"

"에트라타를 위해!"

그는 잠시 그녀를 바라보고는 말했다.

"에트라타를 위해!"

그들은 건배했다. 노엘은 글라스를 놓으며 살그머니 손목시계를 보았다. 샤이더 장군이 뭔가 얘기를 하고 있었지만 노엘은 절반밖에 듣고 있지 않았다. 그녀는 아래쪽에서 일어나고 있는 일을 그려보고 있었다. 신중을 기하지 않으면 안 된다. 그녀의 동작이 너무 빨라도, 너무 늦어도 치명적이 되는 것이다. 모두의 생명에⋯⋯.

"무슨 생각을 그렇게 골똘히 하고 있는 거지, 노엘?"

샤이더 장군이 물었다. 노엘은 그를 바라보았다.

"아무것도 아니에요."

"내 이야기를 듣지 않고 있더군."

"죄송해요. 우리에 대해서 생각하고 있었어요."

그녀는 미소 지으며 말했다.

"당신은 수수께끼 같은 여자야."

"모든 여자가 수수께끼 아닌가요?"

"당신은 달라. 당신을 변덕쟁이라고는 생각지 않지만, 그렇지만⋯⋯ 처음에는 당신은 나를 만나주려고도 하지 않았어. 그런데 갑자기 시골에서 주말을 보내자고 하니까⋯⋯."

"후회하고 계신 건가요, 한스?"

"그럴 리가! 하지만 의문스럽군. 하필이면 왜 멀리 떨어진 시골로 정했는지……."

"말씀드렸잖아요."

"그랬지. 그 편이 로맨틱하기는 하지. 하지만 그것 또한 이해할 수가 없어. 당신은 현실주의자이지 로맨티스트는 아니라고 난 믿고 있거든."

샤이더 장군은 말했다.

"그래서 지금 무슨 말을 하고 싶으신 거죠?"

노엘은 물었다.

"뭐 별로 특별한 것은 없어. 나는 다만 좀 생각하고 있는 것뿐이야. 나는 의문을 푸는 것을 좋아하거든. 머지않아 당신에 대한 모든 수수께끼를 풀고 말겠어."

장군은 스스럼없이 말했다. 노엘은 어깨를 움츠렸다.

"모두 풀어버리고 나면, 재미가 없어질 텐데요?"

"그럴까?"

그는 잔을 내려놓았다.

"나갈까?"

노엘은 그에게서 샴페인 잔을 건네받았다.

"갖다놓고 오겠어요."

그녀는 말했다.

샤이더 장군은 노엘이 주방으로 가는 것을 지켜보았다. 노엘은 그가 지금까지 본 가장 아름답고 이상적인 여인이었다. 그는 그녀를 자기 것으로 만들 작정이었다. 그러나 그런 욕망이 결코 그를 어리석게 만들거나 장님이 되게 하지는 않았다.

그녀는 그에게서 무엇인가를 얻고자 하고 있는 것이 분명했다. 그는 그 것이 무엇인지 알아내고야 말리라 생각했다. 밀러 중령은 노엘이 제3제 국의 위험한 적을 도우려 하고 있다고 그에게 경고했었다. 밀러 중령은 좀처럼 실수라고는 하지 않는 사나이였으므로 중령의 말이 사실이라면 노엘 페이지는 아마 그에게 어떤 식으로든 보호를 요청할 것이라고 생각했다. 그녀는 독일 군인의 정신을 알지 못하고 있고, 그에 대해서는 더더욱 무지하다는 생각이었다. 따라서 장군은 손톱만큼의 고통도 느끼지 않고 그녀를 게슈타포에게 넘겨버릴 것이다. 그러나 우선 그 전에 욕망을 충분히 채워야겠다고 그는 잔뜩 기대하고 있었다.

노엘이 주방에서 나왔다. 그녀는 뭔가 걱정스러운 듯한 얼굴을 하고 있었다.

"대위가 가방을 몇 개 가지고 나갔죠?"

그녀는 물었다.

"두 개. 여행 가방과 화장 케이스."

그녀는 얼굴을 찡그렸다.

"어머나 죄송해요. 가방이 하나 더 있는데! 잠깐만 기다려주세요."

장군은 노엘이 수화기를 들고 얘기하는 모습을 지켜보았다.

"대위한테 한 번 더 올라와 달라고 해주겠어요? 가방이 한 개 더 있거든요."

그녀는 그렇게 말하고는 수화기를 놓았다.

"주말여행에 불과하지만 당신을 즐겁게 해드리고 싶어요."

그녀는 미소 지었다.

"나를 즐겁게 해주고 싶다면, 의상은 많이 필요하지 않아."

장군은 그렇게 말하면서 피아노 위에 놓여 있는 아르망 고티에의 사진에 눈길을 돌렸다.

"고티에 씨는 당신과 내가 함께 주말을 보내는 것을 알고 있나?"

그는 물었다.

"네."

노엘은 거짓말을 했다. 아르망은 영화 일 때문에 프로듀서와 함께 니스에 가 있었다. 노엘은 구태여 그에게 이야기하지는 않았다. 그를 놀라게 할 필요는 없기 때문이었다.

초인종이 울리고 노엘이 문을 열자, 대위가 서 있었다.

"가방이 더 있으시다고요?"

그는 말했다.

"네, 그래요."

노엘은 미안해서 어찌할 바를 모르겠다는 듯한 말투로 말했다.

"침실에 있어요."

대위는 고개를 끄덕이고 침실로 들어갔다.

"언제까지 파리로 돌아와야 하지, 노엘?"

샤이더 장군이 물었다. 노엘은 뒤돌아 그를 바라보았다.

"될 수 있는 한 오래 머무르고 싶어요. 월요일 오후 늦게 돌아오기로 해요. 그렇게 하면 이틀 밤은 함께 지낼 수 있잖아요."

대위가 침실에서 나왔다.

"죄송합니다만, 어떤 가방인지요?"

"커다랗고 둥그런 푸른색 가방이에요. 한 번도 입지 않은 새 나이트가운이 들어 있어요. 당신 앞에서 입으려고 준비한 옷이에요."

노엘이 말했다. 그녀는 장군 쪽을 바라보았다. 노엘은 마음의 동요를 숨기느라 자신도 모르게 말수가 많아졌다.

대위는 침실로 돌아갔지만 잠시 후 그는 다시 왔다.

"죄송하지만 보이지 않는군요."

그는 말했다.

"그럼 내가 찾아볼게요."

노엘이 말했다. 그녀는 침실로 들어가 옷장을 뒤지기 시작했다.

"이런! 바보 같은 하녀가 어디에 처박아버린 모양이군!"

그녀는 말했다. 세 사람이 방 안에 있는 모든 옷장을 샅샅이 뒤졌다. 겨우 홀의 옷장에서 가방을 찾아낸 사람은 장군이었다. 그는 그것을 들고 말했다.

"아무것도 없는 것 같은데."

노엘은 곧 그것을 열어 안을 살폈다. 아무것도 들어 있지 않았다.

"이런! 어쩌나! 그 멍청이 같은 하녀가! 그 아름다운 나이트가운을 다른 의상과 함께 가방에 넣었나 봐요. 구겨지지 않아야 할 텐데!"

그녀는 신경질적으로 떠들어댔다.

"독일에서도 이렇게 하녀 때문에 애를 먹는 일이 있나요?"

"어디나 마찬가지겠지."

샤이더 장군이 대답했다. 그는 주의 깊게 노엘을 지켜보았다. 그녀의 거동이 너무 어색하고 수다스러웠던 것이다. 그녀는 장군의 표정을 보고는 그의 심정을 눈치챘다.

"오늘은 여학생 시절로 돌아간 듯한 기분이에요. 이렇게 마음이 들뜨는 건 정말 그 시절 이후 처음인 것 같아요."

노엘은 말했다.

샤이더 장군은 안도의 미소를 지었다. 그랬었군! 그렇지 않으면 그는 그녀와 어떤 게임을 하고 있는지도 모른다는 생각이 들었다. 만약 그렇다면? 머지않아 곧 게임의 목적이 무엇인지 알게 되겠지. 그는 슬쩍 손목시계를 보았다.

"빨리 출발하지 않으면 그곳에 도착하는 것이 꽤 늦어지겠어."

"이제 다 준비되었어요."

노엘은 말했다.

그녀는 다른 사람들도 준비가 다 되어 있기를 바라며 그렇게 말했다.

그들이 로비로 내려오자 관리인이 서 있었다. 그의 얼굴은 창백했다. 그녀는 뭔가 일이 잘못된 것이 아닌가 생각했다. 그리고 무엇인가 신호라도 줄까 하고 그의 얼굴을 바라보았다. 그러나 관리인이 그것에 응할 틈도 없이 장군은 노엘의 팔을 잡고 문밖으로 데리고 나갔다.

샤이더 장군의 리무진은 아파트 정면에 서 있었는데, 트렁크는 잠겨 있는 채였다. 거리에는 사람의 그림자조차 없었다. 대위가 운전석에서 급히 내려 뒷좌석의 문을 열었다. 노엘은 로비를 보기 위해 뒤를 돌았지만 장군이 그녀 앞에 서서 그녀의 시선을 가로막고 있었다.

일부러 그런 것일까? 노엘은 잠겨 있는 트렁크로 슬쩍 눈길을 보냈지만 그것은 아무것도 말해주지 않았다. 몇 시간이 흐른 뒤가 아니면 그녀는 계획이 잘 진행되었는지 어떤지 알 도리가 없었다. 그 시간까지의 긴장은 숨이 가쁘도록 힘든 것이 되리라.

"무슨 걱정이라도 있소?"

샤이더 장군은 그녀를 바라보았다. 그녀는 큰 착오가 생긴 것이 틀림없다고 느꼈다. 뭔가 구실을 만들어서 로비로 돌아가 몇 초간이라도 관리인을 만나고 싶었다. 그녀는 가까스로 미소를 띠어 보였다.

"깜박 잊고 있었네요. 친구에게서 전화가 오기로 되어 있었거든요. 전할 말을 남겨두지 않으면……."

노엘이 말하자 샤이더 장군이 그녀의 팔을 잡았다.

"이젠 너무 늦었어. 지금 이 순간부터 당신은 내 생각만 하지 않으면 안 되는 거야."

그는 웃으면서 노엘을 자동차 안으로 끌어들였다. 그리고 자동차는 달리기 시작했다.

샤이더 장군의 리무진이 사라지고 난 5분 뒤, 검은 메르세데스가 아파트 앞에 급정차하고 밀러 중령과 두 사람의 남자가 차에서 뛰어 내렸다. 밀러 중령은 재빠르게 거리의 좌우를 살펴보았다.

"늦었다!"

그는 말했다. 남자들은 노엘의 아파트 로비로 뛰어들어 관리인 방의 초인종을 눌렀다. 문이 열리고 관리인이 놀란 얼굴로 문 입구에 나타났다.

"무슨 일……."

밀러 중령은 그를 밀쳐버리고 뛰어 들어갔다.

"노엘 페이지, 그녀는 어디 있지?"

그는 날카로운 목소리로 물었다. 관리인은 우물쭈물하며 중령을 바라보았다.

"그, 그녀는 외출했습니다."

그는 대답했다.

"이런 멍청아! 그건 나도 알고 있다! 어디로 갔느냐고 묻고 있는 것 아니냐!"

관리인은 힘없이 고개를 저었다.

"저는 모릅니다. 그녀가 육군 장교와 함께 나간 것 외에는 말입니다."

"행선지를 말하지 않던가?"

"네, 중령님. 페이지 양은 제게 그런 말씀은 하지 않습니다."

밀러 중령은 잠시 노인을 노려본 다음 발길을 돌렸다.

"아직 멀리는 가지 못했을 것이다. 당장 모든 검문 지점에 연락해. 샤이더 장군의 차가 보이면 멈추게 하고, 곧바로 나한테 알리라고 해."

그는 부하들에게 말했다.

늦은 시각이었으므로, 군 차량의 왕래도 적고 일반 차량의 그림자는 거의 보이지 않았다. 샤이더 장군의 자동차는 베르사유를 지나 파리 밖으로 나가는 서부 간선도로로 진입했다. 그리고 망트, 베르농, 가이용을 지나 20분 후에는 비시, 르 아브르, 코트 다쥐르로 통하는 간선 분기점에 가까워지고 있었다.

노엘에게는 기적이 일어난 것처럼 느껴졌다. 그들은 한 번도 제지를 당하지 않고 파리로부터 탈출하고 있었다. 아무리 뛰어난 독일인들로서도 파리에서 외곽으로 통하는 모든 도로를 검문할 수는 없는 모양이었다.

그녀가 그런 생각을 하고 있을 때 앞의 어둠 속에서 희미한 장애물이 보이기 시작했다. 도로 중앙에서 빨간 등이 켜졌다 꺼졌다 하며 깜박이고 있었고, 그 뒤에 독일군의 트럭이 도로를 차단하고 있었다. 도로가에는 프랑스 경찰차 2대와 6명의 독일병이 있었다. 독일 육군 중위가 손을 흔들어 리무진을 세우고 운전석 옆으로 걸어왔다.

"내려서 신분증을 보여라!"

샤이더 장군이 뒤에서 창을 열고 얼굴을 내밀며 불쾌한 듯이 말했다.

"샤이더 장군이다. 무슨 일인가?"

중위는 멈칫하며 자세를 고쳤다.

"실례했습니다, 장군님. 장군님 차인 줄 몰랐습니다."

장군은 장애물로 힐끗 눈길을 주었다.

"무슨 일인가?"

"파리에서 나가는 모든 차량을 조사하라는 명령을 받았습니다. 파리에서의 모든 출구는 차단되어 있습니다."

장군은 노엘 쪽을 바라보았다.

"게슈타포들이 어지간히도 설쳐대는구먼. 미안, 나의 노엘."

노엘은 자신의 얼굴에서 핏기가 싹 가시는 것을 느끼고 차 안이 어두운 것에 감사했다. 그리고 입을 열었을 때, 그녀의 목소리는 차분하기 그지 없었다.

"뭐 대단한 일도 아닌걸요."

노엘은 트렁크 속의 짐을 생각했다. 만약 그녀의 계획대로 진행되었다면 이스라엘 카츠는 틀림없이 그 안에 있을 것이다. 따라서 그는 곧 체포되겠지. 그리고…… 나도 똑같은 처지가 되겠지.

중위는 운전석의 대위에게 말했다.

"트렁크를 열어주십시오."

"짐 외에는 아무것도 없소. 내가 직접 짐을 실었소."

대위는 단언했다.

"죄송합니다만 대위님. 저는 명령을 수행해야 합니다. 파리를 나가는 모든 차량을 검문하지 않으면 안 됩니다. 열어주십시오."

작은 목소리로 투덜대며 대위는 문을 열고 내리려고 했다. 노엘은 필사적으로 머리를 굴렸다. 그녀는 그들에게 의심을 사지 않고 그들을 저지시킬 방법을 찾지 않으면 안 되었다. 대위는 자동차 밖으로 나갔다.

이제 시간이 없었다. 노엘은 장군의 얼굴을 슬쩍 훔쳐보았다. 그는 눈을 가늘게 뜬 그는 분노를 못 이겨 입술을 꽉 깨물고 있었다. 노엘은 그를 바라보며 천진스러운 목소리로 말했다.

"내릴까요, 한스? 우리도 수색을 받아야 하지 않겠어요?"

그녀는 그의 몸이 분노 때문에 떨리는 것을 느낄 수 있었다.

"잠깐! 차로 돌아와!"

장군의 목소리는 채찍을 치는 것처럼 날카롭게 울렸다. 그는 대위에게 명령했다. 그리고 중위를 쳐다보았다. 그의 목소리는 분노에 차 있었다.

"명령을 내린 놈에게 말해라. 독일군 장군에게 명령은 할 수 없다고 말이다. 난 중위 따위의 명령은 받지 않는다. 당장 장애물을 치워!"

불쌍한 중위는 장군의 격분한 얼굴을 보고 뒤꿈치를 붙이고는 부동자세를 취했다.

"넷, 샤이더 장군!"

그는 도로를 막고 있는 트럭 운전사에게 신호를 보내어 트럭을 도로가로 비켜나게 했다.

"출발해."

샤이더 장군은 명령했다. 자동차는 속도를 높여 어둠속으로 멀어져갔다. 노엘은 자리에서 조금씩 몸을 움직여 편안한 자세를 취하며 긴장을 풀었다. 위기는 넘겼다. 그녀는 이스라엘 카츠가 자동차 트렁크 속에 있는지 없는지, 그리고 살아 있는지 죽었는지 그 여부가 궁금했다.

샤이더 장군은 노엘의 얼굴을 쳐다보았다. 그녀는 아직도 그의 분이 가라앉지 않고 있다는 것을 알 수 있었다.

그는 정말 미안하다는 듯이 말했다.

"미안해. 이상한 전쟁이야. 전쟁을 하고 있는 것은 군대라는 사실을 가끔씩 게슈타포한테 상기시켜줄 필요가 있어."

노엘은 그를 올려다보며 매혹적인 미소를 띠고는 자신의 팔을 그의 팔에 감았다.

"그리고, 군대는 장군이 지휘하지요."

"그렇지. 군대는 장군이 지휘하지. 뮐러 중령에게 한 방 먹여야겠어."

그는 동의했다.

샤이더 장군의 자동차가 통과한 후 10분이 지났을 때, 게슈타포 본부에서 검문소로 전화가 걸려왔다. 장군의 자동차에 각별히 주의하라는 지령이 내려진 것이다.

"벌써 통과했습니다."

중위는 좋지 않은 예감을 느끼며 보고했다. 곧 뮐러 중령이 전화기를 빼앗았는지 그가 말했다.

"통과한 지 얼마나 되었나?"

중령은 조용히 물었다.

"10분 전입니다."

"트렁크를 조사했나?"

중위는 위장이 짓눌리는 듯한 느낌이 들었다.

"못했습니다. 장군이 용납하지 않아서……."

"이런 젠장! 어느 쪽으로 갔지?"

중위는 마른침을 삼켰다. 그가 다시 입을 열었을 때 그는 자신의 미래가 끝장나버린 것을 안 남자의 절망적인 목소리가 되어 있었다.

"잘 모르겠습니다. 여기는 커다란 십자로로 되어 있습니다. 내륙부의 루안이 아니면 해안을 낀 르아브르로 갔을 것 같습니다만."

그는 대답했다.

"내일 오전 9시에 게슈타포 본부 내 사무실로 출두하라."

"넷."

중위는 대답했다. 뮐러 중령은 철컥 전화를 끊고는 옆에 있는 부하에게 말했다.

"르아브르다. 내 차를 대기시켜라. '바퀴벌레'를 잡으러 간다."

르아브르 행 도로는 많은 구릉과 비옥한 농토가 잇달아 있는 아름다운 센 강가를 따라 구불구불하게 이어져 있었다. 맑게 갠 하늘에 별이 빛나는 밤, 멀리 보이는 농가의 불빛이 어둠속의 오아시스처럼 반짝거렸다.

승차감이 좋은 리무진의 뒷좌석에서 노엘과 샤이더 장군이 이야기를 나누었다. 그는 처자식 이야기, 그리고 군인에게 있어 결혼생활이 얼마나 어려운가 하는 것에 관해 이야기를 했다. 노엘은 그의 말을 열심히 듣는 척하면서, 여배우에게 있어서 로맨틱한 생활이 얼마나 어려운가 하는 이야기를 했다. 그러나 두 사람 모두 자신들의 흉금을 털어놓지 않은 피상적인 이야기만 하고 있다는 것을 알고 있었다. 노엘은 옆에 앉아 있는 남자를 결코 과소평가하지는 않았다. 자신의 모험이 얼마나 위험한가를 충분히 깨닫고 있었다.

장군은 그녀가 갑자기 자신의 매력에 이끌렸다고 믿어버릴 정도로 어리석지 않다는 것, 그녀에게 뭔가 목적이 있는 것은 아닌가 하고 의심하고 있는 것이 틀림없다는 것을 노엘은 알고 있었다. 노엘의 작은 소망은 이 게임에서 장군을 제외시키는 것이었다. 장군은 전쟁에 대해 아주 잠깐 말했을 뿐이었지만, 그 말은 끝까지 계속 그녀의 마음에 남았던 것이다.

"영국인들은 이상한 종족이야. 평화로울 때는 다루기 힘든 사람들인데, 위기에 처하면 그들은 정말 멋지지. 영국의 선원이 정말로 행복할 때는 배가 침몰할 때뿐인 것 같더군."

그는 말했다.

그들은 자정이 넘어서야 에트라타 마을로 가는 길목에 위치한 르 아브르에 도착했다.

"여기서 뭘 좀 먹고 갈까요? 배가 고파요."

노엘이 말했다. 샤이더 장군은 고개를 끄덕였다.

"좋아, 그렇게 하지. 심야 음식점을 찾아봐라."

그는 목소리를 높여 말했다.

"잔교 주위에 있을 거예요."

노엘이 말했다. 대위는 그 말을 따라 방파제 쪽으로 차를 몰았다. 그는 화물선 몇 척이 잔교에 연결되어 있는 해변에 차를 세웠다. 몇 블록 앞에 비스트로라는 간판이 보였다.

대위가 문을 열었고, 노엘의 뒤를 이어 장군이 차에서 내렸다.

"저곳은 방파제 노동자들을 위해 밤새도록 열려 있을 거예요."

노엘이 말했다. 모터소리가 나서 그녀는 뒤를 돌아보았다. 화물을 싣는 포크리프트가 와서 리무진 가까이에서 멈췄다. 작업복을 입고 차양이 넓은 모자를 깊숙이 눌러써서 얼굴이 잘 보이지 않는 두 남자가 리프트에서 내렸다. 그중 한 사람은 노엘을 가만히 쳐다보았지만 이윽고 연장도구 박스를 꺼내어 포크리프트의 나사를 조이기 시작했다. 노엘은 가슴이 갑자기 오그라드는 것 같은 공포를 느꼈다.

그녀는 장군의 팔을 잡고 함께 음식점 쪽으로 걷기 시작했다. 그리고 운전석에 앉아 있는 대위를 돌아다보았다.

"대위도 커피 정도는 들어야하지 않겠어요?"

그녀는 물었다.

"그는 차에 남겨두는 것이 좋아."

장군은 말했다.

노엘은 장군의 얼굴을 바라보았다. 대위가 차에 있으면 곤란하다, 모든 것이 실패로 돌아가 버린다, 그러나 노엘은 대위를 데려가자고 고집하진 않았다.

그들은 울퉁불퉁하게 놓인 자갈길을 걸어 음식점으로 향했다. 갑자기 노엘은 발을 헛디뎌 날카로운 비명을 지르며 넘어졌다. 샤이더 장군이 손을 내밀어 노엘을 받치기도 전에 그녀는 앞으로 쓰러졌다.

"괜찮아?"

그는 물었다. 대위는 그녀가 넘어지는 것을 보고 차에서 내려 급히 그들이 있는 쪽으로 뛰어왔다.

"죄송해요. 아, 다리가! 발목을 삔 것 같아요."

노엘이 말하자, 샤이더 장군이 익숙한 솜씨로 그녀의 발목을 만졌다.

"금방 부어오르지 않는 걸 보니 살짝 삔 것 같군. 일어설 수 있겠어?"

"모, 모르겠어요."

노엘은 말했다. 대위가 그녀 곁으로 다가왔고, 두 남자가 그녀를 부축해서 일으켜 세웠다. 노엘은 한 발짝 내디뎠으나 또다시 발목이 구부러졌다.

"죄송해요. 여기에 그냥 주저앉고 싶어요."

그녀는 신음하면서 말했다.

"저기까지 데려가는 것을 도와주게."

샤이더 장군은 식당을 가리키며 대위에게 말했다. 두 사람이 노엘의 양 옆구리를 끼고 식당으로 들어섰다. 노엘은 들어갈 때, 위험을 무릅쓰고 슬쩍 자동차 쪽을 돌아다보았다. 두 사람의 노동자는 리무진의 트렁크 곁에 있었다.

"곧장 에트라타로 갈걸 그랬어."

장군이 말했다.

"아니에요, 괜찮아요."

노엘이 대답했다.

술집 주인이 그들을 구석진 테이블로 안내했다. 두 남자는 노엘을 조심스레 의자에 앉혔다.

"많이 아파?"

"아뇨, 걱정하지 않아도 돼요. 이 정도의 사고로 모처럼의 즐거움을 엉망으로 만들지는 않을 테니까요."

노엘은 자신의 손을 장군의 손 위에 올려놓으며 말했다.

노엘과 한스 샤이더 장군이 식당의 테이블에 마주앉아 있을 때, 2명의 부하를 이끈 뮐러 중령은 차를 달려 르 아브르 시내로 들어왔다. 잠에서 깬 경찰서장이 경찰서 앞에서 중령 일행을 기다리고 있었다.

"경찰이 장군의 차를 발견했습니다. 해안가 도로에 세워져 있습니다."

그는 말했다. 만족스런 엷은 미소가 뮐러 중령의 얼굴에 번졌다.

"그곳으로 안내하시오."

그는 명령했다.

5분 후 뮐러 중령과 두 사람의 부하와 경찰서장을 태운 게슈타포의 자동차는 해안에 있는 샤이더 장군의 차 곁에 세워졌다. 그들은 차에서 내려 장군의 차를 포위했다. 그때 샤이더 장군과 노엘과 대위는 식당을 나오는 참이었다. 대위가 제일 먼저 자동차 주위의 남자들을 발견했다. 그는 서둘러 그들 쪽으로 갔다.

"무슨 일일까요?"

그렇게 말하면서 노엘은 멀리서 뮐러 중령의 모습을 확인하고는 등골이 오싹해지는 것을 느꼈다.

"글쎄?"

샤이더 장군이 말했다. 그는 성큼성큼 리무진 쪽으로 걸어가고 노엘은 발을 질질 끌며 그 뒤를 따라갔다.

"무슨 일인가?"

샤이더 장군은 자동차 가까이 다가가 뮐러 중령에게 물었다.

"대단히 죄송하지만, 장군님의 차 트렁크를 조사하게 해주십시오."

뮐러 중령은 냉담하게 말했다.

"짐밖에는 아무것도 없어."

노엘은 그 순간 포크리프트가 보이지 않는다는 것을 알아차렸다.

장군과 게슈타포는 서로를 노려보았다.

"꼭 부탁드립니다, 장군. 트렁크 속에 수색 중인 제3제국의 적이 숨어 있고, 이 여자도 그 공범임을 확신할 만한 근거를 갖고 있습니다."

샤이더 장군은 가만히 중령을 노려보다가 곧바로 그 시선을 노엘에게로 옮겼다.

"무슨 얘기인지 모르겠군요."

노엘은 야무진 목소리로 말했다.

장군의 시선은 그녀의 발목 쪽으로 움직였다. 그리고 그는 결심한 듯이 대위에게 말했다.

"열어."

"넷, 장군님."

모든 눈이 트렁크로 집중되었다. 대위가 손잡이를 잡고 돌리자, 노엘은 그 자리에서 쓰러져 버릴 것만 같았다. 트렁크가 천천히 열렸다.

트렁크 속 가방은 텅 비어 있었다.

"누군가가 훔쳐갔어요!"

대위가 소리쳤다.

뮐러 중령의 얼굴이 분노로 빨갛게 달아올랐다.

"놈은 도망쳤다!"

"누가 도망쳤단 말인가?"

장군이 물었다.

"바퀴벌레입니다. 이스라엘 카츠라는 유태인입니다. 이 차 트렁크에 숨어서 파리를 탈출했습니다."

밀러 중령은 화가 나서 외쳤다.

"어떻게 그런 일이 가능하단 말인가? 트렁크는 꽉 잠겨 있었다. 안에 있었다면 질식해 죽었을 거야."

샤이더 장군은 반박했다. 밀러 중령은 잠시 트렁크를 뚫어져라 살펴보고 있다가 이윽고 부하 한 사람에게 명했다.

"가방 안으로 들어가."

"네, 중령님."

명령을 받자마자 곧 그는 가방 속으로 들어갔다. 밀러 중령은 뚜껑을 탁 닫고 손목시계를 보았다. 그로부터 4분 간, 그들은 각자 생각에 잠겨 묵묵히 서 있었다. 노엘에게는 그것은 무한한 시간처럼 느껴졌다.

밀러 중령이 드디어 가방 뚜껑을 열었다. 안에 들어가 있던 사나이는 의식을 잃고 있었다. 샤이더 장군은 모멸의 빛을 띠며 밀러 중령에게 말했다.

"만약 누군가가 그 가방 속에 있었다면, 그들은 시체를 가져간 셈이군. 그 외에 다른 용건이 있는가, 중령?"

게슈타포 장교는 끓어오르는 분노와 굴욕감을 감추지 못한 채 고개를 저었다. 샤이더 장군은 대위를 바라보았다.

"자, 출발하지."

그는 노엘을 차에 태웠다. 그들은 에트라타를 향해 달리기 시작했다. 남겨진 한 무리의 남자들은 순식간에 어둠 속으로 묻혀버렸다.

밀러 중령이 곧바로 방파제를 수색했지만 사용되지 않는 창고 구석에 뒹굴고 있던 통속에서 산소통을 발견한 것은 다음 날 오후 늦게서였다. 전날 밤에 르 아브르에서 아프리카의 화물선이 케이프타운을 향해 출항했다는 사실이 판명되었지만 그때는 이미 공해를 항해하고 있을 것이 틀림없었다. 분실된 가방은 2, 3일 후 파리 북정류장의 분실물 취급소에서 발견되었다.

노엘과 샤이더 장군은 에트라타에서 주말을 보내고, 노엘의 야간 출연에 맞춰 월요일 오후 늦게야 파리로 돌아왔다.

캐서린

워싱턴 : 1941년~1944년

9

캐서린은 결혼한 다음날 아침 프레이저에게 사표를 제출했다. 프레이저는 캐서린이 워싱턴에 돌아온 날에 그녀를 점심식사에 청했다. 프레이저는 야위었고 갑자기 나이가 더 들어보였다. 캐서린은 진정 유감스럽게 생각되었지만 그뿐이었다.

그녀는 한때 사랑했던 핸섬한 남자와 마주하고 앉아 있었다. 얼마 전까지만 해도 그와 결혼을 생각했었다고 상상하기조차 어려웠다. 프레이저는 그녀를 보며 힘없이 미소 지었다.

"캐서린이 부인이 되었군."

그는 말했다.

"세상에서 가장 행복한 부인이지요."

"너무 갑작스러웠어. 난, 나에게도 경쟁할 기회가 있었으면 했는데."

"제게도 기회는 없었어요. 갑자기…… 그렇게 됐어요."

캐서린은 솔직하게 말했다.

"래리는 대단한 남자야."

"그래요."

"캐서린!—프레이저는 뭔가 망설였다—그런데 당신은 래리에 관해 별로 아는 것이 많지 않아."

캐서린은 약간 화가 났다.

"전 래리를 사랑하고 있어요, 빌. 그리고 그도 저를 사랑하고 있고요. 그 정도면 좋은 출발이지 않나요?"

그녀는 잔잔한 목소리로 말했다.

프레이저는 미간을 찌푸리며 묵묵히 자기 자신과 싸우고 있었다.

"캐서린……."

"네?"

"신중하게 해야 돼."

"무얼 말이죠?"

그녀가 묻자 프레이저는 지뢰밭을 나아가듯 조심스럽게 말을 고르며 천천히 말했다.

"래리는……그는……좀 달라."

"뭐가요?"

그녀는 그에게 도움의 손길을 내밀기를 거부하며 물었다.

"예를 들자면, 음…… 보통 남자들과는 다르다는 말이지. 아니, 내가 이야기하는 것 따위에 신경 쓰지 않아도 돼."

그는 그녀의 표정을 보면서 엷은 미소를 띠었다.

"캐서린은 아마 이솝 이야기를 기억하고 있겠지? 여우와 신포도 이야기 말이야."

캐서린은 부드럽게 손을 잡았다.

"당신과의 일은 결코 잊지 않겠어요, 빌. 당신과는 언제까지나 친구로 지내고 싶어요."

"나도 그랬으면 좋겠어. 계속해서 내 일을 도와주면 안 될까?"

"래리는 제가 직장을 그만두기를 원해요. 그는 보수적이에요. 남편이 아내를 먹여 살려야 한다고 생각하고 있어요."

"마음이 바뀌면 언제든 알려줘."

그는 계속해서 사무실 일과 캐서린의 후임자 문제에 대해서 이야기했다. 그녀는 빌 프레이저와 만나지 못하게 되면 매우 섭섭하리라고 생각했다. 여자에게 있어서 첫사랑의 남자는 일생토록 특별한 의미를 갖는다고 캐서린은 생각하고 있었지만 빌은 그녀에게 있어서 그 이상의 의미를 갖고 있었다. 그는 애인이자 좋은 친구였다.

캐서린은 래리에 대한 그의 태도가 마음에 걸렸다. 빌은 그녀에게 무엇인가를 경고해주려고 하다가 그녀의 행복을 해치게 될까 봐 그 말을 중단한 것 같았다. 그렇지 않으면 그 자신이 말한 대로 여우와 신포도의 한 예였던 걸까? 빌 프레이저는 도량이 좁은 남자도, 질투심이 강한 남자도 아니었다. 그는 캐서린의 행복을 진심으로 원하고 있는 것이 틀림없었다.

어쨌든 그가 무슨 말인가를 하려고 했다는 생각이 들자, 그녀의 마음은 어딘지 무거워졌다. 그러나 한 시간 후 래리와 만나 그의 미소를 보았을 때, 이 멋지고 훌륭하고 유쾌한 남자와 결혼했다는 행복감으로 그 외의 모든 것은 그녀의 머릿속에서 완전히 사라져버렸다.

캐서린은 래리만큼 즐거운 남자는 만난 적이 없었다. 매일 매일이 모험이었고 휴일이었다. 그들은 주말마다 시골로 드라이브를 떠나 작은 모텔에 머물면서 전원을 만끽했다.

또 레이크 플라시드에 가서 터보건을 타거나 몬탁에서 배를 타거나 낚시를 하기도 했다. 캐서린은 수영을 할 줄 몰라서 물을 무서워했지만 그와 함께 있으면 마음이 놓였다.

래리는 사려 깊고 자상하고 매력적이었다. 캐서린은 더할 나위 없이 행복했다.

신혼여행 중에 래리는 골동품 가게에서 은으로 된 작은 새를 발견했는데 캐서린은 그것을 매우 마음에 들어 했다. 그는 그녀에게 수정으로 된 새를 사주었다. 그것이 수집의 계기가 되었다.

어느 토요일 저녁, 그들은 결혼 3개월째 기념일을 축하하기 위해 메릴랜드로 차를 몰고 가서 추억의 레스토랑에서 만찬을 나누었다.

다음 날인 일요일 12월 7일, 진주만이 일본군에 의해 공격당했다.

미국의 대일 선전포고는 다음 날 오후 1시 32분에 행해졌다. 일본군의 공격으로부터 24시간이 채 안 된 시간이었다.

월요일에 래리가 앤드로스 기지에 가 있는 동안 혼자서 아파트에 있는 것이 견딜 수 없었던 캐서린은 택시를 타고 의사당으로 나갔다. 의사당 광장 보도에 늘어선 군중들 사이 여기저기에 수십 개의 휴대용 라디오가 놓여 있고, 그 주위에 사람들이 몰려 있었다.

캐서린은 대통령 일행의 자동차 행렬이 드라이브 길을 달려와 의사당 남쪽 입구에 서는 것을 지켜보았다. 그녀는 가까이에 있었으므로 리무진의 문이 열리고 루스벨트 대통령이 측근 두 사람의 도움을 받으며 차에서 내리는 것을 볼 수 있었다. 수십 명의 경관이 곳곳에서 경계를 하고 있었고, 군중의 분위기는 시위라도 하려는 폭도들처럼 분노에 차 있는 것처럼 보였다.

루스벨트 대통령이 의사당에 들어가고 5분 후 상하 양원 합동회의에서 연설하는 그의 목소리가 라디오에서 흘러나왔다. 그의 목소리는 강하고 굳건한 결의에 차 있었다.

"미국은 이 공격을 잊지 않을 것입니다…… 정의의 힘은 승리합니다…… 우리는 반드시 승리할 것입니다. 하느님께서도 내려다보고 계십니다."

루스벨트가 의사당에 들어간 지 15분 후, 대일 선전포고의 합동 결의안 254호는 의회를 통과했다. 의회에서는 거의 만장일치로 가결되었지만 단지 몬타나 출신의 하원의원인 자네트 랜킨만이 선전포고에 반대해 투표 결과는 388대 1이었다.

루스벨트 대통령의 연설은 정확히 10분 걸렸다. 미국 의회에서 행해진 가장 짧은 선전포고 연설이었다.

의사당 밖의 군중은 환호했다. 그들은 찬동과 분노와 복수의 목소리를 높였다. 미국은 분연히 일어선 것이다.

캐서린은 자기 주위에 있는 사람들을 바라보았다. 남자들의 얼굴에는 그녀가 전날 래리에게서 본 것과 똑같은 흥분이 엿보였다. 마치 그들은 같은 비밀 클럽에 소속되어 있고, 그 회원들은 모두 전쟁을 스릴 넘치는 스포츠로 느끼는 것 같았다. 여자들조차 군중을 휩싼 열광에 감염된 것 같았다. 그러나 캐서린은 남자들이 떠나고 난 뒤 여자들이 남편과 자식들의 소식을 기다리게 되었을 때 그녀들은 어떤 기분을 느끼게 될까 생각해 보았다.

이윽고 캐서린은 군중에게 등을 돌려 아파트를 향해 걷기 시작했다. 길모퉁이에서 그녀는 총을 멘 병사들을 보았다. 머지않아 곧 국민 모두가 군복을 입게 될 것이라고 캐서린은 생각했다. 그것은 캐서린의 예감보다 빨리 진행되었다. 거의 하룻밤 사이에 워싱턴은 카키색 물결로 변했다.

가는 곳곳마다 마치 흥분이 전염된 상태 같았다. 평화는 정체된 사람에게 권태감만을 주는 독소이며, 전쟁만이 참된 활기찬 인생으로 사람들을 눈뜨게 하는 것처럼 보였다.

래리는 하루 16시간 내지 18시간을 비행기지에서 보냈고, 가끔은 밤에 돌아오지 않는 날도 있었다. 그는 캐서린에게 진주만과 히컴 비행장은 사람들이 생각하고 있는 것보다 훨씬 비참한 상태라고 말했다. 미 해군과 미항공부대 대부분이 파괴된 것이다.

래리가 전화로 캐서린에게 전쟁 소식을 알려주었다.

"그렇다면 우리가 전쟁에 질 거란 말인가요?"

캐서린은 충격을 받은 듯 물었다.

"승패 여부는 우리가 얼마나 빨리 준비하는가에 달렸어. 모두들 일본인은 찢어진 눈에 난쟁이만한 형편없는 놈들이라고 생각하고 있지만 터무니없는 생각이야. 그들은 완강하고 죽음을 두려워하지 않는 종족이라고. 우리가 연약해."

래리는 말했다.

그로부터 수개월 간은 이 세상 그 무엇도 일본군을 저지시킬 수 없어 보였다. 매일 신문의 머리기사는 일본의 승리를 알렸다.

'일본군 웨이크 섬 공격… 필리핀 제도 침공 조짐… 괌 상륙… 보르네오 상륙… 홍콩 점령.'

4월의 어느 날, 래리는 기지에서 캐서린에게 전화를 걸어 월라드 호텔에서 축하 만찬을 하고 싶으니 나오라고 말했다.

"축하라니요, 뭘 축하하죠?"

캐서린은 물었다.

"그건 이따가 얘기해주지."

래리는 대답했다. 그의 흥분된 목소리가 전화선을 타고 전해져 왔다.

수화기를 놓았을 때 캐서린은 불안한 마음에 사로잡혔다. 그녀는 래리가 축하할 모든 가능한 이유를 생각해보았지만 그녀의 생각은 언제나 같은 곳으로 돌아왔다. 그녀는 그것을 직시할 용기가 나지 않았다.

오후 5시에 캐서린은 단정하게 몸치장을 하고 전신 거울에 자신을 비춰보았다.

'틀림없이 내가 신경과민일 거야. 그는 승진하게 됐을지도 몰라. 그렇

지 않으면 전쟁에 관한 좋은 소식이 있든지.'

그녀는 거울에 비친 자기 모습을 객관적으로 관찰해보며, 매력적인 것은 사실이라고 냉정하게 판단했다.

7시에 캐서린은 윌라드 호텔 레스토랑에 도착했다. 래리는 아직 와 있지 않았다. 지배인이 그녀를 테이블로 안내했다. 그녀는 술은 필요 없다고 거절했지만 갑자기 생각을 바꿔 마티니를 주문했다.

웨이터가 가져온 마티니를 마시려는 순간 그녀의 손이 갑자기 떨렸다. 얼굴을 들어보니 래리가 다가오고 있었다. 그는 지인들과 인사를 나누며 테이블을 향해 오고 있었는데, 놀랄 정도로 활기가 넘쳐 보였다.

캐서린은 래리를 지켜보면서 할리우드의 MGM 식당에서 그가 그녀의 테이블로 찾아온 그날을 떠올렸다. 그녀는 당시 자신이 그에 대해서 거의 모르는 상태였다는 사실을 깨닫고, 지금은 얼마나 알고 있을까 하고 생각했다. 래리는 그녀의 테이블로 다가와서 캐서린의 볼에 가볍게 키스했다.

"늦어서 미안해, 여보. 기지는 하루 종일 난리 통이야."

그는 웨이터를 불러 마티니를 주문했다. 캐서린이 술을 마신 것을 알았을 텐데도 그는 아무 말 하지 않았다.

캐서린은 마음속으로 외쳤다.

'여보, 빨리 뉴스를 얘기해줘요. 무슨 축하인지 얘기해달란 말예요!'

그러나 그녀는 잠자코 있었다. 헝가리의 오랜 속담에 '바보는 나쁜 뉴스를 빨리 듣고 싶어한다.'라는 말이 생각났기 때문이다.

그녀는 마티니에 입을 조금 댔다.

'그것은 헝가리 속담이 아니었는지도 몰라. 연약한 심장을 보호하기 위해서 고안해낸 나 자신의 속담이었는지도 모른다. 아니면 마티니 때문에 조금 취했는지도 모른다. 만약 예감이 맞는다면, 난 오늘밤 심하게 취

하게 되겠지.'

그러나 지금, 그녀는 사랑의 열기로 가득한 그의 얼굴을 보고 자기 생각이 잘못된지도 모른다고 느꼈다. 캐서린이 그와 헤어질 수 없는 것과 마찬가지로 래리도 그녀를 남겨두고 전쟁터에 나갈 수는 없을 것이다. 그녀의 악몽은 전혀 근거가 없는 것이었다. 래리의 행복에 찬 표정을 보며 그녀는 그가 정말 좋은 소식을 가져왔을 거라고 믿었다.

"무슨 소식인지 당신은 상상하지도 못할 거야, 캐서린. 나 해외로 나가게 되었어."

마치 눈앞에 얇은 커튼이 처진 듯 모든 것이 비현실적으로 아득하게 보였다. 래리가 곁에 앉아서 분명 말을 하고 있었지만 그의 얼굴이 뚜렷하게 보였다, 흐릿하게 보였다 하며 말소리가 들리지 않았다. 그의 어깨너머로 보이는 레스토랑의 벽이 바깥쪽으로 움직여 멀어져가는 것 같았다. 그녀는 멍하니 그것을 바라보고 있었다.

"캐서린!"

래리가 그녀의 팔을 흔들었다. 그러자 그녀의 눈은 그의 얼굴에 초점이 맞춰지면서 모든 것이 정상으로 돌아왔다.

"괜찮아?"

캐서린은 고개를 끄덕이며 침을 삼키고는 마음에 없는 말을 했다.

"난 새로운 소식을 들으면 언제나 이래요."

"내가 왜 나가지 않으면 안 되는지 알겠지?"

"네, 알아요."

'사실은 백만 년을 살아도 이해하지 못할 거예요. 하지만 그렇게 말하면 당신은 나를 미워하겠죠? 잔소리쟁이 마누라는 싫겠죠? 용사의 아내는 웃는 얼굴로 남편을 떠나보내야 하는 거죠?'

래리는 걱정이 되어 그녀를 지켜보았다.

"울고 있군."

"울기는요."

캐서린은 강하게 부정했지만 자신도 모르게 눈물이 흘러내리는 것을 깨닫고 깜짝 놀랐다.

"저…… 너무 갑작스러워서 놀랐을 뿐이에요."

"난 나만의 비행중대를 갖게 되었어."

"그래요?"

캐서린은 될 수 있는 한 자부심을 느끼는 분위기를 연출하고자 애썼다.

"한 잔 더 마셔도 되죠?"

그녀는 말했다.

"괜찮고말고."

"언제…… 언제 출발하나요?"

"다음 달까지는 출발하지 못해."

그것은 한시라도 빨리 떠나고 싶어하는 듯한 말투였다. 그녀는 결혼생활 전체가 엉망이 되어버릴 것 같은 두려움을 느꼈다. 무대에서 가수가 노래를 부르고 있었다.

"오늘밤 뭘 하고 싶어?"

래리는 물었다.

'제가 하고 싶은 건 병원에 가서 당신의 한쪽 발가락을 절단해버리는 거예요. 아니면 당신의 한쪽 귀의 고막을 찢어버리든가.'

캐서린은 소리 내어 말했다.

"집으로 돌아가서 사랑을 나눠요."

그녀는 위로받을 수 없는 절박한 심정이 되었다.

그로부터 4주일은 눈 깜짝할 사이에 지나가 버렸다. 시계 바늘은 악몽처럼 빨리 지나가 하루는 시간으로, 시간은 분으로 단축되어 어느새 래리와의 마지막 날이 다가왔다. 캐서린은 자동차로 그를 공항까지 전송했다.

그는 말이 많아지고 쾌활하고 즐거워보였지만, 그녀는 우울한 표정으로 거의 말을 하지 않았고 비참한 기분이 되어 있었다. 최후의 몇 분간은 현기증이 날 정도로 넋이 나간 채 지나갔다. 래리는 탑승 수속을 하고 서둘러 이별의 키스를 한 후 비행기 트랩에 올라가 손을 흔들며 이별을 고했다.

캐서린은 공항에 서서 그가 탄 비행기가 작은 점이 되어 마침내는 완전히 사라져버릴 때까지 지켜보았다. 그녀는 그곳에 그렇게 한 시간이 넘도록 서 있었다. 이윽고 어두워지기 시작하자 그녀는 자동차를 운전해 텅 빈 아파트로 돌아왔다.

진주만 공격 후 1년 동안 일본과 10차례에 걸친 대해공전이 있었다. 연합군은 그중 세 번은 이겼다. 그중에서도 미드웨이와 과달카날의 전투는 결정적이었다.

캐서린은 전쟁에 관한 신문기사를 한 글자도 빠뜨리지 않고 읽고 프레이저에게도 상세한 정보를 알려달라고 부탁해놓았다. 그녀는 매일 래리에게 편지를 썼지만 그의 첫 번째 편지를 받은 것은 8주나 지난 다음이었다. 래리의 편지는 낙관적이고 흥분된 어조로 쓰여 있었다. 편지는 엄격하게 검열되고 있었기 때문에 그가 어디서 무엇을 하고 있는지 캐서린으로서는 전혀 알 수가 없었다.

무엇을 해도 그는 그것을 즐기는 것처럼 캐서린에겐 느껴졌다. 캐서린은 기나긴 쓸쓸한 밤, 침대에서 눈을 뜬 채 래리가 전쟁과 죽음에 도전하게 하는 것은 무엇일까 하고 생각했다. 목숨을 바치기를 소원하는 것은 분명 아닐 것이다. 캐서린은 그와 같이 활력이 넘치고 생을 즐기는 남자를 본 적이 없었다. 그러나 그것은 동전의 뒷면에 불과할지도 모른다. 끊임없이 죽음을 의식하고 있기 때문에 생에 대한 감각이 예민한 것인지도 모른다.

캐서린은 윌리엄 프레이저와 점심식사를 했다. 프레이저는 군대에 들어가려고 했지만 백악관에서 현재의 위치에 머물러 있는 것이 국가에 보다 유익하다고 해서 머물러 있다는 사실을 캐서린은 알고 있었다.

점심식사 테이블에 캐서린과 마주한 프레이저는 물었다.

"래리에게서는 연락이 있었어?"

"지난주에 편지가 왔어요."

"뭐라고 쓰여 있었지?"

"전쟁은 축구경기 같은 것이라고 하더군요. 우리는 전초전에서는 패했지만 상대방의 베스트 멤버를 상대로 해서 만회하고 있다고요."

그는 고개를 끄덕였다.

"래리다운 얘기군."

"하지만 전쟁은 그렇게 한가한 것이 아니잖아요. 축구경기와는 달라요. 전쟁이 진행되는 동안 몇백만 명이라는 사람들이 죽어가요."

캐서린은 조용하게 말했다.

"그 속에 휘말려 들어간 사람으로서는 축구경기라고 생각하는 것이 훨씬 마음 편하지."

그는 부드럽게 말했다.

캐서린은 일하고자 하는 의욕이 생겨났다. 군 당국이 육군여성부대라는 것을 창설해서 여성들에게 일자리를 구해준다는 것은 알았지만, 그녀는 자동차를 운전하거나 전화를 받는 것에는 흥미가 없었다.

그녀가 들은 바로는 육군여성부대는 꽤나 화려한 화제를 뿌리고 있었다. 그녀들 사이에 임신한 여자가 매우 많았으므로 지원자들이 신체검사를 받을 때 의사는 그녀들의 복부에 작은 고무 스탬프를 찍는다는 소문이 나돌았다. 그녀들은 그 글자를 읽으려고 애썼지만 아무리 애써도 읽을 수가 없었다. 마침내 한 사람이 확대경을 대고 읽는 것을 생각해냈다. 스탬프의 문자는 다음과 같았다.

'육안으로 이것을 읽을 수 있게 되면 검사를 받으러 오시오.'

캐서린은 빌 프레이저와 점심식사를 하면서 말했다.

"저는 일하고 싶어요. 뭔가 국가에 도움이 되는 일이 있다면……."

그는 잠시 그녀를 바라보다가 고개를 끄덕였다.

"당신에게 아주 알맞은 일이 하나 있어. 정부는 전시공채를 팔려고 하고 있는데 당신이라면 그 계획을 수립할 수 있을 거야."

2주 후, 캐서린은 유명인을 동원시키는 전시공채 매출계획에 착수했다. 그것은 누구라도 할 수 있을 만큼 간단해보였지만 그것을 실행에 옮기는 것은 별개의 문제였다. 스타들은 전쟁에 협력하는 것을 아이들처럼 흥분하며 좋아했지만 특정한 날짜를 결정하기가 어려웠다. 그들의 일정은 항상 다시 짜이곤 해서 여유가 없었다.

그녀는 많은 유명인과 만났다.

"정말 케리 그렌트와 만나신 거예요?"

그녀가 할리우드에서 돌아왔을 때 비서가 물었다.

"함께 점심식사도 했어."

"평판대로 매력적이던가요?"

"만약 그의 매력을 상자에 담아 팔 수만 있다면, 그는 세계에서 제일 부자가 될걸?"

캐서린은 말했다.

그것은 캐서린이 거의 깨닫지 못할 정도로 서서히 일어났다. 캐서린이 전에 취급했던 광고 문제로 월래스 터너가 애를 먹고 있다는 것을 프레이저가 이야기한 것은 6개월 전이었다. 캐서린은 유머러스한 방법을 써서 새로운 캠페인 기획을 만들었고, 의뢰자는 그것에 크게 만족했다.

몇 주 후, 빌은 캐서린에게 다른 기획을 도와달라고 부탁했다. 그리고 어느 새 그녀는 반나절 이상을 광고회사 일에 보내고 있었다. 그녀는 6개의 기획을 담당했는데 모두 성공적이었다.

프레이저는 그녀에게 고액의 급료와 보너스를 지불했다. 크리스마스 전날 정오에 프레이저가 그녀의 사무실로 들어왔다. 다른 사람들은 이미 퇴근한 뒤였고 캐서린도 막 일이 끝나서 돌아가려던 참이었다.

"일은 재미있어?"

그는 물었다.

"생활을 위해서죠. 덕분에 여유 있는 생활을 할 수 있게 되었어요. 고마워요, 빌."

그녀는 미소를 지으며 말했다.

"나에게 감사할 필요는 없어. 당신이 그만큼 일을 잘해내고 있으니 당신의 능력이지. 오늘은 그 '능력'에 대해 이야기하고 싶은데, 내 생각에는 당신이 공동경영자가 되어주었으면 좋겠어."

캐서린은 깜짝 놀라서 그를 바라보았다.

"공동 경영자라니요?"

"6개월간 우리가 얻은 새로운 일의 절반은 모두 당신의 능력으로 이루어진 거야."

그는 더 이상 아무 말도 하지 않고 가만히 그녀를 응시했다. 그녀는 그가 진심으로 그녀의 참여를 원하고 있음을 느꼈다.

"좋아요. 파트너가 되겠어요."

그녀가 말하자 그의 얼굴이 갑자기 환하게 밝아졌다.

"이렇게 기쁜 일이 있다니……."

그는 어색하게 손을 내밀었다. 그녀는 고개를 저으며 내민 손을 무시하고 다가가 그의 볼에 키스했다.

"우리는 파트너니까. 키스도 할 수 있어요."

그녀는 놀려대듯이 말했다. 그녀는 갑자기 그의 팔에 힘이 들어간 것을 느꼈다.

"캐서린! 난······."

그는 말했다. 캐서린은 그의 입술에 손가락을 갖다 댔다.

"아무 말도 하지 말아요, 빌. 지금 이대로가 좋아요."

"난 당신을 사랑하고 있어."

"저도 당신을 좋아해요."

그녀는 부드럽게 말했다.

'하지만 의미가 달라요.'

그녀는 생각했다. '좋아한다'는 것과 '사랑한다'는 것 사이에는 넘을 수 없는 차이가 있는 것이다.

프레이저는 미소 지었다.

"당신을 괴롭히진 않겠어. 난 래리에 대한 당신의 감정을 존중하니까."

"고마워요 빌. 이런 얘기는 해도 소용없겠지만, 그 사람 외에 좋아하는 사람이 있다면 그건 당신이에요."

그녀는 망설였다.

"기분 좋은 얘기군. 나는 오늘 밤새도록 잠을 못 이룰 거야."

그는 빙긋이 웃었다.

노엘

파리 : 1944년

10

최근 1년간 아르망 고티에는 결혼 이야기를 입 밖에 내지 않았다. 처음에 그는 노엘보다 우위를 차지하고 있다고 생각했다. 그러나 지금의 상황은 거의 그 반대가 되어 있었다. 신문의 인터뷰가 있을 때에는 질문이 노엘에게 던져졌다. 두 사람이 함께 어디를 외출할 때도 사람들의 주목을 받는 것은 노엘이었고, 그는 있으나마나한 존재였다.

노엘은 훌륭한 여주인이었다. 그녀는 고티에의 생활을 쾌적하게 해주었고 훌륭하게 안주인 역할을 다해 사실상 그를 프랑스에서 가장 부러움을 받는 남자 가운데 하나로 만들었다.

그러나 사실 아르망은 한순간도 마음에 평안을 느낀 적이 없었다. 그는 자기가 그녀를 소유한 적이 없고 그렇게 될 가망도 없으며, 이윽고 언젠가는 그녀가 그의 품으로 돌아왔을 때와 마찬가지로 마음이 변해 훌쩍 떠날 날이 올 것이라는 사실을 예감하고 있었다. 언젠가 노엘이 떠나고 없을 경우를 생각하면 고티에는 가슴이 찢어질 듯이 아팠다.

그의 지성과 경험과 여자에 관한 온갖 지식에도 불구하고 그는 미칠 듯이 열렬하게 노엘을 사랑하고 있었다. 그녀는 그의 인생 속에서 그 무엇과도 바꿀 수 없는 가장 소중한 존재였다. 그는 밤늦도록 뜬 눈으로 그녀에게 생각지도 못한 놀라운 기쁨을 줄 수 있는 방법을 궁리하곤 했다. 그것이 성공했을 때는 그는 미소나 키스나 자발적인 사랑의 행위 등으로 보상받을 수 있었다.

그녀가 다른 남자를 보는 것만으로도 고티에는 질투심에 시달렸지만, 그것을 노엘에게 말하는 어리석은 짓은 하지 않았다. 그러나 어느 파티에서 그녀가 하룻밤 내내 어느 유명한 의사와 이야기를 나누었을 때 고티에는 격분했다. 노엘은 그의 거친 말을 가만히 듣고 있다가 조용히 말했다.

"제가 다른 남자와 이야기하는 것이 그렇게 마음에 걸리면 아르망, 지금 당장 이사를 가겠어요."

아르망은 그 후로는 다시는 그런 문제로 왈가왈부하지 않았다.

2월 초에 노엘이 살롱을 열었다. 처음에는 연극하는 친구 몇 명을 일요일 점심식사에 초청한 것에 불과했지만, 그 소문이 급속도로 퍼져 정치가, 과학자, 작가 등 클럽에 흥미 있어 하는 모든 사람들이 얼굴을 내밀게 되었다. 노엘은 살롱의 여주인이며 주요한 흡인력이었다.

노엘은 정치가로부터는 정치에 관한, 은행가로부터는 금융에 관한 지식을 얻었다. 어느 유명한 미술평론가와 미술에 대한 이야기를 나눈 뒤 얼마 안 있어 그녀는 곧 프랑스에 살고 있는 모든 뛰어난 화가와 조각가들을 알게 되었다. 그녀는 또한 로스차일드 남작의 집을 출입하는 술 상인으로부터 와인에 대해, 코르비주에로부터는 건축에 대해 배웠다.

노엘은 세계 제일의 뛰어난 교사들과 만나게 되었는데, 교사 편에서 보면 매력적이고 아름다운 학생을 얻게 된 셈이었다. 그녀는 이해력이 빠르고 예리한 두뇌를 가지고 있었고, 사람들의 이야기에 늘 주의 깊게 귀를 기울였다.

아르망 고티에는 그들을 보면서 공주가 신하와 대신들과 이야기하고 있는 듯한 느낌을 받았다. 그리고 그 자신은 의식하지 못하고 있었지만, 그때 아르망 고티에는 노엘의 성격을 이해하는 데 가장 가까이 접근하고 있었다.

시간이 흐름에 따라 고티에는 얼마간 마음을 놓을 수 있었다. 노엘은 흥미가 있는 사람이면 누구하고나 만났지만, 그중 그 누구에게도 진정한 관심이 없다는 것을 파악했기 때문이었다.

콘스탄틴 데미리스는 대부분의 국가보다도 강대한 제국의 지배자였다. 그는 어떤 칭호도, 공적인 지위도 가지고 있지 않았지만 항상 수상과 추기경과 대사와 왕들이 그의 뜻에 따라 움직였다. 데미리스는 세계에서 가장 돈이 많은 사람으로 손 꼽히는 사람으로, 그의 절대적인 권력은 가히 전설적인 것이었다.

그는 세계 최대의 화물선단, 항공회사, 여러 개의 신문사, 은행, 철강공업, 금광 등을 소유하고 있었다. 또한 그의 촉수는 제반분야에 뻗어 있어서 수십개 국의 경제조직 속에 깊이 파고들어가 있었다.

게다가 그는 세계 최고의 미술 수집가이고 몇 대의 자가용 비행기를 가지고 있으며, 세계 여러 곳에 저택과 별장을 소유하고 있었다.

콘스탄틴 데미리스는 중키보다 약간 크고 믿음직스런 가슴과 넓은 어깨를 가지고 있었다. 얼굴은 약간 거무스름하고 코는 크고 그리스적이며 올리브빛 녹색을 띤 검은 눈은 지적으로 빛났다.

그는 의상에 그다지 주의를 기울이는 편은 아니었지만 그럼에도 불구하고 항상 베스트 드레서의 리스트에 들었고, 500벌 이상의 옷을 가지고 있다는 소문도 나돌았다.

그는 세계 곳곳에서 의상을 맞췄다. 그의 옷은 런던의 호즈와 커티스에서 만들어지고 셔츠는 로마의 브리오니, 구두는 달리에 그랑드에서 제작되었으며 넥타이는 수십 개국에서 만들어졌다.

데미리스에게는 사람을 끌어들이는 신비한 마력이 있었다. 그가 방에 들어오면 그가 누구인지 모르는 사람도 돌아보며 주시를 하곤 했다. 세계의 신문과 잡지는 끊임없이 콘스탄틴 데미리스와 경제계, 사교계에 있어서의 그의 활동에 대해 썼다.

신문은 곧잘 그의 말을 인용하기를 좋아했다. 기자가 그의 성공은 친구의 도움에 의한 것이냐고 물었을 때 그는 대답했다.

"성공하는 데에는 친구가 필요하지만, 대성공을 하는 데에는 적이 필요합니다."

고용인은 어느 정도가 있느냐는 질문에 대해 데미리스는 말했다.

"한 사람도 없습니다. 조수들이 있을 뿐이죠. 이렇게 권력과 금력이 커지면 비즈니스는 종교로, 사무소는 사원으로 변하게 되죠."

그는 그리스 정교회의 가르침을 받고 자랐지만, 조직화된 종교에 대해 이렇게 말했다.

"그들은 증오 대신에 사랑의 이름으로 몇천 배의 죄를 범하고 있다."

그가 그리스의 오래된 가문의 은행가 딸과 결혼했다는 것, 그의 아내는 매력적이고 우아한 여인이라는 것은 세간에 잘 알려져 있는 사실이었다. 하지만 그가 요트나 그의 사유지인 섬에서 손님을 접대할 때는 그의 아내는 좀처럼 모습을 나타내지 않았다.

그 대신 데미리스는 아름다운 여배우라든지 발레리나라든지 그 외에 마음에 드는 여자를 동반했다. 그의 여성편력은 실업계에서 전설적일 정도였다. 그는 수십 명의 여배우와 친구들의 처와 15세의 소녀 작가와 남편을 갓 잃은 미망인 등과 관계를 가졌으며 새로운 수도원을 필요로 하는 수녀들의 유혹을 받은 일조차 있다는 소문이 돌 정도였다.

데미리스에 대한 책이 5, 6권 쓰였지만 그 어느 것도 그의 본질에 접근했거나, 혹은 그의 성공의 원천에 관한 것을 기록한 책은 없었다. 세계에서 가장 유명한 남자이면서도 가장 수수께끼 같은 남자였다. 그는 자신의 공적 이미지를 자기의 참모습을 감추는 간판으로 이용하고 있었다. 그의 친한 친구는 제반 분야에 몇십 명이나 있었지만 그의 참모습을 알고 있는 사람은 아무도 없었다.

그에 관한 이야기는 일반에게 널리 알려져 있었다. 그는 부두 하역부의 아들로 피레우스에서 태어났다. 자녀가 14명이나 되는 대가족이어서 식탁에는 언제나 음식이 충분치 못했기 때문에, 먹기 위해서는 싸워서 빼앗아먹지 않으면 안 되었다. 데미리스는 항상 보다 많은 것을 원하는 경향이 있어서 그것을 손에 넣기 위해 싸우곤 했다.

어린 시절부터 데미리스는 자연스럽게 모든 것을 숫자로 바꾸어 생각했다. 그는 파르테논의 계단이 몇 개이고 학교까지 가는 데 몇 분 걸리며, 그날그날 항구에 배가 몇 척이 있는지를 세어 정확히 알고 있었다. 시간은 몇 개로 분할된 숫자였고, 데미리스는 그 시간을 낭비하지 않는 방법을 익혔다.

그 결과 그는 큰 고생 없이 막대한 재산을 축적할 수 있었다. 그의 조직 능력은 어떤 사소한 일을 할 때에도 본능적으로 작용했다. 그에게 있어서는 이 세상 모든 일이 주위 사람들과 겨루는 게임이었다.

데미리스는 자신이 보통 사람들보다 머리가 좋다는 것을 의식하고는 있었지만, 과도한 허영심은 갖지 않았다. 아름다운 여인이 그와 동침하기를 원할 때 그는 한순간이라도 그것이 자신의 용모나 매력 때문이라고 우쭐해하지 않았다.

그는 그런 것에 전혀 신경 쓰지 않았다. 세상은 거래처이고 사람들은 상인이 아니면 손님 둘 중 하나였다. 일부 여자들은 그의 돈과 권력에, 그리고 극히 소수의 여자들만이 그의 지혜와 상상력에 끌리고 있다는 사실을 데미리스는 알고 있었다.

그가 만나는 대부분의 사람들 모두가 그에게 무엇인가—자선사업에 관한 기부금이나 사업자금 융통, 혹은 단순히 그의 영향력—를 얻고자 했다.

데미리스는 사람들이 원하는 것이 무엇인지 정확하게 추측하는 것을 즐겼다. 왜냐하면 그것이 겉보기와 같은 경우는 매우 드물었기 때문이었다. 그의 분석적인 정신은 표면적인 사실에 의심을 가졌다. 그 결과, 그는 들은 것을 믿지 않았고 또한 그 누구도 신용하지 않았다.

그의 뉴스를 쫓는 기자들은 그의 붙임성 좋은 모습이라든지 매력, 세련된 태도밖에 볼 수 없었다. 그들은 그의 겉모습에 속아 한 껍질 벗긴 데미리스가 살인자요 본능적으로 상대방의 숨통을 끊어놓는 빈민굴의 격투자라는 사실을 알지 못했다.

고대 그리스인에게 있어서 '정의'를 뜻하는 디케는 '복수'와 같은 의미를 가지고 있었는데, 데미리스는 그 양쪽을 잊지 않고 있었다. 그는 자신이 받은 모멸은 결코 잊지 않았고, 그의 원한을 산 불행한 인간은 100배나 되는 앙갚음을 돌려받게 되었다. 상대방은 그가 자신을 노리고 있는 것조차 모르고 있었다. 데미리스의 수리적인 두뇌는 보복의 게임을 즐기며 인내심 있게 정교한 함정을 파놓고, 뒤얽혀진 망을 둘러치고서 최후로 희생자를 박살내고 말기 때문이었다.

데미리스는 16세 때 스피로스 니콜라스라는 연상의 남자와 함께 장사를 시작했다. 데미리스가 방파제에서 야간작업을 하는 노동자들에게 따뜻한 음식을 파는 작은 노점을 착안해낸 것이다. 그는 그 장사를 시작할 때 자금의 절반을 투자했지만, 노점이 번창하자 니콜라스는 데미리스를 쫓아내고 장사를 독점했다. 데미리스는 불평 한마디 하지 않고 그 운명을 받아들이고 다른 일을 시작했다.

그로부터 20년 사이에 스피로스 니콜라스는 정육업으로 성공해 부자가 되었다. 그는 결혼해서 3명의 자식을 낳고 그리스에서 가장 저명한 인물 가운데 한 사람이 되었다. 데미리스는 그간 조용히 인내하며 니콜라스가 작은 제국을 이룩해나가는 것을 지켜보았다. 그는 니콜라스가 성공과 행복의 절정에 달했다고 판단되었을 때 일격을 가했다.

사업이 잘 되어 나갔으므로 니콜라스는 목장을 매입해서 스스로 소를 사육하고 작은 매점의 체인스토어를 만들기로 계획했다. 거기에는 거액의 자금이 필요했다.

콘스탄틴 데미리스는 니콜라스가 거래하고 있는 은행을 소유하고 있었다. 은행에서는 니콜라스를 부추겨 그가 거부할 수 없는 이자로 확장자금을 대출해주었다. 니콜라스는 거액의 빚을 졌다. 그리고 사업을 확장해나가는 도중에 갑자기 돈을 갚으라는 요구를 받게 되었다.

놀란 니콜라스가 지불할 수 없다고 항의하자 은행은 곧 저당물의 저당권상실 수속을 밟기 시작했다. 데미리스가 소유한 신문은 이 문제를 1면에 크게 실어 다른 채권자들도 같은 수속을 취하게 만들었다. 니콜라스는 은행과 다른 금융기관에 도움을 청했지만 그로서는 추측할 수 없는 이유 때문에 원조를 거절했다. 니콜라스는 파산의 궁지에 몰린 다음 날 자살하고 말았다.

데미리스는 모욕을 결코 용납하지도 않았지만, 받은 은혜도 잊지 않았다. 그가 젊은 시절 돈이 없어 곤란할 때 돈을 받지 않고 식사를 제공해주고 옷을 준 하숙집 아주머니는 자신도 모르게 멋진 아파트의 소유자가 되어 있었다. 하지만 누가 베푼 은혜인지 짐작도 하지 못했다. 동전 한 푼 없는 젊은 데미리스를 자기 집에 살게 해준 젊은 아가씨는 익명의 인물로부터 별장과 함께 종신 연금을 받았다.

40년 전, 야심적인 그리스 젊은이와 거래한 사람들은 그와의 우연한 관계가 그들의 일생에 어떤 영향을 미치리라고는 꿈에도 생각하지 못했다.

정력적인 젊은 데미리스는 은행가, 변호사, 선장, 조합, 정치가, 금융가 등의 도움을 필요로 했다. 어떤 사람은 그를 격려하며 원조해주고 어떤 사람은 쌀쌀하게 거절하거나 속였다. 긍지가 높은 데미리스는 두뇌와 마음속에 자신의 모든 거래를 확실하게 기록해두었다. 그의 아내 메리나는 어느 날 그가 신처럼 행동하고 있다고 비난했다.

"모든 사람이 그렇게 하고 싶어하고 있어. 하지만 그 역할에 적합한 사람과 적합하지 않은 사람이 있지."

데미리스는 그녀에게 말했다.

"하지만 사람의 생명을 빼앗는 것 같은 짓은 나쁜 일이에요."

"나쁜 일이 아니야, 정의지."

"복수예요."

"때로는 정의와 복수가 같은 거야. 많은 사람들이 나쁜 짓을 하고도 그 벌을 면하지. 나는 그들을 속죄시킬 수 있는 입장에 있어. 그것이 바로 정의야."

그는 적을 빠뜨릴 함정을 궁리하는 시간을 즐겼다. 그리고 그 희생자를 주의 깊게 관찰해서 그 성격을 분석하고 힘과 약점을 평가했다.

데미리스는 3척의 작은 화물선밖에 갖지 않아서 그것을 확충하기 위한 자금이 필요했을 때 바젤에 있는 스위스 은행가를 찾아갔다. 은행가는 그를 거절했을 뿐만 아니라 동료 은행가들에게 연락해서 젊은 그리스인에게 돈을 빌려주지 말라고 충고하기까지 했다. 데미리스는 터키에서 돈을 빌릴 수 있었다.

데미리스는 시기가 도래하기를 끈기 있게 기다렸다. 그는 그 은행가의 아킬레스건은 탐욕에 있다고 판단했다. 데미리스는 아라비아의 이븐 사우드 왕과 새롭게 발견된 석유 개발권 획득의 교섭을 하고 있었다. 그 권리는 데미리스 회사에 수십억 달러의 이익을 안겨주는 것이었다.

그는 부하를 시켜서 거의 타결된 교섭의 뉴스를 스위스 은행가에게 슬그머니 누설시키게 했다. 은행가는 현금으로 5백만 달러를 출자하면 새 회사의 25퍼센트 참가를 인정한다는 신청을 받았다. 석유개발권 계약이 성립되기만 하면 5백만 달러는 5천만 달러 이상의 가치가 된다는 것이었다.

은행가는 석유개발권 계약이 사실인지 여부를 확인했다. 그는 그만큼의 금액을 개인적으로 조달할 수 없었기 때문에 아무에게도 알리지 않고 몰래 은행에서 돈을 임의로 융통했다. 아직 아무도 손대지 않은 이 엄청난 행운을 독점하고 싶었기 때문이었다. 계약은 그 다음 주에 이루어지게 되어 있었고, 은행가는 그때 융통한 돈을 제자리에 갖다놓으려는 계획이었다.

데미리스는 은행가의 수표를 손에 넣자, 신문에 아라비아와의 계약은 취소한다고 발표했다. 주식 증권은 폭락했다. 은행가는 손실을 커버할 방법이 없었고 그의 횡령 사실은 급기야 발각되고 말았다. 데미리스는 은행가의 주식을 1달러에 대해 몇 센트의 비율로 사들이고 나서야 석유 계약을 체결했다. 주식 값은 치솟았다. 그리고 은행가는 횡령죄로 징역 20년 판결을 받았다.

데미리스의 게임에서 그가 아직 보복하지 못한 사람이 두세 사람 있었지만 그는 서두르지 않았다. 그는 그 예상과 계획과 실행을 즐겼다. 그것은 체스 게임과 비슷했다. 데미리스는 체스의 달인이었다. 최근 그는 적을 만들지 않았다. 그를 적으로 할 수 있을 만한 사람이 없어졌기 때문이었다. 그래서 그의 사냥감은 과거에 그를 방해했던 사람들로 한정되어 있었다.

이 사나이가 어느 날 오후 노엘 페이지와 살롱에서 만났다. 데미리스는 카이로로 가는 도중, 파리에서 몇 시간 머물게 되었는데 그가 사귀고 있는 젊은 조각가들이 살롱에 들러보라는 권유를 했던 것이다. 그는 노엘을 본 순간, 이 여자를 갖고 싶다고 생각했다.

노엘은 그와 만난 지 3일 후 예고도 없이 연극을 중단하고 의상을 챙겨 데미리스와 함께 그리스로 떠났다.

두 사람 모두 각광받는 존재였으므로 노엘 페이지와 콘스탄틴 데미리스의 관계는 불가피하게 국제적인 화제가 되었다. 카메라맨과 기자들이 끊임없이 데미리스의 아내에게 인터뷰를 청했다. 그녀는 마음의 평정을 잃고 있었겠지만 그것을 조금도 밖으로 드러내지 않았다.

데미리스의 아내인 메라나 데미리스의 유일한 점은 자신의 남편은 세계 곳곳에 많은 친구들을 가지고 있고 그것을 나쁘다고 생각하지 않았다. 그녀는 격분한 양친에게 데미리스는 그동안 바람을 피운 적이 있었고 이번 경우도 전과 마찬가지로 곧 잠잠해질 거라고 말했다.

그녀는 신문을 통해서 콘스탄티노플과 동경, 로마 등지에서 노엘과 함께 있는 데미리스의 사진을 보았다.

메라나 데미리스는 자존심이 강한 여성이었지만, 남편을 진정으로 사랑하고 있었기 때문에 굴욕을 견디리라 결심했다. 그녀는 그 이유는 알 수 없었지만 남자 중에는 한 명 이상의 여자를 필요로 하고, 아내를 사랑하면서도 다른 여자와 자는 사람이 있다는 사실을 받아들였다.

그녀는 한 번도 콘스탄틴을 탓한 적이 없었다. 그것은 그를 역겹게 할 뿐 아무런 도움이 되지 않는다는 것을 잘 알고 있었기 때문이었다. 그들의 결혼은 그런대로 성공적이라고 할 수 있었다. 메라나는 자기가 정열적인 여자가 아니라는 것을 알고 있었지만, 그가 원하면 침대에서 그의 요구에 응했고, 될 수 있는 한 그에게 쾌락을 주려고 애썼다.

만약 그녀가 노엘이 침대에서 남편에게 어떻게 해주는지를 알았더라면 그녀는 충격을 받았을 것이고, 만약 그의 기쁨이 얼마나 큰가를 알았다면 그녀는 매우 비참한 심정이 되었을 것이다.

여자라는 존재에 대해서 완벽하게 터득하고 있는 데미리스에게 있어서 노엘의 중요한 매력은 그녀가 끊임없는 놀라움, 그 자체라는 점이었다. 노엘은 수수께끼 풀기를 좋아하는 그에게 도전해오는 불가사의한 여성이었다.

그는 지금까지 노엘 같은 여자를 만난 적이 없었다. 그녀는 그가 주는 아름다운 선물을 기뻐하며 받았지만, 아무것도 주지 않을 때도 똑같이 행복해했다. 그는 포트피노에 푸른 말발굽 형의 만이 내려다뵈는 화려한 별장을 사주었다. 그러나 그는 아테네 프라카 지구의 낡고 작은 아파트를 사주어도 똑같다는 것을 알고 있었다.

데미리스가 지금까지 만난 많은 여성들은 섹스를 이용해서 그를 조종하려 들었다. 그러나 노엘은 그에게서 아무것도 원하지 않았다. 어떤 여자들은 그에게서 반사되는 영광의 빛을 받기 위해 그의 품에 안겼다. 그러나 노엘의 경우에는 신문기자와 카메라맨을 모여들게 하는 것은 오히려 그녀 쪽이었다. 그녀는 데미리스의 후광이 아니어도 이미 탄탄한 스타였다.

노엘을 완전히 정복하고 자신의 것으로 만들려고 하는 것은 하나의 도전이었다. 처음에는 데미리스는 섹스로 그 목적을 달성하고자 했다. 그러나 그는 난생 처음 자기보다 뛰어난 여자를 만났다는 것을 깨달았다. 그녀의 성적 욕구는 그의 욕구를 초월했다. 그가 할 수 있는 것이면 무엇이든 그녀는 보다 잘, 보다 자주, 보다 그 이상 숙련되게 할 수 있었다.

드디어 그는 침대 속에서 편안히 그녀를 즐기는 법을 배웠다. 그것은 지금까지 그가 다른 여자에게서는 경험해보지 못한 새로운 것이었다. 그녀는 끊임없이 새로운 면을 보이면서 그를 즐겁게 하는 놀랄 만한 여자였다.

노엘은 데미리스가 고액의 보수를 지불해서 고용한 요리사에 뒤지지 않을 정도의 요리 솜씨를 보였고, 그가 회화와 조각을 찾기 위해 매년 수당을 지불하며 의뢰한 미술관원들만큼 미술에도 조예가 깊었다. 데미리스는 그들이 노엘과 미술에 대해 토론하며 그녀의 박식함에 혀를 내두르는 모습을 보는 것이 재미있었다.

데미리스는 최근 렘브란트의 그림 한 점을 샀다. 노엘은 마침 그 그림이 도착했을 때 그가 여름을 보내고 있는 섬에 같이 있었다. 거기에는 그 그림을 찾아낸 젊은 미술관원이 와 있었다.

"이것은 렘브란트의 최대 걸작 중 하나입니다."

그는 덮개를 걷으면서 말했다. 그것은 어머니와 딸의 모습을 그린 아름다운 그림이었다. 노엘은 의자에 앉아 묵묵히 그것을 지켜보고 있었다.

"과연 아름답군."

데미리스는 동의하면서 노엘을 돌아보았다.

"어떻게 생각하지, 노엘?"

"아름다워요."

그녀는 말하면서 미술관원을 바라보았다.

"이 작품을 어디서 찾아냈죠?"

"브뤼셀의 개인 화상한테 샀어요. 그를 설득하느라고 아주 혼났습니다."

그는 득의양양하게 말했다.

"얼마에 샀나요?"

노엘은 물었다.

"25만 파운드입니다."

"저렴하게 샀군."

데미리스가 말했다.

노엘은 담배를 집었다. 젊은 남자가 가까이 다가와 불을 내밀었고, 그녀는 데미리스를 바라보았다.

"더 싸게 살 수 있었다고 생각해요. 만약 그림의 소유자에게서 직접 샀더라면……."

"무슨 소리지?"

데미리스는 말했다. 젊은 미술관원은 이상한 듯한 표정으로 그녀를 바라보았다.

"만약 이것이 진짜라면 스페인의 톤드 공작의 저택에서 나왔을 거예요. 그렇지 않나요?"

그녀는 젊은 남자를 바라보며 물었다. 그의 얼굴은 창백해졌다.

"전 모, 모르겠습니다. 화상은 제게 아무 말도 하지 않았어요."

그는 말을 더듬었다.

"그렇다면, 당신은 출처도 조사해보지 않고 이런 고가의 그림을 샀단 말인가요? 믿을 수 없군요. 공작은 17만5천 파운드에 내놨어요. 누군가가 7만5천 파운드를 슬쩍한 거군요."

노엘은 책망하듯이 말했다.

노엘의 말이 사실이라는 것이 밝혀졌다. 젊은 미술관원과 화상은 공모죄로 교도소에 보내졌다. 데미리스는 그림을 돌려보냈다. 이 사건으로 그는 노엘의 지식의 광범위함보다도 그녀의 정직함에 감동했다.

만약 그녀가 다른 마음을 먹었더라면 미술관원을 따로 불러서 협박해 돈을 나누어 가질 수도 있었을 것이다. 그런데 그녀는 그러한 동기를 갖지 않고 데미리스의 면전에서 그의 부정을 폭로한 것이다. 데미리스는 감사의 표시로 매우 비싼 에메랄드 목걸이를 선물했지만 그녀는 담배 라이터라도 받은 듯이 가볍게 감사를 표하고 그것을 받을 뿐이었다.

데미리스는 어디를 가든 노엘을 꼭 동반했다. 그는 아무도 믿지 않았으므로 모든 결정을 혼자 하지 않으면 안 되었다. 그러한 그도 노엘에게 비즈니스 상담을 하는 것이 유익하다는 것을 알았다. 그녀는 비즈니스에 관해 놀랄 만큼의 해박한 지식을 갖고 있었다. 데미리스에게 있어서는 누구와의 협의도 노엘이 곁에 있는 한 결정을 내리기가 쉬웠다.

얼마 되지 않아 노엘은 데미리스의 변호사와 회계사를 제외하고는 누구보다도 그의 사업에 정통한 인물이 되었다. 데미리스는 과거에는 한꺼번에 많은 여자들을 거느리고 있었지만 지금은 노엘이 여러 명의 애인을 합친 만큼의 몫을 만족스럽게 해내고 있었으므로 그는 여자들을 한 사람씩 줄여나갔다. 데미리스는 능수능란한 남자였으므로 그녀들이 쫓겨나는 것에 불만을 품지 않도록 조치를 취했다.

그는 4개의 GM 엔진이 붙은 길이 135피트의 요트를 가지고 있었다. 거기에는 24명의 승무원이 있었고, 수상기 1대와 2척의 스피드 보트, 풀장이 붙어 있었다. 그리고 설비가 갖추어진 12개의 객실과 많은 그림과 골동품으로 장식된 그 자신의 방이 있었다.

데미리스가 요트에서 파티를 할 때 안주인 역을 하는 것은 노엘이었다. 노엘은 어디를 가든 여왕 대접을 받았다. 그러나 그것은 데미리스에 의한 것이기보다 노엘 자신의 힘으로 얻어낸 것이었다.

노엘은 데미리스의 부나 명성에는 그다지 감명을 받지 않았다. 그녀가 감탄하는 것은 그의 지혜와 힘이었다. 그는 엄청난 지력과 의지를 가지고 있어서 그와 비교하면 다른 사람들은 무기력하게 보였다. 그녀는 그에게 무자비한 잔인함이 있다는 것도 알고 있었다. 바로 그녀 자신에게도 그것이 있었기 때문이었다.

노엘은 끊임없이 연극과 영화 출연의 교섭을 받았지만 관심을 표하지 않았다. 그녀는 자기 자신의 이야기에서 주연을 연출하고 있었다. 그녀의 인생은 극작가들이 만들어낸 것보다 훨씬 멋진 연극이었다.

그녀는 각 나라의 왕과 수상과 대사들과 만찬을 함께 했다. 그들은 노엘의 비위를 맞추고 그녀를 정중하게 대했다. 그리고 그들의 요청에 협조해준다면 그녀를 위해 무엇이든 하겠다고 약속했다. 그러나 그녀는 이미 모든 것을 소유하고 있었다.

그녀는 데미리스와 함께 침대에 누워 그들이 무엇을 원하는지 말해주었다. 데미리스는 그 정보로부터 그들이 필요로 하는 것과 그들의 힘과 약점을 추측할 수 있었다. 그리고 그는 적당한 압력을 가해 이미 차고 넘치는 금고에 더더욱 돈을 채워 넣었다.

데미리스의 개인 소유의 섬은 그의 큰 기쁨 중 하나였다. 그는 황량한 섬을 사들여 낙원으로 바꿨다. 거기에는 그가 사는 언덕 위의 별장과 10채 이상의 손님용 별장과 사냥터, 인공호수, 동물원, 요트 정박장, 비행장 등이 있었다. 섬에는 80명의 고용인 외에 무장한 경비원들이 있어서 침입자를 감시했다.

노엘은 섬의 정적을 사랑해서 특히 다른 손님이 없는 조용한 시간을 좋아했다. 콘스탄틴 데미리스는 그것을 노엘이 그와 단둘이 있기를 원해서라고 생각하고 좋아했다. 이런 상황에 노엘이 한 남자만을 줄곧 생각하고 있다는 사실을 알면 데미리스는 아마 기가 막혔을 것이다.

래리 더글러스는 노엘이 살고 있는 지구의 반대쪽에 있는 어떤 섬에서 비밀 전투를 하고 있었으며 그와 그의 아내는 꽤 부지런히 편지를 주고받고 있었지만 노엘은 그의 아내가 알고 있는 래리의 근황보다 더 잘 알고 있었다. 노엘은 적어도 한 달에 한 번은 파리에 가서 크리스티안 바벳을 만났다. 머리가 벗겨진 작은 근시안 탐정은 늘 최신 정보를 준비해두고 있었다.

노엘이 처음 바벳을 만나기 위해 프랑스로 돌아갔다가 다시 출국하려고 했을 때였다. 그녀의 비자 때문에 문제가 생겼다. 그녀는 5시간이나 세관에서 기다려야 했다. 그 후에 겨우 콘스탄틴 데미리스와 통화를 할 수 있게 되었다. 그녀가 데미리스와 통화한 10분 후에 독일군 장교가 뛰어와 독일 정부를 대표해 사과했다. 노엘은 특별 비자를 발급받아 그 이후로는 저지당하는 일이 없어졌다.

작은 체구의 탐정은 노엘의 방문을 기쁘게 생각했다. 그는 그녀로부터 많은 보수를 받고 있었지만, 그의 예민한 코는 그 이상의 돈 냄새를 맡고 있었다. 바벳은 그녀가 콘스탄틴 데미리스와 관계를 맺게 된 것을 매우 기뻐했다. 그는 그것이 어떤 형태로든 그에게 커다란 경제적 유익을 가져다주리라는 것을 알고 있었다.

우선 그는 데미리스에게 그의 애인이 래리 더글러스에게 관심을 갖고 있다는 사실을 절대 비밀로 하고, 그것이 데미리스에게 있어서 어느 정도의 가치가 있는 정보인지를 알아내지 않으면 안 되었다. 혹은 입을 막기 위해서 노엘이 얼마큼의 돈을 지불하는가 하는 것을 알아내야 했다. 그는 그야말로 밑천이 없이 많은 돈을 벌려고 하고 있었는데, 그 속셈을 눈치 채지 않기 위해서는 신중하게 할 필요가 있었다. 바벳이 래리 더글러스에 관해 수집한 정보는 놀랄 만큼 정확한 것이었다. 바벳이 정보원에게 풍부한 자금을 주고 있었기 때문이었다.

래리의 아내가 소재 불명의 야전 우체국에서 보내진 편지를 읽고 있을 때, 크리스티안 바벳은 노엘에게 보고를 했다.

"그는 제48전투기 부대의 제4그룹에 있습니다."

캐서린 앞으로 온 편지에는 이렇게 적혀 있었다.

'……나는 지금 태평양 상의 어느 곳에 있다고밖에 할 수 없어……'

크리스티안 바벳은 노엘에게 말했다.

"그들은 타라와 섬에 있습니다. 다음은 괌입니다."

'……캐시, 당신과 만날 수 없어서 외로워 죽겠어. 이곳의 정세는 점점 나아지고 있어. 상세한 것은 쓸 수 없지만, 우리는 이제 겨우 일본군의 가미가제 전투기보다 우수한 비행기를 손에 넣게 되었어.'

"당신 친구는 P-38, P-51에 타고 있습니다."

'……난 당신이 워싱턴에서 매우 바쁘게 생활하는 것을 기뻐하고 있어. 단지 나에게 충실해주었으면 좋겠어. 이곳은 모든 일이 잘돼 가고 있어. 당신을 만나면 이야기해줄 소식이 있어.'

"당신의 친구는 공중전 수훈 십자표창을 수여받아 중령으로 승진했습니다."

캐서린이 그녀의 남편을 생각하며 그가 무사히 귀국할 수 있도록 기도 하고 있을 때, 노엘은 래리의 모든 동정을 샅샅이 파악하고 있었다. 그리고 그녀 또한 래리가 무사히 귀환하기를 빌었다. 전쟁은 곧 끝이 나고 래리 더글러스는 귀환할 것이다. 그녀들의 품으로……

캐서린

워싱턴 : 1945년~1946년

11

1945년 5월 7일 아침, 프랑스의 랭스에서 독일군은 연합군에게 무조건 항복했다. 제3제국의 1천 년 지배는 꿈으로 사라져버렸다. 진주만의 철저한 파괴상황을 알고 있는 사람들, 덩케르크가 위태롭게 영국의 워터루가 될 뻔한 것을 목격한 사람들, 독일 공군의 전면 공격을 받으면 런던의 방위가 얼마나 무력한지를 잘 알고 있던 사람들—그들은 일련의 기적이 연합군에게 승리를 가져다주었다는 것, 그리고 종이 한 장 차이로 사태가 역전된 것이 틀림없다고 믿었다.

악의 힘은 승리를 거머쥐기 직전에 있었다. 그러나 그것은 너무 불합리했을 뿐만 아니라 정의는 승리하고 악은 패한다는 기독교의 논리와는 상당히 모순되는 것이었기 때문에 그들은 그 두려움으로 악이 막 승자가 되려고 하던 시점에 시선을 돌려 신에게 감사하고, 그들의 대실패를 극비서류 속에 파묻고는 후세 사람들의 눈으로부터 감췄다.

자유세계의 관심은 바야흐로 극동 쪽으로 향했다. 그 작달막하고 눈이 찢어진 익살스러운 일본인들은 점령한 섬들을 사수하느라 온갖 수단을 다 동원했다. 하지만 8월 6일, 원자폭탄이 히로시마에 투하되었고, 그 폭발력은 상상을 초월한 것이었다. 불과 몇 분 사이에 대도시의 인구 대부분이 죽어갔다.

3일이 지난 8월 9일, 두 번째 원자폭탄이 이번에는 나가사키에 투하되었다. 그 결과는 가히 공포에 떨 만한 것이었다. 문명은 드디어 정점에 이르렀다. 그것은 1초 사이에 수백만의 인명을 앗아가는 대량학살을 가능케 했다. 일본은 마침내 견디지 못했고 1945년 9월 2일, 전함 미주리호에서 더글러스 맥아더 장군은 일본 정부의 무조건 항복을 접수했다. 그리고 드디어 제2차 세계대전은 막을 내렸다. 그 뉴스가 온 세계에 전해졌을 때, 세계는 한순간 바싹 긴장하고 나서 환호성을 질렀다. 온 세계의 도시와 마을은 모든 전쟁을 종식시키기 위한 전쟁의 종말을 축하하는 사람들의 열광적인 행렬로 뒤덮였다.

다음 날 빌 프레이저는 캐서린에게는 미리 알리지 않고 점심때쯤 비밀리에 남태평양 어딘가의 섬에 있는 래리 더글러스에게 전화를 걸었다. 그것은 캐서린을 놀라게 하기 위한 것이었다. 프레이저는 캐서린에게 함께 점심식사를 하러 나가고 싶으니 그녀의 사무실에서 기다려 달라고 했다. 그녀는 오후 2시 30분까지 기다리다가 인터폰으로 빌 프레이저를 불렀다.

"언제 점심식사 하러 가죠? 벌써 저녁식사 시간이 되어 가는데."

"조금만 더 기다려줘. 금방 그리로 갈 테니까."

프레이저는 대답했다. 5분 후에 그는 인터폰의 부저를 울리며 말했다.

"당신에게 전화가 걸려와 있어."

캐서린은 수화기를 들었다.

"여보세요."

그녀는 지지직거리는 잡음과 먼 바다의 파도소리 같은 것을 들었다.

"여보세요?"

그녀는 다시 소리를 높여 말했다. 그러자 "더글러스 부인이십니까?"라는 남자의 목소리가 들려왔다.

"네, 그런데요. 누구십니까?"

캐서린은 당황해하며 말했다.

"잠시만 기다려주세요."

수화기를 통해서 날카로운 소리가 들려오고, 또다시 잡음이 들리고 나서 목소리가 나왔다.

"캐서린?"

그녀는 가슴이 쿵쿵대며 뛰어서 얼른 입을 열 수가 없었다.

"래리? 래리죠?"

"그래. 나야, 여보."

"어머나! 래리!"

그녀는 너무 기쁜 나머지 흐느껴 울기 시작했다. 그리고 갑자기 온몸이 떨려오기 시작했다.

"건강해? 여보?"

그녀는 가슴을 손톱으로 찌르는 아픔 같은 격렬한 흥분을 억제하려고 애썼다.

"네, 건…… 건강해요. 지, 지금 어디예요?"

그녀는 말했다.

"그것은 말할 수가 없어. 얘기하면 이 전화는 끊겨버려. 태평양 어딘가에 있다는 정도로만 알고 있어."

그는 말했다.

"생각보다 가깝네요. 당신은 무사해요?"

그녀는 목소리를 자제할 수 없었다.

"응, 건강해."

"언제 돌아오죠?"

"곧 가게 될 거야."

그는 약속했다. 캐서린의 눈에 다시 눈물이 넘쳐흘렀다.

"그럼 우리의 시계를 맞춰요."

"울고 있나?"

"그래요. 바보같이! 당신에게 마스카라가 흘러내리는 것을 보게 하지 않아 다행이에요. 저, 래리…… 래리……."

"당신을 못 만나서 외로웠어, 여보……."

그는 말했다.

캐서린은 그의 포근한 위로와 사랑 없이 보내야 했던 그 길고 긴 나날들을 생각했다.

"저도 외로웠어요."

그녀는 말했다. 그때 다른 남자의 목소리가 끼어들었다.

"죄송합니다만 중령님, 통화를 끊으셔야합니다."

"중령! 당신이 승진했다는 건 얘기하지 않았잖아요."

"당신이 우쭐대면 안 되니까."

"어머나, 여보, 나……."

파도소리가 커지더니 갑자기 그 소리가 멈추고 전화는 끊어졌다. 캐서린은 책상 앞에 앉아서 멍하니 전화기를 바라보았다. 그러고 나서 두 손으로 얼굴을 가리고 울음을 터뜨렸다.

인터폰에서 프레이저의 목소리가 났다.

"당신이 괜찮다면 점심식사 하러 갈까? 캐서린?"

"어디라도 가겠어요. 5분만 기다려주세요."

그녀는 명랑하게 말했다. 그리고 미소를 지으며 프레이저가 자신을 위해 방금 무슨 일을 했는지, 얼마나 그녀 자신을 위해 애를 썼는지 생각하며 미소 지었다. 프레이저는 그녀에게 있어 가장 절친한 사람이었다. 물론 래리 다음으로······.

캐서린은 줄곧 래리의 귀환 광경을 마음속으로 그렸다. 그러나 실제 귀환은 싱거웠다. 빌 프레이저는 그녀에게 래리는 아마 항공수송 사령부나 육군 수송부의 비행기로 돌아올 것 같은데 군용기는 민간 항공기처럼 딱 정해진 시간에 발착하는 것이 아니라고 설명해주었다. 무엇이든 비행기 편이 있는 대로, 어디로 가는 비행기든 상관없이 방향만 크게 차이나지 않으면 탄다는 것이었다.

캐서린은 래리를 기다리며 하루 종일 집에 있었다. 책을 읽어보려 했지만 도무지 집중할 수가 없었다. 그녀는 뉴스에 귀를 기울이며 이번에는 완전히 자신 곁으로 돌아오는 래리만 생각했다.

한밤중이 되어도 래리는 도착하지 않았다. 그녀는 아마도 그가 내일까지는 돌아오지 않을 것이라고 생각했다.

새벽 2시경 캐서린은 더 이상 밤을 지새우며 기다릴 수가 없어서 침대로 들어갔다. 자고 있는데 누군가가 그녀의 팔을 잡는 것 같아 잠이 깨었다. 눈을 떠보니 래리가 옆에 와 있는 것이 아닌가! 그는 야위고 햇볕에 그을린 얼굴로 활짝 웃으면서 그녀를 바라보고 있었다.

다음 순간, 그녀는 그의 품속에 있었다. 지난 4년 동안의 격정과 외로움은 온몸의 구석구석까지 넘쳐흐르는 기쁨의 홍수에 말끔히 씻겨버렸다. 캐서린은 더 없는 황홀함에 그를 꼭 끌어안았다. 그대로 그렇게 영원히 있고 싶었다.

"이젠 됐어, 여보."

래리가 마침내 말했다. 그는 미소 지으며 그녀에게서 떨어졌다.

"전선으로부터 무사히 귀환한 비행사가 아내의 포옹에 짓눌려 사망했다고 신문에 나면 얼마나 우습겠어."

캐서린은 그를 좀 더 샅샅이 훑어보기 위해 전등을 전부 켜서 온 집 안을 휘황찬란하게 밝혔다. 그의 얼굴에는 한층 성숙한 모습이 엿보였다. 눈과 입 주위에는 전에 없던 주름이 생겼지만 전체적인 분위기는 전보다 한층 매력적으로 보였다.

"마중 나가고 싶었어요. 하지만 어디로 가야 할지 알 수가 있어야죠. 항공대로 전화해도 아무것도 가르쳐주지 않더군요. 그래서 할 수 없이 집에서 기다리고 있었는데……."

캐서린은 말했다. 그러자 래리는 입맞춤으로 그녀의 말을 막았다. 그의 키스는 격렬하고 강제적이었다. 캐서린은 이전과 같은 육체적 열망을 기대하고 있었는데, 막상 몸이 움직여주지 않는 것을 알고 놀랐다. 그녀는 그를 깊이 사랑하고 있었지만, 그와 성급하게 섹스를 하는 것보다 함께 앉아 이야기를 나누고 싶었다.

그녀는 오랫동안 성적 욕구를 승화시켜왔기 때문에 그것은 깊이 파묻혀 있었다. 그래서 그것을 눈뜨게 하고 표면으로 떠올리게 하기 위해서는 시간이 필요했다. 그러나 래리는 그녀에게 그럴 시간을 주지 않았다. 그는 옷을 벗어던지면서 말했다.

"캐시, 내가 얼마나 이 순간을 꿈꿔왔는지 당신은 모를 거야. 정말 미칠 것 같았어. 게다가 지금의 당신은 내가 기억하고 있던 모습보다 훨씬 아름다워."

그는 팬티를 벗어던지고 알몸으로 섰다. 하지만 그녀를 침대로 쓰러뜨린 것은 이전의 남편 래리가 아니었다. 그녀는 집에 돌아온 남편에게 익숙해지고 또한 그의 나체에 익숙해질 여유가 필요했다. 그러나 그는 갑자기 애무를 시작하더니 무턱대고 그녀의 몸 안으로 돌진했다. 그녀는 아직 응할 준비가 되어 있지 않은 상태였음에도 불구하고 그는 억지로 그녀의 몸에 상처를 내면서 침입한 것이다. 하지만 캐서린은 그가 자신의 몸에 올라가 짐승처럼 요동치는 동안 손가락을 깨물며 울음소리를 삼켰다. 자신의 남편이 돌아온 것이다.

프레이저의 재량으로 캐서린은 1개월간의 휴가를 얻고 래리와 거의 모든 시간을 함께 했다. 그녀는 여러 가지 그가 좋아하는 요리를 만들기도 하고 음악을 함께 들으며 그들 사이의 잃어버린 세월의 공백을 메우기 위해 쉬지 않고 대화를 나누었다.

밤에는 주로 파티와 극장에 가고 집에 돌아오면 섹스를 했다. 그녀의 몸도 이제는 그를 기쁘게 받아들이게 되었고 그는 전과 마찬가지로 멋진 애인이었다. 캐서린은 자신도 인정하고 싶지 않았지만 래리는 어딘가 달라져 있었다. 그는 전보다 많이 요구하고 적게 주었다. 섹스에 앞서 전희는 있었지만 그는 그것을 기계적으로 마치 성적 공격으로 바꾸기 이전에 해야만 하는 의무일 뿐이었다.

그리고 그 공격은 거칠고 양보도 없는 탈취로 그의 육체에 뭔가 복수를 하고, 게다가 벌까지 덧붙여주고 있는 것 같았다. 따라서 그걸 끝낼 때마다 캐서린은 마치 채찍으로 휘갈겨진 듯한 상처를 입고 완전히 지쳐버리는 느낌이었다. 아마도 그가 너무나 오랫동안 여자에 굶주려 있었기 때문일 것이라고 그녀는 스스로 변명했다.

그러나 시일이 지나도 그의 그러한 태도는 변함이 없었다. 그리고 그런 사실은 래리에게 일어난 다른 변화를 발견하게 해주었다. 그녀는 그를 냉정하게 보려고 했다. 자기가 존경하는 남편이라는 것을 잊으려고 했다. 전에는 그녀는 키가 크고 체격이 단단하고 야무진, 그리고 검은 머리와 검은 눈을 가진 멋지고 아름다운 남편이었다. 하지만 이제는 어쩌면 '아름답다'는 표현은 어울리지 않는 것 같았다.

그의 입가의 주름은 그를 더욱 비정하게 보이게 만들었다. 그가 잘 모르는 남자였더라면 그녀는 그를 '이기적이고 냉혹하고 인정 없는 남자'라고 생각했을 것이다. 그래도 그녀는 자기 생각이 바보 같다고 스스로를 타일렀다. 그는 여전히 애정이 깊고 친절하고 동정심이 있는 그녀의 래리인 것이다.

캐서린은 자랑스럽게 자기 친구와 함께 일하는 동료들에게 그를 소개시켰지만 그들은 그를 달갑지 않게 생각하는 것 같았다. 그리고 파티에 가면 그는 한구석으로 가서 술만 마셔대고 있었다. 캐서린이 보기에 그는 그들과 어울리려고 노력하는 것 같지 않았다.

"왜 그렇게밖에 못하죠, 래리?"

어느 날 밤, 그녀가 그 문제를 얘기해보려고 말을 꺼내자 그는 무작정 퍼부어댔다.

"그래, 내가 생명을 걸고 전선에서 싸우고 있을 때 그놈들은 여기서 편안히 지내고 있었잖아."

캐서린은 두세 번 그가 앞으로 무엇을 할 것인지 이야기를 꺼내보았다. 아마 그는 군에 남기를 희망할 것이라고 생각하고 있었지만, 래리가 귀환해서 맨 처음으로 한 일은 퇴역하는 것이었다.

"군 복무 따위는 바보들에게나 어울려."

이 말은 캐서린이 할리우드에서 처음 그를 만났을 때 했던 희극의 한 대사 같았다. 단지 다르다면 그때는 그가 농담으로 했다는 것이었다. 캐서린은 누군가에게 의논을 하고 싶었다. 그래서 마침내 빌 프레이저에게 털어놓기로 했다. 그녀는 극히 개인적인 것만 빼놓고 자기의 걱정거리를 그에게 이야기했다.

"내 말이 위로가 될지는 모르겠지만, 온 세계의 몇백만의 여자들이 당신처럼 같은 고민을 갖고 있어. 실제로는 상당히 간단한 일인데 말이야. 캐서린, 당신은 생판 모르는 남자와 결혼했잖아."

프레이저는 동정하며 말했다. 캐서린은 아무 말도 하지 않고 그를 바라보았다. 프레이저는 파이프에 담배를 채워 넣고 불을 붙였다.

"4년 전 래리가 출정 나가기 전으로 돌아간다는 것은 무리라고 생각해. 그 시점은 이미 존재하지 않아. 결혼을 성공시키기 위한 한 가지 방법은 남편과 아내가 같은 경험을 하는 거야. 부부는 함께 성장해야 그에 따라 결혼생활도 성장하지. 따라서 자네들은 다시 한 번 공통의 장을 찾아야 할 것이야."

"빌, 나는 당신에게 이 문제를 얘기한 것만으로도 그에게 미안한 생각이 드는군요."

프레이저는 미소를 지었다.

"당신을 맨 처음 안 것은 나야. 기억하고 있어?"

그는 말했다.

"기억하고 있어요."

"래리에게도 나름대로의 이유가 있겠지. 그는 4년 동안 많은 남자들과 지내왔는데 이제는 여자와 지내야만 하는 거야."

프레이저는 말했고 그녀는 미소를 지었다.

"당신이 말하는 것은 뭐든 옳아요. 나에겐 그런 충고가 필요했어요."

"누구라도 상처 입은 사람을 다루는 방법에 대해 여러 가지 충고를 할수가 있지. 하지만 그중에는 표면에 나타나지 않는 상처도 있어. 상처가 깊은 곳으로 파고 들어가 있는 경우도 있거든."

그는 캐서린의 표정을 살펴보았다.

"그것이 특별히 중요하다는 것은 아니야."

그는 서둘러 덧붙였다.

"모든 전장의 병사가 두려워할 만한 경험을 하고 있다는 것을 말하고 있을 뿐이야. 바보가 아닌 이상 그것은 그의 마음속에 커다란 흔적을 남기지."

캐서린은 끄덕였다.

문제는 어떤 흔적이 남았는가 하는 것이었다.

캐서린이 휴가를 마치고 돌아오자 회사 동료들은 그녀를 무척 반가워했다. 맨 처음 사흘 동안 그녀는 새로운 광고와 새로운 고객에 대한 기획을 대충 훑어보고 전에 했던 기획을 머릿속에 넣는 것만으로 하루가 바삐 지나갔다.

캐서린은 휴가를 얻은 시간을 보충하기 위해 아침 일찍부터 밤늦게까지 일했는데, 카피라이터와 스케치 화가를 재촉하고 신경질적인 고객들을 안심시키는 일만 해도 벅찼다.

하지만 그녀는 매우 유능했고 자기 일을 즐겼다. 래리는 아파트에서 밤늦게 귀가하는 캐서린을 기다리고 있었다. 처음에 그녀는 자기가 회사에 간 사이에 무엇을 하고 있었느냐고 물었지만 그의 대답은 늘 애매모호하기만 해서 결국 물어보는 것을 그만둬버렸다.

그는 벽을 쌓았고, 그녀는 그 벽을 허물 방법을 찾지 못했다. 그는 캐서린이 무슨 얘기를 하면 금방 화를 내고 시답잖은 일로 끊임없이 말다툼을 벌였다. 그들은 때때로 프레이저와 같이 식사를 하는 경우가 있었는데 그녀는 프레이저에게 두 사람 사이가 원만하지 않다는 것을 감추기 위해서 식사 분위기를 즐겁고 활기차게 하려고 신경을 썼다.

그러나 캐서린은 둘 사이가 매우 나빠졌다는 것을 현실로 받아들여야 했다. 그 원인의 일부는 자기에게 있다고 캐서린은 생각했다. 그녀는 여전히 래리를 사랑하고 있었다. 그의 용모, 감촉, 그와의 추억을 사랑했다. 하지만 그녀는 그가 이 상태로 간다면 둘 다 파멸이라고 생각했다.

캐서린은 자신의 고민을 상의하기 위해 프레이저와 점심식사를 했다.

"래리는 어떻게 지내?"

그는 말했다.

조건반사적으로 '잘 있어요.'라는 말이 목구멍까지 올라왔지만 그녀는 그 말을 삼켜버렸다.

"그에게는 직장이 필요해요."

그녀는 넋이 나간 듯이 말했다. 프레이저는 의자에 등을 기대고 앉아서 끄덕거렸다.

"일이 없어서 그가 불안해 하는 거야?"

그녀는 망설였지만 거짓말을 하고 싶지는 않았다.

"그는 아무것도 하고 싶어하지 않아요. 자기에게 딱 맞는 일이 아닌 이상……."

그녀는 주의 깊게 말했다.

프레이저는 그녀의 말의 숨은 의미를 찾아내려고 하면서 잠자코 그녀를 응시했다.

"조종사가 될 생각은 있나?"

"군으로 다시 돌아가기는 싫답니다."

"내가 생각한 것은 항공회사야. 내 친구 중에 팬 아메리칸 경영자가 있는데, 래리 정도의 경험이 있는 사람이라면 환영할 거야."

캐서린은 래리의 입장이 되어 생각해보았다. 그는 무엇보다도 비행기 타는 것을 좋아했다. 좋아하는 일을 할 수만 있다면 그도 좋아질 것이 틀림없었다.

"좋아요. 좋은 얘기네요. 정말로 그 회사에서 써줄까요?"

그녀는 신중하게 말했다.

"얘기해보지. 하지만 먼저 래리가 어떻게 생각하는지 의향을 알아본 다음에……."

"그렇게 할게요. 정말 고마워요."

캐서린은 고마워서 그의 손을 잡았다.

"고맙기는! 당연한 일인걸."

프레이저는 캐서린의 손 위에 자기 손을 얹었다.

그날 밤 캐서린이 프레이저의 제안을 래리에게 전하자, 그는 말했다.

"그건 내가 귀환해서 들은 것 중 가장 좋은 일자리군."

이틀 후, 그는 맨해튼에 있는 팬 아메리칸 본사에서 칼 이스트만과 만나기로 약속했다. 캐서린은 래리의 양복을 다림질하고 와이셔츠와 넥타이를 고르고, 구두를 얼굴이 비칠 정도로 반짝반짝 윤을 내고는 말했다.

"가능한 한 빨리 전화를 걸어서 결과를 알려줘요."

그는 그녀에게 키스하고 예전의 소년 같은 미소를 살짝 띠고는 나갔다. 래리는 어린애 같은 점이 많다고 캐서린은 생각했다. 그는 성질이 급하고 쉽게 화를 내는 성격이었지만 한편으로는 애정이 깊고 관대하기도 했다.

'정말 곤란한 사람이야. 나는 전 우주에서 단 한 명의 완벽한 인간이 되어야겠어.'

캐서린은 한숨을 쉬며 생각했다. 그녀는 무척 바쁜 스케줄이 있었지만 래리와 그의 면접 결과 외에는 아무것도 생각할 수가 없었다. 그의 취직은 간단한 문제가 아니었다. 캐서린은 그녀의 결혼 전체가 거기에 달려 있는 듯한 생각이 들었다. 그날은 그녀의 일생 중에서 가장 긴 하루가 될 것 같았다.

팬 아메리칸 본사는 5번가의 53번지 모퉁이에 있는 현대식 빌딩이었다. 칼 이스트만의 사무실은 넓고 훌륭한 비품으로 가득 차 있어서 한눈에 그가 중요한 지위에 있다는 것을 알 수 있었다.

"자, 앉으세요."

래리가 방으로 들어서자 그는 말했다. 이스트만은 35세 정도의 나이에 깔끔하고 턱이 뾰족한 남자로, 뭐든지 예사롭게 넘기지 않을 듯한 엷은 갈색의 날카로운 눈을 갖고 있었다.

그는 몸짓으로 래리에게 긴 의자를 가리키고 자신은 그를 마주보며 의자에 앉았다.

"커피 드시겠습니까?"

"아뇨, 괜찮습니다."

"저희 회사에서 일하고 싶어하신다고 들었습니다만."

"빈자리가 있다면 일하고 싶습니다."

"현재 한 자리가 있습니다. 평소에 보통 1천 명이나 되는 조종사들이 취직을 부탁해오고 있지요."

그는 딱하다는 듯이 머리를 내저으며 말했다.

"놀랄 일이지요. 항공대에서는 몇천 명이나 되는 젊고 우수한 청년들에게 가장 복잡한 기계를 날게 하는 훈련을 시킵니다. 그리고 나서 그들이 훈련을 끝내고 잘 날 수 있게 되면 어딘가로 내쫓고 말죠. 항공대에는 할 일이 없다는 것입니다."

그는 한숨을 쉬었다.

"매일 믿기 어려울 만큼 많은 사람들이 찾아옵니다. 일류 파일럿과 당신과 같은 에이스들이. 단 한 자리에 1천 명의 지원자……. 어느 항공 회사에서나 마찬가지 실정입니다."

래리는 실망했다.

"그렇다면 왜 저를 만나기로 한 겁니까?"

그는 굳어진 말투로 물었다.

"두 가지 이유에서입니다. 첫째는 상사로부터 명령을 받았기 때문이고……."

래리는 분노가 치밀어 오르는 것을 느꼈다.

"별로 필요하지 않다는……."

이스트만은 앞쪽으로 몸을 내밀었다.

"둘째는 당신이 상당히 훌륭한 비행기록을 갖고 있기 때문입니다."

"고맙소."

래리는 딱딱하게 말했다. 이스트만은 그를 물끄러미 바라보았다.

"당신은 우리 회사의 훈련 코스를 거쳐야 합니다. 다시 학교로 돌아오는 것이죠."

래리는 이야기가 어떻게 되어가는 것인지 도무지 종잡을 수가 없어서 망설였다.

"그건 상관없습니다."

그는 신중하게 말했다.

"훈련은 뉴욕의 라가디아 공항에서 받게 됩니다. 지상교육이 4주간, 비행훈련이 1개월간입니다."

래리는 끄덕이며 기다렸다.

"비행기는 DC-4입니까?"

래리가 물었다.

"그렇습니다. 훈련이 끝나면 조종사가 됩니다. 훈련 중에 기본급은 물론 지급됩니다."

그는 일자리를 얻은 것이다! 이 남자는 지원하는 파일럿이 1천 명이나 되느니 어쩌느니 해서 그를 괴롭혔다. 하지만 어쨌든 그는 취직이 되었다. 그는 무엇을 걱정하고 있었던 것일까? 항공대 중에서 그 자신보다 빛나는 기록을 가진 자는 없는데 말이다. 래리는 미소를 머금었다.

"처음에는 조종사라도 상관없지만 저는 파일럿입니다. 언제 파일럿이 될 수 있겠습니까?"

이스트만은 한숨을 쉬었다.

"항공회사에는 노동조합이 있습니다. 승진하는 것은 선임 순입니다. 당신 앞에 많은 사람이 밀려 있지요. 해보겠습니까?"

래리는 끄덕였다.

"별로 손해 볼 것은 없으니까요."

"그럼요. 수속은 전부 제가 할 테니 당신은 신체검사를 받으십시오. 어디 좋지 않은 곳이라도 있습니까?"

이스트만은 말했다. 래리는 싱긋 웃었다.

"일본군을 상대로 단련된 몸입니다."

"언제부터 일할 수 있겠습니까?"

"오늘부터는 너무 이릅니까?"

"월요일부터 하기로 합시다. 그럼, 이것을 가지고 월요일 아침 9시에 사무실로 오세요."

이스트만은 카드에 이름을 적어 래리에게 건네주었다.

전화로 캐서린에게 뉴스를 알린 래리의 목소리에는 그녀가 오랫동안 듣지 못했던 흥분이 감돌고 있었다. 그녀는 이제 모든 것이 잘 되어갈 것 것만 같았다.

노엘

아테네 : 1946년

12

콘스탄틴 데미리스는 전용 비행기를 몇 대나 갖고 있었지만 그가 자랑
스러워하는 비행기는 호커시들리였다. 그것은 시속 3백 마일에 승무원
을 4명 태우고 16명의 승객들이 호화스런 분위기를 즐길 수 있는 하늘을
나는 궁전이었다. 프레드릭 소린이 내부 장식을 하고 샤갈이 벽화를 그렸
다. 보통 비행기 좌석 대신에 안락의자에 앉으면 편안한 기분이 드는 긴
의자가 기내 여기저기에 놓여 있었다. 뒷부분은 화려한 침실로 개조되고
앞부분의 조종석 뒤는 현대식 주방으로 되어 있었다. 데미리스나 노엘이
여행할 때는 반드시 특별 요리사가 수행했다.

데미리스는 전용기의 조종사로, 그리스 비행사 폴 메탁서스와 원래 영
국 공군의 전투기 파일럿이었던 이안 화이트스톤을 고용하고 있었다.

메탁서스는 땅딸막한 몸집에 붙임성 있는 남자로 항상 웃음을 띠고 있
었는데, 그 유쾌한 웃음소리는 무의식중에 사람을 끌어당겼다. 그는 기계
공이었는데 비행기 조종을 배워 영국 공군에 들어가서 독일과의 전투 중

에 이안 화이트스톤과 친한 사이가 되었다. 화이트스톤은 빨간 머리에 키가 크고 무척 마른 남자로 말썽꾸러기만 모여 있는 2류 학교에 막 부임한 선생처럼 습관적으로 쭈뼛쭈뼛해했다.

그러나 일단 비행기를 타면 화이트스톤은 전혀 다른 사람이 되었다. 그는 선척적인 파일럿으로서 특수한 재능을 가지고 있었다. 그것은 교육이나 훈련만 가지고는 얻을 수 없는 직감력이었다. 화이트스톤과 메탁서스는 3년간 같이 비행하며 독일군과 교전한 사이로 서로 상대방을 매우 존경하고 있었다.

노엘은 큰 비행기를 타고 자주 여행을 다니곤 했다. 때로는 데미리스와 같이 비즈니스를 위해서, 또는 즐기기 위해서였다. 그녀는 두 명의 파일럿과 친근한 사이가 되었지만 그들에 대해서 특별히 주의를 기울이지는 않았다.

그런 어느 날, 그녀는 그들이 영국 공군에 있을 무렵의 추억을 이야기하는 것을 우연히 듣게 되었다. 그때부터 노엘은 비행기를 탈 때마다 조종석에 들어가 두 파일럿과 잠시 이야기를 나누기도 하고, 그들 중 한 명을 기내로 불러들이기도 했다.

노엘은 그들을 유도해 전쟁 이야기를 하게 해서 마침내 화이트스톤으로부터 래리 더글러스가 영국 공군을 떠나기 전까지는 그의 중대의 연락장교를 맡고 있었다는 사실과 메탁서스가 그 중대에 들어갔을 때는 더글러스는 없었다는 것을 알아냈다.

노엘의 관심은 영국인 파일럿에게 집중되었다. 고용주의 애인의 흥미에 자극을 받은 그는 더욱 득의에 차서 자기 과거와 미래의 야심에 대해서 떠벌여댔다. 그는 노엘에게 자기는 오래전부터 전자공학에 흥미를 갖고 있었다고 말했다. 오스트레일리아에 있는 매형이 작은 전자 회사를 하고 있는데 화이트스톤에게 협력을 구해 왔지만 자신에게는 자금이 없다는 말도 했다.

"이대로라면 평생 목돈은 생길 것같지 않습니다."

그는 웃으면서 노엘에게 말했다.

노엘은 여전히 크리스티안 바벳을 만나기 위해 한 달에 한 번은 파리에 갔다. 바벳은 워싱턴의 사립탐정과 연락을 취하고 있었기 때문에 래리 더글러스에 대한 정보를 끊임없이 받고 있었다. 작은 몸집의 탐정은 주의 깊게 노엘의 반응을 살피면서 아테네로 보고를 보내주는 것이 좋은지 물었는데, 그녀는 자기가 직접 받으러 가겠다고 말했다. 바벳은 이해하겠다는 듯이 끄덕이며 공범자처럼 말했다.

"알았습니다, 페이지 양."

"정말 잘했어요, 무슈 바벳. 그렇게 신중하게 일을 처리하다니……."

노엘이 말하자 그는 미소를 지었다.

"고맙습니다, 페이지 양. 내 장사는 신중함이 가장 큰 자산이지요."

"그렇겠죠. 당신이 신중한 것은 콘스탄틴 데미리스가 한 번도 당신의 이름을 내게 말하지 않은 것으로 알 수 있어요. 그가 당신 이름을 입 밖에 내는 날에는 나는 그에게 당신을 죽이라고 부탁할 거예요."

그 말은 상쾌하고 허물없는 말처럼 가볍게 울려 퍼졌지만 그 효과는 폭탄과도 같았다. 바벳은 충격을 받고 입술을 핥으며 말했다.

"그…… 그건 걱정 마세요. 나는 저, 절대로……."

"당신을 믿어요."

노엘은 그렇게 말하고 떠났다.

그리스로 돌아오는 민간 항공기 안에서 노엘은 밀봉된 마닐라 봉투에서 비밀 보고를 꺼내어 읽었다.

아크메 탐정사

워싱턴 D.C.

'D' 스트리트 1402

참조번호 2-179-210

1946년 2월 2일

친애하는 무슈 바벳!

우리 회사의 조사원이 팬 아메리칸 사 인사부의 접촉자로부터 정보를 입수했습니다. 찾으시는 인물은 숙련된 전투기 파일럿입니다. 그 회사에서는 크게 조직화된 기업 안에서 잘 해나갈 수 있을 만큼의 규율이 있는 사람인지 어떤지 의심하고 있습니다. 해당 인물의 개인적 생활은 지금까지의 보고와 마찬가지로 패턴이 같습니다. 우리는 그가 교제한 여러 명의 여자들의 아파트까지 따라가 그를 미행했는데 그는 한 시간에서 5시간 정도 그곳에 있다가 나옵니다. 그는 그 여자들과 일시적인 성관계를 맺고 있는 것 같습니다(여자들의 이름과 주소가 필요하시다면 알려드리겠습니다). 해당 인물이 취직함에 따라 패턴이 바뀔지도 모르겠습니다. 이 점에 대해 요구하신 대로 조사를 속행하겠습니다.

지배인 R. 라텐버그

노엘은 보고서를 다시 봉투 속에 넣고 의자에 등을 기대고 눈을 감았다. 그녀는 자기 자신의 약점이 올가미가 되어 사랑하지도 않는 여자와 결혼하는 처지가 되어 괴로워하는 래리의 모습을 상상했다.

그가 항공회사에 취직함으로써 노엘의 계획이 다소 늦춰질지도 모르지만 그녀는 인내심이 강했다. 이제 곧 그녀는 래리를 자기 곁으로 끌어당길 것이다. 그동안에 그녀는 어떤 수단이든 강구해서 준비를 해둘 필요가 있었다.

이안 화이트스톤은 노엘 페이지의 점심식사에 초대를 받고 매우 기뻐했다. 처음에 그는 노엘이 자기에게 매력을 느낀 줄 알고 기분 좋아했지만, 그들의 만남은 즐거운 분위기라기보다는 격의가 있었다. 그것은 자기는 고용된 사람이고 그녀는 감히 손을 댈 수 없는 존재라는 것이 늘 머리에 남아 있기 때문이었다.

화이트스톤은 이성적인 남자여서 노엘이 자기에게 무슨 용건이 있음을 눈치채고 문득 문득 이상하다고 여겼다.

화이트스톤은 노엘과의 종잡을 수 없는 대화가 그녀에게는 뭔가 의미가 있는 것이 아닌가 하는 기묘한 느낌을 가졌다. 이날만큼은 특별하게 화이트스톤과 노엘은 케이프 스니온 가까이에 있는 작은 해안 마을로 드라이브를 하러 가서 그곳에서 점심식사를 했다.

노엘은 하얀 여름 드레스에 샌들을 신고 있었고 부드러운 금발이 바람에 나부껴 어느 때보다도 아름답게 보였다. 이안 화이트스톤은 런던의 한 모델을 사랑한 적이 있었다. 그 아가씨도 아름다웠지만 노엘과는 비교가 안 되었다. 그는 노엘과 비교할 수 있을 만한 미인을 만나본 적이 없었다.

화이트스톤은 그녀 앞에 있을 때는 조금 두려운 느낌이 들었다. 지금 노엘은 화제를 그의 장래 계획으로 돌렸다. 그는 이 얘기가 처음이 아니었는데 그녀가 데미리스의 명령을 받고 그가 고용주에 대해 충실한지 어떤지 타진하고 있는 것이 아닐까 생각했다.

"저는 현재의 일이 좋습니다."

화이트스톤은 열성적인 말투로 보증하듯이 말했다.

"나이가 들어 비행기를 탈 수 없게 될 때까지 계속 일하고 싶습니다."

노엘은 화이트스톤이 의심하고 있음을 알아차리고 그를 바라보았다.

"실망했어요. 당신은 더 큰 야심을 품고 있는 줄 알았는데."

그녀는 유감스럽다는 듯이 말했다. 화이트스톤은 그녀를 응시하며 물었다.

"무슨 이야기를 하고 싶어하시는지 잘 모르겠군요."

"언젠가 내게 전자회사를 경영하고 싶다고 한 적이 있죠?"

그는 별 생각 없이 그 이야기를 한 것을 떠올리고는 그녀의 뛰어난 기억력에 놀랐다.

"단순한 꿈이죠 뭐. 거액의 자금이 필요하니까요."

그는 대답했다.

"당신같이 재능 있는 사람이 돈 때문에 포기해서야 되겠어요?"

화이트스톤은 노엘 페이지가 도대체 그에게 어떤 대답을 기대하고 있는지 알 수 없어서 초조했다. 그는 사실은 지금의 일이 싫었다. 지금까지 이렇게 많은 월급을 받은 적이 없었고, 근무시간도 편안하고 일에도 흥미가 있었다. 하지만 한편으론 그 괴상한 작자인 백만장자의 전화가 걸려오면 새벽이든 한밤중이든 달려가야만 했다. 그러면 그의 사생활은 완전히 엉망이 되어버렸다.

그의 약혼녀는 봉급은 높아도 그의 일을 별로 달가워하지 않았다.

"당신에 대해서 내 친구에게 얘기했어요. 그 친구는 새 회사에 투자를 하고 싶어하거든요."

노엘은 말했다.

그녀의 목소리는 실제로 그 이야기에 흥분하고 있었지만 너무 강요하는 듯한 느낌이 들지 않도록 억제하고 있는 것 같았다. 화이트스톤은 얼굴을 들고 그녀와 눈을 마주쳤다.

"그 사람은 당신에게 상당한 관심을 갖고 있어요."

화이트스톤은 꿀꺽 침을 삼켰다.

"뭐, 뭐라고 말해야 좋을지 모르겠습니다, 페이지 양."

"아무것도 대답하지 않아도 돼요."

노엘은 그를 안심시켰다.

"한번 생각해봐요."

그는 잠시 생각했다.

"데미리스 씨는 이 일을 알고 계십니까?"

그는 어렵게 물었다. 노엘은 미소를 보였다.

"데미리스 씨는 좋아하지 않을걸요. 그는 고용인을 빼앗기는 것을 싫어할 테니까요. 특히 유능한 사람의 경우는……. 하지만……."

그녀는 잠깐 사이를 두었다.

"당신 같은 유능한 사람은 힘이 닿는 한 모든 것을 얻을 자격이 있다고 생각해요. 물론 평생 동안 타인에게 고용되어 살고 싶다면 얘기는 다르겠지만……."

"그렇게 살고 싶지는 않습니다."

화이트스톤은 급히 말했다. 그리고 갑자기 자신의 본심을 밝혔다는 것을 깨달았다. 그는 이것은 뭔가 올가미일지도 모른다고 생각하고 노엘을 살펴보았지만 그가 본 것은 따뜻하고 이해심 많은 얼굴뿐이었다.

"자신의 인생을 개척하고자 하는 사람이라면 누구라도 자기 사업을 하고 싶어할 겁니다."

그는 변명하듯이 말했다.

"당연하죠. 생각해보세요. 나중에 다시 이야기하죠."

노엘은 그 말에 동의했다. 그리고 나서 그녀는 주의를 주었다.

"이 일은 우리 둘만 아는 얘기예요."

"물론이죠. 고맙습니다. 이 일이 잘 성사된다면 정말 멋질 겁니다."

화이트스톤은 말했다. 노엘은 끄덕였다.

"나는 잘될 것 같은 느낌이 드네요."

캐서린

워싱턴—파리 : 1946년

13

월요일 오전 9시에 래리 더글러스는 뉴욕의 라가디아 공항의 팬 메리 칸 사무소의 1등 파일럿인 할 사코위츠에게로 갔다. 래리가 방에 들어가자 사코위츠는 그때까지 보고 있던 래리의 군 경력이 기록되어 있는 서류를 책상 서랍에 집어넣었다.

사코위츠는 작은 몸집에 예의라고는 없어 보이는 남자로, 햇볕에 그을린 얼굴과 래리가 지금까지 본 적이 없는 큰 손을 가지고 있었다. 그는 진짜 조종술의 베테랑이었다. 비행 서커스 시대부터 출발해서 엔진이 하나 달린 국영 우편기를 타기도 했고, 항공회사의 파일럿을 20년 동안 한 뒤 5년 전에 팬 아메리칸의 1등 파일럿이 되었다.

"잘 왔네, 더글러스."

그는 말했다.

"잘 부탁드립니다."

래리는 대답했다.

"아무래도 다시 비행기를 타고 싶겠지?"

"비행기는 필요 없습니다. 저를 바람 부는 방향으로 앉혀주기만 하면 이륙할 수 있으니까요."

래리는 싱긋 웃었다. 사코위츠는 의자를 가리켰다.

"앉게. 나는 자네들처럼 내 후임 자리를 노리고 오는 일당들에 대해서 잘 알고 싶다고."

래리는 웃었다.

"눈치 채셨군요."

"자네들을 비난할 수는 없지. 자네들은 모두 솜씨가 뛰어난 파일럿이고 훌륭한 전투 기록을 보유한 자들이거든. 그리고 여기에 오면 이렇게 생각하지. '저런 사코위츠 같은 녀석이 1등 파일럿이 될 수 있다면, 나 같은 인물은 회장자리에 앉아야 한다고.' 말이야. 자네들은 언제까지나 일개 조종사로 있을 생각은 없어. 훌륭한 파일럿이 되기 위한 발판으로 생각하지. 그건 좋아. 그래야만 하니까."

"그렇게 생각해주시니 고맙습니다."

래리는 말했다.

"하지만 한 가지 알아두어야 할 것이 있네. 우리 모두는 조합에 소속되어 있어. 승진은 철저히 선임 순이지."

"알고 있습니다."

"자네가 알아두어야 할 것은, 이것은 매우 좋은 일자리라는 거야. 그래서 들어오는 사람은 많아도 그만두는 사람은 적지. 그래서 승진이 매우 늦다고."

"아무튼 해보겠습니다."

래리는 대답했다.

사코위츠의 비서가 커피와 과자를 내왔다. 두 사람은 그때부터 한 시간 가량 잡다한 얘기를 나누며 서로를 알게 되었다. 사코위츠는 친절하고 붙임성이 좋았다. 그의 대부분의 질문은 서로 아무런 관계도 없고 아무래도 상관없는 것같이 보였지만, 래리가 첫 강습을 받으러 사무실을 나갈 때쯤에는 그는 래리에 관한 많은 것을 알 수 있었다.

래리가 떠나고 나서 2, 3분 후에 칼 이스트만이 들어왔다.

"어떻습니까?"

이스트만이 물었다.

"괜찮아."

이스트만은 떫은 표정으로 사코위츠를 바라보았다.

"어떻게 생각하시냐고요."

"한번 시켜보지."

"나는 어떻게 생각하느냐고 묻고 있는 겁니다."

사코위츠는 어깨를 움츠렸다.

"그럼 말하지. 내 직감으로는 그는 매우 우수한 파일럿이야. 그의 전투 기록을 보면 알 수 있듯이……. 그를 비행기에 태워 적의 전투기들을 향해 돌진시키면 그보다 더 훌륭한 자가 없을 거야."

그는 거기서 잠시 말을 끊었다.

"그래서?"

이스트만이 재촉했다.

"하지만 맨해튼 부근에는 적의 전투기가 없어. 나는 더글러스 같은 남자들을 잘 알아. 무슨 이유에서인지 모르겠지만 그들은 위험한 일에 뛰어드는 것이 취미거든. 그들은 도저히 오르기 힘든 험준한 산에 오르기도 하고, 바다 밑바닥을 기어 다니기도 하고, 그 밖에 뭐든 어렵고 위험한 일을 하고 싶어 안달을 하지. 전쟁이 발발하니 그들은 뜨거운 커피 속의 크림처럼 표면에 떠올랐어."

그는 의자를 돌려 창밖을 내다보았다. 이스트만은 선 채로 아무 말도 하지 않고 기다리고 있었다.

"더글러스에 관해 어떤 느낌이 와 닿아. 그에게는 어딘지 모르게 신경에 거슬리는 구석이 있어. 그가 기장으로서 자기가 책임지고 조종을 한다면 잘할 수 있을지 모르지만, 그는 심리적으로 기장과 부조종사와 조종사의 명령을 받아 움직이기에는 적합하지 않은 인물인 것 같아. 특히 자신의 실력이 그들에게 결코 뒤지지 않는다고 생각하고 있는 한……."

사코위츠는 이스트만 쪽으로 다시 돌아앉았다.

"게다가 좀 우스운 얘기긴 하지만, 아마도 그의 실력이 그들보다 월등할걸."

"걱정이 되어서 와봤습니다."

이스트만이 말했다.

"나도 그래."

사코위츠는 고백했다. 그리고 적당한 표현을 고르느라 잠시 뜸을 들였다.

"내가 보기에 그는 안정되어 있지 않은 것 같아. 이야기를 나누면서 그는 엉덩이에 다이너마이트를 달고서 그것이 언제 폭발할지 몰라 안절부절못하고 있는 것 같은 느낌을 받았어."

"어떻게 할 생각입니까?"

"뭐 특별히 어쩔 생각은 없어. 그에게 강습을 시키고 지켜보는 거지."

"그럼, 낙오될 수도 있다는 겁니까?"

이스트만이 말했다.

"자넨 그런 종류의 남자를 잘 몰라서 그래. 그는 훈련에서는 제1인자가 될 거야."

사코위츠의 예언은 적중했다.

훈련 코스에는 4주간의 지상 교육과 1개월간의 비행 훈련이 포함되어 있었다. 수강자는 오랜 경험을 가진 파일럿뿐이어서 코스는 두 가지를 목표로 하고 있었다. 첫째는 항공법, 무선통신, 지도, 계기 비행 등의 연습을 해서 수강자의 잠재적 약점을 밝혀내는 것, 둘째는 새로운 기계에 적응시키는 것이었다.

계기 비행은 링크 트레이너라는 비행기 조종석의 모의 장치에서 실시되었다. 그것은 긴 받침대가 움직여서 조종석의 파일럿이 실속(비행기가 비행 중 부력이 적어져 속력이 떨어지는 것), 공중회전, 회전강하, 횡전(좌우 회전) 등 모든 작동을 할 수 있게 되어 있었다.

조종석 위에는 검은 덮개가 씌워져 있어서 파일럿은 눈앞에 있는 계기에만 의지해 맹목 비행을 해야 하는 것이다. 모의장치 바깥에 있는 지도원이 명령을 내리고 강풍 속에서 이륙과 착륙, 폭풍우와 산악지대에서의 비행 등 모든 가상할 수 있는 위험에 대한 지시를 내렸다. 대부분의 경험이 많은 조종사들은 자신만만하게 링크 트레이너 속으로 들어갔지만 얼마 지나지 않아 이 장치가 생각했던 것보다 조작하기가 매우 힘들다는 것을 알게 되었다. 그들은 모든 감각이 외계로부터 차단되어 작은 조종석 안에서 왠지 기분 나쁜 고독감에 휩싸였다.

래리는 우수한 생도였다. 그는 강의실에서는 주의 깊게 집중해서 배운 모든 것을 빨아들였다. 숙제도 전부 완벽하게 했다. 안달을 한다든지 침착성을 잃는다든지 지루해하는 모습은 조금도 찾아볼 수 없었다. 오히려 그는 수강생 중에서도 가장 열심이고 그 누구보다도 우수했다.

래리에게 있어서 신기한 영역은 DC-4뿐이었다. DC-4는 기체가 길고 스마트한 비행기로 전쟁이 시작되었을 무렵에는 없었던 계기를 갖추고 있었다. 래리는 몇 시간이나 걸려 기체의 모든 부분을 조사하고 그 구조와 기능을 연구했다. 그리고 밤이면 수십 권의 비행기 정비입문서를 읽었다.

어느 날 밤 늦게 다른 강습생이 모두 격납고를 떠난 후에 사코위츠는 래리가 DC-4의 조종석 밑에 기어들어가 위를 쳐다보며 배선을 살피고 있는 것을 보았다.

"그놈은 내 자리를 빼앗을 작정인가 봐."

사코위츠는 다음 날 아침 이스트만에게 말했다.

"그런 식으로 계속한다면 어쩌면 그렇게 될지도 모르죠."

이스트만은 웃으며 말했다.

8주가 지나고 조촐한 수료식이 거행되었다. 캐서린은 뉴욕으로 와서 래리가 항공 기장(navigator wings)을 수여받는 식장에 자랑스럽게 참석했다. 래리는 일부러 아무렇지도 않게 말했다.

"캐시, 이 기장은 내가 조종실에 들어갈 때 자신의 임무를 잊지 않도록 하기 위해서 그들이 준 시시하고 보잘 것 없는 천 조각에 지나지 않아."

"아니에요, 그렇지 않아요. 사코위츠 씨와 얘기를 나누었는데 그는 당신이 매우 뛰어나다고 칭찬하던데요."

"바보 같은 폴란드인이 뭘 안다고. 자, 축배를 들러 가지."

래리는 말했다.

그날 밤, 캐서린과 래리는 그와 동기 강습생 4명, 그리고 그들의 부인들과 함께 동쪽 25번지에 있는 트웬티 원 클럽으로 만찬을 즐기기 위해 갔다. 로비는 북적대고 있었다. 지배인은 예약이 되어 있지 않으면 자리를 잡을 수 없다고 말했다.

"이런 클럽은 별 볼일 없어. 옆 식당으로 가자고!"

래리는 말했다.

"잠깐만 기다려요."

캐서린이 말했다. 그녀는 지배인에게 가서 제리 번즈를 만나고 싶다고 했다. 잠시 후 키가 작고 마른 데다 의심하는 눈빛을 가진 회색 눈의 남자가 급히 다가왔다.

"제가 제리 번즈입니다만, 무슨 일이십니까?"

그는 말했다.

"우리 부부와 친구들이 이곳에서 식사를 했으면 하는데 전부 10명입니다만, 예약이 안 되어 있어서…….”

캐서린은 설명했다. 그는 고개를 저었다.

“나는 윌리엄 프레이저의 동업자예요.”

캐서린은 말했다. 제리 번즈는 원망하는 듯한 눈초리로 그녀를 보며 말했다.

“미리 말씀해주셨더라면 좋았을 텐데. 잠깐 알아보고 올 테니 15분만 기다려주세요.”

“고마워요.”

캐서린은 말했다. 그녀는 모두가 기다리고 있는 곳으로 돌아왔다.

“놀랍지 않아요? 자리를 잡았다고요.”

캐서린은 말했다.

“어떻게 잡았지?”

래리가 물었다.

“간단해요. 빌 프레이저의 이름을 댔지요.”

캐서린은 대답했다. 그녀는 래리의 눈빛을 알아차리고는 재빨리 덧붙였다.

“그가 여기에 자주 오거든요. 여기 와서 좌석이 없으면 자기 이름을 대면 될 거라고 하더군요.”

래리는 동료들 쪽으로 고개를 돌렸다.

“여기서 나가지. 시시한 놈들이 오는 데야.”

모두들 출입구 쪽으로 우르르 걸어 나갔다. 래리는 캐서린을 돌아다보았다.

“안 갈 거야?”

“가긴 가야죠. 그 사람한테 얘기라도 해주고 가야할 것 아녜요.”

캐서린은 망설이며 말했다.

“빌어먹을! 오는 거야, 안 오는 거야?”

래리는 큰소리로 말했다.

사람들이 뒤를 돌아 유심히 쳐다보았다. 캐서린은 얼굴이 빨개지는 것을 느꼈다.

그녀는 얼른 래리를 따라서 밖으로 나왔다. 그들은 6번가의 이태리 레스토랑에서 맛없는 저녁식사를 했다. 캐서린은 겉으로는 아무렇지 않은 듯 행동했지만 속은 부글부글 끓고 있었다.

그녀는 래리가 어린아이처럼 행동한 것과 다른 사람들 앞에서 창피를 주었다는 것을 화가 나서 참을 수가 없었다.

집에 돌아오자 그녀는 한마디도 하지 않고 침실로 들어가 옷을 벗고 불을 꺼버렸다. 거실에서 래리가 술을 섞고 있는 소리가 들렸다.

잠시 후, 그는 침실로 들어가 불을 켜고 그녀가 누워 있는 곳으로 다가왔다.

"뭐야, 순교자라도 될 셈인가?"

그는 빈정댔다. 그녀는 발끈 화가 치밀어 벌떡 일어나 앉았다.

"당신이 나빠요. 당신이 오늘밤에 한 행동은 말이 안 돼요. 도대체 왜 그러는 거죠?"

"당신을 그렇게 만든 그놈 때문이야."

그녀는 래리를 쳐다보았다.

"뭐라고요?"

"완벽주의자 빌 프레이저 말이야."

그녀는 이해가 안 되어 그의 얼굴을 멍하니 바라보았다.

"빌은 우리를 도와준 것밖에 아무것도 잘못한 게 없어요."

"그래, 그 말이 맞아. 당신은 빌 덕분에 직장에 나가고 있고 나도 빌 덕분에 겨우 일자리를 얻게 되었지. 이제 우리는 빌 프레이저의 허락 없이는 레스토랑에 가서 식사도 할 수 없게 되었어. 아무튼 프레이저 녀석은 역겹다고!"

그녀가 놀란 것은 래리가 말한 내용보다도 그의 말투였다. 그가 얼마나 좌절과 무력감에 싸여 있는지 캐서린은 비로소 깨달을 수 있었다. 무리도 아니었다. 그가 전쟁에서 4년 만에 돌아와 보니 아내는 옛날 애인과 공동 경영자가 되어 있었다. 게다가 더욱 기분 나쁜 것은 그는 프레이저의 도움이 없이는 일자리를 찾는 것조차 할 수 없었던 것이다.

캐서린은 래리를 보면서 이것이 그들 결혼의 전환점이 되리라는 것을 느꼈다. 만약 그녀가 그와 생활을 계속하고 싶다면 그를 최우선으로 삼아야 했다. 그녀의 일보다도, 다른 모든 일을 제쳐두고 그를 우선으로 삼아야만 하는 것이다.

비로소 캐서린은 이제 진정으로 래리를 이해하게 되었다는 생각이 들었다. 그녀의 마음을 읽었는지 래리는 사과를 했다.

"오늘 밤 비열한 짓을 해서 미안해. 하지만 자리를 잡기 위해 당신이 마술을 부리듯이 프레이저의 이름을 입 밖에 냈을 때는 갑자기 속이 뒤집히는 것 같았어."

"미안해요, 래리. 다시는 당신에게 그런 짓 안할게요."

그들은 서로 껴안았다. 래리는 말했다.

"캐서린! 나를 떠나지 말아줘."

캐서린도 그런 생각을 했기 때문에 그를 꼭 껴안으며 말했다.

"절대로 떠나지 않아요, 여보."

래리가 항공사로서 첫 임무는 147편으로 워싱턴과 파리를 왕복하는 일이었다. 그는 비행 때마다 48시간을 파리에 체류하고 집으로 돌아와 사흘 간 쉬었다.

어느 날 오전, 래리가 회사에 있는 캐서린에게 전화를 걸었다. 그의 목소리는 흥분에 들떠 있었다.

"멋진 레스토랑을 찾았어. 점심식사 하러 나올 수 있어?"

캐서린은 오전 중에 결제해야만 하는 산더미 같은 기획 서류를 보았다.

"좋아요."

그녀는 가벼운 기분으로 말했다.

"15분 후에 데리러 갈게."

"나만 내버려두고 나가면 안 돼요! 이 기획을 오늘 안에 끝내지 않으면 스티브샌트에게 혼날 거란 말예요."

조수인 루시아가 소리를 질렀다.

"나중에 얘기하자고. 남편과 식사하러 가는 거야."

캐서린은 말했다. 루시아는 어깨를 움츠렸다.

"할 수 없죠. 만약 남편에게 질리면 내게 알려줘요."

캐서린은 웃었다.

"그때가 되면 넌 호호백발 할머니가 되어 있을걸."

래리는 회사 앞까지 데리러 왔다. 그녀는 차에 올라탔다.

"오늘 스케줄이 엉망이 되었나?"

그가 장난스럽게 물었다.

"아니에요."

그는 웃었다.

래리는 차를 공항 쪽을 향해 몰았다.

"레스토랑이 먼가요?"

캐서린이 물었다. 그녀는 오후 2시부터 약속이 5건이나 있었다.

"그렇게 멀지 않아…… 오후에는 바쁜가?"

"아뇨, 특별한 일은 없어요."

그녀는 거짓말을 했다.

자동차가 공항에 도착하자 갑자기 커브를 돌아 안으로 들어갔다.

"레스토랑이 공항 안에 있어요?"

"저쪽 끝이야."

래리는 대답했다.

그는 차를 주차시키고 캐서린의 팔을 잡고 팬 아메리칸 게이트로 갔다. 데스크에 앉아 있는 아름다운 아가씨가 래리에게 친절하게 인사를 했다.

"내 아내야. 이쪽은 에이미 윈스턴 양이고."

래리는 자랑스러운 듯이 말했다. 그들은 인사를 나누었다.

"자, 가지."

래리는 다시 캐서린의 팔을 잡고 출발 게이트로 갔다.

"래리… 어디로……."

캐서린은 말을 걸었다.

"점심식사 하러 가는데 왜 그렇게 꼬치꼬치 묻는 거야?"

그들은 37번 게이트에 도착했다. 카운터에 있는 두 남자가 승객들의 표를 검사하고 있었다. 안내판에는 '파리 행 147편―출발시간 오후 1시'라고 쓰여 있었다.

래리는 책상에 앉아 있는 남자 옆으로 갔다.

"데리고 왔어, 토니."

그는 그 남자에게 비행기 표를 건네주었다.

"캐시, 토니 롬바르디야. 이쪽은 캐서린이고……."

"이야기 많이 들었습니다. 비행기 표는 여기 있습니다."

남자는 웃으면서 말했다. 그는 표를 캐서린에게 건네주었다. 캐서린은 깜짝 놀라서 그를 쳐다보았다.

"이게 뭐예요?"

"사실은 말이야 우리는 점심식사를 하러 파리로 날아가는 거야. 파리의 맥심으로……."

래리는 웃었다.

캐서린은 당황해서 말이 나오지 않았다.

"맥… 맥심이라고요? 파리로? 지금 말예요?"

"그렇다니까."

"안 돼요! 지금은 갈 수 없어요."

캐서린은 호소하듯이 말했다.

"갈 수 있어. 내 주머니 속에 당신 여권이 들어 있지."

그는 빙글빙글 웃었다.

"래리… 엉터리! 나는 옷도 이 모양이잖아요. 약속도 있어요. 난……."

"옷이라면 파리에 가서 사줄게. 약속은 취소하면 되고. 당신이 2, 3일 비운다고 해도 프레이저가 알아서 처리해줄 텐데 뭐."

캐서린은 어떻게 해야 할지 몰라 난처해하며 그의 얼굴을 바라볼 뿐이었다. 그녀는 자기가 맹세한 결심이 생각났다. 래리는 그녀의 남편이다. 무엇보다도 그를 최우선으로 삼아야 한다. 래리에게는 그녀를 파리로 데리고 가는 것만이 중요한 것이 아니라는 점을 캐서린은 마침내 깨달았다. 그는 그녀에게 보여주기 위해서 자기가 조종사로 일하는 비행기에 그녀를 태워주고 싶었던 것이다. 그런데 그런 것도 모르고 그녀는 그러한 소망을 뭉개버릴 뻔한 것이다.

캐서린은 그의 손을 붙잡고 웃는 얼굴로 그를 올려다보았다.

"빨리 가요. 배가 무척 고파요."

파리는 흥미로운 일이 많은 도시였다. 래리는 만 1주일간의 휴가 계획을 세워놓고 있었고, 캐서린에겐 밤낮으로 즐거운 일이 가득했다. 그들은 센 강 왼쪽 언덕에 자리한 아담하고 운치 있는 호텔에 묵었다.

파리에서 보내는 첫날 아침, 래리는 캐서린을 샹젤리제로 데리고 가서 닥치는 대로 그녀를 위해 무언가를 사주려고 했다. 캐서린은 필요한 것만 샀지만 값이 너무 비싼 것에 놀라지 않을 수 없었다.

"당신은 자신의 결점이 뭔지 알아? 돈에 너무 인색하다는 점이야. 지금 당신은 신혼여행을 하고 있는 거라고."

"알았어요, 여보."

캐서린은 필요 없는 이브닝드레스는 사고 싶지 않았다. 그래서 래리에게 돈이 어디서 그렇게 많이 생겼느냐고 묻자 래리는 얼버무리려고 했다. 그러나 캐서린은 끝까지 캐물었다.

"월급을 가불했어. 그러면 안 되나?"

래리는 말했다.

캐서린은 아무 말도 할 기분이 나지 않았다. 그는 돈에 대해서는 어린 아이같이 퓩퓩 써버리는 스타일이었다. 그것은 그의 매력 가운데 하나였다. 그것은 또한 옛날 그의 아버지의 매력 가운데 하나이기도 했다.

래리는 그녀를 파리 관광일주 코스인 루브르 박물관, 나폴레옹 묘지 등으로 데리고 갔다. 소르본 근처의 아름답고 작은 레스토랑에도 갔다. 그들은 또 파리의 유명한 시장에 가서 프랑스 각지의 농촌에서 과일과 야채, 고기가 운반되어 들어오는 것을 구경하고 맨 마지막 날인 일요일 오후에는 베르사유에서 지냈다. 그러고 나서 파리 외곽에 있는 코크 아르디의 멋진 정원에서 저녁식사를 했다. 완벽한 두 번째 신혼여행이었다.

할 사코위츠는 주간 인사 보고서를 훑어보았다. 맨 앞에 래리 더글러스에 관한 보고서가 있었다. 사코위츠는 의자에 기대어 그것을 읽고 있었다. 마침내 그는 몸을 앞쪽으로 내밀어 인터폰의 스위치를 눌렀다.

"그를 이리로 보내요."

그는 말했다.

잠시 후에 팬 아메리칸의 제복을 입고 항공 백을 어깨에 멘 래리가 들어왔다. 그는 사코위츠를 보자 싱긋 웃어보였다.

"안녕하십니까, 대장!"

"앉게!"

래리는 책상 앞의 의자에 털썩 주저앉아 담배에 불을 붙였다. 사코위츠가 말했다.

"여기에 보고가 들어와 있는데 자네 지난 주 월요일, 파리에서 비행 전 집합시간에 45분이나 지각했다고 적혀 있군."

래리의 표정이 일그러졌다.

"샹젤리제의 인파에 휩쓸려서요. 하지만 비행기는 정시에 출발했잖습니까. 나는 여기서 보이스카우트 캠프를 하고 있는 줄은 몰랐어요."

"우리는 여객기를 운행하고 있어. 규칙에 따라서 말이지."

사코위츠는 나지막이 말했다.

"알았어요. 앞으로는 샹젤리제 근처에는 얼씬도 하지 않으면 되겠군요. 다른 용건은 없으시죠?"

래리는 화가 나서 말했다.

"있어. 스위프트 기장의 말로는 자네가 요즘 비행하기 전에 한두 잔씩 한다고 하던데."

"그 거짓말쟁이가!"

래리는 내뱉듯이 말했다.

"무엇 때문에 그가 거짓말을 하겠나?"

"그는 내게 일을 빼앗길까 봐 두려워하고 있어요!"

래리는 분노가 치밀었다.

"그런 겁쟁이는 10년 전에 벌써 내쫓아버려야 했다고요!"

"자네는 네 명의 기장과 번갈아 비행을 하고 있는데, 그중에서 누구를 좋아하지?"

"좋아하는 사람은 한 명도 없소!"

래리는 그렇게 내뱉고 나서 그것이 올가미였다는 것을 알아차리고는 속으로 아뿔싸! 했다. 그는 당황해서 덧붙였다.

"아니, 다 좋아하죠. 특별히 싫은 사람은 없어요."

"그들 모두가 자네와 같이 비행하는 것을 싫어해. 자네는 그들을 신경 쓰이게 한다더군."

사코위츠는 단조롭게 감정 없는 말투로 얘기했다.

"그건 또 무슨 말이죠?"

"만일 긴급사태가 발생했을 경우에는 누구든 전적으로 신뢰할 수 있는 사람이 옆에 있기를 원하는 법이지. 그런데 그들은 자네를 신뢰할 수가 없다는 거야."

래리는 머리끝까지 화가 치밀었다.

"바보 같은 자식들! 나는 4년간이나 독일 상공과 태평양에서 긴급사태를 겪었고 목숨을 건 하루하루를 보냈어요! 그동안에 그들은 여기서 유유자적하면서 과도한 급료를 받고 있었죠. 그런 녀석들이 나를 신뢰하지 못하겠다고 했다고요? 농담이겠지!"

"자네가 훌륭한 전투기 비행사가 아니라고는 아무도 얘기하지 않았어. 하지만 우리는 여객기를 운행하고 있지. 그건 다른 거야."

사코위츠는 조용히 대답했다. 래리는 주먹을 움켜쥐고 분노를 억누르려고 애썼다.

"좋아요! 무슨 생각을 하고 있는지 알았어요. 용건은 그것뿐이겠죠? 난 2, 3분 후에 출발하는 비행기를 타야 하니까."

그는 무뚝뚝한 표정으로 말했다.

"그 비행기는 다른 사람이 대신 타기로 되었어. 자넨 해고야."

사코위츠는 말했다. 래리는 믿기 어려운 듯이 그를 쳐다보았다.

"내가 뭐라고요?"

"어떤 의미에서는 내 실수일지도 몰라, 더글러스. 애초부터 자네를 고용하고 싶은 생각이 없었으니까."

래리는 일어섰다. 그의 눈은 분노로 이글이글 타오르고 있었다.

"그럼 왜 고용한 겁니까?"

그는 힐문했다.

"자네 아내에게 빌 프레이저라는 친구가 있기 때문에……."

래리는 책상 위로 몸을 뻗어 주먹으로 사코위츠의 얼굴을 한 대 갈겼다. 사코위츠의 몸은 벽에 부딪혔다. 그 순간을 이용해서 사코위츠는 벌떡 일어섰다. 그는 래리를 두 번 후려갈기고는 몸을 빼어 자제하려고 애썼다.

"여기서 나가! 당장!"

그는 말했다. 래리는 증오로 얼굴을 일그러뜨리며 그를 노려봤다.

"바보 같은 자식! 아무리 애걸해도 이따위 회사에 다시는 오나 봐라!"

그는 등을 돌려 거칠게 방을 나갔다.

사코위츠는 선 채로 래리의 뒷모습을 바라보았다. 그가 나가자마자 비서가 재빨리 들어왔다. 그녀는 나동그라진 의자와 붉은 피로 번진 사코위츠의 입술을 보고는 말했다.

"괜찮으세요?"

그녀는 물었다.

"아무 일도 아냐. 이스트만을 불러줘."

잠시 후 사코위츠는 칼 이스트만에게 방금 있었던 일을 모두 얘기했다.

"더글러스의 어디에 문제가 있다고 생각하십니까?"

이스트만이 물었다.

"한마디로 말해서 그는 정신이상자야."

이스트만은 날카롭고도 엷은 갈색 눈으로 그를 보았다.

"너무 지나친 얘기가 아닐까요? 그는 비행 중에 취해 있었던 것은 아닙니다. 비행 전에 그가 술을 마셨다는 것을 증명할 사람도 없고요. 다른 사람도 가끔 지각하는 적이 있지 않습니까."

"그것뿐이라면 해고까지는 시키지 않았어. 칼, 더글러스는 비등점이 너무 낮아. 솔직히 말하면 오늘 난 그를 화나게 만들 작정이었는데 그게 너무 간단했어. 만일 그가 그 압력을 견뎌냈더라면 그에게 기회를 주고 좀 더 지켜봤을 거야. 내가 우려하는 게 무엇인 줄 아나?"

"뭡니까?"

사코위츠는 말했다.

"며칠 전 영국 공군에서 더글러스와 같이 근무했던 옛 친구를 우연히 만났어. 그 친구한테서 놀라운 이야기를 들었네. 더글러스는 독수리 중대에 있을 때, 어느 영국 아가씨를 사랑하게 되었는데 그 아가씨는 더글러스 부대의 클라크라는 청년과 약혼한 사이였다는군. 더글러스는 그녀를 유혹했지만 그녀는 그의 유혹에 넘어가지 않았어. 아가씨와 클라크가 결혼하기 일주일 전에 독수리 중대는 디에페를 습격하는 B-17을 엄호하는 임무를 띠고 비행을 했다네. 더글러스는 전투기편대의 맨 끝머리를 날고 있었어. B-17은 폭탄을 투하하고 모든 전투기가 기지로 돌아갔지. 영국 해협에 거의 도달했을 때 그들은 적의 메서슈밋 몇 대에게 시달리다 클라크가 추락하게 되었어."

그는 말을 끊고 잠시 자기만의 생각에 잠겼다. 이스트만은 그가 이야기를 계속하기를 기다렸다. 사코위츠는 마침내 얼굴을 들고 그를 보았다.

"내 친구 얘기로는 클라크가 추락할 때 근처에 메서슈밋은 없었다는 거야."

이스트만은 믿겨지지 않는 듯한 눈길로 사코위츠의 얼굴을 응시했다.

"설마! 래리 더글러스가……?"

"난 아무 말도 안 했어. 남한테 들은 흥미 있는 얘기를 전한 것뿐일세."

그는 다시 입술을 손수건에 갖다 댔다. 피는 멈췄다.

"공중전이 한창 벌어지는데 뭐가 어떻게 되었는지 정확히 판별할 수는 없지. 어쩌면 클라크는 단순 폭발에 의해서였는지도 몰라. 단 한 가지 확실한 것은 재수가 지독히도 없었다는 점이지."

"그 후 그의 약혼녀는 어떻게 되었습니까?"

"그녀는 래리와 동거를 했는데, 래리는 미국으로 돌아올 때 그녀를 버리고 돌아왔지. 단 한 가지 사실은 말할 수 있네. 더글러스 부인에게 대단히 유감이라는 말일세."

그는 골똘히 생각하면서 이스트만을 바라보았다.

캐서린이 회의실에서 스태프들과 회의를 하고 있을 때 문이 열리고 래리가 들어왔다.

그의 눈언저리는 빨갛게 부어올랐고 뺨에는 상처가 나 있었다. 캐서린은 벌떡 일어나 그의 옆으로 다가갔다.

"래리… 무슨 일이에요?"

"일을 그만두었어."

그는 웅얼거리며 말했다.

캐서린은 다른 사람들의 호기심에 찬 시선을 피하기 위해 그를 자기 방으로 데리고 가 그의 눈과 뺨에 찬 물수건을 대주었다.

"말해보세요."

그녀는 그를 이 지경으로 만든 사람에 대한 분노를 억제하며 말했다.

"놈들은 오래전부터 내게 심술을 부려왔어, 캐서린. 내가 전쟁터에 나갔다 온 것에 대해서, 전쟁에 나가지 않은 그들은 나를 질시해왔어. 그것이 오늘 드디어 충돌한 거야. 사코위츠는 나를 불러서 나를 고용한 것이 당신이 빌 프레이저의 연인이었기 때문이라고 하더군."

캐서린은 그를 응시할 뿐 아무 말도 할 수가 없었다.

"내가 그놈을 한 방 갈겼지. 참을 수가 없었어."

"어머나, 여보! 미안해요."

캐서린은 말했다.

"나쁜 건 사코위츠야. 그놈을 마음껏 때려주었어. 설령 목이 잘린다 해도 당신에 대해 그런 식으로 얘기하는 놈은 용서할 수 없었어."

그녀는 래리를 꼭 끌어안고 달래주었다.

"걱정할 것 없어요. 당신은 미국의 어느 항공회사에든 취직할 수 있으니까요."

캐서린의 예언은 맞지 않았다. 래리는 모든 항공회사에 이력서를 내고 그중 몇몇 회사에서 면접을 보기도 했지만 결과는 좋지 않았다.

빌 프레이저와 점심식사를 하게 되었을 때 캐서린은 그 일에 관해 이야기했다. 프레이저는 아무 말도 하지 않았지만 점심식사 동안 줄곧 생각에 잠겨 있었다. 몇 번인가 그는 무슨 얘기를 꺼내려고 하다가 그만두었다. 나중에 그는 말했다.

"캐시, 나는 곳곳에 아는 사람이 많아. 래리를 어딘가에 부탁해볼까?"

"고마워요. 하지만 괜찮아요. 우리 둘이 어떻게든 해볼게요."

캐서린은 말했다. 프레이저는 잠시 캐서린을 지켜보더니 고개를 끄덕였다.

"만약 생각이 바뀌면 이야기해줘."

"네. 항상 문제가 있을 때마다 당신을 귀찮게 하는군요."

그녀는 고마워하며 말했다.

아크메 탐정사

워싱턴 D.C.

'D' 스트리트 1402

참조번호 2-179-210

1946년 4월 1일

친애하는 무슈 바벳,

1946년 3월 15일자의 편지와 수표는 잘 수령했습니다. 지난번 보고를 드린 후, 해당 인물은 롱아일랜드의 작은 독립항공 화물수송 회사인 플라잉 웰즈 트랜스포트 컴퍼니에 파일럿으로 취직했습니다. 던 브래드스트리트 사의 조사에 의하면 이 회사의 자본은 75만 달러, B-26 개조형 1대, DC-3 개조형 1대를 소유하고 있고 40만 달러 이상의 은행 부채가 있습니다. 주요 거래처인 뉴욕의 파리은행 부사장은 이 회사는 성장 가능성과 장래성이 풍부하다고 말하고 있습니다. 그들의 현재 연간 수익은 80만 달러, 앞으로 5년 동안 수익 30퍼센트 증가가 계획되어 있고 은행은 새 비행기 구입자금 대부를 고려하고 있습니다. 회사의 재정 상태에 대한 명세가 필요하다면 알아보도록 하겠습니다.

해당 인물은 1946년 3월 19일부터 근무를 시작했습니다. 인사부장(경영자 중 한 사람)은 본사의 조사원에게 그가 입사한 것을 매우 기쁘게 생각한다고 했습니다. 계속해서 자세한 정보를 보내드리겠습니다.

지배인 R. 라텐버그

노엘은 몇 통의 보고서와 스크랩을 그녀만이 열쇠를 가지고 있는 특수 가죽 백에 넣어두고 있었다. 그 백은 다시 자물쇠를 채운 여행용 가방에 넣어 그녀의 침실 옷장 깊숙이 넣어두었다. 자기 소지품을 데미리스가 뒤지기 때문이 아니라 그가 음모에 이상한 흥미를 갖는다는 것을 알고 있었기 때문이었다. 이것은 노엘의 개인적인 복수여서 데미리스에게는 절대로 알리고 싶지 않았다.

콘스탄틴 데미리스는 그녀의 복수 계획에서 나름대로 어떤 역할을 맡게 되겠지만 그것을 그가 알아차리게 해서는 안 되었다. 노엘은 편지를 다시 한 번 읽어보고 만족해했다.

그녀는 이제 시작할 준비가 되어 있었다.

그것은 전화로부터 시작되었다.

캐서린과 래리는 집에서 우울하게 침묵을 지키며 저녁을 먹고 있었다.

래리는 최근에는 거의 집에 붙어 있지 않았고, 언제나 기분이 나쁜 채 초조해하고 있었다. 캐서린은 그의 심정을 이해할 수 있을 것 같았다.

"마치 악마가 내 등 뒤에 딱 달라붙어 있는 것 같아."

글로벌 에어웨이즈가 파산했을 때, 래리는 캐서린에게 그렇게 말했다. 완전히 그 말대로였다. 믿을 수 없는 불운의 연속이었다.

캐서린은 래리에게 용기를 불어넣어주려고 그가 멋진 파일럿이라는 것을 상기시키고, 그를 받아들이는 회사는 행운을 얻은 것이라고 보증했다. 그러나 래리는 상처 입은 사자처럼 지내고 있었다. 그녀는 그가 언제 덤벼들지 모른다고 생각했다. 캐서린은 그가 의기소침해지는 것이 두려웠기 때문에 그의 광폭한 분노를 이해하고 너그럽게 보려고 노력했다. 그녀가 디저트를 식탁에 올려놓고 있는데 전화가 울렸다. 캐서린이 수화기를 들었다.

"여보세요."

상대편 목소리는 영국인 같았다.

"래리 더글러스 씨 있습니까? 저는 이안 화이트스톤이라고 합니다."

"잠깐만 기다려주세요. 당신 전화예요. 이안 화이트스톤이라는군요."

그녀는 수화기를 래리 쪽으로 내밀었다. 래리는 이상하다는 듯이 미간을 찌푸렸다.

"누구라고? 놀랍군!"

그러고 나서 금세 표정이 밝아졌다.

그는 다가가서 캐서린에게 수화기를 받아 쥐었다.

"이안인가? 벌써 7년 가까이 되는군. 어떻게 나 있는 곳을 알았나?"

그는 짧은 웃음소리를 냈다.

캐서린은 끄덕이기도 하고 웃기도 하는 래리를 지켜보았다. 5분이나 걸린 긴 통화 끝에 그는 말했다.

"그 녀석은 재미있지. 물론 좋아, 어디? 좋아, 그럼 30분 후에 만나지."

그는 생각에 잠긴 듯 수화기를 놓았다.

"친구예요?"

캐서린은 물었다.

"친구라고 할 정도는 아니야. 하지만 재미있군. 영국 공군에서 같이 비행기를 탄 녀석이야. 그런데 좋은 계획이 있다고 하는군."

"어떤 계획인데요?"

캐서린은 물었다. 래리는 어깨를 움츠렸다.

"돌아와서 얘기해줄게."

래리가 돌아온 것은 새벽 3시가 다 되어서였다. 캐서린은 침대에서 책을 읽고 있었다. 래리가 침실 문 앞에 나타났다.

"어머!"

그에게 무언가가 일어난 것이다. 래리는 캐서린이 오랫동안 보지 못했던 들뜬 기분을 내뿜고 있다. 그는 침대로 다가왔다.

"친구랑 이야기는 잘 되었어요?"

"음, 좋았어. 사실은 말이야, 아직도 믿어지지 않을 만큼 좋은 이야기야. 나 취직될지도 몰라."

래리는 신중하게 말했다.

"이안 화이트스톤이 고용해준대요?"

"아니, 이안은 나처럼 파일럿이야. 내가 함께 공군에서 비행한 친구라고 얘기했지?"

"네."

"그런데 전쟁이 끝난 뒤 그의 전우인 그리스 친구가 그에게 데미리스의 자가용 비행기 조종사 자리를 구해주었대."

"그 해운계의 대부 말인가요?"

"그래. 해운, 석유, 금광—데미리스는 세계의 절반을 소유하고 있지.

화이트스톤은 거기서 행운을 잡은 거야.”

“그래서 어떻게 되었어요?”

래리는 그녀를 보며 싱긋 웃었다.

“화이트스톤은 일을 그만두었대. 그는 오스트레일리아로 간다는군. 누가 그에게 사업자금을 대주기로 했다나 봐.”

“난 아직도 이해를 못하겠어요. 그 모든 것이 당신과 어떤 관계가 있는 거예요?”

캐서린은 말했다.

“화이트스톤이 데미리스에게 후임자로 나를 추천했대. 그가 그만둔 지 얼마 안 돼서 데미리스는 후임자를 수소문해볼 여유가 없다는군. 화이트스톤은 나라면 틀림없이 그의 기대에 딱 들어맞을 거라는 거야.”

그는 거기서 약간 망설였다.

“이제는 운이 트일지도 몰라, 캐시……”

캐서린은 지금까지 있었던 다른 일자리에 대해서 생각하며 그녀의 아버지와 그 공허한 꿈이 떠올랐다. 그리고 래리가 과대한 희망을 품지 않게 하기 위해서, 그리고 그의 열의에 찬물을 끼얹지 않도록 조심하느라 자신의 목소리가 너무 높지 않게 조절하며 말했다.

“당신과 화이트스톤은 그렇게 절친한 사이가 아니잖아요?”

그는 머뭇거렸다.

“그건 그래.”

그의 이마에 작은 주름이 잡혔다. 사실은 그와 이안 화이트스톤과는 서로 주는 것 없이 미워하는 사이였던 것이다. 오늘밤, 그에게서 전화가 걸려온 것은 정말 의외였다.

래리와 만났을 때 화이트스톤은 어딘지 모르게 침착해보이지 않았다. 그가 사정을 설명하고 난 뒤 래리가, “자네가 내 문제를 생각해주다니 정말 뜻밖이군.” 하고 말한 뒤에도 어색한 침묵이 계속되었다.

마침내 화이트스톤이 말했다.

"데미리스는 자네처럼 우수한 파일럿을 원하고 있어."

화이트스톤은 마치 그에게 그 일자리를 떠맡기려는 것 같았고, 래리는 그에게 은혜를 베풀고 있는 것 같은 그런 형편이었다.

래리가 그 문제에 흥미를 보이자 화이트스톤은 어쨌든 일단 안심한 것 같은 모습이었다. 그러고는 금방 헤어지려고 했다. 아무튼 그와의 만남 자체가 여러 가지로 기묘한 것은 사실이었다.

"이건 일생을 좌우하는 절호의 기회일지도 몰라. 데미리스는 화이트스톤에게 엄청난 월급을 주고 있대. 그는 거기서 제왕처럼 생활 했나 봐."

래리는 캐시에게 말했다.

"하지만 만약 일하게 되면 당신은 그리스에서 살아야 하잖아요."

"우리는 그리스에서 살게 되는 거야."

래리는 그녀의 말을 정정했다.

"그 정도로 월급이 많다면 1년 내에 독립할 수 있게 될 거야. 꼭 해보고 싶어."

캐서린은 망설이며 조심스럽게 말했다.

"래리, 거긴 너무 멀고, 당신은 콘스탄틴 데미리스에 대해 아무것도 모르잖아요. 파일럿 자리라면 여기에도……."

"안 돼!"

그의 말투는 격렬했다.

"여기서는 아무리 우수한 파일럿도 그에 합당하게 대접해주지를 않아. 여기서 중요한 것은 조합비를 몇 년간 얼마나 지불했는가 하는 것뿐이야. 그곳에 가면 나는 자유야. 내가 꿈꾸어왔던 일이야, 여보. 데미리스는 여러 대의 비행기를 갖고 있어. 나는 다시 날 수 있어. 내가 비위를 맞춰야 하는 것은 데미리스 뿐이야. 화이트스톤은 나라면 분명히 그의 마음에 들 거라고 했어."

그녀는 다시 래리가 팬 아메리칸에 취직해서 장밋빛 희망을 갖던 일, 그리고 작은 항공회사에서 잇달아 실패한 것을 생각했다.

'큰일났구나!'

그녀는 생각했다. 그것은 그녀가 해온 사업을 포기하고 미지의 땅으로 가서 낯선 사람들과 낯선 사람이나 마찬가지인 남편과 같이 지내는 것을 의미하는 것이기 때문이었다.

래리는 그녀를 지켜보며 말했다.

"당신도 함께 가겠지?"

그녀는 그의 열성적인 얼굴을 올려다보았다. 래리는 그녀의 남편이다. 결혼생활을 지속하고 싶다면 그녀는 그가 사는 곳으로 가야 한다. 만약 그의 일이 잘 되어가기만 한다면 얼마나 행복할까. 그는 다시 본래의 모습으로 돌아올 것이다. 그녀가 결혼했을 당시의 매력이 넘치고 유쾌하며 멋진 남자로. 그녀는 거기에 기대를 걸어야만 했다.

"물론이죠, 당신과 함께 있어야죠. 데미리스를 만나러 가서 얘기가 잘 되면 나도 곧 갈게요."

캐서린은 말했다. 그는 예전의 매력적이고 소년다운 미소를 지었다.

"그렇게 말해줄 줄 알았어, 여보."

그는 양팔로 그녀를 힘껏 끌어안았다.

"그 나이트가운을 벗는 것이 좋겠어. 그렇지 않으면 내가 찢어버리고 말 테니까."

래리는 말했다.

캐서린은 천천히 가운을 벗으면서 빌 프레이저에게 어떻게 이야기해야 할지를 생각했다. 래리는 다음 날 아침 일찍 콘스탄틴 데미리스를 만나러 아테네 행 비행기를 탔다. 그리고 나서 2, 3일 동안 래리로부터 아무런 소식이 없었다.

그 주일이 끝날 무렵이 되자, 캐서린은 그가 그리스에서 일이 잘 안 되어 돌아오기를 바라고 있는 자기 자신을 발견했다. 설사 데미리스가 고용한다고 해도 그가 언제까지나 계속 고용해줄지도 모르는 일이다. 미국에서도 얼마든지 일자리를 찾을 수 있을 텐데……

래리가 출발하고 나서 6일 후에 캐서린에게 국제전화가 걸려왔다.

"캐서린?"

"네, 저예요."

"짐을 싸야겠어. 당신은 지금 콘스탄틴 데미리스의 자가용 비행기의 파일럿과 얘기하고 있는 거야."

그로부터 10일 후, 캐서린은 그리스로 출발했다.

제2부

The Other Side of Midnight

노엘과 캐서린

아테네 : 1946년

14

인간은 도시를 만들고, 도시는 인간을 만든다. 아테네는 오랜 세월의 쇠망치에 견뎌온 철침 같은 도시였다. 그건 사라센과 영국, 그리고 터키에 점령되고 약탈당했지만 그때마다 끈질기게 살아남았다는 의미이다. 아테네는 남서쪽으로 사로니크만을 향해 완만한 경사를 이루고 있는 아티카 중앙평야의 남단에 자리 잡고 있었고, 동으로는 장엄한 히메투스 산맥이 솟아 있었다.

그 현대적인 도시의 화려함 밑에는 옛 망령과 고대의 영광을 숨기고 있는 전통이 깃든 마을의 모습이 어렴풋이 남아 있었고, 시민들은 현대와 과거의 세계를 동시에 살고 있었다. 그 도시는 끊임없는 경이와 여러 가지 새로운 발견으로 가득 찬 곳이며, 결코 완전히는 벗겨지지 않는 베일에 싸인 도시였다.

래리는 헤레니콘 공항으로 캐서린을 맞으러 나왔다. 캐서린은 흥분에 싸인 그가 트랩을 뛰어 올라오는 것을 보았다. 래리는 햇볕에 그을리고 야윈 것 같았지만 아주 여유만만해보였다.

"보고 싶었어, 캐서린!"

그는 캐서린을 양팔로 끌어안으며 말했다.

"나도 그래요."

"빌 프레이저는 우리 얘기를 듣고 뭐라고 하던가?"

래리는 그녀가 세관을 통과하는 것을 도와주면서 물었다.

"그는 잘 이해해주었어요."

"그럴 수밖에 없었을 테지."

래리는 비꼬는 투로 말했다.

캐서린은 프레이저를 만났을 때의 광경을 떠올려보았다. 프레이저는 깜짝 놀라 그녀의 얼굴을 바라보았다.

"당신이 그리스로 가서 거기서 살겠다는 거야? 도대체 이유가 뭐지?"

"결혼 서약서 중에 분명히 적혀 있어요."

그녀는 농담조로 말했다.

"내가 말하는 것은 래리는 어째서 여기서 일자리를 찾을 수 없느냐는 뜻이야."

"모르겠어요, 항상 무슨 일이든 잘되지 않았어요. 그런데 그리스에서 일자리를 구했고, 래리도 이번에는 잘될 것 같다고 느끼나 봐요."

프레이저는 처음에는 충동적으로 반대했지만 친절하게 마음을 써주었다. 그는 그녀를 위해 온갖 배려를 아끼지 않았고, 회사와 계속적인 관계를 유지하도록 권유했다.

"인연을 끊어버리는 것은 좋지 않겠지."

그는 몇 번이나 되풀이해서 말했다.

캐서린은 지금 래리가 그녀의 짐을 리무진까지 포터에게 운반시키려고 하는 것을 바라보면서 프레이저의 말을 생각했다.

래리는 포터에게 그리스어로 말했다. 캐서린은 래리가 외국어에 능통하다는 것을 알고 깜짝 놀랐다.

"나중에 콘스탄틴 데미리스를 만나게 해줄게. 그는 마치 제왕 같아. 온 유럽의 위대한 사람들이 어떻게 하면 그를 기쁘게 해줄 수 있을까 항상 그것만 생각하고 있어."

"그가 당신 마음에 든다니 기뻐요."

"그도 내가 마음에 드나 봐."

캐서린은 래리가 지금처럼 행복해하고 힘이 넘쳐흐르는 것을 본 적이 없었다. 그것은 좋은 징조였다.

호텔로 가는 길에 래리는 비로소 데미리스를 만났을 때의 상황을 이야기했다. 래리는 공항에서 단정하게 정복을 입은 운전사의 마중을 받았던 것이다. 래리가 데미리스의 비행기를 보고 싶다고 하자, 운전사는 공항 끝에 있는 거대한 격납고로 래리를 안내했다.

격납고 안에는 3대의 비행기가 있었다. 래리는 1대씩 엄격한 눈으로 점검했다. 당장 조종석에 들어가 날고 싶을 정도로 호커시들리는 훌륭했다. 다음 비행기는 잘 정비된 6인승 파이퍼였다. 그는 300마일의 속도를 내기는 식은 죽 먹기일 거라고 생각했다. 세 번째 비행기는 개조된 2인승의 L-5로, 라이커밍 엔진이 부착되어 있었고 근거리 비행에 적합한 것이었다. 점검을 끝내자 래리는 운전사 옆으로 다시 돌아왔다.

"훌륭하군! 갑시다."

래리는 말했다.

운전사는 아테네에서 25킬로 정도 떨어진 고급 외곽 주택지구인 바르키저에 있는 별장으로 그를 데리고 갔다.

"데미리스의 별장을 보면 놀랄걸."

래리는 캐서린에게 말했다.

"어떤 별장인데요?"

캐서린은 열의를 담아 물었다.

"말로는 표현하기가 어려워. 10에이커의 넓이에 전기장치가 된 문이 있고, 수위와 경비견이 있지. 아무튼 모든 것이 다 갖추어져 있어. 별장의 바깥쪽은 궁전이고 안쪽은 미술관이야. 옥내 수영장과 무대, 영사실도 있어. 곧 보게 될 거야."

"그는 친절한 사람이에요?"

캐서린은 물었다.

"물론이지, 정중한 대접을 받았어. 아마 내 평판을 들었나 봐."

실제로는 래리는 콘스탄틴 데미리스를 만나기 위해서 작은 대기실에서 3시간이나 기다렸다. 보통 때 같으면 래리는 그런 무례함에 분노를 느꼈을 것이다. 하지만 그는 이 면담에 모든 것이 걸려 있다는 것을 알고 신경이 잔뜩 곤두서 있었기 때문에 화를 낼 형편이 아니었다.

래리는 이 일이 그에게 있어서 얼마나 중요한지를 캐서린에게 이야기했다. 그러나 그는 그 일자리를 얻고 싶어서 안달이 난 자신의 기분은 이야기하지 않았다. 하늘을 나는 것은 그의 특기였지만 하늘을 날 기회를 놓친다면 그는 아무것도 할 의욕을 가질 수가 없었다. 마치 그의 인생이 헤아릴 수 없는 절망의 수렁에 빠져버리는 것 같았고, 그 압박감은 참을 수 없을 정도로 컸다. 모든 것이 전적으로 이 일에 걸려 있었다.

3시간이 지나자 집사가 와서 데미리스 씨가 그를 만나볼 준비가 되었음을 알렸다. 그는 베르사유 궁전의 알현실 만큼이나 큰 홀을 지나 래리를 안내했다. 벽은 아름다운 금색과 녹색과 푸른색이 조화되어 칠해져 있었고 벽에는 장미나무로 테를 두른 벽걸이가 걸려 있었다. 또 바닥에는 훌륭한 사보네리 카펫이 깔려 있고 천장에는 크리스털과 청동의 큰 샹들리에가 늘어져 있었다.

서재의 입구를 보니 청동 기둥머리가 붙은 녹색 줄무늬의 지붕 원주가 있었다. 서재 자체는 일류 건축가가 설계한 듯 정교하게 디자인되어 있었고, 벽들은 과일나무를 이용해서 아름답게 장식하고 있었다. 한쪽 벽 중앙에 금도금 장식이 붙은 흰 대리석으로 만든 벽난로가 있고, 그 위에 카피에리(8세기의 조각가, 금속 세공가) 작품인 2개의 훌륭한 장작걸이가 놓여 있었다. 벽난로 위에서 천장까지 거울이 붙어 있고 그 옆에 장 오노레 프라고나르의 그림이 있었다. 열린 프랑스풍의 창문을 통해 조각상과 분수가 있는 데미리스 사유 공원을 굽어보는 넓은 테라스도 래리의 눈에 들어왔다.

서재의 맨 안쪽에는 크고 묵직한 책상이 있고, 그 맞은편에 직물 덮개를 씌운 키가 크고 검은색 의자가 놓여 있었다. 책상 앞에는 직물 커버를 씌운 다리가 2개인 안락의자가 놓여 있었다.

데미리스는 수십 개의 색깔로 된 핀을 꽂아 놓은 메르카토르식 지도를 바라보고 있었다. 래리가 들어서자 그는 뒤돌아보며 손을 내밀었다.

"콘스탄틴 데미리스요."

그는 말했다. 그 말투에는 희미하게 사투리가 섞여 있었다. 래리는 뉴스와 잡지 등에서 지금까지 그의 사진을 보아왔지만 실제로 본 그의 모습은 훨씬 박력이 있어 보였다.

"알고 있습니다. 래리 더글러스입니다."

래리는 악수를 하면서 말했다. 데미리스는 래리의 시선이 벽의 지도에 머물러 있는 것을 보고 말했다.

"내 제국일세. 앉게."

래리는 책상 앞에 있는 의자에 앉았다.

"자네와 이안 화이트스톤은 영국 공군에서 같이 있었다고 하더군."

"네."

데미리스는 의자에 등을 기대고 래리를 바라보았다.

"이안이 자네를 무척 칭찬하더군."

래리는 미소를 지었다.

"저도 그를 높이 평가하고 있습니다. 상당히 훌륭한 파일럿이라고 생각합니다."

"그도 자네에 대해서 같은 말을 하더군. 그는 '위대한'이란 표현을 썼지만 말이야."

래리는 화이트스톤이 그에게 일자리 이야기를 꺼냈을 당시의 놀라움을 다시 한 번 느꼈다.

화이트스톤이 데미리스에게 그를 매우 좋게 이야기한 것이 분명해보였다. 그것은 그와 화이트스톤의 관계를 놓고 볼 때 전혀 의외의 일이었다.

"실력은 좋은 편입니다. 직업이니까요."

래리는 말했다. 데미리스는 끄덕였다.

"나는 자기 일에 뛰어난 실력을 갖고 있는 사람을 좋아하지. 이 세상의 대부분의 사람들이 자기 일을 제대로 해내지 못한다는 것을 알고 있나?"

"그런 것은 별로 생각해본 적이 없습니다."

래리는 솔직하게 말했다.

그는 미미한 웃음을 띠었다.

"난 있어. 그것이 내 임무지. 인간들을 파악하는 것 말이야. 대다수의 사람들은 현재 자기가 종사하고 있는 일에 만족해하지 않지. 더글러스, 그들은 자기가 좋아하는 일을 할 수 있는 방법을 궁리해보지도 않고, 어리석은 벌레처럼 일생토록 어떤 일에 얽매여 사는 거야. 자기 일을 진정으로 사랑하는 남자를 발견하는 경우는 드물지. 그 드문 경우의 남자는 대부분 성공을 하지."

"옳으신 말씀이십니다."

래리는 조심스럽게 말했다.

"자네는 성공한 사람이 아니야."

래리는 갑자기 경계의 눈초리로 데미리스를 올려다보았다.

"그건 성공이란 말의 의미에 따라 다르겠지요, 데미리스 씨."

그는 조심스럽게 말했다.

"내가 말하고자 하는 것은 자네는 전쟁에서는 공적을 세웠는지 모르지만, 전쟁이 끝나고 귀환해서는 별로 신통치 않았다는 걸세."

데미리스는 거리낌 없이 말했다.

래리는 턱의 근육이 경직되는 것을 느꼈다. 그는 자기가 시험받고 있는 중이라는 것을 알아차리고는 분노를 누르기 위해 노력했다. 그리고 어떻게든 꼭 필요한 이 일자리를 허사로 만들지 않으려면 무슨 말을 어떻게 해야 하는가 하고 필사적으로 생각했다.

데미리스는 그를 지켜보았다. 그의 올리브빛 눈은 어느 것 하나 놓치지 않고 조용히 그를 관찰하고 있었다.

"팬 아메리칸의 일자리는 어떻게 된 건가? 더글러스."

래리는 데미리스의 얼굴에 떠오른 엷은 웃음을 보았다.

"전 부조종사가 되기까지 15년씩이나 무기력하게 기다려야 하는 것이 내키지 않았습니다."

"그래서 상사를 구타했나?"

래리는 깜짝 놀랐다.

"누구한테 들으셨습니까?"

"무슨 말을 하는 건가? 자네를 고용하면 나는 비행기를 탈 때마다 자네한테 생명을 맡기게 되는 거야. 내 생명은 자네 생명보다 훨씬 더 귀중해. 자네에 관한 신상을 확실히 알아보지도 않고 고용할 거라고 생각했나? 천만의 말씀."

데미리스는 당치도 않다는 듯이 말했다.

"아닙니다. 그렇게 생각하지는 않았습니다만."

"자네는 팬 아메리칸에서 해고된 후에 다른 두 군데의 항공회사에서도 해고되었어. 그건 좋은 경력이 아니야."

"그건 제 능력과는 관계가 없었습니다. 한 회사는 영업이 잘 안 되어서 망했고, 다른 한 회사는 은행 대출이 끊겨서 파산 선고를 했습니다. 저는 우수한 파일럿입니다."

래리는 항변했다. 분노가 다시 그의 내부에서 솟구쳐 올라왔다.

데미리스는 잠시 그를 바라보며 미소를 지었다.

"그건 알고 있어. 자네는 규율 따위에 신경 쓰며 사는 것은 질색하는 것 같구먼. 안 그런가?"

"저보다 못난 놈한테 이래라 저래라 명령받는 것은 질색입니다."

"나는 그런 놈들 중에는 끼지 않아."

데미리스는 무미건조하게 말했다.

"저한테 비행기 조종에 관해서 간섭을 하지 않는다면 그렇겠죠."

"그런 참견은 하지 않아. 그것은 자네 임무니까. 내가 가고 싶은 곳으로 능률적이고 쾌적하고 안전하게 데려다주는 것 또한 자네의 임무지."

래리는 끄덕였다.

"최선을 다하겠습니다, 데미리스 씨."

"그렇게 해주길 바라네. 내 비행기를 보고 왔다면서?"

데미리스는 말했다.

"네."

래리는 놀란 표정을 나타내지 않으려고 애쓰며 말했다.

"맘에 들던가?"

"멋진 비행기더군요."

래리는 자기도 모르게 몸을 앞으로 내밀었다.

"호커 시델리를 타본 적이 있나?"

데미리스는 래리의 표정을 관찰하며 말했다.

"없습니다."

래리는 거짓말을 하고 싶은 충동에 사로잡혔지만 잠시 망설이다가 솔직하게 대답했다. 데미리스는 끄덕였다.

"비행할 수 있겠는가?"

래리는 싱긋 웃었다.

"10분만 배우면 조종할 수 있습니다."

데미리스는 몸을 앞으로 내밀고 길고 가느다란 손가락을 깍지 끼웠다.

"내 비행기를 잘 아는 사람을 선택할 수도 있었네."

"그러나 그렇게는 하지 않으실 겁니다. 당신은 계속 새로운 비행기를 구입해도 어떤 기종에도 적응할 수 있는 사람을 원하실 테니까요."

래리는 말했다. 데미리스는 끄덕였다.

"똑바로 맞혔어. 내가 구하고 있는 것은 파일럿, 즉 순수한 파일럿이지. 비행하고 있을 때 가장 행복을 느끼는 사나이 말이야."

그 말을 듣는 순간, 래리는 이 일은 바로 자신의 것이라고 생각했다.

래리는 그가 채용되지 못할 뻔했던 사실은 모르고 있었다. 만약 콘스탄틴 데미리스의 성공의 비결이라면 이런 본능의 집요한 육감 때문이었을지도 모른다.

이안 화이트스톤이 찾아와서 그만두겠다고 말했을 때, 소리 나지 않는 경보가 데미리스의 마음속에서 울렸다. 우선 화이트스톤의 태도가 이상했다. 그의 모습은 어딘가 부자연스럽고 안절부절못했다. 그는 돈 때문이 아니라고 데미리스에게 강조했다. 매형과 시드니에서 사업을 할 기회가 생겼기 때문에 해보고 싶다는 말을 했던 것이다. 그리고 그는 다른 파일럿을 추천했다.

"미국인입니다만, 영국 공군에서 저와 같이 비행하던 사람입니다. 우수할 뿐만이 아니라, 위대한 파일럿입니다. 아무도 그를 따를 자가 없을 겁니다."

데미리스는 이안 화이트스톤이 친구를 칭찬하는 것을 말없이 지켜보면서 왠지 모르게 마음에 걸리는 것이 있었다. 그것이 무엇 때문일까 하고 그는 생각했다. 그리고 마침내 깨달았다. 화이트스톤이 자기 친구를 지나치게 칭찬하는 것은 갑자기 자신이 일을 그만두게 된 부담감 때문일지도 모른다고 생각했다.

데미리스는 아주 사소한 일이라도 되는대로 형편에 따라 맡기는 타입이 아니어서 화이트스톤이 떠나자마자 몇 나라에 전화를 걸었다. 날이 저물 무렵에 그는 화이트스톤이 매형과 오스트레일리아에서 작은 전자회사를 시작할 자금을 대주는 사람이 있다는 것을 확인했다. 그리고 그는 영국 항공성에 있는 친구에게 전화를 걸었다. 2시간 후에 래리 더글러스에 관한 보고를 받을 수 있었다.

"그는 지상에서는 약간 변덕스럽지만 우수한 조종사인 것은 틀림없습니다."라고 그의 친구는 말했다. 그리고 나서 데미리스는 워싱턴과 뉴욕에 전화를 걸어서 즉시 래리 더글러스의 현재 상태에 대한 정보를 얻었다. 표면상으로는 특별히 나쁜 면이 없는 것 같아 보였다. 그런데도 콘스탄틴 데미리스는 막연한 불안과 문제가 생길 것 같은 예감을 느꼈다.

그는 노엘에게 이안 화이트스톤의 급료를 더 올려줘서 붙잡아두면 어떻겠느냐고 의논을 했다. 신중하게 듣고 있던 노엘은 말했다.

"아녜요. 그만두게 하는 것이 좋겠어요. 그가 미국인 파일럿을 그렇게 칭찬한다면 그를 시험해보는 게 어떻겠어요?"

그래서 데미리스는 래리를 채용하기로 결정했던 것이다.

래리 더글러스가 아테네로 오고 있다는 것을 안 순간부터 노엘은 다른 일이 손에 잡히지 않았다. 그녀는 지금까지 소요된 세월과 신중한 계획, 깊은 인내, 그리고 완만하지만 냉혹하게 거미줄 같은 그물망으로 상대를 조여 온 이 사실을 안다면 복수의 화신인 데미리스조차도 그녀에게 감탄의 눈길을 보낼 것이라고 믿었다.

얄궂은 운명이라고 노엘은 생각했다. 만일 래리를 만나지 않았더라면 지금쯤 그녀는 분명히 데미리스와 행복하게 지내고 있을 것이다. 그들은 서로 부족한 부분을 메워주며 완벽하게 지내고 있었다. 두 사람 모두 권력을 사랑하고 그 사용법을 알고 있는, 말하자면 그들은 평범한 인간을 초월한 사람들이었다.

그들은 무언가를 지배하기 위해서 존재하는 신과 같은 존재였다. 그리고 마지막에는 결코 패하는 법이 없었다. 깊디깊은 거의 측량하기 어려운 인내력을 갖고 있었기 때문이었다. 그들은 언제까지라도 기다릴 수 있었다. 그리고 이제 노엘의 기다림은 끝이 났다.

노엘은 정원에 있는 해먹에 누워 계획을 재검토하면서 하루를 보냈다. 그리고 태양이 서쪽 하늘로 막 기울어질 무렵에서야 그녀는 만족했다. 이 6년간 오직 복수의 집념으로 불태우고 있었다는 것을 그녀는 어떤 의미에서는 안타깝게 생각했다.

복수의 집념은 그녀가 눈뜨고 있는 대부분의 시간을 자극해왔고 그녀의 인생에 활력과 추진력과 흥분을 자아냈다. 그리고 지금 그녀가 추구하는 것은 앞으로 수 주간 내에 막을 내리게 될 것이다.

기울어진 그리스의 햇빛을 받으면서 조용한 녹색 정원에 살랑살랑 불기 시작한 저녁의 서늘한 바람 속에 그녀는 누워 있었다. 그 순간에는 아직 자신이 추구하는 것이 막 시작되었다는 것을 그녀 자신도 알지 못하고 있었다.

래리가 도착하기 전날 밤, 노엘은 잠을 이룰 수가 없었다. 그녀는 밤새도록 뜬 눈으로 파리와 웃음을 안겨주고 자신의 마음과 몸을 빼앗고 떠나간 남자에 대한 회상을 하며 조용히 누워 있었다. 그리고 쓸쓸한 파리의 아파트에서의 그 오후와 끝이 날카로운 옷걸이가 점차 속으로 깊게 들어가 마침내 태아를 찌르고 참기 어려운 고통으로 히스테리 상태에 빠졌던

일, 피가 홍수처럼 콸콸 멈추지 않고 흘러내리던 당시를 떠올렸다. 그녀는 그 모든 일들을 생각해내고, 다시금 깊이 생각했다…… 고통과 고뇌와 증오를…….

노엘은 새벽 5시에 일어나서 몸치장을 하고 방 안에 앉아 에게 해 위로 붉은 쟁반같이 떠오르는 거대한 태양을 보았다. 그것은 그녀가 아침 일찍 일어나 몸치장을 하고 래리를 기다렸던 파리의 아침을 생각나게 했다. 그러나 이번에는 래리가 그녀에게 오고 있는 것이다. 그가 기필코 오지 않으면 안 되도록 준비를 했기 때문에……. 노엘이 이전에 그를 필요로 했듯이 이제는 래리가 그녀를 필요로 하고 있었다. 래리는 아직 그 사실을 모르고 있겠지만…….

데미리스는 노엘의 방으로 하녀를 보내어 함께 아침식사를 하고 싶다고 전했지만, 그녀는 너무 흥분되어 있었기 때문에 그의 호기심을 불러일으킬까 두려웠다. 그녀는 아주 오래전부터 데미리스가 고양이같이 예민한 감수성을 갖고 있다는 것을 알고 있었다. 사소한 것 하나도 놓치지 않고 보는 사람인 것이다. 노엘은 주의해야 한다고 재차 자신에게 다짐했다.

그녀는 그녀 스스로가 자기 방식대로 래리를 요리하고 싶었다. 노엘은 콘스탄틴 데미리스를 아무것도 모르는 도구로써 이용하고 있었다.

노엘은 작은 컵으로 진한 그리스 커피를 마시고 구운 롤빵을 절반 정도 먹었다. 식욕이 없었다. 그녀의 마음은 앞으로 두세 시간 사이에 일어날 래리와의 재회에 집중되어 있었다. 그녀는 평소보다 더 정성을 들여 화장을 하고, 드레스를 골라 입었다. 그리고 아름다워 보이는 자신의 모습을 확인했다.

11시가 조금 지나서 노엘은 집 앞에 리무진 한 대가 멈추는 소리를 들었다. 그녀는 마음을 가라앉히기 위해 깊게 심호흡을 하고, 천천히 창가로 다가갔다. 래리 더글러스가 차에서 내리고 있었다.

노엘은 그가 정문을 향해 걸어오는 것을 지켜보면서, 그 길고 길었던 세월이 사라져버리고 마치 둘이 파리에 있는 듯한 착각이 들었다.

래리는 전보다도 더욱 성숙한 분위기를 풍겼고 전쟁과 생활이 그의 얼굴에 새로운 연륜을 새겨서인지 전보다 한층 매력적으로 보였다.

창문 아래로 10야드 앞에 있는 래리를 지켜보면서 그녀는 다시 동물적인 흡인력을 느꼈다. 그리고 해묵은 욕망이 솟아오르며 그것이 증오와 뒤섞여 극한의 흥분으로 노엘을 사로잡았다.

노엘은 다시 한 번 거울 속에 비친 자신의 모습을 훑어보고, 자신이 파멸시키려는 남자를 만나기 위해 계단으로 내려갔다.

계단을 내려가면서 래리가 자기를 보면 어떤 반응을 나타낼까 하고 노엘은 생각했다. 그는 자기 친구들에게, 어쩌면 자기 아내에게까지도 노엘 페이지라는 여자가 옛날 자기 애인이었다고 자랑스럽게 얘기하지는 않았을까?

그녀는 수백 번도 더 생각했다. 혹시 래리는 파리에서 함께 지낸 그 아름다운 날들을 떠올린 적은 없었을까, 또 자신에 대한 행동을 후회했던 적은 없었을까 하는…….

노엘이 국제적으로 유명해지는 반면, 거꾸로 자기의 인생은 실패의 연속임을 후회하며 괴로워하고 있을 것이 틀림없다고 생각했다.

노엘은 거의 7년 만에 얼굴을 대하는 래리의 눈에 후회의 빛이 떠오르기를 간절히 원했다.

노엘이 홀에 다다르자, 입구의 문이 열리고 집사가 그를 안으로 안내했다. 커다란 홀에 압도되어 눈이 휘둥그레져 있던 래리는 뒤를 돌아 노엘을 보았다. 그는 잠자코 그녀를 바라보며 아름다운 여자를 본 기쁨으로 얼굴이 환하게 밝아졌다.

"안녕하세요. 래리 더글러스라고 합니다. 데미리스 씨를 만나 뵈러 왔습니다."

그는 공손히 말했다. 노엘이 그를 보니 자신을 알아차린 기색이 전혀 없었다.

호텔을 향해 자동차로 아테네의 가로를 빠져나가면서, 캐서린은 도처에 옛 자취와 기념비가 연속으로 이어지는 것에 놀랐다. 그녀는 아크로폴리스 위에 솟은, 멋진 흰색의 대리석으로 된 파르테논 신전을 보았다. 호텔과 사무실 빌딩이 이곳저곳에 있었지만, 캐서린에게는 그 현대식 건물들이 왠지 영속성이 없는 일시적인 것으로 생각되고, 파르테논은 청정한 공기 속에서 영원히 썩지 않고 남아 있을 것 같은 느낌을 받았다.

"굉장하지? 도시 전체가 모두 이렇다니까. 하나의 커다란 사적이야."

래리는 웃음 띤 얼굴로 말했다.

그들은 한가운데서 분수가 춤추고 있는 시 중앙부의 큰 공원 근처를 지나쳤다. 공원 주위에는 녹색과 오렌지색의 기둥이 세워져 있고, 수백 개의 테이블이 늘어서 있었으며 푸른색 차양이 그 위를 덮고 있었다.

"저것은 컨스티페이션(Constipation 변비) 광장이야."

래리가 말했다.

"뭐라고요?"

"본래 이름은 컨스티투션(Constitution 헌법) 광장이지. 많은 사람들이 하루 종일 저기에 앉아서 그리스 커피를 마시며 세상 돌아가는 것을 구경하고 있어."

거의 한 블록마다 노천 카페가 있고, 가는 곳마다 꽃장사가 보였다. 그들의 꽃수레는 강렬한 색을 발하는 꽃에 파묻혀 있었다.

"도시가 온통 눈부실 정도로 하얗군요."

캐서린은 말했다.

호텔 내부는 더 아름다웠다. 방 안에는 아름다운 꽃과 신선한 과일이 담긴 커다란 바구니가 있었다. 창밖으로는 시 중앙의 산티그마 광장이 건너편에 보였다.

"멋져요!"

캐서린은 호텔 내부를 이리저리 돌아다니며 말했다. 그녀의 옷가방을 날라 온 보이에게 래리가 팁을 건네주었다.

래리는 캐서린을 포옹했다.

"그리스에 온 것을 환영해!"

그는 굶주린 듯이 키스를 퍼부었다. 캐서린은 그가 자신의 몸을 그녀에게 강하게 밀착시키는 것을 느끼며, 그가 얼마나 자기를 기다리고 있었는지를 알고 기뻐했다. 그는 그녀를 침대로 데리고 갔다. 화장대 위에 작은 꾸러미가 있었다.

"풀어 봐."

래리는 말했다.

그녀가 포장지를 풀어보니 작은 상자 속에 비취로 만든 작은 새가 들어 있었다. 래리는 바쁜 중에도 그녀를 잊지 않았던 것이다. 캐서린은 감동했다. 작은 새는 일종의 부적으로, 과거의 문제가 정리되고 모든 것이 잘되어간다는 표식이었다.

그와 섹스를 하면서 캐서린은 세상에서 가장 멋있는 도시 중의 한군데에서 사랑하는 남편에게 안기고, 새로운 생활을 시작할 수 있게 된 것에 대해 마음속으로 감사의 기도를 드렸다. 그는 본래의 래리로 되돌아온 것이다. 그리고 지금까지의 모든 문제는 그들 결혼생활을 한층 더 견고하게 하는 데 유용한 역할을 했다.

이제는 그들을 상처 입히고 방해하는 것은 아무것도 없었다.

다음 날 아침, 래리는 부동산 업자에게 캐서린을 몇 군데의 아파트로 안내해줄 것을 부탁했다.

부동산 중개인은 키가 작고, 콧수염을 기른 디미트로포로스라는 남자로 빠른 어조로 말했다. 그 자신은 완벽한 영어를 구사하고 있다고 생각하고 있는 것 같았지만 캐서린이 듣기에는 사실은 그리스 말에 판별할 수 없는 영어 문구가 가끔 뒤섞여 있는 것 같았다.

그 남자에게 모든 것을 맡기고—캐서린은 그 뒤 여러 번 그 중개업자의 손을 빌리게 되었다—그녀는 그에게 가능한 한 천천히 말을 하도록 하여 영어를 가려서 듣고, 그가 무엇을 말하고 있는지 알아들으려고 애썼다.

네 번째로 그가 안내한 곳은 4개의 방이 있는 태양이 가득 내리쬐는 아파트였다.

이틀 후에 그들은 그곳으로 이사했다.

래리는 일찍 귀가해 캐서린과 함께 저녁식사를 하려고 노력했다. 아테네의 저녁식사는 9시부터 12시가 보통이었다. 오후 2시부터 5시까지는 모든 사람이 낮잠을 자고, 그리고 나서 다시 가게 문이 열리고 밤늦게까지 영업을 했다.

캐서린은 아테네의 모든 것이 마음에 들었다. 그녀가 아테네에서 맞이하는 사흘째 되는 날 밤, 래리는 친구인 게오르기 파파스 백작을 집으로 데리고 왔다. 파파스는 45세의 매력적인 그리스인으로 키가 크고 훤칠했다. 그에게서는 기묘하고 고풍스러운 위엄이 풍겼는데, 머리는 검었지만 관자놀이 주변에는 약간의 흰 머리가 섞여 있었다.

그는 두 사람을 프라카의 작은 술집으로 데리고 가서 식사를 대접하겠다고 했다.

프라카는 아테네의 상공업 지대의 중심에 아무렇게 만들어진 듯한 경사가 많은 상당히 넓은 지역이었다. 그곳에는 꼬불꼬불한 골목길과 쓰러져가는 낡은 석단이 있었고 그 앞에 아테네가 작은 마을에 지나지 않았던 토르코 지배시대에 세워진 작은 집들이 늘어서 있었다.

프라카는 흰색을 칠한 산만한 건물과 과일, 꽃수레, 옥외에서 커피를 끓이는 향내, 고양이 울음소리, 가로에서 달라붙어 싸우는 소리로 시끌벅적한 곳이었다. 그런 정경은 매력적이었다. 다른 도시에서라면 이런 지구는 빈민가가 되었을 것이라고 캐서린은 생각했다. 그러나 이곳 프라카에서는 오히려 그 점이 사람들을 끌어당기는 매력이었다.

파파스 백작이 안내한 곳은 도시를 내려다볼 수 있는 옥상에 있는 술집이었다. 종업원들은 색이 선명한 제복을 입고 있었다.

"뭘 드시겠어요?"

백작은 캐서린에게 물었다. 그녀는 외국어로 쓰인 메뉴를 멍하니 바라보았다.

"백작님이 주문해주시겠어요? 저는 뭐가 뭔지 전혀 모르겠어요. 잘못하다가는 이 술집의 주인 이름을 요리로 알고 주문할지도 모르겠어요."

파파스 백작은 캐서린에게 시식을 위해 여러 가지 다양한 요리를 골라 풍성한 음식을 주문했다. 그들은 돌마데스(포도 잎으로 싼 미트볼), 무사카(단맛이 있는 고기와 배로 만든 파이), 스티파도(양파를 넣은 산토끼스튜―캐서린은 절반 정도 먹었으나 요리에 대한 설명을 듣자, 나중에는 입에 델 수가 없었다), 타라모살라타(철갑상어 알을 넣은 그리스풍의 샐러드 요리) 등을 먹었다. 백작은 레토시나(송진으로 고상한 맛을 낸 그리스 와인)를 한 병 주문했다.

"이건 우리나라의 대표적인 와인입니다."

그는 설명했다. 그는 캐서린이 그것을 맛보는 것을 재미있어 하며 바라보았다. 그것은 송진 냄새가 풍기는 복잡한 맛이 났다. 캐서린은 눈을 딱 감고 꿀꺽 삼켰다.

"이제 이것으로 그리스 요리에 대해서 어느 정도 알았으니까 됐어요."

그녀는 호소하듯이 말했다.

그들이 식사하는 중에 3명의 연주가가 보즈키아 음악을 연주했다. 그것은 명랑하고 활발하게 사람들의 마음을 들뜨게 해주었다.

손님들은 의자에서 일어나 무대로 나가서 곡에 맞추어 춤을 추었다. 캐서린은 춤추는 사람들이 모두 남자인 데다 그들이 상당한 춤 솜씨를 보여 놀라지 않을 수 없었다. 캐서린은 무척 즐거웠다.

그들이 술집을 나온 것은 새벽 3시였다. 백작이 자동차로 아파트까지 그들을 데려다주었다.

"어디 다른 데 더 구경하러 가겠어요?"

그는 캐서린에게 물었다.

"아직은 안 돼요. 래리가 휴가를 얻을 때까지는 기다려야 해요."

백작은 래리에게 말했다.

"자네 휴가가 시작되기 전에 내가 부인을 몇 군데 명소로 안내해도 괜찮겠지?"

"그렇게 해준다면 고맙지. 자네한테 폐가 되지만 않는다면 말이야."

래리는 말했다.

"천만에, 내가 바라던 바야. 내가 가이드로 나서도 상관없으시겠죠?"

백작은 캐서린에게 물었다.

그녀는 백작에게 잘 알아들을 수 없는 말을 줄줄 늘어놓던 작은 체구의 부동산업자인 디미트로포로스를 생각했다. 그리고 나서 백작에게 진심을 담아 대답했다.

"부탁드립니다."

그 다음 2, 3주간은 즐거운 나날의 연속이었다. 캐서린은 오전 중에는 아파트 청소와 정리를 하고, 오후에 래리가 집을 비우게 되면 백작의 안내로 관광을 나갔다.

그들은 올림피아를 드라이브했다.

"여기가 최초의 올림픽이 개최된 장소입니다. 전쟁이 일어나도, 역병이 돌고 기아에 허덕이는 일이 생겨도 천 년 동안 매년 여기서 올림픽을 치렀지요."

백작은 그렇게 설명했다.

캐서린은 커다란 투기장의 광경에 넋을 잃으면서, 여기서 몇 세기 동안이나 벌어졌던 전쟁과 승리와 패배에 대해 생각했다.

"스포츠맨 정신이 시작되었던 것은 본래 이곳이 아니던가요?"

백작은 웃으며 말했다.

"그렇지 않은 것 같습니다. 사실은 좀 말하기가 어렵습니다만."

캐서린은 흥미를 나타내며 그를 올려다보았다.

"왜요?"

"여기서 벌어진 최초의 전차 경주에는 속임수가 있었습니다."

"속임수요?"

백작은 설명을 시작했다.

"그렇습니다. 어느 라이벌과 반목하고 있던 페로프스라는 부유한 공작이 있었어요. 그들은 누가 더 뛰어난지를 결정하기 위해 여기서 전차 경주를 하기로 했습니다. 경주가 있던 날, 가까운 마을 사람들이 구경을 하러 몰려와 각각 자기편에게 응원을 했습니다. 그런데 실은 경주가 있기 전날 밤, 페로프스가 라이벌의 전차 바퀴에 손을 댔던 것입니다. 그것도 모르는 라이벌과 페로프스의 경주가 시작된 것이죠. 그리고 최초의 커브에서 라이벌의 바퀴가 빠져 전차가 뒤집혔습니다. 페로프스의 라이벌은 손 그물에 휘감겨 질질 끌려 다니다가 죽고, 페로프스가 승리를 했답니다."

"잔혹한 이야기군요. 그는 어떻게 되었나요?"

캐서린은 물었다.

"실은 이 얘기의 창피스런 부분이 바로 그겁니다. 그가 한 짓은 모든 주민에게 알려졌지만, 그는 당당히 영웅이 되었고 올림피아의 제우스 신전에 그를 기념하는 거대한 페디먼트가 만들어졌습니다. 아직까지도 남아 있죠."

그는 쓴 웃음을 짓고는 덧붙여 말했다.

"이 악당은 부귀영화와 행복을 누리며 일생을 보낸 것 같습니다. 실은 코린트 남쪽의 전 지역은 그의 이름을 기념하기 위해 펠로폰네소스라고 불리고 있습니다."

"죄를 지으면 결국은 죗값을 받는다는 말이 들어맞지 않는군요."

캐서린은 말했다.

래리가 쉴 때는, 그와 캐서린은 항상 도시를 구경하러 나갔다. 그들은 가게를 발견하고는 시간을 들여 가격 흥정을 하기도 하고, 손님이 많지 않은 작은 레스토랑에 들어가서 오랫동안 앉아 있기도 했다.

캐서린은 미국에서의 일을 포기하고 남편을 따라 그리스로 온 것을 잘한 일이라고 생각했다.

래리 더글러스는 일생 중 어느 때보다도 행복했다. 데미리스 아래서 일하는 것은 참으로 즐거웠다. 급료도 넉넉했다. 그러나 래리에게는 그런 것은 아무래도 상관없었다.

그는 자기가 타는 멋진 비행기에만 관심을 갖고 있었다. 그는 호커시들리의 조종을 익히는 데 딱 한 시간 걸렸다. 그리고 5회의 시험 비행으로 완전히 마스터했다.

그는 대부분 낙천적이고 몸집이 작은 그리스인 파일럿인 폴 메탁서스와 함께 비행했다. 메탁서스는 이안 화이트스톤이 갑자기 그만둔 것을 의아해하며 그의 후임자에 대해 불만을 품고 있었다. 그는 래리 더글러스의 소문을 들어 알고 있었기 때문에 선입관도 좋지 않게 갖고 있었다. 그러나 더글러스와 단 한 번 함께 비행한 것만으로도 충분히 더글러스가 우수한 비행사라는 것을 메탁서스는 인정하게 되었다.

메탁서스는 조금씩 경계심을 풀어갔고 두 사람은 친해졌다.

래리는 비행하지 않을 때는 데미리스의 각종 비행기들의 특징을 알아가는 일로 시간을 보냈다. 얼마 지나지 않아서 그는 누구보다도 훌륭하게 그 비행기들을 조종할 수 있게 되었다.

일의 변화가 래리의 마음에 들었다. 그는 데미리스의 부하들을 브린디쉬와 코르프, 그리고 로마로 나르기도 하고 귀빈을 태우고 데미리스의 섬으로 데리고 오기도 했으며 스키를 타기 위해 스위스의 그의 별장으로 안내하기도 했다. 그는 항상 신문의 제1면과 잡지 등에 등장하는 인물들을 태우는 때가 많았다.

그는 집에 돌아가면 캐서린에게 그들에 관한 이야기를 들려주었다. 발칸에 있는 어느 나라 대통령, 영국 수상, 아라비아 석유산유국의 왕과 하렘의 여자들을 태운 적도 있었다. 오페라 가수와 발레단, 데미리스 생일 축하를 위해 단 하룻밤만 런던에서 연극을 하는 브로드웨이 극단, 미국 최고재판소의 판사들, 하원의원, 미국 전 대통령도 그 비행기의 승객이 되었다.

비행 중 래리는 대부분 조종석에 있었지만, 가끔 승객들이 안락한지 어떤지를 확인히기 위헤서 객석으로 가볼 때가 있었다. 그럴 때면 그는 종종 부호들이 기업합병과 주식거래에 대한 이야기를 하는 것을 언뜻언뜻 들었다.

래리는 그 정보를 이용해서 큰돈을 벌 수도 있었지만, 그는 그런 일에는 전혀 흥미가 없었다. 그의 관심은 빠르고, 힘차고 강한, 그의 컨트롤에 잘 응하는 비행기밖에 없었다.

래리가 데미리스를 태운 것은 2개월이 지난 후였다.

비행기는 파이퍼로, 래리는 아테네에서 유고슬라비아의 두브로브니크까지 데미리스를 태우고 가야 하는 것이었다. 그날은 구름이 많은 날로 도중에 강풍과 스콜이 있을 거라는 예보가 들어와 있었다. 래리는 주의 깊게 가장 바람이 약한 코스를 선택했지만, 폭풍우의 범위가 넓어져서 결국은 피할 수가 없었다.

아테네를 출발하고 나서 한 시간 후에 그는 '좌석 벨트 착용'이라는 램프를 켜고 메탁서스에게 말했다.

"정신 똑바로 차려줘, 폴. 자칫하면 둘 다 일자리를 그만둬야 할지도 몰라."

놀랍게도 데미리스가 조종석에 나타나 말했다.

"들어가도 괜찮겠지?"

"어서 들어오십시오. 밖의 날씨가 굉장하군요."

래리는 말했다.

메탁서스가 좌석을 양보하고 데미리스는 그 자리에 앉아 벨트를 채웠다. 래리로서는 부조종사가 옆에 앉아서 만일의 사태에 대비해주었으면 했지만, 비행기는 데미리스의 것이었다.

폭풍우는 2시간 가까이 계속되었다. 래리는 전방에 피어오르는 큰 구름 산을 우회했다. 그 구름산은 새하얗게 보였는데, 왠지 불길함을 안고 있는 것 같았다.

"아름답군!"

데미리스가 말했다.

"저 구름은 생명을 앗아가지요. 불길한 구름입니다. 뭉실뭉실 솜털같이 보이는 것은 속에서 바람이 불어 부풀리고 있기 때문입니다. 저 구름 속에 들어가면 비행기는 10초 만에 공중분해 되어 떨어집니다. 1분도 안되는 사이에 3만 피트쯤 오르내리기 때문에 조종이 말을 듣지 않지요."

래리는 말했다.

"그런 일이 생기지 않도록 조심하게."

데미리스는 조용히 말했다. 바람이 비행기를 붙잡고 날려 보내려고 했지만, 래리는 조종간의 중심을 유지하려고 맞서 싸웠다.

그는 데미리스가 옆에 있는 것도 잊고 온 신경을 비행기에 집중해서 자신이 알고 있는 모든 기술을 구사했다. 마침내 그는 폭풍우로부터 빠져나왔다. 래리는 휴! 하고 한숨을 쉬면서 옆을 보고 그제야 데미리스가 없다는 것을 알았다. 메탁서스가 좌석으로 돌아와 있었다.

"그를 처음 태운 비행이 지독히 험악한 비행이 되었군. 걱정인데, 내 자리가 위태로울 것 같아."

래리는 말했다.

산으로 둘러싸인 작은 두브로브니크 공항을 활주하고 있을 때, 데미리스가 조종실 입구에 나타났다.

"자네 말이 맞았어. 매우 훌륭한 솜씨더군. 난 만족했네."

그 말만 던지고 데미리스는 나가버렸다.

어느 날 아침, 래리가 모로코로 갈 준비를 하고 있는데 파파스 백작으로부터 전화가 걸려왔다. 그는 캐서린을 시골로 데리고 가서 드라이브를 시켜주고 싶다고 말했다. 래리는 캐서린에게 꼭 가라고 권했다.

"당신은 질투도 안 나요?"

그녀는 물었다.

"백작을?"

래리는 웃었다. 그때 캐서린에게 갑자기 짚이는 것이 있었다. 백작과 단둘이 있을 때도 그는 한 번도 그녀에게 이상한 짓을 하지 않았고, 추파를 던진 적조차 없었다.

"백작은 호모예요?"

그녀는 물었다. 래리는 끄덕였다.

"그러니까 당신을 그에게 맡기고도 안심하는 거지."

백작은 아침 일찍 캐서린을 데리러 왔다. 그들은 광대한 테사리 평야를 향해 남쪽으로 차를 달렸다. 검은색 작업복을 입은 농부의 아낙네들이 무거운 장작을 등에 지고, 몸을 구부리고 길을 걷고 있었다.

"저렇게 무거운 것을 왜 남자들이 나르지 않는 걸까요?"

캐서린이 물었다. 백작은 웃음을 머금은 눈으로 그녀를 바라보았다.

"여자들은 남자에게 저런 일을 시키고 싶어하지 않아요. 왜냐하면 밤에 다른 일을 할 때 원기왕성하기를 바라기 때문이죠."

그는 대답했다.

'우리 모두에게 필요한 교훈이군.'

캐서린은 속으로 빈정거렸다.

오후 늦게 그들은 험준한 암석으로 된 산이 하늘 높이 솟아 있는 핀두스 산맥에 이르렀다. 목동과 한 마리의 야윈 개가 이끄는 양떼가 도로를 막았다.

파파스 백작은 차를 멈추고 양떼가 지나가기를 기다렸다. 캐서린은 개가 무리에서 뒤처진 양의 뒷다리를 살짝 물어 원래 자리로 돌아가게 해서, 무리를 자기가 생각하는 방향으로 몰아가는 모습을 넋을 잃고 바라보았다.

"저 개는 마치 사람 같군요."

그녀는 감탄한 나머지 크게 말했다. 그러자 백작은 그녀를 힐끗 보았는데, 그 표정에는 그녀로서는 뭔가 이해할 수 없는 점이 있었다.

"왜 그러시죠?"

그녀는 물었다. 백작은 망설였다.

"그다지 유쾌한 일이 아닙니다."

"상관없어요."

백작은 말했다.

"이곳은 처참한 지방이지요. 토지는 바위투성이로 황폐해져 있어요. 애써 일해도 농작물이 불충분하고, 기후가 나쁜 해는 전혀 수확이 없어서 기아상태가 되지요."

그의 목소리는 점차로 작아져서 중간에 끊어졌다.

"얘기를 계속하세요."

캐서린은 재촉했다.

"수년 전 이 지방에 폭풍우가 덮쳐서 농작물이 모조리 엉망이 되고, 식량이 고갈되었어요. 이 지방의 양치는 개들은 모두 반항했습니다. 그놈들은 농장에서 도망쳐서 함께 모여들어 큰 무리를 이루었죠. 그리고는 농장을 공격하기 시작했던 것입니다."

그는 애써서 평정을 지키려고 했다.

"그리고 양을 잡아먹었군요!"

캐서린은 말했다. 그는 잠시 침묵을 지키고 나서 대답했다.

"아뇨. 자기들의 주인을 죽여서 먹어버렸습니다."

캐서린은 기가 막혀 그를 쳐다보았다.

"이곳에 다시금 인간의 정부를 만들기 위해 아테네에서 군대가 파견되었습니다. 그리고 한 달 가까이 걸려서야 다시 정상을 되찾을 수 있었습니다."

"무서운 일이군요."

"기아는 무서운 일입니다."

파파스 백작은 조용히 말했다.

양떼는 이미 도로를 다 건너갔다. 캐서린은 다시 한 번 양치기 개를 보며 부르르 몸을 떨었다.

시일이 지남에 따라 캐서린에게 서먹서먹하고 이상하게 보였던 사물들이 친숙하게 느껴졌다. 그녀는 그곳 사람들이 개방적이고 친절하다는 것을 알았다. 그리고 일상적인 쇼핑은 어디서 하면 좋은지, 의류가 필요할 때는 어디에 가면 좋은지도 알게 되었다.

그리스는 놀랄 만큼 철저히 비능률적인 나라였다. 사람들은 느긋한 것을 즐겼다. 성급하게 서두르는 사람은 단 한 사람도 없었다. 만약 누군가에게 길을 물어보면, 친절히 목적지까지 안내해주었다. 또 길을 물어보면, '담배 한 대만큼 짧은 거리'라고 말했다. 캐서린은 여기저기 거리를 산책하며 그리스의 여름 음료인 짙붉은 와인을 마셨다.

캐서린과 래리는 아름다운 풍차가 있는 미코노스와 밀로의 비너스 상이 발견된 메로스에 갔다. 하지만 캐서린이 가장 마음에 들었던 곳은 꽃으로 뒤덮인 산이 있는 아름다운 녹색의 섬 파로스였다. 그들의 배가 부두에 도착하자, 안내자가 서 있었다. 그는 노새를 타고 산의 정상에 오르자고 권유했고, 그들은 두 마리의 마른 노새를 탔다.

캐서린은 뜨거운 햇볕을 피하기 위해서 차양이 넓은 밀짚모자를 쓰고 있었다. 정상을 향해 험한 산길을 올라가자, 검은 옷을 입은 여자들이 금방 딴 신비스러운 꽃을 캐서린에게 내밀었다. 그녀는 모자의 밴드에 그 꽃을 꽂았다. 2시간쯤 지나서 그들은 아름다운 나무들이 무성하고, 무수한 꽃들이 서로 다투어 핀 고지에 도달했다. 안내인이 노새를 멈추었고 그들은 현란한 색채에 사로잡혔다.

"이곳은 나비 계곡입니다."

안내인이 더듬거리는 영어로 설명했다. 캐서린은 주위를 둘러보았지만 나비는 한 마리도 눈에 띄지 않았다.

"어째서 그런 이름이 붙여졌죠?"

그녀는 물었다. 안내인은 그 질문을 기다리고 있었다는 듯이 빙긋 웃었다.

"보여드리겠습니다."

그렇게 말하며 그는 노새에서 내려와 바닥에 굴러다니는 큰 막대기를 집어 들었다. 그리고 나무 곁으로 가서 힘을 모아 막대기로 줄기를 두드렸다. 그것과 동시에 몇천 송이나 되는 나무의 꽃들이 일제히 날아 나비같이 하늘에서 춤을 추었고, 나무는 순식간에 나체가 되었다. 몇천 몇만의 아름다운 빛의 꽃나비들이 하늘을 뒤덮으며 난무했다.

캐서린과 래리는 그 장관에 넋을 잃을 정도였다. 그 모습을 지켜보고 있던 안내인의 얼굴은 매우 자랑스럽게 보였고, 그 아름다운 기적이 자기 솜씨라고 생각하고 있는 듯 환하게 빛났다. 그것은 캐서린에게 있어서 매우 즐거운 날 중의 하나였다.

그녀는 가장 좋은 하루를 다시 한 번 보낼 수 있다면, 래리와 파로스에서 지낸 하루를 선택할 것이라고 생각했다.

"이봐, 오늘 아침에는 매우 중요한 인물이 탑승한다는군. 곧 만나게 될 거야."

폴 메탁서스가 빙글빙글 웃으며 경쾌한 목소리로 말했다.

"누군데?"

"노엘 페이지, 보스의 애인이야. 얼굴을 보는 것은 가능하지만 건드려서는 안 돼."

래리 더글러스는 아테네에 도착한 날 데미리스의 저택에서 그녀를 언뜻 본 기억이 났다. 어디에선가 본 듯한 낯익은 얼굴 같았다. 그런데 그것은 언젠가 캐시린에게 끌려서 보러갔던 프랑스 영화에 그녀가 출연했기 때문이라고 생각했다.

래리는 타인에게 자기 보존의 규칙을 배울 필요는 없었다. 이 세상에 그에게 추파를 던지는 아가씨들이 아무도 없다 해도, 래리는 콘스탄틴 데미리스의 애인에게 접근하려 들지는 않을 것이다. 그는 그런 바보 같은 짓을 해서 모처럼 좋은 일자리를 놓치고 싶지는 않았다. 그러나 캐서린을 위해서 그녀의 사인을 받는 정도의 행동은 해도 괜찮을 거라고 생각했다.

노엘을 태우고 공항으로 가던 리무진이 도로 수리공사 때문에 몇 번인가 서행해야만 했다. 하지만 오히려 노엘은 지체되는 것을 다행스럽게 여겼다. 그녀는 데미리스 저택에서 그를 대면한 이래, 처음으로 래리 더글러스를 만나러 가고 있었다. 노엘은 그를 다시 만났을 때 일어난 일, 아니 보다 정확히 말한다면, 아무 일도 일어나지 않았다는 사실에 엄청난 충격을 받았다.

6년 이상이나 노엘은 래리와의 만남에 대해 온갖 상황을 상상해왔다. 그녀는 그러한 한 장면 한 장면을 마음속에서 몇 번이나 되풀이했는지 모른다.

그 중에서 단 한 가지, 노엘이 미처 생각지 못했던 점은 래리가 그녀를 완전히 잊어버렸다는 것이었다. 그녀의 일생에서 가장 중요한 사건이 래리에게 있어서는 한낱 지나가는 싸구려 정사, 즉 수많은 정사 중의 하나에 지나지 않았던 것이다. 그렇다면 그를 파멸시키기 전에 우선 그에게 그녀를 기억나도록 해주어야만 했다.

래리가 비행 예정표를 손에 들고 비행장을 가로질러 가고 있을 때, 리무진이 큰 비행기 앞에 멈추고 노엘 페이지가 모습을 나타냈다. 래리는 자동차 옆으로 다가가 상냥하게 말했다.

"안녕하십니까? 미스 페이지. 래리 더글러스입니다. 제가 귀하와 손님들을 칸느까지 모셔다 드릴 겁니다."

노엘은 뒤를 돌아보았지만, 아무것도 듣지 못했다는 듯이, 마치 그가 투명인간이기라도 한 듯이 무심코 그의 곁을 지나쳤다. 래리는 당황한 나머지 그녀의 뒷모습만 멍청히 바라보았다.

30분 후, 수십 명의 다른 승객들이 탑승하고, 래리와 폴은 비행기를 이륙시켰다. 승객들은 코트 다주르로 가서 데미리스의 요트를 타기로 되어 있었다.

여름 프랑스 남쪽 해안에 늘 일어나는 난기류를 만난 것을 빼고는 비교적 순탄한 비행이었다. 래리는 순조롭게 비행기를 착륙시키고 손님을 기다리고 있는 리무진 옆에까지 활주시켰다. 래리가 작달막한 체구의 부조종사와 함께 비행기를 내려오자, 노엘은 그를 무시하고 메탁서스에게 다가가 경멸하는 듯한 목소리로 말했다.

"폴, 이번 파일럿은 풋내기로군. 당신이 조종을 좀 잘 가르쳐주어야 겠어!"

그러고는 놀라움과 분노로 기가 막혀 우두커니 서 있는 래리를 뒤로 하고 떠나버렸다.

래리는 아마도 저 여자가 오늘 컨디션이 아주 나쁘구 하고 생각했다. 그러나 그 다음 주에 일어난 사건은 그에게 자신이 중대한 문제에 직면하고 있음을 깨닫게 해주었다.

데미리스의 지시로 래리는 노엘을 오슬로로 데리러 갔다가, 런던까지 태워다주었다. 전에 있었던 일 때문에 래리는 특별한 주의를 기울여 비행 계획을 세웠다.

북으로 고기압이 있고, 동에는 커질 것 같은 구름이 있었다. 래리는 그 구름을 우회하는 코스를 잡아 비행을 흠 잡을 데 없이 순조롭게 해나갔다. 그리고 나무랄 데 없는 착륙을 했다. 그와 메탁서스가 객실로 얼굴을 내밀었을 때, 노엘 페이지는 화장을 고치고 있었다.

"비행은 어떠셨습니까?"

래리는 공손하게 물었다. 노엘은 무표정한 얼굴로 언뜻 그를 올려다보고는 다시 폴 메탁서스에게로 시선을 옮겼다.

"풋내기가 조종하니까 아무래도 불안하더군."

래리는 얼굴이 붉어지는 것을 느꼈다. 래리가 입을 열려고 하자 노엘은 메탁서스에게 말했다.

"다음부터는 내가 말을 꺼내기 전에는 말을 걸지 않도록 얘기해줘요."

메탁서스는 침을 꿀꺽 삼키고는 중얼거렸다.

"네."

노엘은 분노로 노려보는 래리를 무시하고 일어나 비행기를 내려갔다.

그는 그녀를 한 방 먹이고 싶은 충동에 사로잡혔지만, 그렇게 하면 모든 일이 허사가 된다는 것을 잘 알고 있었다. 래리는 지금까지의 어떤 일보다도 지금 하고 있는 이 일을 사랑하고 있었다. 때문에 절대로 그것을 잃고 싶지 않았다. 이번에 해고된다면, 다시는 파일럿 일은 할 수 없으리라는 것도 그는 알고 있었다.

앞으로는 각별히 주의해야겠다고 그는 생각했다. 집에 돌아온 래리는 그 사건에 대해서 캐서린에게 말했다.

"그 여자는 나를 내쫓을 생각인가 봐."

래리는 말했다.

"좀 너무하군요. 뭔가 화나게 할 만한 행동을 하지 않았는데 그랬단 말이에요?"

"그 여자에게는 두세 번밖에 말을 한 적이 없어."

캐서린은 그의 손을 잡고 위로해주었다.

"걱정할 것 없어요. 당신이 내쫓기기 전에 당신의 매력이 모든 것을 해결해줄 테니까요. 안심하세요."

다음 날, 래리는 콘스탄틴 데미리스를 튀르키에까지 태워주게 되었는데 데미리스가 조종실로 들어와 메탁서스의 자리에 앉았다. 그는 손짓을 해서 부조종사를 내보냈다. 래리와 데미리스 둘만이 남게 되었다. 그들은 작은 층운이 비행기에 부딪히며 뭉실뭉실 기하학적인 모양을 이루는 것을 잠자코 지켜보고 있었다.

"미스 페이지가 자네를 싫어하고 있네."

마침내 데미리스가 말했다. 래리는 조종 장치에 댄 손이 굳어지는 것을 느끼며, 의식적으로 그것을 풀었다. 그리고 목소리를 가다듬느라 애썼다.

"그…… 그 이유를 말씀하셨습니까?"

"자네가 그녀에게 무례하게 굴었다고 하더군."

래리는 반론하려고 입을 열려고 하다가 생각을 고쳤다. 이것은 다른 방법으로 해결해야 할 문제라고 생각했다.

"죄송합니다. 앞으로는 조심하겠습니다."

그는 되도록 담담한 어조로 말했다. 데미리스는 일어나서 말했다.

"그렇게 해주게. 더 이상 미스 페이지를 화나게 하지 말기 바라네."

'더 이상 화나게 하지 말아야지.'

래리는 그녀를 화나게 만든 것이 무엇일까 곰곰이 생각해보았다.

'아마도 그녀는 나 같은 타입의 남자를 싫어하는지도 모른다, 그렇지 않다면 데미리스가 나를 아끼고 신뢰하고 있어서 질투를 하고 있는지도 모른다, 그러나 그것은 이유가 되지 않는다.'

래리는 전혀 짐작조차 할 수 없었다. 그런데도 노엘 페이지는 그를 해고시키려 하고 있는 것이다.

래리는 실업자가 되어 어리석은 학생같이 이력서를 제출하고 면접을 보는 굴욕과, 싸구려 술집에서 또는 풋내기 매춘부와 함께 하는 끝없는 방황의 시간을 생각했다. 그리고 캐서린의 인내와 관용을 떠올리고 다시는 그런 일을 되풀이하고 싶지 않았다. 두 번 다시 실패할 수는 없다고 생각했다.

며칠 후, 베이루트에 들렀던 래리는 영화관 앞을 지나다가 노엘 페이지가 주연으로 출연하는 영화가 상영되고 있는 것을 발견했다. 일시적인 기분으로 그는 극장 안으로 들어갔다. 영화도 그 주연배우도 단단히 미워할 생각이었다.

그러나 스크린에 비친 노엘은 매우 매력적이었다. 래리는 그녀의 연기에 완전히 매료되었다. 다시 한 번 그는 노엘을 전부터 알고 있었던 게 아닐까 하는 기묘한 느낌을 받았다.

그 다음 주 월요일, 래리는 노엘 페이지와 데미리스의 사업 관계자 몇 명을 태우고 비행을 하여 그들을 취리히까지 태워다주었다. 그는 노엘 페이지가 혼자가 되기를 기다렸다가 그녀에게로 다가갔다. 얼마 전 경고를 받았기 때문에 그는 말을 거는 것을 잠시 망설였지만, 그녀의 적의를 녹이기 위해서는 자신이 접근하는 수밖에 없다고 생각했다. 여배우들은 모두가 자부심이 강하고 칭찬받기를 좋아하기 때문에 그는 그녀의 곁으로 다가가 가능한 한 정중하게 말했다.

"실례합니다, 페이지 양. 며칠 전에 '제3의 얼굴'이라는 당신 영화를 봤습니다. 당신은 제가 지금까지 본 여배우 중에서 가장 멋진 여배우라고 생각합니다."

"당신은 파일럿보다는 비평가 쪽이 더 어울릴 것 같네요. 하지만 과연 그만한 머리와 감상을 할 수 있는 눈이 있는지 의심스럽군요."

노엘은 그를 힐끗 쳐다보며 그렇게 내뱉듯이 말하고는 사라졌다.

래리는 한 방 얻어맞은 사람처럼 그 자리에 꼼짝 않고 서 있었다.

"제기랄!"

그는 노엘의 뒤를 쫓아가 자기가 그녀를 어떻게 생각하고 있는지 말해주고 싶은 유혹에 휩싸였지만, 그것은 바로 그녀의 의도대로 자신의 파면을 재촉할 것 같았다. 앞으로는 자신의 일에만 전념하고, 가능한 한 그녀의 근처에는 얼씬도 하지 말아야겠다고 생각했다.

그리고 나서 2, 3주 동안 노엘은 대여섯 번 그의 비행기를 탔다. 래리는 그녀에게 절대로 말을 걸지 않았고, 그녀와 얼굴을 마주치지 않고 비행이 끝나도록 애써 피했다. 객실로는 가지 않고, 승객에게 필요한 연락은 메탁서스에게 대신 부탁했다. 그 이후로 노엘은 아무런 불평도 하지 않았고, 래리는 문제가 해결되었다고 생각하며 기뻐했다. 그러나 그러기에는 너무 일렀다.

어느 날 아침, 데미리스는 래리를 별장으로 불러 말했다.

"페이지 양이 어떤 비밀스러운 용무로 파리에 가는데, 나를 대신해서 수행해주게."

"네, 알겠습니다."

데미리스는 잠시 뭔가 더 말하려고 하다가 도중에 생각을 고쳐먹었는지 더 이상 말을 하지 않았다.

파리행 승객은 노엘 한 사람 뿐이었다. 래리는 파이퍼 기를 이용하기로 했다. 그는 폴 메탁서스에게 노엘의 신변을 보살피게 하고, 자신은 비행 중 계속 조종실에 틀어박혀 그녀와 마주치지 않도록 했다. 착륙하고 나서 래리는 그녀에게 다가가서 말했다.

"실례합니다만 페이지 양. 데미리스 씨로부터 당신이 파리에 체제하는 동안 수행하라는 명령을 받았습니다."

그녀는 경멸하는 눈초리로 그를 올려다보며 말했다.

"좋아요, 단 내 눈에 거슬리지 않도록 해줘요."

래리는 차갑게 입을 다문 채 끄덕였다.

그들은 오르리 공항에서 리무진으로 파리로 향했다. 래리는 운전사와 나란히 앞에 앉고, 노엘 페이지는 뒷좌석에 앉았다. 차를 달리고 있는 동안 그녀는 그에게 한 마디도 말을 걸지 않았다.

그들이 맨 처음 들른 곳은 파리 은행이었다. 래리는 노엘과 함께 로비에 들어가 거기서 기다렸다. 노엘은 지점장실로 안내되었고, 곧 이어 대출 금고가 있는 지하실로 내려갔다.

노엘은 30분 정도 지나서 돌아왔지만 래리의 곁을 아무 말 없이 지나쳐 걸어갔다. 그는 어안이 벙벙해서 그녀의 뒷모습을 바라보다가 황급히 그 뒤를 따랐다.

다음에 간 곳은 생토노레 거리였다. 래리는 그녀 뒤를 따라가 백화점에 들어가 물건을 고르는 그녀 옆에 서서 기다리며 포장한 물건들을 하나하나 받아들었다.

그녀는 여섯 군데의 백화점에서 쇼핑을 했다. 에르메스에서 핸드백과

벨트를, 겔랑에서는 향수를, 셀린느에서는 구두를 샀다. 래리는 물건을 다 들 수 없을 정도가 되었다. 그녀는 그가 주체하지 못하고 있다는 것을 알면서도 모르는 체했다. 한마디로 그녀는 래리를 개처럼 취급했다.

셀린느를 나서자 비가 내리고 있었다. 보행자들은 당황해서 우왕좌왕 비를 피했다.

"여기서 기다려요!"

노엘은 명령했다.

래리는 그녀가 길 건너 레스토랑으로 몸을 피하는 것을 지켜보았다. 그는 양팔 가득 물건 포장을 껴안은 채 그녀를 저주하고, 이런 처사를 참고 견뎌야 하는 자기 자신을 저주했다. 퍼붓는 비를 맞으며 그는 2시간이나 기다렸다. 완전히 올가미에 걸려든 것이다. 그는 거기서 빠져나갈 방법을 알 수 없었다. 게다가 뭔가 점점 더 조여들 것만 같은 불길한 예감이 들었다.

캐서린이 맨 처음 콘스탄틴 데미리스를 만난 것은 그의 별장에서였다. 래리가 코펜하겐에서 비행기로 실어온 물건을 갖다 주기 위해 별장에 갔을 때, 그녀도 따라갔다. 그녀가 큰 홀에서 그림을 보고 있는데, 문이 열리고 데미리스가 나왔다.

콘스탄틴 데미리스는 그녀가 상상하고 있던 것보다도 키가 크고, 무서울 만큼 강렬한 힘이 느껴지는 남자였다. 캐서린은 그가 자기 이름을, 그리고 래리의 아내라는 것을 알고 있는 데에 놀랐다. 데미리스는 그녀를 편안하게 해주기 위해서 신경을 쓰고 있는 것 같았다. 그리고 그리스는 어떤지, 그녀의 아파트는 쾌적한지를 묻고 만약 불편한 점이 있으면 알려 달라고 말했다.

그는 그녀가 어떻게 작은 새 모형을 수집하고 있는지도 알고 있었다.

"나도 예쁜 새를 하나 봐둔 것이 있는데 당신에게 보내주겠소."

그는 말했다. 래리와 캐서린은 그곳에서 나왔다.

"데미리스는 어때?"

래리가 물었다.

"매력적인 사람이에요. 당신이 그를 좋아하게 된 것도 무리가 아니더군요."

그녀는 말했다.

"나는 앞으로도 이 일을 계속할 거야."

그의 목소리에는 캐서린으로서는 이해할 수 없는 분노 같은 것이 담겨 있었다.

다음 날, 아름다운 자기 제품의 작은 새가 캐서린에게 도착되었다.

캐서린은 그 후, 두 차례 더 데미리스를 만났다. 한 번은 래리와 경마를 보러 갔을 때이고, 또 한 번은 데미리스가 별장에서 개최한 크리스마스 파티에서였다. 두 번 모두 그는 그녀에게 친절하게 대해주었다. 아무튼 콘스탄틴 데미리스는 대단한 인물이라고 캐서린은 생각했다.

8월이 되자 이테네의 축제가 시작되었다. 두 달 동안 연극, 발레, 오페라, 콘서트가 개최되고 그 모든 것이 아크로폴리스의 기슭에 있는 고대 야외극장 헤로데스 아티쿠스에서 열렸다. 캐서린은 몇 편의 연극을 래리와 같이, 그가 없을 때는 파파스 백작과 구경을 하러 갔다. 고대 연극이 옛 무대에서 그것을 만들어낸 민족에 의해 상영되는 것을 보는 것은 흥미진진했다.

어느 날 밤, 캐서린과 파파스 백작은 '메디아'를 본 후에, 래리에 관한 이야기를 나누게 되었다.

"그는 흥미로운 사나이예요."

백작은 그렇게 말하며 그리스어로 '폴리메카노스'라고 표현했다.

"그게 무슨 뜻이에요?"

"정확하게 번역하기는 어렵지만, '고안해내는 능력이 풍부하다'라고
나 할까요."

"수완이 좋다는 뜻인가요?"

"그것뿐만이 아니라 항상 새로운 아이디어라든가, 새로운 계획을 갖고
있는 사람을 가리키는 말입니다."

"폴리메카노스, 정말 그 말대로예요."

그녀는 말했다.

하늘에는 보름달에 가까운 아름다운 달이 떠 있었다. 기분이 상쾌하고
따사로운 밤이었다. 그들은 프라카를 지나 오므니아 광장 쪽으로 걸었
다. 거리를 가로지르려고 할 때, 갑자기 모퉁이를 돌아선 자동차가 그들
을 향해 돌진해왔다. 순식간에 백작이 캐서린을 자기 쪽으로 끌어당겨 그
녀를 구했다.

"저런 바보 같으니라고!"

그는 멀어져가는 운전사를 향해 소리를 질렀다.

"여기 사람들은 모두들 운전을 저런 식으로 하는 것 같더군요."

캐서린은 말했다. 파파스 백작은 슬픈 듯이 미소를 지었다.

"이유를 아시겠습니까? 그리스 사람은 아직 자동차 시대에 들어서 있
지 않습니다. 그들의 마음은 아직 노새를 타고 있어요."

"그런 농담을……."

"유감스럽지만 농담이 아닙니다. 그리스 사람을 제대로 알고 싶으시
면 안내서가 아닌, 그리스의 고전 비극을 읽어야 합니다. 감정 면에서는
우리는 매우 원시적입니다. 격렬한 감정과 깊고 큰 슬픔으로 가득 차 있
지요. 문명이라는 화장으로 그것을 은폐할 줄을 모릅니다."

"그것이 꼭 나쁘다고만은 할 수 없겠죠."

캐서린은 대답했다.

"아마도 나쁜 것은 아닐 겁니다. 하지만 그것은 현실을 왜곡하게 됩니

다. 외국인들이 우리를 볼 때, 그들은 실제와 다른 모습을 보게 되지요. 멀리 있는 별을 보는 것과 마찬가지로 말입니다. 진짜 별을 보고 있는 것이 아니라, 100만 년쯤 전의 빛의 반사를 보고 있는 데 지나지 않을 것입니다. 우리 그리스인의 경우도 그래요."

그들은 광장에 도달했다. 창문에 '점'이라는 간판을 내놓은 작은 집들이 늘어서 있었다.

"이곳엔 점쟁이가 많네요?"

캐서린은 물었다.

"우리는 미신을 좋아하는 국민이거든요."

캐서린은 고개를 저으며 말했다.

"그런 줄은 몰랐는걸요."

그들은 작은 술집 앞에 멈추었다. 창에 손으로 쓴 '점—마담 피리스'라는 간판이 나와 있었다.

"당신은 마녀를 믿습니까?"

파파스 백작이 물었다. 자신이 놀림을 당하고 있는 것 같았지만 그의 얼굴은 진지했다.

"할로윈 데이에만요."

캐서린은 대답했다.

"내가 말하는 마녀는 빗자루와 검은 고양이와 끓어오르는 솥을 의미하는 게 아니오."

"그럼 어떤 마녀죠?"

그는 눈짓으로 가리켰다.

"마담 피리스는 마녀예요. 그녀는 과거와 미래를 보는 능력이 있죠."

백작은 캐서린의 얼굴에서 의심하는 빛을 보았다.

"이런 일이 있었습니다. 몇 년 전의 일입니다만, 아테네의 경찰서장인 소포클레스 바실리라는 사나이가 있었습니다. 내 친구였기 때문에 나는 그를 서장 자리에 앉히기 위해서 이리저리 알아보고 다녔죠. 바실리는 매우 정직한 사나이였습니다. 개중에 그를 매수하려고 하는 작자들이 있었지만, 그가 뇌물을 받지 않자 제거해버릴 계획을 세웠습니다."

그는 캐서린의 팔을 잡고, 공원 쪽을 향해 도로를 건넜다.

"어느 날, 바실리가 찾아와서는 자신은 암살 위협을 받고 있다고 하더군요. 그는 용기 있는 남자였지만 협박자가 위세당당하고 몰인정한 코로츠키였기 때문에 걱정이 되었던 겁니다. 형사를 붙여 협박자를 감시하고 바실리의 신변을 경계시켰지만, 그래도 자신이 오래는 살지 못하는 것이 아닌가 하는 불안한 느낌을 벗어던질 수가 없었습니다. 그래서 내게 의논하러 왔습니다."

캐서린은 이야기에 빠져들었다.

"그래서 어떻게 하셨어요?"

그녀는 물었다.

"마담 피리스한테 점을 치러 가라고 권했죠."

백작은 침묵했다. 그의 생각은 과거의 어느 어두운 부분을 헤매고 있었다.

"그는 갔나요?"

캐서린이 물었다.

"네, 갔습니다. 마담 피리스는 죽음은 생각지도 못할 정도로 빨리 찾아온다, 정오의 사자에 정신을 차리라고 경고했습니다. 그리스에는 사자는 없습니다. 동물원에 나이 먹은 사자가 몇 마리 있는 것과 델로스 섬에 있는 돌사자가 전부입니다."

캐서린은 파파스의 목소리가 긴장되는 것을 느꼈다.

"바실리는 사자우리가 안전한지 어떤지를 확인하기 위해서 자기가 직접 동물원으로 가서, 최근 아테네로 수입된 야수가 있느냐고 물었습니다. 한 마리도 없었습니다. 일주일이 지나도 아무 일도 일어나지 않았습니다. 바실리는 마녀의 예언이 틀렸다고 생각하고, 점 따위를 믿었던 자신의 어리석음을 부끄럽게 생각했습니다. 어느 토요일 오후, 나는 차로 경찰서에 가서 그를 데리고 나오기로 약속했습니다. 그의 넷째아들의 생일이어서 우리는 배로 키론으로 건너가서 축하해주기로 했습니다. 내가 경찰서 앞에 차를 멈추었을 때, 시 청사의 시계가 정각 12시를 알리고 있었어요. 입구까지 가자, 건물 내부에서 큰 폭발음이 들렸습니다. 나는 바실리의 방으로 달려갔습니다."

파파스의 목소리는 경직되어 어색하게 들렸다.

"그의 방은 흔적도 없어졌고 바실리의 모습은 어디에도 없었습니다."

"어머나! 그럴 수가!"

그들은 잠시 동안 잠자코 걸었다.

"하지만 마녀의 점은 틀렸잖아요? 그는 사자에게 죽임을 당하진 않았으니까요."

캐서린은 말했다.

"아닙니다. 점은 맞았습니다. 경찰은 어떻게 폭발이 일어났는지를 조사했습니다. 앞에서도 말했듯이, 그날은 아들의 생일이었습니다. 바실리의 책상 위에는 그가 아들에게 주려고 했던 선물이 가득 쌓여 있었어요. 그곳에 누군가가 사자 모양의 장난감을 가져다 놓았던 것입니다."

캐서린은 얼굴에서 핏기가 가시는 것을 느꼈다.

"장난감 사자였군요."

파파스 백작은 끄덕였다.

"네, '정오의 사자에 정신을 차려라.'―바로 그 말대로였지요."

캐서린은 몸을 떨었다.

"소름 끼치는 사건이군요."

그는 위로하듯이 캐서린을 바라보았다.

"마담 피리스는 심심풀이로 보는 점쟁이가 아닙니다."

그들은 공원을 빠져나와 피라이오스 거리로 나왔다. 빈 택시가 지나갔다. 백작이 그것을 멈춰 세웠고, 10분 후에 캐서린은 아파트로 돌아와 있었다.

잠자리에 들 준비를 하면서 그녀는 래리에게 백작에게서 들은 얘기를 전해주었다.

그 이야기를 하는 중에도 다시 소름이 끼쳤다. 래리는 그녀를 꼭 껴안고, 섹스를 했다. 그러나 그 뒤에도 캐서린은 오랫동안 잠을 이룰 수가 없었다.

노엘과 캐서린

아테네 : 1946년

15

만약 노엘 페이지만 없었더라면 래리 더글러스에게는 무엇 하나 걱정 거리가 없었을 것이다. 그는 자기가 좋아하는 곳에서 좋아하는 일을 하고 있었다. 자기 일을 즐겼고 만나는 사람들도, 고용주도 마음에 들었다.

그는 비행기를 타지 않을 때는 거의 캐서린과 함께 지냈다. 그러나 이 곳저곳 날아다니는 것이 자신의 직업이라 캐서린이 언제나 그가 있는 곳을 알고 있지는 않으므로 래리 혼자 외출하는 기회도 매우 많았다. 그는 파파스 백작이나 부조종사인 폴 메탁서스와 함께 파티에 가곤 했는데, 그럴 때는 대개 시끌벅적한 파티가 되곤 했다. 그리스의 여자들은 불과 같이 격한 정열을 불태우기 때문이었다.

래리는 역시 데미리스에게 고용되어 있는 헤레나라는 스튜어디스를 새 연인으로 삼았다. 그녀와 래리는 아테네를 떠나 어딘가에 머무를 때는 같은 호텔의 한 방에서 밤을 보냈다. 헤레나는 호리호리한 몸집에 까만 눈동자를 가진 아름다운 여자로 사랑에 대해서는 탐욕스러웠다. 아무튼 모든 점에서 자신의 생활은 더할 나위 없이 완벽하다고 래리 더글러스는 생각했다. 다만 저 저주스러운 데미리스의 금발의 정부만 없었다면……

래리는 노엘 페이지가 왜 자기를 경멸하는지 전혀 짐작이 가지 않았지만 원인이 어떻든 간에 그것은 그의 삶을 위험에 빠뜨리려 하고 있었다. 래리는 때로는 정중하게, 때로는 냉정하게, 때로는 친절하게 여러 가지로 태도를 바꿔보았지만 그때마다 노엘에게 수치를 당할 뿐이었다.

래리는 데미리스에게 호소를 해볼까 하는 생각도 해보았다. 그러나 데미리스가 래리와 노엘 중 어느 쪽을 선택해야 할 경우 어떻게 할 것인가는 뻔한 노릇이었다. 그는 노엘이 탑승할 경우 비행기의 조종을 폴 메탁서스에게 부탁한 적이 두 번 있었다. 그러나 두 번 모두 이륙 직전에 데미리스의 비서로부터 전화가 걸려와서 데미리스 씨는 래리가 직접 조종하기를 원한다고 전해왔다.

11월 말의 어느 날 아침, 래리는 전화로 그날 오후 노엘 페이지를 암스테르담까지 태워다 주라는 명령을 받았다. 래리가 공항에 문의해보니 암스테르담의 기후가 좋지 않다고 했다. 안개가 끼기 시작해서 오후에는 시계 제로가 된다는 예보였다.

래리는 데미리스의 비서에게 전화를 걸어서 그날 암스테르담으로 비행하는 것은 불가능하다고 알렸다. 비서가 잠시 후에 다시 연락하겠다고 말하고 나서 15분 후 다시 전화를 걸어 미스 페이지는 출발 준비를 해서 2시에 공항으로 나갈 것이라고 전해왔다. 래리는 날씨가 변했는지 모른다고 생각해서 다시 공항으로 문의해보았지만 대답은 마찬가지였다.

"젠장! 이런 날씨에 비행기를 띄우라니 제정신이야?"

폴 메탁서스는 소리쳤다. 그러나 래리는 문제는 암스테르담이 아니라고 느꼈다. 이것은 두 사람 사이의 의지의 대결이었다. 노엘 페이지가 산꼭대기에서 추락해 죽는다 해도 아무 상관이 없었다. 자업자득이란 것이다. 하지만 그 바보 같은 여자 때문에 자신의 목숨을 거는 것을 래리는 사양하고 싶었다.

그는 데미리스에게 전화를 걸어서 의논하려고 했지만 회의에 참석 중이라 통화를 할 수 없었다. 그는 화가 치밀어 수화기를 탁 하고 내려놓았다. 이제는 공항으로 가서 노엘에게 비행을 포기하도록 설득해보는 길밖에 없었다.

그는 1시 반에 공항에 도착했지만 3시가 되어도 노엘 페이지는 나타나지 않았다.

"마음이 변한 것이겠지."

메탁서스는 말했다. 그러나 그렇지 않다는 것을 래리는 알고 있었다. 시간이 지남에 따라 그는 점점 더 격렬한 분노에 사로잡혔다. 그리고 이윽고 그것이 그녀가 진작부터 꾸며놓은 계략이라는 것을 깨달았다. 그녀는 그가 화를 내도록 부추겨 파면되고 말 그런 무분별한 짓을 시키려는 것이었다. 래리가 터미널 빌딩에서 공항의 매니저와 얘기하고 있을 때 낯익은 데미리스의 회색 롤스로이스가 달려왔고 노엘 페이지가 모습을 나타냈다. 래리는 그녀를 맞이하기 위해 밖으로 나갔다.

"미스 페이지, 비행은 무리라고 생각합니다. 임스테르담은 안개에 둘러싸여 있습니다."

노엘은 마치 래리가 존재하지 않기라도 하는 것처럼 그와 반대쪽에 있는 폴 메탁서스에게 말했다.

"비행기에는 자동착륙장치가 있겠죠?"

"네, 있습니다."

메탁서스는 난처하다는 듯이 대답했다.

"정말 의외군요. 데미리스 씨가 겁쟁이 파일럿을 고용하고 있다니, 얘기해봐야 할 문제군."

노엘은 말하고 나서 방향을 돌려 비행기 쪽으로 걸어갔다. 메탁서스는 그녀의 뒷모습을 바라보면서 말했다.

"지독하군! 대체 어떻게 된 거지? 지금까지는 저렇게 지독하게 군 적이 없었는데. 신경 쓰지 마, 래리."

래리는 금발을 바람에 나부끼면서 비행장을 가로질러 걸어가는 노엘을 지켜보았다. 그는 이제까지 이토록 사람을 미워해본 적이 없었다.

메탁서스가 그를 물끄러미 바라보며 물었다.

"갈 거요?"

"갑시다."

부조종사는 이것 참 큰일이라는 듯 깊은 한숨을 내쉬었다. 두 사람은 천천히 비행기를 향해 걷기 시작했다.

그들이 기내에 들어갔을 때 노엘 페이지는 객실에서 느긋하게 패션 잡지를 뒤적이고 있었다. 래리는 힐끗 그녀를 쳐다보았지만 가슴은 노여움에 떨렸고 입을 여는 것이 두려웠다. 그는 조종실에 들어가서 이륙 전 점검을 하기 시작했다.

10분 후에 그는 관제탑으로부터 이륙 OK 신호를 받고 비행기는 암스테르담을 향해 날기 시작했다.

비행 초반에는 특별한 일이 없었다. 눈에 덮인 스위스가 눈 아래 가로누워 있었다. 독일 상공에 이르렀을 즈음에는 땅거미가 지고 있었다. 래리가 무선으로 암스테르담에 기상 상태를 물어보자 북해로부터 안개가 몰려들어 점점 더 짙어간다는 답신이 돌아왔다. 그는 자신의 불운을 저주했다. 만약 바람의 방향이 갑자기 바뀌어서 안개가 걷히면 모르지만 지금으로서는 암스테르담에 계기 착륙을 감행하든지 다른 공항에 착륙하든지 어느 쪽을 택하지 않으면 안 되었다.

그는 객실에 가서 노엘에게 의논할까 하고 생각했지만 그녀의 모멸감 어린 얼굴이 눈앞에 어른거렸다.

"특별기 109, 비행 계획을 알려달라."

뮌헨의 관제탑으로부터였다. 래리는 곧 결단을 내려야만 했다. 지금이라면 아직 브뤼셀이나 퀼른이나 룩셈부르크에 착륙할 수가 있었다. 아까의 그 목소리가 다시 스피커에서 들려왔다.

"특별기 109, 비행 계획을 알려달라."

래리는 통신기의 스위치를 찰칵 내렸다.

"여기는 특별기 109, 뮌헨의 관제탑 들으라. 우리의 목적지는 암스테르담."

그는 메탁서스가 지켜보고 있는 것을 의식하면서 스위치를 올렸다.

"이것 참 생명보험을 두 배로 걸어놓을걸 그랬군. 정말로 착륙이 가능하다고 생각하나?"

메탁서스가 말했다.

"진심을 듣고 싶은가? 아무려면 어때."

래리가 씁쓸하게 말했다.

"이게 무슨 일이람! 정신 나간 두 사람과 함께 비행기에 타다니!"

메탁서스는 신음하듯이 말했다.

그로부터 한 시간, 래리는 자주 기상보고에 귀를 기울이면서 아무 말도 하지 않고 비행기의 조종에만 전력했다. 그는 여전히 바람의 변화를 기대했지만 암스테르담까지 30분이 남은 지점에 이르러서도 기상 보고는 역시 마찬가지였다.

짙은 안개 때문에 비행기의 활주로는 비상 상태인 경우를 제외하고는 폐쇄되어 있었다. 래리는 암스테르담의 관제탑에 연락했다.

"여기는 특별기 109, 암스테르담 관제탑 나와라. 퀼른 75마일 동방으로부터 접근 중. 착륙 예정 시간은 19시."

거의 사이를 두지 않고 무선의 목소리가 들려왔다.

"여기는 암스테르담 관제탑, 특별기 109 들으라. 이쪽 비행장은 폐쇄되었다. 퀼른이나 브뤼셀로 돌아가라."

래리는 핸드마이크를 향해 말했다.

"여기는 특별기 109, 암스테르담의 관제탑 나와라. 불가능함. 위급상황이다."

메탁서스는 깜짝 놀라 그의 얼굴을 쳐다보았다.

새로운 목소리가 스피커로부터 들렸다.

"특별기 109 들으라. 나는 암스테르담 공항 총국장이다. 공항은 완전히 안개로 뒤덮여 있다. 시계 제로. 반복한다. 시계 제로. 그쪽의 위급상황이란 어떤 것인가?"

"연료가 떨어져간다. 암스테르담에 겨우 착륙할 수 있을 정도다."

래리는 말했다. 메탁서스는 연료계를 들여다보았다. 바늘은 한가운데를 가리키고 있었다.

"무슨 소릴 하고 있는 거야! 중국까지라도 갈 수 있어!"

메탁서스는 소리쳤다.

무선은 침묵했지만 갑자기 다시 큰소리가 나왔다.

"암스테르담의 관제탑이다. 특별기 109, 비상사태를 허락한다. 우리가 유도하도록 하겠다."

"부탁한다."

래리는 스위치를 끄고 메탁서스 쪽을 쳐다보았다.

"연료를 버려!"

그는 명령했다.

메탁서스는 침을 삼켰고 가라앉은 목소리로 말했다.

"연… 연료를 버리라고?"

"그래. 겨우 착륙할 만큼만 남기는 거야."

"하지만 래리……."

"불평하지 마. 탱크에 가솔린을 절반이나 남긴 채 착륙해 보라고. 곧장 면허증을 빼앗기고 말걸?"

메탁서스는 쓸쓸하게 끄덕였고 연료폐기 핸들에 손을 내밀어 눈금을 세심히 지켜보면서 작동시키기 시작했다. 5분 후에 그들은 안개 속으로 들어가 부드러운 솜에 감싸여버렸다. 그들이 앉아 있는 희끄무레하게 빛나는 조종석 외에는 아무것도 보이지 않았다. 그것은 시간과 공간으로부터 그리고 세계로부터 차단된 것처럼 기분 나쁘게 느껴졌다.

래리가 이런 기분이 된 것은 지상에서의 연습장치 링크 트레이너를 탔을 때였다. 그때는 위험이 따르지 않는 게임이었지만 지금은 생과 사가 걸려 있었다. 그의 승객은 어떻게 하고 있을까? 심장마비라도 일으켰으면 좋겠다고 생각했다. 다시 암스테르담 관제탑의 목소리가 들려왔다.

"암스테르담의 관제탑이다. 자동착륙장치로 유도하겠다. 내 지령에 정확히 따라주기 바람. 기체는 레이더로 포착되고 있다. 3도 서쪽을 향하라. 현재의 고도를 유지하라. 현재의 스피드로 나아가면 앞으로 10분 후면 착륙할 것이다."

무전기로부터 흘러나오는 목소리는 긴장되어 있었다. 무리도 아니라고 래리는 생각했다. 조금이라도 잘못되면 비행기는 바다 속으로 처박히게 된다. 래리는 지령대로 기체의 방향을 수정해서 살아남기 위해 단 하나 희망인 무전 목소리 외의 모든 것을 마음으로부터 떨쳐버렸다. 그는 비행기가 그 자신의 몸의 일부인 양 전심전력을 다해 조종했다. 그는 곁에서 폴 메탁서스가 식은땀을 흘리면서 나지막하게 긴장된 목소리로 끊임없이 계기를 체크하고 있는 것을 희미하게 의식했다.

그들이 만약 무사히 이 상황을 돌파할 수 있다면 그것을 성공시키는 것은 래리 더글러스일 것이다. 그는 이토록 지독한 안개를 본 적이 없었다. 그 정체를 파악할 수 없는 적은 사방팔방에서 그를 공격했고, 그를 눈이 멀게 만들었으며 유혹하기도 하고 치명적인 실수를 저지르게 만들려 하고 있었다. 그는 조종석의 방풍유리 앞쪽으로 아무것도 보이지 않는 상태에서 시속 250마일의 속도로 공중을 돌진하고 있었다.

파일럿들은 안개를 싫어한다. 안개 속에 들어간 다음의 철칙은 '안개

위를 날거나 아래를 뚫어라. 어쨌든 그것으로부터 빠져나가라.'라는 것
이었다. 그러나 지금은 그것이 불가능했다. 방자하고 닳아빠진 여자의
변덕 때문에 착륙이 불가능한 목적지로 비행하지 않으면 안 되기 때문이
었다.

무선의 목소리가 다시 스피커로부터 들려왔지만, 그것에는 새로운 불
안한 분위기가 더해져 있는 것처럼 여겨졌다.

"암스테르담의 관제탑이다. 특별기 109, 당신은 착륙 지점으로 들어오
고 있다. 플랩(보조날개)을 내리고 하강하라. 2000피트까지 하강……
1500피트…… 1000피트……."

공항은 아직 보이지 않았다. 그들은 자신들이 어디에 있는지 전혀 짐작
조차 할 수가 없었다. 래리는 지면이 비행기를 향해 밀려 올라오는 느낌
을 받았다.

"스피드를 120마일까지 떨어뜨리시오…… 바퀴를 내리고…… 지금
고도 600피트…… 속력 100마일…… 고도 400피트……."

아직 공항이 보이질 않았다! 숨 막히는 솜이불은 더욱 두터워진 것처
럼 느껴졌다.

메탁서스의 이마가 땀으로 번들거렸다.

"공항이 어디 있지?"

그는 중얼거렸다.

래리는 고도계로 힐끗 눈길을 보냈다. 바늘은 조금씩 300피트에 가까
워지고 있었다. 이윽고 300을 깼다. 지면은 비행기를 향해 시속 100마일
로 돌진해왔다. 고도계는 겨우 150피트를 가리키고 있었다. 뭔가가 잘못
되고 있는 것이다. 이미 공항의 불빛이 보여야만 했다. 그는 전방으로 눈
을 모았지만 시계를 가로막는 저주스러운 안개가 방풍유리를 때리는 것
밖에 보이지 않았다.

래리는 긴장해 목이 쉰 메탁서스의 목소리를 들었다.

"60피트까지 하강."

아직 아무것도 보이지 않았다.

"40피트."

어둠 속에서 지면이 비행기를 향해 돌진해오고 있었다.

"20피트."

이미 틀렸다. 이제 2초 후면 안전의 한계를 넘어 비행기는 지면과 격돌할 것이다. 그는 순간 결단을 내리지 않으면 안 되었다.

"기체를 올려야겠어."

래리는 말했다. 조종 장치에 올려놓은 손에 힘이 주어지고 당겨 되돌리려고 했다. 그 순간 전방의 지상에서 불빛이 한 줄로 늘어서 타오르듯 빛나면서 활주로를 비춰주고 있는 것이 눈에 들어왔다. 10초 후에 그들은 착륙해 터미널을 향해 활주하고 있었다.

비행기가 정지하자 래리는 마비된 손가락으로 엔진의 스위치를 끄고 오랫동안 그대로 앉아 있었다. 겨우 일어섰을 때 그는 무릎이 떨리고 있는 것을 알아차리곤 깜짝 놀랐다. 주위에서 기묘한 냄새가 나서 그는 쿵쿵거리며 메박서스 쪽을 쳐다보았다. 메탁서스는 부끄러운 듯이 웃어보였다.

"미안해. 해냈군!"

그는 말했다. 래리는 그를 내려다보며 끄덕였다.

"우리 둘이서."

그는 말했다. 그리고 객실로 들어갔다. 방자하기 짝이 없는 그녀는 묵묵히 잡지의 페이지를 넘기고 있었다. 래리는 한바탕 호통을 쳐주고 싶은 것을 가까스로 참으면서 그녀를 바라보았다. 무엇이 그녀에게 이런 행동을 하도록 부추기고 있는지 그 동기가 너무도 궁금했다. 노엘 페이지는 이 몇 분 동안 자기가 얼마만큼이나 죽음에 가까이 다가서고 있었는지 알고 있었던 것이 틀림없었다. 그런데도 머리카락 하나 흐트러뜨리지 않고 평온한 얼굴을 하고 있었다.

"암스테르담입니다."

래리는 말했다.

그들은 무겁게 침묵을 지킨 채 암스테르담으로 차를 달렸다. 노엘은 메르세데스 300의 뒷좌석에, 래리는 운전석 옆에 앉아 있었다. 메탁서스는 비행기의 정비 때문에 공항에 남았다. 안개가 아직 짙게 깔려 있었으므로 자동차는 천천히 달렸지만 린덴 가에 도달할 즈음에는 갑자기 안개가 걷히기 시작했다.

자동차는 시의 광장을 지나 암스텔 강에 놓여 있는 아이다 교를 건너 암스텔 호텔 앞에 멈췄다. 로비에 들어서자 노엘은 래리에게 말했다.

"오늘밤 10시 정각에 데리러 와줘요."

그러고는 등을 돌려 엘리베이터 쪽으로 걸어가기 시작했다. 호텔의 매니저가 굽실거리며 그녀의 뒤를 따랐다. 보이가 래리를 1층 안쪽에 있는 초라한 작은 방으로 안내했다. 그곳은 주방 바로 옆방으로, 덜그럭거리는 접시 소리가 벽을 타고 들려왔고 갖가지 요리 냄새가 홍건히 뒤섞여 감돌고 있었다.

래리는 작은 방을 힐끗 들여다보고는 딱딱한 어조로 말했다.

"내 강아지라도 이런 방엔 묵지 않겠어."

"죄송합니다. 미스 페이지께서 당신에게 제일 싼 방을 잡아놓으라고 해서요."

보이가 미안하다는 듯이 그렇게 말했다.

래리는 생각했다.

'좋아. 어떻게 해서든 저 여자를 혼내주고 말겠어. 자가용 비행기의 파일럿을 고용하는 것은 전 세계에서 콘스탄틴 데미리스 한 사람뿐만이 아니지 않는가. 당장이라도 서둘러 알아보기로 하자. 이제까지 데미리스의 부자 친구들과 많이 만났으니까 기꺼이 나를 고용해줄 사람이 5, 6명쯤은 있을 거야. 잠깐! 데미리스에게 파면당하면 안 된다. 그렇게 되면 아무도 나를 고용해주지 않겠지. 역시 참을 수밖에 없구나.'

욕실은 복도 끝에 있었다. 래리는 욕실로 가기 위해 가운을 꺼냈다. 그리고 생각했다.

'바보 같군. 왜 그녀 때문에 목욕을 하지 않으면 안 되는 거지? 몸에서 돼지처럼 구린 냄새가 나는 편이 더 낫지.'

그는 한 잔 마시고 싶어졌으므로 호텔의 바로 갔다. 그가 석 잔째 마티니를 마시면서 카운터 위의 시계를 올려다보니 10시 15분이었다. '10시 정각'이라고 그녀는 말했었다.

갑자기 겁을 집어먹은 래리는 카운터에 몇 장의 지폐를 던져놓고 엘리베이터로 향했다. 노엘은 5층의 특실에 있었다. 그는 긴 복도를 달리면서 그녀를 위해 이런 꼴을 하고 있는 자신을 저주했다.

그는 늦어진 변명을 생각하며 그녀의 방문을 노크했다. 대답이 없었다. 손잡이를 돌려보니 문은 잠겨 있지 않았다. 그는 사치스러운 가구를 갖추어 놓은 커다란 방으로 들어가 잠시 멈춰 선 다음 그녀를 불렀다.

"미스 페이지."

대답이 없었다.

'과연 이것이 그녀의 계획이었군.'

그녀는 데미리스에게 이렇게 말할 것이다.

'미안해요, 코스타. 하지만 그는 믿을 수 없다고 전에도 말씀드렸잖아요. 10시에 데리러 와달라고 했는데도 그는 바에서 곤드레가 되어 있었어요. 그를 내버려두고 떠나야겠어요!'

욕실에서 소리가 들렸으므로 래리는 그쪽으로 갔다. 욕실 문은 열려 있었다. 그가 안으로 들어가려는데 노엘이 마침 샤워를 마치고 나오고 있었다. 그녀가 몸에 걸치고 있는 것은 머리에 감은 터키 타월뿐이었다.

노엘은 래리가 그곳에 서 있는 것을 발견했다. 래리는 그녀의 분노를 사기 전에 사과하려고 했다. 그러나 그가 채 입을 열기도 전에 노엘이 무심하게 말했다.

"그 타월 좀 건네줘요."

마치 그가 노예거나 거세당한 사나이기라도 한 듯한 말투였다. 래리는 그녀의 분개나 노여움이라면 참을 수 있었겠지만 그 교만한 무관심에는 자신도 모르게 화가 치밀었다.

래리는 그녀 쪽으로 다가가 그녀를 꽉 붙들었다. 그는 그러한 행동은 하찮은 복수심을 안일한 방법으로 만족시킬 수 있을 뿐이며 지금까지 바라고 있던 모든 것을 팽개쳐 버리는 어리석은 짓이라는 것을 의식하고 있었다. 그의 마음속의 노여움은 몇 개월에 걸쳐 그녀로부터 받은 경멸과 당찮은 모욕과 수치, 목숨을 걸기까지 해야 했던 것으로 크게 부풀어 오르고 있었다.

그녀의 나체에 손을 내밀었을 때 이러한 모든 생각이 그의 가슴 속에서 불타올랐다. 만약 노엘이 크게 소리친다면 래리는 그녀를 후려쳐서 기절시켰을 것이다. 그러나 그녀는 그의 거친 표정을 보고는 그에게 안아 올려져 침실로 운반되는 동안 소리를 지르지 않았다.

래리의 마음속 어딘가에서 목소리가 그를 향해 소리치고 있었다.

'그만둬, 사과해. 술에 취했다고 하는 거야. 늦기 전에 도망치는 거야.'

그러나 그는 이미 때가 늦었다는 것을 알았다. 이미 뒷걸음질 칠 수가 없었다. 그는 거칠게 그녀를 침대 위에 내던지고 그녀에게 가까이 다가 갔다.

그는 자기가 지금 하고 있는 행동의 대가로 돌아올 보복을 마음속에서 떨쳐버리고 그녀의 몸에 주의를 집중했다. 데미리스가 그를 어떻게 처리할 것인가에 관해 그는 어떤 환상을 가지고 있지는 않았다. 데미리스의 명예심은 그를 해고시키는 것만으로는 만족할 수 없을 것이다.

데미리스를 잘 알고 있는 래리로서는 그의 보복은 좀 더 두려운 것이 되리라는 점도 잘 알고 있었다. 그러나 그는 자신을 주체할 도리가 없었다. 그녀는 침대에 누워 타오르는 듯한 시선으로 그를 올려다보았다.

래리는 그녀를 거칠게 끌어안았다. 그제야 그는 자기가 얼마나 이것을 갈망하고 있었는지를 깨달았다. 그녀에 대한 증오는 어느덧 욕망과 뒤섞여 있었다. 래리는 그녀가 팔을 그의 목에 돌리는 것을 느꼈다. 그녀는 이젠 놓치지 않겠다는 듯이 단단하게 그를 끌어안고는 말했다.

"돌아왔군요."

'별 이상한 소리를 다 하는군.'

누군가 다른 사람과 혼동하고 있나 보다 하는 생각이 언뜻 래리의 마음을 스쳤다. 그러나 지금은 그런 것은 아무래도 좋았다. 그의 몸 아래에서 그녀는 몸을 비틀며 몸부림치고 있었다.

노엘과 캐서린

아테네 : 1946년

16

언제부터인지 모르게 시간은 캐서린의 적이 되어 있었다. 처음 한동안 그녀는 그러한 사실을 의식하지 못하고 있었다. 과거를 돌이켜본다 하더라도 언제부터 불행이 그림자를 드리우기 시작했는지 확실히 알 수가 없었을 것이다. 그녀는 래리의 애정이 언제 어떤 이유로 어떻게 해서 사라졌는지 알 수가 없었다.

그러나 그것은 어느 날 끝없는 시간의 복도 안쪽 그 어딘가에서 슬며시 사라져버렸고 남은 것은 차갑고 공허한 메아리뿐이었다. 그녀는 날마다 혼자 아파트에 도사리고 앉아서 일이 어떻게 되어가고 있는지, 무엇이 잘못이었는지를 생각해보려고 했다. 그러나 캐서린으로서는 전혀 짐작이 가는 점이 없었고, '그래, 래리가 나를 사랑하지 않게 된 것은 그때부터야.'라고 지적할 만한 그런 순간도 없었다.

어쩌면 그것이 시작된 것은 래리가 콘스탄틴 데미리스와 수렵 여행을 동행해 아프리카로 가서 3주일 만에 돌아온 후일지도 모른다. 캐서린은 자기 자신도 믿어지지 않을 만큼 래리가 그리웠다.

그녀는 생각했다.

'그는 언제나 부재중이었어. 마치 전쟁 중인 것 같아. 하지만 지금은 적은 없어.'

그러나 그녀가 모르고 있을 뿐, 적은 존재하고 있었다.

"아직 당신에게 얘기하지 않았지만 좋은 소식이 있어. 급료가 많이 올랐어."

래리는 말했다.

"근사해요. 우린 그만큼 빨리 집으로 돌아갈 수 있겠군요."

그녀는 대답했다. 하지만 그녀는 그의 표정이 굳어지는 것을 보았다.

"왜 그러죠?"

"우리 집은 여기야."

래리는 냉담하게 말했다.

그녀는 래리의 마음을 헤아릴 수 없어서 그를 쳐다보면서 겁먹은 듯한 목소리로 말했다.

"지금은 그렇지만요. 하지만 내가 말한 것은……. 당신 역시 이곳에 영원히 살 생각은 아니잖아요?"

"이렇게 좋은 곳은 없어. 마치 유원지에서 사는 것 같잖아."

래리는 되받아서 말했다.

"하지만 미국에서 사는 것과는 다르잖아요."

"미국 따위가 뭐 대수라고! 미국을 위해 4년간이나 목숨을 걸고 싸웠는데 그 보답이 뭐지? 싸구려 훈장 몇 개를 주었을 뿐이야. 전쟁이 끝났을 때는 내게 직장마저 주지 않았어."

"그건 틀린 얘기예요. 당신이……."

"내가 뭐?"

캐서린은 그와 말다툼을 할 생각은 조금도 없었다. 특히 오늘밤은 그가 돌아온 첫날밤이었다.

"아무것도 아니에요. 당신은 지쳐 있군요. 빨리 주무시도록 해요."

그녀는 말했다. 그는 술을 마시기 위해 홈바로 갔다.

"아니야. 알젠틴 나이트클럽에서 새로운 쇼가 시작돼. 메탁서스를 포함해서 몇몇 친구들과 보러 가기로 약속했어."

캐서린은 그의 얼굴을 바라보았다. 그녀는 자기 목소리를 온화하게 유지하기 위해서 애써야만 했다.

"래리… 우리는 한 달 가까이나 만나지 못했어요. 그동안 한 번도, 한번도 느긋하게 얘기할 기회도 없었고요."

"일 때문에 나가 있었으니까 할 수 없잖아. 나도 가능하다면 당신과 함께 있고 싶어."

그는 대답했다. 그녀는 고개를 저으며 말했다.

"그럴까요? 점쟁이한테 한번 물어봐야겠군요."

그는 양팔을 그녀의 몸에 돌려 여느 때와 마찬가지로 소년과 같은 미소를 머금었다.

"메탁서스와 다른 녀석들과 한 약속은 깨버리고, 오늘밤은 집에서 보낼게. 우리 둘이서 말이야. 그럼 됐지?"

캐서린은 그의 얼굴을 들여다보고 자기가 너무 경솔했다고 생각했다. 그리고 그가 그녀에게서 떨어져 있었던 것은 일 때문이었고, 그가 귀가해서 다른 사람들과 만나고 싶어하는 것도 무리는 아니라고 생각했다.

"당신이 가고 싶으면 가도 괜찮아요."

그녀는 단단히 결심하고 말했다.

"아니야. 당신과 있겠어."

그는 캐서린을 꼭 껴안았다. 그들은 그 주말 동안 아파트에서 한 발짝도 밖으로 나가지 않았다. 그들은 섹스를 하기도 하고, 난로 앞에서 수다를 떨기도 하고 책을 읽기도 했다. 캐서린에게 있어서는 그 이상 행복한 순간은 없었다.

일요일 밤에는 캐서린이 준비한 맛있는 식사를 한 뒤 침대에 들어가 다시 사랑을 나누었다. 그녀는 침대에 누운 채 래리가 욕실로 걸어가는 것을 바라보면서, 래리는 '정말 멋진 남자다, 저 사람을 남편으로 삼고 있는 나는 너무 행복한 여자다.' 하고 생각했다. 그녀의 얼굴에서 아직 미소가 사라지기도 전에 욕실 입구에서 래리가 그녀를 돌아보며 무심하게 말했다.

"다음 주에는 가끔 외출을 하도록 해. 그럼 지금처럼 아무것도 하지 않고 둘이서 꼭 달라붙어 지내지 않아도 되잖아."

그는 다시 얼굴에 남아 있는 미소가 얼어붙어버린 캐서린을 남겨두고 욕실로 들어갔다.

어쩌면 그녀의 불행은 그리스인인 아름다운 스튜어디스 헤레나로부터 시작된 것인지도 모른다. 어느 무더운 여름날 오후 캐서린은 장을 보러 나갔다. 래리는 부재중이었고 다음날 돌아올 예정이었다. 캐서린은 그가 좋아하는 음식을 만들어 그를 깜짝 놀라게 해줄 생각이었다.

식료품을 잔뜩 안고 캐서린이 시장을 나서려고 할 때 택시가 그녀 앞을 지나갔다. 그 뒷좌석에 래리가 스튜어디스 제복을 입은 아가씨에게 팔을 두르고 앉아 있었다. 캐서린에게는 웃고 있는 두 사람의 얼굴이 힐끗 보였지만 택시는 곧 모퉁이를 돌아가 금세 보이지 않게 되었다.

캐서린은 멍청하게 서 있었다. 몇몇 소년들이 다가올 때까지 그녀는 감각을 잃어버린 손가락에서 식료품을 잔뜩 넣은 봉지가 미끄러져 내리는 것도 의식하지 못하고 있었다. 캐서린은 소년들에게 도움을 받아서 떨어뜨린 것들을 모두 주운 다음, 아무것도 생각하지 않으려고 애쓰면서 집으로 향했다.

택시 안에서 본 것은 래리가 아니었다. 즉 그와 닮은 사나이라고 그녀는 자신에게 타일러 보려고 했다. 그러나 실제로는 래리와 똑같이 생긴 남자란 이 세상에 없는 법이다.

캐서린은 래리가 돌아오기만을 밤새도록 뜬눈으로 기다렸다. 그리고 끝내 그가 돌아오지 않자 그녀는 그가 어떤 변명을 해도 결혼생활을 더 이상 계속할 수가 없다고 생각했다. 그는 거짓말쟁이고 배신자였다. 그런 남자의 아내로 머물러 있을 수는 없었다.

래리가 돌아온 것은 다음 날 오후 늦은 시각이었다.

"나 왔어."

그는 방에 들어서면서 기분 좋게 말했다. 그는 항공 가방을 내려놓은 다음 비로소 그녀의 표정을 눈치 챘다.

"어떻게 된 거야?"

"언제 아테네로 돌아왔어요?"

캐서린은 처참한 기분으로 물었다. 래리는 당혹한 얼굴로 그녀를 바라보았다.

"한 시간 정도 전에, 그건 왜?"

"어제 당신이 어떤 여자와 택시를 타고 가는 것을 봤어요."

캐서린은 생각했다.

'드디어 말해버렸어. 이것으로 내 결혼은 끝장이야. 그는 모른다고 할 것이고 나는 그를 거짓말쟁이라고 옥박지르면서 집을 뛰쳐나가겠지.'

래리는 그대로 선 채 그녀를 바라보았다.

"알고 있어요. 당신일 리가 없다고 말하고 싶은 거죠?"

래리는 고개를 저었다.

"물론 나였어."

명치끝 언저리가 갑자기 강타당한 것처럼 아파왔다. 가슴을 움켜쥐고, 캐서린은 자신이 내심 얼마나 그가 부정하기를 바라고 있었는지를 깨달았다.

"여보! 당신은 무슨 생각을 하고 있는 거야?"

그는 말했다. 그녀는 대답하려고 했지만 그 목소리는 노여움으로 떨리고 있었다.

"난……."

그녀가 말하려고 하자, 래리는 한 손을 들어 그녀를 제지했다.

"후회할 만한 말은 입 밖에 내지 마."

캐서린은 의외라는 표정으로 그를 바라보았다.

"내가 후회한다고요?"

"난 어제 아테네로 돌아와서 15분 정도 머물렀어. 데미리스의 지시로 헤레나라는 아가씨를 크레타 섬으로 데려가기 위해서였지. 헤레나는 그가 고용하고 있는 스튜어디스야."

"하지만……."

그것은 있을 수 있는 일이었다. 래리는 진실을 말하고 있는지도 모른다, 아니면 그는 거짓말의 천재란 말인가?

"그럼 왜 전화도 하지 않았어요?"

캐서린이 물었다. 래리는 무뚝뚝하게 되받았다.

"했었어. 하지만 당신은 전화를 받지 않더군. 외출했었겠지?"

캐서린은 침을 삼켰다.

"난 당신한테 맛있는 요리를 만들어주려고 시장에 갔었어요."

"아무것도 먹고 싶지 않아. 마누라한테 그런 잔소리를 듣고 어떻게 식사를 하겠어?"

래리는 토해버리듯이 말하고, 등을 돌려 나가버렸다. 들어올린 그녀의 오른손이 그에게 돌아오라고 침묵 속에서 애원하고 있는 것 같았다.

캐서린이 술을 가까이하게 된 것은 그로부터 얼마 지나지 않아서였다. 7시에 돌아와 식사를 할 예정인 래리가 9시가 되어도 귀가하지 않고, 전화도 걸려오지 않자 캐서린은 시간을 보내려고 브랜디 한 잔을 마셨다. 10시가 되자 그것은 몇 잔으로 불어났다. 그리고 그가 돌아올 즈음에는 음식은 이미 식어 맛이 없어졌고, 그녀는 상당히 취해 있었다. 그녀는 말짱한 정신으로는 자기 자신에게 일어난 일을 직시할 수가 없었다.

래리가 그녀를 배신하고 있다—아마 두 사람이 결혼했을 무렵부터—는 사실을 캐서린은 더 이상 자기 자신에게 숨길 수가 없었다. 어느 날, 세탁기에 넣기 전에 그의 제복 바지를 살펴보니 말라붙은 정액으로 굳어져 있는 손수건이 나왔다.

그녀는 다른 여자를 안고 있는 래리의 모습을 상상했다.

캐서린은 그를 죽여버리고 싶다고 생각했다.

노엘과 캐서린

아테네 : 1946년

17

시간이 캐서린의 적이 된 것에 반해 래리에게 있어서 그것은 자기편이 되었다. 암스테르담의 그날 밤은 기적으로만 생각되었다. 래리는 파멸로 발을 내디뎠는데 오히려 놀랍게도 그것이 그의 모든 문제를 해결하는 열쇠가 되었다.

'난 행운아야.'

그는 만족감에 젖으면서 생각했다.

그러나 그것은 행운 이상의 것이라는 것을 그는 알고 있었다. 그것은 또한 운명에 맞서 죽음과 파멸의 도전을 거스르려는 그의 숨겨진 본능과도 같은 것이었다. 그는 생사를 걸고 운명에 맞서 자기 자신을 시험하지 않을 수 없었다.

래리는 트룩 제도 상공에서 제로 전투기 일대가 구름 속에서 급상승해 온 날의 아침을 기억하고 있었다. 그의 비행기는 편대의 선두였으므로 그들은 공격의 방향을 그에게 집중했다. 3대의 제로 전투기가 그를 유인해

내어 편대에서 격리시켜 포화를 퍼부어댔다.

그 위험한 순간에 놀라울 만큼 머리가 산뜻해진 그는 아래에 펼쳐진 섬이나 큰 파도에 흔들리는 많은 함정, 맑고 푸른 하늘 아래서 굉음을 울리면서 공중전을 벌이고 있는 비행기들을 뚜렷하게 의식했다. 삶의 충만함에 전율했고 죽음을 비웃던 그때야말로 래리의 일생 중 가장 행복한 순간이었다.

그는 비행기를 나선형으로 급강하시켜 그곳에서 탈출하는 동시에 제로 전투기의 배후에 따라붙었다. 그리고 기관총 탄환을 퍼부어 제로 전투기가 폭발하는 것을 지켜보았다. 다른 2대가 좌우에서 그의 비행기를 쫓고 있었다. 래리는 그들이 돌진해오는 것을 지그시 응시했다. 그리고 눈깜짝할 사이에 이멜만식 공중제비를 했다. 일본기 2대는 공중에서 충돌했다. 그것은 래리가 즐겨 회상하며 만족감을 음미하는 순간이기도 했다.

암스테르담에서의 그날 밤, 그때 그 순간이 그의 기억에 되살아났다. 그는 거칠고 광폭하게 노엘을 다뤘다. 그 후, 노엘은 그의 가슴에 안겨 전쟁 전에 두 사람이 파리에서 함께 지냈던 이야기를 했다. 갑자기 희미한 기억의 저편에서 열정적인 젊은 아가씨가 되살아났다. 그러나 유감스럽게도 래리가 사랑한 젊은 아가씨는 그 후로 몇백 명이나 되었다. 노엘은 희미한 기억 속의 작은 단편에 불과했다.

그렇게 오랜 세월이 흐른 뒤에 두 사람이 우연히 만나다니, 이런 행운이 또 어디 있겠나 하고 래리는 생각했다.

"이제 당신을 놓치지 않겠어요. 당신은 이미 내 것이에요."

노엘은 말했다. 그녀의 목소리는 왠지 래리를 불안하게 했다.

'하지만 별로 손해 볼 것은 없지 않은가.'

그는 생각했다.

노엘을 손에 넣었으니 그는 자신이 원하기만 한다면 언제까지나 데미리스 밑에서 일할 수가 있는 것이다.

그의 마음을 읽기라도 한듯 노엘은 그를 지켜보았다. 그 눈에는 래리로 서는 이해할 수 없는 기묘한 빛이 서려 있었다.

이해할 수 없었던 것이 도리어 다행이었다.

모로코 여행에서 돌아온 뒤 래리는 헤레나와 함께 저녁식사를 하고, 그 날 밤은 그녀의 아파트에서 지냈다.

다음 날 아침 그는 비행기를 점검하기 위해 자동차로 공항으로 갔다. 그리고 폴 메탁서스와 함께 점심을 먹었다.

"대단한 행운을 잡은 듯한 얼굴을 하고 있군. 내게도 좀 나누어주게."

메탁서스가 말하자, 래리는 싱긋 웃었다.

"폴! 자네는 감당할 수가 없을 거야. 나 정도의 달인이 아니면 말이야."

즐거운 식사 뒤에 래리는 그와 함께 비행할 예정인 헤레나를 데리러가기 위해 시내로 돌아왔다.

그는 헤레나의 아파트 문을 노크했다. 한참을 기다린 다음에야 헤레나가 조심스럽게 문을 열었다. 그녀는 알몸이었다. 래리는 순간적으로 그녀를 알아보지 못했다. 얼굴도 몸도 심한 타박상 투성이로 부어올라 있었고, 눈도 감길 만큼 부풀어 올라 있었다. 전문적인 주먹이 손을 댄 상처였다.

"이봐! 어떻게 된 일이지?"

래리가 외쳤다.

헤레나가 입을 벌리자, 앞니 3개가 부러져 있는 것이 보였다.

"두… 두 남자가……."

그녀는 떨면서 말했다.

"당신이… 나가자마자 들이닥쳤어요."

"경찰에 알리지 않았어?"

래리는 놀라면서 물었다.

"누군가한테 알리면 죽이겠다고 했어요. 래… 래리, 정말이에요."

충격을 받아 넋이 나간 그녀는 문에 매달리듯 간신히 서 있었다.

"뭘 훔쳐갔지?"

"아, 아녜요. 무작정 밀고 들어와서 욕설을 퍼붓더니 마구 때렸어요."

"뭘 좀 입어. 병원에 가야겠어."

그는 말했다.

"밖에 나갈 수가 없어요, 이런 얼굴로는."

그녀는 말했다.

정말 그랬다. 래리는 아는 의사한테 전화를 걸어 왕진을 부탁했다.

"미안하지만 나는 여기 있을 수가 없어. 30분 후에 데미리스를 태우고 비행해야 해. 돌아오는 즉시 이리로 올게."

래리는 헤레나에게 말했다.

그러나 그는 두 번 다시 그녀를 만나지 못했다. 래리가 이틀 후에 와 보니 아파트는 텅 비어 있었다. 집 주인의 말로는 그녀는 새 주소도 알려주지 않고 이사해버렸다는 것이다. 래리는 그렇게 되어서까지도 사건의 진상을 전혀 눈치 채지 못했다.

래리가 진상을 알게 된 것은 며칠 후 밤에 노엘과 사랑을 나누고 있을 때였다.

"당신은 정말 멋져! 당신 같은 여자는 지금껏 만난 적이 없어."

"내 모든 것에 만족하고 있어요?"

그녀는 물었다.

"그럼, 그렇고말고. 진심이야."

그는 신음하듯이 말했다.

노엘은 움직임을 멈추고는 상냥하게 말했다.

"그렇다면 다른 여자와는 절대로 자면 안 돼요. 또다시 그런 일이 있으면 그 여자를 죽여버릴 거예요."

래리는 '당신은 나의 것이에요.'라고 한 그녀의 말을 떠올렸다. 그러자 갑자기 그것이 새로운 불길한 의미를 간직한 말처럼 느껴졌다. 그는 비로소 그녀와의 관계가 싫어지면 언제라도 도망칠 수 있는 가벼운 관계가 아니라는 것을 알았다. 노엘 페이지에게는 감지하기 어려운 차갑고 두려운 면이 있었다. 그것을 감지한 그는 오싹한 냉기를 느꼈다.

그날 밤, 래리는 몇 번씩이나 그녀에게 헤레나의 문제를 꺼내려고 했지만 그때마다 그만두었다. 사실을 아는 것이 두려웠고 그것을 입 밖으로 내는 것이 두려웠다. 마치 말하는 것이 실제로 일어났던 사건 그 자체보다도 위력을 가지고 있는 것 같았다. 만약 노엘에게 그런 일이 가능하다면…….

다음 날 아침식사를 하면서 래리는 노엘이 눈치 채지 않도록 그녀를 관찰하며 잔혹함과 사디즘을 암시하는 면이 있는지 살폈다. 그러나 아무리 주의 깊게 살펴봐도 그녀는 재미있는 에피소드로 그를 즐겁게 해주었고, 그의 어떤 소망도 곧 헤아려주는 애정이 깊은 아름다운 여자로밖에 보이지 않았다.

'지나친 생각이었어.'

그는 그렇게 생각했다. 그러나 그 후로는 다른 여자와는 데이트하지 않으려고 노력했다. 겨우 몇 주일 내로 그의 바람기는 완전히 사라져버렸다. 완전히 노엘의 포로가 되고 만 것이다.

노엘은 처음부터 두 사람의 관계는 절대로 콘스탄틴 데미리스에게 알려지지 않도록 해야 한다고 래리에게 경고를 해두었다.

"우리가 이상하다는 소문이 조금이라도 퍼지면 안 돼요."

노엘은 경고했다.

"내가 아파트를 빌릴까? 그곳이라면 우리가……."

래리가 제안했다. 노엘은 머리를 가로저었다.

"아테네에선 위험해요. 누구한테 들킬지도 모르니까. 내가 생각해볼게요."

이틀 후, 래리는 데미리스에게 호출 당했다. 처음에 래리는 노엘과 자신의 관계를 이 그리스의 거물이 알아차린 것이 아닌가 하고 걱정했다. 그러나 데미리스는 기분 좋게 그를 맞이해서 자기가 사려고 하는 새로운 비행기에 관해서 의논했다.

"개조한 미첼 폭격기야. 자네가 봐주었으면 좋겠어."

데미리스는 말했다. 래리의 얼굴은 밝아졌다.

"그건 멋진 비행기입니다. 중량감이나 크기로 볼 때, 당신이 가지고 있는 어떤 비행기보다 훌륭합니다."

"몇 명이 탈 수 있지?"

래리는 잠깐 생각했다.

"파일럿과 부조종사, 기관사를 제외하고 9명 정도입니다. 그리고 시속 480마일까지 날 수 있고요."

"괜찮군. 자세히 조사해서 내게 보고해주게."

"기꺼이 그렇게 하겠습니다."

래리는 싱긋 웃었다. 데미리스는 일어섰다.

"그런데 더글러스, 미스 페이지가 오늘 아침 베를린으로 가는데 데려다주게."

"알겠습니다."

래리는 그렇게 말하고 난 다음 시치미를 떼고 덧붙였다.

"미스 페이지는 제가 전보다는 잘 해나가고 있다고 말씀하시는지요?"

데미리스는 그를 쳐다보며 초조한 표정으로 말했다.

"아니. 사실 말이지, 그녀는 오늘 아침에도 자네가 건방지다고 불평을 하더군."

래리는 깜짝 놀라 그를 멍하니 바라봤다. 그리고 과연 그랬구나 생각하며 당황한 채 자기의 실수를 얼버무리려고 했다.

"각별히 조심했습니다만, 앞으로는 좀 더 주의하겠습니다."

그는 열성적인 어조로 말했다. 데미리스는 끄덕였다.

"그러는 것이 좋겠어. 자네는 이제까지의 내 파일럿 중에서 가장 우수해. 만약 내가 자네를……."

그는 말끝을 흐려버렸지만 그가 말하고자 하는 것은 명백했다.

래리는 돌아가는 차 안에서 자신의 어리석음을 저주했다. 현재 자신이 처한 미묘한 입장을 그는 자각했어야 했다. 노엘은 현명하게도 래리에 대한 자기의 태도가 갑자기 변하면 데미리스에게 의심을 받으리라는 것을 충분히 알고 있었다. 이전의 두 사람의 관계는 지금의 비밀에 대해 완벽한 보호막이 된다. 데미리스는 그 두 사람의 사이를 좋게 만들려고 애쓰고 있었다. 그런 생각이 들자 래리는 저절로 웃음이 터져 나왔다. 세계에서 손꼽히는 큰 권력을 가진 사나이가 소유했다고 생각하는 것을 자기가 손에 넣고 있다고 생각하는 것은 정말 기분 좋은 일이었다.

베를린으로 비행하는 도중에 래리는 폴 메탁서스에게 조종을 부탁하고 객실로 가서 노엘 페이지와 얘기하고 오겠다고 했다.

"겁나지 않나? 머리를 비틀어버리면 어쩌려고?"

메탁서스는 말했다.

래리는 망설였다. 떠벌이고 싶은 유혹에 사로잡혔던 것이다. 그러나 그는 그 충동을 자제했다.

래리는 어깨를 움츠려보였다.

"싫기는 하지만, 어떻게 해서든 비위를 맞춰두지 않으면 밥줄이 끊어지게 될 테니까 말이야."

"잘해보게."

메탁서스는 진지한 얼굴로 말했다.

"고마워."

래리는 조종실의 문을 단단히 닫고 노엘이 있는 라운지로 들어갔다. 두 사람의 스튜어디스는 비행기의 뒷쪽에 있었다. 래리는 노엘의 맞은편에 앉으려고 했다.

"조심해요. 콘스탄틴에게 고용된 사람은 모두 그의 스파이니까요."

그녀는 상냥하게 주의를 주었다.

스튜어디스들 쪽으로 힐끗 눈길을 보낸 래리는 헤레나를 떠올렸다.

"우리의 집을 발견했어요."

노엘은 말했다. 탄력이 넘치는 활기찬 목소리였다.

"아파트?"

"독채예요. 라피나가 어딘지 알아요?"

래리는 머리를 저었다.

"아테네에서 100킬로 떨어진 작은 마을이에요. 그곳에 남의 눈에 띄지 않는 별장이 있어요."

그는 고개를 끄덕였다.

"누구의 이름으로 빌렸지?"

"샀어요. 다른 사람 명의로."

노엘은 말했다.

이따금의 밀회를 위해 선뜻 별장을 살 수 있다는 것은 틀림없이 기분 좋은 일이라고 생각했다.

"그거 멋진데. 하루 빨리 보고 싶어."

그는 말했다. 그녀는 더듬듯이 그를 바라보았다.

"캐서린으로부터 멀리 떨어져 있기가 곤란한가요?"

래리는 놀라 노엘을 바라보았다. 그녀가 그의 아내에 관해서 언급하는 것은 처음이었다. 물론 그는 결혼한 몸이라는 것을 비밀로 하고 있지는 않았지만, 막상 노엘의 입에서 캐서린의 이름을 듣자 기분이 야릇했다.

분명히 그녀는 나름대로 조사를 했던 것이다. 또한 그로서도 최근에서야 알게 된 사실이지만 그녀의 기질에 비추어 볼 때 그것은 아마도 완벽한 조사였을 것이다. 그녀는 그의 대답을 기다리고 있었다.

"아니, 집에 드나드는 건 내 자유야."

래리는 대답했다. 노엘은 만족해하며 끄덕였다.

"그렇다면 좋아요. 콘스탄틴은 사업 때문에 두브로브니크에 갈 거예요. 난 따라가지 않겠다고 말해뒀어요. 10일 간 당신과 함께 즐겁게 지낼 수 있어요. 이제 그만 돌아가요."

래리가 조종실로 돌아오자 메탁서스가 말했다.

"어땠어? 조금은 그녀의 기분이 나아졌나?"

"아니, 별로. 아직 멀었어."

래리는 조심스럽게 대답했다.

래리는 시트로엥 컨버터블을 가지고 있었지만 노엘의 주장으로 아테네의 작은 텐트 카 회사에서 차를 빌렸다. 노엘은 혼자 먼저 라피나에 가 있었고, 래리는 나중에 오기로 되어 있었다.

바다를 저 멀리 내려다보면서 먼지가 이는 꼬불꼬불한 길을 달리는 것은 유쾌했다. 아테네로부터 2시간을 달려 래리는 바닷가의 작은 마을에 닿았다. 마을에 차를 멈추고, 물어보지 않아도 될 수 있도록 노엘은 그에게 장소를 자세히 가르쳐주었다. 마을 외곽에 이르자 그는 왼쪽으로 돌아 해안으로 통하는 포장되어 있지 않은 작은 길을 내려갔다. 그곳에 절벽에 가려져 있는 한 호화로운 별장이 있었다.

래리가 문 앞에 차를 대고 벨을 누르자 전자 문이 좌우로 열렸다. 차를 타고 안으로 들어가자 그곳에는 분수가 있었고 양쪽으로 수많은 꽃이 피어 있었다.

저택 자체는 전형적인 지중해 풍의 별장으로 성채와 같이 견고하게 만들어져 있었다. 현관문이 열리고 하얀 드레스를 입은 노엘이 나타났다.

노엘은 그가 차에서 내리기 무섭게 뛰어가 그의 품에 안겼다.

"안에 들어가서 당신의 새로운 집을 둘러봐요."

그녀는 진지한 어조로 말했고 그를 안으로 안내했다.

내부는 동굴 같았고 높고 둥근 천장이 있는 방들은 아주 넓었다. 1층에는 커다란 거실과 서재가 있었고, 근사한 식당과 중앙에 둥근 조리용 렌지가 있는 고풍스러운 부엌이 있었다. 침실은 2층이었다.

"일하는 사람은?"

래리는 물었다.

"당신 눈앞에 있잖아요."

래리는 놀라 그녀를 응시했다.

"당신이 직접 요리도 하고 청소도 한다고?"

그녀는 끄덕였다.

"우리가 돌아간 뒤 부부가 청소하러 와주겠지만 소개소에 부탁해서 우리와는 절대로 얼굴을 마주치지 않도록 해두었어요."

래리는 너무 재미있어서 웃음을 터뜨렸다. 노엘의 목소리에는 경고의 빛이 어려 있었다.

"콘스탄틴 데미리스를 얕보고 있다면 큰 잘못이에요. 만약 우리의 관계가 알려지게 되면 두 사람 모두 죽음을 면치 못할 거예요."

래리는 미소 지었다.

"허풍이 너무 심하군. 물론 그 노인네는 기분이 좋지는 않겠지만……."

그는 말했다.

그녀의 보랏빛 눈동자가 그의 눈을 뚫어지게 쳐다보았다.

"그는 우리 두 사람을 살려두지 않을 거라고요."

그 목소리에는 그를 불안하게 하는 뭔가가 담겨 있었다.

"진심으로 말하고 있군."

"내 생애에 이 이상 심각한 일은 없어요. 그는 잔인한 사람이에요."

"우리를 죽일 거라고? 설마 그가……."

래리는 반론을 제기했다.

"그는 권총을 쓰지는 않아요. 아주 섬세하고 교묘한 방법으로 하죠. 그래서 그는 절대로 벌 받는 일은 없어요."

노엘은 단호하게 말했다. 그녀의 어조는 다시 명랑해졌다.

"하지만 그는 알아차리지 못할 거예요. 자, 우리의 침실을 보러 가요."

그녀는 래리의 손을 이끌었고, 두 사람은 넓은 계단을 올라갔다.

"손님용 침실이 네 개나 있어요. 전부 사용해 봐요, 우리."

그녀는 그렇게 말하고 주인용 침실로 그를 데려갔다. 그것은 구석에 있는 커다란 방으로 바다가 내려다보였다. 커다란 범선 한 척과 모터보트 한 척이 잔교에 매어 있는 것이 보였다.

"저 배는 누구 것이지?"

"당신 거예요. 당신에 대한 환영 선물이에요."

그녀는 말했다.

그가 그녀 쪽을 돌아다보니 노엘은 이미 드레스를 벗은 후였다. 그녀는 알몸이었다. 두 사람은 그날 오후를 줄곧 침대 안에서 지냈다.

그로부터 10일이 화살처럼 지나갔다. 노엘은 때로는 요정처럼, 때로는 마녀처럼, 때로는 래리 자신이 아직 알지 못했던 자기 마음속의 소원을 모두 풀어주는 열 사람 이상의 하인처럼 갖가지로 변신했다. 서재에는 그가 좋아하는 책과 레코드가 갖추어져 있었다.

노엘은 그가 좋아하는 요리를 훌륭하게 만들었고 그와 함께 요트도 타고 따뜻한 푸른 바다에서 헤엄을 치다가 사랑을 나누었다. 그리고 밤에는 그가 잠들 때까지 마사지를 해주었다. 보기에 따라서는 그들은 그곳에 갇힌 수인이라고도 할 수 있었다. 어느 누구와도 만나지 않는, 단둘만의 시간이었다.

래리는 매일 노엘의 새로운 면을 발견했다. 그녀는 자신이 알고 있는 유명인들의 에피소드를 들려줘서 그를 유쾌하게 해주었다. 비즈니스와 정치에 관해서도 의견을 나누었다. 그러나 결국은 그는 그 어느 쪽에도 흥미가 없다는 것을 그녀는 알았다.

두 사람은 포커나 각종 트럼프 놀이를 하며 놀았지만 래리는 한 번도 그녀를 이길 수가 없어서 화가 났다.

별장에 온 첫 일요일, 노엘이 맛있는 피크닉 런치를 준비해 두 사람은 해변으로 나가 햇볕을 쪼이며 즐겼다. 점심을 먹으면서 문득 눈을 들어 보니 멀리서 두 남자가 걸어오는 모습이 보였다. 사나이들은 해안을 따라 그들 쪽으로 어슬렁어슬렁 오고 있었다.

"집으로 들어가요."

노엘이 말했다. 래리는 눈을 들어 사나이들을 보았다.

"그렇게 겁먹을 필요 없어. 마을에 사는 사나이들이 산책하러 나왔을 거야."

"가야 해요!"

그녀는 명령하듯 말했다.

"알겠어."

그녀의 말투가 화가 나 있는 것 같아서 그도 무뚝뚝하게 말했다.

"정리하는 걸 도와줘요."

"우리가 왜 도망쳐야 하지?"

"조심해야 하잖아요."

그들은 서둘러 바구니에 물건들을 담아 집으로 돌아갔다. 래리는 그날 오후 내내 입을 열지 않았다. 노엘이 부엌에서 일하고 있는 동안 그는 서 재에서 생각에 골몰해 있었다.

오후 늦게 그녀는 서재에 들어가 그의 발치에 앉았다. 그녀는 그의 마음속을 읽어내고는 말했다.

"아까 그 사람들에 대해서는 잊어버려요."

"그저 지나가는 마을 사람에 불과해. 난 범죄자처럼 살금살금 피해 다니고 싶지는 않아."

그는 무뚝뚝하게 내뱉듯이 말했다. 그리고 노엘을 바라보며 말투를 바꾸었다.

"나는 누구의 눈도 피하고 싶지 않아. 당신을 사랑하고 있어."

노엘은 이번에는 그 말이 진실이라는 것을 알았다. 그녀는 래리를 파멸시키려고 온갖 계획을 거듭해온 세월과 그의 파멸을 상상하면서 느낀 강렬한 기쁨을 떠올렸다. 하지만 노엘은 래리와 재회한 순간, 증오보다도 더 강한 뭔가가 마음속에 남아 있는 것을 깨달았다.

저 가공할 암스테르담으로의 비행으로 그녀가 그를 죽음의 늪에 내몰아 두 사람이 같은 운명을 걸어야만 했을 때, 그녀는 그 운명에 무모한 도전을 함으로써 그녀에 대한 래리의 사랑을 테스트하고 있었다. 그녀의 마음은 조종석의 래리와 함께 있었고, 그와 함께 조종하고, 함께 괴로워했으며, 그가 죽으면 자기도 함께 죽는 것이라고 생각했다. 그러나 그는 두 사람의 목숨을 구했다. 그리고 암스테르담의 호텔에서 두 사람이 한 몸이 되었을 때, 그녀의 증오와 사랑은 두 사람의 육체와 함께 서로 뒤섞였다. 시간이 확대되거나 축소되어 두 사람은 그 옛날 파리의 작은 호텔 방으로 돌아가 있었다. 래리는 그녀에게 속삭였다.

"결혼해. 어딘가 시골 촌장에게 부탁해서 식을 올리는 거야."

현재와 과거가 찬란하게 타올라 하나가 되었다. 그때 그녀는 두 사람에게 있어서 시간은 존재하지 않는다는 것을 알았다. 진실로 변한 것은 아무것도 없다는 것, 래리에 대한 증오의 깊이는 애정의 깊이에서 유래하는 것이었다는 사실을 깨달았다. 만약 그를 파멸시키면 그녀 자신을 파멸시키는 것이 될 것이다. 그녀는 이미 오래전에 몸도 마음도 완전히 그에게 모두 바쳤기 때문에……. 그 어떤 것도 그러한 사실을 바꿀 수는 없었다.

노엘은 자신이 지금까지 성취한 것은 모두 증오 때문임을 알았다. 현재의 그녀는 아버지의 배신에 의해 주조된 것이고, 단련되고 굳어져 복수의 화신이 된 것이다. 그 욕구를 이루게 해준 것은 그녀 자신의 왕국—거기에서 그녀는 전능이며 결코 다시는 배신당하는 일도, 상처받는 일도 없는—외에는 없었다. 그녀는 겨우 그 왕국을 손에 넣었던 것이다.

그런데 지금 그녀는 이 남자 때문에 그 왕국을 버리려 하고 있었다. 그녀는 언제나 자기가 갈구하고 있던 것은 래리가 자신을 필요로 하고, 그녀를 사랑하게 되는 것이었음을 깨달았기 때문이었다.

드디어 래리는 그녀가 원하던 대로 되었다. 그리고 그것이 그녀의 참된 왕국이었다.

노엘과 캐서린

아테네 : 1946년

18

래리와 노엘에게 있어서 그로부터의 3개월은 모든 것이 평온하고 즐거운 시간들이었다. 지평선에 구름 한 점 보이지 않는 멋진 나날이 꿈과 같이 이어졌다. 래리는 근무 중에는 좋아하는 비행기를 탔고, 시간이 되면 언제나 라피나의 별장으로 가서 노엘과 함께 보냈다.

처음 한동안은 래리는 이러한 일정한 생활패턴을 꺼려했다. 즉 일종의 가정적인 생활 속에 자신을 끌어넣는 멍에가 되는 것이 아닌가 하고 두려웠다. 그러나 그는 노엘을 만날 때마다 점점 더 그녀에게 빠져 들어갔고, 그녀와 함께 지낼 시간을 기다리는 것이 지루해서 견딜 수가 없을 지경이었다.

그녀가 갑자기 데미리스와 여행을 떠나게 되어 주말 일정에 차질이 생겼을 때 래리는 혼자 별장에서 지냈다. 그는 데미리스와 노엘이 함께 지내는 것을 생각하며 노여움과 질투에 떠는 자신을 깨달았다. 1주일 후 그를 만났을 때, 그녀는 그의 표정을 보고 놀라워하며 즐거워했다.

"내가 없어서 쓸쓸했죠?"

그녀는 말했다.

"너무나……."

"기뻐요."

"데미리스는 잘 있지?"

그녀는 약간 망설였다.

"잘 있어요."

래리는 그녀의 주저하는 듯한 모습을 알아차렸다.

"무슨 일이 있었어?"

"당신이 말한 것에 대해서 생각하고 있었어요."

"뭔데?"

"당신은 범죄자처럼 살금살금 숨어 지내기는 싫다고 했죠. 나 역시 그래요. 콘스탄틴과 함께 있는 동안 줄곧 당신 곁에 있고 싶은 생각뿐이었어요. 래리, 지난번에 말한 것처럼 난 당신의 모든 것이 필요해요. 정말이에요. 누구에게도 당신을 나누어주고 싶지 않아요. 결혼하고 싶어요."

허를 찔린 그는 깜짝 놀라서 그녀의 얼굴을 정면으로 쳐다보았다.

"나와 결혼하고 싶지 않아요?"

"내 심정은 당신이 더 잘 알고 있을 거야. 하지만 무리야. 우리의 관계가 데미리스한테 알려지면 우리를 죽일 거라고 당신이 말했잖아."

그녀는 고개를 저었다.

"그는 눈치 채지 못할 거예요. 우리가 머리를 짜내어 멋지게 해내면. 난 그의 소유물이 아니에요. 그에게서 떠나도 그는 어쩔 도리가 없어요. 나에게 매달리기에는 그는 너무 자존심이 강한 사람이에요. 한두 달 있다가 당신은 지금의 일은 그만두는 거예요. 그리고 각자 다른 나라로 가요, 미국이든 어디든. 거기서 결혼하면 되잖아요. 난 두 사람이 쓰고도 남을 만큼의 많은 돈을 가지고 있으니 당신한테 항공회사나 비행학교 아니, 그 어떤 것이든 원하는 모든 걸 사줄 수 있어요."

그는 그녀의 말에 귀를 기울이면서 자신이 잃는 것과 얻는 것에 대해서 저울질하고 있었다. 잃는 것이라면 무엇일까? 파일럿이란 하찮은 일자리였다. 하지만 자기 자신의 비행기를 갖는다는 것은 상상만 해도 감동스러워서 몸이 떨려올 것 같았다. 개조한 미첼 폭격기를 소유할 수 있는 것이다. 혹은 최근 새로 개발된 85인승 DC-6를. 그리고 노엘을… 그렇다, 그는 노엘이 필요했다. 대체 망설일 것이 무엇이란 말인가?

"아내는 어떻게 하지?"

그는 물었다.

"이혼하고 싶다고 하세요."

"승낙하지 않을지도 몰라."

"부탁하는 것이 아니라 선언하는 거예요."

노엘은 대답했다. 결정적인, 반대를 허락하지 않을 그런 태세였다. 래리는 끄덕였다.

"알았어."

"당신이 후회하지 않도록 해주겠어요. 약속해요."

노엘은 말했다.

캐서린의 생활은 완전히 엉망이 되어가고 있었다. 그녀는 초현실적 시간에 매몰되었고, 밤낮이 하나로 뒤섞여버렸다. 래리는 거의 집에 돌아오지 않고 있었고, 그녀는 오래전부터 외부와의 접촉을 차단하고 있었다. 사람들과 얼굴을 마주하고 뭔가 구실을 만들거나 할 만한 의욕이 전혀 없었다. 그녀와 만나려고 대여섯 번 시도한 파파스 백작도 끝내는 단념하고 말았다.

그녀는 전화나 편지를 통해 간접적으로 사람들과 접촉하는 것이 고작이었다. 직접 얼굴을 마주 대하면 그녀의 입은 돌처럼 무거워졌고, 대화는 덧없는 불꽃을 발산하는 것으로 끝났다.

시간도, 사람들도 캐서린에게는 고통의 씨앗일 뿐이었다. 무엇이든 모두 잊게 해주는 신비한 술의 힘만이 그녀에게 도움이 되었다. 그것은 참을 수 없는 괴로움을 약화시켜주고 날카로운 절망의 고통을 누그러뜨려주며 현실의 가혹성을 완화시켜주었다.

캐서린이 아테네에 온 지 얼마 안 됐을 때 그녀와 윌리엄 프레이저는 자주 편지 왕래를 해서 서로 소식을 알리기도 하고 공통되는 친구나 적의 동정에 관한 최신의 정보를 교환하기도 했었다. 그러나 래리와의 관계가 빗나가기 시작하면서부터 캐서린은 프레이저에게 편지를 쓸 용기를 잃어버리고 말았다.

그로부터 온 최근 3통의 편지는 회신을 보내지 않았으며 마지막 한 통은 열어보지도 않은 상태였다. 함몰되어 있는 자신에 대한 연민으로 다른 일에 관심을 가질 만한 기력이 도저히 솟아오르지 않았다.

어느 날, 캐서린에게 편지가 왔다. 1주일 후 그것이 여전히 개봉되지 않고 테이블 위에 방치된 채로 있을 때 현관의 벨이 울렸고, 프레이저가 나타났다. 캐서린은 자기 눈을 의심하지 않을 수 없었다.

"빌! 빌 프레이저!"

그녀는 쉰 목소리로 말했다.

그가 입을 열어 뭔가 말을 꺼내려 했을 때, 그녀는 그의 눈빛이 경악과 충격의 눈빛으로 바뀌는 것을 보았다.

"빌! 어떻게 여기를?"

"아테네에 용무가 있어서. 내 편지 받지 못했어?"

프레이저는 설명했다. 캐서린은 그를 바라보며 생각해내려고 애썼다.

"모르겠는걸요."

그녀는 가까스로 말했다. 그가 안내된 거실에는 낡은 신문과 꽁초로 가득 찬 재떨이, 음식 찌꺼기가 담겨 있는 접시 등이 흩어져 있었다.

"이렇게 지저분해서 미안해요. 좀 바빴어요."

그녀는 애매하게 손을 흔들면서 말했다. 프레이저는 걱정스럽게 그녀를 쳐다보았다.

"어디가 좋지 않은 건 아니야, 캐서린?"

"내가요? 난 건강해요. 한 잔 하실래요?

"아직 오전 11시밖에 안 되었어."

그녀는 끄덕였다.

"그렇군요. 정말 그래요. 분명히 술을 마시기에는 너무 이른 시간이군요. 실은 말이죠, 당신이 온 것을 축하하는 의미가 아니면 평소에는 지금 시간에 마시거나 하진 않아요. 당신은 아침 11시에 내게 술을 마시게 할 수 있는 세상에서 단 한 명뿐인 사람이에요."

캐서린이 비틀거리며 술이 들어있는 장식장으로 다가가 자신을 위해서는 많은 양을, 그를 위해선 얼마 안 되는 양의 술을 따르는 것을 프레이저는 걱정스럽게 지켜보았다.

"그리스 브랜디 좋아해요? 나는 싫어했었는데 지금은 아주 익숙해졌어요."

그녀는 그에게 술잔을 건네주며 물었다. 프레이저는 받은 잔을 내려놓고는 조용히 물었다.

"래리는 어디 갔지?"

"래리? 아, 그 래리라는 사람은 어딘가를 날아다니고 있겠죠. 그는 세계 제일의 부자에게 고용되어 있어요. 데미리스는 무엇이나 자기 것으로 하고 말아요, 래리까지도."

그는 잠시 그녀를 응시했다.

"래리는 당신이 술을 마시는 걸 알고 있나?"

캐서린은 술잔을 소리 나게 내려놓고 비틀거리면서 그의 앞에 섰다.

"내가 술을 먹는 것을 래리가 알고 있느냐니, 그게 무슨 뜻이죠? 내가 옛날 친구를 만나 축하하는 것이 그렇게 나쁘다는 건가요?"

그녀는 대들듯이 말했다.

"캐서린! 나는……."

그는 말하려고 했다.

"남의 집에 와서 자신이 뭐나 되는 것처럼 책망하려 들다니!"

"미안해. 잘못했어, 캐서린. 당신에게는 도움이 필요한 것 같군."

프레이저는 고통스러운 듯이 말했다. 그녀는 되받아 말했다.

"미안하지만, 도움 따위는 필요 없어요. 왜지 아세요? 그건 내가… 스스로… 내가 스스로……."

그녀는 적당한 말을 찾아내려고 했지만 결국은 단념해버렸다.

"도움 따위는 필요 없어요."

프레이저는 잠시 그녀를 지켜보았다.

"이젠 회의에 가봐야겠어. 오늘밤 함께 식사할 수 있을까?"

그는 말했다.

"좋아요."

그녀는 끄덕였다.

"그럼 8시에 데리러 오겠어."

캐서린은 프레이저가 나가는 것을 배웅했다. 그런 다음 매우 위태로운 발걸음으로 침실로 가서 양복 옷장의 문을 천천히 열어 문 안쪽에 있는 거울을 들여다보았다.

그녀는 그곳에 비친 자신의 모습은 도저히 믿을 수 없을 정도였다. 그녀는 거울이 자기에게 뭔가 심한 장난을 치고 있는 것이 틀림없다고 생각하면서 얼어붙은 듯이 서 있었다.

그녀는 자신이 아직 아버지에게 귀여움을 받고 있는 사랑스러운 소녀라고만 생각하고 있었다. 또한 모텔 방에서 론 피터슨에게 '캐시, 너 같은 미인을 본 적이 없어.'라는 말을 들은 여학생이라고 착각하고 있었다. 빌 프레이저에게 안겨, '캐서린, 당신은 정말 아름다워!'라는 말을 들었으며 래리로부터는 '언제까지나 이렇게 아름다운 채 있어줘. 캐시, 당신은 특별한 여인이야.'라는 말을 들었을 때의 자신을 생각하고 있었다.

거울 속의 슬픔에 찬 보기 흉한 여자는 절망적으로 울음을 터뜨렸고, 그 부어오른 추한 뺨으로 눈물이 허무하게 흘러내렸다.

몇 시간 후, 현관의 벨 소리가 들렸다. 빌 프레이저가 "캐서린! 캐서린! 있어?" 하며 부르는 소리가 들렸다. 벨은 몇 번씩이나 울렸지만 그의 목소리도 이제 들리지 않게 되었고, 벨 소리도 그쳤다. 캐서린은 거울 속의 낯선 여인과 둘만이 되어 남겨지고 말았다.

다음 날 오전 9시에 캐서린은 택시로 피어슨 가의 의사를 찾아갔다. 니코데스라는 의사는 늠름한 거한이었지만 헝클어진 백발과 총명한 얼굴에 상냥한 눈을 지녀 친근감이 느껴졌다.

그녀가 진찰실로 들어가자 그는 의자를 가리켰다.

"앉으시오, 더글러스 부인."

캐서린은 떨지 않으려고 애쓰면서 긴장한 채 앉았다.

"어디가 좋지 않아서 오셨죠?"

그녀는 대답하려고 했지만 갑자기 당혹스러워서 그만두었다. 그녀는 생각했다.

'안 돼! 무엇부터 얘기해야 좋을지 모르겠어.'

"도움이 필요해요."

그녀는 간신히 말했다. 그 목소리는 메마르고 목구멍에 걸린 것만 같았고, 자꾸만 술 생각이 났다.

의사는 의자에 기대면서 그녀를 지켜보았다.

"나이는?"

"28세입니다."

그는 놀라는 빛을 숨기려고 했지만 그녀는 그것을 놓치지 않았고, 심술

굳게도 야릇한 기쁨을 느꼈다.

"미국인이시군요?"

"네."

"아테네에 살고 있습니까?"

그녀는 끄덕였다.

"이곳에서는 몇 년이나 사셨나요?"

"천 년입니다. 펠로폰네소스전쟁 전에 이사왔습니다."

의사는 미소를 지었다.

"나도 그런 기분이 들 때가 있습니다."

그는 캐서린에게 담배를 권했다. 그녀는 손이 떨리는 것을 자제하려고 하면서 손을 내밀었다. 박사는 아무 말도 하지 않고 불을 붙여주었다.

"어떤 도움이 필요하십니까?"

캐서린은 당혹해하며 중얼거렸다.

"모르겠습니다. 모르겠어요."

"스스로 어디가 아프다고 생각하십니까?"

"네, 저는 아파요. 심각한 병에 걸린 게 틀림없어요. 이렇게 보기 흉하게 되었으니까요."

그녀는 울지 않으려고 안간힘을 썼지만 눈물이 뺨을 타고 흘러내리는 것은 어쩔 수가 없었다.

"술을 마십니까?"

의사는 상냥하게 물었다.

캐서린은 움칠하며 그를 응시했다. 구석에 몰리고 공격당하고 있는 것 같이 느껴졌다.

"가끔요."

"어느 정도?"

그녀는 숨을 깊이 들이마셨다.

"대단한 양은 아닙니다. 때… 때에 따라서 다릅니다만."

"오늘은 마셨습니까?"

"아뇨."

그는 그녀를 유심히 관찰했다.

"당신도 아시겠지만 당신은 정말로 흉하게 보이지 않습니다."

그는 상냥하게 말했다.

"살이 조금 쪘고 몸이 부었고 피부와 머리 손질을 하고 있지 않은 것뿐이죠. 제대로 치장을 하면 대단히 매력적인 여성입니다."

그녀는 와락 울음을 터뜨렸지만 의사는 가만히 앉아서 울고 싶을 만큼 울도록 내버려두었다. 캐서린은 울음을 토하면서 의사의 책상 위의 부저가 몇 번인가 울리는 것을 멍청히 듣고 있었다. 그러나 의사는 부저에 신경쓰지 않았다. 치밀어 오르는 흐느낌이 겨우 진정되고 캐서린은 손수건을 꺼내 코를 풀었다.

"죄송해요. 저… 도와주실 수 있으시겠어요?"

"그건 전적으로 당신이 하기에 달려 있습니다. 나는 아직 당신의 문제가 무엇인지 모릅니다."

니코데스 박사는 말했다.

"저를 한번 보시기만 하면 문제를 알 수 있지 않나요?"

그는 고개를 저었다.

"그건 문제가 아니고, 징후입니다. 단도직입적으로 말하자면, 만약 당신이 도움을 원한다면 숨김없이 털어놓고 얘기하지 않으면 안 됩니다. 당신과 같이 매력적인 여성이 자포자기하게 되기까지는 분명히 상당한 이유가 있을 것입니다. 남편은 댁에 계신가요?"

"네, 휴일과 주말에는……."

"함께 살고 있습니까?"

"그가 집에 있을 때는 그렇습니다."

"남편은 어떤 일을 하고 계십니까?"

"콘스탄틴 데미리스의 자가용 비행기 파일럿이에요."

그녀는 의사의 얼굴에 어떤 반응이 나타난 것을 보았지만, 그것이 데미리스의 이름을 들었기 때문인지, 아니면 래리에 관해 뭔가 알고 있기 때문인지 알 수 없었다.

"남편에 관해 알고 계신가요?"

그녀는 물었다.

"아닙니다."

그러나 그는 거짓말을 하고 있는지도 모른다.

"당신은 남편을 사랑하고 있습니까?"

캐서린은 대답하려고 하다가 곧 입을 다물었다. 자기가 말하려고 하는 것은 의사에게 있어서만이 아니라 자기 자신에게도 대단히 중요하다는 것을 그녀는 깨달았기 때문이었다. 그녀가 남편을 사랑하고 있는 것은 확실했지만 미워하고 있는 것 또한 확실했다. 때로는 그를 죽이고 싶을 만큼 격렬한 분노를 느낄 때도 있었고, 그를 위해서라면 죽어도 좋다고 생각될 만큼 그리움을 느끼는 일도 있었다. 이러한 모든 감정을 한꺼번에 표현하는 말이란 무엇일까? 혹시 그것이 사랑일까?

"네."

그녀는 대답했다.

"그도 당신을 사랑하고 있습니까?"

캐서린은 래리가 관계한 다른 여자와의 부정한 짓을 떠올렸다. 또한 어젯밤의 거울 속에 있던 낯설고 추악한 몰골의 여인을 생각해내고는 래리가 자신을 원하지 않게 된 것에 대해서 그를 비난할 수도 없다고 생각했다. 그러나 어느 쪽이 먼저인지 도대체 알 수가 없었다. 거울 속의 여자는 그의 배신에 의해 만들어진 것일까? 아니면 거울 속의 여자에 의해 그의 배신이 만들어진 것일까? 그녀의 뺨으로 다시 눈물이 흘러내렸다.

캐서린은 씁쓸히 고개를 저었다.

"전… 모르겠어요."

"신경쇠약에 걸린 적이 있습니까?"

그녀는 주의 깊은 눈으로 그를 응시했다.

"아뇨, 그런 것은 좋아하지 않으니까요."

그는 웃지 않았다. 그리고 표현에 유의하면서 천천히 말했다.

"인간의 정신이란 것은 섬세한 것입니다. 그것은 일정량의 고통밖에는 견뎌낼 수가 없습니다. 고통에 견뎌낼 수 없게 되면 마음속에 숨겨진 제일 깊은 곳으로 도망쳐버리게 되는데, 그 부분에 관한 우리의 연구는 아직 초보 단계에 머물러 있습니다. 당신의 감정은 너무 심하게 긴장되어 있군요. 도움을 청하러 온 것은 정말 잘한 일입니다."

그는 슬쩍 그녀를 쳐다보았다.

"제 신경이 예민해졌다는 것은 알고 있어요. 그래서 술을 마셔요. 기분을 편하게 갖기 위해서……."

캐서린은 변명하듯이 말했다.

"아닙니다. 당신은 도피하기 위해서 마시는 겁니다."

그는 거침없이 말하면서 자리에서 일어나 그녀 쪽으로 다가갔다.

"당신을 위해서 우리가 할 수 있는 일은 많이 있다고 생각합니다. '우리'란 당신과 나를 말합니다. 그러나 그것은 그리 간단한 일은 아닙니다."

"어떻게 하면 되는지 가르쳐주세요."

"먼저 병원에 가서 정밀한 건강진단을 받는 것이 좋겠습니다. 내 느낌으론 어디가 이렇다하게 특별히 나쁜 곳은 없을 것 같습니다만. 그리고 술을 끊고 지시에 따라 규정식을 취하도록 해야겠습니다. 여기까진 할 수 있습니까?"

캐서린은 망설였지만 천천히 고개를 끄덕였다.

"다음에 헬스클럽에 가서 전처럼 스마트한 몸매를 만들기 위해 규칙적으로 운동을 하는 겁니다. 그런 다음 우수한 물리요법사를 소개할 테니 그 사람한테 마사지를 받고 1주일에 한 번 미용실에 가세요. 이러한 일들은 시간이 걸립니다. 당신이 하룻밤 사이에 지금과 같은 상태가 된 것은 아니니 하룻밤 사이에 원래대로 되돌릴 수 없습니다."

그는 그녀에게 원기를 북돋워주기 위해 미소 지었다.

"하지만 수개월, 아니 수주일밖에 걸리지 않을지도 모르겠습니다만 얼굴도 기분도 다른 사람처럼 변하게 될 거라고 약속할 수 있습니다. 거울을 볼 때 당신은 행복해질 것이고 남편은 당신에게 매력을 느낄 것입니다."

캐서린은 희망을 갖고 의사를 바라봤다. 마치 견딜 수 없는 무거운 짐이 마음 깊숙한 곳에서부터 제거되고 살기 위한 기회가 갑자기 주어지기라도 한 것 같은 기분이었다.

"내가 할 수 있는 일은 당신을 위해서 이런 계획을 세워주는 것뿐이라는 사실을 분명히 이해해야 합니다. 실행은 당신 자신만이 할 수 있는 것입니다."

의사는 말했다.

"실행하겠어요. 약속하겠습니다."

캐서린은 열의를 다해 말했다.

"술을 끊는 것이 제일 어려운 일이겠지요."

"아뇨, 어렵지 않아요."

그녀는 그렇게 믿고 있었다. 의사의 말처럼 그녀는 현실에서 도피하기 위해 술을 마셨었다. 지금의 그녀에겐 목표가 생겼다. 그것은 래리를 되찾는 것이었다.

"이제부터는 술을 한 방울도 마시지 않겠어요."

그녀는 단언했다. 의사는 그녀의 표정을 보며 만족한 듯이 끄덕였다.

"당신을 믿겠어요, 더글러스 부인."

자리에서 일어선 캐서린은 자기 몸의 움직임이 둔하고 어색한 것에 놀랐다. 그러나 이런 것은 모두 금세 달라질 것이다.

의사는 메모지에 뭔가를 적어주었다.

"저도 연락해두겠습니다만 이건 병원 주소입니다. 건강 진단이 끝나면 다시 들러주세요."

밖으로 나온 캐서린은 택시를 찾아보았다. 그리고 생각했다.

'나는 바보였어. 운동을 해서 몸을 단련시켜두는 건데 말이야.'

그녀는 걷기 시작했다. 그녀는 가게의 쇼윈도 앞에서 발길을 멈추고 유리에 비친 자신의 모습을 보았다.

두 사람의 결혼생활의 붕괴를 자신의 책임은 전혀 생각하지 않고 래리 탓으로만 돌린 것은 너무도 성급한 일이었다. 이런 못생긴 여자가 기다리고 있는 집에 누가 돌아오고 싶겠는가. 그 낯선 여인은 그녀 자신도 모르는 사이에 그 얼마나 살그머니 그리고 교묘하게 숨어들었는가!

'그러고 보니 최근엔 말다툼도 별로 하지 않았어.'

그녀는 쓸쓸한 심정이 되어 생각했다. 그러나 그런 것들은 모두 지나간 일이었다. 이제부터는 그녀는 과거를 돌아보지 않고 멋진 미래를 향해 오로지 매진하리라 생각했다.

캐서린은 고급 지역인 사로니카 지구에 접어들었다. 그녀는 미용실 앞을 무심코 지나치려다 갑자기 생각을 바꾸어 안으로 들어갔다. 커다란 로비는 우아한 흰 대리석으로 장식되어 있었다.

"어서 오세요."

"내일 아침 예약을 하고 싶은데요. 풀코스로 받고 싶어요."

캐서린은 말했다. 그녀의 머릿속에 최고의 헤어스타일이 떠올랐다.

그곳을 나오자 바로 정면에 '점집—마담 피리스'란 간판을 내건 작은 술집이 보였다. 파파스 백작으로부터 마담 피리스에 관해 얘기를 들은 것이 갑자기 떠올랐다. 경관과 사자 얘기였는데 자세히는 기억나지 않았다. 캐서린은 점술 따위는 믿지 않았지만 오늘은 왠지 들어가 보고 싶은 유혹을 강하게 받았다.

그녀는 격려를 필요로 했던 것이다. 새로이 전개될 멋진 미래에 대한 희망이 이루어질 것을 보증해주고 그녀의 인생이 다시 행복하게 살아갈 만한 값어치가 있다고 누군가가 알려주길 바랐다.

그녀는 문을 열고 안으로 들어갔다.

캐서린이 동굴 같은 방 안의 어둠에 익숙해지기까지는 약간 시간이 걸렸다. 구석에 카운터와 몇 개의 테이블, 그리고 의자가 보였다. 지친 듯한 표정의 웨이터가 그녀에게 다가와 그리스어로 말을 걸었다.

"술은 필요 없어요."

캐서린이 말했다. 그녀는 자기 입에서 나온 그 말을 듣는 것이 대견해서 다시 한 번 되풀이했다.

"술은 필요치 않아요. 마담 피리스를 만나고 싶은데, 계신가요?"

웨이터는 방의 한구석에 놓인 빈 테이블을 몸짓으로 가리켰다. 캐서린은 그곳에 앉았다. 몇 분 후 그녀는 옆에 누군가가 서 있는 기척을 느껴 눈을 들었다.

그 여윈 여인은 믿기지 않을 정도로 늙어 있었고, 검은색 옷을 입고 있었다. 오랜 세월의 흐름에 침식된 얼굴은 메마른 각과 평면의 조합이 되어 있었다.

"당신인가? 날 만나자는 사람이?"

그녀는 더듬거리는 영어로 말했다.

"네, 점을 쳐주세요."

캐서린은 말했다.

여인은 자리에 앉아 한 손을 들었다. 그러자 웨이터가 짙은 블랙커피를 가져와 캐서린 앞에 놓았다.

"필요 없어요. 나는……."

캐서린은 말했다.

"마셔요."

마담 피리스가 말했다. 캐서린은 놀라 그녀를 바라보며 커피를 한 모금 마셨다. 그것은 짙고 썼다. 그녀는 컵을 내려놓았다.

"좀 더."

여자는 말했다.

캐서린은 그것을 거절할까 하고 생각했다.

'알겠어? 이곳은 복채와 커피 값이 한데 포함되어 있는 거야.'

그녀는 다시 한 모금 마셨다. 지독한 맛이었다.

"다시 한 입."

마담 피리스는 말했다.

캐서린은 어깨를 으쓱했고 마지막 한 모금을 마셨다. 컵 밑에는 걸쭉한 찌꺼기가 남아 있었다. 마담 피리스는 고개를 끄덕이더니 손을 내밀어 캐서린으로부터 컵을 받아들었다. 그리고 아무 말도 하지 않고 오랫동안 컵 속을 들여다보았다. 캐서린은 바보스럽다고 생각했다.

'나 같은 인텔리 여성이 이런 곳에서 무얼 하고 있단 말인가. 빈 컵이나 들여다보는 이상한 그리스 노파를 상대하고 있다니!'

"당신은 먼 곳에서 왔군."

여자가 갑자기 말했다.

"맞았어요."

캐서린은 장난치듯 말했다.

마담 피리스는 얼굴을 들어 그녀의 눈을 들여다보았다. 노파의 표정에는 캐서린을 오싹하게 하는 무언가가 담겨 있었다.

"돌아가."

캐서린은 침을 삼켰다.

"이곳이… 이곳이 제가 사는 곳이에요."

"여기 오기 전에 살던 곳으로 돌아가란 말이야."

"그럼 미국으로 가란 말인가요?"

"어디라도 좋아, 이곳에서 떠나는 거야, 당장!"

"왜요?"

캐서린은 물었다. 그녀는 차츰 공포를 느끼기 시작했다.

"뭐 좋지 않은 일이라도 있나요?"

노파는 고개를 저었다. 그녀는 쉰 목소리로 말을 하는 것이 쉽지 않은 모양이었다.

"당신 주위에 잔뜩 있어."

"뭐가요?"

"도망치는 거야!"

그것은 절박한 목소리로 괴로움에 몸부림치는 동물의 울부짖음같이 높고 날카로웠다. 캐서린은 머리카락이 곤두서는 것 같았다.

"겁주지 마세요. 왜 그러는지 이유를 말해줘요."

그녀는 신음하듯 말했다.

노파는 광기어린 시선으로 머리를 좌우로 계속 흔들었다.

"붙들리기 전에 도망치라고!"

캐서린은 공포가 솟아오르는 것을 느꼈다. 호흡이 불가능할 정도로 숨이 가빠왔다.

"무엇에 붙들린다는 거죠?"

노파의 얼굴은 고통과 공포에 일그러졌다.

"죽음, 죽음이 당신에게 다가오고 있어."

내뱉듯이 말하고 그녀는 일어나 그대로 안쪽 방으로 사라졌다.

캐서린은 갑자기 심장이 두근거리고 손이 떨렸다. 떨리는 것을 멈추려고 그녀는 두 손을 단단히 깍지 꼈다. 웨이터와 눈이 마주쳤을 때, 그녀는 술을 주문하려다 자신을 억제했다. 머리가 이상한 여자 때문에 행복한 미래를 망쳐서는 안 될 일이었다. 깊이 숨을 쉬면서 앉아 있자 간신히 기분이 가라앉았다.

얼마가 지난 뒤에 그녀는 일어섰고, 핸드백과 장갑을 쥐고 술집을 뒤로 했다. 그리고 눈이 부실 만큼 밝은 햇빛 아래서 캐서린은 다시 기운을 되찾았다.

'그런 엉터리 노파의 말에 겁을 집어먹다니 정말 어리석은 일이다. 남에게 공포감을 주는 그런 점술은 금지되어야 한다. 앞으로는 쿠키에 들어 있는 운세점 정도로 그치기로 하자.'

그녀는 생각했다.

아파트로 돌아와 거실로 들어갔을 때 그녀는 생전 처음으로 그곳을 보는 것 같은 생각이 들었다. 그것은 지독한 광경이었다. 도처에 먼지가 가득 쌓이고 옷들이 온 방 안에 흩어져 있었다. 술만 마시고 있어서 머리가 몽롱해져 있었기 때문에 그런 상태를 알아차리지 못하고 있었다는 것이 그녀로서는 믿어지지 않았다.

'자, 운동의 첫 시작으로 먼저 이 방을 산뜻하게 정리하도록 하자.'

그녀가 부엌으로 가려고 할 때 침실에서 서랍이 닫히는 소리가 들렸다. 놀란 나머지 그녀의 심장은 멈출 것만 같았다. 그녀는 살며시 침실 문 앞으로 다가갔다.

침실에는 래리가 있었다. 그의 침대에는 물건이 담긴 여행용 가방이 있었고, 그는 또 하나의 가방에 옷가지를 모두 채워 넣고 있었다. 캐서린은 잠시 그를 바라보고 서 있었다.

"적십자에 기부할 거라면 내가 벌써 냈어요."

그녀는 말했다. 래리는 힐끗 그녀를 올려다보았다.

"난 나가겠어."

"데미리스의 여행에 따라가는 거예요?"

"아니. 이번엔 나를 위해서야. 여기서 나가겠어."

"래리."

"아무 할 말도 없어."

그녀는 자기를 진정시키려고 노력하면서 침실 안으로 들어갔다.

"아니…… 아니야, 얘기할 것이 많이 있어요. 나 오늘 의사선생님한테 갔었어요. 그랬더니 좋아질 거라고 했어요. 난 이제부터 술도 끊겠어요. 그리고……"

그녀는 봇물이 터진 듯 계속해서 말했다.

"캐서린, 이미 끝났어. 이혼해줘."

그 말에 그녀는 복부를 심하게 여러 번 얻어맞은 것 같은 느낌이 들었다. 그녀는 목까지 치밀어 오르는 담즙이 넘어오지 않게 하려고 이를 악물었다.

"래리! 당신이 그렇게 바라는 것도 무리가 아니에요. 우리가 이렇게 된 것은 내게도 책임이 있으니까요. 아니, 전부 내 탓일지도 몰라요. 하지만 이젠 달라요. 앞으로 나는 지금까지와는 다른 여자가 될 거예요. 아주 다른 여자가……"

그녀는 목소리가 떨리지 않도록 천천히 말했다. 그리고 탄원하듯이 손을 내밀었다.

"제발 부탁이니 나를 다시 한 번만 생각해줘요."

래리는 그녀 쪽으로 얼굴을 향했다. 그러나 그 검은 눈은 매몰차고 싸늘하게 비쳤다.

"난 다른 여자를 사랑하고 있어. 당신에게 원하는 것은 이혼뿐이야."

캐서린은 잠시 서 있었지만, 이윽고 그에게서 등을 돌려 거실로 돌아왔다. 그리고 그가 짐 꾸리기를 끝낼 때까지 긴 의자에 앉아서 그리스의 패션 잡지를 들추고 있었다. 그때 "변호사에게 연락하지." 하는 래리의 목소리가 들렸고 그런 다음 문이 세차게 닫히는 소리가 들렸다.

캐서린은 그대로 앉아 잡지를 한 장 한 장 넘기다가 맨 마지막 장에 이르자 잡지를 테이블 한가운데에 잘 올려놓았다. 그리고 욕실로 들어가 약상자를 열고 면도날을 꺼내 손목을 그었다.

노엘과 캐서린

아테네 : 1946년

19

흰 옷을 입은 유령들이 그녀의 주위를 맴돌면서 그녀가 이해할 수 없는 말로 소곤거리며 허공을 둥실둥실 흘러 지나갔다. 그녀는 이곳이 지옥이며 자신은 범한 죄의 대가를 치르지 않으면 안 된다는 것을 잘 알고 있었다. 몸이 침대에 붙들어 매져 있었고 그것이 형벌의 하나일 것이라고 그녀는 생각했다. 붙들어 매져 있는 것이 그녀는 오히려 기뻤다. 지구가 우주를 빙글빙글 도는 것이 느껴졌고 자신이 지구에서 흔들려 떨어뜨려지는 것이 아닌가 하고 걱정이 되었기 때문이다.

최대의 고통이란 모든 신경을 육체 밖으로 드러내놓았다는 것을 의미했다. 그 때문에 모든 것이 1천 배의 강도로 느껴졌고, 견디기가 힘들었다. 그녀의 육체는 무섭고도 이상한 소음에 떨리고 있었다. 혈관을 달리는 혈액소리가 들렸다. 그것은 굉음을 울리며 몸속에서 두루 치닫고 있는 붉은 강 같았다. 심장의 고동소리가 거인이 치는 거대한 드럼 소리처럼 들렸다.

그녀의 눈시울 속으로 하얀 빛이 흘러들어 눈이 부셔서 현기증이 났다. 몸속의 모든 근육이 금세라도 덤벼들려고 하는 둥지 속의 뱀들처럼 그녀의 피부 아래서 열심히 꿈틀거리며 활동하고 있었다.

캐서린은 복음병원에 입원한 지 닷새째 되는 날 눈을 떴고, 자신이 병원의 작고 흰 방에 있다는 것을 알았다. 풀이 빳빳하게 선 제복을 입은 간호사가 그녀의 침대를 정돈해주었고 니코데스 박사가 그녀의 가슴에 청진기를 댔다.

"차가워요."

그녀는 기어들어가는 소리로 말했다. 그러자 의사는 그녀를 들여다보며 말했다.

"아, 드디어 눈을 떴군요."

캐서린은 천천히 방을 둘러보았다. 밝기는 보통인 것 같았다. 피가 흐르는 세찬 물소리와 드럼 같은 심장의 고동소리는 이미 들리지 않았다.

"난 지옥에 있는 줄 알았어요."

그녀는 양쪽 손목을 보았다. 웬일인지 붕대가 감겨 있었다.

"이곳에 들어온 지 얼마나 되었죠?"

"5일째예요."

그녀는 갑자기 붕대가 감겨 있는 이유를 생각해냈다.

"제가 바보 같은 짓을 했군요."

그녀는 말했다.

"네."

그녀는 눈을 꼭 감고 말했다.

"죄송해요."

다시 눈을 뜨자 밤이었고, 빌 프레이저가 침대 곁의 의자에 앉아 그녀를 지켜보고 있었다. 꽃과 사탕이 침대 곁 테이블 위에 놓여 있었다.

"이런! 많이 좋아진 것 같군."

프레이저는 명랑하게 말했다.

"그렇게 안 좋았어요?"

그녀는 힘없이 물었다. 그는 자신의 손을 그녀의 손 위에 올려놓았다.

"정말 걱정했어, 캐서린."

"미안해요, 빌."

그녀는 목이 메어 자기가 울음을 터뜨리는 것이 아닌가 하고 두려웠다.

"꽃과 사탕을 가져왔어. 좀 더 좋아지면 책을 갖다 줄게."

그녀는 그의 친절하고 활기찬 얼굴을 바라보았다. 그리고 생각했다.

'나는 왜 그를 사랑하지 않는 걸까? 왜 증오해야 할 사나이를 사랑하는 걸까? 어째서 신은 비겁한 장난을 치는 걸까?'

"내가 어떻게 이곳으로 오게 되었죠?"

캐서린은 물었다.

"구급차로 왔어."

"그게 아니고… 누가 나를 발견했느냐 말이에요."

프레이저는 잠시 사이를 두었다.

"나야. 몇 번씩이나 전화했는데 받지 않아서 찾아가 문을 부수고 들어갔지."

"감사하다고 말해야겠군요. 하지만 정말 그렇다고 해야 할지 어떨지 아직은 모르겠어요."

그녀는 말했다.

"이유를 얘기해줄 생각은 없어?"

캐서린은 끄덕였다. 그 작은 움직임으로도 머리가 쿡쿡 쑤셨다.

"나는 오전 중에 귀국해야 돼. 계속 연락하도록 하지."

그녀는 이마에 상냥한 키스를 느꼈다. 그리고 세계를 닫아버리듯 눈을 감았다. 다시 눈을 떴을 때 그녀는 혼자였고 한밤중이었다.

다음 날 아침 일찍 래리가 찾아왔다. 그녀는 그가 방 안에 들어와 침대

461

옆 의자에 앉을 때까지 줄곧 눈길을 주지 않았다. 그녀는 그가 기세가 꺾여 비참한 얼굴을 하고 있으리라고 생각했다. 그러나 눈앞의 그는 원기 왕성해보였다. 몸은 활기차고 얼굴은 햇볕에 그을려 매력적인 모습이었다. 캐서린은 머리를 빗고 입술에 립스틱을 바를 수 있었으면 하고 안타까운 마음이 들었다.

"기분은 좀 어때, 캐서린?"

그는 물었다.

"굉장히 좋아요. 자살은 언제나 날 원기 있게 만들어줘요."

"모두들 당신이 살아나리라고는 생각하지 않았어."

"당신을 실망시켜서 안 됐군요."

"그런 말은 좋지 않아."

"하지만 사실이 아닌가요, 래리? 귀찮은 것이 없어져버리는데?"

"난 그런 식으로 당신을 없애고 싶어하는 게 아니야, 캐서린. 내가 요구하는 건 단지 이혼뿐이야."

그녀는 햇볕에 그을린 매력적인 사나이를 바라보았다. 지금 그 얼굴은 입 언저리가 약간 굳어져 천성적인 소년다운 매력이 약간 가신 것 같았다. 그녀가 매달렸던 것은 무엇이었을까? 7년이란 세월은 꿈이었을까?

그녀는 그를 깊이 사랑하고 커다란 희망을 걸고 자신을 그에게 맡겨왔다. 그 사랑이나 희망을 잃는 것을 견딜 수가 없었다. 자신의 생애를 엉망으로 만드는 실수를 범했다고 인정하는 것은 견딜 수가 없었다. 그녀는 빌 프레이저나 워싱턴의 친구들, 그들과 지낸 즐거운 나날을 회상해보았다.

그녀는 자기가 소리 높여 웃었던 날이, 아니 희미한 미소라도 지었던 날이 언제였는지 기억할 수가 없었다. 그러나 그런 것은 중요하지 않았다. 결국 그녀가 그를 놓치고 싶지 않은 이유는 지금도 여전히 그를 사랑하기 때문이었다.

래리는 아무 말 없이 그녀의 대답을 기다렸다.

"아뇨. 난 이혼하고 싶지 않아요."

캐서린은 말했다.

그날 밤, 래리는 인기척이 없는 깊은 산 속의 카이사리아니 수도원에서 노엘과 만나 캐서린과 있었던 일들을 이야기했다. 노엘은 주의 깊게 듣고 나서 물었다.

"그녀의 마음이 달라질 것 같아요?"

래리는 고개를 저었다.

"캐서린은 완강했어."

"다시 한 번 그녀와 얘기해봐요."

래리는 그 말에 따랐다. 그로부터 3주 동안 가능한 모든 설득을 시도했다. 탄원도 해보고, 감언이설로 유혹도 해보고, 마구 호통도 쳤으며 돈을 주겠다고도 해보았지만 온갖 수단 방법을 다 동원해도 캐서린의 고집은 꺾을 수가 없었다. 그녀는 아직도 그를 사랑하고 있었다. 그리고 언젠가는 반드시 그가 다시 자신을 사랑하게 되리라고 확신하고 있었다.

"당신은 내 남편이에요. 죽을 때까지 내 남편이에요."

래리는 그녀의 말을 노엘에게 전했다. 노엘은 끄덕였다.

"역시!"

래리는 그 말에 깜짝 놀랐다.

"역시라니?"

두 사람은 해변의 뜨거운 모래 위에서 피부를 보호하기 위해 보드라운 하얀 타월을 깔고 누워 있었다. 하늘은 끝없이 푸르렀고, 하얀 새털구름이 점점이 떠 있었다.

"당신은 그녀를 없애지 않으면 안 돼요."

그녀는 일어나 별장 쪽으로 걸어갔다. 그녀의 길고 우아한 다리가 모래 위를 미끄러지듯 가로질러갔다. 래리는 자신이 그녀의 말을 잘못 들었을 거라고 생각하며 누워 있었다. 그녀는 캐서린을 죽이라고 말하지는 않았다. 그러나 곧이어 그는 헤레나를 떠올렸다.

두 사람은 테라스에서 저녁을 먹었다.

"모르겠어요? 그녀는 살아갈 가치가 없어요. 그녀는 복수심 때문에 당신에게 달라붙어 있는 거예요. 당신의 인생, 우리의 인생을 망가뜨리려는 거라고요."

노엘은 말했다.

그들은 담배를 피우며 누워 있었다. 담뱃불이 천장을 덮은 거울에 비쳐 반짝반짝 빛났다.

"이건 그녀를 위한 일이기도 해요. 그 여자는 이미 자살하려고 했었어요. 그녀는 죽기를 원하고 있다고요."

"나는 할 수 없어, 노엘."

그녀는 그의 다리를 쓰다듬었다. 그리고 손톱 끝으로 동그라미를 그리면서 하복부로 거슬러 올라갔다.

"내가 도와줄게요."

그는 입을 벌려 반대하려고 했지만 노엘의 두 손이 그를 더듬고 있었다. 한쪽 손은 부드럽고 조용히, 다른 쪽 손은 강하고 빠르게 반대 방향으로 움직이면서 그에게 다가갔다. 래리는 신음소리를 내며 그녀를 안았다. 캐서린의 일은 머리에서 사라지고 없었다.

때때로 한밤중에 래리는 식은땀을 흘리며 눈을 뜨곤 했다. 그는 노엘이 자기를 버리고 도망치는 꿈을 꾸었다. 그녀는 그의 옆에서 잠들어 있었다. 그는 그녀를 가까이 당겨 거세게 끌어안았다. 그녀를 잃어버릴 경우 자기는 어떻게 될 것인가를 생각하자 그는 밤새도록 잠을 이룰 수가 없었다.

래리는 특별히 어떤 결단을 내린 것은 아니었지만, 다음 날 아침 노엘이 아침준비를 하고 있을 때 불쑥 말했다.

"만약 우리가 붙잡히면 어떻게 하지?"

"잘만 하면 붙잡히지 않아요."

그녀는 그의 굴복을 내심 기뻐하면서도 그런 내색은 조금도 보이지 않았다.

"노엘! 캐서린과 내가 사이가 좋지 않다는 것은 아테네의 수다쟁이들은 다 알고 있어."

그녀한테 무슨 일이 일어나면 경찰은 곧바로 나를 의심하게 될 거야."

그는 진지하게 말했다.

"그건 물론 그렇겠죠. 그러니까 하나에서 열까지 신중하게 계획을 세워야 돼요."

노엘은 침착하게 말했다.

그녀는 음식을 차려놓고 식탁에 앉아서 먹기 시작했다. 래리는 음식에 손을 대지 않고 옆으로 밀어놓았다.

"싫어요?"

노엘은 걱정스러운 듯이 물었다.

그는 그녀를 응시하며 살인 계획을 세우면서도 어떻게 태연히 식사를 할 수 있을까 하고 생각했다.

잠시 후 보트를 달리면서 그들은 다시 그 일에 관해서 의논했다. 그리고 얘기가 깊어지면 깊어질수록 그것은 현실성을 띠게 되었다. 처음에는 갑작스러운 착상에 불과하던 것이 말에 살이 붙어 드디어 현실이 되고 말았다.

"사고처럼 꾸미는 거예요. 경찰이 수사를 하지 않도록 꾸며야 돼요. 아테네의 경찰은 꽤 유능하니까요."

노엘은 말했다.

"만약 그들이 수사에 착수하면 어떻게 하지?"

"그럴 걱정은 없어요. 사고는 이곳에서는 일어나지 않을 테니까."

"그럼 어디서?"

"이오아나나에서요."

그녀는 몸을 내밀고 말했다. 그는 그녀의 계획에 대한 자세한 설명에 귀를 기울였다. 그가 의문을 제기할 때마다 그녀는 곧바로 그에 대해 명쾌한 답을 제시했다. 노엘이 설명을 마쳤을 때, 래리는 그 계획이 완전한 것임을 인정하지 않을 수 없었다. 그 계획대로라면 절대로 탄로날 리가 없었다.

폴 메탁서스는 안절부절못하고 있었다. 이 그리스인 파일럿의 평소 명랑하던 얼굴은 긴장한 채 굳어 있었다. 입술 끝이 꿈틀꿈틀 경련하는 것을 그 자신도 느낄 수 있었다. 그는 콘스탄틴 데미리스와 면회할 약속을 미리 정하지 않고 왔던 것이다. 어떤 사람도 약속을 하지 않고 예고 없이 찾아와서 이 유명한 사나이를 만날 수는 없었다. 그러나 메탁서스는 집사에게 긴급한 용건이라고 전했다. 그리고 지금 그는 데미리스 별장의 거대한 홀에 서서 데미리스에게 더듬거리며 말하고 있었다.

"이런 실례를 하게 돼서 대단히 죄송합니다."

메탁서스는 비행복 바지에 손바닥 땀을 닦았다.

"내 비행기에 무슨 일이 생겼나?"

"아뇨, 그렇지는 않습니다. 저 개인적인 일입니다만."

데미리스는 관심을 드러내지 않고 슬쩍 그를 바라보았다. 그는 고용인의 문제에 대해서는 간섭하지 않는다는 방침을 갖고 있었다. 그런 문제는 비서들이 알아서 처리할 일이었다. 그는 메탁서스가 얘기를 계속 해주기를 기다렸다. 폴 메탁서스는 점점 더 침착성을 잃고 어쩔 줄 몰라 하고 있었다. 그는 며칠씩이나 잠을 못 이루다가 드디어 큰맘을 먹고 찾아온 것이다.

"실은 미스 페이지에 관한 일입니다."

그는 간신히 입을 열었다. 침묵의 한순간이 흘렀다.

"이리 들어오게."

데미리스가 말했다. 그는 통 거울이 둘러쳐진 서재로 파일럿을 불러들였다. 데미리스는 프라티나 케이스에서 이집트 담배를 꺼내어 불을 붙였다. 그리고 땀을 흘리고 있는 메탁서스를 올려다보았다.

"미스 페이지가 어쨌단 말이지?"

그가 물었다.

메탁서스는 뭔가 실수를 저지르지 않았나 하고 우려하면서 침을 삼켰다. 그의 상황 판단이 옳았다면 그의 정보는 감사를 받게 되겠지만 만약 잘못되었다면……

그는 경솔하게 이곳에 찾아온 자신을 저주했다. 그러나 이제 와서 물러설 수는 없었다.

"저, 그녀와 래리 더글러스의 문제입니다만."

그는 데미리스를 지켜보며 표정을 간파하려고 했지만 희미한 관심마저 보이지 않았다. 될 대로 되라! 메탁서스는 결단을 내리고는 말했다.

"그들 두 사람은 라피나 해안의 별장에서 함께 살고 있습니다."

데미리스는 금제의 돔형 재떨이에 담뱃재를 털었다. 메탁서스는 그대로 내쫓겨 엉뚱한 실책을 저질렀다는 이유로 해고를 당하는 게 아닌가 하는 생각이 들었다. 따라서 자신의 말이 진실임을 데미리스에게 믿게 해야 했다. 갑자기 그의 입에서 거침없이 이야기가 흘러나오기 시작했다.

"저의 여동생이 그 부근 어느 별장의 가정부로 있는데 두 사람이 해안에 있는 것을 여러 번 목격했다고 합니다. 여동생은 미스 페이지는 신문에서 사진을 봐서 알고 있습니다만 2, 3일 전 저를 만나러 공항에 찾아올 때까지만 해도 별로 이상하게 여기지 않았답니다. 그런데 제가 여동생에게 래리 더글러스를 소개했습니다. 그 뒤로 그가 미스 페이지와 함께 살고 있는 남자라는 걸 알게 된 것입니다."

데미리스의 올리브빛 눈은 그를 바라보고 있었지만, 전혀 아무런 감정도 나타나 있지 않았다.

"회장님께 알려드리는 것이 좋을 것 같아서……."

메탁서스는 어물어물하며 얘기를 끝냈다. 데미리스가 입을 열었을 때 그의 목소리는 전혀 억양이 없었다.

"미스 페이지가 개인적으로 무엇을 하든 그건 그녀의 자유일세. 그녀는 염탐당하는 것을 좋아하지 않을 걸세."

메탁서스의 이마에는 땀이 솟아나 방울방울 맺혀 있었다. 그는 완전히 잘못 생각했던 것이다. 하지만 그는 단지 충실하고 싶었을 뿐이었다.

"데미리스 님, 믿어주십시오. 저는 다만……."

"알겠네, 나한테 도움이 될 것이라고 생각했겠지. 하지만 잘못 짚었네. 그 밖에 또 할 얘기가 있나?"

"아뇨, 없습니다."

메탁서스는 발길을 돌려 서재에서 도망쳐 나왔다.

콘스탄틴 데미리스는 의자에 기댔다. 그의 까만 눈은 천장에 못 박혀 있었지만 아무것도 보고 있지 않았다.

다음 날 아침 9시에 폴 메탁서스는 콩고에 있는 데미리스의 광산 회사로 비행하라는 전화 연락을 받고 거기서 10일 간 머물며 브라자빌에서 광산으로 시설 자재를 운반하게 되었다. 수요일 오전 세 번째의 비행 도중 그의 비행기는 깊은 녹색 정글로 추락했다. 메탁서스의 시신도, 비행기의 잔해도 발견되지 않았다.

캐서린이 퇴원한 지 2주일 후 래리가 그녀를 찾아왔다. 토요일 밤으로 캐서린이 부엌에서 오믈렛을 만들고 있을 때였다. 음식 만드는 데 열중해 있어서 문이 열리는 소리도 듣지 못했기 때문에 그녀는 뒤돌아볼 때까지 래리가 찾아와 입구에 서 있는 것을 모르고 있었다. 그녀는 자신도 모르게 펄쩍 뛰어올랐다.

"놀라게 해서 미안해. 어떻게 지내고 있는지 궁금해서 들렀어."

그가 말하자, 캐서린은 심장의 고동이 빨라지는 것을 느끼며 지금까지도 그에게 그토록 영향을 받는 자신이 불쌍하게 생각되었다.

"난 잘 있어요."

그는 말했다. 그리고 그에게 등을 돌려 프라이팬의 오믈렛을 접시에 옮겨 담았다.

"맛있는 냄새군. 저녁식사를 할 시간이 없어서 말이야. 괜찮다면 내게도 하나 만들어주지 않겠어?"

래리는 말했다.

그녀는 잠시 그를 바라보다가 어깨를 으쓱했다.

그녀는 래리의 저녁식사를 준비했다. 그러나 그가 곁에 있기 때문에 마음이 안정되지 않아서 그녀 자신은 음식을 입에 댈 수가 없었다. 그는 방금 전에 끝낸 비행에 관해서라든가 데미리스의 친구에 관한 재미있는 일화 따위를 들려주었다. 그는 옛날 그대로의 온화하고 매력적이며 멋진 래리였다. 마치 두 사람 사이에 아무 일도 없었던 것만 같았다. 그가 두 사람의 생활을 파괴해버렸다는 사실이 거짓말처럼 여겨질 정도였다.

식사가 끝나자 래리는 설거지를 도와주었다. 그가 그녀와 나란히 싱크대에 서자, 그녀는 그가 바로 곁에 있는 것이 고통스러웠다. 그로부터 얼마나 지났을까? 그것은 생각하기만 해도 견디기 어려웠다.

"정말 즐거웠어. 고마워, 캐서린!"

래리는 천진난만한 소년처럼 웃음을 띤 채 말했다.

이것으로 끝이라고 캐서린은 생각했다.

그로부터 3일 후 전화벨이 울렸다. 마드리드에서 캐서린에게 걸려온 래리의 전화였다. 그는 지금 돌아가는 길인데 저녁 때 함께 식사하러 가지 않겠느냐고 말했다. 캐서린은 수화기를 꼭 붙잡고 그토록 그립던 느긋한 그의 목소리를 들으며 미국에 돌아가지 않기로 결심했다.

"오늘밤이라면 괜찮아요."

그녀는 말했다.

그들은 피레우스 항의 투르코리마노에서 식사를 했다. 캐서린은 거의 음식에 손을 대지 않았다. 래리와 함께 있으면 이전에 두 사람이 함께 식사하러 갔던 다른 레스토랑이나 이미 지나가버린 지난날의 수많은 추억, 두 사람 사이에 일생 동안 계속되리라고 생각되었던 사랑의 감정들이 상기되어 그 고통이 너무도 컸다.

"당신은 통 먹지를 않는군. 뭐 다른 걸 주문할까?"

그는 마음을 안타까운 듯이 물었다.

"점심을 늦게 먹었어요."

그녀는 거짓말을 했다.

'그는 아마 이제는 더 이상 함께 식사를 하자고 하지 않겠지. 다시 그런 일이 생긴다 해도 그때는 내가 거절해야지.'

그녀는 생각했다.

며칠 후 래리가 또 전화를 걸어왔다. 그리고 신타그마 광장에서 들어간 미궁 같은 골목길에 있는 아름다운 레스토랑에서 점심을 같이 했다. 그 식당은 게로니커스라고 불리는 종려나무가 늘어선 길고 서늘한 통로 앞에 있었다. 그들은 가벼운 쓴맛의 그리스 와인을 마시면서 맛있는 요리를 먹었다. 래리는 매우 기분이 좋아 보였다.

다음 일요일에 그는 캐서린에게 비행기로 비엔나로 가자고 제안했다.

그들은 사헤르 호텔에서 식사를 했고 그날 밤 돌아왔다. 그것은 촛불과 음악으로 충만한 멋진 밤이었다. 그러나 캐서린은 그것이 어쩐지 자기에게는 어울리지 않는 듯한 기묘한 느낌을 받았다. 그것은 훨씬 전에 죽어 매장되고 만 다른 캐서린 더글러스에게나 걸맞은 듯한 기분이었다. 아파트에 돌아갔을 때 그녀는 말했다.

"고마워요, 래리. 즐거운 하루였어요."

래리는 그녀에게 다가와 그녀를 끌어안고 키스를 하려고 했다. 하지만 캐서린은 몸을 뒤로 뺐다. 그녀의 몸은 굳어졌고 마음은 뜻하지 않은 공포에 사로잡혔다.

"이러지 말아요!"

"캐서린……."

"안 돼요!"

그는 끄덕였다.

"좋아. 이해해."

그녀의 몸은 떨리고 있었다.

"진심이에요?"

그녀는 물었다.

"내가 얼마나 지독한 짓을 했는지 알고 있어. 만약 당신이 기회를 준다면 보상해주고 싶어."

래리는 온화하게 말했다.

'무슨 말을 하는 거지?'

캐서린은 생각했다. 그녀는 울지 않으려고 입술을 깨물고 고개를 저었다. 눈은 넘치는 눈물로 빛났다.

"너무 늦었어요."

그녀는 작은 목소리로 말했다. 그녀는 선 채로 그가 나가는 것을 지켜보았다.

그 주에 래리로부터 다시 연락이 왔다. 그는 간단한 편지와 함께 꽃을 보냈고, 그런 다음 다시 그가 가는 각지에서 수집한 미니어처 새를 보냈다. 그가 그것을 위해 정성을 들인 것이 분명했다. 도자기로 만들어진 새, 비취로 된 새, 나무로 다듬은 새 등 놀랄 만큼 다양했기 때문이었다. 그녀는 그가 기억해준 것에 감동했다.

어느 날 전화가 걸려왔고, 캐서린은 래리의 목소리를 들었다.

"북경에 가지 않고 제일 맛있는 중국요리를 먹을 수 있는 그리스 레스토랑을 찾아냈어."

그녀는 웃으며 말했다.

"당장 가보고 싶어요."

뭔가 다시 이루어지려는 것 같았다. 천천히 조금씩 시험하고 망설이면서 시작되고 있었다. 래리는 다시 키스하려 들지는 않았다. 그녀도 그걸 허락하지 않았다. 캐서린은 감상에 빠졌다. 만약 이 남자에게 자신을 온통 내던지고 나서 다시 배신당한다면, 그때는 영원히 빠져나올 수 없는 결정적인 파멸이 된다는 것을 알고 있었다. 때문에 그와 함께 식사를 하고 담소를 나누어도 마음속 깊숙이 간직한 부분은 결코 표면에 드러내지 않고 주의 깊게 거리를 유지하면서 자신에게 접근하지 못하도록 했고, 스스로도 주의를 게을리 하지 않았다.

두 사람은 거의 매일 밤 만났다. 캐서린이 집에서 손수 만든 요리를 먹기도 했고, 함께 밖에서 만나는 경우도 있었다. 언젠가는 그녀가 이전에 그가 사랑했던 여자에 대해 말하자 래리는 아무렇지도 않게 말했다.

"이미 끝난 얘기야."

캐서린은 그 여자에 관해서는 두 번 다시 언급하지 않았다. 그녀는 래리가 다른 여자들과 만나는 것이 아닌가 하고 주의 깊게 관찰해보았지만 그런 기색은 조금도 보이지 않았다. 그는 진정으로 세심하게 신경을 써주었고 결코 강요하거나 억지를 쓰지 않았다. 과거의 죄에 대해 보상을 하려는 것 같았다. 그래도 캐서린은 그것만은 아닐 거라고, 그 이상의 뭔가가 있을 거라고 생각했다. 그는 그녀에게 정말 관심을 갖고 있는 것처럼 보였다.

캐서린은 종종 한밤중에 알몸으로 거울 앞에 서서 자신의 모습을 비춰 보며 그가 친절한 이유를 생각해보려고 했다. 그녀의 얼굴은 그다지 나쁘지는 않았다. 고통을 경험한, 예전에는 아름다웠던 여자의 얼굴, 슬픔이 담긴 진지한 눈이 그녀를 바라보고 있었다. 피부가 약간 늘어졌고, 뺨에 약간 살이 찌긴 했지만 그밖에는 다이어트나 마사지로 고칠 수 없는 것은 없었다.

그녀는 이런저런 생각과 함께 손목을 베었던 그때의 일이 불현듯 떠올랐다. 전율이 전신을 치달았다. 래리 따위는 아무래도 좋아, 그녀는 도전적으로 생각했다. 만약 그가 정말 나를 필요로 한다면 이대로 나를 받아들이지 않으면 안 되는 것이다.

그들은 어느 파티에 함께 참석했고, 새벽 4시에 래리가 그녀를 집까지 데려다주었다. 그날 밤은 즐거웠다. 캐서린은 새로 맞춘 드레스를 입어 매력적으로 보였으며 사람들을 즐겁게 해주었다. 래리는 그녀를 자랑스럽게 생각했다. 방으로 들어와 캐서린이 전등 스위치에 손을 내밀자 래리가 그것을 제지하며 말했다.

"기다려. 어두운 것이 말하기 쉬우니까."

그의 몸이 바로 옆에 있었다. 접촉해 오진 않았지만 캐서린은 육체적으로 흡인력을 느꼈다.

"당신을 사랑하고 있어! 다른 여자는 진정으로 사랑한 적이 없어. 나에게는 다시 한 번의 기회가 필요해!"

그는 그렇게 말하고 불을 켜서 그녀의 얼굴을 바라보았다. 그녀는 잔뜩 긴장한 채 두려움에 떨며 서 있었다.

"당신이 아직 그럴 마음의 준비가 되어 있지 않다는 건 알고 있어. 하지만 다시 천천히 시작하면 돼. 서로 손을 맞잡는 것부터 하자고."

그는 손을 내밀어 그녀의 손을 잡았다. 그녀는 그를 잡아당겼고, 두 사람은 키스를 했다. 그의 입술은 상냥하고 온화했다. 반면 오랫동안 혼자 욕정을 억제하고 있던 그녀의 입술은 거칠고 격렬했다.

두 사람은 침대로 들어가 서로를 사랑했다. 조금도 시간이 흐르지 않는 것 같았다. 그들은 마치 허니문을 즐기고 있는 것 같았다. 아니, 그 이상이었다. 애정은 아직 싱싱했고 멋졌지만 거기에는 다시 결합된 기쁨과 함께 이번에야말로 잘 이루어져서 두 번 다시 서로에게 상처를 입히지 않겠다는 마음가짐이 곁들여 있었다.

"두 번째 허니문을 떠나기로 할까?"

래리가 물었다.

"좋아요, 여보. 떠날 수 있어요?"

"갈 수 있고말고. 휴가를 받을 수 있어. 토요일에 출발하지. 둘이서 지내기에 좋은 장소를 알고 있어. 이오아나나라는 곳이야."

노엘과 캐서린

아테네 : 1946년

20

이오아나까지 9시간의 드라이브였다. 캐서린에게는 마냥 먼 옛날 성서시대의 풍경처럼 생각되었다. 그들은 에게 해를 따라서 차를 몰아 지붕에 십자가가 달린 하얀 벽의 작은 집들과 끝없이 이어지는 레몬, 사과, 오렌지 등의 과수원을 지나쳤다. 토지는 조그만 자투리도 남기지 않고 계단식 밭으로 경작되어 있었고, 농가의 지붕과 창문은 바위투성이인 고장의 삭막한 생활에 대항이라도 하듯이 화사한 청색으로 칠해져 있었다. 키가 크고 우아한 실삼나무가 험준한 산허리에 가득 우거져 있었다.

"저것 보세요, 래리! 곱지 않아요?"

캐서린은 큰 소리로 말했다.

"그리스인들에게는 그렇지도 않아."

"그게 무슨 뜻이에요?"

"그리스인들은 실삼나무를 불길한 것으로 여기고 있어. 그래서 공동묘지를 장식하는 데 쓰지."

자동차는 허술한 허수아비가 서 있고, 울타리에 헝겊을 동여맨 밭을 연이어 지나갔다.

"이 근처 까마귀들은 잘 속는 모양이죠?"

캐서린은 웃었다.

그들은 매소로기안, 아겔카스트론, 에토리콘, 암필호이아 등 어려운 이름의 작은 마을들을 통과했다.

오후 늦게 그들은 리오 강을 향해 완만하게 경사진 리용 마을에 도착했다. 거기서 페리호를 타고 이오아니나로 건너가게 되어 있었다. 5분 뒤, 그들은 이오아니나가 있는 에피루스 섬으로 향했다.

두 사람은 페리의 상갑판 벤치에 앉아 있었다. 저 멀리 전방에 오후의 아지랑이를 통해 커다란 섬이 어슴푸레하게 보였다. 그것은 캐서린에게 황폐한, 어쩐지 불길한 느낌을 주었다. 고대 그리스 신들을 위해 만들어진 양 원시적인 외관을 지니고 있어서 보통 인간들을 침입자로서 거부하는 듯한 느낌이었다.

배가 섬으로 가까이 가면서 섬 자락이 바다 속에 잠겨 직립한 바위들로 둘러싸여 있는 것을 볼 수 있었다. 기분이 으스스해지는 산은 보기 흉한 상어처럼 울퉁불퉁하고 갈라진 곳이 있었으며 거기에 길이 뚫려 있었다. 잠시 후, 페리호는 에피루스 섬에 닿았다. 캐서린과 래리는 차로 산을 올라가 이오아니나로 향했다.

캐서린은 래리에게 안내책자를 읽어주었다.

"이오아니나는 높은 봉우리들이 치솟아 있는 핀두스 산맥의 가운데에 위치해 있고 멀리서 보면 쌍두의 독수리 같은 모양을 하고 있다. 독수리의 발톱에 해당되는 곳에 깊이를 알 수 없는 호수 팜보티스가 있어서 유람선이 암녹색의 물을 가르며 호수 중앙에 있는 섬과 멀리 떨어진 건너 기슭으로 관광객을 실어 나른다."

"기가 막힌 곳이군."

래리가 말했다. 그들은 오후 늦게 도착해 곧 호텔로 차를 몰았다. 그 호텔은 시가지가 내려다보이는 언덕 위에 있는 손질이 잘된 단층 건물로 부지 내의 여기저기에 고객용 방갈로가 있었다. 제복을 입은 노인이 그들을 맞았다. 노인은 두 사람의 행복해 보이는 얼굴을 보고 말했다.

"신혼부부시군요."

캐서린은 래리를 힐끗 보며 미소를 지었다.

"어떻게 아셨어요?"

"한눈에 알 수 있답니다."

노인은 자신 있게 말했다. 그는 두 사람을 로비로 인도해 거기서 숙박계를 쓰게 한 다음, 방갈로로 안내했다.

방갈로에는 거실과 침실, 욕실, 그리고 주방이 있었으며 대리석 조각들이 박혀 있는 테라스가 붙어 있었다. 실삼나무 가지 끝 너머로 시가지와 고요하고 어두운 호수가 보였다. 그림엽서 같은 아름다운 경치였다.

"대단한 건 아니지만 모두 당신 거야."

래리는 미소 지었다.

"정말 마음에 들어요."

캐서린은 활기찬 목소리로 대답했다.

"행복해?"

그녀는 고개를 끄덕였다.

"이토록 행복했던 적은 없는 것 같아요."

그녀는 그에게 다가가서 힘껏 껴안았다.

"내 곁을 떠나지 말아요."

그녀는 속삭였다. 그의 힘센 팔이 그녀를 꼭 끌어안았다.

"그래, 당신 곁을 떠나지 않겠어."

그는 약속했다.

캐서린이 가방에서 짐을 풀고 있는 동안 래리는 로비로 나가서 룸서비스에게 말했다.

"여기서는 모두들 무얼 하면서 지내지?"

"뭐든지 다 할 수 있어요. 호텔에는 몸에 좋은 온천이 있습니다. 시내로 나가면 하이킹이나 낚시, 수영, 보트놀이를 할 수 있고요."

룸서비스는 자랑스럽게 말했다.

"호수는 어느 정도나 깊지?"

래리는 지나가는 투로 물었다. 룸서비스는 어깨를 움츠려보였다.

"그건 아무도 모릅니다. 화산의 폭발로 생긴 호수니까요. 바닥이 없는 거죠."

래리는 생각하는 듯한 표정으로 고개를 끄덕였다.

"이 근처의 동굴이란 어떤 걸 말하지?"

그는 다시 물었다.

"아, 페라마 동굴 말이군요. 여기서 2, 3마일밖에 안 돼요."

"거기는 조사가 끝난 곳인가?"

"2, 3개는 탐험을 했지만 몇 개는 아직 조사가 덜 끝났습니다."

"그래?"

래리는 말했다. 룸서비스는 설명을 계속했다.

"만약 등산을 좋아하신다면 트메르카 산을 권하고 싶습니다. 부인께서 높은 곳을 싫어하신다면 얘기가 다르겠지만."

"싫어하지 않아. 훌륭한 등산가야."

래리는 미소를 지었다.

"그러시다면 즐거우실 겁니다. 날씨도 좋고, 저희는 멜테미를 예상하고 있었는데 아직 오지 않는군요. 아마 오지 않을 것 같습니다."

"멜테미라니?"

래리는 물었다.

"북쪽에서 불어오는 폭풍을 말합니다. 미국의 허리케인과 비슷한 것인데, 그것이 몰려오면 모두 집안에 틀어박혀버리죠. 아테네에서는 원양 정기선도 출항금지가 됩니다."

"그놈과 만나지 않아서 다행이군."

래리는 말했다. 그는 방갈로로 돌아와서 캐서린에게 저녁을 먹으러 내려가보자고 말했다. 두 사람은 시내 변두리까지 자갈이 쌓여 있는 급경사의 비탈길을 내려갔다.

이오아니나는 주도로인 킹 조지 거리와 그 양쪽으로 평행하게 뻗어 있는 2, 3개 거리로 이루어져 있었다. 이들 큰 도로에서 주택과 아파트가 있는 쪽으로 좁은 비포장도로가 방사선으로 뻗어 있었다. 산에서 실어온 석재로 만든 집들은 비바람에 시달려 낡아 있었다.

킹 조지 거리는 로프로 중앙이 둘로 나뉘어 자동차는 길의 왼쪽을 달리고, 보행자는 오른쪽을 자유롭게 걸어 다닐 수 있게 되어 있었다.

"펜실베이니아 거리도 이걸 흉내 내보면 좋을 텐데……."

캐서린은 말했다. 시내 광장에는 호감을 주는 소공원이 있고, 조명이 붙은 큰 시계가 있는 높은 탑이 서 있었다. 그리고 커다란 플라타너스가 즐비한 도로가 호수까지 이어져 있었다.

캐서린에게는 시내의 모든 도로가 호수로 통하고 있는 것처럼 보였다. 호수에는 어떤 공포가 스며들어 있었다. 또 기묘한 어두운 느낌이 감돌고 있었다. 기슭에는 키 큰 갈대가 빽빽하게 자라고 있었고, 갈대 잎 끝이 손가락처럼 뻗어 누군가를 기다리고 있는 것 같았다.

캐서린과 래리는 양쪽에 점포가 밀집해 늘어선 번화한 작은 쇼핑센터를 거닐었다. 보석상, 빵집, 노천 푸줏간, 술집, 구둣방 등이 있었다. 아이들이 이발소 밖에 서서 손님이 면도하고 있는 모습을 구경하고 있었다. 캐서린은 그 아이들이 몹시 귀엽다고 생각했다.

캐서린은 훨씬 전에 래리에게 아이를 갖고 싶다고 말한 적이 있었지만, 그는 항상 너무 이르다고 말하며 반대했다. 그러나 지금은 생각이 달라졌을지도 모른다. 캐서린은 나란히 걸으면서 키가 크고 그리스 신의 얼굴을 닮은 그를 힐끗 쳐다보며 이곳을 떠나기 전에 그 문제를 그에게 이야기해 보기로 했다. 어쨌든 이 여행은 그들의 밀월여행인 것이다.

둘은 패러디안이라는 영화관 앞을 지나쳤다. 아주 오래된 옛날 미국 영화 두 편을 동시 상영하고 있었다. 그들은 걸음을 멈추고 선전 포스터를 바라보았다.

"우리는 운이 좋군요. 로저 브라이언과 버지니아 벨 주연의 '파나마의 남쪽'에다 '카터사건의 지방검사'예요."

캐서린이 농담을 했다.

"들어본 적도 없는 영화야. 이 영화관은 꽤 낡았군."

래리는 코웃음을 쳤다.

그들은 아름다운 보름달 빛을 받으면서 옥외 테이블에서 그리스 요리인 무사카를 먹고, 호텔로 돌아와 섹스를 했다. 정말이지 더할 나위 없는 하루였다.

이튿날 캐서린과 래리는 아름다운 시골을 드라이브하고 호수를 안고 도는 좁은 도로를 달렸다. 길은 바위투성이인 호숫가를 수마일 지나 구불구불한 길을 따라 다시 산 속으로 들어갔다. 돌로 된 집들이 험준한 산허리 벼랑 위에 서 있었다. 호숫가에서 움푹 들어간 숲속에 고대의 성과 같은 커다랗고 하얀 건물이 얼핏 보였다.

"저게 뭘까?"

캐서린이 물었다.

"글쎄."

"보러 가요."

"좋아."

래리는 그 건물로 통하는 비포장도로로 차를 돌려 산양이 풀을 뜯고 있는 목초지를 통과했다. 양치기가 신기하다는 듯이 그들을 보고 있었다.

그들은 인적이 없는 건물 입구 앞에 차를 세웠다. 가까이서 보니 그것은 황폐한 성채 같았다.

"식인도깨비의 성이었던 곳이에요. 그림 동화에 나오는……."

캐서린이 말했다.

"무엇인지 정말로 알고 싶어?"

래리가 물었다.

"물론이에요. 학대받고 있는 처녀를 구출하게 될지도 몰라요."

래리는 의아스런 눈으로 힐끗 캐서린을 보았다.

그들은 차에서 내려 한복판에 커다란 철제 손잡이가 붙어 있는 육중한 목제 대문에 접근했다. 래리가 그것을 몇 차례 두드렸고, 둘은 기다렸다. 목초지에 살고 있는 벌레 소리와 초원을 스쳐가는 미풍의 속삭임 외에는 아무 소리도 들리지 않았다.

"아무도 없나 봐."

래리가 말했다.

"틀림없이 시체를 감추려고 서두르고 있을걸요."

캐서린이 작은 소리로 말했다.

갑자기 커다란 문이 삐걱거리며 열리기 시작하더니 검은 옷을 입은 수녀가 그들 앞에 섰다.

캐서린은 깜짝 놀라 뒤로 물러섰다.

"죄, 죄송합니다. 여기가 어떤 곳인지 몰라서…… 아무런 표지판이 없어서요."

그녀는 말했다.

수녀는 한동안 두 사람을 주시하다가 이윽고 몸짓으로 들어오라는 시늉을 했다. 문 안으로 들어서자 부지의 중앙에 있는 커다란 뜰이 있었고 이상할 정도로 고요했다. 캐서린은 뭔가가 없다는 것을 문득 깨달았다. 그것은 사람의 소리였다.

그녀는 수녀에게 말했다.

"여긴 어떤 곳이죠?"

수녀는 잠자코 고개를 저으며 기다리라는 시늉을 했다. 두 사람은 수녀가 돌아서서 부지 끝에 있는 오래된 석조 건물 쪽으로 걸어가는 것을 지켜보았다.

"벨라 루고시(영화 〈드라큘라〉에 출연한 남자배우)를 부르러 간 거예요."

캐서린은 속삭였다. 건물 너머로 호수에 돌출된 땅 쪽으로 두 줄의 높은 실삼나무로 가장자리를 두른 공동묘지가 보였다.

"으스스한 곳이군."

래리가 말했다.

"마치 다른 세기로 잘못 들어온 것 같아요."

캐서린은 말했다. 두 사람은 어느새 짓누르는 것 같은 정적을 흐트러뜨리는 것을 두려워하듯 소곤대는 소리가 되어 있었다.

중심을 이룬 건물의 창문에서 똑같이 검은 옷을 입은 여자들의 호기심 어린 눈이 그들을 지켜보고 있었다.

"무슨 종교기관의 정신병원인가 봐."

래리는 말했다.

키가 크고 여윈 여자가 건물에서 나타나 당당하게 두 사람 쪽으로 걸어왔다. 수녀 복을 입은, 인상이 좋고 친근감을 주는 용모의 여인이었다.

"수녀 테레사입니다. 무슨 일로 오셨습니까?"

그녀는 말했다.

"지나가는 여행객입니다만, 여기가 어떤 곳인지 알고 싶어서요."

캐서린은 말했다. 그녀는 창에서 내다보고 있는 얼굴들을 보았다.

"시끄럽게 할 생각은 없었습니다."

"여기는 손님이 많이 오는 곳이 아닙니다. 우리는 바깥세계와는 거의 접촉이 없어요. 우리는 갈멜파 수녀입니다. 침묵의 맹세를 지키고 있습니다."

테레사 수녀는 말했다.

"어느 정도의 기간입니까?"

"평생 동안입니다. 여기서는 나 혼자만이 말하는 것을 허용 받고 있습니다. 그것도 필요할 때뿐입니다."

캐서린은 드넓고 고요한 중간 뜰을 둘러보며 부르르 떨리는 몸을 간신히 억제했다.

"아무도 밖에 나가는 일이 없나요?"

테레사 수녀는 미소 지었다.

"네, 나갈 이유가 없습니다. 우리의 인생은 이 울타리 안에 있는 것입니다."

"방해해서 죄송합니다."

캐서린은 말했다. 테레사 수녀는 고개를 끄덕였다.

"천만에요. 하느님의 은총을!"

캐서린과 래리가 밖으로 나오자 큰 문이 등 뒤에서 조용히 닫혔다. 캐서린은 뒤돌아보았다. 그것은 감옥 같았다. 아니 그보다 더 심한 것처럼 보였다.

캐서린은 창가에 보였던 젊은 여자들을 생각했다. 그녀들은 울안에 갇혀 한평생 외계와 단절된 채 묘지같이 깊은 침묵 속에서 살아가는 것이다. 캐서린은 여기서의 일이 언제까지나 잊히지 않을 것 같았다.

노엘과 캐서린

아테네 : 1946년

21

이튿날 아침 일찍 래리는 시내로 나갔다. 캐서린에게도 함께 가지 않겠느냐고 권했지만 그녀는 더 자고 싶다며 사양했다. 그가 나가자 캐서린은 곧바로 침대에서 뛰쳐나와 서둘러 옷을 갈아입고 전날 봐둔 호텔의 체조장으로 갔다. 몸집이 큰 그리스인 여성 지도원은 그녀에게 옷을 벗게 하고 그녀의 신체를 엄격한 눈으로 검사했다.

"그동안 꽤나 해이한 생활을 해온 것 같군요. 원래는 훌륭한 몸매였을 텐데……. 열심히 노력하면 다시 좋은 몸매를 되찾을 수 있을 거예요."

그녀는 캐서린에게 경고를 했다.

커다란 몸집의 여자의 지도를 받아가며 캐서린은 힘겨운 미용 마사지와 스파르타식 절식과 격심한 운동을 참고 해냈다. 그녀는 래리에게는 그것을 숨기고 있었지만 나흘째 밤에는 그녀의 변화는 그가 알아차릴 정도로 눈에 띄었다.

"여긴 어지간히 당신 체질과 잘 어울리는 것 같군. 딴 여자 같아졌어."

그는 말했다.

"나는 다른 여자예요."

캐서린은 갑자기 부끄러워하며 말했다.

일요일 아침, 캐서린은 교회에 갔다. 그녀는 그리스정교의 미사를 본 적이 한 번도 없었다. 이오아니나는 작은 도시이므로 교회도 작고 시골티가 날 것이라고 생각했지만, 뜻밖에도 그것은 크고 웅장하게 장식된 교회로, 벽에도 천장에도 공들여 조각이 되어 있었다. 제단 앞에는 12개의 큰 가지가 달린 촛대가 놓여 있고, 주위에는 성서를 제재로 한 프레스코화가 있었다.

신부는 몸이 여위고 거무스름한 얼굴에 검은 턱수염을 기르고 있었다. 그는 황금색과 붉은색의 제의를 걸치고 실크해트 같은 검은 모자를 쓰고 단상, 즉 옛날의 가마처럼 생긴 것 위에 서 있었다. 벽을 따라 1인용 나무의자가 죽 놓여 있고 그 옆에 나무벤치들이 줄을 이루고 있었다. 남자들은 앞쪽 의자에 앉고 여자들은 뒤쪽에 앉아 있었다.

'남자가 먼저 천국으로 가나 보군.'

캐서린은 생각했다.

그리스어의 성가가 시작되고 신부는 단을 내려와 제단으로 옮겨갔다. 붉은 커튼이 열리자 그 안쪽에 화사한 제의를 걸친 하얀 턱수염의 주교가 있었다. 그의 앞 테이블 위에는 보석이 박힌 상징적인 모자와 금 십자가가 놓여 있었다. 노 주교는 한데 묶은 3개의 양초—삼위일체를 나타내는 것일 거라고 캐서린은 생각했다—에 불을 붙여 신부에게 넘겨주었다.

미사는 한 시간 동안 계속되었다. 캐서린은 그 광경과 소리를 즐기면서 자신은 얼마나 행복한가 하는 생각에 머리를 숙여 감사의 기도를 드렸다.

이튿날 아침, 캐서린과 래리는 호수가 내려다보이는 방갈로의 테라스에서 아침식사를 하고 있었다. 더할 나위 없는 좋은 날씨였다. 태양은 빛나고 살랑대는 미풍이 호수 수면으로부터 불어왔다. 친절한 젊은 급사가 시중을 들어주었다. 캐서린은 잠옷 차림이었다. 급사가 왔을 때 래리는 캐서린의 몸을 양팔로 감고 그녀의 목덜미에 키스를 했다.

"멋진 밤이었어."

래리는 속삭였다.

급사는 웃음을 참으며 슬그머니 물러갔다. 캐서린은 좀 쑥스러웠다. 다른 사람 앞에서 애정을 표시하는 것은 래리답지 않았다. 그는 완전히 달라졌다고 생각했다. 종업원들이 방에 들어올 때마다 래리는 캐서린에게 팔을 돌려 애정 표시를 하여 마치 자기가 얼마나 그녀를 깊이 사랑하고 있는지를 온 세상에 알리고 싶어하는 것 같았다. 캐서린은 감동했다.

"오늘 아침엔 아주 멋진 계획이 있어. 트메르카 산에 올라가는 거야."

래리는 손을 들어 동쪽을 가리키며 말했다. 거기에는 큰 봉우리가 하늘 높이 솟아 있었다.

"나에겐 일종의 룰이 있어요. 발음하기 어려운 이름을 가진 산에는 오르지 않는 것이에요."

그녀는 또렷하게 말했다.

"무슨 말을 하는 거야. 저 산에서 바라보는 전망이 기가 막힌데……."

캐서린은 래리가 진지하다는 것을 깨닫고는 다시 한 번 산을 올려다보았다. 그것은 마치 수직으로 서 있는 것처럼 아찔해보였다.

"난 등산을 잘 못해요."

그녀는 말했다.

"충분히 올라갈 수 있어. 저 위까지 등산로가 나 있으니까."

그는 잠시 망설였다.

"당신이 가고 싶지 않다면 나 혼자 올라가지 뭐."

그의 목소리에는 분명히 실망감이 어려 있었다.

거절하는 것은 어렵지 않았다. 느긋하게 호텔에 남아 있는 쪽이 편했다. 그렇게 하고 싶은 욕망이 너무도 강했지만 래리는 그녀가 함께 가주기를 바라고 있었다. 그래서 캐서린으로선 그것을 거부할 수 없었다.

"좋아요, 어디에 등산모자라도 없을까?"

그녀는 말했다. 래리의 얼굴에 진심으로 안도하는 표정이 떠오르는 것을 보고 캐서린은 가기로 결심하기를 잘했다고 생각했다. 그리고 등산도 재미있을지 모르는 일이라고 생각하자 설레기까지 했다.

그녀는 그때까지 한 번도 산에 오른 적이 없었다.

그들은 동네 변두리의 목초지까지 차를 타고 갔다. 거기서부터는 산길이기 때문에 그들은 그곳에 차를 세워두었다. 길가의 작은 식품점에서 래리는 샌드위치, 과일, 사탕, 그리고 큰 보온병에 들어 있는 커피를 샀다.

"정상이 마음에 들면 신부와 나는 그곳에서 하룻밤 묵고 싶어질지도 모르겠어요."

그는 가게 주인에게 말하면서 캐서린을 끌어안았다. 가게 주인은 빙긋이 웃었다.

캐서린과 래리는 산길이 시작되는 곳까지 갔다. 길은 정반대 방향으로 두 갈래로 나 있었다. 캐서린은 편하게 올라갈 수 있을지도 모른다고 자신을 타일렀다. 길은 넓고 그다지 가파르지 않아 보였지만 산의 정상을 바라보니 험준하고 근접하기 어려워보였다. 하지만 만일 그렇다면 정상까지 올라가지 않고 조금 올라간 중턱에서 피크닉을 하면 되겠다고 생각했다.

"이 길이야."

래리는 말하고 앞장서서 걸어가기 시작했다. 산을 오르기 시작한 두 사람을 가게 주인이 신경이 쓰이는 듯 지켜보고 있었다. 그쪽 길로 가지 말라고 말해줄까 하고 그는 생각했다. 그들이 올라가기 시작한 길은 위험하기 때문에 등산 전문가들이 아니면 잘 다니지 않는 곳이기 때문이었다.

그러나 그때 몇 사람의 손님이 가게로 들어왔기 때문에 그는 두 미국인에 대해서는 곧 잊어버렸다.

햇볕이 따가웠지만 올라감에 따라 산들바람이 선선해져 캐서린에게는 해와 바람의 어울림이 기분 좋게 느껴졌다. 날씨는 쾌청하고 그녀는 사랑하는 남자와 함께였다.

캐서린은 이따금 아래쪽을 내려다보며 벌써 이렇게 많이 올라왔나 하고 놀라곤 했다. 공기가 점점 희박해지는 것처럼 느껴지고, 호흡이 곤란해졌다. 그녀는 래리의 뒤를 따라 올라갔다. 길이 좁아 둘이 나란히 걸을 수가 없었기 때문이었다. 그녀는 어디까지 가면 피크닉을 하는 걸까 하고 생각했다.

래리는 캐서린이 뒤처져 있는 것을 보고는 멈춰 서서 그녀를 기다렸다.

"미안해요. 고도 때문에 좀 힘들어지는데요."

캐서린은 숨을 헐떡이며 말하고는 다시 아래를 내려다보았다.

"내려가는 데도 꽤 시간이 걸릴 것 같죠?"

"아니, 금방 내려갈 수 있어."

래리는 대답했다. 그는 몸을 돌려 좁은 길을 다시 오르기 시작했다. 캐서린은 그의 뒷모습을 바라보며 한숨을 쉬고 나서 힘을 내어 다시 그를 따라갔다.

"체스 선수와 결혼했더라면 좋았을걸 그랬어요."

그녀는 그의 등에 대고 말했으나 래리는 아무런 대꾸도 하지 않았다.

그는 길이 급커브로 구부러진 곳에 도달했다. 눈앞에 깊은 계곡에 걸쳐 진 작은 나무다리가 있었고, 난간 대신에 한 줄의 로프가 쳐져 있었다. 다리는 바람에 흔들려 한 사람의 무게조차 감당할 수 있을지 믿음직스럽지가 않았다. 래리는 썩어가는 듯한 다리판 위에 한 발을 올려놓았다. 다리는 아래로 좀 가라앉았다가 그대로 멎었다. 그는 아래를 보았다. 계곡은 1천 피트가량 되는 깊이였다. 래리는 한 걸음, 한 걸음 확인하면서 건너기 시작했고, 그리고 캐서린의 목소리를 들었다.

"래리!"

그는 뒤돌아보았다. 그녀는 다리 앞에 도달해 있었다.

"그런 곳을 건너라는 건 아니겠죠? 고양이 한 마리도 지탱하지 못할 거예요."

캐서린은 물었다.

"건널 수밖에 없어. 날지 못할 바에야."

"하지만 안전할 것 같지가 않아요."

"모두들 날마다 건너고 있어."

래리는 앞으로 돌아서서 캐서린을 남겨둔 채 다시 건너갔다.

캐서린이 다리 위로 발을 내딛자 다리가 흔들거리기 시작했다. 그녀는 눈 아래 펼쳐진 깊은 계곡을 내려다보았다. 공포가 그녀의 온몸으로 치달았다. 이젠 재미고 뭐고 없었다. 위험뿐이었다. 캐서린은 앞쪽을 보았다. 래리는 거의 건너편에 도달해가고 있었다.

그녀는 이를 악물고 로프를 잡고 걷기 시작했다. 한 발짝 내디딜 때마다 다리가 건들거렸다. 건너쪽에서는 래리가 이쪽을 지켜보고 있었다. 캐서린은 한 손으로 로프를 꽉 잡고 바닥을 모르는 계곡을 보지 않으려고 노력하면서 조심조심 걸어 나갔다. 얼굴 가득 공포가 드러나 있는 것을 래리는 알 수 있었다. 래리 곁에 도달했을 때, 공포 때문인지 산꼭대기에서 불어오기 시작한 찬바람 때문인지 캐서린은 덜덜 떨고 있었다.

그녀는 말했다.

"나에겐 등산은 무리예요. 이젠 돌아가요."

래리는 놀란 듯이 그녀를 바라보았다.

"아직 경치도 구경하지 않았잖아, 여보."

"벌써 평생 볼 것을 다 봤어요."

그는 그녀의 팔을 잡았다.

"그럼 이렇게 하지. 조금 더 가면 피크닉하기 좋은 아늑한 곳이 있어. 거기서 쉬기로 해. 어때?"

그는 미소를 머금었다.

캐서린은 마지못해 고개를 끄덕였다.

래리는 살짝 웃고 나서 다시 산길을 올라가기 시작했고, 캐서린도 뒤따랐다. 그녀도 아득히 아래쪽에 있는 시가지와 골짜기가 그림엽서 그대로의 평화로운 전원 풍경인 아름다움을 인정하지 않을 수 없었다.

그녀는 산에 오르기를 잘했다고 생각했다. 래리가 이렇게 들떠 있는 것을 보는 것은 오랜만이었다. 그는 흥분에 사로잡혀 있었는데 오르면 오를수록 그것이 더욱 고조되어가는 것 같아 보였다. 그의 얼굴은 홍조를 띠었고 넘치는 정력을 발산하기 위해서 뭔가 얘기하지 않고는 배길 수 없다는 듯이 이것저것 자꾸 지껄여댔다. 모든 것—가파른 비탈, 풍경, 길가의 화초—이 그를 흥분시키는 것 같았다. 그의 감각이 이상하게 자극받아서 어떤 것이든 특별히 중요한 의미를 갖기 시작한 것 같아 보였다.

그는 숨도 헐떡이지 않고 쉽게 올라가고 있었지만 캐서린은 차츰 희박해지는 공기 때문에 몹시 헐떡거렸다.

그녀의 다리는 납덩이처럼 무거워져 갔다. 호흡이 가쁘고 숨이 찼다. 그녀는 얼마 동안이나 올라갔는지 짐작이 안 갔지만 되돌아보니 시가지가 저 멀리 모형처럼 작게 보였다. 길은 더욱더 험해지고 좁아져가는 것 같았다. 그리고 그들은 이윽고 절벽의 가장자리를 지나고 있었다. 캐서린은 가능한 한 산 쪽으로 달라붙어서 걸었다. 래리는 올라가는 것은 쉽다고 말했다.

'야생의 산양이라면 쉽겠지.'

캐서린은 생각했다.

길은 거의 사라지고 사람이 다닌 흔적도 전혀 없었다. 꽃은 드문드문 보이고 약간씩 존재하는 식물은 이끼와 돌에서 자라는 것처럼 보이는 기묘한 갈색 풀밭에 없었다. 캐서린은 언제까지 계속 올라갈 수 있을지 자신이 없었다. 급커브를 돌자 길은 갑자기 내리막이 되어 현기증이 날 것 같은 계곡이 발밑에 나타났다.

"래리!"

그것은 비명이었다.

래리는 곧바로 그녀의 곁으로 다가왔다. 그는 캐서린의 팔을 잡고 되돌아서 바위를 넘어 다시 길이 시작되고 있는 곳까지 데리고 갔다. 캐서린의 심장은 격렬하게 고동쳤다.

'나는 너무 무모했어. 모험할 나이가 아니야.'

그녀는 생각했다. 너무나 피로했기 때문에 그녀는 눈앞이 어지러워 비틀거렸다. 그녀가 래리에게 말을 걸려고 얼굴을 들자, 다음 모퉁이로 돌아서고 있는 그의 위쪽에 정상이 보였다. 드디어 도착한 것이다.

캐서린은 평평한 땅바닥에 누워서 서늘한 미풍에 머리를 날리며 피로를 풀었다. 공포는 멀어져갔다. 지금은 아무것도 두려울 것이 없었다. 래리가 하산은 쉽다고 말했던 것이다. 그는 그녀 곁에 앉아 있었다.

"이제 기운이 좀 나나?"

그는 물었다. 그녀는 고개를 끄덕였다.

심장의 두근거림은 가라앉았고 호흡은 정상으로 돌아와 있었다. 그녀는 숨을 깊이 들이쉬고는 그를 바라보며 미소 지었다.

"힘든 부분은 끝난 거죠?"

래리는 잠시 그녀를 바라보고는 말했다.

"응. 끝났어, 여보."

캐서린은 한쪽 팔꿈치를 짚고 몸을 일으켰다. 좁고 평평한 장소에 목조 전망대가 세워져 있었다. 둘레에 낡은 난간이 둘러쳐져 있어서 거기서 아래쪽의 아찔한 파노라마를 한눈에 바라볼 수가 있었다. 10여 피트 떨어진 곳에 산의 반대쪽으로 내려가는 길이 보였다.

"어머, 전망이 너무 좋아요, 래리. 마젤란이 된 것 같은 기분이에요."

캐서린은 말했다. 그녀는 그에게 웃음을 보냈지만 래리는 다른 쪽을 보고 있었다.

캐서린은 그가 듣고 있지 않다는 것을 알았다. 그는 어딘가에 마음을 빼앗기고 있는 것 같았다. 뭔가를 골똘히 고민하는 듯 긴장하고 있는 모습이었다. 캐서린은 하늘을 바라보며 말했다.

"저것 좀 봐요! 이쪽으로 오고 있어요. 난 아직 구름 속에 들어가 본 적이 없어요. 그건 천국에 있는 것 같은 기분이겠죠?"

솜털같은 하얀 구름이 선선한 산바람에 날려 그들 쪽으로 밀려왔다.

래리는 캐서린이 일어나 벼랑 끝의 건들거리는 나무 난간으로 가까이 가는 것을 지켜보았다. 그리고 양 팔꿈치를 짚고 앞으로 몸을 내밀어 갑자기 생각에 잠기는 것 같은 표정으로 구름이 캐서린 쪽으로 움직이는 것을 응시했다. 구름은 거의 캐서린 곁에까지 와서 그녀를 휘감기 시작했다.

"나는 구름 속에 있어요. 지금 구름이 통과하고 있어요!"

그녀가 소리쳤다. 순식간에 캐서린의 모습은 소용돌이치는 흰 구름 속으로 사라져버렸다.

래리는 조용히 일어서서 한순간 얼어붙은 듯 정지했으나 이윽고 살그머니 그녀 쪽으로 다가갔다. 몇 초 사이에 그도 안개에 휩싸였다. 그는 캐서린이 있는 곳을 분간할 수 없어서 멈춰 섰다. 그때 앞쪽에서 그녀의 목소리가 들렸다.

"이봐요, 래리! 멋있어요! 이리로 와봐요. 부드러운 비 같아요!"

그녀는 외쳤다. 그는 구름 속의 그녀를 향해 살그머니 다가갔다.

"당신도 느껴져요?"

그녀의 목소리가 가까워졌다. 불과 2, 3피트 앞이었다. 그는 양손을 뻗어 그녀를 찾으며 또 한 발 내디뎠다.

"래리, 어디 있어요?"

지금 그의 바로 앞 아슬아슬한 절벽 끝에 선 유령 같은 그녀의 모습을 볼 수 있었다. 그는 두 손을 그녀 쪽으로 내밀었다. 그 순간, 구름이 두 사람 곁을 흘러갔다. 캐서린이 뒤돌아보는 바람에 그들의 얼굴과 얼굴이 마주보게 되었다.

그녀는 놀라서 한 발 물러섰다. 그녀의 오른발이 벼랑 끝에 걸쳐졌다.

"어머나! 깜짝이야!"

그녀는 소리치듯 말했다.

래리는 안심시키듯이 웃어 보이며 다시 한 걸음 나아가 두 손으로 그녀를 잡으려고 했다. 그때 떠들썩한 소리가 들렸다.

"뭐야, 덴버에는 이보다 더 큰 산이 얼마든지 있다고!"

래리는 깜짝 놀라 뒤돌아보았다. 그의 얼굴은 창백했다. 그리스인 가이드의 인도를 받으며 한 무리의 여행객이 반대쪽 등산로에서 모습을 나타낸 것이다. 가이드는 캐서린과 래리를 보고는 걸음을 멈췄다.

"안녕하세요."

그는 놀라서 말했다.

"당신들은 동쪽 비탈을 올라온 거로군요."

"그렇소."

래리는 무뚝뚝하게 말했다. 가이드는 고개를 절레절레 흔들었다.

"시내 사람들은 좀 이해할 수가 없단 말이야. 동쪽 비탈은 위험하다는 걸 가르쳐주면 어디가 덧나나? 반대쪽으로 오르는 게 훨씬 쉬워요."

"다음에는 그렇게 하지요."

래리는 말했으나 그 목소리는 가라앉아 있었다.

캐서린이 그에게서 감지했던 흥분은 지워져 있는 것 같았다. 마치 갑자기 스위치가 끊긴 것처럼……

"자, 어서 가지."

래리는 말했다.

"이제 막 도착했을 뿐이잖아요. 왜 그래요?"

"아냐. 사람들이 북적대는 곳이 싫어서……."

그는 무미건조하게 말했다.

그들은 편한 산길을 내려왔다. 내려오는 동안 래리는 한 마디도 하지 않았다. 차가운 분노가 그의 내부에 불타고 있는 것 같았지만 캐서린은 그 이유를 알 수가 없었다. 그녀는 그를 화나게 한 일은 없다고 생각했다. 그의 태도가 갑자기 변한 것은 그 등산객 그룹이 나타났을 때부터였다.

불현듯 그녀는 그의 기분이 급변한 이유를 알 것 같았다. 그녀는 미소를 지었다. 그는 저 구름 속에서 그녀를 사랑하고 싶었던 것이다! 그가 양팔을 내밀어 그에게 다가온 것은 그 때문이었던 것이다. 그러나 그 착상이 여행객 그룹에 의해 무산되어버리고 만 것이다.

캐서린은 재미있어서 웃음이 터질 것만 같았다. 앞장서서 큰 걸음으로 비탈을 내려가는 래리를 지켜보며, 캐서린은 흐뭇한 감정에 충만되어 있었다.

'호텔에 돌아가면, 화가 충분히 풀리도록 해줄게요.'

그녀는 마음속으로 약속했다. 그러나 방갈로로 돌아와 캐서린이 그의 몸에 두 팔을 감고 키스하려고 하자 래리는 피곤하다며 그녀를 피했다.

새벽 3시가 되도록 캐서린은 흥분이 가라앉지 않아 잠을 이룰 수가 없었다. 길고도 두려운 하루였다. 그녀는 산길과 흔들거리는 다리, 바위타기 등을 되새겨보았다. 그리고 가까스로 잠에 떨어졌다.

다음 날 아침, 래리는 룸서비스에게 말했다.

"요전에 자네가 말했던 동굴 말인데."

"네."

"페라마 동굴 말이시죠? 참으로 아름답습니다. 매우 흥미 있는 곳이에요. 꼭 가보십시오."

"가볼까? 나는 동굴 같은 것은 별 관심이 없는데 아내가 얘기를 듣더
니 꼭 가보자고 졸라대서 말이야. 아내는 그런 걸 좋아하거든."

래리는 가볍게 말했다.

"분명 두 분 다 즐거우실 겁니다. 다만 가이드를 고용하는 것을 잊지
마십시오."

"가이드가 필요한가?"

래리가 묻자, 상대는 고개를 끄덕였다.

"네. 불행한 사고가 여러 번 있었거든요. 사람들이 툭하면 행방불명이
돼서요."

그는 말소리를 낮췄다.

"한 쌍의 젊은 커플은 지금까지 발견되지 않고 있어요."

"그렇게 위험하다면, 왜 사람이 들어가는 것을 허용하는 거지?"

"위험한 곳은 조사되지 않은 새로운 구역뿐입니다. 거긴 아직 조사가
끝나지 않아서 조명시설이 안 되어 있어요. 하지만 가이드가 있으면 걱정
할 필요는 없습니다."

"동굴의 폐쇄 시간은?"

"6시입니다."

래리는 캐서린이 옥시아라는 아름답고 커다란 그리스 떡갈나무에 기
대어 책을 읽고 있는 것을 발견했다.

"재미있어?"

"시간보내기죠, 뭐."

그는 그녀 곁으로 다가가 주저앉았다.

"호텔 종업원한테서 이 근처에 있는 동굴 얘기를 들었어."

캐서린은 희미한 불안을 느끼며 얼굴을 들었다.

"동굴요?"

"꼭 구경해보라고 권하더군. 신혼부부들은 모두 가는 곳이래. 그 안에서 소원을 빌면 성취된다나? 어때?"

그의 목소리는 소년처럼 들떠 있었다. 그녀는 그가 정말 어린애 같다고 생각하면서 약간 망설였다.

"당신이 그렇게 가고 싶다면 좋아요."

그녀는 말했다. 그는 빙그레 웃었다.

"잘 됐어. 점심을 먹고 나가자고. 당신은 책 읽고 있어. 나는 시내에 가서 쇼핑 좀 하고 올 테니까."

"나도 같이 갈까요?"

"아냐. 곧 돌아올게. 당신은 느긋하게 쉬고 있어."

그는 가볍게 말했다. 그녀는 고개를 끄덕였다.

래리는 시내에서 잡화상을 찾아가 손전등과 전지와 실타래를 샀다.

"호텔에 묵고 계십니까?"

가게 주인은 잔돈을 거슬러주면서 물었다.

"아뇨. 아테네로 가는 길에 들렀어요."

래리는 대답했다.

"조심하십시오."

주인은 충고했다. 래리는 날카롭게 그를 돌아다보았다.

"조심하라니, 뭘 말입니까?"

"폭풍우가 가까이 오고 있습니다. 양떼들의 울음소리가 들리지 않습니까?"

래리는 3시에 호텔로 돌아왔다. 그리고 4시에 래리와 캐서린은 동굴로 향했다. 수상쩍은 바람이 불기 시작하고 북쪽에 커다란 번개구름이 일어나 태양을 덮어씌우려 하고 있었다.

페라마 동굴은 이오아니나의 동쪽 30킬로 지점에 있었다. 수세기 동안 커다란 종유석과 석순이 동물과 궁전, 보석 등의 모양으로 형성되어 동굴은 중요한 관광명소가 되었다.

캐서린과 래리가 동굴에 도착한 것은 5시로, 마감 1시간 전이었다. 래리는 입장권 매표소에서 표 2장과 팸플릿을 1부 샀다. 초라한 차림의 가이드가 다가와 안내해주겠다고 말했다.

"겨우 50드라크마예요. 구석구석까지 잘 안내해드립니다."

그는 억양을 높여 말했다.

"가이드는 필요 없소."

래리는 관심 없다는 듯이 말했다. 캐서린은 그 말에 놀라서 래리의 얼굴을 쳐다보았다. 그는 캐서린의 팔을 잡아당겼다.

"자, 가자고."

"가이드가 없어도 정말 괜찮을까요?"

"가이드는 필요 없어. 저런 건 바가지만 씌우는 거야. 안에 들어가서 동굴을 보기만 하면 되는 거지. 팸플릿을 보면 뭐든지 다 써 있어."

"네, 그렇군요."

캐서린은 곧 동의했다.

동굴의 입구는 그녀가 생각했던 것보다 크고 조명등이 켜져 있었으며 많은 관광객들로 가득 메우고 있었다. 동굴의 벽과 천장에는 새, 거인, 꽃, 왕관 등 바위에 생겨난 갖가지 모양이 빼꼭히 차 있었다.

"근사해요."

캐서린은 소리치듯 말했다. 그녀는 팸플릿을 들여다보았다.

"언제쯤 만들어진 건지 아무도 모른다는군요."

그녀의 목소리는 공동에 울려 퍼져 바위 천장에 메아리쳤다. 머리 위에 종유석이 늘어져 있었다. 바위를 뚫은 터널을 전진하자 제2의 작은 동굴이 있고 천장에 전선을 쳐서 불을 밝혀놓고 있었다. 그곳에는 한층 훌륭한 자연의 조각품들이 얼마든지 전시되어 있었다. 동굴의 가장 안쪽의 표지판에 〈위험! 접근하지 마시오!〉라고 쓰여 있었다.

그 표지판 앞쪽에 커다란 암굴 입구가 있었다. 래리는 거침없이 그쪽까지 걸어가서 주위를 둘러보았다. 캐서린은 입구 근처의 조각을 감상하고 있었다. 래리는 표지판을 떼어 옆으로 내던져버렸다. 그리고 캐서린의 곁으로 돌아왔다.

"축축해요. 돌아갈까요?"

그녀는 말했다.

"아냐."

래리의 어조는 강경했다.

"좀 더 볼 곳이 있어. 호텔 종업원이 가장 멋진 것은 새 동굴이라고 말했어. 꼭 보라고 권하더라고."

"어디에 있는데요?"

"저쪽이야."

래리는 그녀의 손을 잡았고 두 사람은 동굴 안쪽으로 들어가서 바위가 갈라진 어두운 곳 앞에 섰다.

"안에는 못 들어가요. 깜깜하잖아요."

캐서린은 말했다. 래리는 그녀의 등을 가볍게 토닥거렸다.

"걱정할 것 없어. 호텔 종업원이 손전등을 갖고 가라고 일러줬거든."

그는 호주머니에서 그걸 꺼냈다.

"이것 봐, 됐지?"

그는 손전등을 켰다. 가느다란 빛이 고대의 암굴 깊숙이 암흑의 통로를 비춰주었다.

캐서린은 멈춰선 채 터널을 응시했다.

"굉장히 커 보이는데 괜찮겠어요?"

그녀는 안심이 안 된다는 듯이 말했다.

"물론이지. 초등학생들도 다녀간다던걸."

래리는 대답했다. 그래도 캐서린은 머뭇거리며 다른 관광객과 행동을 같이하면 좋을 텐데, 하고 생각하면서 말했다.

"저, 이쯤해서 돌아가는 것이 좋지 않겠어요? 이젠 너무 늦어서 동굴이 닫힐 거예요."

"9시까지는 열려 있어."

래리는 대답했다.

"꼭 보고 싶은 동굴이 하나 있어. 바로 얼마 전에 개척한 건데 정말 기가 막힌 곳인가 봐."

그는 앞으로 나아가기 시작했다. 캐서린은 앞으로 더 나가지 않을 구실을 찾으며 머뭇거리고 있었다. 그런데 왜 탐험을 하면 안 된단 말인가. 래리는 즐기고 있지 않은가. 그것이 그를 기쁘게 하는 일이라면 그녀는 세계 제일의 아마추어 탐험가가 되어도 좋은데……

래리는 걸음을 멈추고 서서 그녀를 기다리고 있었다.

"안 올 거야?"

그는 답답하다는 듯이 말했다. 그녀는 일부러 기운찬 목소리로 말했다.

"갈게요. 혼자 두고 가지는 말아요."

래리는 대답을 하지 않았다. 둘은 왼쪽으로 갈라진 길을 미끄러지는 자갈에 조심하면서 걸어 나갔다. 래리가 호주머니에 손을 넣었다. 그 직후 캐서린은 뭔가가 지면으로 떨어지는 소리를 들었다. 래리는 계속 걸었다.

"뭔가 떨어뜨리지 않았어요? 무슨 소리가 난 것 같은데."

캐서린은 물었다.

"돌멩이를 찼어. 좀 더 빨리 걷지."

그는 말했다. 그들은 계속 걸었지만 캐서린은 그들 뒤에서 실타래의 실이 풀리고 있다는 사실을 눈치 채지 못했다.

동굴의 천장은 점점 낮아지고 주위의 벽은 한층 습기가 많아졌다. 그리고—캐서린은 그런 생각을 하는 자신을 비웃었지만—불길한 느낌이 들었다. 동굴이 위협하면서 악의를 가지고 그들을 가두어버리려는 것 같았다.

"이 동굴은 우리를 싫어하는 것 같아요."

캐서린이 말했다.

"바보 같은 소리! 이건 그냥 동굴일 뿐이야."

"다른 사람들이 이곳으로 오지 않는 건 왜일까요?"

래리는 잠시 머뭇거렸다.

"이 장소는 알고 있는 사람이 별로 없어서 그래."

그들은 계속 안으로 깊숙이 들어갔다. 캐서린은 마침내 시간과 위치를 짐작할 수 없게 되었다.

통로는 한층 좁아지고 좌우의 암벽은 날카롭고 예기치 못하게 불쑥불쑥 튀어나와 있어서 캐서린을 놀라게 만들었다.

"아직 멀었어요? 이제 중간쯤 왔어요?"

캐서린은 물었다.

"이젠 금방이야."

두 사람이 말하는 소리가 낮게 동굴 안을 울려서 연이어 스러져가는 산 메아리 같았다.

한기가 느껴졌다. 그것은 습하고 끈끈한 추위였다. 캐서린은 몸을 떨었다. 손전등 빛은 전방에 새로운 갈림길을 비춰주었고, 그들은 거기까지 가서 멈췄다. 오른쪽으로 통하는 동굴은 왼쪽 것보다 작아보였다.

"네온으로 표지라도 붙여놓았으면 좋으련만. 우린 너무 깊숙한 곳까지 들어와 버렸어요."

캐서린은 말했다.

"아니야. 오른쪽으로 가면 틀림없이 있다고 했어."

"너무 추워요. 이제 그만 돌아가요."

그녀는 말했다. 그는 뒤돌아서 캐서린을 바라보았다.

"바로 저기야, 캐서린. 방갈로에 돌아가면 따뜻하게 해줄게."

그는 그녀의 팔을 꽉 붙잡았다. 그녀의 얼굴을 보니 주저하는 빛이 역력했다.

"이렇게 하지. 앞으로 2분 안에 그 장소가 발견되지 않으면 돌아가기로 하는 거야, 어때?"

캐서린은 기분이 가벼워지는 것을 느꼈다.

"좋아요."

그녀는 가슴을 쓸어내리며 말했다.

그들은 동굴을 오른쪽으로 돌았다. 손전등 빛이 전방의 회색 바위 위에서 흔들거리는 기분 나쁜 그림자를 만들었다. 캐서린이 어깨 너머로 돌아다보니 뒤쪽은 완전한 암흑이었다. 마치 작은 손전등이 지옥의 어둠 속에서 광명을 캐내고 있는 것 같았다. 그것은 그들을 작은 빛 주머니 속에 담아서 한 번에 2, 3피트씩 나아가게 해주었다. 래리가 갑자기 멈춰 섰다.

"제기랄!"

그는 투덜거렸다.

"왜요?"

"길을 잘못 들어선 것 같아."

캐서린은 끄덕였다.

"그래요, 그럼 돌아가요."

"확인하고 올게. 당신은 여기 있어."

그녀는 놀라서 래리를 쳐다보았다.

"어딜 갈 건데요?"

"금방이야. 그 입구까지 갔다 올게."

그의 목소리는 긴장해서 부자연스럽게 들렸다.

"나도 함께 갈래요."

"혼자 가는 것이 빨라, 캐서린. 아까 본 갈림길을 알아보고 올게. 10초면 돌아올 거야."

"좋아요."

그녀는 내키지 않는 듯이 말했다.

캐서린은 래리가 그녀에게서 떠나 아까 들어온 어둠 속으로 되돌아가는 것을 지켜보았다. 그 모습은 지구의 내부를 움직여가는 천사처럼 빛의 동그라미에 싸여 있었다. 한순간 뒤, 빛은 보이지 않게 되고 캐서린은 태어나서 처음으로 깊고 깊은 암흑 속으로 빠지고 말았다. 그녀는 떨면서 마음속으로 초를 세었다. 이윽고 그것은 분이 되었다. 그러는 동안 래리는 돌아오지 않았다.

캐서린은 기다렸다. 주위의 어둠이 사악한, 보이지 않는 물결처럼 그녀의 몸을 핥고 있는 것처럼 느껴졌다. 그녀는 "래리?" 하고 불러봤지만 목소리는 가라앉아 있었고 가냘팠다. 그녀는 기침을 하고 나서 더 큰소리로 불러보았다.

"래리?"

그 소리는 어둠에 짓눌려 2, 3피트 앞에서 스러지고 말았다. 어떤 생물도 살 수 없을 것 같은 살벌한 기운에 캐서린은 처음으로 공포의 촉수를 느끼기 시작했다.

'래리는 곧 돌아올 거야. 나는 여기서 꼼짝 않고 기다리고 있으면 되는 거야.'

그녀는 자신에게 타일렀다.

암흑의 시간은 느릿느릿 지나갔으며 그녀는 뭔가 좋지 않은 일이 일어났다는 사실에 직면하기 시작했다. 래리가 사고를 당한 것인지도 모른다, 미끈거리는 돌멩이에 걸려 바위에 머리를 찧으며 넘어졌을 것이다, 아마도 얼마 못 가서 넘어져 출혈 때문에 죽어가고 있을지도 모른다, 아니면 길을 잃었는지도 모른다. 손전등의 전지가 다 닳아서 이 동굴 안 어디에

선가 그녀와 똑같이 꼼짝도 할 수 없게 되어 있을지도 모른다.

캐서린은 숨이 답답해져서 맹목적인 공포에 사로잡혔다. 그녀는 아까 왔던 그 방향으로 조심조심 걷기 시작했다. 동굴은 좁았다. 만약 래리가 쓰러져서 상처가 나고 움직일 수 없게 되었다면 아마도 만나게 될 것이다. 얼마 가지 않아서 그녀는 갈림길에 도달할 것이 틀림없었다. 그녀는 조심스럽게 걸어 나갔다. 발밑에서 돌이 굴렀다. 멀리서 무슨 소리가 난 것 같아서 그녀는 멈춰 서서 귀를 기울였다. 그것은 누군가가 녹음기를 돌리고 있는 것 같은 소리였다. 누군가가 있는 것이다!

캐서린은 큰 소리로 외쳤다. 그 소리가 정적 속으로 빨려 들어가는 것 같았다. 또다시 들렸다! 우웅— 하는 소리였다. 그것은 이쪽을 향해 다가왔다. 소리는 커지고 웅얼대며 그녀 쪽으로 돌진해왔다. 그것은 점점 가까이 접근해왔다. 그리고 갑자기 암흑 속에서 그녀에게 덤벼들었다. 차갑고 끈적끈적한 피부가 그녀의 뺨을 스치고 입술에 닿았다. 무언가가 머리 위를 기어 다녔다. 그녀는 머리카락 속으로 날카로운 발톱을 느꼈다. 어둠 속에서 덮쳐온 정체모를 괴물의 심한 날갯짓에 얼굴을 얻어맞고 그녀는 숨이 막혔다.

캐서린은 실신했다.

그녀는 날카롭고 뾰족한 돌 위에 쓰러져 있었다. 그 통증으로 그녀는 의식을 되찾았다. 그녀의 뺨은 따뜻하고 끈적거렸다. 한참 지나서 캐서린은 그것이 자신의 피라는 것을 알았다. 그녀는 어둠 속에서 덮쳐온 날개와 발톱을 생각해내고 몸을 떨었다.

동굴 안에 박쥐가 있었던 것이다.

그녀는 박쥐에 대한 지식을 생각해내려고 애썼다. 박쥐는 날아다니는 쥐인데 몇천 마리씩 떼지어 산다는 얘기를 읽은 적이 있었다. 그밖에 그녀가 기억에서 끌어낼 수 있었던 유일한 지식은 흡혈 박쥐가 있다는 사실이었다. 그녀는 그 생각을 곧 떨쳐버렸다. 그리고 가까스로 몸을 일으켰다. 뾰족한 돌에 까진 손바닥이 아파왔다.

'이런 곳에서 멍청하게 앉아 있으면 안 돼. 일어나서 어떻게든 해보자.'

그녀는 자신에게 말했다. 고통을 견디면서 그녀는 일어섰다. 어느새 한쪽 구두는 어디론가 없어지고 옷은 찢겨 있었다. 그러나 래리가 새것을 사주겠지, 하며 그녀는 둘이서 작은 가게에 들어가 즐겁게 웃으며 하얀 여름옷을 사는 광경을 상상했다. 그러나 그 옷이 어찌된 일인지 사자에게 입히는 수의가 되었고, 그녀의 마음은 다시금 공포로 가득 찼다.

지금 자기를 사로잡고 있는 악몽보다는 내일 일을 계속 생각해야 한다고 그녀는 생각했다. 쉬지 않고 걸어야 한다, 하지만 어느 쪽으로 가야 한단 말인가! 그녀는 방향을 알 수 없는 상태에 있었다. 만약 잘못된 방향으로 나가면 더욱더 동굴 속으로 들어가게 된다.

그렇다고 그대로 있을 수는 없었다. 그녀는 동굴에 들어온 지 얼마큼의 시간이 흘렀는지를 생각해보려고 했다. 한 시간은 지났을 것이 틀림없었다. 2시간일지도 모른다. 의식을 잃고 있었던 시간이 어느 정도였는지 알 길이 없었다.

틀림없이 사람들은 래리와 그녀를 찾고 있으리라. 그러나 그들이 사라진 것을 아무도 알지 못한다면 어떻게 될까, 입구에서 동굴에 출입하는 사람들에 대한 체크는 하고 있지 않았다. 그녀는 영원히 그곳에서 나갈 수 없을지도 몰랐다. 그녀는 남은 구두 한 짝도 벗어던지고 천천히 조심하면서 걷기 시작했다. 따끔거리는 양손은 뾰족뾰족한 동굴 벽에 부딪치지 않게 위로 올렸다.

캐서린은 생각했다.

'천리 길도 한 걸음부터. 중국인의 격언이지만 얼마나 영리한 사람들인가. 그들은 아무도 발견할 수 없는 구멍에 갇히는 것 같은 바보 같은 짓은 하지 않는다. 이대로 걸어가면 래리나 관광객과 부딪치게 될 것이다.

그렇게 되면 함께 호텔로 돌아가서 술을 마시며 오늘 일을 웃으며 이야기하게 되겠지. 그저 계속 걷기만 하면 되는 거야.'

그녀는 갑자기 걸음을 멈췄다. 멀리서 다시 우웅— 하는 소리가 들리고 보이지 않는 박쥐 떼가 급행열차처럼 돌진해왔다. 몸이 부들부들 떨려서 그녀는 비명을 질렀다. 눈 깜짝할 사이에 수백 마리의 박쥐가 그녀를 향해 덮쳐왔다. 그들은 그녀 위로 떼지어 날며 차갑고 끈적거리는 날개를 내리쳤다. 무서운 악몽 속에서 무수한 물컹한 몸체가 뒤덮여 와서 그녀는 숨을 쉴 수 없었다.

그녀가 실신하기 전에 마지막으로 의식한 것은 래리의 이름을 부른 것이었다.

그녀는 동굴의 차갑고 습기 찬 지면에 쓰러져 있었다. 눈은 감겨 있지만 마음은 갑자기 눈이 뜨였다. 그녀는 생각했다.

'래리가 나를 죽이려고 한 거였어.'

그녀의 잠재의식이 지금까지 그것을 억눌러 숨기고 있었던 것이다. 빠르게 돌아가는 비디오테이프처럼 갖가지 장면이 마음에 떠올랐다. 래리의 목소리가 들렸다.

'나는 사랑하는 여자가 있어…… 이혼하고 싶어……'

래리가 산꼭대기 구름 속에서 두 손을 내밀며 그녀에게 다가오고 있었다…… 그녀는 험한 산길을 내려다보며 자신이 한 말을 떠올렸다.

'내려가는 데 상당히 시간이 걸리겠는데요.'

그에 대하여 래리는 대답했다.

'아냐, 곧 내려갈 수 있어……'

래리는 또 말했다.

'가이드 따위는 필요 없어…… 길을 잘못 든 것 같아. 여기서 기다리고 있어…… 10초 뒤에 돌아올게……'

그리고 무서운 암흑 속에 그녀 혼자 남겨진 것이다.

래리는 처음부터 그녀에게로 돌아올 생각 같은 건 없었던 것이다. 화해, 허니문…… 그것은 모두 연극이었다. 그녀를 죽이려는 계획의 일부였다. 그녀가 아무것도 모른 채 두 번째 기회를 부여해준 신에게 감사하고 있을 때, 래리는 그녀를 죽일 음모를 꾸미고 있었던 것이다.

그리고 그는 성공했다. 캐서린은 결코 동굴 밖으로 나갈 수 없다는 것을 깨달았다. 그녀는 무서운 암흑의 무덤에 생매장되는 것이다. 박쥐는 사라졌지만 그녀는 온몸에 그것들이 남긴 악취와 끈끈한 점액을 느꼈다. 한 번 더 습격을 당한다면 제정신을 유지할 수 있을지 그녀는 자신이 없었다. 그렇게 생각하자 다시 온몸이 떨려왔다. 그녀는 애써 천천히 심호흡을 했다.

한참 뒤에 다시 소리가 들렸다. 그녀는 더 이상은 견뎌낼 수 없다고 생각했다. 그것은 처음에는 낮은 웅얼거림이었지만 점차 큰 소리의 물결이 되어 그녀를 향해 다가왔다. 갑자기 요란한 비명이 새어 나오고 몇 번이나 뇌 속에 울려 퍼졌다. 또 하나의 소리는 더욱더 커지고 캄캄한 터널에서 빛이 나타났다. 그리고 그녀는 부르는 소리를 들었다. 이윽고 누군가의 손이 그녀 쪽으로 다가와 그녀를 안아 올렸다. 그녀는 그들에게 박쥐를 조심하라고 말하고 싶었지만, 그것 대신 내지르는 비명을 그칠 수가 없었다.

노엘과 캐서린

아테네 : 1946년

22

그녀는 박쥐에게 발견되지 않기 위해서 꼼짝 않고 몸이 굳어진 채 누워서 윙윙거리는 날개 소리에 귀를 기울이고 있었다. 눈은 꼭 감은 채였다.

남자가 말했다.

"기적이군요. 발견된 것이⋯⋯."

"그녀는 괜찮을까요?"

그것은 래리의 목소리였다.

공포가 다시금 캐서린의 온몸을 휘감았다. 온몸의 모든 신경이 그녀에게 도망치라고 경고하고 있었다. 살인자가 그녀를 죽이러 온 것이다. 그녀는 신음했다.

"싫어!"

그리고 눈을 떴다. 그녀는 방갈로의 침대에 누워 있었다. 래리가 침대 아래쪽에 서 있고, 그 옆에 난생 처음 보는 남자가 있었다. 래리가 그녀에게 다가갔다.

"캐서린……."

그의 접근에 그녀는 몸을 움츠렸다.

"내게 손대지 말아요."

그녀의 목소리는 쉬어 있었다.

"캐서린!"

래리의 얼굴은 고통에 차 있었다.

"그를 가까이 오지 못하게 해줘요."

그녀는 호소했다.

"아직 충격에서 벗어나지 못하고 있군요. 당신은 다른 방에서 기다리는 것이 좋겠습니다."

낯선 남자가 말했다. 래리는 무표정한 얼굴로 한동안 캐서린을 지켜보고 있었다.

"그렇겠군요. 그녀를 위한 일이라면 뭐든지 하겠습니다."

그는 등을 돌려 방을 나갔다.

낯선 남자가 다가왔다. 키가 작고, 뚱뚱하고 밝은 얼굴에 기분 좋은 미소를 띠고 있었다. 그는 심한 사투리가 섞인 영어로 말했다.

"나는 닥터 카조미데스입니다. 큰일 날 뻔했습니다. 하지만 이젠 걱정할 필요가 없습니다. 가벼운 뇌진탕과 강한 쇼크입니다만 2, 3일만 지나면 말끔히 좋아질 겁니다. 저런 동굴은 폐쇄해야 마땅합니다. 올해 들어 이번이 세 번째 사고입니다."

캐서린은 고개를 흔들려다 말았다. 머리가 지끈지끈 아팠다.

"사고가 아니에요. 그가 나를 죽이려고 했어요."

그녀는 명료하지 않은 소리로 말했다. 의사는 그녀를 내려다보았다.

"누가 죽이려 했다고요?"

그녀의 입은 바싹 마르고, 혀는 무거웠다. 말을 하기가 고통스러웠다.

"나… 남편이 말이에요."

"설마!"

의사는 캐서린을 믿지 않았다. 그녀는 침을 삼키고 한 번 더 시도했다.

"그가… 나를 죽게 하려고 동굴에 팽개쳐놓은 겁니다."

그는 고개를 저었다.

"사고가 틀림없어요. 진정제를 놓아드리지요. 잠이 깨면 훨씬 좋아져 있을 겁니다."

엄청난 공포의 물결이 그녀의 몸을 휘감아 돌았다.

"아니에요! 내 말을 못 알아듣겠어요? 나는 깨어나지 못할 거예요. 여기서 나가게 해주세요. 부탁이에요!"

그녀는 호소했다.

의사는 부드럽게 미소 지었다.

"좋아질 겁니다, 부인. 푹 주무시기만 하면 됩니다."

그는 검은 진찰 가방에 손을 뻗어 주사기를 찾았다.

캐서린은 몸을 일으키려 했지만 타는 듯한 아픔이 머릿속을 지나가 땀이 왈칵 솟아나왔다. 그녀는 침대에 쓰러졌다. 참을 수 없을 만큼 머리가 아팠다.

"아직 움직이면 안 됩니다. 위중한 상태였습니다."

카조미데스는 그렇게 주의를 주고 나서 주사기를 꺼내어 호박색 액체를 넣었다.

"저쪽을 보세요. 잠에서 깨면 말끔히 회복되어 있을 겁니다."

"깨어나지 못할 거예요. 잠들어 있는 동안에 그가 죽이고 말 거예요."

캐서린은 작은 목소리로 말했다. 의사의 얼굴에 걱정스러운 듯한 표정이 스쳤다. 그는 그녀에게 다가갔다.

"자, 저쪽을 향해주세요, 부인."

그녀는 고집스런 눈으로 그를 응시했다.

의사는 그녀의 몸을 돌려놓고 나이트가운을 걷어 올렸다. 그녀는 엉덩

509

이에 찌르는 아픔을 느꼈다.

"자, 이젠 됐어요."

그녀는 다시 돌아누워 속삭이듯이 말했다.

"나를 죽게 만들었군요!"

그녀의 눈에는 분노의 눈물이 가득 고였다.

"부인! 우리가 어떻게 당신을 찾아냈는지 아십니까?"

의사는 조용히 말했다. 그녀는 고개를 내저으려다 통증이 생각났다. 그의 목소리는 상냥했다.

"당신의 남편이 우리를 당신이 있는 곳으로 데리고 가준 겁니다."

그녀는 의사의 얼굴을 뚫어지게 보았지만 그의 말을 도무지 이해할 수가 없었다.

"남편은 갈라진 길을 잘못 들어 동굴 속에서 길을 잃은 겁니다."

그는 설명을 계속했다.

"당신을 찾을 수가 없어서 그는 반미치광이같이 되어 경찰에 도움을 청했어요. 그래서 우리가 곧 수색대를 만들게 된 겁니다."

그녀는 아직도 영문을 알 수 없어서 그의 얼굴을 보았다.

"래리가 도움을 청했다고요?"

"그는 몹시 흥분해 있었습니다. 이렇게 된 것은 자기 탓이라고 자책하고 있었어요."

그녀는 이 새로운 정보를 정리하려고 애썼다. 만약 래리가 그녀를 죽일 작정이었다면 수색대를 만들거나 그녀를 염려해서 반미치광이처럼 되거나 하지는 않았으리라. 그녀의 머리는 완전히 혼란에 빠졌다. 의사는 동정어린 눈길로 그녀를 지켜보았다.

"그만 주무세요. 내일 아침에 또 오겠습니다."

그는 캐서린에게 말했다.

캐서린은 사랑하는 남편이 살인자라고 믿고 있었다는 것에 자책이 되었다. 그녀는 래리에게 고백하고 용서를 빌지 않으면 안 된다고 생각했다. 그러나 머리가 차츰 무거워지고 눈꺼풀이 덮여왔다.

그녀는 생각했다.

'나중에 얘기하면 되겠지. 잠에서 깨고 나면 그는 나를 틀림없이 용서해줄 거야. 모든 것이 다시 잘 돼나가겠지. 이전처럼……'

그녀는 갑자기 후드득하는 날카로운 소리에 정신이 번쩍 들어 눈을 떴다. 심장이 마구 방망이질 쳤다. 폭포 같은 비가 침실 창을 격렬하게 때리고 번갯불이 모든 것을 창백하게 비추어 방은 노출과다의 사진처럼 보였다. 바람이 사나운 손톱으로 집을 할퀴고 외마디소리를 지르며 안으로 쏟아져 들어오려 하고 있었다. 지붕과 창을 때리는 비는 수천의 작은 드럼통을 두드리는 것 같은 소리를 냈다.

캐서린을 눈뜨게 한 것은 천둥번개 소리였다. 그녀는 상반신을 일으켜 침대 옆에 있는 작은 시계를 보았다. 의사가 놓아준 진정제 때문에 머리가 어찔어찔해서 시간을 가리키는 숫자를 분간하기 위해 그녀는 눈을 가늘게 뜨지 않으면 안 되었다. 새벽 3시였다.

그녀는 혼자였다. 래리는 그녀를 걱정하면서 다른 방에서 틀림없이 잠을 못 이루고 있으리라. 그녀는 그에게 사과를 해야겠다고 생각하며 조심스럽게 침대 끝에서 발을 내려 일어서려고 했다. 현기증이 그녀를 덮쳐와 쓰러질 뻔해서 그녀는 침대를 붙잡고 현기증이 가라앉기를 기다렸다. 그리고 어설픈 걸음걸이로 문 있는 곳까지 더듬어 갔다. 근육이 굳어져서 잘 움직이지 않고 머리는 지끈지끈 아팠다. 그녀는 문손잡이에 매달려 한참 동안 멈춰 있다가 문을 열고 거실로 갔다.

래리는 거기에 없었다. 주방에 불이 켜져 있어서 그녀는 비틀거리며 그쪽으로 갔다. 래리는 그녀에게 등을 돌리고 주방에 서 있었다. 그녀는 그를 불렀다.

"래리!"

그러나 그녀의 목소리는 천둥소리에 흩어져 버렸다. 그녀가 다시 한 번 부르려고 했을 때, 한 여자가 눈앞에 나타났다. 래리가 말했다.

"위험해! 당신이 여기에 나타나다니……."

노호하는 바람 때문에 그 뒷말은 덮여버렸다.

"……오지 않고는 배길 수가 없었어요. 실수가 없는지 여부를 확인하려고……."

"……함께 있는 것을 들키기라도 하면 모두가……."

"……말했었죠? 당신이 처리하겠다고……."

"……실패했어. 어떻게 할 수가……."

"바로 지금이에요. 그녀가 잠들어 있는 동안에……."

캐서린은 온몸이 저려 와서 꼼짝할 수 없었다. 온몸이 떨리고 뭐라고 설명할 수 없는, 토할 것 같은 충동이 그녀를 짓눌렀다. 악몽은 현실이었다! 그는 정말로 그녀를 죽이려 하고 있었다. 그들에게 들키기 전에, 그들에게 살해되기 전에 도망쳐 나가지 않으면 안 되었다.

온몸을 부들부들 떨면서 그녀는 살그머니 뒷걸음질 치기 시작했다. 스탠드가 몸에 부딪혀 쓰러질 뻔했지만 바닥에 떨어지기 전에 그녀가 그걸 막았다. 심장의 고동소리가 너무 커서 천둥과 빗소리 속에서도 그들에게 들리지나 않을까 하고 그녀는 두려웠다. 그녀는 출입문에 도달해 그것을 살며시 열었다. 바람이 손에서 문짝을 채어갈 뻔했다.

그녀는 밖의 어둠 속으로 나와 문을 재빨리 닫았다. 차갑게 후려치는 비에 금세 흠뻑 젖어버려서 그녀는 얇은 나이트가운밖에 입지 않고 있다는 것을 깨달았다. 하지만 그건 아무래도 좋았다. 문제는 도망치는 일뿐이었다.

세찬 빗속으로 멀리 호텔 로비의 불빛이 보였다. 그곳으로 가서 도움을 청할 수도 있었다. 그러나 그들이 그녀를 믿어줄 것인가. 그녀는 래리가 자신을 죽이려 하고 있다고 말했을 때의 의사 표정을 생각했다. 안 돼, 그들은 그녀가 히스테리를 일으켰다고 생각하고 래리에게 넘겨줄 것이다. 여기서 달아나지 않으면 안 된다.

캐서린은 바위가 울퉁불퉁한 가파른 비탈길 쪽으로 향했다. 호우 때문에 길은 질퍽질퍽 미끄러운 진창이 되어 맨발에 눌어붙었고, 그녀의 발걸음을 지체하게 했다.

몇 번이나 발이 미끄러져 넘어지고, 발바닥은 길바닥의 뾰족한 돌멩이를 밟아 피가 났지만 그녀는 그것을 깨닫지도 못했다. 쇼크 상태에서 그저 기계적으로 움직이고 있었다. 강풍으로 지면에 내동댕이쳐졌다가 다시 일어나 어디를 향해 가고 있는지도 모르는 채 그녀는 시내를 향해 비탈길을 내려갔다. 이제는 비가 내리는 것도 느껴지지 않았다.

길은 갑자기 시가지 변두리의 어둡고 인적이 없는 가로가 되었다. 그녀는 쫓기는 짐승처럼 비틀거리며 걸어갔다. 밤을 찢는 처절한 소리와 무시무시한 섬광에 부들부들 떨면서 무의식적으로 발길을 옮겼다.

그녀는 호수에 도달해 멈춰 서서 수면을 바라보았다. 얇은 나이트가운이 바람에 펄럭거렸다. 고요하던 호수는 악귀처럼 바람에 들끓어 올라 높은 파도가 되어 다른 파도와 서로 세차게 부딪쳤다.

그녀는 무엇을 하러 여기에 왔는지를 생각해내려고 했다. 그리고 불현듯 그것을 깨달았다. 그녀는 빌 프레이저를 만나러 가는 길이었다. 빌은 결혼하기 위해서 아름다운 저택에서 그녀를 기다리고 있었다. 캐서린은 세찬 빗속을 통해 호수 건너쪽의 노란 불빛을 보았다. 빌이 그곳에 기다리고 있었다.

하지만 어떻게 하면 그에게로 갈 수 있을까. 그녀는 아래를 보았다. 계류장에 몇 척의 보트가 묶여 있었는데 광란하는 물결에 휩쓸리며 빙글빙글 맴돌아 밧줄이 끊어질 것 같았다.

캐서린은 어떻게 해야 좋을지를 깨달았다. 그녀는 물가로 달려 내려가

보트로 뛰어올랐다.

가까스로 몸의 균형을 유지하면서 그녀는 기슭에 매어 있는 밧줄을 풀었다. 보트는 곧 기슭을 떠나 갑자기 물결 위로 넘실넘실 춤을 추며 떠올랐고, 그녀는 발이 휘청거리며 쓰러졌다. 간신히 기어가 노를 잡고 그녀는 래리가 노 젓던 방법을 생각해내려고 애썼다.

그러나 래리가 노 젓는 것을 본 적이 없었다. 그건 분명히 빌이었다. 그렇다, 그녀는 빌이 그녀를 태우고 노를 젓던 것을 기억해낼 수 있었다. 둘은 그의 부모를 만나러 가는 길이었다. 그녀는 노를 사용하려고 했지만, 큰 파도가 끊임없이 보트를 흔들어대어 회전시켰다. 두 개의 노는 그녀의 손에서 떨어져나가 물속으로 휩쓸려 들어갔다. 그녀는 멍하니 앉아서 그것이 사라져가는 것을 바라보고 있었다. 보트는 호수 한가운데를 향해 떠밀렸다.

추위로 이가 딱딱 소리를 내며 마주쳤고 몸은 경련하듯 떨리며 멈출 줄을 몰랐다. 발에 뭔가 닿은 것 같아서 내려다보니 보트에 물이 들어와 있었다. 그녀는 소리 내어 울기 시작했다. 웨딩드레스가 젖어들었기 때문이었다. 빌 프레이저가 사준 것이다. 그는 틀림없이 화를 낼 것이다.

그녀는 웨딩드레스를 입고 빌과 함께 교회에 있었다. 빌의 아버지를 닮은 목사가 말했다.

'이 결혼에 이의가 있는 사람이 있으면 말해주십시오. 없으면……'

그때 여자의 목소리가 들렸다.

'지금 곧 그녀가 잠자고 있는 동안에……'

불빛이 꺼지고 캐서린은 다시 동굴 속에 있었다. 래리가 그녀를 짓누르고 여자가 그녀에게 물을 뿌려 익사시키려 하고 있었다.

캐서린은 사방을 둘러보며 빌의 저택의 노란빛을 찾아 헤맸다. 그러나 그것은 사라지고 없었다. 그는 이제 그녀와의 결혼을 원하지 않는 것이다. 그녀에게는 단 한 사람도 편들어줄 사람이 없게 되었다.

기슭은 아득히 멀고, 비바람 속에 숨어버린 채 그녀는 폭풍우가 몰아치는 한밤중에 외톨이가 되어 죽음을 예고하는 마녀의 외침을 듣고 있었다. 거대한 파도가 부딪쳐와서 보트는 나뭇잎처럼 흔들거렸다. 그러나 캐서린은 이제 더 이상 공포를 느끼지 않았다. 그녀의 몸은 차츰 쾌적한 따스함으로 충만되고 비는 부드러운 비로드처럼 살갗에 느껴졌다. 그녀는 어린아이처럼 손을 앞으로 깍지 끼고 소녀 때 외웠던 기도를 읊조렸다.

"이제부터 나는 몸을 누이고 잠들겠습니다…… 주여, 내 영혼을 지켜주소서…… 만약 내가 눈을 뜨지 못하고 영원히 잠들게 되거든…… 주여 내 영혼을 인도해주소서."

그녀는 마침내 모든 것이 잘된 것을 알고 더없는 행복감에 젖어들었다. 그녀는 고향으로 향하고 있었다. 그때 큰 파도가 보트의 후부를 붙잡아 보트는 칠흑의 바닥없는 호수로 천천히 뒤집히기 시작했다.

제3부

The Other Side of Midnight

재판

아테네 : 1947년

23

노엘 페이지와 래리 더글러스의 살인사건의 공판이 시작되기 5분 전, 아테네의 아르사키온 법원 33호실은 방청인으로 넘치고 있었다. 법원은 대학 거리와 스타다 거리에 면한 1구획을 전부 차지한 매우 큰 회색 건물이었다. 30개의 법정 중에 21, 30, 33호 세 곳만이 형사 재판 법정으로 할당되어 있었다.

이 재판에 33호실이 선택된 것은 그 방이 가장 컸기 때문이었다. 33호실의 바깥 복도는 사람들로 메워졌고 회색 제복에 회색 셔츠를 입은 경관이 방청인 정리를 위해서 2개의 출입구에 서 있었다. 복도의 샌드위치 매장은 개점 5분 만에 품절이 되었고, 전화박스 앞에는 사람들이 줄을 지어 늘어서 있었다.

경찰서장인 게오르기오스 스코리는 직접 나서서 경비 지휘를 맡았다. 곳곳에 카메라맨이 있었지만 스코리는 자신이 사진에 찍힌다면 몇 번이라도 기꺼이 나서고 싶었다. 법정의 방청권에는 프리미엄이 붙어 있었다.

몇 주일이나 전부터 그리스 사법계의 노익장들은 친구나 친척으로부터 방청권을 부탁받아 골치를 썩이고 있었다. 방청권을 입수할 수 있는 내부 관계자들은 그것을 다른 것과 물물교환하거나 비싼 값에 팔아넘기는 암표 장사에게 홀리곤 했다.

살인사건 공판이 진행될 실제 무대는 지극히 평범한 곳이었다. 재판소의 2층에 위치한 33호 법정은 수년간에 걸쳐 무수한 법정 논쟁이 벌어진 곰팡이 냄새가 나는 낡은 방이었다. 그곳은 폭 40피트, 길이 30피트 넓이였고 좌석은 6피트의 간격을 두고 3열로 되어 있었으며, 각 열에 9개의 의자가 배열되어 있었다.

법정의 정면에는 반짝반짝 빛나는 6피트의 마호가니 칸막이가 있었고 그 앞의 단상에 세 사람의 판사가 앉을 높은 의자가 놓여 있었다. 중앙의 의자가 재판장의 것으로, 그 위에 걸린 사각의 뿌연 거울에 법정의 일부가 비치고 있었다.

단상 앞에 증인석이 있었다. 그곳은 바닥보다 약간 높게 되어 있었고 서류를 넣는 나무 상자가 달린 증언대가 있었다. 금박을 두른 그 증언대에는 두 사람의 제자를 거느린 십자가 위의 예수상이 그려져 있었다. 구석의 벽 옆에는 배심원석이 있어서 10명의 배심원이 착석해 있었다. 왼쪽 끝은 피고석이며 그 앞에 변호인의 테이블이 있었다.

방의 벽은 회반죽으로 칠해져 있었으며 바닥에는 1층 법정의 닳고 닳은 나무 마루와는 대조적으로 리놀륨이 깔려 있었다. 유리 항아리로 둘러싸인 10여 개의 전등이 천장에 매달려 있었고, 방의 구석에는 구식 난방장치인 연통이 천장까지 이어져 있었다. 방의 한 구획은 보도 기자석으로 로이터, UP, INS, 프랑스 통신, 타스 통신, 그 밖의 특파원이 가득 차 있었다.

살인 사건의 재판 그 자체도 센세이셔널 했지만 등장인물이 너무도 유명한 사람들뿐이었으므로 방청객들은 어디로 눈길을 보내야 할지 알 수 없었다. 그것은 동시에 3개의 서커스를 경연하고 있는 것과도 같은 상황이었다.

　제1열에는 대스타이며 노엘 페이지의 옛 애인이라는 소문이 나도는 필립 소렐이 자리하고 있었다. 그는 카메라를 쳐서 떨어뜨리며 법정으로 들어왔고 기자들에 대해서는 돌과도 같은 침묵을 지켰다. 그는 자기 주위에 눈에 보이지 않는 벽을 쳤고, 쓸쓸히 아무 말도 하지 않고 앉아 있었다.
　소렐의 뒷줄에는 아르망 고티에가 앉아 있었다. 키가 큰 영화감독은 머릿속으로 다음 작품에 대한 구상이라도 하고 있는 듯이 끊임없이 예리하게 실내를 관찰하고 있었다. 고티에 가까이에 유명한 프랑스의 외과의사이며 레지스탕스 영웅인 이스라엘 카츠가 있었다.
　그로부터 두 자리 건너에는 미국 대통령 특별보좌관인 윌리엄 프레이저가 앉아 있었다. 프레이저의 옆자리는 비어 있었는데 콘스탄틴 데미리스가 모습을 나타낼 거라는 소문이 불길처럼 장내에 퍼졌다.
　방청객이 어느 쪽으로 시선을 돌려보더라도 낯익은 얼굴이 있었다. 정치가, 가수, 고명한 조각가, 국제적으로 저명한 작가 등. 하지만 장내에 유명인들이 아무리 득실거린다고 하더라도 최대의 관심사는 중앙의 링이었다.
　피고석 한쪽 끝에 노엘 페이지가 앉아 있었다. 눈부신 외모에 벌꿀색이 감도는 피부는 평상시보다 약간 창백해보였으며, 옷차림은 샤넬의 가게에서 지금 막 나온 것처럼 아름다워 보였다. 노엘에게서는 왕족 같은 분위기가 감돌았고 그 귀족적인 용모가 이제부터 시작되려는 드라마에 관심을 집중시키게 했다. 그만큼 구경꾼들의 흥분을 자극했으며 갈망을 고조시켰다.
　미국의 어떤 주간지는 다음과 같이 기록했다.
　〈그녀의 재판을 보러온 방청객으로부터 노엘 페이지를 향해 밀려드는 감정의 파도는 매우 강렬해서 거의 그것이 눈에 보인다고 생각될 정도였다. 그것은 동정도, 적의도 아닌 크나큰 기대였다. 살인 혐의로 재판을 받는 그녀는 슈퍼우먼이며 사람들을 내려다보는 옥좌 위의 여신이었다.〉

사람들은 그 우상이 자신들의 레벨로까지 끌어내려지고 파괴되는 것을 보려고 그곳에 자리하고 있었다. 법정 내의 분위기는 마리 앙투아네트가 사형인 호송차에 태워져서 처형장으로 향하는 것을 지켜보았던 농민들이 품었던 감정과 유사한 것이었음에 틀림없었다.

노엘 페이지만이 법정극의 유일한 등장인물은 아니었다. 피고석의 다른 쪽 끝에 억누를 수 없는 분노를 품은 래리 더글러스가 있었다. 그의 매력적인 얼굴은 창백했고 몸은 전보다도 야위어 있었지만 그것은 오히려 그의 조각상과도 같은 용모를 돋보이게 하고 있었다. 법정 안의 많은 여자들은 그를 자신의 품안에 안고 어떻게든 위로해주고 싶은 충동을 느꼈다. 체포된 이래로 래리는 전 세계의 수많은 여성들로부터 수백 통의 편지와 많은 선물과 결혼 신청을 받고 있었다.

이 극의 세 번째 스타는 그리스에서 노엘과 같은 정도로 유명한 나폴레옹 초타스였다. 그는 세계에서 가장 우수한 변호사 가운데 한 사람으로 인정받고 있었다. 나폴레옹 초타스는 공금에 손을 댄 정부의 수뇌로부터 현장에서 경찰에 체포된 살인범에 이르기까지 각양각색의 의뢰인을 변호했지만, 큰 사건에서 패소한 적은 한 번도 없었다.

그는 야위고 초췌한 표정이었으며 커다랗고 슬픈 듯한 눈을 빛내면서 방청객들을 바라보고 있었다. 배심원을 향해 말을 걸 때의 그의 말투는 느렸고, 망설이는 듯했으며 자신의 생각을 표현하는 데 고심했다. 때로는 그가 너무도 힘들어하는 것을 보다 못한 배심원이 초타스가 찾고 있는 말을 가르쳐주는 일도 있었다. 그럴 때 그는 진정으로 안도했고 말할 수 없는 감사의 표정을 떠올렸다. 나란히 앉은 배심원들은 그 모습을 보고는 갑자기 그에게 호감을 느꼈다.

법정 밖에서 초타스는 용어와 수사를 자유자재로 구사하는 예리한 논객이었다. 그는 7개 국어를 유창하게 했고, 바쁜 스케줄이 허용하는 한 전 세계의 법률 관계자에게 강연을 하면서 돌아다녔다.

초타스로부터 2, 3피트 떨어진 곳에 래리 더글러스의 변호사인 프레드릭 스타브로스가 앉아 있었다. 전문가들 사이에서는 스타브로스는 보통 재판이라면 상당히 유능함을 발휘할지도 모르지만 이렇게 중요한 사건은 그로서는 감당하기 힘들 거라는 점에서 견해가 일치하고 있었다.

노엘 페이지와 래리 더글러스는 이미 신문지상에서 재판을 받았고, 사람들의 마음속에서도 유죄판결을 받고 있었다.

두 사람의 유죄를 한순간이라도 의심하는 사람은 없었다. 직업 도박꾼들도 30대 1로 피고의 유죄에 걸고 있었다. 따라서 이 재판에는 극도로 불리한 조건 속에서 유럽 최고의 형사담당 변호사가 어떤 마술을 보여주느냐에 흥미가 더해져 있었다.

콘스탄틴 데미리스를 배신하고, 세상의 웃음거리로 만든 여자인 노엘 페이지를 초타스가 변호하게 되었다는 사실이 발표되었을 때, 그 뉴스는 세상을 깜짝 놀라게 했다. 초타스도 강력하다고는 하지만 콘스탄틴 데미리스는 그보다 100배나 강력했다. 도대체 무엇이 초타스를 움직이게 해서 콘스탄틴 데미리스에게 대항할 마음이 들게 했는지 누구도 상상할 수 없었다. 진실은 떠도는 기묘한 소문보다도 더욱 흥미로운 것이다.

초타스는 데미리스 자신의 의뢰를 받아서 노엘 페이지의 변호를 수락했던 것이다.

재판 개시 예정일 3개월 전에 세인트 니코데모스 거리에 있는 교도소 노엘의 감방에 소장이 직접 찾아와서 콘스탄틴 데미리스가 면회 허가를 신청했다고 알렸다. 노엘은 데미리스로부터의 연락을 내심 기다리고 있던 참이었다. 그녀가 체포된 이래로 그로부터는 아무런 소식도 없는 채 기분 나쁜 침묵이 계속되고 있었던 것이다.

데미리스와 함께 생활해왔던 노엘은 그의 자존심이 얼마나 강하며 어떠한 사소한 굴욕에 대해서도 얼마나 철저하게 복수하는지를 충분히 알고 있었다. 노엘은 지금까지 누구도 감히 주지 않았던 굴욕을 그에게 안겨주었다. 그는 가공할 만한 보복을 행하기에 충분하고도 남는 힘을 가지고 있었다.

단 한 가지 문제는 어떤 수법으로 그것을 실행하느냐였다. 데미리스는 배심원이나 판사를 매수하는 평범한 방법에는 눈길조차 주지 않을 것이라고 노엘은 믿고 있었다. 그는 치밀하게 계산된 마카아벨리적 방법으로 복수하지 않으면 결코 만족하지 않을 것이라고 생각했다.

노엘은 매일 밤 감방의 침대에서 잠을 못 이루며 자신을 데미리스의 입장에 놓고, 아마도 그가 고려했으리라고 생각되는 전술을 차례로 생각했다가는 버리며 완전한 전술을 찾아 헤맸다. 그것은 데미리스와 머리로 겨루는 체스를 하고 있는 것 같았다. 다만 다른 것은 그녀와 래리의 생과 사가 달려 있다는 점이었다.

데미리스는 그녀와 래리를 파멸시키고자 할 것이다. 하지만 노엘은 누구보다도 데미리스의 미묘한 마음을 잘 알고 있었다. 그가 두 사람 중 한쪽만을 제거하고 다른 한쪽은 살려놓고서 괴롭히는 경우도 생각할 수 있었다.

만약 데미리스가 두 사람 모두 사형시키려고 획책한다면 복수는 이룰 수 있지만, 그것은 너무도 쉽게 끝난다—복수의 쾌감을 맛볼 씨앗이 남지 않게 된다. 노엘은 세심하게 모든 가능성, 이 게임의 모든 가능한 국면을 검토해보았다. 그리고 데미리스는 래리를 없애고 그녀를 형무소에 남겨두거나 그의 감시 하에 두거나 하는 식으로 그녀를 살려두려는 것이 아닐까 생각했다. 그것이 그의 보복을 끝없이 연장시키는 가장 확실한 방법인 것이다. 우선 노엘은 사랑하는 남자를 잃어버린 괴로움을 견뎌야 할 것이다. 이어서 그녀는 데미리스가 그녀의 미래에 거는 어떠한 교묘한 고문에도 견뎌야만 할 것이다.

데미리스가 보복으로부터 얻는 쾌락 중 하나는, 그녀에게 철저하게 절망을 맛보게 하는 일이었다. 그러므로 교도소장이 그녀의 감방으로 와서 콘스탄틴 데미리스가 면회를 요청했다고 알려도 노엘은 조금도 놀라지 않았다.

노엘이 먼저 도착해 있었다. 그녀는 교도소장의 방으로 안내되었고, 혼자 남겨졌다. 그곳에는 데미리스를 만나기 전에 몸치장을 시키기 위해서 그녀의 하녀가 가져다 놓은 화장도구가 놓여 있었다. 노엘은 탁자 위에 놓인 화장도구에는 눈길조차 보내지 않고 창가로 걸어가서 바깥을 내다보았다. 그것은 기소 절차를 밟던 날에 니코데모스 교도소에서 아르사키온 법원으로 호송되었을 때 힐끗 보았던 것을 제외한다면 3개월 만에 보는 바깥세상의 풍경이었다.

그녀는 쇠창살이 쳐진 호송차에 태워져 법원으로 이송되었고, 지하실로 인도되었으며 그녀와 간수는 철조망이 쳐진 좁은 엘리베이터를 타고 이층으로 올라갔다. 기소 절차는 그곳에서 진행되었고, 그녀는 또다시 교도소로 송환되었다.

지금 노엘은 창가에 서서 창밖의 대학 거리에 눈길을 주고 있었다. 남자나 여자나 어린이들이 가족이 기다리는 집으로 서둘러 가고 있었다. 태어나서 처음으로 노엘은 두려움을 느꼈다. 그녀는 자신이 무죄로 출소할 수 있을지도 모른다는 환상을 품고 있지는 않았다.

그녀는 신문을 읽은 결과 이번 재판이 재판 이상의 것으로 발전되려 하고 있음을 알고 있었다. 재판은 격노한 사회의 양심을 만족시키기 위해서 그녀와 래리를 희생양으로 바치는 살육의 터가 되려 하고 있었다. 그리스인은 결혼의 신성함을 함부로 침해했기 때문에 그녀를 미워했고, 아름답고 젊고 부유하기 때문에 그녀를 질투했으며, 그들의 감정을 무시하고 있다고 느꼈기 때문에 그녀를 경멸했다.

지금까지 노엘은 생에 대해서 그다지 생각해본 적이 없었다. 그녀에게 있어 시간은 영원히 계속되는 것처럼 무감각하게 흘러가고 있었다. 그러나 지금 그녀의 내부에서 뭔가 변하고 있었다. 절박한 죽음의 그림자가 노엘에게 자신이 얼마나 삶을 원하고 있는가를 처음으로 깨닫게 했다. 그녀의 마음속에서 공포가 암세포처럼 계속해서 성장하고 있었다. 그녀는 만약 가능하다면 목숨과 바꿔서라도 거래에 응해도 좋다는 심정이었다. 데미리스가 온갖 수단을 다 동원해서 그녀의 생활을 견디기 어려운 것으로 만들리라는 사실은 알고 있었지만 그때가 되면 그것에 직면해서 그의 의표를 찌를 방법을 발견하리라 그녀는 생각했다.

그녀는 살아남기 위해서 그의 도움이 필요했다. 그녀에게는 유리한 점이 하나 있었다. 그녀는 지금까지 죽음이라는 것을 가볍게 생각해왔다. 그러므로 그녀가 지금 생명을 얼마나 소중하게 여기고 있느냐 하는 것을 데미리스는 모르고 있었다. 만약 그가 그것을 안다면 그녀를 죽음으로 몰고 갈 것이 확실했다.

데미리스는 이 몇 개월간, 어떤 계략의 그물을 짜고 있었을까를 생각했다. 그 순간 문이 열리는 소리가 들렸다. 그녀가 뒤돌아보자 데미리스가 문가에 서 있었다. 깜짝 놀라서 그를 본 순간 노엘은 아무것도 두려워할 필요가 없음을 깨달았다.

콘스탄틴 데미리스는 노엘이 마지막으로 만난 뒤로 2, 3개월 동안에 10년이나 나이를 먹은 것처럼 보였다. 여위고 초췌해서 옷이 헐렁해보였다. 하지만 그녀의 주의를 끈 것은 그의 눈이었다. 그것은 지옥의 고통을 겪은 사람의 눈길이었다. 데미리스의 내부에 있었던 힘의 정수, 힘차고 압도적인 활력의 핵은 상실되어버리고 없었다. 마치 전기의 스위치가 끊어진 것과도 같이 이전에는 찬란하게 빛나던 것이 사라져버리고 창백한 여광만이 남아 있을 뿐이었다. 그는 고통으로 가득 찬 눈길로 그녀를 응시하며 서 있었다.

아주 짧은 순간, 노엘은 그것이 어떤 트릭, 계략의 일부가 아닌가 의심했다. 하지만 어떤 명배우라도 그런 연기를 할 수는 없다는 생각이 들었다. 긴 침묵을 깬 것은 노엘이었다.

"미안해요, 코스타."

그러자 데미리스는 천천히 고개를 끄덕였다. 마치 그 동작에 노력이 필요한 것 같았다.

"나는 당신을 죽이고 싶다고 생각했어. 당신을 죽일 온갖 방법을 생각했지."

그는 울적한 목소리로 말했다. 노인의 목소리였다.

"왜 죽이지 않았죠?"

그는 조용히 대답했다.

"당신이 먼저 나를 죽여버렸기 때문이야. 난 지금까지 어느 누구도 필요하지 않았어. 지금까지 진정으로 괴로워했던 일은 없었다고 생각해."

"코스타……."

"아니, 내 말을 끝까지 들어. 나는 관대한 인간이 아니야. 당신 없이 살아갈 수만 있다면 그렇게 할 거야. 하지만 그렇게 할 수가 없어. 나는 더이상 견딜 수가 없어. 돌아와 주길 바라, 노엘!"

그녀는 마음속의 느낌을 겉으로 나타내지 않으려고 노력했다.

"그건 이제 제 마음대로는 되지 않는 일이 아닐까요?"

"만약 내 힘으로 당신을 석방시킬 수 있다면 돌아와 주겠나? 영원히?"

'영원히 그와 살겠어.'

수만 가지 영상이 노엘의 마음에 떠올랐다. 래리와 또다시 만날 수도, 그와의 스킨십도, 그를 껴안을 수도 없을 것이다. 노엘에게 선택의 여지는 없었다. 설령 있다 하더라도 살아 있는 쪽이 좋다. 살아 있는 한 항상 기회는 있는 것이다. 그녀는 데미리스를 올려다보았다.

"돌아가겠어요, 코스타."

데미리스는 감정에 요동치는 얼굴로 그녀를 응시했다. 입을 열었을 때 그의 목소리는 갈라져 있었다.

"고마워. 서로 과거는 잊자고. 지나가버린 일은 어쩔 수 없잖아."

그의 목소리는 밝아졌다.

"내 관심은 미래에 있어. 난 당신을 위해 변호사를 고용할 생각이야."

"누구를요?"

"나폴레옹 초타스."

그 순간, 노엘은 체스 게임에서 자신이 이겼다는 것을 확실하게 알았다. 장군! 하고 외치는 외통수였다.

지금 나폴레옹 초타스는 변호인석에 앉아서 이제부터 시작되려고 하는 전투에 관해서 골똘히 생각하고 있었다. 초타스는 재판이 아테네에서가 아니라 이오아니나에서 열리는 편이 훨씬 유리하다고 생각했지만 그것은 불가능한 주문이었다. 그리스의 법률에 의하면 범죄가 일어난 지역에서 재판을 진행하는 일은 불가능했다.

초타스는 노엘 페이지가 유죄라는 것에 조금도 의심을 가지고 있지 않았지만 그것은 그에게 있어서 중요하지 않았다. 그도 세상의 모든 변호사와 마찬가지로 의뢰인이 유죄냐 무죄냐는 아무래도 상관없는 일이라고 생각하고 있었다. 모든 사람이 공정한 재판을 받을 자격을 가지고 있는 것이다.

그러나 지금 시작하려는 재판은 보통 사건과는 달랐다. 긴 변호사 생활 중에서 처음으로 초타스는 의뢰인에 대해서 개인적인 관심을 갖게 되었다. 그는 노엘 페이지를 사랑하고 있었다.

초타스는 콘스탄틴 데미리스의 의뢰로 그녀를 만나러 갔다. 그는 노엘 페이지에 관해서는 소문으로 알고 있었지만 실제로 본인과 대면할 마음의 준비는 전혀 하고 있지 않았다. 그녀는 사교적인 방문인 것처럼 그를 맞이했다.

노엘은 불안도 공포도 나타내지 않았다. 처음에 초타스는 그것은 그녀가 자신의 절망적인 상황을 실감하지 못하고 있기 때문이라고 생각했다. 그렇지만 사실은 그 반대라는 것을 알게 되었다. 노엘은 그가 그때까지 만난 가장 지적이고 가장 매력 있는 여성이며 누가 봐도 가장 아름다운 여성이었다.

보기보다 여성에 대한 높은 감식안을 가지고 있는 초타스는 노엘의 특수한 자질을 간파했다. 그는 그저 앉아서 그녀와 얘기하는 것만으로도 즐거웠다. 두 사람은 법률, 예술, 범죄, 역사 등에 관해서 대화를 나누었는데, 노엘이라는 존재는 그에게 처음부터 끝까지 놀라움의 연속이었다.

그는 노엘과 콘스탄틴 데미리스의 관계는 충분히 이해할 수 있었지만 그녀가 래리 더글러스에게 열중하고 있는 점은 납득이 가질 않았다. 그는 그녀 쪽이 더글러스보다도 훨씬 뛰어나다고 느꼈지만 사람에게는 아마도 균형이 맞지 않는 상대를 좋아하게 되는 불가사의한 화학작용 같은 것이 있는 것이라고 생각했다. 우수한 학자가 머리가 텅 빈 금발 아가씨와, 대작가가 멍청한 여배우와, 총명한 정치가가 타락한 여자와 결혼하는 것은 흔히 있는 일이다.

초타스는 데미리스와의 회견을 상기했다. 두 사람은 훨씬 이전부터 사교적으로는 서로를 알고 있었다. 하지만 초타스의 법률사무소에서 그의 일을 맡았던 경우는 한 번도 없었다. 그런데 데미리스가 초타스를 바르키자에 있는 자신의 저택으로 초청했다. 그리고 단도직입적으로 말했다.

"아실지 모르지만, 나는 이 재판에 큰 관심을 가지고 있소. 미스 페이지는 내 생애에 다시 없을, 내가 진정으로 사랑하는 여성이오."

그는 말했다.

두 사람은 6시간 동안이나 대화를 나누면서 재판의 모든 국면, 생각할 수 있는 모든 전략을 검토했다. 그리고 노엘의 무죄를 주장하기로 결정했다. 그리고 계약은 성립되었다. 그것은 노엘의 변호료로서 나폴레옹 초타스에게 통상 변호료의 2배가 지불될 것, 그의 법률사무소가 콘스탄틴 데미리스의 거대한 기업의 주요한 법률고문이 되는 것이었다. 그것은 몇 백만 달러에 상당하는 보수였다.

"어떤 방법이라도 개의치 않겠소. 아무튼 틀림없이 해주기 바라오."

데미리스는 마지막으로 강한 어조로 말했다.

초타스는 거래를 수락했다. 그러나 아이러니하게도 그는 노엘 페이지를 사랑하게 되고 말았던 것이다. 그는 언제나 애인은 있었지만 독신을 고수해왔다. 이제 결혼하고 싶다고 느껴지는 여자를 발견했는데 그 여자는 손이 미치지 않는 존재였다. 그는 지금 피고석에 앉아 있는, 매우 침착하고 아름다운 노엘을 바라보았다. 깔끔한 울의 검정색 옷에 아무 장식도 없는 흰 블라우스를 받쳐 입고 있었는데, 그녀는 마치 동화 속에 나오는 공주 같았다.

노엘은 몸을 돌렸고 초타스가 바라보고 있는 것을 깨닫고는 상냥하게 미소를 보냈다. 그도 미소로 응했으나 그의 마음은 이미 코앞의 일에 향해 있었다. 서기가 개정을 알렸다.

방청인이 기립했고 법복을 입은 두 사람의 판사가 입정해 자리에 앉았다. 재판장을 맡은 세 번째 판사가 이어서 입정했고 가운데 의자에 앉았다. 그는 소리를 높여 말했다.

"개정!"

재판은 시작되었다.

특별검찰관인 페타 데모니데스는 불안해하면서 모두 진술을 위해 일어섰다. 데모니데스는 노련하고 유능한 검찰관이었는데 나폴레옹 초타스와는 몇 번이나 법정에서 상대한 적이 있었다. 결과는 언제나 마찬가지였다. 능구렁이에게는 도저히 당해낼 도리가 없었다.

대개의 경우 변호인은 상대측 증인을 위협하게 되지만 초타스는 증인들을 회유했다. 그는 그들을 길들였고 극구 칭찬했다. 그러고는 반대 심문이 끝날 무렵에는 증인은 도처에서 자기모순을 일으켜 결과적으로 초타스를 돕게 되고 마는 것이었다. 그는 확실한 증언을 추측으로, 추측을 환상으로 바꿔버리는 기술을 터득하고 있었다.

초타스는 데모니데스가 지금까지 만난 가장 뛰어난 법률가이며 가장 박식한 법률 지식을 가진 변호사였다. 하지만 그것이 그의 힘은 아니었다. 그의 힘은 인간을 알고 있다는 점에 있었다. 언젠가 신문기자가 초타스에게 어떻게 그렇게 깊이 인간성을 파악하게 되었느냐고 물은 적이 있었다.

"인간성 같은 것은 나는 모릅니다. 나는 인간에 대해서 알고 있을 뿐이지요."

초타스는 대답했다. 이 말은 세간에서 널리 인용되었다.

여러 가지 요인이 복합되어 화려함과 큰 관심을 몰고 온 살인사건이라는 센세이셔널한 성격을 띤 이 재판은 초타스에게 있어서 안성맞춤이었다. 데모니데스는 단 한 가지 확신하고 있는 것이 있었다. 그것은 나폴레옹 초타스는 이 재판에서 이기기 위해서 무슨 일이든 불사할 것이라는 점이었다. 하지만 그것은 데모니데스도 마찬가지였다.

그는 피고에 대해서 유력한 증거를 갖고 있었다. 초타스가 배심원들에게 마법을 걸어서 증거를 놓치게 할 수 있다 하더라도 세 사람의 판사의 눈을 흐리게 할 수는 없을 것이다. 특별검찰관인 페타 데모니데스는 불안감을 품으면서도 결연한 태도로 모두 진술을 시작했다.

솜씨 좋고 명쾌한 방법으로 데모니데스는 두 피고에 대한 검찰 측의 기소내용을 개진했다. 그리스의 법률에서는 10명으로 이루어진 배심원의 대표는 변호사다. 그래서 데모니데스는 법률적인 논점을 배심원들을 향해 설명했다.

"본 재판이 끝날 때까지 검찰 측은, 두 피고는 캐서린 더글러스가 그들의 계획의 방해자라는 이유로 공모해 잔혹하게도 그녀를 살해한 사실을 입증하겠습니다. 그녀의 유일한 잘못은 자신의 남편을 사랑했다는 것입니다. 그렇기 때문에 그녀는 살해되었습니다. 두 피고는 살인 현장에 있었던 사실이 인정되고 있습니다. 살인의 동기와 기회가 있었던 것도 그들뿐입니다. 우리는 조금의 의심도 없이 그러한 사실을 입증하고……."

데모니데스는 간결하게 요점만을 진술했다. 다음은 피고 측 변호인의 순서였다.

법정의 방청인은 나폴레옹 초타스가 서툰 손놀림으로 서류를 정리하며 진술 준비를 하고 있는 것을 지켜보았다. 그는 천천히 배심원들 쪽으로 다가갔다. 그의 태도는 법정 내의 공기에 압도된 채 머뭇거리며 거북스러워하는 것 같았다.

그를 지켜보고 있던 윌리엄 프레이저는 그 비할 데 없는 교활함에 혀를 내두르지 않을 수 없었다. 만약 영국 대사관의 파티에서 초타스와 동석한 경험이 없었더라면 프레이저도 이 사나이의 태도에 속아 넘어가버렸을 것이다. 그는 배심원들이 나폴레옹 초타스의 입에서 조용히 흘러나오는 말을 한 마디도 놓치지 않으려고 몸을 앞으로 수그리고 있는 것을 보았다. 초타스는 배심원들을 향해 말했다.

"재판에 회부된 이 여성은 살인 때문에 재판을 받고 있는 것이 아닙니다. 살인은 존재하지 않았습니다. 만약 살인이 저질러졌다면 우리의 현명하신 검찰관은 희생자의 시신을 우리 앞에 분명히 제시했을 거라고 확신합니다. 그런데 그렇지가 않았습니다. 따라서 시신은 없었다고 추정하지 않을 수 없습니다. 따라서 살인도 없었습니다."

그는 거기서 잠시 말을 끊고 뒤통수를 긁으면서 어디까지 말했는지를 생각하는 듯 바닥으로 눈길을 떨어뜨렸다. 그러고는 고개를 끄덕이고 다시 고개를 들어 배심원석을 응시했다.

"그렇습니다, 여러분. 이 재판은 살인 사건의 재판은 아닙니다. 내 의뢰인은 다른 법률, 다른 여인의 남편과 정을 통해서는 안 된다는 불문율을 깨뜨렸기 때문에 재판을 받고 있는 것입니다. 언론에서는 이미 그녀에게 유죄판결을 내렸고 일반인들도 그녀를 유죄라고 인정해 그녀에 대한 처벌을 요구하고 있습니다."

초타스는 또다시 말을 끊고 커다란 흰 수건을 꺼냈다. 그것이 주머니에 들어 있다는 것이 이상해서 견딜 수 없다는 듯이 잠시 동안 바라보더니 이윽고 천천히 코를 닦고 원래 주머니에 다시 넣었다.

"좋습니다. 만약 그녀가 법률을 어겼다면 처벌을 해야 마땅합니다. 하지만 살인 혐의로 벌할 수는 없습니다. 범하지도 않은 살인 때문에 벌할 수는 없습니다. 노엘 페이지의 죄……."

그는 잠시 뜸을 들였다.

"매우 저명한 인물의 애인이었다는 사실입니다. 그분의 이름은 밝히지 않겠습니다. 하지만 꼭 아시고 싶으신 분은 어느 신문이라도 좋습니다. 제1면을 보시면 아시게 될 것입니다."

방청인 사이에서 웃음이 일었다.

오귀스트 랑숑은 몸을 돌려서 방청인들을 노려보았다. 그의 돼지 눈 같은 작은 눈은 분노로 이글거리고 있었다. 감히 나의 노엘을 비웃다니 이 무슨 일인가! 데미리스는 그녀에게 있어서는 아무것도 아니다. 여자가 언제까지나 영원히 가슴에 품고 있는 것은 처녀를 바친 남자의 모습인 것이다.

마르세유의 뚱뚱한 의상실 주인은 아직 노엘과 직접 만날 수는 없었다. 하지만 그는 거금을 지불하고 방청권을 손에 넣었다. 매일 사랑하는 노엘을 볼 수 있을 것이다. 그녀가 석방되면 랑숑은 그녀의 일생을 떠맡을 작정이었다. 그는 변호인 쪽으로 주의를 돌렸다.

"검찰 측은 두 피고, 미스 페이지와 미스터 로렌스 더글러스가 결혼을 하기 위해서 더글러스의 아내를 살해했다고 주장했습니다. 그들을 보십시오."

초타스는 노엘 페이지와 래리 더글러스 쪽을 향했다. 법정 안의 모든 눈이 그들 쪽으로 쏠렸다.

"그들은 서로 사랑하는 사이일까요? 그럴지도 모릅니다. 하지만 그렇다고 해서 그들이 곧 공모자, 음모자, 살인자라고 단정할 수 있을까요? 천만에요, 만약 본 건에 있어서 희생자가 있다고 한다면 그것은 지금 여러분의 눈앞에 있는 그들입니다. 저는 모든 증거를 매우 신중하게 검토한 결과, 이 두 사람은 무죄라는 확신을 가지기에 이르렀습니다. 여러분도 그것을 납득하게 만들 생각입니다. 배심원 여러분에게 분명히 말씀드리지만 저는 로렌스 더글러스의 변호인은 아닙니다. 그에게는 매우 유능한 그 자신의 변호인이 있습니다. 하지만 검찰관은 이곳에 앉아 있는 두 사람은 공범자이며 공동으로 모의를 하여 살인을 저질렀다고 주장하고 있습니다. 따라서 한쪽이 유죄라면 쌍방 모두 유죄입니다. 하지만 저는 두 사람 모두 무죄라고 말씀드리겠습니다. 피해자의 시체가 없는 한, 저의 생각은 결코 변하지 않을 것입니다. 그런 시체는 없습니다."

초타스의 목소리는 점차로 분노의 빛을 띠기 시작했다.

"이것은 픽션입니다. 내 의뢰인은 여러분과 마찬가지로 캐서린 더글러스가 죽었는지 살았는지조차 모르고 있습니다. 그녀가 어떻게 알겠습니까? 그녀는 캐서린 더글러스와 단 한 번도 만난 적이 없습니다. 하물며 살해 따위는 상상조차 못할 일입니다. 전혀 본 일도 없는 사람을 죽였다고 기소당하는 가공할만한 사실을 생각해보십시오. 더글러스 부인의 신상에 일어난 일에 관해서는 여러 가지 견해가 있습니다. 그녀가 살해당했다는 설도 그중 하나입니다. 하지만 그저 하나의 견해에 불과합니다. 가장 유력한 설은 그녀가 자신의 남편과 미스 페이지가 사귀고 있다는 것을 우연히 알게 되어 상심 때문에… 공포 때문이 아닙니다. 여러분, 상심 때문에 도망쳤다는 것입니다. 이처럼 단순한 문제에 불과합니다. 그 때문에 결백한 여성과 결백한 남성을 벌할 수는 없습니다."

래리 더글러스의 변호인인 프레드릭 스타브로스는 내심 안도하여 한숨을 토했다. 그의 마음에 따라다니던 악몽은 노엘 페이지만 무죄가 되고 그의 의뢰인은 유죄가 되는 것이었다. 만일 일이 그렇게 된다면 그는 법조계의 웃음거리가 될 것이다. 스타브로스는 나폴레옹 초타스의 명성에 편승할 기회를 노리고 있었지만, 지금 초타스 자신이 그를 끌어올려주었던 것이다.

초타스가 지금 했던 것처럼 두 피고를 연결시킴으로써 노엘에 대한 변호는 스타브로스의 의뢰인에 대한 변호가 되었다. 이 재판에서 이기는 것은 프레드릭 스타브로스의 미래를 완전히 바꾸는 것이며, 그의 모든 소원을 성취하는 것이다. 그의 가슴은 대선배에 대한 따뜻한 감사의 마음으로 가득했다.

스타브로스는 배심원들이 초타스의 한 마디, 한 마디를 놓치지 않으려고 귀를 기울이고 있는 것을 만족스러운 듯이 바라보았다.

"그녀는 물질적인 것에 관심을 가지는 여성이 아닙니다. 그녀는 자신이 사랑하는 남자에게 한 치의 주저함도 없이 모든 것을 바치는 여성입니다. 이것은 결코 음모를 꾸미는 살인자의 성격이라고는 할 수 없습니다."

초타스는 칭찬을 담아서 말했다.

초타스의 진술이 진행됨에 따라서 배심원들의 감정은 눈에 보이는 조류처럼 변했고, 노엘 페이지에 대한 동정과 이해를 깊게 만들었다. 초타스는 모든 사치와 특권을 그녀에게 부여했고 마지막에는 아주 짧은 기간 알았을 뿐인 젊고 무일푼인 파일럿에게 그녀의 사랑을 빼앗긴 세계 굴지의 대실력자, 대부호의 애인인 아름다운 여자의 인간상을 서서히, 그리고 교묘하게 조립해갔다.

초타스는 음악의 거장처럼 배심원의 감정에 호소했고, 그들을 웃게 만들었으며 눈물이 고이게 했고, 시종 그들의 주의를 붙들어 매놓고 놓아주지 않았다. 진술을 마치자 그는 다리를 끌듯 하며 긴 테이블로 돌아갔고 어정쩡한 모습으로 의자에 앉았다. 방청인들은 갈채를 보내고 싶었지만 간신히 참는 것 같았다.

래리 더글러스는 피고석에서 초타스가 자신을 변호하는 것을 들으며 분노로 불타고 있었다. 그는 아무에게도 변호를 받을 필요가 없었다. 그는 나쁜 일은 전혀 하지 않았다. 재판은 모두 말도 안 되는 엉터리였다. 만약 누군가에게 죄가 있다고 한다면 그것은 바로 노엘의 죄였다. 모든 것은 그녀의 생각이었던 것이다.

지금 래리는 아름답고 침착하기 짝이 없는 그녀를 바라보았다. 하지만 그는 이제 들끓는 욕망을 느끼지 않았다. 정열의 기억과 희미한 감정의 잔영이 있을 뿐이었으며 그녀를 위해서 자신의 목숨까지 걸었던 것이 이상해서 견딜 수가 없었다.

래리는 기자석으로 시선을 던졌다. 매력적인 20대 여기자가 조용히 그를 응시하고 있었다. 그는 살짝 웃었다. 그녀의 얼굴이 순간적으로 빛나는 것을 그는 보았다.

페타 데모니데스가 증인을 심문했다.

"당신의 이름을 말해주십시오."

"알렉시스 미노스입니다."

"직업은?"

"변호사입니다."

"미노스 씨, 피고석에 있는 두 피고를 보고 두 사람 중에서 어느 쪽을 전에 만난 일이 있는지 말씀해주십시오."

"있습니다, 한 사람."

"어느 쪽입니까?"

"남잡니다."

"로렌스 더글러스 씨군요."

"그렇습니다."

"어떤 상황에서 더글러스 씨를 만났습니까?"

"6개월 전에 그가 내 사무실로 찾아왔었습니다."

"그가 당신에게 어떤 일을 부탁했는지 말씀해주십시오."

"이혼 수속을 해달라고 했습니다."

"그가 그 건을 당신에게 의뢰했습니까?"

"아뇨, 그로부터 사정을 듣고 나서 저는 그리스에서는 그가 이혼하는 것이 불가능할 거라고 말했습니다."

"그 사정이란 어떤 거죠?"

"우선 첫 번째로 그는 세상의 소문거리가 되어서는 곤란하다, 두 번째로는 그의 아내가 이혼을 거부하고 있다고 말했습니다."

"즉 그는 아내에게 이혼을 요구했지만, 그녀는 그것을 거절했다는 말씀이군요?"

"그에게서 들은 바로는 그렇습니다."

"그리고 당신은 그를 도울 수가 없다고 설명했군요. 아내가 이혼에 동의하지 않으면 이혼은 곤란하거나 또는 불가능하다, 그리고 아마도 소문이 날 것이라고 설명했군요?"

"바로 그렇습니다."

"따라서 비상수단을 취하지 않는 한 피고는 어떻게 할 수도……."

"이의 있습니다!"

"이의를 인정합니다."

"저의 심문은 이상입니다."

나폴레옹 초타스는 한숨을 쉬며 의자에서 유유히 일어서서 천천히 증인 쪽으로 다가갔다. 페타 데모니데스는 별로 걱정하지 않았다. 미노스는 변호사이며 충분한 경험을 쌓고 있으므로 초타스의 법정 변론의 트릭에 걸려들 리가 없었다.

"당신은 변호사죠? 미노스 씨."

"그렇습니다."

"뛰어난 변호사라고 생각합니다. 지금까지 만나지 않았던 것이 이상하군요. 저의 법률사무소에서는 다방면의 일을 하고 있습니다. 아마도 법인 관계 소송에서 저의 동료와 만난 일이 있다고 생각하는데요?"

"아뇨, 저는 법인 관계 일은 하지 않고 있습니다."

"실례했습니다. 그렇다면 세금 문제나 다른 것으로."

"세금 문제는 취급하지 않습니다."

"그렇군요."

초타스는 곤혹스러운 표정을 보였고 멍청한 짓이라도 한 것처럼 침착성을 잃은 듯한 태도가 되었다.

"증권 관계는?"

"하지 않습니다."

미노스는 초타스가 곤혹스러워하는 것을 재미있어하기 시작했다. 그의 얼굴에는 뽐내는 표정이 역력했다. 페타 데모니데스는 마음에 걸리기 시작했다. 나폴레옹 초타스가 바로 일격을 가하려는 중인들의 얼굴에 저런 표정이 나타나는 것을 그는 몇 번이나 보았던가.

초타스는 당황한 듯이 머리를 긁적였다.

"항복했습니다. 당신은 어떤 분야가 전문입니까?"

그는 시원스럽게 말했다.

"이혼 문젭니다."

그 대답은 상대방에게 깊이 박히는 예리한 화살이었다. 슬픈 듯한 표정이 초타스의 얼굴에 나타났다. 그는 고개를 저었다.

"내 좋은 친구인 데모니데스 씨가 이 법정에 이런 전문가를 데리고 오는 것을 예견해야 했습니다."

"아닙니다. 과찬의 말씀."

알렉시스 미노스는 이제 자신만만함을 숨기려 하지도 않았다. 초타스를 납작하게 만들 수 있는 증인은 거의 없었다. 미노스는 이미 마음속으로 이 과정을 그날 밤 클럽에서 어떤 식으로 각색해서 자랑할까를 생각하고 있었다.

"저는 이혼 문제를 취급한 일은 한 번도 없습니다. 그러므로 당신에게 배워야만 하겠군요."

초타스는 난처해졌다는 듯한 말투로 자백했다. 노변호사는 완전히 항복했다. 미노스가 예상하던 것보다도 훨씬 재미있는 이야기가 될 것 같았다.

"필시 당신은 몹시 바쁘실 거라고 생각됩니다."

초타스는 말했다.

"손에 가득 이혼 상담 건수를 가지고 있죠? 손에 가득……"

나폴레옹 초타스는 솔직하고도 찬탄어린 어조로 말했다.

"때로는 그 이상일 때도 있죠."

페타 데모니데스는 눈앞의 상황을 똑바로 쳐다볼 수가 없어서 시선을 바닥으로 향했다. 초타스의 목소리는 존경한다는 빛을 띠기 시작했다.

"저는 개인적인 일을 탐문할 생각은 없습니다. 하지만 직업적인 호기심으로 묻는 건데요, 1년에 몇 명 정도가 당신에게 의뢰합니까?"

"글쎄요, 확실하게는 모릅니다."

"자, 사양하지 마시고 대충 가르쳐주시죠."

"250명 정도일 겁니다. 대략적이긴 하지만요."

"1년에 250건의 이혼! 서류만도 상당하겠군요."

"실제로 250건의 이혼이 있는 것은 아닙니다."

초타스는 당혹해하면서 턱을 쓰다듬었다.

"뭐라고요?"

"전부가 이혼은 아니에요."

초타스는 의아스럽다는 표정을 지었다.

"당신은 이혼문제만을 취급한다고 말씀하시지 않았습니까?"

"그렇습니다. 하지만……."

미노스는 망설였다.

"하지만 뭡니까?"

초타스는 곤혹해하면서 물었다.

"그건, 그들 전부가 이혼하는 것은 아니라는 뜻입니다."

"하지만 이혼을 하기 위해서 당신을 방문하는 것이 아닙니까?"

"그렇습니다. 하지만 개중에는……. 어떤 이유로 생각이 바뀌는 사람
도 있죠."

초타스는 즉시 알겠다는 듯이 고개를 끄덕였다.

"그렇군요. 화해하든가 그런 종류의 일이 있다는 말씀이군요?"

"바로 그렇습니다."

미노스는 대답했다.

"그렇다면 당신의 말에 의하면, 저, 뭐랄까요… 10퍼센트 정도는 이혼
수속을 하지 않아도 된다는 것이군요?"

미노스는 불안한 듯이 자세를 고쳐 앉았다.

"그 비율은 좀 더 높습니다."

"얼마나 높습니까? 15퍼센트입니까? 20퍼센트입니까?"

"40퍼센트에 가깝습니다."

나폴레옹 초타스는 깜짝 놀라서 그를 응시했다.

"미노스 씨, 당신을 방문하는 사람들의 절반 가까이가 이혼을 취소한
다고 말씀하시는 건가요?"

"그렇습니다."

미노스의 이마에 작은 땀방울이 맺히기 시작했다. 그는 페타 데모니데스 쪽을 돌아다보았지만 데모니데스는 갈라진 마루로 시선을 떨어뜨린 채였다.

"그것은 당신의 수완을 신뢰하지 않기 때문은 아니라고 믿습니까?"

초타스는 말했다.

"물론입니다. 그들은 종종 별것도 아닌 충동에 사로잡혀서 나에게 찾아옵니다. 남편이든 아내든 부부싸움을 하고 서로가 미워하고 있다고 생각하고는 이혼하고 싶다고 생각하지만 대화를 나누다보면 대부분의 사람들은 생각을 고치죠."

미노스는 수세에 몰려서 말했다. 그는 자신의 말의 중대성을 깨닫고는 갑자기 입을 다물었다.

"대단히 감사했습니다. 좋은 참고가 되었습니다."

초타스는 정중하게 말했다.

페타 데모니데스가 중인을 심문했다.

"성함은?"

"카스터, 이레네 카스터입니다."

"미혼입니까, 기혼입니까?"

"결혼했지만 지금은 미망인입니다."

"미세스 카스터, 하시는 일은?"

"가정부입니다."

"어디에서 일하고 계시죠?"

"라피나의 부잣집 저택이에요."

"바다에 가까운 마을이군요? 아테네에서 북쪽으로 100킬로 떨어진 곳이죠?"

"네."

"테이블을 향하고 있는 두 사람의 피고를 봐주십시오. 보신 일이 있으십니까?"

"네, 여러 번 보았습니다."

"어떤 경우였는지 말씀해주시죠."

"두 사람은 제가 일하고 있는 별장 옆에 살고 있습니다. 해변에서 몇 번이나 봤습니다. 두 사람 모두 알몸이었습니다."

방청인 사이에서 놀라움의 함성이 터졌고 빠른 말투의 속삭임이 교환되었다. 페타 데모니데스는 초타스가 이의를 신청하는지 보려고 그를 힐끗 보았다. 하지만 노변호인은 꿈이라도 꾸고 있는 듯한 미소를 떠올리고 테이블을 향했다. 그 미소는 오히려 데모니데스를 초조하게 만들었다. 그는 증인 쪽으로 다시 몸을 돌렸다.

"이 피고들은 당신이 봤던 두 사람이 틀림없습니까? 당신은 선서를 했습니다."

"분명히 저 두 사람입니다."

"두 사람이 함께 해안에 있을 때 사이가 좋은 것처럼 보였나요?"

"글쎄요, 오누이같이 행동하지는 않았습니다."

방청석에서 웃음이 터졌다.

"고맙습니다, 미세스 카스터."

데모니데스는 초타스를 향했다.

"당신 차례입니다."

나폴레옹 초타스는 상냥하게 고개를 끄덕이고는 만만치 않아 보이는 여자를 향해서 천천히 발걸음을 옮겼다.

"그 별장에서는 언제부터 일하고 계십니까?"

"7년 전부터입니다."

"7년 전! 그렇다면 그 일에 대해서는 완벽하게 해내시겠군요."

"그렇습니다."

"분명히 저에게 좋은 가정부를 추천해주실 수 있겠군요. 저는 라피나의 해안에 집을 사려고 생각하고 있습니다. 일을 하는 데에는 프라이버시가 필요하죠. 다만 저의 기억으로는 그곳은 별장이 난립하고 있는 듯한 생각이 드는데요."

"아닙니다. 그렇지 않습니다. 어느 별장이나 담장이 쳐 있고 충분히 떨어져 있습니다."

"그거 잘됐군요. 이웃끼리는 붙어 있지 않은가요?"

"네, 그렇지는 않습니다. 어느 별장이나 적어도 100야드는 떨어져 있죠. 마침 팔려고 내놓은 집 한 채를 알고 있어요. 프라이버시도 충분히 보장할 수 있고 제 여동생을 가정부로 소개시켜드릴 수도 있습니다. 여동생은 착실한 여자예요. 요리도 할 줄 알고요."

"고맙습니다, 카스터 부인. 상당히 좋을 것 같군요. 가능하다면 오늘 오후에 여동생에게 전화를 해봅시다."

"여동생은 낮에는 일하러 나가지만 6시에는 집으로 돌아옵니다."

"지금 몇 시나 되었을까요?"

"시계가 없어요."

"그렇습니까. 저기 벽에는 커다란 시계가 걸려 있습니다. 몇 시죠?"

"잘 안 보이는데요. 좀 멀리 있어서……."

"저 시계까지 어느 정도의 거리라고 생각하시죠?"

"글쎄요… 50피트 정도?"

"23피트입니다, 카스터 부인. 질문은 이상입니다."

5일째 재판이 진행되고 있었다. 이스라엘 카츠 박사의 절단된 다리가 또다시 쑤셔댔다. 수술을 할 때는 몇 시간이나 의족으로 서 있어도 아무렇지도 않았다. 하지만 주의를 돌릴 대상이 없어서 가만히 앉아 있노라니 말단신경이 이제는 사라진 다리를 향해서 기억의 메시지를 보내고 있었다. 카츠는 둔부에 걸리는 무게를 줄이기 위해서 의자에서 몸을 꿈지럭거리며 움직였다.

그는 아테네에 도착한 이래로 매일 노엘을 면회하려고 했으나 성공하지 못했다. 그는 나폴레옹 초타스에게도 얘기해보았다. 초타스는 노엘은 마음의 여유를 상실하고 있어서 옛 친구들을 만날 수 있는 상태가 아니며, 재판이 끝날 때까지 기다리는 것이 좋겠다고 설명했다.

이스라엘 카츠는 변호인에게 자신은 어떤 방법으로든 그녀를 돕기 위해서 온 것이라고 노엘에게 전해달라고 부탁했으나, 그것이 그녀에게 전해졌는지는 알 수 없었다. 그는 매일매일 노엘이 자신에게로 시선을 돌려주기를 기대하면서 방청석에 앉아 있었다. 하지만 그녀는 한 번도 방청석을 쳐다보지 않았다.

이스라엘 카츠에게 있어서 그녀는 생명의 은인이었지만 그는 그 은혜에 보답할 방법이 없었기 때문에 초조해하고 있었다. 재판의 결말은 어떻게 될지, 노엘이 유죄가 될지 무죄가 될지 그는 전혀 짐작도 할 수 없었다. 그는 초타스로부터 법률상으로는 단 두 가지의 판결, 무죄나 유죄가 있을 뿐이라고 들었다. 만약 노엘이 무죄가 된다면 그녀는 석방된다. 하지만 유죄 판결이 난다면 처형당할 것이다.

검찰 측 증인이 선서했다.

"성함은?"

"크리스티안 바벳."

"프랑스인이시군요?"

"네."

"주소는?"

"파리입니다."

"직업을 말씀해주십시오."

"사립탐정 대리업자입니다."

"사무실 위치는 어디입니까?"

"본사는 파리입니다."

"어떤 종류의 일을 하십니까?"

"여러 가지입니다. 도난이라든가 실종자 수색, 질투심 많은 남편 또는 아내를 감시하는 일 등이죠."

"이 법정을 보시고 이곳에 당신의 의뢰인이었던 사람이 있는지 말씀해주십시오."

바벳은 천천히 시간을 들여 실내를 둘러보았다.

"있습니다."

"그게 누군지 말씀해주시죠."

"저쪽에 앉아 있는 미스 페이지입니다."

방청인 사이에서 수군거리는 소리가 일었다.

"미스 페이지가 당신에게 조사를 의뢰했다는 말씀이신가요?"

"그렇습니다."

"그것이 정확하게 어떤 일이었는지 말씀해주십시오."

"네, 그녀는 래리 더글러스라는 사람한테 관심을 갖고 있었습니다. 그 인물에 관한 모든 일을 조사해달라고 저에게 부탁했습니다."

"그러니까 이 법정에서 재판받고 있는 래리 더글러스에 관한 것이었군요?"

"그렇습니다."

"미스 페이지는 그 일에 대해서 보수를 지불했습니까?"

"네, 그렇습니다."

"제가 여기에 가지고 있는 증거 서류를 봐주십시오. 이것이 당신의 수고에 대한 지불 기록입니까?"

"그렇습니다."

"무슈 바벳. 당신은 더글러스 씨에 관한 정보를 어떤 방법으로 손에 넣었습니까?"

"그건 상당히 어려운 일이었습니다. 저는 프랑스에 있었지만 더글러스 씨는 영국에 있었고, 나중에는 미국으로 돌아갔습니다. 프랑스는 독일 군에게 점령당하고 있었기 때문에……."

"뭐라고요?"

"프랑스는 점령당하고……."

"잠깐만 기다려주세요. 당신이 말하는 것을 확인하고 싶습니다. 우리는 미스 페이지의 변호인으로부터 그녀와 래리 더글러스는 불과 2, 3개월 전에 만나서 깊은 연애관계가 되었다고 들었습니다. 그런데 지금 당신은 그들의 연애가 시작된 것은… 언제부터라고 말씀하시는 건가요?"

"적어도 6년 전입니다."

장내는 웅성거리기 시작했다. 데모니데스는 초타스에게 승리의 눈길을 던졌다.

"질문은 이상입니다."

나폴레옹 초타스는 눈을 비비면서 자리에서 일어나 증인에게로 다가 갔다.

"바벳 씨, 저는 당신을 오래 붙잡을 생각은 없습니다. 당신은 프랑스의 가족들 곁으로 빨리 돌아가고 싶어하실 거라고 생각합니다."

"천천히 하셔도 괜찮습니다."

바벳은 점잖은 태도로 말했다.

"고맙습니다. 개인적인 문제라 죄송합니다만 바벳 씨, 당신이 입고 있는 양복은 정말로 멋지군요."

"고맙습니다."

"프랑스 제품입니까?"

"그렇습니다."

"아주 잘 어울리는군요. 저는 아무래도 양복점과 인연이 없는 것 같아요. 당신은 영국의 양복점에 부탁한 일은 없습니까? 역시 우수하다고 생각되는데요."

"없습니다."

"영국에는 몇 번이나 갔었나요?"

"음… 간 적이 없습니다."

"한 번도?"

"그렇습니다."

"미국에는요?"

"간 적이 없습니다."

"한 번도?"

"그렇습니다."

"남태평양에 가신 일은?"

"없습니다."

"그렇다면 당신은 정말이지 훌륭한 탐정이시군요, 바벳 씨. 경의를 표하고 싶습니다. 당신의 이 보고는 영국, 미국, 남태평양에 있던 래리 더글러스의 활동을 전하고 있어요. 그런데 당신은 그런 장소에는 한 번도 간 적이 없다고 하시는군요. 천리안이라고 생각할 수밖에 없습니다."

"당신의 말을 정정하고 싶습니다. 저는 그런 곳에 갈 필요가 없었습니다. 저는 영국에도 미국에도 연락원을 두고 있으니까요."

"이것 참 실례했습니다. 그렇군요! 그렇다면 더글러스의 동정을 실제로 조사한 것은 그 사람들이군요."

"그렇습니다."

"그렇다면 더글러스의 동정에 관해 당신 자신은 모른다는 건가요?"

"그건…… 뭐, 그렇다고도 할 수 있겠지요."

"그럼 실제로는 당신의 정보는 모두 간접적으로 입수한 것이군요."

"뭐…… 어떤 의미로는 그렇습니다."

초타스는 판사들을 응시했다.

"재판장님, 이 증인의 모든 증언은 떠도는 풍문에 불과하니 무시할 것을 요구합니다."

페타 데모니데스는 벌떡 일어섰다.

"이의 있습니다, 재판장님! 노엘 페이지는 바벳 씨한테 의뢰해서 래리 더글러스에 관한 정보를 얻었습니다. 그것은 정황 증거가 아니라……."

초타스는 조용히 말했다.

"우리의 경애하는 동료는 증거로서 기록을 제출했습니다. 저는 기꺼이 그것을 받아들입니다. 만약에 그가 실제로 더글러스 씨에 대해 조사를 한 사람들을 이곳으로 부를 생각이 있다면 말입니다. 그렇지 않다면 저는 그런 조사는 존재하지 않았다고 보고 본 증인의 증언은 용인될 수 없는 것으로 취급할 것을 본 법정에 요구합니다."

재판장은 데모니데스를 향했다.

"그 증인들을 출석시킬 준비가 되어 있습니까?"

"그건 불가능합니다. 그 사람들을 찾아내는 데 몇 주일이나 걸린다는 것을 초타스 씨도 아실 겁니다!"

페타 데모니데스는 빠른 말투로 말했다. 그러자 재판장은 초타스를 향해 말했다.

"신청을 인정합니다."

페타 데모니데스가 심문을 했다.

"이름을 말씀해주십시오."

"게오르그 무송."

"직업은?"

"이오아니나의 팔레스 호텔의 객실계원입니다."

"피고석의 두 사람을 봐주십시오. 전에 본 일이 있습니까?"

"남자는 봤습니다. 작년 8월에 호텔에 머문 손님입니다."

"로렌스 더글러스 씨죠?"

"네."

"호텔에 머물 때는 혼자였나요?"

"아닙니다."

"누구와 함께였는지 말씀해주십시오."

"부인과 함께였습니다."

"캐서린 더글러스군요?"

"네."

"더글러스 부부라고 기재했나요?"

"네, 그렇습니다."

"당신은 더글러스 씨와 페라마 동굴에 대해 이야기한 적이 있나요?"

"네, 있습니다."

"그 얘기를 꺼낸 것은 당신입니까, 더글러스 씨입니까?"

"그였다고 기억합니다. 그는 내게 동굴에 관해서 물었고, 부인이 그곳으로 데리고 가달라고 조르고 있다고 말했습니다. 저는 이상하다고 생각했죠."

"왜죠?"

"대개 부인들은 그런 탐험에는 흥미를 가지지 않거든요."

"당신은 더글러스 부인과 동굴에 관해 얘기한 적이 없었습니까?"

"없었습니다. 더글러스 씨하고만 했죠."

"그에게 무슨 얘기를 했나요?"

"동굴은 위험하다고 말했던 기억이 납니다."

"가이드 얘기를 했습니까?"

"네, 저는 가이드를 고용하라고 권했습니다. 어느 손님에게나 권유하고 있죠."

"질문을 마치겠습니다. 초타스 씨, 질문하시죠?"

"호텔 일은 몇 년째 하고 있습니까, 무송 씨?"

"20년도 넘었습니다."

"그 전에는 정신과 의사였나요?"

"제가요? 아닙니다."

"그렇다면 아마 심리학자였습니까?"

"아뇨."

"그렇다면 당신은 여성의 행동에 관한 전문가는 아니군요?"

"저는 정신과 의사는 아니지만 호텔 일을 하고 있으면 여자에 관해서 여러 가지를 알게 됩니다."

"혹시 아서 존슨이 어떤 사람인지 아십니까?"

"아서? 모릅니다."

"세계적으로 유명한 여성 탐험가입니다. 아밀리아 에르하트라는 이름을 들은 적이 있나요?"

"아뇨."

"마가렛 미드는?"

"모릅니다."

"무송 씨, 당신은 결혼하셨습니까?"

"지금은 독신입니다. 하지만 세 번 결혼했기 때문에 여자에 관해서는 대단한 달인이죠."

"그 반대로군요. 당신이 정말로 여자에 관한 달인이라면 한 번의 결혼으로 잘 해나갔을 겁니다. 이상 심문을 마칩니다."

"이름은?"

"크리스토퍼 코티아니스."

"직업을 말씀해주십시오."

"페라마 동굴의 가이드입니다."

"언제부터 가이드를 하셨나요?"

"7년 전부터입니다."

"손님은 많습니까?"

"매우 많습니다. 매년 몇만 명의 관광객이 동굴을 보러옵니다."

"저 좌석에 앉은 피고를 보십시오. 더글러스 씨를 본 적이 있습니까?"

"네, 8월에 동굴에 왔습니다."

"분명합니까?"

"틀림없습니다."

"그런데 코티아니스 씨, 납득이 가지 않는군요. 동굴을 구경하러 오는 몇만 명 중에서 한 사람을 기억할 수가 있습니까?"

"저는 그를 언제까지나 잊지 못할 거라고 생각합니다."

"어째서죠?"

"우선 첫 번째로 그는 가이드를 고용하지 않았습니다."

"관광객은 모두들 가이드를 고용합니까?"

"독일인이나 프랑스인은 구두쇠라 고용하지 않지만, 미국인은 모두 고용합니다."

그러자 방청석에서 웃음소리가 났다.

"그렇군요. 그밖에도 더글러스 씨를 기억하는 이유가 있습니까?"

"있고말고요. 가이드 건이 없었다면 특별히 그에게 주의할 필요도 없었을 테지만 그가 가이드를 거절했을 때 동행한 여인은 걱정하는 눈치였습니다. 그리고 한 시간쯤 지난 후에 나는 그가 서둘러서 동굴에서 나오는 것을 봤습니다. 혼자뿐이었고 매우 당황하고 있는 것 같았습니다. 저는 여자가 사고라도 당한 것이 아닌가 생각되어 그에게로 다가가서 여자분은 괜찮으냐고 묻자 그는 이상한 눈으로 저를 보면서, '어느 여자 말이오?' 하고 물었습니다. 제가 '당신과 함께 동굴에 들어간 분요.' 하고 말하자 그는 얼굴이 창백해지더군요. 저를 때리려는 것이 아닌가 생각했죠. 그리고 그는 큰 소리로 '그녀가 사라졌어. 사람 살려!' 하고 외쳤고 미친 듯이 소란을 피우기 시작했습니다."

"하지만 그는 여자가 어떻게 되었느냐고 물을 때까지는 도움을 청하지 않았군요."

"네, 그렇습니다."

"그리고 어떻게 되었습니까?"

"저는 동료 가이드를 모아서 수색을 시작했죠. 누군가 멍청한 놈이 새로운 구역의 위험 표시판을 치워버렸더군요. 그곳은 아직 일반에게 공개되고 있지 않은 곳인데 우리는 그 구역에서 2시간 후에야 겨우 여자를 발견할 수 있었습니다. 그녀는 심하게 탈진해 있었습니다."

"마지막으로 한 가지만 묻겠습니다. 잘 생각해서 대답해주십시오. 동굴에서 막 나왔을 때 더글러스 씨는 누군가에게 도움을 요청할 것 같은 모습이었습니까, 아니면 그대로 돌아갈 것 같은 모습이었습니까?"

"그대로 돌아갈 것 같았습니다."

"이상입니다."

나폴레옹 초타스의 목소리는 매우 온화했다.

"코티아니스 씨, 당신은 정신과 의사입니까?"

"아뇨, 저는 가이드입니다."

"당신은 천리안은 아니죠?"

"네."

"이런 말을 묻는 것은 지난주에 인간의 심리에 정통하고 있다는 호텔의 종업원이 출석했었는데 그 사람이 근시안적인 목격자였기 때문입니다. 지금 당신은 남자가 흥분하고 있는 것처럼 보여서 주목했고, 그의 마

551

음을 읽을 수 있었다고 말씀하셨습니다. 당신이 다가가서 말을 걸었을 때 어떻게 그가 도움을 청하려 하지 않았다는 것을 알았나요?"

"그런 기미가 없었습니다."

"그 태도를 그렇게까지 잘 기억하고 있습니까?"

"그렇습니다."

"당신은 천재적인 기억력을 가지고 계시군요. 이 법정을 봐주세요. 여기에 이전에 만난 사람이 있습니까?"

"피고가 있습니다."

"그렇군요. 그 밖에는? 천천히 보세요."

"없습니다."

"만약 있었다면 기억할 수 있다고 생각하십니까?"

"물론이죠."

"저를 오늘 이전에 본 적이 있습니까?"

"없습니다."

"이 종이쪽지를 봐주세요. 뭐죠?"

"입장권입니다."

"무슨 입장권입니까?"

"페라마 동굴입장권이군요."

"그 날짜는?"

"월요일, 3주일 전입니다."

"그렇습니다. 코티아니스 씨, 그 입장권은 제가 구입해서 사용한 것입니다. 저의 그룹에는 다른 5명이 있었습니다. 당신이 우리의 가이드였죠. 질문은 이상입니다."

"당신의 직업은?"

"이오아니나 팔레스 호텔의 벨 보이입니다."

"피고석에 앉아 있는 피고를 봐주십시오. 그녀를 본 적이 있나요?"

"네, 영화에서 본 적이 있습니다."

"오늘 이전에 정말로 그녀를 본 적이 있습니까?"

"있습니다. 그녀는 호텔에 와서 더글러스 씨의 방갈로 번호를 물었습니다. 프런트에 물어보라고 말씀드렸지만 프런트를 번거롭게 하고 싶지 않다고 해서 제가 방갈로의 번호를 가르쳐주었지요."

"그게 언제였죠?"

"8월 1일입니다. 멜테미의 날이었죠."

"이 여성이 분명합니까?"

"잊을 수가 없습니다. 그녀는 200드라크마의 팁을 주었어요."

재판은 4주째로 접어들었다. 나폴레옹 초타스가 비할 데 없이 훌륭한 변호를 하고 있다는 것은 만인이 인정하는 바였다. 그러나 그럼에도 불구하고 유죄의 망은 점차로 좁혀지고 있었다.

페타 데모니데스는 격렬하게 사랑하며 결혼을 갈망하고 있는 두 사람의 연인과 그 앞을 가로막고 있는 캐서린의 모습을 그려나갔다. 그는 서두르지 않고 시간을 들여 살해 계획을 상세하게 파헤쳤다.

래리 더글러스의 변호인인 프레드릭 스타브로스는 자진해서 자신의 진지를 포기했고 완전히 나폴레옹 초타스에게 의지하고 있었다. 하지만 그 스타브로스조차도 무죄판결을 얻기 위해서는 기적이 필요하지 않을까 하고 느끼기 시작했다. 그는 사람들로 꽉 찬 법정이었지만 한 개의 비어 있는 의자로 남몰래 눈길을 보내면서 콘스탄틴 데미리스가 정말로 모습을 보일 것인지 궁금해했다.

만약 노엘 페이지가 유죄판결을 받는다면 그리스의 대 거물은 아마도 오지 않을 것이다. 그것은 그의 패배를 의미하기 때문이었다. 반대로 무죄가 선고되리라는 것을 안다면 데미리스는 모습을 나타내리라 생각했다. 빈 좌석은 재판이 어느 쪽으로 진행되는지를 나타내는 기준점이 되어가고 있었다.

공판이 드디어 폭발점에 다다른 것은 금요일 오후였다.

"이름을 말씀해주십시오."

"닥터 카조미데스, 존 카조미데스입니다."

"당신은 더글러스 씨와 부인을 만난 적이 있습니까?"

"네, 두 사람 모두 만났습니다."

"어떤 경우였습니까?"

"페라마 동굴로 와 달라는 전화를 받았습니다. 여자가 행방불명이 되었고 수색대가 그녀를 겨우 발견했을 때는 그녀는 완전히 쇼크 상태였습니다."

"몸에 상처가 있었나요?"

"네, 타박상이 많았습니다. 손이나 팔이나 뺨이 뾰족한 바위에 심하게 상처를 입고 있었어요. 넘어졌을 때 머리를 부딪친 것으로 보여서 저는 뇌진탕을 일으킨 것으로 진단했죠. 즉각 진통제인 모르핀 주사를 놓고 근처 병원으로 이송하라고 지시했습니다."

"그녀는 병원으로 이송되었나요?"

"아닙니다."

"어째서 병원으로 이송되지 않았는지 배심원들에게 말씀해주십시오."

"그녀의 남편의 강력한 요구로 팔레스 호텔의 방갈로로 옮겨졌습니다."

"그 점이 이상하다고 생각하셨나요?"

"남편은 자신이 간호를 하겠다고 말했습니다."

"그래서 더글러스 부인은 호텔로 옮겨졌군요. 당신은 그곳에 같이 갔습니까?"

"네. 저는 방갈로까지 따라가야겠다고 주장했습니다. 부인이 깨어났을 때 곁에 있어야겠다고 생각했기 때문입니다."

"그녀가 깨어났을 때 당신은 곁에 있었습니까?"

"네."

"더글러스 부인은 말을 하던가요?"

"네, 했습니다."

"그녀가 어떤 말을 했는지 말씀해주십시오."

"남편이 자신을 죽이려고 한다고 말했습니다."

법정의 소란을 진정시키는 데에 무려 5분이나 걸렸다. 그리고 재판장이 퇴장 경고를 한 후에 간신히 조용해졌다.

나폴레옹 초타스는 피고석으로 다가가 노엘 페이지와 서둘러서 이야기를 나누었다. 노엘의 얼굴에는 처음으로 동요의 빛이 떠올랐다. 데모니데스는 질문을 계속했다.

"박사님, 당신은 증언 중에 더글러스 부인이 쇼크 상태였다고 말씀하셨는데요, 당신의 전문적인 의견으로 볼 때 부인이 자신의 남편이 자신을 죽이려 한다고 할 때는 정상이었나요?"

"네, 이미 동굴 속에서 진정제를 한 번 투여했기 때문에 그녀는 비교적 침착했습니다. 하지만 다시 한 번 진정제를 투여하려고 하자 그녀는 극도로 흥분하며 주사를 놓지 말아달라고 내게 호소했습니다."

재판장은 몸을 수그리며 물었다.

"그녀가 그 이유를 말했습니까?"

"네. 그녀는 자신이 잠들어 있는 사이에 남편에게 살해당할 거라고 말했습니다."

재판장은 생각하는 듯하면서 자세를 바로 했고, 페타 데모니데스에게 말했다.

"계속해주십시오."

"닥터 카조미데스, 당신은 두 번째 진정제를 실제로 더글러스 부인에게 투여했습니까?"

"네."

"방갈로의 침대에 누워 있을 때로군요?"

"네."

"어떤 식으로 투여했나요?"

"피하 주사를 놓았습니다. 엉덩이에."

"당신이 떠날 때는 그녀가 잠들어 있었겠군요?"

"네."

"그런데 2, 3시간 후에 더글러스 부인이 정신을 차리고 누구의 도움도 받지 않고 침대에서 나와서 옷을 갈아입고 혼자서 방갈로에서 빠져나오는 일이 가능하다고 생각합니까?"

"그 상태로 말입니까? 아뇨, 그런 일은 있을 수 없습니다. 강력한 진정제를 투여했으니까요."

"이상입니다, 박사님. 수고하셨습니다."

배심원들이 노엘 페이지와 래리 더글러스를 바라보는 표정은 냉랭하게 굳어 있었다. 아무것도 모르는 사람이 이 법정에 들어왔다 하더라도 무언가를 즉각 알아차릴 수 상황이었다.

빌 프레이저의 눈은 만족스럽게 빛나고 있었다. 카조미데스 박사의 증언에 의해서 캐서린이 래리 더글러스와 노엘 페이지에 의해 살해당했다는 사실은 눈곱만큼의 의심의 여지도 없어졌다. 나폴레옹 초타스도 마취를 당한 무방비한 여자, 살인자의 손아귀에 들어가지 않도록 해달라고 애원하던 여자의 이미지를 마음에서 지울 수는 없었다.

프레드릭 스타브로스는 혼란에 빠졌다. 그는 나폴레옹 초타스에게 모든 것을 맡겼고, 초타스가 그의 의뢰인, 그리고 동시에 스타브로스의 의뢰인의 무죄판결을 확신해서 그가 임하는 변론의 패턴을 따라왔던 것이다. 지금 그는 그것이 잘못되었음을 느끼고 있었다. 모든 것이 뒤틀리고 있었다. 의사의 증언은 증거로서도, 감정적인 측면에 있어서도 돌이킬 수 없는 증언이 되고 있었다.

스타브로스는 실내를 둘러보았다. 수수께끼처럼 남겨진 단 하나의 공석인 데미리스의 증언석 외에는 법정은 만원이었다. 전 세계에서 모인 기자들은 다음에 일어날 일을 보도하려고 만반의 준비를 갖추고 있었다.

스타브로스는 재빨리 일어나서 의사에게 정면으로 도전하여 그의 증언을 모조리 뭉개는 자기 자신의 모습을 일순간 상상했다. 그러면 그의 의뢰인은 석방되고 스타브로스는 영웅이 될 것이다. 그는 지금이 자신의 마지막 기회라는 것을 알고 있었다. 이 재판의 결과는 명성의 계단을 올라가느냐, 무명의 늪으로 빠지느냐의 분기점이 될 것이다. 스타브로스는 실제로 자신의 장딴지의 근육이 움직여서 그에게 일어서라고 재촉하고 있음을 느꼈다. 그러나 그는 꼼짝도 할 수가 없었다. 실패라는 무시무시한 환영에 꽁꽁 묶여 있었기 때문이다.

그는 초타스를 응시했다. 경찰견 같은 얼굴의 움푹 팬 슬픈 듯한 눈은 무슨 결단을 내리려는 듯 증인석을 응시하고 있었다.

나폴레옹 초타스는 천천히 일어섰다. 그러나 증인 쪽으로는 가지 않고 재판관석으로 다가가 판사들을 향해서 조용히 말했다.

"재판장님, 그리고 판사님들, 저는 증인을 반대 심문할 생각은 없습니다. 허용하신다면 재판장님과 검사님께 휴정을 청하는 바입니다."

재판장은 검찰관에게 말했다.

"데모니데스 씨, 어떻습니까?"

"이의 없습니다."

데모니데스는 경계하면서 말했다.

법정은 휴정에 들어갔다. 하지만 누구 한 사람 자리를 뜨는 사람은 없었다.

30분 후, 나폴레옹 초타스가 혼자서 법정으로 돌아왔다. 그가 모습을 나타냈을 때, 법정의 모든 사람들이 뭔가 중대한 일이 일어났음을 느꼈다. 변호사의 얼굴에는 은밀한 자기 만족의 빛이 엿보였다. 걸음도 활발해졌으며 쓸데없는 제스처나 광대 짓을 하지 않아도 된다고 말하고 싶어 하는 것만 같았다.

초타스는 피고석으로 걸어가 노엘을 응시했다. 그녀도 고개를 들고 그를 보았다. 그 제비꽃 색깔의 눈은 걱정스러운 듯이 살피고 있었다. 갑자기 변호사의 입가에 미소가 떠올랐다. 그의 눈빛으로 보아 노엘은 그가 어떻게든 일을 잘 해내어 모든 증거와 모든 불리한 조건에도 불구하고 기적을 이루었음을 보여주는 것 같았다.

재판에 이긴 것이다. 그러나 그것은 콘스탄틴 데미리스의 재판이었다. 래리 더글러스도 공포와 한편으론 기대감을 갖는 눈빛으로 초타스를 바라보았다. 초타스가 한 일은 모두 노엘을 위한 것이었음이 분명했다. 그럼 그는 어떻게 되는가.

초타스는 신중하고 감정이 없는 말투로 노엘에게 말했다.

"재판장은 내가 당신과 그의 방에서 말하는 것을 허용해주었소."

그러고는 그는 어떤 일이 일어났는지 몰라서 불안하고 초조하고 있는 스타브로스 쪽을 보았다.

"당신과 당신의 의뢰인도 함께 와도 좋소. 원한다면……."

스타브로스는 고개를 끄덕였다.

"물론 원합니다."

그는 벌떡 일어나는 바람에 의자를 넘어뜨릴 뻔했다.

두 사람의 경비원이 그들을 아무도 없는 재판장의 방까지 안내했다. 경비원이 나가자 그들만 남았다. 초타스가 프레드릭 스타브로스 쪽을 보면서 조용히 말했다.

"지금부터 말하려는 것은 내 의뢰인을 유리하게 하기 위한 이야기입니다. 하지만 두 사람은 공동 피고여서 당신의 의뢰인도 내 의뢰인과 똑같은 이익을 받을 수 있도록 되어 있습니다."

"말씀해주세요!"

노엘이 재촉했다. 초타스는 그녀에게로 얼굴을 돌렸다. 그는 지극히 신중하게 단어를 고르면서 천천히 말했다.

"조금 전에 판사 몇 분과 대담을 했습니다. 판사님들은 당신들에 대한 검찰 측의 유죄 입증에 감명을 받고 있었습니다. 하지만……."

그는 일부러 뜸을 들였다.

"저는 당신을 벌하는 것은 법의 공정성에 부합되지 않는다고 그들을 설득할 수 있었습니다."

"어떻게요?"

스타브로스가 참지 못하고 물었다. 다시 이야기를 시작한 초타스의 목소리에는 깊은 만족감이 어려 있었다.

"만약 피고가 무죄를 주장하기를 그치고 유죄임을 인정한다면 두 사람 모두 5년 형을 선고하겠다는 판사들의 의견이 일치되었어요."

그는 미소를 지으면서 덧붙였다.

"그중 4년은 집행유예입니다. 실제로는 6개월 이상 복역하지 않을 겁니다."

그는 래리를 보며 말했다.

"더글러스 씨, 당신은 미국인이어서 국외로 추방됩니다. 다시 그리스로 돌아오는 일은 허용되지 않습니다."

그는 고개를 끄덕였다. 온몸에 안도감이 감돌았다. 초타스는 노엘 쪽으로 몸을 돌렸다.

"여기까지 몰고 오는 것이 쉽지 않았습니다. 판사가 관대한 조치를 취하는 이유는 분명히 말하자면 당신의…… 그 후원자의 힘입니다. 판사는 사건이 이렇게까지 세상에 알려졌기 때문에 그가 이미 부당한 고통을 받았다고 생각해서 이 사건에 종지부를 찍기를 바라고 있습니다."

"알았습니다."

노엘은 말했다. 나폴레옹 초타스는 말하기 거북한 듯 뜸을 들였다.

"사실은 또 하나의 조건이 있어요."

그녀는 그를 올려다보았다.

"뭐죠?"

"당신의 여권은 몰수됩니다. 당신은 영원히 그리스를 떠나는 것이 허용되지 않습니다. 당신은 당신 친구의 보호 하에서 이 나라에 머물러야만 합니다."

일이 그렇게 되었던 것이다.

콘스탄틴 데미리스는 약속을 지켰던 것이다. 판사들이 데미리스가 불유쾌한 종류의 소문거리가 되는 것을 염려해서 관대한 조치를 취했다고는 단 한순간도 믿지 않았다. 그는 그녀의 석방을 위해서 대가를 지불했던 것이다. 그것도 막대한 대가의 지불이었음이 분명하다고 노엘은 생각했다.

그 대신에 데미리스는 그녀를 되찾았고 그녀가 절대로 그의 곁을 떠날 수 없도록, 그리고 다시는 래리를 만나지 못하도록 손을 썼던 것이다.

그녀가 래리를 보자 그의 얼굴에 안도의 빛이 보였다. 그도 곧 석방될 것이다. 그것만이 그의 관심사였다. 그녀를 잃는 것도, 일이 어떻게 해서 풀렸는지도 전혀 관심 밖이었다. 그러나 노엘은 래리를 알고 있었으므로 그것을 이해했다.

그는 그녀의 다른 자신, 동전의 다른 면이었다. 또한 두 사람 모두 인생에 대해 똑같이 무모한 정열과 똑같은 탐욕스러운 욕구를 가지고 있었다. 그들은 보편적 인간의 삶을 초월했고, 만인이 지켜야 할 법률을 무시한 동급의 인간이었다. 노엘은 그녀 나름대로 래리를 잃는다는 사실을 깊이 슬퍼할 것이다. 그와 함께 그녀의 일부분도 포기해야 하기 때문이다.

하지만 지금 노엘은 그녀의 생명이 자신에게 있어서 얼마나 소중한지, 자신이 생명을 잃는다는 것을 얼마나 두려워하고 있는지를 깨달았다. 따라서 결국은 매우 좋은 거래인 것이다. 노엘은 그것을 감사해하면서 수락했다. 그녀는 초타스를 향해 말했다.

"좋아요."

그러자 초타스의 눈에는 만족과 동시에 비애가 서렸다. 노엘은 그것도 이해할 수 있었다. 그는 그녀를 사랑하고 있었다. 그녀를 구하기 위해서 온갖 법정 기술을 구사했으나 결국은 다른 남자를 위해서 봉사한 셈이 되었다. 노엘은 초타스를 필요로 했기 때문에 일부러 그의 연심을 부추겼고 그녀를 위해서 그가 어떤 술책이라도 불사하도록 만들었다. 그리고 그것이 보기 좋게 효과를 거둔 것이다.

"놀랍습니다. 정말이지 놀라운 일이에요."

프레드릭 스타브로스는 말했다.

스타브로스는 실제로 무죄 판결에 가까운 기적이라고 생각했다. 그 공적의 이득의 대부분이 나폴레옹 초타스의 것이 되는 것은 사실이었지만 이익의 떡고물도 적지 않았다. 이 순간부터 스타브로스는 의뢰인을 선택하면서 변론을 할 수 있게 될 것이다. 그리고 그가 이 재판에 관해서 말할 때마다 그의 역할은 점점 크게 불어날 것이다.

"잘됐다고 생각하기는 하지만……, 하지만 우리는 무죄예요. 캐서린을 죽이지 않았어요."

래리는 말했다. 그러자 프레드릭 스타브로스는 화가 난 표정으로 그를 보며 외쳤다.

"당신들이 죽였는지 어땠는지는 아무래도 좋아요! 우린 당신들에게 생명을 선물하고 있다고요!"

그는 '우리'라는 단어에 초타스가 어떤 반응을 나타내는지를 보기 위해 힐끗 시선을 던졌다. 그러나 초타스는 냉정한 제3자와 같은 태도로 듣고 있었다.

"이걸 이해해주기 바랍니다. 나는 내 의뢰인에게 조언하고 있을 뿐이오. 당신의 의뢰인은 스스로 자유롭게 결정해도 되는 것이오."

초타스는 스타브로스에게 말했다.

"이런 협의가 없었다면 우린 어떻게 되었을까요?"

래리가 물었다.

"배심원은 분명히……."

프레드릭 스타브로스가 말하기 시작했다.

"당신의 생각을 듣고 싶어요."

래리가 불쑥 말을 끊었다. 그는 초타스 쪽을 보았다.

"재판이라는 것은 말입니다, 더글러스 씨. 가장 중요한 요소는 실제로 범행이 저질러졌는가 아닌가 하는 것이 아니라 무죄냐, 유죄냐 하는 것이오. 절대적인 진실이라는 것은 없어요. 진실에 대한 해석이 있을 뿐이죠. 이 사건에서 당신이 무죄인가 어떤가는 문제가 되지 않아요. 배심원은 죄를 범했다는 인상을 가지고 있어요. 그렇기 때문에 당신은 유죄가 되고 최후에는 처형장으로 끌려가게 되겠죠."

초타스는 말했다. 래리는 잠시 그를 응시하고 있었지만 이윽고 고개를 끄덕이고는 말했다.

"좋소. 그럼 부탁합니다."

15분 후, 두 사람의 피고는 판사석 앞에 서 있었다. 재판장은 중앙에, 두 사람의 판사가 그 좌우에 앉아 있었다. 나폴레옹 초타스는 노엘 페이지의 옆에 서 있었다.

법정은 팽팽한 긴장감으로 휩싸여 있었다. 극적인 사건이 일어나려 하고 있다는 소문이 법정 안에 전해졌기 때문이었다. 그러나 실제로 일어난 일은 사람들의 예상과는 전혀 다른 것이었다. 나폴레옹 초타스는 세 사람의 판사와의 비밀 거래 따위는 존재하지 않았다는 듯 형식적이고 현학적인 말투로 말했다.

"재판장님, 저의 의뢰인은 진술을 '무죄'에서 '유죄'로 변경하고 싶다고 신청하고 있습니다."

재판장은 몸을 뒤로 젖혀서 의자에 기댔고, 그 얘기를 처음 듣는 것처럼 깜짝 놀라며 초타스를 응시했다.

'재판장은 그럴싸한 얼굴을 하고 있군. 돈이나 물건을 데미리스에게서도 받고 싶은 거야.'

노엘은 생각했다.

재판장은 몸을 앞으로 내밀고 양쪽의 판사들과 뭐라고 작은 소리로 의논을 했다. 판사들은 고개를 끄덕였다. 재판장은 노엘을 내려다보면서 말했다.

"자신이 유죄임을 인정합니까?"

노엘은 고개를 끄덕이며 똑똑한 어조로 말했다.

"네."

프레드릭 스타브로스는 자신만 남게 되면 큰일이라는 듯이 당황한 채 말했다.

"재판장님, 저의 의뢰인도 무죄의 진술을 유죄로 변경할 것을 원하고 있습니다."

재판장은 래리 쪽을 보았다.

"유죄임을 인정합니까?"

래리는 초타스를 힐끗 본 다음에 고개를 끄덕였다.

"네."

재판장은 엄숙한 표정으로 두 사람의 피고를 응시했다.

"당신들은 변호인으로부터 그리스의 법률에서는 모살에 대한 형벌은 사형이라는 이야기를 들었습니까?"

"네, 들었습니다."

노엘의 목소리는 강력했고 명료했다.

재판장은 래리 쪽을 보았다.

"들었습니다."

래리가 대답했다.

판사들은 또다시 작은 목소리로 의논을 했다. 재판장은 데모니데스를 향해서 말했다.

"검사는 진술 번복에 대해서 이의가 있습니까?"

데모니데스는 잠시 초타스를 바라보고는 이윽고 말했다.

"없습니다."

노엘은 그도 매수당한 것일까, 아니면 단순한 도구로서 이용당하고 있는 것일까 하는 생각을 했다.

"좋습니다. 본 법정은 진술의 번복을 받아들이지 않을 수 없습니다."

그는 배심원석 쪽을 보았다.

"여러분, 이 새로운 전개에 의해 여러분의 배심원으로서의 임무는 이것으로 종결되었습니다. 법정은 잠시 후에 판결을 내리겠습니다. 여러분의 수고와 협력에 감사드립니다. 법정은 2시간 동안 휴정합니다."

다음 순간, 기자들은 앞 다투어 방을 뛰쳐나갔고, 노엘 페이지와 래리 더글러스의 살인 공판의 충격적인 전개를 보도하기 위해서 분주하게 움직였다.

2시간 후, 법정이 재개되었을 때 법정은 초만원이었다. 노엘은 시선을 돌려가면서 방청객들의 얼굴을 보았다. 그들은 열성적인 기대를 품은 표정으로 그녀를 지켜보고 있었다.

노엘은 그들의 단순함에 웃음이 터지려는 것을 간신히 참았다. 그들은 일반 시민이며 대중이었다. 그들은 재판이 공정하게 진행되며 민주주의

하에서는 만인이 평등하고 걸인이나 부자나 동등한 권리와 특권을 부여받고 있다고 믿고 있는 것이다.

"피고는 일어서서 판사석 앞으로 와주십시오."

노엘은 우아한 몸짓으로 일어섰고, 초타스와 나란히 판사석으로 다가 갔다. 그녀는 곁눈으로 래리와 스타브로스가 앞으로 나서는 것을 보았다.

재판장이 말했다.

"장시간에 걸친 힘든 재판이었습니다. 합리적인 의심이 가는 중죄의 재판에 있어서 법정은 항상 의심스러운 사항은 피고에게 유리한 입장을 취합니다. 본 사건에 있어서도 그런 협의가 있었음을 인정하지 않을 수 없습니다. 검찰 측이 시체를 제시할 수 없었다는 사실은 피고들에게 있어서 매우 유리한 점입니다."

그는 나폴레옹 초타스 쪽으로 시선을 돌렸다.

"유능한 피고 측 변호인은 그리스 법정은 살인이 행해진 것이 명확하게 입증되지 않는 한 사형을 언도했던 적이 한 번도 없다는 것을 충분히 알고 계시리라 생각합니다."

희미한 불안이 노엘의 마음을 스쳤지만 아직 놀랄 만한 것은 아니었고 단순한 예감 같은 것이었다. 재판장은 계속했다.

"그러므로 솔직하게 말해서 저의 동료와 저는 피고들이 재판 도중에 진술을 번복하여 유죄를 인정한 것에 놀랐습니다."

이제 노엘은 명치끝에 불안감을 느꼈다. 그것은 점차 강해지면서 위로 올라와서 목을 조였고, 그녀는 갑자기 숨이 막힐 것만 같았다. 래리는 아직 무슨 일이 일어나고 있는지 충분히 이해하지 못한 채 재판장을 응시하고 있었다.

"우리는 두 피고가 본 법정 및 사회 앞에 자신들의 죄를 인정하겠다는 결심을 하기까지의 고뇌로 가득 찬 내면의 싸움에 동정을 표하는 바입니다. 하지만 그들의 양심의 깨우침도 그들이 인정한 가공할 만한 범죄, 가련하고 무방비한 여성에 대한 냉혈하기 짝이 없는 살인 행위의 보상으로 수용할 수는 없습니다."

그 순간, 노엘은 갑자기 확실하게 자신이 계략에 빠졌다는 것을 깨달았다. 데미리스는 그녀를 안심시켜 놓고 감쪽같이 속이기 위해서 거짓 제스처를 취했던 것이다. 이것은 그의 고도의 게임이며 계략이었고 함정이었다. 그는 그녀가 얼마나 죽음을 두려워하고 있는가를 알고, 구원의 손길을 내밀었다. 그녀는 그를 믿었고 그것에 매달렸다. 그리고 그는 그 뒤를 쳤던 것이다.

데미리스는 훗날이 아니라 당장 복수하길 원했다. 그녀의 목숨을 구하는 일은 가능했다. 물론 초타스는 시체가 발견되지 않는 한 그녀는 사형을 당하지 않는다는 것을 알고 있었다. 그는 판사들과 아무런 거래도 하지 않았다. 초타스의 변호는 모두 노엘을 죽음으로 끌어들이기 위해서 짜인 각본의 일부였다.

노엘은 초타스를 바라보았다. 그는 고개를 들어 그녀의 눈길을 받아들였지만 그 눈에는 진정한 슬픔이 담겨 있었다. 그는 그녀를 사랑하면서도 그녀를 죽음에 이르게 했다. 만약 또다시 똑같은 상황에 처한다 하더라도 그는 똑같이 행동할 것이다. 그녀가 데미리스의 여자인 것과 마찬가지로 결국 그도 데미리스에게 속한 남자인 것이다. 두 사람 모두 데미리스의 힘에 저항할 수는 없었다.

재판장은 계속했다.

"……국가에 의해서 위탁된 법에 따라 두 피고, 노엘 페이지와 래리 더글러스를 총살형에 처할 것을 선고한다…… 형은 오늘로부터 90일 이내에 집행된다."

법정은 약간 소란스러워졌지만 노엘은 그것을 듣지도 보지도 않았다. 그녀는 문득 뒤를 돌아보았다. 예의 좌석은 이제 공석이 아니었다. 콘스탄틴 데미리스가 그곳에 앉아 있었다. 그는 깨끗하게 면도를 했고 막 이

발을 한 모습이었다. 조금도 빈틈이 없는 푸른색 실크 양복에 하늘색 와
이셔츠를 입고 있었고, 얇은 실크 넥타이를 매고 있었다. 그의 올리브빛
검은 눈동자는 반짝이는 생기로 가득 차 있었다. 교도소로 그녀를 방문했
던, 완전히 기가 꺾인 남자의 면모는 조금도 찾아볼 수 없었다. 실제로 그
런 남자는 존재하지 않았던 것이다.

콘스탄틴 데미리스는 패배의 순간의 노엘을, 그녀의 공포를 보고 즐기
기 위해서 온 것이다. 그의 검은 눈과 그녀의 눈이 얽혔다. 그리고 일순간
그의 눈에 깊은, 악의의 만족이 엿보였다. 그밖에도 무엇인가가 있었다.
어쩌면 애석함이었는지도 모른다. 하지만 그것은 그녀가 포착하지 못하
는 사이에 사라졌다. 아무튼 이제는 이미 늦었다.

게임은 끝난 것이다.

래리는 재판장의 최후의 말을 믿을 수 없었다. 교도관이 다가와서 팔을
잡았을 때 래리는 그것을 뿌리치고 재판석 쪽으로 나아갔다.

그는 외쳤다.

"기다려요! 나는 그녀를 죽이지 않았어요! 이건 날조라고요!"

또 한 명의 교도관이 뛰어와 래리를 붙잡았다. 그리고 한 사람이 수갑
을 꺼냈다.

"아니야! 이봐! 나는 죽이지 않았다고!"

래리는 절규했다.

그는 교도관들로부터 벗어나려고 몸부림쳤지만 손목에 굳게 수갑이
채워졌고 법정 바깥으로 끌려 나갔다.

노엘은 자신의 팔에 누군가의 손길을 느꼈다. 여자 교도관이 그녀를 법
정에서 데리고 나가기 위해서 기다리고 있었다.

"모두가 기다려요, 미스 페이지."

마치 극장에서 앙코르를 받고 있는 것 같았다.

'여러분이 기다리고 계십니다, 미스 페이지.'

다만 이번에는 커튼이 한 번 내려오면 또다시 올라가는 일은 없을 것이다. 군중 앞에서 모습을 보이는 것은 이것이 마지막이었다. 철조망 바깥에서 사람들을 만나는 것은 이것이 마지막이라고 노엘은 생각했다. 이것은 고별 공연이었다. 이 지저분한 음산한 법정이 그녀의 최후의 무대였다.

'그래, 좋아. 적어도 관객은 만원이야.'

그녀는 반항적으로 생각했다. 그녀는 마지막으로 보는 만원의 법정을 둘러보았다. 아르망 고티에가 얼이 빠진 채 멍하니 그녀를 응시하고 있었다. 필립 소렐은 여윈 얼굴에 그녀에게 용기를 주기 위해서 미소를 띠려고 노력했지만 잘 되질 않았다.

정면으로 이스라엘 카츠가 보였다. 그는 눈을 감고 무언의 기도라도 올리는 듯 입술을 움직였다. 노엘은 백지장 같은 하얀 얼굴을 한 게슈타포 장교의 눈앞에서 그를 장군의 자동차 트렁크에 숨기고 탈출시켰던 일, 그때의 공포를 떠올렸다. 하지만 그것은 지금 그녀를 사로잡고 있는 공포에 비하면 아무것도 아니었다.

노엘의 시선은 실내를 가로질러서 의상실 주인인 오귀스트 랑숑의 얼굴 위에서 멈췄다. 그녀는 그의 이름을 기억할 순 없었지만 그 돼지 같은 얼굴, 뚱뚱하고 땅딸막한 체구, 비엔나의 초라한 호텔방 등은 기억하고 있었다. 그는 그녀가 보고 있다는 것을 알아차리자 눈길을 내려서 시선을 떨어뜨렸다.

키가 크고 매력적인, 백발이 희끗희끗한 미국인 같은 남자가 서서 뭔가 말하고 싶은 듯한 모습으로 그녀를 바라보고 있었다. 노엘로서는 누구인지 짐작이 가질 않았다.

여자 교도관이 그녀의 팔을 잡아당기면서 말했다.

"갑시다, 미스 페이지."

프레드릭 스타브로스는 강한 충격에서 헤어나지 못하고 있었다. 그는 이 냉혹한 날조극의 목격자일 뿐만 아니라 그에 한몫을 거들었던 것이다. 그는 재판장에게로 가서 진실을, 초타스가 약속했던 것을 말할 수도 있었다. 그렇지만 과연 그들이 그를 믿을 것인가? 나폴레옹 초타스가 하는 말을 제쳐두고 그가 하는 말을 신뢰할 것인가? 거들떠보지도 않을 거라고 그는 씁쓸하게 생각했다. 이것으로 그의 변호사로서의 생명은 끝장이다. 이제 그를 고용할 사람은 없으리라. 누군가가 그의 이름을 불러서 뒤를 돌아보니 초타스였다. 그는 말했다.

"내일 시간이 있으시면 내 사무실에서 점심이라도 어떻습니까? 내 파트너들한테 소개하고 싶은데. 당신에게는 매우 유망한 미래가 열릴 거라고 생각합니다."

초타스의 어깨 너머로 프레드릭 스타브로스는 재판장이 재판장실로 향하는 문으로 나가고 있었다. 지금이야말로 그를 불러 세워서 진실을 말해야만 할 때였다. 스타브로스는 나폴레옹 초타스 쪽을 다시 보았다. 그의 마음은 이 사내가 저지른 혐오스러운 짓거리를 아직 격렬하게 증오하고 있었지만 그의 입은 말하고 있었다.

"그것 참 고마운 말씀입니다. 몇 시에 방문하면……."

그리스 법률에 의해서 처형은 피레우스 항에서 한 시간 정도의 거리에 있는 아게아나라는 작은 섬에서 집행되도록 되어 있었다. 정부의 특별선이 사형수를 섬으로 호송하게 된다.

낮은 회색의 절벽이 섬의 선착장까지 이어지며 언덕의 노출된 바위 위에 등대가 있었다. 아게아나의 교도소는 섬의 북쪽에 있었다. 관광선이 정기적으로 손님들을 상륙시켰고 여행자들은 다음 섬으로 향할 때까지 한두 시간 동안 쇼핑이나 관광을 했지만 그 항구에서 교도소는 보이지 않는다. 교도소는 관광코스에 들어 있지 않았으며 공무 외에 그곳에 접근하는 사람은 없었다.

토요일 새벽 4시,
노엘의 사형은 아침 6시에 집행될 예정이었다.
노엘은 당국의 배려로 그녀가 마음에 들어 하는, 디올의 주문 제작품인 새빨간 드레스를 입었고 그것에 어울리는 빨간 가죽 구두를 신었다. 속옷은 모두 새로 만든 수제의 실크제품이, 그리고 목덜미에는 새하얀 포인트 레이스 장식이 달려 있었다. 콘스탄틴 데미리스는 항상 노엘의 머리를 만지던 미용사를 보냈다. 마치 노엘은 파티에 나갈 준비를 하고 있는 것 같았다.
노엘은 최후의 순간에 집행유예는 있을 수 없다고 생각했다. 그녀는 곧바로 무참하게 분쇄되어 붉은 피가 지면을 물들이리라는 것을 알고 있다. 하지만 아직 마음속 깊은 곳에서는 콘스탄틴 데미리스가 기적을 일으켜 목숨을 구해주길 바라고 있었다. 그것은 기적이 아니라도 가능했다―전화나 짧은 한마디 말, 그의 황금 손을 한 번만 흔드는 것만으로도 족했던 것이다.
만약 그가 지금 구원해준다면 그녀는 그에 대해서 보상을 할 것이다. 한 번만이라도 그를 만날 수가 있다면 그녀는 이제 결코 다른 남자에게 눈을 돌리지는 않으리라 생각했다. 그를 행복하게 하기 위해서 자신의 일생을 바칠 것을 고백하고 싶었다. 하지만 그녀는 애원을 해도 소용이 없다는 것을 알고 있었다. 하지만 만약 데미리스가 스스로 온다면 문제는 달라진다.
아직 2시간이 남아 있었다.

래리 더글러스는 교도소의 다른 쪽에 있었다. 사형 판결을 받은 이후로 그에게 오는 우편물은 10배로 증가했다. 세계 각지의 여성으로부터 편지가 쇄도했다. 그중에는 스스로 세상 물정에 정통해 있다고 생각하는 교도소장도 깜짝 놀랄 만한 것도 있었다.

그런 편지에 대해서 알았더라면 래리 더글러스는 아마도 기뻐했을 것이다. 하지만 그는 희미한 등불 같은 마약의 세계에 빠져 있어서 아무것도 느끼지 못했다. 섬으로 옮겨진 지 2, 3일간은 그는 광란 상태에 빠져서 낮이나 밤이나 나는 무죄다, 재판을 다시 하게 해달라고 계속 외쳤다. 교도소 담당의사는 항상 진정제로 억지시키라고 명령했다.

오전 5시 10분 전, 교도소장과 4명의 간수가 래리 더글러스의 방으로 왔을 때 그는 멍하니 침대에 앉아 있었다. 교도소장이 두 번을 부른 후에야 래리는 간신히 그들이 자기를 데리러 온 것을 알았다. 그는 일어섰다. 그 동작은 매우 느려서 마치 몽유병자 같았다.

교도소장은 그를 복도로 데리고 나갔고 그들은 복도 끝의 경비가 서 있는 문까지 천천히 행렬을 이루면서 걸었다. 문 옆에 이르자 경비 간수가 그것을 열었고 그들은 벽으로 둘러싸인 중간 뜰로 나갔다. 새벽의 바깥 공기가 차가워서 래리는 문 밖으로 나갔을 때 몸이 떨렸ㄴ다.

하늘에는 보름달과 밝은 별이 있었다. 그것은 파일럿들이 따뜻한 침낭에서 벗어나 차가운 별이 떠 있는 하늘 밑에 집합했을 때를 떠올리게 했다. 이륙 전 남태평양 섬의 새벽, 최후의 임무수행 명령을 받던 때였다. 멀리서 파도소리가 들렸다. 그는 자신이 있는 곳은 어느 섬인지, 임무는 무엇이었는지를 떠올리려고 했다. 몇 명의 남자들이 그를 벽 앞의 기둥으로 끌고 갔고 양팔을 뒤로 묶었다.

지금 그는 아무런 분노도 품고 있지 않았다. 다만 임무 설명의 방법에 희미한 놀라움을 느끼고 있었다. 전신에 깊은 권태감을 느꼈지만 편대를 지휘해야 하므로 잠들어서는 안 된다고 생각했다. 그는 고개를 들어 제복을 입은 사나이들이 도열해 있는 것을 보았다. 그들은 그를 향해서 총구를 들이대고 있었다.

오래 묵은, 파묻혀 있던 본능이 되살아났다. 그들은 그를 두려워하여 다른 방향으로부터 공격해서 그의 편대로부터 떨어뜨려놓으려는 것이다. 그는 왼쪽 밑으로 기척이 느껴져서 적이 공격해오는 것을 알았다. 적은 그가 기체를 비스듬히 틀어 탈출하는 것이라고 생각하고 있었지만 그는 조종간을 힘껏 전방으로 밀어서 크게 한 바퀴 돌았다. 날개가 튕겨져버릴 것 같았다. 그리고 한계까지 강하하여 기체를 다시 세웠고 왼쪽으로 급회전했다. 적의 모습은 보이지 않았다. 적을 뿌리쳤던 것이다.

그는 상승하기 시작했다. 그리고 아래쪽에 한 대의 제로 전투기를 보았다. 그는 오른쪽으로 선회하여 그 제로 전투기를 힘껏 조준했다. 그리고 복수의 신처럼 곤두박질치면서 눈이 뒤집어질 것 같은 스피드로 접근해 갔다.

방아쇠에 걸린 그의 손가락에 힘이 들어가기 시작했을 때 갑자기 통렬한 통증이 그의 몸을 관통했다. 격통은 차례차례로 계속되었다. 그는 근육이 찢어지고 내장이 튀어나오는 것을 느꼈다. 그는 생각했다.

'도대체 녀석은 어디에서 나타난 걸까?…… 나보다 실력이 좋은 파일럿이 있었어…… 어떤 녀석일까…….'

그는 갑자기 공중에서 회전하기 시작했고, 순간 모든 것이 어둡고 조용해졌다.

감방 안에서 머리 손질을 받고 있던 노엘은 바깥의 천둥과도 같은 일제 사격소리를 들었다.

"비가 내릴 모양이지?"

노엘은 물었다.

미용사는 의아한 눈으로 잠시 동안 그녀를 바라보았다. 그리고 그녀가 무슨 소리인지 정말로 모르고 있다는 것을 깨달았다.

미용사는 조용히 말했다.

"아뇨, 좋은 날씨가 될 것 같아요."

그때 노엘은 알았다. 다음은 자신의 차례였다.

오전 5시 30분, 처형 예정 30분 전에 노엘은 다가오는 발자국 소리를 들었다. 그녀의 심장은 자신도 모르게 덜컥했다. 노엘은 콘스탄틴 데미리스가 자신을 만나고 싶어한다고 믿고 있었다. 그녀는 자신이 지금까지 보다도 훨씬 아름답게 보이는 것을 알고 있었다. 그가 그녀를 본다면 아마…… 분명히…….

교도소장이 간수와 함께 약을 넣은 검은 가방을 든 간호사를 데리고 나타났다. 노엘은 그들의 등 뒤에서 데미리스를 찾았다. 그러나 복도에는 아무도 없었다.

간수가 감방 문을 열었고 교도소장과 간호사가 안으로 들어왔다. 노엘은 심장이 고동치고 있음을 느꼈다. 공포의 파도가 또다시 그녀를 덮쳤고 희미하게나마 기다리고 있던 희망을 삼켜버렸다.

"아직 멀었잖아요?"

노엘은 물었다. 교도소장은 곤란한 표정을 지었다.

"아직 멀었습니다, 미스 페이지. 하지만 관장을 하는 게 좋을 것 같아서요."

그녀는 이해하지 못한 채 그의 얼굴을 응시했다.

"관장 따위는 필요 없어요."

교도소장은 더욱 곤란한 표정을 지었다.

"당신을 위해서예요. 흉하게 보이지 않기 위해서……."

노엘은 겨우 이해했다. 그리고 공포는 견디기 힘든 고뇌로 바뀌었고, 위가 찢어지는 것 같았다. 그녀가 고개를 끄덕이자 교도소장은 발길을 돌려서 감방을 나섰다. 간수가 문에 열쇠를 채웠고 배려를 해주어 복도에서 모습을 감추었다.

"그 아름다운 드레스를 더럽히고 싶지 않습니다."

간호사가 상냥한 목소리로 말했다.

"잠깐만 벗으시고 저기에 누워주세요. 금방 끝나니까요."

간호사가 처치를 시작했지만 노엘은 아무것도 느낄 수 없었다. 그녀는 아버지와 함께였다. 아버지는 말하고 있었다.

'자, 이 아이를 봐. 모르는 사람은 왕족의 핏줄이라고 말하지.'

사람들은 앞 다투어 그녀를 안아 올리려고 했다. 사제가 방에 와 있었다. 그는 말했다.

"신에게 참회하고 싶은 생각은 없으십니까?"

하지만 그녀는 시끄럽다는 듯이 고개를 가로저었다. 아버지는 얘기를 하고 있었고, 그녀는 그것을 듣고 싶었기 때문이었다.

'너는 공주로 태어난 거야. 이게 너의 왕국이지. 어른이 되면 너는 멋진 왕족과 결혼해서 커다란 궁전에 살게 될 거야.'

그녀는 몇 명의 남자들과 긴 복도를 걸어갔다. 누군가가 문을 열었고 그녀는 차가운 중간 뜰로 나섰다. 아버지가 그녀를 껴안고 창가로 데리고 갔다. 그녀는 파도에 흔들리는 배의 높은 돛대를 볼 수 있었다.

남자들이 그녀를 벽 앞의 기둥으로 데리고 갔고 양손을 뒤로, 그리고 허리를 기둥에 묶었다. 그녀의 아버지가 말했다.

'저 배가 보이니? 저것이 너의 함대야. 이제 곧 저 배가 너를 태우고 전 세계의 멋진 곳으로 데리고 갈 거란다.'

아버지는 힘껏 그녀를 껴안았고 그녀는 안전하다고 느꼈다. 왜 그런지는 생각나지 않았지만 아버지는 아직도 화를 내고 있었다. 그렇지만 이제 모든 것이 해결되었고 아버지는 그녀를 귀여워해주었다. 그녀는 아버지를 봤지만 아버지의 얼굴은 희미해져 있었다. 그녀는 아버지가 어떤 얼굴이었는지 생각이 나질 않았다. 아버지의 얼굴을 잊어버리고 있었다.

그녀는 뭔가 소중한 것을 잃은 것 같은 깊은 슬픔에 잠겼다. 그를 떠올리지 못한다면 자신은 죽어버린다는 것을 알고 있었다. 그녀는 필사적으로 마음을 집중시키려고 했지만 아버지의 얼굴을 떠올리지 못하고 있었다. 그 사이에 갑자기 굉음이 울렸고 무수한 고통의 나이프가 그녀의 육체에 꽂혔다. 그녀의 마음은 외쳤다.

'아직! 아직이라고! 아버지의 얼굴을 보게 해줘!'

하지만 그 얼굴은 영원한 암흑 속으로 사라져버렸다.

에필로그

The Other Side of Midnight

한 남자와 한 여자가 공동묘지 안을 걷고 있었다. 그들의 얼굴에는 우아한 실삼나무 숲의 잔영이 얼룩얼룩 비추고 있었다. 두 사람은 햇빛이 실삼나무 사이로 언뜻언뜻 비치는 오솔길로 천천히 걸음을 옮겼다.

테레사 수녀가 말했다.

"선생님의 두터운 호의에 감사드립니다. 선생님의 후원이 아니었더라면 어떻게 되었을지 모릅니다."

콘스탄틴 데미리스는 그것을 부정하듯 손을 저으며 말했다.

"아닙니다. 별 것 아닌걸요."

하지만 테레사 수녀는 이 구세주가 없었다면 수도원은 벌써 몇 년 전에 폐쇄 당했을 것이 분명하다는 것을 알고 있었다. 그리고 그런 그에게 조금이라도 보상을 할 수 있었던 것은 주님의 뜻이라고 믿었다.

그것은 주님의 승리였다. 그녀는 그 폭풍우가 심하게 몰아치던 밤에 데미리스의 미국인 지인인 캐서린을 호수에서 구할 수 있게 해주신 성 디오니시우스에게 새삼 감사를 드렸다. 그녀는 충격을 받아 온전한 정신상태가 아니었지만 수녀원에서 돌봐줄 수는 있을 것이다. 데미리스가 테레사 수녀에게 그녀를 평생 수녀원에 두면서 바깥세상으로부터 숨기고 보호해달라고 부탁했다. 그는 이토록 선량하고 친절한 사람인 것이다.

두 사람은 묘지의 끝까지 왔다. 좁은 길이 구불구불 아래로 이어져 있었고, 그 끝의 물가에 여자가 서서 조용한 에메랄드빛 호수를 가만히 바라보고 있었다.

"저기 있군요. 그럼 저는 여기서 실례하겠습니다. 안녕히 가세요."

테레사 수녀는 말했다.

데미리스는 테레사 수녀가 수녀원 쪽으로 돌아가는 것을 배웅하고, 여자가 서 있는 물가 쪽을 향해 오솔길을 내려갔다.

"안녕!"

그는 조용히 말했다.

그녀는 천천히 고개를 돌려서 그를 보았다. 그 눈은 초점이 없었고 공허해보여서 데미리스를 알아본 기색은 전혀 없었다.

"선물을 가지고 왔소."

콘스탄틴 데미리스는 말했다.

그는 주머니에서 작은 보석 상자를 꺼내어 그녀에게 내밀었다. 그녀는 어린아이처럼 그것을 바라보았다.

"자, 받아요."

그녀는 가만히 손을 내밀어 그것을 받았다. 뚜껑을 열자 금으로 만든 작은 새가 들어 있었다. 새는 루비로 된 눈을 반짝이면서 금방이라도 날아갈 것처럼 날개를 활짝 펴고 있었다. 데미리스는 어린아이 같은 그녀가 그것을 상자에서 꺼내어 손바닥 위에 올려놓는 것을 지켜보았다. 밝은 햇살이 금과 루비의 눈에 부딪혀서 빛나고 있었고, 공중에 작은 무지개를 만들었다.

"이제 당신을 만나는 일은 없을 거요. 하지만 걱정하지 말아요. 이제는 아무도 당신을 해치려 들지 않을 테니까. 나쁜 녀석들은 다 죽었소."

그 순간 그녀가 얼굴을 돌려 갑자기 그를 쳐다보았다. 아주 짧은 순간, 이지적이고 기쁨이 넘치는 눈이 빛나는 것 같더니 그것은 순식간에 사라지고 우울하고 멍한 눈빛이 되었다. 그것은 환상이었는지도 모른다. 금빛 작은 새에 반사되어 그녀의 눈에 들어간 햇빛의 장난이리라. 그렇게 생각하면서 데미리스는 천천히 언덕을 올라갔고, 수도원의 커다란 돌로 만든 대문 바깥으로 나왔다. 그곳에는 아테네로 돌아갈 그의 리무진이 기다리고 있었다.

이 작품은 우리나라 독자들에게 선풍적인 인기를 끌었던 미국의 베스트셀러 작가인 시드니 셸던의 두 번째 장편소설이며, 그의 출세작인 '깊은 밤 깊은 곳에'(The Other Side of Midnight)의 완역본이다.

이 소설은 가난한 어부의 딸로 태어났지만 특출한 미모와 재능을 겸비한 노엘과 불우한 어린 시절을 보냈지만 총명하고 유능하여 미 백악관 보좌관 비서가 된 캐서린, 이 두 여인의 일생을 펼쳐 나가는 이야기이다. 그녀들이 결국에는 한 남자를 사랑함으로써 어떻게 목숨까지를 내던지게 되는지를 재미있고, 충격적이고, 스릴 넘친 필치로 묘사하고 있다.

여기서 이 작품에 대한 미국 작가들의 찬사와 호평을 소개해보기로 하겠다.

노엘 B. 카슨은 "일단 읽기 시작하면 책을 내려놓고 싶지 않은 소설이다."라고 칭찬했다. 그리고 잘다 태터슨은 "나는 책을 내려놓았다. 그것은 내용을 깊이 음미해보기 위한 것이었고, 금세 다시 집어들어 읽기 시작했다."고 논평했다. 또한 〈세컨드 레이디〉의 작가 어빙 월리스는 "도저히 도중에 포기할 수 없는, 드물게 보는 소설"이라고 격찬했다.

독자들은 첫 페이지를 들추면 금세 노엘과 캐서린과 래리, 이 세 사람의 운명이 실처럼 서로 뒤얽히는 것을 보며 손에 땀을 쥐게 될 것이다.

노엘은 가난한 부모 밑에서 태어났지만 뛰어난 미모로 모든 사람들의 사랑을 독차지한다. 그리고 바로 그 미모 때문에 10대 소녀 시절에 가난한 아버지의 욕망의 희생물이 되어 나이 많은 부자한테 몸을 팔게 된다. 아버지의 배신을 알게 된 노엘은 가출을 하게 되고, 래리라는 한 남자를 만나 짧은 사랑을 나눈다. 그리고 그로부터 쓰디쓴 배신을 맛보게 되면서 노엘의 마음속에는 그에 대한 복수심이 불타오르게 된다.

한편 또 다른 여주인공인 캐서린, 이 캐서린이 노엘의 복수의 대상인 래리를 사랑하게 되어 결혼에 이르게 된다. 따라서 캐서린의 인생도 노엘의 복수의 표적이 된다.

이 작품은 가난한 어부의 딸에서부터 미모의 여인, 레지스탕스, 영화감독, 배우, 게슈타포, 탐정, 세계적인 대부호 등 수많은 인물들을 등장시켜 독자들을 전 세계 곳곳으로 끌고 다닌다. 따라서 독자들은 마지막 페이지를 읽기 전에는 그 결말을 유추해낼 수 없는 반전의 스릴을 맛보게 된다. 매우 자극적이고도 충격적이며 서스펜스가 넘치는 소설이어서, 한번 읽기 시작하면 절대로 책을 손에서 내려놓을 수 없게 된다.

정성호

옮긴이 정성호

가톨릭대학교 신학과를 졸업했다. 영어교사로 재직했으며 번역전문가로 활동하고 있다. 현재까지 번역한 책은 600여 종에 이른다. 주요 역서로 《개 같은 나의 인생》, 《황금옷 천사》, 《배반의 축배》, 《13월의 천사》, 《신즈》, 《우연한 여행자》, 《늑대와 춤을》, 《그네 타는 남자》, 《생의 한가운데》, 《인간의 역사》, 《정신분석입문》, 《포레스트 검프》, 《체인지》 등이 있다.

깊은 밤 깊은 곳에

개정판 2쇄 인쇄 2023년 10월 25일 **| 개정판 2쇄 발행** 2023년 10월 30일

지은이 시드니 셸던 **| 옮긴이** 정성호 **| 펴낸이** 최효원 **| 펴낸곳** (주)도서출판 오늘
등록일 1980년 5월 8일 제2012-000082호
주소 서울시 영등포구 선유서로 15, 209호 **| 전화** (02)719-2811 **| 팩스** (02)712-7392
홈페이지 http://www.on-publications.com **| 이메일** oneull@hanmail.net

* 잘못 만들어진 책은 바꾸어 드립니다.
ISBN 978-89-355-0568-5 03840